生也有涯
学無止境

任繼愈

教育部哲学社会科学研究后期资助项目

建构新文学的另一种思路：吴宓文学思想研究

Jiangou Xinwenxue de Lingyizhong Silu:
Wu Mi Wenxue Sixiang Yanjiu

○ 孙　媛　著

高等教育出版社·北京

图书在版编目（CIP）数据

建构新文学的另一种思路：吴宓文学思想研究 / 孙媛著. -- 北京 : 高等教育出版社，2017.4
ISBN 978-7-04-047091-8

Ⅰ. ①建… Ⅱ. ①孙… Ⅲ. ①吴宓（1894-1978）-文学思想-研究 Ⅳ. ①I206.09

中国版本图书馆CIP数据核字（2017）第045449号

策划编辑 孙 璐　　责任编辑 孙 璐　　封面设计 张 志　　版式设计 范晓红
责任校对 杨凤玲　　责任印制 尤 静

出版发行 高等教育出版社
社　　址 北京市西城区德外大街4号
邮政编码 100120
印　　刷 北京机工印刷厂
开　　本 787 mm×1092 mm 1/16
印　　张 22.25
字　　数 400千字
插　　页 2
购书热线 010-58581118
咨询电话 400-810-0598
网　　址 http://www.hep.edu.cn
http://www.hep.com.cn
网上订购 http://www.hepmall.com.cn
http://www.hepmall.com
http://www.hepmall.cn
版　　次 2017年4月第1版
印　　次 2017年4月第1次印刷
定　　价 78.00元

物 料 号 47091-00

总　序

哲学社会科学是探索人类社会和精神世界奥秘、揭示其发展规律的科学，是我们认识世界、改造世界的有力武器。哲学社会科学的发展水平，体现着一个国家和民族的思维能力、精神状态和文明素质，其研究能力和科研成果是综合国力的重要组成部分。没有繁荣发展的哲学社会科学，就没有文化的影响力和凝聚力，就没有真正强大的国家。

党中央高度重视哲学社会科学事业。改革开放以来，特别是党的十六大以来，党中央就繁荣发展哲学社会科学作出了一系列重大决策，党的十七大报告明确提出："繁荣发展哲学社会科学，推进学科体系、学术观点、科研方法创新，鼓励哲学社会科学界为党和人民事业发挥思想库作用，推动我国哲学社会科学优秀成果和优秀人才走向世界。"党中央在新时期对繁荣发展哲学社会科学提出的新任务、新要求，为哲学社会科学的进一步繁荣发展指明了方向，开辟了广阔前景。在全面建设小康社会的关键时期，进一步繁荣发展哲学社会科学，大力提高哲学社会科学研究质量，努力构建以马克思主义为指导，具有中国特色、中国风格、中国气派的哲学社会科学，推动社会主义文化大发展大繁荣，具有十分重大的意义。

高等学校哲学社会科学人才密集，力量雄厚，学科齐全，是我国哲学社会科学事业的主力军。长期以来，广大高校哲学社会科学工作者献身科学，甘于寂寞，刻苦钻研，无私奉献，开拓创新，为推进马克思主义中国化，为服务党和政府的决策，为弘扬优秀传统文化、培育民族精神，为培养社会主义合格建设者和可靠接班人做出了重要贡献。本世纪头 20 年，是我国经济社会发展的重要战略机遇期，高校哲学社会科学面临着难得等一系列审视和挖掘文化保守主义价值的专著和论文集。而学衡派作为文化保守主义的代表，也随之成为学术界关注的重点。1984 年，我国台湾学者沈松侨出版专著《学衡派与五四时期的反新文化运动》，对学衡派的文化观进行了较为系统的研究。该书传入我国大陆后，引起了学术界的广泛注意。1989 年，大陆学者乐黛云发表文章《世界文化对话中的中国现代保守主义》。该文站在和世界文化对话的广阔背景上指出:《学衡》杂志是对“五四”新文化运动最切近的反思的产物；在反思中,《学衡》同人已经突破了国粹派的局限，主张通过融合中西文化之精华来进行世界文化的创造；就这一意义而言,《学衡》同人所持的文化观念对时下人们反思全盘西化等问题具有很大的启示意义。乐黛云的文章体现了为学衡派平反和翻案的鲜明色彩，奠定了评价学衡派的正面基调，开启了大陆学界对学衡派进行深入研究的新局面。以此为开端，大陆学界从各种角度展开了对学衡派的重新解读和阐释工作，提倡将学衡派置于和新文化倡导者平等的位置上进行考察，其中的代表性著作有郑师渠《在欧化与国粹之间——学衡派文化思想研究》和沈卫威《回眸“学衡派”——文化保守主义的现代命运》等：前者致力于从文化观、文学观、史学观、教育观和道德观等诸多方面对学衡派展开分析，力图对其作出客观评价；后者则侧重阐释和分析学衡派的文化选择和价值取向，通过综合论述和个案分析集中展示了学衡派作为文化保守主义者在现代中国的命运。随着对学衡派等文化保守主义者再评价热潮的兴起，吴宓也渐渐成为学术界关注的热点：1990 年、1992 年、1994 年在陕西连续举办了三届吴宓学术文化研讨会；1998 年在重庆西南师范大学召开了“吴宓先生逝世 20 周年暨吴宓学术研讨会”；2004 年在陕西师范大学又召开了“吴宓先生诞辰 110 周年纪念大会暨第四届吴宓学术讨论会”；2014 年，在西南大学再次召开了“纪念吴宓先生 120 周年诞辰学术研讨会”。在学术界的普遍关注下，吴宓的论著和遗稿得到了较大规模的整理和出版：1992 年,《吴宓诗及其诗话》(吕效祖主编)问世；1995 年,《吴宓自编年谱》(吴学昭整理)问世；1998 年，10 卷本《吴宓日记》(吴学昭整理)和《会通派如是说——吴宓集》(徐葆耕编选)问世；2004 年,《吴宓诗集》(吴学昭整理)问世；2005 年,《吴宓诗话》(吴学昭整理)问世；2006 年，10 卷本《吴宓日记续编》(吴学昭整理)问世；2011 年,《吴宓书信集》(吴学昭整理)问世；2012 年,《吴宓评注顾亭林诗集》(周绚隆整理)问世。以吴宓论著的出版和吴宓研讨会的召开为契机，学界掀起了一个吴宓研究的高潮，出现了吴学昭《吴宓与陈寅恪》(1992 年出版)、沈卫威《吴宓与〈学衡〉: 1922 年 1 月 ~1933 年 7 月》(2000 年出版)、张弘《吴宓 理想的使者》(2005 年版)、黎汉基《社会失范与道德实践：吴宓与吴芳吉》(2006 年出版)、傅宏星《吴宓评传》(2008 年出版)、蒋书丽《坚守与开拓：吴宓的文化理想与实践》（2009 年出版）、吴学昭《吴宓与陈寅恪（增补本）》（2014 年出版）、张高杰《中国现代作家日记研究：以鲁迅、胡适、吴宓、郁达夫为中心》（2014 年出版）等一大批有特色的研究成果。20 世纪 90 年代以后的吴宓研究焕发了生机，自此吴宓声誉日隆，其生前身后处境的反差之大不能不令人心生感喟。

应该承认，尽管学术界对吴宓的关注开始于反思文化激进主义弊端的热潮，但是，经过 20 多年的深入研究，学术界对吴宓的认识已渐趋冷静和理性。很多论者已经注意到了吴宓除《学衡》主编之外的其他文化身份：清华国学研究院筹备处主任，民国时期的西洋文学部聘教授，中国现代比较文学的奠基人，博雅教育的倡导者，新人文主义的信徒，多情善感的古体诗人，热心于红学演讲的文化名家……然而，令人遗憾的是，尽管对吴宓文化身份的关注已经涉及吴宓在文学研究领域里的诸多建树，但是，直到现在，通行的现代文学理论史和现代文学批评史上仍然没有吴宓的一席之地，学术界对吴宓文学思想的重视程度和吴宓文学思想的实际意义还是不相符的。

在现代中国的文学研究场域里，吴宓固然算不上第一流的学者，但是，他却是现代文学思想发展进程中不应被忽视的重要存在：1915 年，刚过 20 岁的吴宓就发表了系列诗话《余生随笔》，纵论古今中外的诗人诗作，昭显出了卓越的文学鉴赏力和中西诗学比较的开阔视野；1919 年，吴宓进行题为《红楼梦新谈》的演讲，开创了以西方文学理论方法来重新研究古代经典名著和进行现代小说批评的新视角；1920 年，吴宓发表《英文诗话》，提出了迥异于诗体大解放观点的诗歌理念，坚持捍卫诗歌的形式之美和韵律格调之工；1922 年，吴宓发表《论新文化运动》《文学研究法》《新文化运动之反应》《写实小说之流弊》等文章，对新文化和新文学的发展道路和价值取向提出了尖锐的批评；1923 年，吴宓发表《希腊文学史 第一章 荷马之史诗》《希腊文学史 第二章 希霄德之训诗》《西洋文学入门必读书目》《希腊之留传 第一篇 希腊对于世界将来之价值》等文，意在强调古希腊文学在西方文学史上的重要地位，以纠正新文学倡导者放弃对西方文学根源的关注，一味引进西方晚近文学思潮的功利做法；1924 年，吴宓发表《理想小说〈新旧因缘〉》，围绕着写实小说的不足之处指出，最完善的写实小说与最典型的理想小说应该是一体的；1925 年，吴宓发表《评杨振声〈玉君〉》，在以《玉君》为范本，在标举理想小说基本特征的同时，又着力分析了该小说词句文体中所体现出来的古典情韵，意在强调，新文学创作非但不能切断与本国旧文学的因缘，反而应该有意识地从旧文学中汲取营养，以免成为不伦不类的欧化式白话文学；1928 年，吴宓发表《文学与人生》系列论文，意在强调文学与人生真理之间的密切关系，反对将文学当作生活事件的琐碎记录；从 1928 年到

1933年，吴宓担任《大公报·文学副刊》主编，此间，他撰写并发表了大量关于世界各国文学家的纪念性文章，不仅意在丰富国人对世界文学发展状况的理解，更是为了开辟比较文学的视野，为正在发展的中国新文学树立一个世界文学的参照系，以此为借鉴来讨论中国新文学的未来走向。正如他自己在《第五年之本副刊编辑赘言》中所强调的那样："本刊每篇纪念文，实皆讨论今日中国文学上之一大问题。"[①]1936年，吴宓完成了《文学与人生》讲稿，明确提出了人生、道德、文学艺术三位一体的观点，围绕着文学的社会使命问题展开了与新文学阵营迥然不同的思考；20世纪40年代，吴宓在各种公众场合进行了60多次关于《红楼梦》的演讲，成了当之无愧的现代红学讲座第一人。以这一时期进行红学讲座的底稿为基础，吴宓撰写和发表了大量红学研究论文，文中既体现出了其高屋建瓴的人生哲学视野，又始终坚持将《红楼梦》作为小说所应具备的文学审美特质作为关注的重点，这些在现代红学史上独树一帜的研究论文对于现代小说批评的建构和完善也是颇有裨益的。可见，从现代文学诞育之初，吴宓就本着自己对文学与生俱来的兴趣和发自内心的热爱，开始了文学研究和文学批评，在此后30多年的时间里，吴宓一直在积极从事这项活动。他不仅对中国新文学发展进程中所面临的许多重要问题抱以强烈的关注并进行了深入的理论探讨，而且以独具特色的诗歌批评和小说批评为这些理论探讨提供了有力的佐证，其文学思想是构成中国现代文学理论史和批评史整体格局的重要侧面。更值得注意的是，尽管吴宓始终站在时代的边缘，针砭甚至苛责新文学主潮的种种缺失，但是，他绝非文学复古主义者，他和激进主义文学主张之间的分歧并不在于要不要建立新文学，而在于怎样建立新文学。从他的文学思想中，我们可以体会到，符合吴宓理想的新文学，不是以西方现代作品为理想范本，以实现社会使命为唯一旨归的新文学，而是以整合思路发端的，融合文学的历史传承和现代追求，兼顾文学的审美特质和社会使命的新文学。尽管吴宓对新文学的设想并不能一劳永逸地解决新文学建构进程中各种复杂具体的问题，但是，他所秉持的立场方法和精神理念却敞开了耐人寻味的文化理路和思想空间，对其展开深入研究，不仅有利于我们进一步理清现代文学思想的历史脉络，而且可以促使我们从固有的思维模式中挣脱出来，以新的视角去认识和评价新文学的建构基础和价值取向，从而进一步推动我国当下的文学创作和文论建设。所以，时至今日，吴宓的文学思想理应成为我们对文学研究的历史和现状进行反思，以及建构中国现代文学和中国现代文论的有益借鉴。

① 吴宓：《第五年之本副刊编辑赘言》，《大公报·文学副刊》1932年1月18日第8版。

基于这一考虑，本书即以吴宓的文学思想为中心展开专题性研究，根据吴宓文学思想所固有的特点，将其置于中国新文学追求的宏阔语境之中，分析其基本理论内涵和批评实践特征，考察其在现代文学和现代文论发展进程中所应具备的意义和价值。除结语之外，本书主要包括以下七个部分。

绪论重点说明本书将吴宓文学思想定位为“建构新文学的另一种思路”的基本理由：如何处理文学的历史传承及现代追求和如何看待文学的审美特质及社会使命是贯穿新文学建构进程始终的两个基本问题。吴宓从整合式的思路出发，围绕着这两个基本问题提出了与新文学阵营所持观点迥异但却对其具有重要补充价值和纠偏意义的主张。

第一章重点考察吴宓的文化经历和学术生涯。因研究对象所限，所以这一章的目标并不是全景式地扫描吴宓学术文化经历的详细地貌，而是集中展示其中关系到吴宓文学思想形成过程的重要“景点”：关学重镇，以儒为本；水木清华，并蓄中西；异域求知，属意古典；《学衡》编辑，专注事功；文学教授，爱好诗艺；西南情僧，沉迷红楼。

第二章和第三章分别从新文学建构基础和新文学价值取向这两个方面讨论吴宓新文学想象的基本理论内涵。

第二章将吴宓对新文学建构基础的看法置入新文化运动前后复杂的现代文化语境中加以观照，旨在凸显吴宓以消解新旧、融合中西为要旨的文学观念：在文化激进主义和文化保守主义同时介入现代文化建构进程的关键时期里，吴宓立足于博采兼容、“一多并在”的文化立场，坚持认为激进主义所宣传的建立在古与今、中与西二元对立基础上的求新求变文学观是不符合文学发展规律的，应该平等看待中西古今文学资源，通过各种文学资源之间的互动与整合去寻求新文学的建构基础。

第三章将吴宓对新文学价值取向的看法置入文学工具论大行其道的历史语境中加以观照，旨在凸显吴宓对新文学社会使命的独特见解和对新文学审美特质的具体要求：吴宓对新文学社会使命的思考主要体现在他对文学与道德关系的分析上，而他对文学与道德关系的分析则与其探求人生真理完善现代人性的热情密切相关；同时，吴宓坚持认为，无论何时何地，文学都应该最大限度地体现文字的审美品格，这是文学作为具有审美特质的独立艺术的内在属性与合法依据，而文字审美品格的显现则离不开文字的表现性特征和民族性特征。

第四章着力阐释吴宓的文学批评实践。吴宓不但大力强调文学批评的标准、方法及规范学理，而且站在跨学科和跨文化的立场上，调动自己的诗情与理性，运用“义理派”的批评方法进行了大量的文学阐释和文学分析。诗歌和小说是吴宓文学批评的重镇。在主张恣肆奔放地宣泄情感的白话新诗运动和诗体大解放主张占据了主导地位的现代诗歌发展过程中，吴宓进行诗歌批评时所坚持的情道兼顾、新旧兼容的理论主张，无疑展现了20世纪上半叶中国诗坛的另一诗论倾向，在客观上给中国新诗的建构发展提供了另一种可供选择的可能性。从事小说批评时，吴宓不仅具有开阔的人生哲学视野，而且非常关注小说作为语言艺术的具体美学特征，能够有意识地从文学的视角出发，运用西方现代小说艺术理论进行小说批评，他的《红楼梦》批评和对“理想小说”的分析界定就是这种讲求人生哲学内涵和小说艺术特征的小说批评基本价值取向的集中体现。

第五章集中探讨吴宓文学思想在中国文学及文论现代性建构进程中的独特价值所在和遭遇困顿命运的主要原因。从历史的眼光来看，吴宓的文学思想不仅对当时盛行的激进主义文学观念具有理论纠偏意义，而且在保守主义文化阵营中也别具特色和价值。但是，在现代诗学建构史上，它却遭遇了极其困顿的历史命运。造成这一困境的主要原因有二：其一，就总体而言，宏观历史文化语境并不适于吴宓文学思想的生长和发展，尽管他也积极参加了对新文学发展方向的构想，但是，他所提出的观点并不符合主流学界的价值范畴和认同视野，所以其文学思想仍然会不可避免地遭到误读和冷遇；其二，吴宓文学思想的自身局限性和不完全的现代性品格也限制了它在现代文学发展历程中的生长空间。

第六章从反思文论现代性建设的理论基础和实践基础入手，对吴宓文学思想与当下文论现代性建设的链接点展开探讨：首先，全球化语境中，国内学人产生了强烈的民族身份焦虑感和民族文化认同意识，“失语症”口号和“中国古代文论的现代转换”提法因表达了对西方话语充斥中国文论的不满和对中国传统文论的重视而获得了众多学者的热情关注和热烈响应。实际上，一味强调民族特性的纯度和过分注重异质文化的影响一样，所昭显的都是对文论现代性建构基础的单维认识，只有摒弃厚此薄彼的先入之见，才能为文论现代性建设提供更为广阔的思考空间。就这一意义而言，吴宓主张平等看待和融合会通中西古今文学资源的看法可以成为我们反思和完善文论现代性建设基础的有益借鉴。其次，文论建设离不开文学批评实践的参与，但是，价值虚无主义倾向的滋生和价值标准的失落已经构成了妨碍文学批评发展的一大症结，对时下的文论建设造成了不可低估的负面影响，而吴宓要求以文学探究人生真理的观点和对文学审美特质的强调，体现出了对文学基本价值较为宏观的把握，理应成为我们重建当代文学批评价值标准的一种借鉴。

在全书的构思和写作过程中，笔者着力将吴宓的文学思想置于中国现代文化、现代文学、现代文论的总体发展进程内加以考察，希望在揭示其深层内涵的同时，开掘其对中国文学和文论现代性建构所具有的潜在价值。这不单单是为了突破就吴宓思想论吴宓思想的窠臼，使研究获得深度和广度，更是为了突出吴宓文学思想作为当代文论建设资源的重要意义。毋庸置疑，目前的文学理论并不是凭空出现的，而是在观照、择取、吸收以往思想观念和批评理路的基础上生成的。就这一意义而言，深入研究过去的文学思想是理解和把握文论未来发展动向的必经之路。但是，人们在面对过去的文学思想时，往往对那些不符合主流意识的思想不够关注。这种看法是片面的。因为，文学和文论的建构历史并不是在单一力量的推动下径直奔向某种目标的线性发展过程，而是由各种不同导向的力量所构成的合力共同推动的，某些貌似不合时宜的文学思想很可能会在合力的构成中蕴含着制衡主流文学思想的潜能。对于当代文学和文论的发展建构而言，非主流文学思想也具有资源价值，不应该断然否定。可喜的是，目前学术界已经拉开了整理和研究这些非主流文学思想的序幕，尽管还有不少缺憾和空白，但是总体发展势头良好。为推动这一发展略尽绵薄之力，正是本书最大的期盼。

目　　录

绪论　整合：建构新文学的另一种思路

在中国现代的文学研究者中，吴宓是一个充满着矛盾的独特存在。他从事的是当时最新潮的英美文学学科的教学，却大力倡导文言写作；他是文学审美特质的坚决捍卫者，却以文学道德力量的弘扬者自居；他被新文学阵营视作落后保守的典型，却始终认为自己倡导的才是真正符合理想的新文学。这多重矛盾的奇特集合并不是一个偶然的现象，而是吴宓对新文学进行另类设想的必然结果。其中所昭示的，是以整合为基本特征的新文学建构思路。用历史的眼光来看，中国新文学建构进程始终贯穿着两个基本问题：其一，如何处理文学的历史传承和现代追求；其二，如何看待文学的审美特质和社会使命。吴宓认为，真正符合理想的新文学，不是以西方现代作品为理想范本，以实现社会使命为唯一旨归的新文学，而是融合文学的历史传承和现代追求，兼顾文学的审美特质和社会使命的新文学。尽管吴宓围绕着新文学建构之路展开的具体论述尚不够完善，且不足以彻底解决新文学发展进程中的各种细节问题，但是，他主张通过整合去建构新文学的设想还是发人深省的。对他的文学思想展开深入研究，不仅有助于我们重新审视看似已成定论的新文学建设方式，发现新文学建构的潜在可能性，而且可以为当下的文学和文论发展提供有益的借鉴。

第一节　贯穿新文学建构进程的两个基本问题

拨开历史的重重迷雾，不难发现，中国新文学的运行轨迹始终伴随着文学的历史传承和现代追求之间的复杂冲突，始终离不开文学的审美特质和社会使命之间的深度纠缠。如何处理这种冲突和纠缠是贯穿新文学建构进程的两个基本问题。众多文学家及理论家对其做出了形形色色的阐释，其中的主流观点当仁不让地决定着新文学的建构形态，在推动文学发展进程的同时，也造成了价值选择的误区。作为游离于主流阵营之外的文学研究者，吴宓的特出之处就在于，他围绕着这两个基本问题提出了具有重要补充价值和纠偏意义的主张。要真正理解吴宓文学思想的价值，就必须从考察这两个贯穿着新文学建构进程的基本问题入手。

一、文学的历史传承和现代追求

"现代"一词源自西方，其含义可以从两个角度进行理解：一是将其理解为一种以未来向度为标准的、直线延伸、不可逆转的有关时间的概念，类似于"彼得·伯杰所说的未来主义"①。对此，美国学者大卫·雷·格里芬曾经在《后现代精神》一书中有过评价：这种未来主义照耀下的现代观是"一种几乎完全从对将来而不是对过去的关系中寻找现在的意义的倾向。实际上，这种倾向意味着对过去持一种遗忘的、漠不关心的态度，它割断与过去的联系，沉醉于对新颖性的追求"②，这势必会将与时间性相对应的"新 / 旧"观作为对"现代"进行判断的基本尺度，通过与传统划清界限的方式来表示"现代"的先进。二是将其理解为一种产生于特定历史语境的有关性质的概念，较之前者，这里的"现代"不再是绝对意义上的线性时间观，而是相对意义上的思想文化立场和价值观念体系。与这种思想文化立场及价值观念体系相伴相生的，是历史传承。历史传承是没有终结的课题，现代追求是没有完成的方案，二者既相互对立又相互融合，其复杂关系正如法国理论家伊夫·瓦岱在《文学与现代性》一书中所谈到的那样："即使传统看上去按部就班地在现代性面前不断后退……但它并不因此而失去了它在现时和当代历史时期的作用。传统并非某些保持着'古代特性'的民族（这些民族成为我们的同代人只不过是个偶然而已）所特有的东西。传统活跃在广袤无际的土地上，它在欧洲大陆的原野上一直延续到离现在很近的一个时代，它随时准备在人们意想不到的地方突然重现，首先是通过思想模式的渠道出现在我们每个人的身上，思想模式与我们的潜意识力保持着千丝万缕的联系。另一方面，现代性有时还会依靠远古的思想模式来战胜最新或较新的思想模式，比如浪漫主义盛行时的德国曾求助于古希腊的思想模式来反对法国的古典主义，或者科

①［美］大卫·雷·格里芬：《后现代精神》，王成兵译，北京：中央编译出版社 2011 年版，第 24 页。

②［美］大卫·雷·格里芬：《后现代精神》，王成兵译，北京：中央编译出版社 2011 年版，第 24 页。

克托（在《俄尔甫斯》中）、吉罗杜（在《厄勒克特拉》或《特洛亚战争将不会发生》中）、萨特（在《苍蝇》中）利用古代神话来阐述当代的问题。”[①] 就这一意义而言，现代追求和历史传承之间根本就不存在真正的决裂，“不应当再把现代性视为古代性的对立面或把古代性视为现代性的对立面”[②]，“现代性和古代性是相关的。它们之间的关系不啻是相互对立或排斥的关系，而且是相互牵连的关系。我们正是应当对它们之间的这种牵连关系进行思考”[③]。

在对文学的现代追求这一话题进行探讨时，较之绝对意义上的时间概念，我们更倾向于将“现代”理解为相对意义上的性质概念。这是因为，文学有其自身的发展惯性，在健康的文学发展过程中，现代追求并不是凭空出现的幻觉，而是在某种文学理想的感召下，从过去的文学传统中萌生出来的新质。如果一味将“现代”等同于未来向度参照下的时间的现在性，就会使我们割裂文学的现代追求和历史传承之间的连续性关系。只有将“现代”理解为一种产生于特定历史语境的价值观念体系，我们才有可能跳出那种现代文学与传统文学二元对立、新文学与旧文学二元对立的思维模式，从特定历史语境出发，将文学的现代追求置入和文学的历史传承既对立又牵连的复杂关系中加以考察，在考察中发现文学的现代追求和历史传承之间的真正关系：当前的文学以一定的形式蕴含或潜藏在过去的传统中，又通过不断的回归和解构传统来获得追求现代的动力。

在新文学的发展过程中，尽管也有学者注意到了文学的现代追求和历史传承之间的复杂关系，但是，对于那些占据着新文学阵营轴心地位、掌握着主导话语权的知识精英们而言，绝对意义上的线性时间观仍然是文学的现代追求得以成立的不二基础。在他们看来，“新”就是有价值，“旧”就是无价值，“新”的更有价值的东西永远处在时间的前方维度，文学的现代追求必须以清算文学传统甩掉历史包袱作为前提。这种矫枉过正的弃“旧”图“新”思路势必会破坏文学自身的发展惯性，为中国文学的健康成长埋下隐患。

二、文学的审美特质和社会使命

在现代文学观看来，文学应该是人类审美活动的重要表现形式。众所周知，文学之所以不同于政治、伦理、道德、宗教、哲学等其他意识形态，正是因为它以审美为导向，集中体现了人的审美意识，激发了人的审美想象力和愉悦感。这种审美特质使文

①［法］伊夫・瓦岱:《文学与现代性》，田庆生译，北京：北京大学出版社 2001 年版，第 25 页。
②［法］伊夫・瓦岱:《文学与现代性》，田庆生译，北京：北京大学出版社 2001 年版，第 113 页。
③［法］伊夫・瓦岱:《文学与现代性》，田庆生译，北京：北京大学出版社 2001 年版，第 102 页。

学充溢着情感韵味，从而有别于逻辑上的明确认知。审美特质是赋予形形色色的价值以文学生命，使之成为文学价值的关键，政治的、伦理的、道德的、宗教的、哲学的等种种价值只有在审美特质的引领下才有望进入文学殿堂。文学的其他特征可以随着时代的发展而变迁，而审美特质作为文学的根本属性却应该始终如一，对审美特质的探索和关注始终都应该是新文学建构进程的不可或缺之维。在当今学界，这是一个毋庸置疑的认识。

但是，需要注意的是，作为文学特质的“审美”并不同于康德哲人式美学沉思中的“审美”。后者强调审美的实质是无内容无利害的纯粹静观，静观的对象只限于和人们的欲求意志毫无关涉的纯形式：“美是那不凭借概念而普遍令人愉快的。”[①]“花，自由的素描，无任何意图地相互缠绕着的，被人称作簇叶饰的纹线，它们并不意味着什么，并不依据任何一定的概念，但却令人愉快满意。”[②]美应该和真、善、快适区别开来，较之真、善和快适所带来的愉快感，“对于美的欣赏的愉快是唯一无利害关系的和自由的愉快；因为既没有官能方面的利害感，也没理性方面的利害感来强迫我们去赞许”[③]。康德的审美无功利论在强调美感纯洁性的同时，也抽空了作为审美主体的社会人的丰富需求和意识。若是将其照搬到对文学审美特质的理解中，只能导致文学研究中绝对的审美自律论倾向和纯粹的语言艺术批评观。这种文学研究倾向和批评观念反对任何形式的文学他律性和社会功利论，其主要旨趣在于对文学作品的语言形式和结构层次进行审美分析，从而推动文学批评从文学与现实的关系这个一般层面深化到文学活动内部诸要素关系这个特殊层面，使文学研究的重心转移到文学的特殊性质和价值上来，试图以此确立和维护文学的独立地位。相对于以工具论和他律论为主导的社会政治学批评模式，这当然是一个巨大的进步。但是，就思维方式而言，绝对的审美自律论倾向和纯粹的语言艺术批评观建立在“二元对立”的思维模式之上，具体表现为对文学 / 非文学、审美 / 非审美、内部研究 / 外部研究等一系列对立概念的设定，该设定往往在某一个层次上直线地分辨某一物与他物的异同，采取非此即彼的态度，容易把事物的某一特征推向极端，以偏概全，无法提供整体性的认识成果。在“二元对立”思维模式的驱动下，这种致力于追求审美无功利性的文学研究倾向和批评观念一味从非政治、非社会、非意识形态方面去观照文学，将文学视作封闭的审美系统，切断了文学与社会、历史、文化的联系，使文学研究走上了一条

①［德］康德：《判断力批判》，宗白华译，北京：商务印书馆 1964 年版，第 57 页。
②［德］康德：《判断力批判》，宗白华译，北京：商务印书馆 1964 年版，第 44 页。
③［德］康德：《判断力批判》，宗白华译，北京：商务印书馆 1964 年版，第 46 页。

自我孤立，疏离社会、历史和文化环境的道路，对作品意义和功能的探究也日益走向狭隘和空疏。这非但无助于全面把握文学的社会功能，反而会为正确理解文学的独立地位设置障碍。

审美特质是昭显文学独立地位的关键要素。但是，对于文学世界而言，审美特质并不是与社会文化无涉的孤立存在。关于这个问题，我们可以从两个层面来理解。首先，文学审美特质赖以产生的基本载体是语言符号，而语言符号本身就是社会文化最直接的表现形态。社会文化始于人对外在世界和自身力量的认识，这种认识关系即是通过语言符号建立的。社会文化的建构过程其实也就是对外在世界的符号化过程，随着这种符号化过程的深入，人本身也渐渐进入自己编织的意义之网，成了自己制造的社会文化系统的一部分。尽管文学语言更强调不同于科学语言、日常语言等其他语言符号的审美特质，但是，构成文学语言审美特质的心理蕴含性、表达隐喻性、意义可增性，却无一不是人类社会文化的产物。也就是说，文学语言之所以能够成为滋生出审美特质的符号载体，根本原因仍然在于文学语言背后的社会文化内涵。只有从社会文化的角度入手，才能触及文学语言审美特质的深层结构。其次，文学审美特质的昭显是和一定的社会影响、社会使命联系在一起的。马克思曾经说过："一个存在物如果在自身之外没有对象，就不是对象性的存在物。一个存在物如果本身不是第三者的对象，就没有任何存在物作为自己的对象，也就是说，它没有对象性的关系，它的存在就不是对象性的存在。……非对象性的存在物是非存在物［*Unwesen*］。"① 作为一种对象性的存在，文学直接面对着人类的精神、情感与灵魂，在与世界保持一种更加自由的诗意情感关系、充分感发人类生命理想的同时，又深刻地反映出人与人、人与自然、人与世界的复杂微妙的关系，体现出人类既定的价值观念和价值取向，从而潜移默化地实现对人类意识的制约和塑造，实现人性的自我建构。就这一意义而言，文学的审美特质必然会昭显为一种社会存在，无论自觉与否，都会作用于社会群体的精神领域，产生出某种社会影响，承担着某种社会使命。

文学审美特质与社会文化的先天联系决定了中国新文学不可避免地承载着中国文化对社会现代性的要求和期望，而亡国危机的刺激又使得这种要求和期望变得益发强烈，成了主宰新文学发展的核心力量。可以这么说，在国难当头、群情激愤的动荡岁月里，决定新文学建构方向的，并不是文学自身的发展惯性，而是以文学启迪思想、教化人心、

①［德］马克思：《1844年经济学哲学手稿》，见《马克思恩格斯全集》第42卷，北京：人民出版社1979年版，第168页。

改革政治的社会使命感。从梁启超的“今日欲改良群治，必自小说界革命始；欲新民，必自新小说始”[①]到陈独秀的“今欲革新政治，势不得不革新盘踞于运用此政治者精神界之文学”[②]，从蔡元培的“文学是传导思想的工具”[③]到老舍的“文艺就必须负起教育的责任”[④]，从李初梨的“我们的文学家，应该同时是一个革命家”[⑤]到毛泽东的“就是要使文艺很好地成为整个革命机器的一个组成部分，作为团结人民、教育人民、打击敌人、消灭敌人的有力的武器，帮助人民同心同德地和敌人作斗争”[⑥]，对文学的社会使命的推崇和强调一直是主流文学家和理论家的共同心声。正如有论者所概括的那样：“几乎一个世纪，就其主流部分而言，文学都是作为工具的存在而服膺于政治使命的。这种文学发展的基本格局，不仅使文学有效地承担了历史的责任，而且也使其社会政治功能发挥到极致。”[⑦]文学审美特质固然离不开社会文化的支撑，固然会产生某种社会影响，承担某种社会使命，但是，一旦将这种社会使命和特定历史时期的政治功利目标直接捆绑起来并将其设定为文学创作的首要任务，就很容易助长文学工具主义倾向，使文学审美特质完全丧失了自身的特殊价值，文学创作只能作为启蒙、救亡和革命的工具被加以强调，而那些不符合工具意识或是工具意识不强的审美特质则往往被冠以落后之名，遭到压抑和贬斥。如此，在文学的社会使命和审美特质之间就产生了一种紧张甚至断裂，这种紧张和断裂破坏了文学本身的成长规律，对新文学的健康发展造成不容忽视的负面影响，使得文学功利主义的合法性日益成为问题，并在 20 世纪 80 年代以后遭到了普遍的质疑和反思。但是，物极必反，与对文学功利主义的质疑和反思同时并生的，是文学审美特质的孤立化倾向和文学形式主义的新霸权。正如王元骧所批评的那样，这种“不加分析地把除形式之外向艺术提出的要求都看作是从外部强加给艺术的一种束缚”的做法，同样会“使艺术不堪重负”[⑧]。只有兼顾文学的审美特质和社会使命，正确处理二者之间的关系，才能为文学的健康发展提供必要的保障。

---

① 饮冰：《论小说与群治之关系》，见陈平原等编《二十世纪中国小说理论资料》第 1 卷，北京：北京大学出版社 1989 年版，第 37 页。

② 陈独秀：《文学革命论》，原载 1917 年 2 月 1 日《新青年》第 2 卷第 6 号，见《陈独秀文章选编》上，北京：生活·读书·新知三联书店 1984 年版，第 172 页。

③ 蔡元培：《中国新文学大系·总序》，见聂振斌选注《文明的呼唤——蔡元培文选》，天津：百花文艺出版社 2002 年版，第 212 页。

④ 老舍：《三年来的文艺运动》，见《老舍全集》第 16 卷，北京：人民文学出版社 1999 年版，第 683 页。

⑤ 李初梨：《怎样地建设革命文学》，见《文学运动史料选》第 2 册，上海：上海教育出版社 1979 年版，第 42 页。

⑥ 毛泽东：《在延安文艺座谈会上的讲话》，见《毛泽东选集》第 3 卷，北京：人民出版社 1991 年版，第 848 页。

⑦ 孔范今：《走出历史的峡谷》，济南：山东文艺出版社 1997 年版，第 50 页。

⑧ 王元骧：《审美超越与艺术精神》，杭州：浙江大学出版社 2006 年版，第 142 页。

第二节　以整合思路发端的新文学想象

如前所述，如何处理文学的历史传承和现代追求之间的复杂冲突，如何协调文学的审美特质和社会使命之间的深度纠缠，是关系着新文学发展方向的两个基本问题。自从“五四”新文化运动以后，将文学视作思想启蒙的工具、吸纳西方文艺资源，就成了占据着主导地位的价值追求和新文学开展自身建设的必由之路，文学的历史传承意识和审美意识处于遭受贬抑的弱势地位，未能得到充分的张扬。强化文学功利主义倾向、引进外来文艺思想固然可以为新文学的发展提供动力，但是在具体的实践过程中，也存在着忽视文学独立地位、机械移植西方话语的弊端。在工具论思想和反传统倾向恶性膨胀的大语境中，吴宓以整合思路发端，展开了他的新文学想象。对中国传统文化的了解和推崇使他深信中国文学的自我更新能力，坚决反对搬用西方文学体系对中国文学进行整体性置换；而对西方文学观念的接受和会心又使他能够认真地审视和对待中国传统文学思想，避免了因循泥古，裹足不前。作为了解文学自身发展规律且具备丰富创作经验的诗人，他坚持将审美特质视为文学之为文学的内在属性及合法依据；同时，作为热衷于探究人生普遍真理、致力于完善现代人性的思想者，他又始终强调文学家应该自觉承担起表现人生、改良人性的社会使命。虽然传统与现代、中国与西方、审美与功利的冲突仍然是他难以回避的时代痛苦，但是他在这种痛苦中所进行的反思，却使得他的新文学想象在一定程度上脱离了传统与现代、中国与西方、审美与功利二元对立的思维模式，体现出了整合思路的优势和力量。当然，吴宓以整合思路发端的新文学想象并非十全十美，其个人所达到的理论成就和实际影响也未能使其跻身于第一流学者的行列。但不容否认的是，作为一位具有独立思想体系和文化操守的文论家，在现代西方话语和文学工具论风靡中国学界的大语境中，他曾经逆时代潮流而动，有意识地对其所处时代的主流文学思想进行过某种程度的纠偏：既强调文学作为语言艺术的审美特殊性并以之整合文学固有的功利追求，致力于恢复文学审美特质与社会使命之间的和谐关系；又强调中国传统文学思想的价值并以之整合西方文学思想的精华，致力于探寻中西文学思想的会通之路。而这种纠偏恰恰是吴宓新文学想象的意义所在。他想象中的新文学并不是和古典文学截然对立的存在，而是从文学传统中自然萌生出来的新质。这种新质在成长过程中，会不可避免地受到来自西方文学思潮的影响和催化，但是决不会成为西方文学的翻版或附庸，新文学所具备的审美特质和所承载的社会使命是一个有机的整体，不可能出现真正意义上的分离和断裂。应该承认，吴宓的文学思想自成一派，具有严密的学理和逻辑，尖锐地指出了中国现代文学和文论发展中所存在的诸多问题，对于主流文艺思想是一个必要的补充，很多观点在今天看来仍然具有启发意义，其重要性不容忽视。

而且，吴宓这种建立在整合基础上的新文学想象并不是孤立的存在，它代表着中国现代文学史上某些曾一度被忽视的思想资源中所包蕴的有意义的探索和努力。这种探索和努力属于中国现代主流文学思想旋律中的不和谐音，但正是这种“不和谐”构成了中国现代文学思想的另一种理论力量。从王国维“学无新旧”、“学无中西”[①]的主张中，从钱锺书“东海西海，心理攸同;南学北学，道术未裂”[②]的言论中，从鲁迅“不用之用”[③]

① 王国维:《〈国学丛刊〉序》，见《王国维集》，周锡山编校，第2册，北京：中国社会科学出版社2008年版，第324页。原文为："学之义，不明于天下久矣！今之言学者，有新旧之争，有中西之争，有有用之学与无用之学之争。余正告天下曰：学无新旧也，无中西也，无有用无用也，凡立此名者，均不学之徒，即学焉而未尝知学者也。"在王国维看来，学问之所以会滋生出古今新旧之分，是由于科学态度和史学态度不正确的对立所造成的。执着于科学者，大多崇今；拘泥于史学者，大多尚古。实际上，在治学过程中，科学态度和史学态度并不能截然分开，研究科学需要借助史学所提供的材料，研究史学则需要吸收科学所提供的知识。所以，学问原本也没有新旧古今的明确界限，不同历史时期的学问完全可以互相参证，互相阐发。与"学无新旧"紧密关联的是"学无中西"。时人往往以西为新，以中为旧，认为中西学问互不相通，王国维既主"学无新旧"，自然会坚决反对那种"思想上之事，中国自中国，西洋自西洋"（王国维:《论近年之学术界》，见周锡山编校《王国维集》第2册，北京：中国社会科学出版社2008年版，第304页）的治学倾向，大力提倡中西学问的互补性与共通性。王国维的这一观点对中国学术和中国文学的健康发展都是至关重要的，但是，在唯新是从和西学至上的历史时代里，这一观点并没有得到应有的重视和发扬。

② 钱锺书:《谈艺录》"序"，北京：生活·读书·新知三联书店2007年版，第1页。在钱锺书看来，"心理攸同"是"道术未裂"的基本前提，无论人们所属的种族、所居的地域、所处的时代、所关注的问题有多大差异，其心理活动都会体现出共同的本质特征。"南学北学"作为"心理攸同"的人类创造的文化成果，自然会存在着内在的逻辑同一性和对话可能性。基于这一考虑，钱锺书在《谈艺录》中广征博引，海纳百川，将古往今来的中国文学现象、西方文学现象、中国文论话语、西方文论话语并置一处，相互参照，挖掘其貌异心同的互文性特征。这一做法无疑已经突破了以西释中的单向阐发法的束缚，为中西文学思想的融合会通提供了一条可资借鉴的道路。但是，《谈艺录》1948年才经开明书店出版，还未来得及对现代文学思想建构产生广泛影响，就遭遇了时代的冷落。

③ 鲁迅:《摩罗诗力说》，见《鲁迅全集》第1卷，北京：人民文学出版社2005年版，第73~74页。论及"不用之用"时，该篇原文为："由纯文学上言之，则以一切美术之本质，皆在使观听之人，为之兴感怡悦。文章为美术之一，质当亦然，与个人暨邦国之存，无所系属，实利离尽，究理弗存。……英人道覃（E.Dowden）有言曰，美术文章之桀出于世者，观诵而后，似无裨于人间者，往往有之。然吾人乐于观诵，如游巨浸，前临渺茫，浮游波际，游泳既已，神质悉移。而彼之大海，实仅波起涛飞，绝无情愫，未始以一教训一格言相授。顾游者之元气体力，则为之陡增也。故文章之于人生，其为用决不次于衣食，宫室，宗教，道德。盖缘人在两间，必有时自觉以勤勉，有时丧我而惝恍，时必致力于善生，时必并忘其善生之事而入于醇乐，时或活动于现实之区，时或神驰于理想之域；苟致力于其偏，是谓之不具足。严冬永留，春气不至，生其躯壳，死其精魂，其人虽生，而人生之道失。文章不用之用，其在斯乎？约翰穆黎曰，近世文明，无不以科学为术，合理为神，功利为鹄。大势如是，而文章之用益神，所以者何？以能涵养吾人之神思耳。涵养人之神思，即文章之职与用也。"尽管鲁迅一向将改造国民精神作为文学创作的首要目的，但是从《摩罗诗力说》等早期论著中，我们却不难看出，他对文学功利性的认识是以他对文学审美特征的强调为前提的。在他看来，文学的本质是"兴感怡悦"。作为一种纯粹的审美感受，"兴感怡悦"意味着文学艺术具有超越现实功利、远离实用价值的一面。但是，在"兴感怡悦"的审美过程中，接受者又确实可以在不知不觉中涵养神思，陶冶情感，提升思想，完善人格，这就是所谓的"不用之用"。可见，文学的审美价值和功利效用其实是二位一体、不分彼此的，前者是后者的前提条件，后者则是前者自然而然的结果。从鲁迅一生所取得的文学实绩来看，他对文学审美价值与功利效应的辩证看法基本上没有改变。只是，随着政治斗争形势的日益严峻和鲁迅对马克思主义理论的自觉接受，在鲁迅后期的文章中，他开始更为自觉地强调文学的阶级性、政治性等功利因素。经过历次时代风云的选择，这些因素被渲染得益发浓墨重彩，几乎让人觉得文学功利主义就是鲁迅文学思想的全部，而鲁迅对文学审美特质的体认和阐释则被长期湮没和遗忘在历史的烟尘之中。

的观点中，从周作人“独立的美和无形的功利”[①] 的提法中，我们可以或多或少地捕捉到这种理论力量的闪现和存在，体会到中国文学现代性追求的复杂性和潜在可能性。从这个意义上说，吴宓整合式的新文学想象作为20世纪中国文学现代性建构进程中不可忽视的一个侧面，本来不应该遭到简单的否定。但是从产生之日起，无论在理论上还是在实践上，吴宓的文学思想都属于受压抑的一翼，“五四”主流学者忽视了吴宓整合思路中的现代性因素及其对文学现代性建构所可能具有的积极作用；在后来的几十年间，由于特殊的历史原因，吴宓更是一直作为落后的顽固派被遗忘在历史烟尘里，其思想对中国现代文学的建设几乎没有起到任何根本性的影响。这种忽视和遗忘不但制约和影响了文学现代性的价值取向，使本应丰富复杂的现代性追求在偏见中走向单一，而且还加剧了中国传统文学资源和西方现代文学资源之间、文学审美特质和文学社会使命之间的对立和紧张。可以说，吴宓文学思想的窘迫处境和寂寞命运暗示出了中国文学的现代性传统建立过程中所存在的缺失，而这种缺失所留下的后遗症已经给中国新文学的发展造成了误区。所以，将吴宓作为一个具有代表性的个案，深入细致地研究其以整合思路发端的新文学想象，可以起到填补空缺的作用，对我们了解中国现代文论展开过程中充满矛盾性的复杂局面，反思20世纪中国文学现代性的理论走向和潜在可能都具有极其重要的意义和价值。基于这一考虑，本书旨在以吴宓文学思想作为研究中心，力求从吴宓整合式思路的固有特点出发，将吴宓的新文学想象还原到其赖以生成的现代语境中，在现代文化和文学的宏阔视野中揭示吴宓文学思想的深层内涵，发掘其意义和价值，使之成为建构具有现代性的中国文学和文论的有益借鉴。

① 周作人:《自己的园地》[首节]，见周作人《知堂序跋》，钟叔河编，长沙：岳麓书社1987年版，第6~7页。论及“独立的艺术美与无形的功利”时，该篇原文为：“艺术当然是人生的，因为他本是我们感情生活的表现，叫他怎么能与人生分离？‘为人生’——于人生有实利，当然也是艺术本有的一种作用，但并非唯一的职务。总之艺术是独立的，却又原来是人性的，所以既不必使他隔离人生，又不必使他服侍人生，只任他成为浑然的人生的艺术便好了。‘为艺术’派以个人为艺术的工匠，‘为人生’派以艺术为人生的仆役；现在却以个人为主人，表现情思而成艺术，即为生活之一部，初不为福利他人而作，而他人接触这艺术，得到一种共鸣与感兴，使其精神生活充实而幸福，而即以为实生活的基本；这是人生的艺术的要点，有独立的艺术美与无形的功利。”在周作人看来，文学的功利性无需去刻意寻求，就自然蕴含在“独立的艺术美”之中。用今天的眼光来看，对于风起云涌的文学功利主义思潮而言，周作人强调“以个人为主人，表现情思而成艺术”的文学观不失为一种有益的制约和补充。但是，开始耕种“自己的园地”后不久，周作人就已经被主流话语视作了反动者和落伍者[1930年10月13日，周作人在《骆驼草》上发表《草木虫鱼小引》一文，其中约略提到自己被主流文坛误会和排斥的情形：“在写文章的时候，我常感到两种困难，其一是说什么，其二是怎么说。……有些事情固然我本不要说，然而也有些是想说的，而现在实在无从说起。不必说到政治大事上去，即使偶然谈谈儿童或妇女身上的事情，也难保不被看出反动的痕迹，其次是落伍的证据来，得到古人所谓笔祸。”(中国现代文学馆编：《雨天的书》，北京：华夏出版社2008年版，第115页)]。再加上他在抗战期间参加伪政府的不光彩经历，他所倡导的“人生的艺术”观念自然也不会在现代文坛激起普遍共鸣。

第一章 吴宓的文化经历和学术生涯

> 贡布里希说过一句发人深省的话：画家倾向于看他所要画的东西，而不是画他所看到的东西。在同样的意义上我们说：批评家要考察他所要研究的东西，而非无选择地讨论他所面对的一切。即是说，看到什么取决于想看到什么。这是一种有所选择的理论思维之定势。任何人都不可能逃避这种定势。①

吴宓对文学的认识和思考在很大程度上受制于他的思维定式，受制于他自己在文化经历和学术生涯中形成的思想体系和治学理念，所以，在对吴宓文学思想展开具体研究之前，我们理应沉潜到历史深处去追踪吴宓的文化经历和学术生涯，把握其思想体系和治学理念。

第一节 关学重镇，以儒为本

吴宓，本名玉衡，字雨僧（亦作雨生），曾用名陀曼。1894 年 8 月 20 日出生在陕西

① 周宪：《现代性的张力》，北京：首都师范大学出版社 2001 年版，第 179 页。

省泾阳县一个殷实的书香之家[①]，后就学于三原敬业学塾及宏道学堂[②]，泾阳和三原均为关学重镇，濡染关学思想就成了吴宓成长过程中的重要文化经历。

所谓“关学”，指的是由北宋时“关中士人宗师”[③]张载（字子厚，世称横渠先生）所开创的关中理学学派。后人将其与朱熹的“闽学”、周敦颐的“濂学”、程颢程颐的“洛学”合称为“濂洛关闽”，并列为宋代兴起的四大儒学派别[④]。明中叶以降，许多关中士人自觉继承了张载的学术理念、精神旨趣和价值追求，从而使“关学”成了延续至明清乃至近代的一个具有鲜明地域色彩的文化流派。明万历年间，关中理学家冯从吾撰成《关学编》，意在汇集关学诸子的事略著作，索隐关学道统的发展脉络。全书按照时代顺序编目，首卷是秦子、燕子、石作子、壤驷子这四位身处关中的秦代孔门弟子的小传，卷一到卷四依次介绍了张载等33位宋、金、元、明关中理学家的基本事功、思想要旨和代表著作，基本构成了“关学”发展的历史小结。在冯从吾看来，“诸君子之学，虽繇入门户各异，造诣浅深或殊，然一脉相承，千古若契，其不诡于吾孔氏之道则一也”[⑤]，对其

---

① 在《吴宓自编年谱》中，吴宓曾对自己的家庭出身作过这样的介绍：“宓生于中国（大清帝国）陕西省泾阳县西北乡安吴堡东门内吴崇厚堂（号称西院）祖遗故宅。”“当宓之生1894及宓幼时（1901—1910），安吴堡城中之吴氏族人，可分老（长）支与新（次）支。”“新支共十家，则富厚，……宓家西院吴崇厚堂，在泾阳县城有‘祥义和’，其房屋及地基，1950秋，父丧，始售出。在三原县城有‘全盛益’药材行，及‘永兴厚’布庄。两商号。1904年始停业，并经官了结。尚有其他，皆在庚子前一一歇闭。吾家遂由富而贫。在新支十家，以贫富论，吾家当居中，即第五或第六。然犹有财力，可供全家游沪、杭一年，且资父1902自费赴日本游学。”“先祖父穆川公（讳家骏，1810—1878）——邑庠生。候选教谕，曾任华阴县学训导一年。性恬淡，喜饮酒，作画，赋诗。诗稿无存。有自画像横幅卷轴：在花园中，独坐石床上，垂须，整衣，意态悠闲。二小童在近旁扇炉火，煎水，烹茶。（此穆川公自画像，辛亥后移家遗失！）同治初年，回民叛乱，泾阳县城失陷……公携眷退居嵯峨山中深处、高处者数年。曾教该地农民以蓺植果树之术，辟地若干亩，栽桃、杏、梨、李、柿、桔等树数百株。公当时倚此为活，农民亦得其利。乱平之后，移家回堡时，尽以其园地与果树赠与农民。农民欲备价赎买，分年偿付，公不听。农民深为感激，诫其家人及子孙，每年果熟，必先摘取每种果之最佳者，奉送与安吴堡吴公，然后自己乃敢尝新云。此事行之多年，载公《墓志铭》中。”“祖母（继配）杨太淑人（1846—1907），……穆川公没时，太淑人所生二子建寅方五岁、建常方三岁。太淑人守节抚孤，择良师教读，并为婚娶，命从学于大儒刘古愚先生，讳光蕡，咸阳人。入味经书院。”“生父芷敬公，……泾阳县学增生。肄业味经书院。撰有天算解题等，登入书院集刊。”“叔父仲旗公，……泾阳县学生（庠生，即秀才），亦肄业味经书院。兼好骑马试剑，自习武术。”（吴宓：《吴宓自编年谱》，吴学昭整理，北京：生活·读书·新知三联书店1995年版，第4页，第5页，第16~18页）

② 据《吴宓自编年谱》记载，1905年10月中旬，应生父芷敬公之召，吴宓到三原就读于王麟编先生讲学的私塾。1906年正月，转入敬业学塾，“敬业学塾者，临潼县人张公密臣（名秉枢）在其家中，今年所创办之家塾，实新制之高等小学也。张公亦刘古愚先生之弟子，为姑丈及吾父芷敬公、仲旗公之同学友”（吴宓：《吴宓自编年谱》，吴学昭整理，北京：生活·读书·新知三联书店1995年版，第62页）。张公本人同时也担任着宏道高等学堂（实际只有预备科，简称曰“预科”，即五年制中学）教授，1906年冬，在张公的敦促下，吴宓考取宏道学堂，1910年6月毕业。

③《宋史·张载传》，见《张载集》，北京：中华书局1978年版，第387页。

④ 清代儒者张伯行曾在《濂洛关闽原书序》一文中谈到，孔孟开创的儒学传统自秦代开始式微，直到宋代周程张朱的“濂洛关闽”学说崛起，才有了复兴之象：“宋兴而周子崛起南服，二程子倡道伊洛之间，张子笃志力行关中，学者与洛人并，迨至朱子讲学闽中，集诸儒之成，而其传益广，于是世之言学者，未有不溯统于濂洛关闽而以为邹鲁之道在是，即唐虞三代之道在是也。夫四氏出而圣道日新，六经四书阐发无遗蕴。有志者不学则已，学则必由先儒之说以求先圣之旨归宜无不得当者。”（张伯行集解：《濂洛关闽书》第1册，北京：中华书局1985年版，第1页）

⑤［明］冯从吾：《关学编·自序》，北京：中华书局1987年版，第2页。

进行记录梳理，可以“识吾关中理学之大略也”[①]。清乾隆到光绪年间，王心敬、李元春、贺瑞麟等理学家又先后对《关学编》进行了补订和续写，增加了冯氏原编中未曾录入的二十余位宋明关中理学家（冯从吾本人也在其中）和二十余位清代关中理学家的事迹及观点。

正如冯从吾所说，较之其他理学学派，张载开创的“关学”“以《易》为宗，以《中庸》为体，以《礼》为的，以孔孟为法，穷神化，一天人，立大本，斥异学”[②]，几乎没有掺杂佛老的因素[③]，体现出一种古朴无华的纯儒品格。在张载看来，永恒存在的“气”是宇宙万物的本原和发端，有形的“象”均出自无形的“气”，是“气”流变运动的不同表现形式：“凡可状，皆有也；凡有，皆象也；凡象，皆气也。”[④]“有气方有象，虽未形，不害象在其中。”[⑤]“气”的本然状态是没有形体的太虚：“太虚无形，气之本体，其聚其散，变化之客形尔；至静无感，性之渊源，有识有知，物交之客感尔。”[⑥]“气”聚则化生出万物，万物散则归于作为气之本体的太虚。聚散之间，“气”本身所遵循的常理是不会消灭的：

> 天地之气，虽聚散、攻取百途，然其为理也顺而不妄。气之为物，散入无形，适得吾体；聚为有象，不失吾常。太虚不能无气，气不能不聚而为万物，万物不能不散而为太虚。循是出入，是皆不得已而然也。[⑦]

由于人与万物之“性”，同出于无始无终、不增不灭的太虚之气，因此，“性”本身亦是永恒存在的：“客感客形与无感无形，惟尽性者一之。”[⑧]“天性在人，正犹水性之在冰，凝释虽异，为物一也。”[⑨]“尽性然后知生无所得则死无所丧。”[⑩]这里的“性”，指的是出于太虚

①［明］冯从吾：《关学编·自序》，北京：中华书局 1987 年版，第 2 页。

②［明］冯从吾：《关学编·横渠张先生》，北京：中华书局 1987 年版，第 3 页。

③ 张载年轻时涉猎广泛，“又访诸释、老。累年，尽究其说。知无所得，反而求之六经”，最终觉悟到“吾道自足，何事旁求，于是尽弃异学，淳如也”，此处的道，指的即是儒道。（［明］冯从吾：《关学编·横渠张先生》，北京：中华书局 1987 年版，第 1 页）

④［宋］张载：《正蒙·乾称篇第十七》，见《张载集》，章锡琛点校，北京：中华书局 1978 年版，第 63 页。

⑤［宋］张载：《横渠易说·系辞下》，见《张载集》，章锡琛点校，北京：中华书局 1978 年版，第 231 页。

⑥［宋］张载：《正蒙·太和篇第一》，见《张载集》，章锡琛点校，北京：中华书局 1978 年版，第 7 页。

⑦［宋］张载：《正蒙·太和篇第一》，见《张载集》，章锡琛点校，北京：中华书局 1978 年版，第 7 页。

⑧［宋］张载：《正蒙·太和篇第一》，见《张载集》，章锡琛点校，北京：中华书局 1978 年版，第 7 页。

⑨［宋］张载：《正蒙·诚明篇第六》，见《张载集》，章锡琛点校，北京：中华书局 1978 年版，第 22 页。

⑩［宋］张载：《正蒙·诚明篇第六》，见《张载集》，章锡琛点校，北京：中华书局 1978 年版，第 21 页。

之气的“天地之性”，“和乐，道之端乎！和则可大，乐则可久，天地之性，久大而已矣”①。那是和乐圆满、至善无恶的境界，是天道的表现，是万物的一种质的规定性，但由于承载“天地之性”的个体差异甚大，这种“天地之性”在具体个体身上的表现方式也各有不同：

> 天下凡谓之性者，如言金性刚，火性热，牛之性，马之性也，莫非固有。凡物莫不有是性，由通蔽开塞，所以有人物之别，由蔽有厚薄，故有智愚之别。塞者牢不可开，厚者可以开而开之也难，薄者开之也易，开则达于天道，与圣人一。②

> 性者万物之一源，非有我之得私也。惟大人为能尽其道，是故立必俱立，知必周知，爱必兼爱，成不独成。彼自蔽塞而不知顺吾理者，则亦未知之何矣。③

一旦这种“万物之一源，非有我之得私也”的“天地之性”在人身上彻底展开，人便可以上达天理，成为“圣人”和“大人”。遗憾的是，因为物欲和私心的遮蔽和阻塞，绝大多数人都停留在“自蔽塞”的“有我”的状态，其至纯至善的“天地之性”均处于沉睡状态，只能呈现出后天养成的善恶相混的“气质之性”。“气质之性”是伴随着人类形体的出现而产生的，受制于各个形体不同的生理机制和世俗欲望，“形而后有气质之性，善反之则天地之性存焉”④。也就是说，只有沉潜向学诚心自省去除驳杂人欲，恢复先天的善，才有望唤醒“天地之性”，改变“气质之性”：“为学大益，在自求变化气质，不尔皆为人之弊，卒无所发明，不得见圣人之奥。”⑤所谓“变化气质”，就是指通过加强自我修养与天道相合，在自己身上实现“天地之性”的和乐境界，“得见圣人之奥”。正所谓“儒者则因明致诚，因诚致明，故天人合一，致学而可以成圣，得天而未始遗人”⑥。在“变化气质”唤醒“天地之性”的过程中，尽量广博地学习圣人之言和认真地躬行道德礼义是不可忽

①［宋］张载：《正蒙·诚明篇第六》，见《张载集》，章锡琛点校，北京：中华书局1978年版，第24页。

②［宋］张载：《拾遗·性理拾遗》，见《张载集》，章锡琛点校，北京：中华书局1978年版，第374页。

③［宋］张载：《正蒙·诚明篇第六》，见《张载集》，章锡琛点校，北京：中华书局1978年版，第21页。

④［宋］张载：《正蒙·诚明篇第六》，见《张载集》，章锡琛点校，北京：中华书局1978年版，第23页。

⑤［宋］张载：《经学理窟·义理》，见《张载集》，章锡琛点校，北京：中华书局1978年版，第274页。

⑥［宋］张载：《正蒙·乾称篇第十七》，见《张载集》，章锡琛点校，北京：中华书局1978年版，第65页。

视的关键环节：

> 当是畏圣人之言，考前言往行以畜其德，度义择善而行之。致文于事业而能尽义者，只是要学，晓夕参详比较，所以尽义。惟博学然后有可得以参较琢磨，学博则转密察，钻之弥坚，于实处转笃实，转诚转信。故只是要博学，学愈博则义愈精微……①

博学圣人之言是为了抑制世俗欲望，加强道德修养，以礼为教："礼者圣人之成法也，除了礼，天下更无道矣。"②礼教在关学思想中占据着极其重要的地位，正如黄宗羲所说："关学世有渊源，皆以躬行礼教为本。"③张载就坚持认为，修身的前提是潜心学礼，只有做到克己从礼，才能"集义"、"养气"，拥有坚强的道德意志：

> 学者且须观礼，盖礼者滋养人德性，又使人有常业，守得定，又可学更可行，又可集得义。养浩然之气须是集义，集义然后可以得浩然之气，严正刚大，必须得礼上下达。义者，克己也。④

这里的"礼"，并不是某种社会力量强加在人身上的清规戒律，而是顺乎天意的自然选择："礼即天地之德也"⑤，"礼不必皆出于人，至如无人，天地之礼自然而有，何假于人，……学者有专以礼出于人，而不知礼本天之自然……"⑥既然"礼"与天道合一，那么，知礼守礼就可以合乎天道，改变善恶相混的"气质之性"，维持至善圆满的"天地之性"："礼所以持性，盖本出于性，持性，反本也。凡未成性，须礼以持之，能守礼已不畔道矣。"⑦对于"天地之性"的圣人来说，"持性"之"礼"已经不再是外在的行为模式，而是与内心合一的精神力量："礼非止著见于外，亦有无体之礼。盖礼之原在心。"⑧礼义、天道、人心原本就应该是三位一体的关系，如果行为主体都能从礼向善，体悟到"天地

①［宋］张载：《经学理窟·气质》，见《张载集》，章锡琛点校，北京：中华书局 1978 年版，第 270 页。
②［宋］张载：《经学理窟·礼乐》，见《张载集》，章锡琛点校，北京：中华书局 1978 年版，第 264 页。
③［明］黄宗羲：《明儒学案·师说·吕径野柟》，见沈善洪主编《黄宗羲全集》第 7 册，杭州：浙江古籍出版社 2005 年版，第 19 页。
④［宋］张载：《经学理窟·学大原上》，见《张载集》，章锡琛点校，北京：中华书局 1978 年版，第 279 页。
⑤［宋］张载：《经学理窟·礼乐》，见《张载集》，章锡琛点校，北京：中华书局 1978 年版，第 264 页。
⑥［宋］张载：《经学理窟·礼乐》，见《张载集》，章锡琛点校，北京：中华书局 1978 年版，第 264 页。
⑦［宋］张载：《经学理窟·礼乐》，见《张载集》，章锡琛点校，北京：中华书局 1978 年版，第 264 页。
⑧［宋］张载：《经学理窟·礼乐》，见《张载集》，章锡琛点校，北京：中华书局 1978 年版，第 264 页。

之性”，那么众生便可以进入那种天人通体、天人合德的和谐境界之中。这种和谐境界不是虚无缥缈难以捉摸的彼岸世界，而是此岸世界的人生价值理想，能否达到，全在于人是否具备一种实践能力，而张载毕生的为学宗旨——“为天地立志，为生民立道，为去圣继绝学，为万世开太平”[①]——就是对这种实践能力的完美描绘。

后来，以张载发端的关学思想为北宋哲学家吕大临继承，又在薛敬之、吕柟、王承裕、李颙、李柏、李因笃、李二曲、王心敬等明清学人那里得到了进一步的发展，传至近代，关中地区出现了一位与张载精神志行相仿佛的关学传人刘古愚。刘古愚（名光蕡，号古愚，以号行）痛心于“士日困于记诵词章，民则困于愚盲疲苶，国势散涣阢陧，屡受制于外人”[②]的现状，坚决廓清“虚文之弊”[③]，积极倡导学古求实，经世致用，力主“士之学从民事入，其成材必皆有用之实学”[④]，曾着力传播维新思想，主张变法救世。康有为称赞他“以良知不昧为基，以利用前民为施，笃行而广知，学古而审时，至诚而集虚，躬而焦思”，堪称清末“体用兼备之大儒”[⑤]。清光绪年间，刘古愚效法张载志行，抱着“继绝学”、“开太平”、教育兴国的目的主持书院，兴办义学[⑥]。在他看来，宋儒所谓的“变化气质”，就是“变昏愚之气而清明，变脆弱之质而强健也”[⑦]，只有国人普遍实现了这种气质变化，国家才有希望，而教书育人就是改变国人气质、实现救国济世的最佳方式。为此，他本着“厉耻”、“习勤”、“求实”、“观时”、“广识”、“乐群”[⑧]的学规宗旨，“历主泾阳泾干、味经、崇实诸书院，其法分课编日程，躬与切摩，强聒不舍，门弟子千数百人，成就者众，而关中风趋亦为一变矣”[⑨]。如此盛况，势必会对关学基本精神的延续起到很大的作用。

吴宓的生父吴建寅（芷敬公）、嗣父吴建常（仲旗公）、姑父陈涛（字伯澜）及童年和少年的多位师长均曾拜在刘古愚门下受教，《吴宓自编年谱》对此曾经有过详细的介

---

①［宋］张载：《张子语录·语录中》，见《张载集》，章锡琛点校，北京：中华书局 1978 年版，第 320 页。

② 刘古愚：《学记臆解序》，见《刘古愚教育论文选注》，西安：陕西人民出版社 1988 年版，第 51 页。

③ 刘古愚：《改设学堂私议》，见《刘古愚教育论文选注》，西安：陕西人民出版社 1988 年版，第 51 页。

④ 刘古愚：《改设学堂私议》，见《刘古愚教育论文选注》，西安：陕西人民出版社 1988 年版，第 51 页。

⑤ 康有为：《〈烟霞草堂文集〉序》，见《康有为全集》第 11 集，姜义华、张荣华校，北京：中国人民大学出版社 2007 年版，第 86 页。

⑥ 刘古愚曾在《改设学堂私议》一文中谈到自己的教育救世设想：“……国势贫弱不能自立，始悟国势贫弱人才不如人也。人才不如人，学校之教不如人也。学校之教不如人，而舍中国之学以效西人之学，其用意究何在乎？变造士之法以为化民而已矣。西人之设学也，以为人人应尽之义务；中国之设学也，以为士子入仕捷径……是中国人民中去其十二分之十一，仅余一分从事于学也。……十二分之一之中，所得之俊杰，必不如一国之中人人皆学之俊异奇杰也。”“故今日救中国贫弱，从学堂做起，最为得要，然其要则为教民，而非造士之谓也。”（《刘古愚教育论文选注》，西安：陕西人民出版社 1988 年版，第 51~52 页，第 53 页）

⑦ 刘古愚：《谕崇实书院诸生》，见《刘古愚教育论文选注》，西安：陕西人民出版社 1988 年版，第 148 页。

⑧ 刘古愚：《谕崇实书院诸生》，见《刘古愚教育论文选注》，西安：陕西人民出版社 1988 年版，第 147 页。

⑨ 陈三立：《刘古愚先生传》，见陈三立《散原精舍文集》，钱文忠标点，沈阳：辽宁教育出版社 1998 年版，第 189 页。

绍[①]。吴宓虽然没有能亲自从学于刘古愚，但通过父辈师长之口，却对其言行思想知之甚详，在心里留下了醇儒的理想形象。从《吴宓自编年谱》中屡屡出现的某某“亦刘古愚先生之门人”，某某“亦刘古愚先生之弟子”字样中，我们不难感觉到吴宓对刘古愚的敬仰之情，感觉到他对诸位长辈与刘古愚师承关系的重视和强调。在《空轩诗话》之七中，吴宓更为明确地总结了这种师承关系，并以刘古愚的再传弟子自居：

> 咸阳刘古愚太夫子光蕡，为关中近世大儒。其学在李二曲、颜习斋之间。雄深笃健，能以至诚感人。近数十年中，吾陕知名人士，无不出其门下。吾生父芷敬公建寅嗣父仲旗公建常，及陈伯澜姑丈讳涛三原王幼农姨丈名典章三原李孟符世丈讳岳瑞咸阳邢瑞生世丈讳廷英醴泉张扶万世丈名鹏一富平等，皆相从受业。张季鸾君炽章榆林亦晚岁之门弟子。宓儿时曾获拜谒，今不复能省记。惟今兹刊印诗文，追溯师承渊源，则于古愚太夫子不敢不首致其诚敬。[②]

① 据《吴宓自编年谱》记载，除吴宓的父亲、嗣父、姑父均在刘古愚门下受教外，与其家过从甚密的诸位长辈以及吴宓就学时的多位老师也都是刘古愚的及门弟子，如，故宅大厅的楹联是刘古愚门人武访箕所写：“故宅大厅，悬挂木刻白底，红字。之楹联，文云：‘叙天伦之乐事：父子，兄弟，夫妇，朋友；著大学之明法：格物，致知，正心，修身。’题为‘频阳武访箕撰，并书。’武君亦刘古愚先生之门人。”（吴宓：《吴宓自编年谱》，吴学昭整理，北京：生活·读书·新知三联书店1995年版，第14页）吴宓生父芷敬公和继母雷孺人的婚姻是刘古愚门人王幼农介绍的：“王公幼农才识通达，谙练人情世故，善能处事，而亦喜办事。王公亦刘古愚先生之门人，晚年独力编刻刘先生《烟霞草堂遗集》《续集》，并捐助《学衡》杂志经费，详见《吴宓诗集》。与芷敬公同学于味经书院，而先世与雷氏有戚谊，乡俗曰‘老亲’。故为彼此介绍。”（同上，第25页）1900年，仲旗公为躲债前往上海，祖母带吴宓随行，居住一年，甚感拮据，且因祖母年老思乡，故1901年决定返回陕西，护送祖母一行返乡的亦是刘古愚的弟子：“适今秋有芷敬公之挚友牟子怀先生名瑾，凤翔人。亦刘古愚先生之弟子。因事来沪，正将北归。牟公为人忠直慷慨，急公好义，而又多次奔走东西南北，熟悉江湖旅途情况，故祖母决请牟公伴护同归。”（同上，第45页）1909年，姑丈陈涛的长子结婚，岳父亦是刘古愚的弟子：“陈伯澜姑丈之长子陈君衍表兄（名之硕），现年二十三岁，……盖姑丈为订婚于醴泉邢氏，已多年。女父邢廷英孝廉，字瑞生，醴泉县人，亦刘古愚先生之弟子，肄业味经书院，为高材生，以算学著名。”（同上，第87页）1903年，吴宓初入学校读书，启蒙业师恩特亨即是刘古愚的弟子：“是年，宓始‘出就外傅’入学读书。西安驻防旗籍（满人）恩特亨孝廉原姓章佳氏，字次元。亦刘古愚先生之门人，开明通达，思想略同戊戌维新党人，……杨太淑人及芷敬公即遣宓入学，从恩先生读书。”（同上，第48~49页）1906年，吴宓先后进入敬业学塾和宏道学堂读书，使其受益良多的主讲教师亦多为刘古愚的弟子：“敬业学塾者，临潼县人张公密臣（名秉枢）在其家中，今年所创办之家塾，实新制之高等小学也。张公亦刘古愚先生之弟子，为姑丈及吾父芷敬公、仲旗公之同学友。其人面甚麻，然通敏坚强，谙习世故，极能办事。曾自费游京、沪，留学日本一二年，能读日文时称曰‘东文’。书籍，惟性近于自然科学，喜研物理、化学，而不能诗文。今敬业学塾，张公自为校长。”（同上，第62页）“胡平甫（均）七舅父为宏道校长。……教授，则醴泉王公绍庭（名世德）也。王公亦刘古愚先生之弟子，宓之父执。（王公在诸公中年最长，已留须。）王公貌极朴拙，讷于言。文史湛深，文章为诸公中第一。……”（同上，第64页）“范君字卓甫，三原县人。笃于新旧学，能诗文，亦刘古愚先生之弟子。……后任三原县北城宏道高等学堂预科历史教习，即教授。讲解清晰，所编《世界史讲义》，宓读之获益滋多。”（同上，第21页）

② 吴宓：《空轩诗话》之七，见《吴宓诗话》，吴学昭整理，北京：商务印书馆2005年版，第184页。

这里的“首致其诚敬”并不是说说而已，在吴宓的成长经历中，代表着关学精神的刘古愚始终是他为人为学效仿的楷模。1911 年，初到清华读书时，吴宓就以刘古愚读书重视心得的为学方式自勉：

……刘古愚太夫子亦自谓生平学问得力处，实为《桃花扇》传奇及史外二书。此数书者，余则皆既已读之且有读之数过者矣。顾乃毫无所心得，仅觉其为佳书妙文而已。盖同一书，也以个人秉性之不同、志趣之有异、聪明才力又各有差别，则嗜此书与否，与所得于此书者如何，自有其深浅之界厘然其间，所谓仁者见之谓之仁，智者见之谓之智也。故学者之于书，总以读之是否有益于我之取舍为准绳。若徒夸其见闻之多、翻披之勤、记忆之详，而毫无所诣，则甚无谓也。……吾辈究学问者，必当以研有心得为目的，断勿以见闻之广、记诵之博自炫而炫人，则庶几其可矣！①

与生父吴建寅相比，嗣父吴建常②更得吴宓的敬爱，几乎成为他少年时期的精神偶像，其主要原因即在于吴建常的道德修养和价值观念更得刘古愚关学精神的真传：

父复谕，谓治心，学为最要，然冲淡闲适之境，极不易到。浩然之气，须集义以善养。此义余宿知之。行义愈多，则此心愈安，遇事乃不役于物。欲有所成就，必有赖于自信力。然亦惟能多行义之人，其自信力，始衷于理，为可用耳。③

父谕，谓“孔圣之悲天悯人，知其不可为而为之；佛身舍身入地狱，以救众生。盖皆行乎理之所当然，以自适其心之所安而已……”④

嗣父“集义”、“养气”、舍身救世的主张令吴宓深为叹服，情不自禁地在 1915 年 2 月的

---

① 吴宓：《吴宓日记》第 1 册，吴学昭整理注释，北京：生活·读书·新知三联书店 1998 年版，第 34 页。

② 据《吴宓自编年谱》记载，吴宓两岁丧母，生父吴建寅鳏居，祖母杨太淑人心疼孙儿无母，又夙爱次子吴建常，于是做主将吴宓过继给次子为嗣，“太淑人又以模棱两可及调停和洽之心理，命宓称呼芷敬公曰‘爹爹’……称呼仲旗公曰‘达达’……”（吴宓：《吴宓自编年谱》，吴学昭整理，北京：生活·读书·新知三联书店 1995 年版，第 22 页）吴宓文章中所提到的“爹”即是生父吴建寅，“父”即是嗣父吴建常。

③ 吴宓：《吴宓日记》第 1 册，吴学昭整理注释，北京：生活·读书·新知三联书店 1998 年版，第 402 页。

④ 吴宓：《吴宓日记》第 1 册，吴学昭整理注释，北京：生活·读书·新知三联书店 1998 年版，第 412 页。

日记中大呼："余敢不加勉哉？"[①] 与之形成鲜明对比的，是吴宓在 1914 年 6 月的日记中有关生父吴建寅的一段记载：

余自出校来，日间虽与爹少谈，而意常不合。余之德业、学问、文章，夙昔常自负稍异常人，而誓将致力用心于无埃者也。而爹毫不过问。嗟乎，人皆欲其子之肖己，而不望其为古今国家世界之一人物。此中国教育之所以坏也。爹之所谈，其关系皆甚小，而处处不脱金钱功利之意味，……此后与家庭之关系当以渐疏，宁为不肖子，必为有用之人物。[②]

从吴宓对嗣父和生父言论迥然不同的评价中，我们不难看到，关学克己自律、诚正内省、注重道德、救世济民的基本精神已经内化成了吴宓的人生信条。对于同学多选实业作为留美期间的学习方向，以期"归来易得位置、金钱，而图个人身家之舒服"的"多数之见解"[③]，吴宓深感失望，认为"一家一人之舒服以外，有更大于此者，岂可亦逐流随波"，以自己的"脑筋"和"性行"，"纵即刻弄到一家舒服安享之地步"[④]，也不会获得快乐。只有献身益国利民之事业，自己的人生价值才能得到彰显。在他看来，"国民全体之智识与道德"是决定"国家之盛衰"[⑤] 的关键因素，所以，赴美留学之前，他试图选择"杂志"一科作为未来志业，希望借助杂志的广泛影响，为开民智、淬民德做出贡献；留学归国之后，他主张清华国学研究院不要只局限于从事高深研究，也应"兼办普通国学"[⑥]，通过"思讲明国学，以造成正直高明之士，转移风俗，培养民德，藉符宓夙昔之所想望"[⑦]。1926 年，清华人事纠纷之后，吴宓辞去清华国学研究院主任一职，其"所提出之计划尽遭摈弃，而研究院之设，仅成二三教授潜修供养之地"[⑧]，同时他又为编撰出版《学衡》刊物之事，"奔走劳苦，少人帮助"[⑨]，不由得慨叹命运多舛，前途渺茫："何宓命之舛而《学衡》之前

① 吴宓：《吴宓日记》第 1 册，吴学昭整理注释，北京：生活·读书·新知三联书店 1998 年版，第 412 页。
② 吴宓：《吴宓日记》第 1 册，吴学昭整理注释，北京：生活·读书·新知三联书店 1998 年版，第 369 页。
③ 吴宓：《吴宓日记》第 1 册，吴学昭整理注释，北京：生活·读书·新知三联书店 1998 年版，第 511 页。
④ 吴宓：《吴宓日记》第 1 册，吴学昭整理注释，北京：生活·读书·新知三联书店 1998 年版，第 511 页。
⑤ 吴宓：《吴宓日记》第 1 册，吴学昭整理注释，北京：生活·读书·新知三联书店 1998 年版，第 514 页。
⑥ 吴宓：《吴宓日记》第 3 册，吴学昭整理注释，北京：生活·读书·新知三联书店 1998 年版，第 121 页。
⑦ 吴宓：《吴宓日记》第 3 册，吴学昭整理注释，北京：生活·读书·新知三联书店 1998 年版，第 156 页。
⑧ 吴宓：《吴宓日记》第 3 册，吴学昭整理注释，北京：生活·读书·新知三联书店 1998 年版，第 121 页。
⑨ 吴宓：《吴宓日记》第 3 册，吴学昭整理注释，北京：生活·读书·新知三联书店 1998 年版，第 179 页。

途不顺利如此哉”[①]。在这烦恼无穷、“诸事懒为”[②]的岁月中，能够给予其精神力量促使其恢复平静再加奋勉的是刘古愚的著作。从吴宓此时期的日记中，我们可以看到如是记载：“阴。雨。是日细读刘古愚太夫子《烟霞草堂文集》，多所感发。古愚太夫子之精心毅力，其一腔热血及刻苦实行之处，宓自谓颇似之。愿更奋勉，而有所进焉。”[③]

第二节　水木清华，并蓄中西

1910年，吴宓迎来了自己人生的第一次重大转机。是年，隶属北京外务部的游美学务处[④]通令各省提学使招考“游美第二格学生”[⑤]。5月初，吴宓得到消息时，陕西省的招考虽然已告结束，但是既定的六个名额尚未招满，为了争取到赴美留学的机会，他一面积极上书提学使余堃要求补考，一面通过改名将自己的年龄减少两岁[⑥]，终于通过层层选

① 吴宓：《吴宓日记》第3册，吴学昭整理注释，北京：生活·读书·新知三联书店1998年版，第193页。

② 吴宓：《吴宓日记》第3册，吴学昭整理注释，北京：生活·读书·新知三联书店1998年版，第202页。

③ 吴宓：《吴宓日记》第3册，吴学昭整理注释，北京：生活·读书·新知三联书店1998年版，第202页。

④ 游美学务处的成立始自美国退还的部分庚子赔款。据吴宓年谱记载，1916年6月，吴宓在清华留美预备学校高等科毕业，但是因为体育不及格和患有眼角膜炎而不能立即随众赴美，须留校一年，练习体育，治疗眼疾。留校期间，校方聘吴宓为文案处编译员。在文案处工作的一年里，吴宓读到了很多内存的档案。得知美国之所以会退还部分赔款，“实由我国驻美国公使梁诚广东省人曾在美国国务院阅读其秘藏之档案，又在美京国会图书馆翻阅各种记载、文件，得知美国政府1901年向中国索取庚子赔款时，其所提出美国人在北京等处所受义和团焚杀劫掠之损失生命、财产，事实不尽正确。故由此根据而造成之赔款数目字，亦是曾经妄为扩大，实嫌太多。如此者许多条，许多件。彼美国人已承认其为‘虚构捏造，不合事实’，而责评其‘索取过多，不合道德’者矣。梁诚公使乃取此类之事实与文件，分别编录成册。暇时，辄与所识美国国务院及外交部之官员，从容谈说。最后，乃直对国务卿海约翰氏（John Hay）婉言：以美国之富，与中美邦交之厚，美国岂吝此区区资财。若能根据切实之调查，将其中‘多取、不应取’之部分，全数退还中国，又须善为使用该款，例如派遣中国男女学生，赴美国留学，则在美国既为光明正大、改正其错误，中国亦感激受惠之深，从此更诚心倾向美国矣，云云。”（吴宓：《吴宓自编年谱》，吴学昭整理，北京：生活·读书·新知三联书店1995年版，第151~152页）就美国方面而言，退还部分赔款用于中国学子赴美留学合乎其调整中美关系、控制中国发展的长期战略目的，所以，梁诚的呼吁很快得到了美国政府的回应。同时，梁诚向中国外务部建议，“似宜声告美国政府，请将此项赔款归回，以为广设学堂遣派游学之用，在美廷既喜得归款之义声，又乐观育才之盛举。……在我国以己出之资财，造无穷止才俊，利害损益已适相反。”（《驻美公使梁致外务部函》，见清华大学校史研究室编《清华大学史料选编》第1卷，北京：清华大学出版社1991年版，第77页）1905年6月，中国外务部函告梁诚：“尊意谓宜作为广设学堂，遣派游学之用，所拟最为妥协，以为美廷所乐从。”（《外务部致驻美国大臣梁函》，见清华大学校史研究室编《清华大学史料选编》第1卷，北京：清华大学出版社1991年版，第79页）中美双方达成协议后，美国于1909年开始退款，同年，《遣派游美学生办法大纲》问世，游美学务处、游美肄业馆正式成立。

⑤ 吴宓：《吴宓自编年谱》，吴学昭整理，北京：生活·读书·新知三联书店1995年版，第62页。

⑥ 据《吴宓自编年谱》记载，去提学使衙署和学务公所报名时，吴宓才知道报名年龄截止到15岁，而宏道学籍册上自己使用的名字吴陀曼，已经注明了年龄为17岁，所以非得通过更名虚报年龄不可。当时他的做法是，“取手中所携带之《康熙字典》石印合订本，闭目，翻开一册之某一页，用手指确指一字——用此法所得者，为宓字……遂报填‘吴宓，泾阳县人，年十五岁。’于是吴宓之名遂立……”（吴宓：《吴宓自编年谱》，吴学昭整理，北京：生活·读书·新知三联书店1995年版，第91~92页）

拔，于次年 3 月正式进入清华学堂（其前身即为游美肄业馆）[①] 读书。

吴宓进入清华时，作为留美预备学校的清华学堂，在教育上偏重强调西方历史文化和西方科学知识，尤其注意对学生英文能力的培养，除国文和中国历史之外，所有课程都用英语讲解，教科书也以英文著作为主。吴宓来自陕西内地，自小打下的英文基础不及来自北京、上海和其他沿海开通地区的同学，分班次时，英文只列在“极为低微”的 2b，且“上课数日，终朝温理读本，殊觉费力”[②]，难免心中着急，只得加倍抓紧用功，每星期练习英文作文 [③]，积极参加英文演说会 [④]。经过一段时间的集中训练，再加上清华良好的英语学习环境，吴宓很快就消除了因英文不佳而带来的挫败感。据《吴宓日记》记载，在 1911 年 10 月 10 日的英文演说会上，吴宓和朱丙炎等四位同学一起演说，众人投票决定优劣，结果吴宓得到 11 票，居四人之首 [⑤]。这一成功更激发了吴宓学习英语的热情，数年后到美国弗吉尼亚大学学习文学时，他不仅能够毫不费力地对英文原版论著做出精深理解，而且在英文作文等课程的考试中取得了骄人成绩 [⑥]。

清华的英语氛围对于拓展吴宓的文化视域是极为重要的。如果说陕西期间的学习给吴宓打下了较为坚实的中学基础，那么，在清华时养成的研读英文著作的习惯则有助于吴宓形成世界性的文化眼光，促使其产生中西比较和中西会通的想法。从 1912 年的《吴宓日记》中，我们可以看到他对中西文明进行连类比较的稚拙尝试：

> 余日来读罗马历史，觉有种种之感触，欲著读史札记一小册以记所见，而又迫于时间及种种之纷扰而又不克为之，可慨也。余谓持希腊与罗马较，

① 在吴宓赴京之前，游美学务处已经派遣了两批学生留美，但是鉴于国内多数学生外语水平较低，无法适应美国大学教育，故而于 1910 年 12 月将游美肄业馆改为清华学堂。学堂分为高等科和中等科，专为培养留美预备生。吴宓本以为赴京通过复试即可留学美国，不想却有此变故，失望之情，自不待言，但是细想之下，仍然决定应试入学。在 1911 年 2 月 6 日的日记中，吴宓详细记录了自己得知此消息时的所思所想：“夕由张献初君（名绶琛）处得来游美学务处告示一纸，言学部定二十五六日复试各省咨送游美第二格学生。又据其所列条款观审一过，则游美肄业馆既经改为清华学堂，余等复试及格自不能不入其中等科。以已受中等教育之人，再在此中磋磨四年，专俟期限之满，未免徒费光阴。继而转思，已经到此，自不能不考。考而及格者，则肄业其中，再细察看情形。将来果能靠住往新大陆一游，则静待几日亦无可奈何之计，否则机会不易得也。”（吴宓：《吴宓日记》第 1 册，吴学昭整理注释，北京：生活·读书·新知三联书店 1998 年版，第 18~19 页）

② 吴宓：《吴宓日记》第 1 册，吴学昭整理注释，北京：生活·读书·新知三联书店 1998 年版，第 48 页。

③ 吴宓：《吴宓日记》第 1 册，吴学昭整理注释，北京：生活·读书·新知三联书店 1998 年版，第 69 页。

④ 据《吴宓日记》记载，英文演说会每个星期日下午一点到两点是集中开会时间，此外，“凡本会会员对本会会员，无论何时何地，不得作一中国语，皆必得用英文，所以求会话之进步也；凡有违者，则得罚银元一角以充会中公款。此事殊令人苦闷，然练习久之，则亦自获进效也”（吴宓：《吴宓日记》第 1 册，吴学昭整理注释，北京：生活·读书·新知三联书店 1998 年版，第 69 页）。

⑤ 吴宓：《吴宓日记》第 1 册，吴学昭整理注释，北京：生活·读书·新知三联书店 1998 年版，第 157~158 页。

⑥ 吴宓：《吴宓自编年谱》，吴学昭整理，北京：生活·读书·新知三联书店 1995 年版，第 167 页。

则希腊人之性质殊可比于中国南方各省，而罗马人之性质则可以拟北人也。罗马文化学术不如希腊，然其人性情严正纯直、奉公守法，而又能急国难、捐私躯，以武力雄四境，故或谓今日中国前途，南人终不可恃，将来巨大工程非北人莫能成之。斯言，余不敢谓其必。然顾读罗马史，惊其雄厚之武力与扩大之版图，以拟北人，则斯言似未尝无意也。[①]

用今天的眼光来看，吴宓这种将罗马人和中国北方人相并列、希腊人与中国南方人相并列的做法是相当稚拙的，其据此推出的中国前途全赖北方人的结论也不具备基本的说服力。但是，我们应该看到，在这种不甚恰当的比较背后，潜藏的是吴宓会通中西的抱负和热情。

真正的会通中西离不开对中学的爱好和了解。应该承认，就读清华期间，吴宓一直将英语当作学习的重中之重，为了集中精力掌握英语，他甚至痛苦地将“诗文之研究、古书之批阅”等爱好都斥为“魔障”，认为这些“魔障”“对西文之研究皆具莫大之阻力。余之魔障甚深，学之不进，良有以也。欲学之进也，须力去魔障，而后可以专心研究”[②]。但是，吴宓研究诗文、披阅古书的积习已深，尽管清华当时并不注重国文教育，他自己也时时惕厉自己去除“魔障”，“然实病未能也”[③]，他还是会情不自禁地抓住一切机会读中国古书，学中国古文，作中国古诗。《论语》《孟子》《老子》《朱子语类》等中国文化典籍中蕴含的为人为学思想令其颇为会心，认为“《论语》《孟子》等经书价值至高”[④]，足为当世借鉴。《苏东坡诗集》《唐宋诗醇》《王临川诗集》等中国古诗文集更是吴宓不可缺少的案头读物。[⑤]1913 年秋天，吴宓在清华中等科毕业，升入高等科学习。适逢高等科新聘原清代京师大学堂（民国后改称“北京大学”）文学、史学教授饶麓樵先生担任国文教师，据《吴宓自编年谱》记载，饶先生“衣服破敝，而学识渊博，不愧名师。宓以首次课作《论诗绝句》蒙奖、受知，遂携汤用彤、陈达、童锡祥三数同学往谒。师住古月堂。以后又时时续谒，专聆教诲，得益良多”[⑥]。在饶先生的启发下，吴宓开始研读吴梅村的诗歌，且“终身爱好之”[⑦]，而饶先生“作诗必（一）辨体裁；（二）兼训诂；

---

① 吴宓：《吴宓日记》第 1 册，吴学昭整理注释，北京：生活 · 读书 · 新知三联书店 1998 年版，第 240 页。

② 吴宓：《吴宓日记》第 1 册，吴学昭整理注释，北京：生活 · 读书 · 新知三联书店 1998 年版，第 251 页。

③ 吴宓：《吴宓日记》第 1 册，吴学昭整理注释，北京：生活 · 读书 · 新知三联书店 1998 年版，第 251 页。

④ 吴宓：《吴宓日记》第 1 册，吴学昭整理注释，北京：生活 · 读书 · 新知三联书店 1998 年版，第 280 页。

⑤ 吴宓：《吴宓日记》第 1 册，吴学昭整理注释，北京：生活·读书·新知三联书店 1998 年版，第 272 页，第 383 页，第 393 页。

⑥ 吴宓：《吴宓自编年谱》，吴学昭整理，北京：生活 · 读书 · 新知三联书店 1995 年版，第 127 页。

⑦ 吴宓：《吴宓自编年谱》，吴学昭整理，北京：生活 · 读书 · 新知三联书店 1995 年版，第 127 页。

（三）通音韵。……而宗旨，要勿出乎温柔敦厚四字，如是则不寒、不枯、不刚、不生硬、不轻薄，而于诗之道思过半矣”[①] 等教诲，更是被吴宓视为作诗的金科玉律，时时铭记在心。

坚实的中学基础和对中国传统文化及文学的深切爱恋使吴宓面对异域的八面来风时，能始终立足于民族本位主义立场，时刻保持清醒头脑和批判意识。在他看来，西方文明的精华固然值得汲取，但若是“溺于西俗之皮毛”，就会“失作事之真意，误人误国”[②]。正是基于这一思想前提，他才会对清华历史教授 J. Pickett 先生的告诫产生强烈的认同感，并将其奉为“顶门立箴”和“对症下药”之言：

> J. Pickett 先生因读罗马史，至其末造，希腊文化输入，罗马人接受吸收不得其道，以致生种种恶果。盖罗马风俗淳朴，人民忠爱性成；希腊人则好言美之观念，重美术文艺，而居处饮食亦较奢侈。其后罗马人学不得当，不采其长而专取其短，徒事浮靡，以侈豪相竞，于是风俗坏、政治衰，而罗马终不克长赫立于世界。
>
> 先生因提示诸生曰：“诸生若他日赴美游学，撷载西方文明，亦当专取其长而适于中国者，资为材料，以自制本国之新文明。若去取非其道或肆言保守，均不利于国家之前途，不可不慎视之。……诸生当知美之文明与其富豪，截然为二物，绝无关系。我当学其文明，不当冀其富，更不当徒效其奢。归来后，居生活程度远相悬殊之地位，而鄙弃本国一切，衣食居处均必仿美风，则大非谋国利民福之本意。罗马前事具在，可为殷鉴也。”又曰“方罗马之衰也，其国中哲士学人日悲外风之染入与国运之坠落，则发为文章，仰思往古，以为今是昨非，不胜感慨。此等人其志可嘉，然其行则迂而无实益。盖无论古之果胜于今与否，即使其然，而目睹外国新潮流之输入，即心伤其不善，亦岂个人口谈之所能御彼辈？正当思国之所缺者何物，然后拼弃一身于新潮流中，得有建树，则国家不无良好影响。徒事拒饰呻吟，岂非天下之至愚乎？故尤愿诸生深长思之”。
>
> 先生是日言甚长，皆顶门立箴，为吾辈对症下药，使余等感且佩，不能自已。感者，感其意之恳切；佩者，佩其识之宏伟也。中国能有几多士

① 吴宓：《吴宓日记》第 1 册，吴学昭整理注释，北京：生活·读书·新知三联书店 1998 年版，第 310 页。

② 吴宓：《吴宓日记》第 1 册，吴学昭整理注释，北京：生活·读书·新知三联书店 1998 年版，第 293 页。

大夫具此思想议论，更能有几多学生愿躬行此训诫也哉？呜呼，余承此训，余将无言。[①]

在日记中，吴宓将 J. Pickett 教授的告诫归纳为两个要点：其一，去取有道，慎重对待外来潮流，避免盲目仿效之弊；其二，不可肆言保守，“外国新潮流之输入”是历史的必然趋势，绝非“个人口谈”所能抵御，与其一味排外，不如细察本国缺陷，融通中西，以新潮流之长补本国之短，真正造就“本国之新文明”。对这两个要点，吴宓不仅深为会心，而且自觉将其视为自己未来的努力方向：中国固有的文明精华自然不可轻言抛弃，外来的文化也不一定都适合中国的发展，但是，世界潮流不可抗拒，盲目排外并不是对待外来文化的正确方式，更何况，外来文化并非一无可取，其中的精华部分完全可以和中国固有文明实现协调和互补。所以，作为中国新一代知识者，理应立下这样的大志：“……造成一是学说，发挥国有文明，沟通东西事理，以熔铸风俗、改进道德、引导社会。虽成功不敢期，窃愿常自勉也。”[②]

怀着“发挥国有文明，沟通东西事理”的宏大志向，吴宓观照和汲取西方文化及文学要素时，往往留心寻绎其中与中国文化及文学成分相通的部分，以此作为“沟通东西事理”的桥梁，而原有的中学成分也因为西学成分的照耀而焕发出了新的光彩。譬如，1914 年 2 月，吴宓读到“Emerson Essays 之Ⅱ. Self Reliance（pp.28–42）”（《爱默生散文集》中的《自立》篇）时，不仅领会到了其中的真意：

大旨为士当重良知良能，求吾心之所是，特立独行，不顾世俗古今之利害是非，方算有独立之精神。而人之所以鲜能自振拔者，则以往往顾虑世情、迎合求好（conformity），或一力掩护，自己不思想，言论皆无异于前日，庶不为人所耻矣（consistency）。如是常以虚荣浮名为念，此士之难成大人物也。[③]

而且看到了此真意和孔子“古之学者为己，今之学者为人”的相通之处，并从这一相通之处出发，对孔子言论的固有含义进行了拓展和深化：“即鉴后世学者并无实得，而

① 吴宓：《吴宓日记》第 1 册，吴学昭整理注释，北京：生活·读书·新知三联书店 1998 年版，第 309~310 页。
② 吴宓：《吴宓日记》第 1 册，吴学昭整理注释，北京：生活·读书·新知三联书店 1998 年版，第 410 页。
③ 吴宓：《吴宓日记》第 1 册，吴学昭整理注释，北京：生活·读书·新知三联书店 1998 年版，第 278 页。

徒东摭西掇一片一鳞即炫示于人，唯恐人之不知也者。”[①] 又如，1915 年 5 月，吴宓读完 *History of Ancient Philosophy*（W.W.Benn 著）（《古代哲学史》）一书后，首先想到的是希腊哲学和中国儒家学说的相通之处：“知希腊哲学，重德而轻利，乐道而忘忧，知命而无鬼。多合我先儒之旨，异近世西方学说，盖不可以道里计矣。”[②]

对中西文化成分相通之处的挖掘和重视决定了吴宓在进行中西比较时，势必会努力走出以西套中或是以中套西的窠臼，在二者之间营造出相互碰撞、相互辉映的交流对话关系，使其经由交流对话自然而然地凸显出“亘古今中外而一以贯之”[③] 的道理。即使是看似随意地抒写英文诗歌的阅读感受时，吴宓也不忘记联系中国文学与之形成交流对话关系，从而凸显出那些隐藏在纷繁各异的中西文学现象背后的一贯之理：

> 晚，读英文诗一首。余素性悲观，及感于文章若骚史以及诗词等，弥非写愁之作，读之、效之而愁益深，愈难排遣。初以为此中国文学之特质，西人性气活泼，知乐而不知愁，其文学界皆当系发皇鼓舞之文章。然年来仅读书数十种，而若 Irving、Addision 之文，Longfellow、Wordsworth 之诗，其幽愁抑塞之情，望古伤今、埃壒视世，则又足以添愁，正与我国之文人同。乃知文章之道，亘古今中外而一以贯之。而文士多愁，本于爱世之热心，则更无能逾越此范围者。若 Wordsworth 专以短诗 Sonnet 著称，其善者若余所抄数首，尝读之百道而不忍释，觉其思想高尚、趣味浓深。人生无东西，得为诗人留清明于万世，亦大幸矣。[④]

吴宓从自己的阅读经验入手，指出无论中西，抒写“幽愁抑塞之情”都是文学的精神实质之一，而愁情的背后，是中西文人共有的“爱世之热心”。这一认识虽然只是基于感性的阅读经验，但是已经折射出了吴宓会通中西探讨文学普遍规律的理性光辉。

就读清华期间，吴宓对中西文学的会通不仅表现在对文学现象的理解和归纳上，而且表现在创作《沧桑艳传奇》这一文学实践活动中。据《吴宓自编年谱》记载，1913 年，吴宓在清华中等科五年级肄业，“已读至 Elson's 英文读本共五册，由第四册读起。矣。其中

① 吴宓：《吴宓日记》第 1 册，吴学昭整理注释，北京：生活・读书・新知三联书店 1998 年版，第 278 页。
② 吴宓：《吴宓日记》第 1 册，吴学昭整理注释，北京：生活・读书・新知三联书店 1998 年版，第 440 页。
③ 吴宓：《吴宓日记》第 1 册，吴学昭整理注释，北京：生活・读书・新知三联书店 1998 年版，第 297 页。
④ 吴宓：《吴宓日记》第 1 册，吴学昭整理注释，北京：生活・读书・新知三联书店 1998 年版，第 297 页。

有 Longfellow 所作长诗‘*Evangeline*’浦薛凤后译为散文长篇小说，名《红豆怨史》。宓据之以撰成《沧桑艳传奇》。原定十二出。仅成四折及长叙”[①]。*Evangeline* 今译为《伊凡吉琳》，是美国 19 世纪诗人 Longfellow（朗费罗）的长篇叙事诗，讲述了一个凄婉动人的爱情故事：18 世纪初，英国在北美地区开拓殖民地，法国将自己占领的阿喀第割让给了英国，由于阿喀第的居民多为法国后裔，而这次变动又没有获得当地居民的积极赞同，所以英国政府一直对阿喀第人的忠诚心存疑虑。不久，英法又起战端，英国政府趁机给阿喀第人安上了私通法国军队的莫须有罪名，借着这一罪名没收了阿喀第人的财产，将他们变成囚犯流放到他乡。阿喀第少女伊凡吉琳和她的恋人嘉布里尔就是在结婚前夕被这一厄运拆散的，从此流离失所，天各一方。但是伊凡吉琳坚贞不渝，始终怀着希望四处奔走，寻找自己失散的爱人。经过多年无果的寻觅，历尽千难万险的伊凡吉琳流落到费拉得菲亚，在慈善姊妹会做了一名修女。此时的她，已经由如花少女变成了白发老妪，“忍耐和自我牺牲，以及对他人的虔诚，这就是患难痛苦的一生给予她的教训”，“她今生没有别的要求，也没有别的希望，只是想虔诚恭敬地去跟随救主的神圣的脚步”[②]。后来，城中瘟疫蔓延，伊凡吉琳不辞劳苦照料病人时，发现了自己魂牵梦萦的恋人嘉布里尔，尽管嘉布里尔已经老迈不堪、病入膏肓、濒临死亡，甚至无力发出一个声音来回应伊凡吉琳的呼唤和亲吻，但是伊凡吉琳仍然感谢天父让他们在生命的最后一刻重逢。在诗歌的终篇，失散大半生的两个情人并排安睡在天主教堂无名的坟墓里，而世上的姑娘们仍然在夜火边谈论着伊凡吉琳的故事。长诗《伊凡吉琳》生动优美的文字、缠绵哀婉的情感和以隐忍为特质、以博爱为旨归的宗教精神深深地打动了吴宓。在他看来，“*Evangeline* 原作，其情奇，其文亦奇。情文并至，其可传必矣”[③]。正是基于“一以传其情，一以传其文”[④]的宏愿，吴宓才决定尽力翻译此诗。但是，他所进行的翻译并不是简单的英译汉，而是“以己意增删补缀”[⑤]，用传统的文言将其改编成具有中国古典风格的戏曲传奇。他之所以会赋予《伊凡吉琳》这种新的艺术形式，并不是因为突发奇想，而是由于他看到了该诗和中国古典戏曲《桃花扇》在精神实质上具有共通之处：

昔在我国有明之亡，其可愤可悲可泣可歌之事，无虑百千数。孔云亭

① 吴宓：《吴宓自编年谱》，吴学昭整理，北京：生活·读书·新知三联书店 1995 年版，第 122 页。
②［美］朗费罗：《伊凡吉琳》，李平沤译，上海：新文艺出版社 1957 年版，第 77 页，第 78 页。
③ 吴宓：《沧桑艳传奇·叙言》，见《吴宓诗话》，吴学昭整理，北京：商务印书馆 2005 年版，第 3 页。
④ 吴宓：《沧桑艳传奇·叙言》，见《吴宓诗话》，吴学昭整理，北京：商务印书馆 2005 年版，第 3 页。
⑤ 吴宓：《沧桑艳传奇·叙言》，见《吴宓诗话》，吴学昭整理，北京：商务印书馆 2005 年版，第 3 页。

独取香君侯生事，借此为题，以亡国之哀音，写沧桑之痛泪。其书情文兼胜，故独为世所赏，谓为从来传奇中最上之作。而余则谓此篇所传之事，实有同是。郎法罗之生，后于Evangeline且百年。乃忽无端掇此缠绵之情，丽以哀艳之辞，以传其事，而兼写阿克地村（Acadie）遗民之奇痛。此与《桃花扇》同其用意，同其结构，故亦蔚为雄文。[①]

尽管吴宓只创作了传概、禊游、缔因、寺警四折，但是我们已经可以从中看到他并蓄中西、融会中西的抱负和努力。对长诗《伊凡吉琳》和中国古典戏曲《桃花扇》共通之处的洞察决定了他用中国古典戏曲形式翻译改写该诗时，并没有将原有的精神实质和独特个性置换掉，而是恰到好处地渲染出了原诗凄怨哀婉的情调，凸显出了该诗的魅力和价值。

第三节　异域求知，属意古典

1917年8月18日，吴宓跟随清华学校周诒春校长，乘坐“委内瑞拉”号海船从上海出发，开始了他的异域求知之旅。在海船上，周诒春校长又与吴宓商定，决定派吴宓“至勿吉尼亚省立大学[②]University of Virginia, Va. 习文学 Literature 专科”[③]。9月中旬，吴宓抵达“勿吉尼亚省立大学所在地霞洛脱城 Charlottesville，Va”[④]办理入学手续，选修“英国文学”、“经济学”、“近世史”、“哲学”、“法文”五门课程。勿吉尼亚大学历史悠久，学风严谨，多年以后，吴宓回忆起这段求学生涯，不禁感慨道：“宓之英国文学基本知识，实在此一学年取得”[⑤]，“该大学之道德风气好，……文学标准高，课程内容充实，而教学方法精细，……宓倘在勿吉尼亚大学更多留住、肄业一二年，则获益必甚多”[⑥]。1918年6月，吴宓在弗吉尼亚大学结束学年考试，除法文未获及格外（吴宓在清华学习的第二外语是德文，没有接触过法文），其他各门功课都很优秀。7月，为补习法文，吴宓进入哈佛大

① 吴宓：《沧桑艳传奇·叙言》，见《吴宓诗话》，吴学昭整理，北京：商务印书馆2005年版，第4页。

② 今译作弗吉尼亚大学。

③ 吴宓：《吴宓自编年谱》，吴学昭整理，北京：生活·读书·新知三联书店1995年版，第162页。

④ 吴宓：《吴宓自编年谱》，吴学昭整理，北京：生活·读书·新知三联书店1995年版，第163页。

⑤ 吴宓：《吴宓自编年谱》，吴学昭整理，北京：生活·读书·新知三联书店1995年版，第164页。

⑥ 吴宓：《吴宓自编年谱》，吴学昭整理，北京：生活·读书·新知三联书店1995年版，第175页。

学暑期学校学习。8月，在清华同班同学施济元的介绍下，吴宓结识了梅光迪，并经由梅光迪拜新人文主义者白璧德（Irving Babbitt）为师。

梅光迪，字觐庄，因激烈反对新文化运动和文学革命而闻名于世。胡适曾在《逼上梁山——文学革命的开始》中回忆过自己留美期间和梅光迪就白话诗问题展开的争论，并将这一争论归结为自己公开倡导新文化运动及文学革命的缘由："……1915年夏季……任叔永（鸿隽），梅觐庄（光迪）、杨杏佛（铨）、唐擘黄（钺）都在绮色佳[①]过夏，我们常常讨论中国文学的问题。从中国文字问题转到中国文学问题，这是一个大转变。这一班人中，最守旧的是梅觐庄，他绝对不承认中国古文是半死或全死的文字。因为他的反驳，我不能不细细想过我自己的立场。他越驳越守旧，我倒渐渐变得更激烈了。我那时常提到中国文学必须经过一场革命；'文学革命'的口号，就是那个夏天我们乱谈出来的。"[②]同年9月，胡适离开伊萨卡时，在火车上写了一首短诗寄给伊萨卡的各位朋友，前两句是："诗国革命何自始？要须作诗如作文。"[③]此时，梅光迪已到哈佛大学师从白璧德教授进行比较文学研究，重视传统和现代的延续性关系，崇尚严谨稳健的学风，赞赏典雅的诗歌趣味，见胡诗视之为谬论，很快回信予以批驳："足下谓诗国革命始自'作诗如作文'。迪颇不以为然。诗文截然两途。诗之文字（Poetic diction）与文之文字（Prose diction），自有诗文以来（无论中西）已分道而驰。……吾国求诗界革命，当于诗中求之，与文无涉也。"[④]实际上，梅光迪并没有否定白话文学对于文学革新的意义，当胡适指出宋元白话文学的重要价值时，他曾经态度热忱地以胡适的"我辈"自居，积极地表示支持和赞同："来书论宋元文学，甚启聋聩。文学革命自当从'民间文学'（folklore，popular poetry，spoken language，etc）入手，此无待言；惟非经一番大战争不可，骤言俚俗文学，必为旧派文学家所讪笑攻击。但我辈正欢迎其讪笑攻击耳。"[⑤]他和胡适的争论焦点主要集中在白话诗上，胡适"决心要用白话来征服诗的壁垒"，以此"证明白话可以做中国文学的一切门类的惟一工具"[⑥]。梅光迪则坚持认为诗歌所采用的文字"须最高最美，……加以种种格律音调以限制之，而后始见奇才焉，故非白话所能为力者"[⑦]。在与梅光迪等人的长期

---

① 伊萨卡市，位于纽约州，康奈尔大学所在城市。

② 胡适：《逼上梁山——文学革命的开始》，见欧阳哲生编《胡适文集》第1卷，北京：北京大学出版社1998年版，第143页。

③ 胡适：《逼上梁山——文学革命的开始》，见欧阳哲生编《胡适文集》第1卷，北京：北京大学出版社1998年版，第144页。

④ 梅铁山主编：《梅光迪文存》，武汉：华中师范大学出版社2011年版，第535~536页。

⑤ 梅铁山主编：《梅光迪文存》，武汉：华中师范大学出版社2011年版，第538页。

⑥ 胡适：《逼上梁山——文学革命的开始》，见欧阳哲生编《胡适文集》第1卷，北京：北京大学出版社1998年版，第156页。

⑦ 梅铁山主编：《梅光迪文存》，武汉：华中师范大学出版社2011年版，第543页。

讨论中，胡适“把许多散漫的思想汇集起来，成为一个系统”[1]。1917年1月，他的《文学改良刍议》发表在《新青年》上，时任《新青年》主编的陈独秀以“武断的态度”、“老革命党的口气”[2]对胡适表示了不遗余力的支持，胡适所倡导的文学革命和白话诗改革“得着了这样一个坚强的革命家做宣传者，做推行者，不久就成为一个有力的大运动了”[3]。

就吴宓的一生而言，结识梅光迪具有非同一般的意义。晚年时，吴宓回顾自己一生的成败苦乐，由衷地感叹道：

> 宓若在1918—1919学年，仍留勿吉尼亚大学，而不来到波士顿转入哈佛大学，则与梅光迪君在美国未由相识，无从接受其反对陈独秀、胡适新诗、白话文学、新文化运动之主张，并不获由梅君导谒白璧德先生，受其教，读其书，明其学，传其业，则后来必无《学衡》杂志之编辑与出版。而宓一生之事业、声名、成败、苦乐，亦必大异，而不知如何。总之，一切非人为，皆天命也！[4]

吴宓“非人为，皆天命”的慨叹不排除抚今追昔时所特有的情绪化成分。事实上，吴宓接受梅光迪的观点，将白璧德奉为自己的精神导师，并不完全是由于“天命”的摆弄。他的文化取向也不是对白璧德新人文主义思想的简单反射，二者之间实际上是一种文化认同与文化互证的关系。与其说是梅光迪的主张和白璧德新人文主义思想塑造了吴宓的思想，毋宁说是吴宓自身的某些思想雏形和价值取向促使他主动认同了梅光迪的主张，主动选择了白璧德新人文主义。正如加达默尔在《真理与方法》中所论述的那样，理解者的“前见”，即“传统所告诉的东西”作为“一种范例和借鉴，一种对自身的重新认识”[5]，是文化个体理解和接受任何一种理论和学说时都无法回避的前提。吴宓对于梅光迪的主张和白璧德新人文主义的接受，亦不可能脱离其自身已有文化观念和知识结构的制约。

据《吴宓自编年谱》记载，吴、梅二人的结识始自梅光迪的主动来访，梅光迪之所

---

① 胡适：《逼上梁山——文学革命的开始》，见欧阳哲生编《胡适文集》第1卷，北京：北京大学出版社1998年版，第160页。
② 胡适：《逼上梁山——文学革命的开始》，见欧阳哲生编《胡适文集》第1卷，北京：北京大学出版社1998年版，第163页。
③ 胡适：《逼上梁山——文学革命的开始》，见欧阳哲生编《胡适文集》第1卷，北京：北京大学出版社1998年版，第163页。
④ 吴宓：《吴宓自编年谱》，吴学昭整理，北京：生活·读书·新知三联书店1995年版，第176页。
⑤ [德]汉斯－格奥尔格·加达默尔：《真理与方法——哲学诠释学的基本特征》上卷，洪汉鼎译，上海：上海译文出版社1999年版，第361~362页。

以会访问吴宓，是因为他已经从施济元的介绍中，感觉到吴宓的“文学思想态度”与自己的“理想标准”甚为相合，足以引为同道，和胡适等人的新文化主张“作一全盘之大战”①。可见，早在结识梅光迪之前，吴宓就已经形成了与梅光迪的“理想标准”甚为相合的“文学思想态度”。吴宓与梅光迪的“理想标准”甚为相合的“文学思想态度”主要体现为他属意古典、重视传统的固有视野。由于从小淫浸在关学氛围十分浓厚的文化空间和自幼所受到的古典诗文濡染，早在赴美之前，吴宓思想中注重传统文化和传统文学价值的倾向就已经显而易见。在他看来，中国古典文化中所蕴藏的文明精粹具有极高的价值，值得全力推崇并使之发扬光大。一旦面临亡国之灾，身为学人，应该像好友汤用彤所倡导的那样，“肆力学问，以绝大之魄力，用我国五千年之精神文明，创出一种极有势力之新宗教或新学说，使中国之形式虽亡，而中国之精神、之灵魂永久长存宇宙，则中国不幸后之大幸也”②。正是基于对传统文化的崇信与亲和，在清华读书的时候，吴宓才会对饶麓樵先生所力主的温柔敦厚的儒家文学思想深为会心③，才会感慨《论语》《孟子》等经书的“价值至高，无论其文章、哲理，即所含关于日常事物之规诫，以及政邢理教之设施，虽一二语而用新眼光、新理想咀嚼寻味，可成千百言，且皆系对于今时对症下药。说经贵得法，然说经之事何可废也”④。对传统诗文和古书的迷恋已经影响到了吴宓的“西文之研究”，以至于一心学好西文以求早日赴美的他在日记中充满矛盾和痛苦地将其称为一种难以去除的“魔障”⑤，其在传统文化中耽溺的程度之深，由此可见一斑。正是在属意古典、重视传统的固有视野的制约下，吴宓才会感动于梅光迪的“慷慨流涕”，才会对“梅光迪极言我中国文化之可宝贵，历代圣贤、儒者思想之高深”等议论产生强烈的共鸣，才会积极响应梅光迪“我辈今者但当勉为中国文化之申包胥”的号召，真诚表示“宓当勉力追随，愿效驰驱，如诸葛武侯之对刘先主‘鞠躬尽瘁，

---

① 对于二人的相识，吴宓曾在《吴宓自编年谱》中作如是说：“宓初来，施济元即告宓，有清华公费生梅光迪君……者，1911年来美，先在西北大学毕业，又在哈佛进修，早已得硕士学位。治文学批评，造诣极深。彼原为胡适之同学好友，迨胡适始创立其‘新文学’、‘白话文’之说，又作‘新诗’，梅君即公开步步反对，驳斥胡适无遗。今胡适在国内，与陈独秀联合，提倡并推进所谓‘新文化运动’，……声势煊赫，不可一世。故梅君正在‘招兵买马’，到处搜求人才，联合同志，拟回国对胡适作一全盘之大战。按公（指宓）之文学思想态度，正合于梅君之理想标准，彼必来求公也。”（吴宓：《吴宓自编年谱》，吴学昭整理，北京：生活·读书·新知三联书店 1995 年版，第 177 页）

② 吴宓：《吴宓日记》第 1 册，吴学昭整理注释，北京：生活·读书·新知三联书店 1998 年版，第 331 页。

③ 饶麓樵云：“作诗必（一）辨体裁；（二）兼训诂；（三）通音韵。（音韵为初学为诗者最要之事。举其浅者言之，如韵中东可通冬、通江，然必不能通阳。此等处若误，复将成何事体？）而宗旨，要勿出乎温柔敦厚四字，如是则不寒、不枯、不刚、不生硬、不轻薄，而于诗之道思过半矣。”（吴宓：《吴宓日记》第 1 册，吴学昭整理注释，北京：生活·读书·新知三联书店 1998 年版，第 309~310 页）

④ 吴宓：《吴宓日记》第 1 册，吴学昭整理注释，北京：生活·读书·新知三联书店 1998 年版，第 280 页。

⑤ 吴宓：《吴宓日记》第 1 册，吴学昭整理注释，北京：生活·读书·新知三联书店 1998 年版，第 251 页。

死而后已’’”[①]。

梅、吴二人订交之后，梅光迪向吴宓详细介绍了白璧德的学说主张和理论著述，并引吴宓面见了白璧德教授。当中国国内被主张抛弃传统的呼声所笼罩的时候，白璧德新人文主义思想却对传统文化表现出了欣赏和珍视的态度，这自然会令深受关学熏染，热爱传统文化的吴宓倍感亲切，不假思索地“奉以为师”[②]。怀着对白璧德的无限敬仰之情，1918 年 9 月，吴宓转入哈佛大学，全面系统地接受了白璧德的新人文主义思想。[③]

在白璧德看来，西方现代社会正陷入前所未有的危机——现代人在迎来繁盛物质文明的同时，也面临着精神毁灭的厄运。究其原因，“自然主义”的思想倾向正笼罩着西方社会，“自然主义的个人主义者”不承认任何一种具有一致性因素的标准，过于耽溺于“多”的一面，坚持认为“他自己的个人性的、私人性的自我就是衡量一切的标准，而这种标准本身，他补充说，则是不断变化的”。这种对“一”的忽视导致现代人的心智渐趋失衡，使他们只能“满足于最危险的只有部分真实性的真理”[④]。所以，要想恢复人类心智的正常状态，就必须要恢复“一”的地位，“在统一（unity）与多样（plurality）之间保持最佳的平衡”[⑤]。具体到文化选择上，白璧德认为，较之代表“多”的成分过于泛滥的现代文化，东西方传统文化更能体现出“一”、“多”之间的平衡，所以，在对西方近现代主流思想文化进行清理和批判的同时，白璧德积极推崇东西方传统文化，力图从中寻求达到“一”、“多”平衡的有力支点。

正是基于对“一”、“多”平衡的追求，白璧德才会充分肯定古希腊传统之于现代文明的价值：“正是古希腊的作家们最好地向现代心灵指示了它需要走的路”[⑥]，“我们从来没有像今天这样需要古希腊的精神”，因为，“现代人不可能像中世纪的人那样仅仅凭着想象和信仰的官能来生活；而另一面，他也不能一味凭借自己的理性和理解力而生活。只

---

① 吴宓：《吴宓自编年谱》，吴学昭整理，北京：生活・读书・新知三联书店 1995 年版，第 177 页。

② 吴宓：《吴宓自编年谱》，吴学昭整理，北京：生活・读书・新知三联书店 1995 年版，第 178 页。

③ 1918 年，吴宓跟随白璧德学习“卢梭及其影响”和“近世文学批评”，1919 年，又跟随白璧德学习“十九世纪浪漫主义运动”和“法国文学批评”。实际上，白璧德讲授这四门课程的办法是：“今年开甲、乙，明年开丙、丁。第三年复开甲、乙，第四年复开丙、丁。如是，每两年轮换一次。然按其内容，甲与丙大体相同，乙与丁亦大体相同。故凡听白璧德先生之讲课者，只上课任何一年，亦已粗足矣。宓则四门全听讲，期无遗漏。”（吴宓：《吴宓自编年谱》，吴学昭整理，北京：生活・读书・新知三联书店 1995 年版，第 178~179 页，第 196~197 页）足见其对白璧德思想的敬仰之深切和学习之细致。

④［美］白璧德：《卢梭与浪漫主义》，孙宜学译，石家庄：河北教育出版社 2003 年版，原序第 3 页。

⑤［美］白璧德：《文学与美国的大学》，张沛等译，北京：北京大学出版社 2004 年版，第 20 页。

⑥ 此处是白璧德所引的马修・阿诺德的断语，见白璧德《文学与美国的大学》，张沛等译，北京：北京大学出版社 2004 年版，第 115 页。

有把人类天性中的这两个因素结合在一起，我们才有希望获得平衡的发展，而这种理性与想象的汇合，在那个伟大时代的希腊经典中得到了最为完美的体现”[①]。具体而言，古希腊经典“清楚地阐明了适度的法则（‘不要过度’）……”[②]“这种对限制和均衡的坚持不仅可以正确地确定为希腊精神的本质，而且也是一般意义上的古典主义精神的本质。”[③]这种法则和精神能够促成“一”、“多”之间的平衡，建构完满的人格，拯救现代文明所导致的人性危机和社会失调，所以，“古典的精神无论在哪里出现都会产生有益的、塑造心灵的作用”[④]。吴宓对白璧德将古希腊传统奉为西方文明之本的观点深为叹服，认为“西方学问之精华本原”，都出自苏格拉底、亚里士多德（又译亚理斯多德）、柏拉图这“希腊三哲”，“治西学而不读希腊三哲之书，犹之宗儒学而不读四书五经，崇儒学而不阅内典；直是迷离彷徨，未入门径，乌望登峰造极哉？宓虽略习三哲之学说，而未尝读其著述之原本，愧惭何极！有暇必即从事”[⑤]，甚至因未能及早研习希腊三哲著作而自恨“不早十年遇白璧德师，则不至摸索彷徨，而西学早入正轨”[⑥]。怀着对古希腊文化传统的尊崇之情，吴宓不仅在留美期间将阅读古希腊著作当作学习的重点，而且毕生坚持研习古希腊著作，传播古希腊文化思想。从1927年6月的吴宓日记中，我们可以看到这样的记载：“Goethe曰：‘人欲求安心而有所成就，必须于一定之范围内，切实用功。’此言实为确切不易。宓现决于此暑假中，专读希腊文学之书，并每日以一小时治拉丁文。不望速进，但望有恒。非大不得已，决不间断。”[⑦]担任外国文学教授时，吴宓一直非常注重向学生介绍古希腊文化典籍。20世纪50年代以后，高校要求外国文学教学处处贯穿马列主义观点，吴宓的授课受到了很多限制，但是，他仍然私自在课下为学生讲授苏格拉底、柏拉图等希腊哲人的思想[⑧]，即使只有一两个听众，也乐此不疲。

在致力于阐扬以古希腊为代表的西方古典文化的同时，白璧德又不遗余力地主张现代西方“亟应取亚洲古昔之精神文明，以为药石”[⑨]。在他看来，从古代的东方文明和西方文明中都可以找到“伟大的宗教和人道主义的法则——这些法则……见证了人类经验中

---

①［美］白璧德：《文学与美国的大学》，张沛等译，北京：北京大学出版社2004年版，第115页。

②［美］白璧德：《文学与美国的大学》，张沛等译，北京：北京大学出版社2004年版，第17页。

③［美］白璧德：《卢梭与浪漫主义》，孙宜学译，石家庄：河北教育出版社2003年版，第11页。

④［美］白璧德：《文学与美国的大学》，张沛等译，北京：北京大学出版社2004年版，第112页。

⑤ 吴宓：《吴宓日记》第2册，吴学昭整理注释，北京：生活·读书·新知三联书店1998年版，第62页。

⑥ 吴宓：《吴宓日记》第2册，吴学昭整理注释，北京：生活·读书·新知三联书店1998年版，第250页。

⑦ 吴宓：《吴宓日记》第3册，吴学昭整理注释，北京：生活·读书·新知三联书店1998年版，第354页。

⑧ 详见吴宓《吴宓日记续编》第4册，吴学昭整理注释，北京：生活·读书·新知三联书店2006年版，第70页，第74页。

⑨ 吴宓译：《白璧德论欧亚两洲文化》，《学衡》第38期，1925年2月出版。

的一致因素和永恒因素”[①]。“于东方学说”中，他最为赞赏的则是孔子所代表的儒家文明，因为“儒教中包含着一种伟大的人道主义运动”，“儒教与亚里士多德的教诲也是一致的，而且总的来说与自古希腊以来那些宣布了礼仪和标准法则的人也是一致的”[②]。在他看来，孔子学说所昭显的是“自制”、“中庸”等有助于实现“一”、“多”平衡的东方传统：“孔子以为凡人类所同具者，非如近日感情派人道主义者主张之感情扩张，而为人能所以自制之礼，……此则与西方自亚里士多德以下人文主义哲人其所见均相契合者也。”“孔子之道有优于吾西方之人文主义者，则因其能认明中庸之道，必先之以克己及知命也。”[③]看到儒家文化在中国文化走向现代性的过程中所遭遇的衰落命运，白璧德不胜痛惜：“伟大的儒学传统，其中包含极其美妙的人文主义成分。这一传统需要复兴和调整，使之适应新情况，但任何企图将它彻底砸烂，据我判断这将于中国本身是沉重的灾难，最后也许将祸及其他一切。”[④]痛惜之余，他将保存和弘扬中国传统文化精华的希望寄托在吴宓这些深受儒家思想浸染的中国学生的身上，对他们提出了谆谆告诫：“中国国粹日益沦亡，此后求通知中国文章哲理之人，在中国亦不可得。是非乘时发大愿力，专研究中国之学，俾译述以行远传后，无他道。此其功，实较精通西学为尤巨。”[⑤]白璧德对中国学生表达热切期望之时，正值中国新文化运动开展得如火如荼之日，在新文化运动的大力推动下，中国文化以对传统的大胆怀疑和无情批判为先导，步履艰难又斗志昂扬地开始了追求现代性的历程。中国传统文化的现代境遇使得一向亲近和欣赏传统文化的吴宓满怀焦虑，而白璧德新人文主义思想对传统文化特别是对中国儒家文化的重视与阐扬，不仅与吴宓的文化倾向有着某种天然的契合，而且使吴宓看到了在现代语境中重新弘扬传统文化的话语力量，增强了他对传统文化价值的自信心和认同感，故而在他那里激起了强烈的接受热情和思想共鸣：“宓归国后，无论处何境界，必日以一定之时，研究国学，以成斯志也。”[⑥]从吴宓后来在《学衡》杂志的编撰过程中所表现出来的对传统文化资源挖掘和整理工作的重视中，我们可以看到这种热情和共鸣的集中体现和持久延续。

①［美］白璧德：《卢梭与浪漫主义》，孙宜学译，石家庄：河北教育出版社 2003 年版，原序第 8 页。
②［美］白璧德：《卢梭与浪漫主义》，孙宜学译，石家庄：河北教育出版社 2003 年版，原序第 8 页。
③ 胡先骕译：《白璧德中西人文教育谈》，《学衡》第 3 期，1922 年 3 月出版。
④《欧文·白璧德与吴宓的六封通信》，见乐黛云主编《跨文化对话》第 10 期，上海：上海文化出版社 2002 年版，第 150 页。
⑤ 吴宓：《吴宓日记》第 2 册，吴学昭整理注释，北京：生活·读书·新知三联书店 1998 年版，第 196 页。
⑥ 吴宓：《吴宓日记》第 2 册，吴学昭整理注释，北京：生活·读书·新知三联书店 1998 年版，第 196 页。

第四节 《学衡》编辑，专注事功

属意古典的深层文化心理不仅注定了吴宓所持的文化价值取向与新文化运动时期崇尚激进的时代精神主流不会合拍，而且决定了其后来主持编辑的《学衡》杂志也只能游离于“五四”时代主潮之外。在近代学术史上，吴宓之所以被视为文化保守主义者，很大程度上取决于他主持编辑《学衡》的经历，无论是在学术生涯还是在社会事功里，《学衡》杂志都占有吴宓生平的重要一页。与此相应，吴宓在《学衡》的编撰者中也占有头等重要的位置，切实主导了该杂志的办刊取向。

吴宓与《学衡》的结缘始自梅光迪。1919 年 2 月，北京高等师范学校校长陈宝泉赴美参观时与吴宓在波士顿会面，殷切邀请吴宓学成回国后担任该校英语科主任教授，月薪 300 元。为表求才若渴之意，陈宝泉不仅当场交付吴宓银行支票（200 美元）拜托其为学校购买专业研究所需的书籍，而且诚恳表示，因吴宓公费期未满，可继续在美国深造，英语科主任教授的位置随时虚席以待。半年后陈宝泉虽因北高师学生风潮辞职，但是这一人事变动并没有影响北高师和吴宓之间的聘约。据《吴宓自编年谱》记载，从 1919 年 2 月到 1921 年 5 月，吴宓“一贯准备赴北高师就职”[①]。1921 年 5 月中旬，吴宓回国日近，“忽接梅光迪君自南京高等师范学校即国立东南大学来函，言：‘迪回国后，在天津南开大学任教一年，无善可述。1920 年秋，改就南京高师兼东南大学英语兼英国文学教授，甚为得意。本校副校长兼大学文理科主任刘伯明……为其在美国西北大学之同学知友，贤明温雅，志同道合。今后决以此校为聚集同志知友，发展理想事业之地。兹敬聘宓为南京高师、东南大学英语兼英国文学教授，月薪一百六十圆……望宓即毅然辞去北京高师校 1919 春之聘约，定来南京聚首。’”还特别强调“1920 年秋，即已与中华书局有约，拟由我等编撰杂志（月出一期）名曰《学衡》，而由中华书局印刷发行。此杂志之总编辑，尤非宓归来担任不可”。“宓上午接读此函后，略一沉思，即到邮局发出两封电报：(i) 致北京北高师校长，请辞去前聘约，另函详。(ii) 致南京高师兼东南大学郭秉文校长，就其教授之聘。午餐见汤用彤君，方始告知”[②]。吴宓素性多思而寡断，面对人生选择时往往徘徊良久，犹豫不决[③]，此次却雷厉风行，甚至都省

① 吴宓：《吴宓自编年谱》，吴学昭整理，北京：生活·读书·新知三联书店 1995 年版，第 187 页。

② 吴宓：《吴宓自编年谱》，吴学昭整理，北京：生活·读书·新知三联书店 1995 年版，第 214 页。

③ 譬如，吴宓在 20 世纪 20 年代曾因是否允婚陈心一而纠结不堪，30 年代曾因是否迎娶毛彦文而踌躇良久，40 年代曾因是否回清华任教而犹豫迟疑，每一次都会和身边的友人反复商议，难下决断。（详见吴宓《吴宓日记》第 2 册、第 3 册、第 10 册的相关记载）

了和友人相商的环节，实属罕见。细究之下，不难发现，吴宓之所以会如此爽快地遵从梅光迪的主张，放弃北京高等师范学校的厚薪显位，转就待遇较低的东南大学，不仅是基于与同志知友相聚的考虑，更是因为梅光迪让吴宓担任《学衡》总编辑的提议恰好迎合了他的办刊夙愿。

从少年时代起，编撰杂志影响社会就一直是吴宓的志向。11 岁时，他自编《童子月报》；12 岁时，他与杨天德合编《陕西维新报》；13 岁时，他和胡氏表兄弟（指胡文麟、胡文豹、胡文骥、胡文犀、胡文骊兄弟，吴宓肆母胡淑人的侄儿）合编《童子杂编》（后改名《少年世界》），和张氏兄弟（指张秉楷、张秉栻兄弟，吴宓敬业学塾的同学）等合编《敬业学报》，和张君铎等合编《童子学报》；14 岁时，他自编《童子杂志》，与杨君合编《童子丛报》。以上办刊经历多属自娱性质，所办刊物很少真正交付出版印刷。相形之下，吴宓 16 岁时（1909 年）和表兄胡文豹等人合编的《陕西杂志》更为正式也更具规模。该刊曾交付西安公益书局铅印 250 份，可惜销路不畅，经费无着，人心不齐，一期之后，即成绝响。[①]1910 年暑假，吴宓借着创作《陕西梦传奇·梦扰》，对自己“欲凭文字，开通民智；敢借报纸，警醒醉心”的雄心抱负和因“事业水逝”[②] 而生的伤感之情作了淋漓尽致的抒写。1911 年 7 月，吴宓回忆起自己多年来的办刊经历，无限感慨，激动之余，不禁发下这样的宏愿：“呜呼，他日有暇仍当重整旗鼓，为吾陕报界开一新天地。勿使十年来一片热心，一团志气，遂由此一蹶而不复振。勉之勉之。”[③]从他在清华期间的日记中，我们屡屡可以看到他渴望献身杂志业的理想和热情：“与锡予谈，他日行事，拟以印刷杂志业，为入手之举。”[④]“近为慎重之决心：将来至美，专习印刷及杂志事业，期于有成，毋恤馀事。”[⑤]“访 Dittmer 先生，……请询美国大学杂志专科情形。先生谓余甚宜于著述事业，如习杂志一科，自可有成。”[⑥]吴宓对杂志业的热望源自强烈的社会责任感和历史使命感，“无意识之奢靡，复古之论调，时间之不经济，感情与事理之混淆，礼法之苛刻，作事之曲折迂缓，凡百之消极观念”等“社会之缺点”[⑦] 时时刺激着青年吴宓敏感的心灵，使他一面慨叹“改造世俗之难”[⑧]，一面又深

① 以上记载均出自吴宓《吴宓日记》第 1 册，吴学昭整理注释，北京：生活・读书・新知三联书店 1998 年版，第 110 页。

② 吴宓：《陕西梦传奇》，见《吴宓诗话》，吴学昭整理，北京：商务印书馆 2005 年版，第 1 页。

③ 吴宓：《吴宓日记》第 1 册，吴学昭整理注释，北京：生活・读书・新知三联书店 1998 年版，第 110~111 页。

④ 吴宓：《吴宓日记》第 1 册，吴学昭整理注释，北京：生活・读书・新知三联书店 1998 年版，第 410 页。

⑤ 吴宓：《吴宓日记》第 1 册，吴学昭整理注释，北京：生活・读书・新知三联书店 1998 年版，第 413 页。

⑥ 吴宓：《吴宓日记》第 1 册，吴学昭整理注释，北京：生活・读书・新知三联书店 1998 年版，第 414 页。

⑦ 吴宓：《吴宓日记》第 1 册，吴学昭整理注释，北京：生活・读书・新知三联书店 1998 年版，第 458~459 页。

⑧ 吴宓：《吴宓日记》第 1 册，吴学昭整理注释，北京：生活・读书・新知三联书店 1998 年版，第 459 页。

感自身责任的重大，为了集中力量担起这份重大的责任，他甚至甘愿抑制自己与生俱来的文学热情："苟余非生于今日之中国、如此之境遇者，则纵其所欲，倾其所蕴藉，而加以研炼工夫，为文学家，或兼为哲学家，不论成功如何，已足以娱乐一生。惟其然也，故有所警惕，不敢不别求实用之归宿……"①而兴办杂志开启民德就是青年吴宓所能想到的最好的"求实用之归宿"。

1915年10月，清华毕业在即，吴宓开始认真思考赴美求学时选科的问题，尽管他也顾虑到自身的弱点，认为"杂志之中，交际营业，探访新闻，与百凡社会接触，余性大不宜"，但还是相信"杂志既以改良社会为旨，一洗圆滑敲诈之恶习，亦足以自树立"，决定赴美后研究杂志业，以便将来通过兴办杂志求得"针砭社会"、"发扬国粹"等"利益"②。但是，当吴宓向校长周诒春提出将以"新闻学"作为未来志业时，却意外地遭到了否决。周校长认为吴宓缺乏交际能力，不谙实际事务与社会人情，"决不宜为报馆访员（记者）"，不如以文学作为志业更合一己之才性。对于周校长的决定，吴宓多年来一直心存遗憾，觉得周校长不让自己从事杂志业，是不了解自己，不赏识自己，直到晚年才"自知其误"③，体会到周校长的一番苦心。

可见，吴宓留美期间，虽然遵从校长之命，以文学为志业，但是一直心有不甘，时时不忘自己兴办杂志影响社会的夙愿。据1919年11月的吴宓日记记载，经过两年多的留美生活之后，吴宓已经知道美国报业"专以营业图利为之旨"，且导师白璧德和知友陈寅恪都"深鄙报业一途，而劝宓专学文学，以'评文者'Critic自期"，他也承认二人的劝告很有道理，"实陈义高远，而察事透彻，未可恝置不顾"④，但还是无法忘情于报业，一心想着凭借自身的努力推翻师友对报业的固有认识，真正实践报业的价值：

> 惟文学可以毕生之力为之，而到美一番，若于实事上毫无考察，如报业，如印刷业，均不谙习一二，则实虚此一行。且文学之效用，虽远且巨，然以今中国之时势，若专以评文者自待，高蹈独善，不偕诸友勠力前途，为国事世事，稍尽人己之绵力，则按之夙习立志，拊膺实深愧矣。又诸友之

---

① 吴宓：《吴宓日记》第1册，吴学昭整理注释，北京：生活·读书·新知三联书店1998年版，第459页。
② 吴宓：《吴宓日记》第1册，吴学昭整理注释，北京：生活·读书·新知三联书店1998年版，第509页。
③ 吴宓：《吴宓自编年谱》，吴学昭整理，北京：生活·读书·新知三联书店1995年版，第149页。
④ 吴宓：《吴宓日记》第2册，吴学昭整理注释，北京：生活·读书·新知三联书店1998年版，第91页。

不赞成宓习报业者，盖以报业乃圆滑小人，便辟邪佞之职事，宓才不足为之，故惟当研究文学。虽然，以不求利、不谋致用之心，而习报业，则亦似无不可之处。故迟疑久，仍拟习报业。①

和成为一个潜心著述、致力于高深专业研究的纯粹教授比较起来，留美期间的吴宓无疑更倾向于以自己的专业知识为背景参与公共文化活动。据《吴宓自编年谱》记载：

宓到波城稍久之后，中国留学生开会，议事，遇有汉文函电须草拟，汉文宣言须发表，或需撰作汉文（文言）文章，寄投国内之《申报》《新闻报》等处，望其刊出，则在议定其内容及意思之后，辄公推宓动笔草拟，几成定例云。②

虽然最终未能在美国研习杂志印刷业，但是他还热心承担起了中国留学生组织的国防会《民心》报③工作，尽管功课繁忙，也要认真办理征稿发信等事，绝不耽搁。陈寅恪、汤用彤、张鑫海等"学识高卓之友"屡劝吴宓集中精力钻研学问，"毋为此等无益之事"④，吴宓自己也深感《民心》报工作收效甚微，收回之稿，尚不及自己所发之信的十分之二三。但即使如此，他也坚持为《民心》报尽力，理由非常简单：

宓每念国家危亡荼苦情形，神魂俱碎，非自己每日有所作为，则心不安。明知《民心》报之无益，然宓特藉此以收心，而解除痛苦而已。宓但自尽心，不问其有效与否。宓之为此，并非为国，只图自身之宽慰分毫耳。⑤

① 吴宓：《吴宓日记》第2册，吴学昭整理注释，北京：生活·读书·新知三联书店1998年版，第91页。

② 吴宓：《吴宓自编年谱》，吴学昭整理，北京：生活·读书·新知三联书店1995年版，第183页。

③ 中国国防会成立于1915年中国政府丧权辱国、承认日本的"二十一条"这一历史事件之后，是中国留美学生发起的爱国组织。据《吴宓日记》记载，《民心》报的兴办酝酿于1919年3月，其时吴宓和尹寰枢、杨承训到康涅狄格州纽黑文城会晤国防会长张贻志等人。"众决必办报，月出一册。定六月下旬，在Cambridge聚议，细定办报之策划、体例、宗旨等。"（吴宓：《吴宓日记》第2册，吴学昭整理注释，北京：生活·读书·新知三联书店1998年版，第19页）同年6月19日，"国防会要人，及此间能文之士"在布鲁克斯楼开会，"议办报事"，吴宓主张分办狭义机关报和广义非机关报两种报刊，其余人"有主只办一种者，有主二者合办一册者"。最后决定办成广义之报，但仍为会中机关。（同上，第31~32页）从吴宓和其余人的争论中，可以看到他办报时的认真和不惮繁难的精神要远胜于其他人。

④ 吴宓：《吴宓日记》第2册，吴学昭整理注释，北京：生活·读书·新知三联书店1998年版，第126页。

⑤ 吴宓：《吴宓日记》第2册，吴学昭整理注释，北京：生活·读书·新知三联书店1998年版，第126页。

随着回国日期渐近，吴宓对国内局势愈发关心，到了留美的最后一年，吴宓对学校课程已经“不如以前之专心致志，读书亦不多，而移其注意于中国国内之事实、情况，尤其所谓新文化运动。兼及新教育”，他的“时间、精力，主要用以撰作汉文、英文文章，作成即刊布”。多年以后，回忆起这段往事，他不仅感慨道：“盖此一年，宓虽身在美国留学，实不啻已经回国，参加实际之事业、活动也矣！”① 梅光迪邀其编撰《学衡》杂志的建议使吴宓参与实际事业和活动的热情倍加高涨，决心归国后以《学衡》为基本阵地，承担起自己的社会责任和文化使命。

1921年7月，吴宓动身回国。同年8月，吴宓和陈心一女士（吴宓归国前二人素未谋面，只由陈心一的弟弟陈烈勋介绍通信）在上海一品香旅社结婚，婚后仅仅过了11天，他就告别了新婚妻子，乘火车独自奔赴南京。对于雄心勃勃的吴宓而言，工作和事业才是头等大事，“结婚以及其他活动，只是为扫清道路，排除障碍”，以便他能够“从早、从速”在授课和“编撰、出版《学衡》杂志”② 这两件大事上倾注全力。

自《学衡》杂志创办之初，吴宓便被公推为“集稿员”③，后又自任总编辑④，不仅负责编排稿件及撰写目录，而且包揽邮寄等一应杂务。在东南大学期间，他除了尽心教授学校课程，便是“集中全力于编撰《学衡》杂志”⑤，个中辛劳，自不待言。1921年11月，吴宓将《学衡》杂志第一期全稿寄至上海中华书局出版，随着刊物的问世，学衡派的名号也渐渐传扬开去。但实际上，学衡派本身是一个松散的流动群体，除吴宓等少数坚持

① 吴宓：《吴宓自编年谱》，吴学昭整理，北京：生活·读书·新知三联书店1995年版，第209~210页。

② 吴宓：《吴宓自编年谱》，吴学昭整理，北京：生活·读书·新知三联书店1995年版，第219页。

③ 梅光迪在第一次社务会议上即提出：“《学衡》杂志应脱离俗氛，不立社长、总编辑、撰述员等名目，以免有争夺职位之事。甚至社员亦不必确定：凡有文章登载于《学衡》杂志中者，其人即是社员；原是社员而久不作文者，则亦不复为社员矣。”针对这一“清高主张”，吴宓坚决主张“办事必须有一定之组织与章程。职权及名位，亦必须明白规定。对内、对外方可有所遵循。窃意（一）《学衡》杂志之宗旨及体例，用人之根本思想与公共主张，必须写成数条。用明确之文字，宣布于世。此即可作为本志、本社之‘宪法’。（二）杂志稿件之去取及删改，尽可由同人公议及分担，但为办事之便利，总编辑一职必须设置。（三）第一期必须有《发刊辞》或《〈学衡〉杂志社宣言》一篇，刊于卷首。云云。”最后公推吴宓为“集稿员”，编排稿件并撰写目录。（吴宓：《吴宓自编年谱》，吴学昭整理，北京：生活·读书·新知三联书店1995年版，第229页）

④ 编写《学衡杂志简章》时，吴宓在《简章》末行，加入了“本杂志总编辑兼干事吴宓，撰述员，人多，不具录”一段，梅光迪、胡先骕等人见了，不以为然，加以讥责，吴宓“不顾，亦不自申辩”（吴宓：《吴宓自编年谱》，吴学昭整理，北京：生活·读书·新知三联书店1995年版，第230页）。事实上，吴宓自任总编辑，并不是出于他人所推断的沽名钓誉之心，而是基于他多年来积累的办刊经验，早在《陕西杂志》夭折之际，吴宓就意识到了人心不齐、无人负责是办刊的大忌。后来在清华期间，吴宓与同学吴芳吉论及《观摩新报》的办刊思路时，更为明确地认识到：“无论作何事，苟无一人统率其事，总括机宜，则不能有协同一致之动作。至如各行其是，不相为谋，则难于成事，且决不能得良善之成绩。《观摩新报》之创设，即坐此弊，所以几致破坏中止者，盖有由矣。”（吴宓：《吴宓日记》第1册，吴学昭整理注释，北京：生活·读书·新知三联书店1998年版，第152页）吴宓编撰《学衡》时的“自上尊号”行为，主要是为了更切实有效地管理刊物，践行自己的办刊理想。

⑤ 吴宓：《吴宓自编年谱》，吴学昭整理，北京：生活·读书·新知三联书店1995年版，第233页。

者外，没有固定的成员，特别是1923年以后，随着身为《学衡》杂志支持者的东南大学副校长兼文理科主任刘伯明的离世和东南大学的迅速衰落[①]，学衡派的主要成员纷纷离开东南大学分散到各地乃至国外，作为一个团体的"学衡派"事实上已经是风吹云散了，只有坚持出版的《学衡》杂志仍在名义上维系着学衡派的存在。而《学衡》杂志之所以能够长期坚持出版，主要是因为吴宓所作出的艰苦努力。

由于《学衡》杂志没有经费，稿件匮乏，社员多为客串性质，办刊势必会面临很大的困难。梅光迪"好为高论，而无工作能力"，从1923年起就不再为《学衡》作文，并且高调宣布退出《学衡》杂志："《学衡》内容愈来愈坏。我与此杂志早无关系矣！"[②]胡先骕1923年赴美学习植物学，虽然时有寄稿，却无暇再管办刊事宜。很快，原定每月一次的社务会议就不再召开，社员们不再为杂志捐款，除了柳诒徵、缪凤林、景昌极等少数几人之外，甚至也没有社员再过问办刊事务或谈论杂志的相关内容。从1921年《学衡》创刊到1933年《学衡》终刊，基本上是吴宓耗费资财，"牺牲学业时力"[③]，独立支持《学衡》，"所有办大小事，需用之款无论巨细。以及……纸张笔墨，尤其邮费，寄出杂志。此为大宗开支。全由宓出钱付给。故谓'《学衡》杂志竟成为宓个人之事业'者，亦非诬也"[④]。当《学衡》遭遇稿件不足和稿件质量不高之苦时，吴宓费心筹备，四处约稿[⑤]，"悉力经营，昼作夜思。于内则慎选材料，精细校雠。于外则物色贤俊，增加社员"[⑥]。由于《学衡》的集稿筹款等具体事宜几乎都是吴宓一人所为，所以该杂志很大程度上是吴宓编辑思路和文化思路的体现。在他看来，《学衡》应该承担起发扬国粹、融会新知的文化使命，就这一意义而言，作为杂志的《学衡》并不是"《学衡》最初社员十一二人之私物，乃天下中国之公器；非一私人组织"，为了将《学衡》办成"理想中最完美高尚之杂志"，他甚

① 在《空轩诗话》中，吴宓曾经对自己在东南大学的经历和东南大学的衰落作过这样的说明："宓于民国十年，由美归国。以梅迪生光迪君之招，任南京国立东南大学教授，兼为同人举充《学衡》杂志总编辑。昕夕勤劳，至于梦中呓语，犹为职务述说辩论。盖此后三年中，实为予一生最精勤之时期。不幸私怨党争，牵及学校，损害大局。民国十二年十一月二十四日，副校长兼文科主任刘伯明经庶君病逝，众皆知学校必即衰崩。不数日，大学教室所谓口字房者忽夜焚，予偕亡友凌其垲君梦痕走观。火光熊熊中，憬然悲叹，若有鬼妖来示此盛筵之已终者。"（吴宓：《吴宓诗话》，吴学昭整理，北京：商务印书馆2005年版，第202~203页）

② 吴宓：《吴宓自编年谱》，吴学昭整理，北京：生活·读书·新知三联书店1995年版，第235页。

③ 吴宓：《吴宓日记》第2册，吴学昭整理注释，北京：生活·读书·新知三联书店1998年版，第256页。

④ 吴宓：《吴宓自编年谱》，吴学昭整理，北京：生活·读书·新知三联书店1995年版，第235页。

⑤ 为说动友人关心《学衡》，为《学衡》写稿，吴宓甚至在给刘永济、吴芳吉、刘朴等友人的信中发出了含有哀告之意的愤激之语："宓欲自杀，变血肉为文章，而不能……勿认《学衡》为宓一人之事，《学衡》停版，宓即投身窗外水池中耳。望速寄文章来，馀另详。托钞曾重伯、王先谦等件，何亦竟无成功，望三公日日在意，当思《学衡》每月需67000之稿。至于宓之生死苦乐，可以不问，宓生不能感动朋友，维持一小小杂志，何颜苟活哉！"（见吴宓1925年3月17日寄刘永济等人的书信，载吴宓：《吴宓书信集》，吴学昭整理，北京：生活·读书·新知三联书店2011年版，第102页）

⑥ 吴宓：《吴宓日记》第2册，吴学昭整理注释，北京：生活·读书·新知三联书店1998年版，第256页。

至不惜因拒绝刊登庸劣之作而得罪同人[①]。尽管吴宓为了《学衡》尽心尽力，但是毕竟独木难支[②]。1926年11月，中华书局因资本短缺、印刷减缩等故，决定停办销路不畅的《学衡》杂志，吴宓得知此信，深感惊骇失望，向素来敬重亲近的知友陈寅恪诉说，却得到"《学衡》无影响于社会，理当停办"[③]的答复。"社中同志，亦皆落漠，不问此事"[④]，就连《学衡》的重要开创者胡先骕也认为《学衡》"业已玷污，无可补救"，"即使可以续出，亦当设法停止"[⑤]。吴宓痛苦惆怅之余，终究无法做到随众放弃，只能振作精神，积极打探消息[⑥]，与出版方据理力争，反复交涉[⑦]，想尽办法为刊物的生存寻找各种支持[⑧]，最终与中华书局达成协议，两月出版一期，每年由《学衡》杂志社付给中华书局600元出版津贴。由于其他社员反应冷淡，吴宓实际上是一人负担这笔开销："自捐赀以印《学衡》，每期费百金。"[⑨]凭着这种自我牺牲的精神，吴宓终于使杂志在艰难中延续出版至第七十九期。1932年，南京的《学衡》同人不满远在清华的吴宓独揽编辑权，一力主张该杂志解除与中华书局的印行合约，改在南京钟山书局出版，以促使杂志基地南归，在内部矛盾的挤压下，吴宓只好辞掉总编辑之职。1933年8月，杂志社发表启事，宣称从第八十期以后，将由南京国立中央大学缪凤林代替吴宓担任《学衡》总编辑，印行单位也由上海中华书

---

① 吴宓：《吴宓日记》第2册，吴学昭整理注释，北京：生活・读书・新知三联书店1998年版，第256页。

② 据吴宓1926年7月4日的日记记载："《学衡》事，无一人热心。即柳公亦不撰稿。"（吴宓：《吴宓日记》第2册，吴学昭整理注释，北京：生活・读书・新知三联书店1998年版，第187页）

③ 吴宓：《吴宓日记》第3册，吴学昭整理注释，北京：生活・读书・新知三联书店1998年版，第251页。

④ 吴宓：《吴宓日记》第3册，吴学昭整理注释，北京：生活・读书・新知三联书店1998年版，第438页。

⑤ 吴宓：《吴宓日记》第3册，吴学昭整理注释，北京：生活・读书・新知三联书店1998年版，第437页。

⑥ 据吴宓1926年11月17日的日记记载，吴宓得知此信，一夜未眠之后，便着手"复中华函，询问停办《学衡》之真实理由。又函胡先骕君，请其赴沪调查中华实况，与之交涉，要求续办。并暗与商务印书馆接洽，询其愿承办否"（吴宓：《吴宓日记》第3册，吴学昭整理注释，北京：生活・读书・新知三联书店1998年版，第252页）。

⑦ 据吴宓1926年11月30日，1927年9月2日、10月12日的日记记载，"日昨接中华复函，谓《学衡》五年来销路平均只数百份，赔累不堪，故而停办云云。宓乃复函驳之。大意谓（一）此所言销数不实。（二）销路不佳。实中华不尽力推销之咎。（三）若以时局而受亏损，宜维持此局面而静俟转机。故仍要求续办，但条件可以修改。即祈复示云云"（吴宓：《吴宓日记》第3册，吴学昭整理注释，北京：生活・读书・新知三联书店1998年版，第258~259页）。"夕，函中华书局，（一）催59、60期出版。（二）以丛书契约二份签寄。（三）61期以后，拟改为两月出一期，每期津贴60元，事较易举，未知能成否。"（同上，第399~400页）"是日接中华十月四日复函，谓《学衡》五十九、六十期正在赶印，不久即可出版，藉资结束云云。差强人意。宓即作函再致中华，提出办法。（一）改为两月一期，年出六期。（二）每期由我方津贴现款百元。（三）馀均照旧。请即续办一年（61—66期）。并以此函寄吴其昌，转请梁任公再作函说项，同寄中华当局云。"（同上，第419页）

⑧ 据吴宓1926年11月30日和1927年3月21日的日记记载，"又函张季鸾，托其转商泰东图书局接办《学衡》，从梁家义之忠告也。越三日，得复函云，无能为力"（吴宓：《吴宓日记》第3册，吴学昭整理注释，北京：生活・读书・新知三联书店1998年版，第259页）。"日昨已以详函致大东书局洪懋熙君，据实细述《学衡》社与中华书局所订合同条件及历年双方办事之惯例及实情。谓若大东书局愿承办《学衡》。即可订立一年之合同云云。此函去后，适值沪乱，久未得复。"（同上，第324页）

⑨ 吴宓：《吴宓日记》第4册，吴学昭整理注释，北京：生活・读书・新知三联书店1998年版，第17页。

局改为南京钟山书局。[①] 但是,该杂志一旦离开“为《学衡》忍辱含垢”[②]、殚精竭虑的吴宓,便续办无望,黯然收场。就这些史实而论,吴宓是《学衡》当之无愧的灵魂。

吴宓之所以如此重视《学衡》,是因为他一向认定“《学衡》为我之事业”[③]。尽管他已经意识到了《学衡》不为时人所喜,“举世莫助,阻难横生”,自己勉力于此,实在是“劳而无功,徒为人执贱役者”,不如任其停办,自己专心于读书修养,撰写内心“所好之诗及小说”[④]。但是,当《学衡》真正遭遇出版困难时,他还是甘愿“冒万难而竭死力,继续办理,不使停刊”[⑤]。对于吴宓来说,《学衡》并不是一个可以为刊物同人提供发表空间的阵地,而是传播文明、熔铸风俗的天下之公器,是自己在现实中无从实践的社会文化理想的体现和寄托。他固然不否认专心著述的重要性,也屡屡将知友陈寅恪“谢绝人事,努力为学读书,以成一己之专著”[⑥]的劝告奉为箴言,但是,就其本质而言,吴宓并不是一个不问世事的书斋学者,而是一个具有公共情怀、对社会弊端和自身使命有着清醒认识和果敢担当的知识分子。他的社会关怀远远大于学问追求,为此,他不能满足于做学院派的教授,从事高深专门的学术研究或是进行单纯的文学著述,而是希望发挥一己之力,通过编撰杂志影响和改造世道人心:

> 宓等之本志,则欲效 Matthew Arnold 之正大光明,平和刚健,为世人之导师,因势利导,顺水行舟。今后境遇如斯,志业全挫,岂不辜负初心也哉!但顾一身,著作诗文小说以自乐,不谈世事,不问实功,固宓之所好,然终不忍恝然为之耳。[⑦]

① 1935 年,《吴宓诗集》在中华书局出版,卷末附有《〈学衡〉杂志论文选录》。吴宓在该选录的题言中特别提到了自己辞去《学衡》总编辑的始末:“民国二十一年秋,《学衡》杂志社员在南京者,提议与中华书局解约,以本志改归南京钟山书局印行。宓当时力持反对。盖以己十余年之经验,宓个人与中华书局,各皆变故屡经,艰苦备尝,然《学衡》迄未停刊。以昔证今,苟诸社员不加干涉,任宓独立集稿捐赀,仍由中华印行,必可使此志永永出版而不停,纵声光未大,而生命得长。任何改变办法,皆不免贪小利而损大计。故宓坚持反对云云。乃诸社员卒不谅。宓不得已,于民国二十二年夏,正式辞去总编辑职务。于是诸社员举缪凤林君继任,然后与中华书局解约。但迄今一年有半,尚未见《学衡》第八十期出版。此事伤宓心至大,外人不明实情,反疑《学衡》之停刊由于宓之疲倦疏懒。宓既力尽智全,不能阻止,反尸其咎,乌得为平。故于此略述真相,以告世之爱读《学衡》杂志者。”(吴宓:《吴宓诗集·卷末附录五·〈学衡〉杂志论文选录》,上海:中华书局 1935 年版)

② 吴宓:《吴宓日记》第 3 册,吴学昭整理注释,北京:生活·读书·新知三联书店 1998 年版,第 60 页。

③ 吴宓:《吴宓日记》第 3 册,吴学昭整理注释,北京:生活·读书·新知三联书店 1998 年版,第 419 页。

④ 吴宓:《吴宓日记》第 3 册,吴学昭整理注释,北京:生活·读书·新知三联书店 1998 年版,第 259 页。

⑤ 吴宓:《吴宓日记》第 3 册,吴学昭整理注释,北京:生活·读书·新知三联书店 1998 年版,第 419 页。

⑥ 吴宓:《吴宓日记》第 4 册,吴学昭整理注释,北京:生活·读书·新知三联书店 1998 年版,第 21 页。

⑦ 吴宓:《吴宓日记》第 3 册,吴学昭整理注释,北京:生活·读书·新知三联书店 1998 年版,第 252 页。

作为吴宓一生中编辑时间最长的刊物，《学衡》不仅代表着吴宓的文化理想和价值取向，而且集中承载着他愿“为世人之导师”的满腔热情，是他毕生最重视的事业。直到 20 世纪 50 年代，步入晚年的吴宓回忆自己的一生时，最令其念念在心的还是编撰《学衡》的经历：

> 宓翻阅长沙新寄来之宓旧藏《学衡》各期合订本，至中夜乃寝。思宓一生空过，近尤玩忽不可恕。六十年中所事所为，惟编辑《学衡》尚可称许，此自为宓今生惟一之功绩。然宓于此役，初志虽诚且高，坚毅之力则乏。到清华后，尤其 1928 爱彦后，日趋偷惰，不但《学衡》出版愆期，终且停刊，而其内容，亦大失初刊时取材之精严性。[①]

> 近值岁暮，静思宓生平行事，殊多悔恨自责。最要者，宓当坚苦不懈，专心编撰《学衡》。尽力维持其久久出版，且内容充实，立场明白而坚定。至 1937 年停刊，可出至一百五十或一百八十期。清华研究院主任及《大公报·文学副刊》编辑，均可不担任。[②]

在孤寂的岁月中，他一面把阅读欣赏《学衡》旧刊当作人生乐趣，一面屡屡为当年编撰杂志时留下的缺憾懊悔自责，足见其已经将《学衡》杂志视为自己一生中最值得珍视的事功和最值得倾注全力的志业。

第五节　文学教授，爱好诗艺

如前所述，准备赴美留学时，吴宓出于培养民德、成就事功的考虑，一度想将“杂志”作为研习对象，但是校长周诒春坚持认为吴宓的才性更适宜从事文学研究。对于周校长的这一决定，吴宓曾经抱憾不已，认为周校长让自己以文学为志业，是轻视自己，将自己视作“‘无用’、‘无前途’之人”，直到晚年时才幡然醒悟，明白“此实宓之大错

① 吴宓:《吴宓日记续编》第 2 册，吴学昭整理注释，北京：生活·读书·新知三联书店 2006 年版，第 3 页。
② 吴宓:《吴宓日记续编》第 4 册，吴学昭整理注释，北京：生活·读书·新知三联书店 2006 年版，第 258 页。

误”，自承“宓之个性，实适合文学，而不适合此外一切学术与事业也”[①]，认为“据周校长对宓之评断，可云：‘校长实在是宓之知己’，其处理亦未为错误”[②]。吴宓一生的经历足以证明，周诒春校长的确很会识人，甚至比青年吴宓自己更了解他的长处。作为杂志编辑的吴宓，雄心勃勃却处处碰壁，最终也未能将《学衡》办成“理想中最完美高尚之杂志”[③]；作为文学教授的吴宓，甫一登台便“声誉鹊起”[④]，很快就成了各大学竞相延聘的名师，培养出的人才不计其数。

吴宓之所以能够成为一名出色的文学教授，不仅仅因为他有赴美研习文学的经历，更是由于他对文学（特别是诗歌）有着与生俱来的兴趣和发自内心的热爱。吴宓性格内向，多情善感，敏于文字，诗人是最合乎他天性的一种身份角色。对此，他自己也有一定的认识，“余生乏机械而富感情，一时思潮激越，常觉刹那之间，别有闻见。于诗虽未尝深学，而天性为近，以为作诗乃有无穷快乐”[⑤]。尽管他深受关学思想影响，时时不忘建立足以影响世道人心的事功，从少年时就“力自检制，不敢以诗而妨正业”[⑥]，但是天性难违，诗艺终究是吴宓的毕生所好。据《吴宓自编年谱》记载，吴宓自幼就由继母雷孺人指导着阅读唐诗，对诗词有着浓厚的兴趣。早在1908年就学于宏道学堂的时候，吴宓已经开始作诗，且常常和表兄胡文豹夫妇“共读陈其年《湖海楼集》《吴梅村诗集》及1908新出之《艺蘅馆词选》等书，并讨论诗文，获益甚多”[⑦]。求学清华期间，吴宓虽然一心以英语学习为主，屡屡告诫自己“多读英文书”，“词华也，文词也，皆无关系于正事”，“精神力量，决不可使多费于其中”，“中文诗文凡可不作者，均恝置之”[⑧]，但是仍然无法摆脱诗文这一“魔障”[⑨]的诱惑，“有时兴发，则亦吟哦搜求欲为诗”[⑩]，甚至“逸想”着能摆脱忙碌的课务，求得“长好之闲暇”供自己“吟咏疏放”[⑪]。对诗歌不可遏制的兴趣不仅决定了他“常有感触，欲作之为诗”[⑫]，而且促使他抓住一切余暇阅读诗文，研习诗艺。

① 吴宓：《吴宓自编年谱》，吴学昭整理，北京：生活·读书·新知三联书店1995年版，第88页。
② 吴宓：《吴宓自编年谱》，吴学昭整理，北京：生活·读书·新知三联书店1995年版，第149页。
③ 吴宓：《吴宓日记》第2册，吴学昭整理注释，北京：生活·读书·新知三联书店1998年版，第256页。
④ 吴宓：《吴宓自编年谱》，吴学昭整理，北京：生活·读书·新知三联书店1995年版，第224页。
⑤ 吴宓：《吴宓日记》第1册，吴学昭整理注释，北京：生活·读书·新知三联书店1998年版，第406页。
⑥ 吴宓：《吴宓日记》第1册，吴学昭整理注释，北京：生活·读书·新知三联书店1998年版，第406页。
⑦ 吴宓：《吴宓自编年谱》，吴学昭整理，北京：生活·读书·新知三联书店1995年版，第84页。
⑧ 吴宓：《吴宓日记》第1册，吴学昭整理注释，北京：生活·读书·新知三联书店1998年版，第274页，第274~275页，第459页，第274页。
⑨ 吴宓：《吴宓日记》第1册，吴学昭整理注释，北京：生活·读书·新知三联书店1998年版，第251页。
⑩ 吴宓：《吴宓日记》第1册，吴学昭整理注释，北京：生活·读书·新知三联书店1998年版，第113页。
⑪ 吴宓：《吴宓日记》第1册，吴学昭整理注释，北京：生活·读书·新知三联书店1998年版，第302页。
⑫ 吴宓：《吴宓日记》第1册，吴学昭整理注释，北京：生活·读书·新知三联书店1998年版，第302页。

1911年秋，辛亥革命爆发，一时间人心惶惶，清华暂时停课，吴宓随众赴上海。避居上海期间，他不仅细读且和表兄胡文豹讲论切磋《杜诗镜铨》，而且读到了姑丈陈涛（字伯澜，著名的旧体诗人，偏爱盛唐诗风）的诗稿《南帆集》，还向其当面请教作诗之道，“获益极多”，“自己所作诗，亦大有进步”①。12年后，陈涛去世，吴宓忆及往事，感慨姑丈对自己的影响之大：“我之学为诗，及于诗之派别、义理、方法、精神，实遵依丈之《南帆集》。”②

1912年，吴宓回到清华就学，虽然定下严格计划以求英文进步，但还是挤出一部分自修时间阅读了《黄山谷诗钞》《龚定庵诗词集》《唐诗注疏》《古文辞类纂》等诗文著作。1913年，著名文学、史学教授饶麓樵先生受聘清华，吴宓时时前往求教，并将饶先生推荐的“甚似吴梅村”的《颐和园词》《蜀道难》（王国维作）二诗“钞录,熟诵”③。1914年，在饶先生的鼓励下，吴宓“作诗甚多。长篇如（1）《清华园词》。（2）《石鼓歌》。饶师均批令‘抄送巴拿马赛会’”④，暑假时又作了三十首七律，“名曰《甲寅杂诗》”⑤。

1915年到1916年，吴宓作诗读诗之外，又在《清华周刊》第48期至72期上陆续发表系列诗话《余生随笔》。该诗话纵论古今中外的诗人诗作，文笔精练雅致，充满玄思妙想，不仅体现出了他扎实的诗词功底和卓越的文学鉴赏力，而且昭示出这个年仅21岁的年轻学子已经具备了中西比较的文学研究视野。无论从哪一个角度来说，《余生随笔》都是现代文学史上一部可圈可点的优秀诗话，从这部极具特色的谈艺随笔中，我们可以体会到，青年吴宓对于诗艺的理解和把握已经达到了相当高的程度。

1917年到1921年赴美留学期间，尽管吴宓还时时不能忘情于杂志业，总是想着寻找机会一圆自己兴办杂志、影响社会的梦想，但是他毕竟已经择定文学作为研习方向，不再有清华期间唯恐诗艺爱好妨碍正业学习的思想负担。怀着爱好和正业融为一体所带来的安适感，他不仅系统深入地学习了西方文学的相关课程，阅读了大量的西方文学和文化典籍，而且完成了《英文诗话》等极具专业水准的文学评论文章。

1921年9月，吴宓在梅光迪的召唤下赴东南大学任教，开设“英国文学史”、“英诗选读”、“英国小说”、“修辞原理”、“欧洲文学史”等课程，深受学生欢迎。1923年，清华学生梁治华（字实秋）到东南大学参观游览时旁听到吴宓讲授的“欧洲文学史”，深为倾倒，在《清华周刊》上撰文对吴宓的授课风格大加赞扬：“预先写《大纲》于黑板，讲

① 吴宓：《吴宓自编年谱》，吴学昭整理，北京：生活·读书·新知三联书店1995年版，第107页。
② 吴宓：《吴宓日记》第2册，吴学昭整理注释，北京：生活·读书·新知三联书店1998年版，第248页。
③ 吴宓：《吴宓自编年谱》，吴学昭整理，北京：生活·读书·新知三联书店1995年版，第127页。
④ 吴宓：《吴宓自编年谱》，吴学昭整理，北京：生活·读书·新知三联书店1995年版，第130页。
⑤ 吴宓：《吴宓自编年谱》，吴学昭整理，北京：生活·读书·新知三联书店1995年版，第132页。

时，不看书本，不看笔记及任何纸片；而内容丰富，讲得井井有条，滔滔不绝。清华今正缺乏良好教授，此人之所共言。吴先生亦是清华毕业游美同学，而母校未能罗致其来此，宁非憾事哉！”[①] 后吴宓认为，清华之所以会在1924年聘请自己，与梁治华等清华学生造成的舆论效应不无关系。

任教清华期间，吴宓同样深受学生欢迎，直到20世纪90年代，昔日的清华学生王岷源还念念不忘吴宓当时的授课风采：

> 在课堂上听着讲述拜伦、雪莱、济慈的诗篇和他们富有浪漫色彩的生平，真是一种享受。雨僧先生讲课时也洋溢着热情，有时眉飞色舞。虽然时光已经过了60年，今天我依然可回想起雨僧师当年在课堂上讲拜伦的《恰尔德·哈罗尔德游记》第三章21以下诸节、雪莱的《西风歌》、济慈的《希腊古瓮歌》《夜莺歌》《圣艾格尼丝前夕》等篇什的热烈气氛。[②]

应该承认，作为文学教授的吴宓，是相当成功的，这种成功绝非偶然，而是职业与志业合一的必然结果。在《我之人生观》一文中，他对“职业”和“志业”作过这样的区分：

> 职业者，在社会中为他人或机关而作事，藉得薪俸或佣资，以为谋生糊口之计，仰事俯畜之需，其事不必为吾之所愿为，亦非即用吾之所长。然而为之者，则缘境遇之推移，机会之偶然。志业者，吾闲暇从容之时，为自己而作事，毫无报酬。其事必为吾之所极乐为，能尽用吾之所长，他人为之未必及我。而所以为此者，则由一己坚决之志愿，百折不挠之热诚毅力。纵牺牲极巨，阻难至多，仍必为之无懈。[③]

文学之于吴宓，既是他的天性所向，爱好所归，又是他的专业所在，勤力所为；文学教授之于吴宓，既是他安身立命的职业，又是他终生热爱的志业。吴宓曾经说过，“职业与志业合一，乃人生最幸之事”[④]，我们亦可以由此断言，担任文学教授，就是吴宓一生中

① 吴宓:《吴宓自编年谱》，吴学昭整理，北京：生活·读书·新知三联书店1995年版，第243页。
② 王岷源:《忆念吴雨僧先生》，见李赋宁等编《第一届吴宓学术讨论会论文选集》，西安：陕西人民教育出版社1992年版，第115页。
③ 吴宓:《我之人生观》，《学衡》第16期，1923年4月出版。
④ 吴宓:《我之人生观》，《学衡》第16期，1923年4月出版。

的“最幸之事”。

1933年，吴宓先后失去了《学衡》《大公报·文学副刊》的主编权，成了一个纯粹的文学教授，失落之余，他也感觉到了隐隐的轻松。十余年来的编辑生涯令其备尝事态冷暖，“劳苦已甚”，他决心“今后决不再任此类为人之职务，而当以余生短暇从事一己之著作”①。1935年中华书局出版的《吴宓诗集》就是吴宓自己非常重视的“一己之著作”。该著作融诗集整理、诗人述评、名篇赏析、诗法分析于一身，不仅按照时间顺序收录了吴宓从1908年到1934年间创作的全部诗歌（分别冠以《故园集》《清华集上》《清华集下》《美洲集》《金陵集》《辽东集》《京国集上》《西征杂诗》《京国集下》《南游杂诗》《故都集上》《欧游杂诗》《故都集下》之名），而且选录了他历年来所取得的文学研究成果（其中既有《论新文化运动》《论今日文学创造之正法》《诗学总论》等逻辑严密、气势磅礴的长篇论文，又有《余生随笔》《空轩诗话》等大量古典形式的诗话与随笔），体现出了吴宓卓越的才情和深厚的理论修养。从此，他基本走出了挣扎在诗艺爱好和事功追求之间的两难处境②，开始将文学创作和文学研究视作自己最重要的人生任务。直到晚年，在动荡不安自身难保的特殊岁月里，吴宓仍然念念不忘这一任务。从他1966年以后的日记中，我们屡屡能够看到其专注诗艺，以之作为精神寄托的记载。篇幅所限，这里只能略举几例：“作《近体诗之韵律图表》，未完。”③“上午，续作《近体诗之韵律图表》。”④“读钱注《人境庐诗草》。”⑤“上午及下午默写吴梅村《圆圆曲》全篇（凡605字），并加注解。”⑥“校阅《吴宓诗集》附粘之件全完。”⑦

需要指出的是，吴宓对文学的热情固然源自他多愁善感、爱好诗艺的诗人心性，但是，留学期间严格系统的文学教育和多年的学院生涯决定了他早已习惯以学者之眼去看待文学。面对形形色色的中西文学现象，他满怀诗情却并不拘泥于诗情，强调“文艺理

---

① 吴宓：《吴宓诗集·刊印自序》，见《吴宓诗集》，吴学昭整理，北京：商务印书馆2004年版，第5页。

② 1927年6月，吴宓为《学衡》之事劳忙不堪，和陈寅恪谈话时，以“二马之喻”形容自己的两难处境：“入世积极活动，以图事功。此一道也。又或怀抱理想，则目睹事势之艰难，恬然退隐，但顾一身。寄情于文章艺术，以自娱悦，而有专门之成就，或佳妙之著作。此又一道也。而宓不幸，则欲二者兼之……此二者常互背驰而相冲突，强欲以己之力量兼顾之，则譬如二马并驰，宓以左右二足分踏马背而絷之，又以二手坚握二马之缰于一处，强二马比肩同进。然使吾力不继，握缰不紧，二马分道而奔，则宓将受车裂之刑矣。此宓生之悲剧也。”（吴宓：《吴宓日记》第3册，吴学昭整理注释，北京：生活·读书·新知三联书店1998年版，第355页）

③ 吴宓：《吴宓日记续编》第7册，吴学昭整理注释，北京：生活·读书·新知三联书店2006年版，第376页。

④ 吴宓：《吴宓日记续编》第7册，吴学昭整理注释，北京：生活·读书·新知三联书店2006年版，第377页。

⑤ 吴宓：《吴宓日记续编》第8册，吴学昭整理注释，北京：生活·读书·新知三联书店2006年版，第367页。

⑥ 吴宓：《吴宓日记续编》第10册，吴学昭整理注释，北京：生活·读书·新知三联书店2006年版，第119页。

⑦ 吴宓：《吴宓日记续编》第10册，吴学昭整理注释，北京：生活·读书·新知三联书店2006年版，第169页。

论和文学史的研究，反对仅凭个人印象和爱好去分析文学作品”[①]，“力图引导中国文学界重视西方文学的史实”[②]。为了做到这一点，他身体力行，在开设“英国浪漫诗人”等课程时，并没有顺从自身喜好，沉溺于对浪漫诗情的渲染，而是将“时代背景、诗人生平、诗的本事和思想内容以至英诗的格律”[③]作为讲授的重点。平心而论，如果没有热烈的诗情，吴宓固然不可能获得研究文学和讲授文学的深层动力，但是，如果没有冷静的学者心态和培养“博雅之士”及造就“精通外国语文人才”[④]的教育理想，吴宓也不可能成为成功的文学研究者和文学教授。对此，我们也必须有清醒的认识：诗艺是吴宓终生所好，但是他的首要身份是文学教授，而并非浪漫诗人。

第六节　西南情僧，沉迷红楼

《红楼梦》是吴宓迷恋终生的梦。作为文学教授，吴宓接触到的中西古今作品不计其数，但是从来没有任何文本像《红楼梦》那样令其执着一世，钟情一生。无论何时何地，只要谈论到《红楼梦》，他都逸兴遄飞，激动不已；无论何种作品，只要和《红楼梦》有一丝关系[⑤]或半点相似[⑥]，就能引起他的注意和赞赏。特别是20世纪40年代以后独居西南期间，吴宓对《红楼梦》的喜爱更趋狂热和深沉，不仅将《红楼梦》视为研究的对象，更将其当作情感的寄托，甚至将《红楼梦》的审美世界同化为自己的生命状态，忘身忘时，沉迷“梦”中，不可自拔，几乎到了着魔的程度。

据吴宓年谱记载，吴宓对《红楼梦》心仪冥契始于他11岁阅读《增评补图石头记》之时。1907年阴历五月，吴宓的祖母杨太淑人去世，腊月，嗣父吴建常（字仲旗）从新疆归来奔丧，“仲旗公带回之行李中，有《增评补图石头记》此书，俗称曰《红楼梦》。一部，铅印本，十六册。本书第一回，由第二册起。（与后来商务印书馆所出版之《增评补图石头记》，分订上下两册者，完全相同。）”吴宓一见此书，大喜过望，“赶即阅读。并于夜间，伏衾

① 李赋宁：《怀念恩师吴宓教授》，见黄世坦编《回忆吴宓先生》，西安：陕西人民出版社1990年版，第14页。

② 温源宁：《吴宓先生其人——一位学者和博雅之士》，见黄世坦编《回忆吴宓先生》，西安：陕西人民出版社1990年版，第23页。

③ 周珏良：《纪念吴雨生师》，见黄世坦编《回忆吴宓先生》，西安：陕西人民出版社1990年版，第87~88页。

④ 吴宓：《文学院 外国语文系学程一览》，见清华大学校史研究室编《清华大学史料选编》第2卷，北京：清华大学出版社1991年版，第315页。

⑤ 如清代文人陈钟麟的《红楼梦曲》，后详。

⑥ 如现代作家杨振声的白话小说《玉君》，吴宓对其赞赏有加的重要原因就是该小说的若干语句肖似《红楼梦》的文风（详见吴宓《评杨振声〈玉君〉》，《学衡》第39期，1925年3月出版）。

中枕上，燃小煤油灯读之。每昼夜可读五回至六回。故得于明年正月中旬（宏道下学期开学前）读毕全书”[①]。1908年春，宏道学堂开学，吴宓返校读书，课余又借得“前半部木刻小册《石头记》,课余恒读之,甚欣快。故宓于《石头记》第二十至四十回一部分最熟，亦最欣赏其内容也”[②]。1913年9月,吴宓就读清华期间,偶然读到商务印书馆出版的《小说月报》多册，第3卷上刊载有月庵所作的哀情小说《红蘅梦》，小说开头引用了清代文人陈钟麟所作的《红楼梦曲》，该诗采用唐七古形式，“综述《石头记》全书之内容”，吴宓“读之，即能成诵”[③],直到晚年还能较为完整地默写全文,足见此诗给其留下的印象之深刻。客观说来，作为诗歌的《红楼梦曲》叙事过于直白浅露，缺少蕴藉的情致和回味的余地，成章也多有草率之处，实在谈不上有多么出色，吴宓之所以对其反复诵读涵咏，铭记在心，完全是因为折服于《红楼梦》本身的魅力而爱屋及乌。尽管在这个时期，少年吴宓对《红楼梦》的喜爱之情完全是出于一种直觉的感动，并没有上升到文学分析的层面,但是这种遣之不去的情愫却融入了他的灵魂深处,为其后来在文学研究活动中与《红楼梦》结下的不解之缘埋下了契机。

在《红楼梦》情结的作用下，吴宓接触到西洋文学后，无论看到何种令自己心动的作品,都会用《红楼梦》进行比较,无论学习到何种令自己信服的理论,都会用《红楼梦》进行检验,《红楼梦》无形中成了他衡量西方理论有效性的重要标尺和开展中西文学比较的基本参照物。从1915年发表的《余生随笔》中，我们可以看到吴宓以《红楼梦》为参照物开展中西文学比较的早期尝试：

> 窃谓莎氏所以不可及者，即其胸罗宇宙，包涵万象之力。所著戏曲，虽仅三十余种，而凡古今男女贤愚贵贱所有之行事及心理，靡不吐露叙述于其间。试以实事验之，无论何时何地何人何事，举其境遇怀抱，于莎氏剧本中，求一相似者，必可得之。特末节细枝，不无歧异耳。盖形迹纵极万变，而此心此理初无不同。上智之人，一览尽得，根据立言。常人读之，惟觉其有先获我心之乐。此其所以神欤？昔尝以此验诸《石头记》，而知其为小说巨擘，实非无因。他小说连篇累牍，悉《石头记》三数行之材料而已。[④]

① 吴宓:《吴宓自编年谱》，吴学昭整理，北京：生活·读书·新知三联书店1995年版，第74页。
② 吴宓:《吴宓自编年谱》，吴学昭整理，北京：生活·读书·新知三联书店1995年版，第78页。
③ 吴宓:《吴宓自编年谱》，吴学昭整理，北京：生活·读书·新知三联书店1995年版，第125页。
④ 吴宓:《余生随笔》之十四，见《吴宓诗话》，吴学昭整理，北京：商务印书馆2005年版，第27页。

尽管此时的比较尚显稚拙简单，但是吴宓已经准确抓住了《红楼梦》与莎士比亚戏剧“包涵万象”、叙述详尽的共同特点，在这一共同特点的照耀下，吴宓眼中的《红楼梦》已经不再仅仅拘囿于中国古典文学名著的身份，而已经焕发出世界范围内“小说巨擘”的奇光异彩。

1918年9月，吴宓日记中有这样的记载：“近读 Richardson's *Pamela* 及 *Clarissa* 二书，甚喜之。以为颇肖《石头记》也。”[①] Richardson（理查生）本是他较为轻视的小说家[②]，此时却对其创作的书信体小说《帕米拉》和《克丽莎》加以赞赏，个中情由，不外乎这两部小说侧重描写家庭生活、深入刻画内心世界的特征使他看到了《红楼梦》叙事的影子。同年，吴宓选修了英文讲师古斯塔夫·霍华德·梅纳迪博士（Dr.Gustavus Howard Maynadier）讲授的“英国小说”课程，后又引用梅纳迪博士“伟大小说之六条标准”[③]作为撰写《红楼梦新谈》的理论依据，从而开创了以西方小说批评标准阐释中国古典文学名著的先河。吴宓此举不仅体现出他融贯中西的自觉意识，而且再一次昭示出他内心根深蒂固的《红楼梦》情结，与其说他是在用西方小说理论衡量《红楼梦》，不如说他是在用《红楼梦》检验西方小说理论：正是因为他心目中的世界“小说巨擘”《红楼梦》与梅纳迪博士“伟大小说之六条标准”处处相合，才使他对这“六条标准”格外信服。1919年3月，吴宓以《红楼梦新谈》为底本，在哈佛大学中国学生会举办的晚会上发表演讲，宣称中国小说杰作《红楼梦》处处合乎“西国文学之格律”，即使放在世界文学范围内，也“罕见其匹”[④]，该演讲颇受欢迎，相当成功。相识不久的好友陈寅恪听后感触甚深，特作诗《〈红楼梦新谈〉题辞》相赠（根据目前可见的记载，这是陈寅恪赠给吴宓的第一首诗）：

等是阎浮梦里身，梦中谈梦倍酸辛。
青天碧海能留命，赤县黄车更有人。
世外文章归自媚，灯前啼笑已前尘。
春宵絮语知何意，付与劳生一怆神。[⑤]

---

① 吴宓：《吴宓日记》第2册，吴学昭整理注释，北京：生活·读书·新知三联书店1998年版，第15页。

② 原文为：“宓在英国小说家中，恒尊重 Fielding 与 Thackeray，而轻视 Richardson 与 Dickens。”（吴宓：《吴宓自编年谱》，吴学昭整理，北京：生活·读书·新知三联书店1995年版，第179页）

③ 吴宓：《吴宓自编年谱》，吴学昭整理，北京：生活·读书·新知三联书店1995年版，第179页。

④ 吴宓：《红楼梦新谈》，见吕启祥、林东海主编《红楼梦研究稀见资料汇编》，北京：人民文学出版社2001年版，第20页。

⑤ 吴宓：《吴宓日记》第2册，吴学昭整理注释，北京：生活·读书·新知三联书店1998年版，第20页。

该诗情致深沉，感人肺腑，无怪吴宓特意将其录入日记，引为知己之言。事实上，陈寅恪并没有吴宓那样根深蒂固的《红楼梦》情结，他对《红楼梦》的评价也没有吴宓那么高。在他看来，作为小说，《红楼梦》的情节松散杂乱，其结构非但“远不如西洋小说之精密”，甚至比不上同为古典小说的《儿女英雄传》①，这与吴宓认为《红楼梦》“结构谨严”，合乎西洋小说法程②的观点是明显相左的。可以推断，陈寅恪对吴宓的演说激赏有加，并非出自观点的认同，而是基于情感的共鸣。从此足见吴宓演说的强大感染力，这种感染力源于吴宓对《红楼梦》无比深切的情感体验。深挚的情感体验决定了他对《红楼梦》的理解既诉之于头脑，又诉之于心灵，阅读他的红学研究文章，倾听他的红学演讲，无论接受者是否赞同他的看法，都会被其中蕴含的心灵力量所打动。

吴宓自承“一生多情而厄于遇”③，更兼天性忧郁，少年时即“久有厌世之志，颇思入山与人世隔绝”④，步入中年之后，数度人生风雨和几番情感失意使他深味人生悲凉，渐有出世之想。在1936年和1938年的吴宓日记中，我们可以看到这样两段话：

> 上午读书，午饭后，忽不乐。读《石头记》凤姐托巧姐于刘老老，及宝玉出家等段，大悲泣，泪如泉涌。盖宓多年经历，伤心实太深矣。于是极有意出家，为天主教僧侣。对世中之人与事，一切均极厌鄙。今为宓言救国益世，如对宝玉言科第功名。盖恋爱及宗教之初步与过程，必极聪明而又多情之人，始足语于斯二者也。宓读西洋宗教及哲学书，所得既深，一己经验又繁，夫然后，乃益赞赏《石头记》一书之伟大，以其为人生全体之真切悲剧也。⑤

> 二十日得凫公十七日重庆函，述人生公私小大皆相欺相凌。吾辈眼中之弱者，受吾辈之怜爱扶植者，转瞬已变为强者，而欺凌他人矣……宓回

---

① 语出陈寅恪《论再生缘》，原文为：“至于吾国小说，则其结构远不如西洋小说之精密。在欧洲小说未经翻译为中文以前，凡吾国著名之小说，如《水浒传》、《石头记》与《儒林外史》等书，其结构皆甚可议。寅恪读此类书甚少，但知有《儿女英雄传》一种，殊为例外。其书乃反《红楼梦》之作，世人以其内容不甚丰富，往往轻视之。然其结构精密，颇有系统，转胜于曹书，在欧西小说未输入吾国以前，为罕见之著述也。”（《陈寅恪集·寒柳堂集》，北京：生活·读书·新知三联书店2001年版，第67页）

② 吴宓：《红楼梦新谈》，见吕启祥、林东海主编《红楼梦研究稀见资料汇编》，北京：人民文学出版社2001年版，第20页。

③ 吴宓：《吴宓日记》第6册，吴学昭整理注释，北京：生活·读书·新知三联书店1998年版，第209页。

④ 吴宓：《吴宓日记》第1册，吴学昭整理注释，北京：生活·读书·新知三联书店1998年版，第292页。

⑤ 吴宓：《吴宓日记》第6册，吴学昭整理注释，北京：生活·读书·新知三联书店1998年版，第22页。

念生平所行所施，能不伤心痛悔也耶！且宓由此更知《石头记》之所以伟大。夫宝玉之于女子，崇拜爱护可谓极矣。顾其梦游太虚幻境时，竟眼见诸多美丽之女子立地化为可怖之魔鬼前来追逐吞噬，宝玉急逃。盖即表现作者类此之观感而已。呜呼，人生如孽海乘筏，惟宗教为一线之光明灯耳。此最真至之人生观也。①

这两则日记体现出，人世的荒谬使吴宓终于无法再单纯依靠事功追求和爱情理想来支撑自己的生活，他的灵魂正在一步步陷入绝望的深渊，被生命的虚无感紧紧缠绕，在庸俗琐碎的尘世间，任何救世助人之举都可能毫无意义，唯有宗教，才能成为其灵魂永恒的皈依。这种刻骨铭心的悲情和吴宓眼中的红楼世界融为一体，使他深切地感到，《红楼梦》的伟大即在于展现出了"人生如孽海"般无从解脱的悲剧本质。

为了安抚人生的痛苦失落，"藉避自杀之一途"②，吴宓从1940年开始大量地阅读佛经，在他此后二三年间的日记中，我们屡屡可以看到他阅读《大般泥洹经》《妙法莲华经》《阿波昼经》《维摩诘经》《楞严经》《法华经》《涅槃经》《华严经》《长阿含经》《中阿含经》《坛经》③ 等佛教典籍以及和林文铮、德纯、德懿等信佛人士议论佛理④ 的记载。有趣的是，在这段"勉求出世依佛"⑤ 的时期，吴宓非但没有真正断绝尘世之念，反而深深沉溺于对情爱的渴望和追求之中⑥。一面是"惟羡他人之神仙眷属或伴侣"⑦，一面是"益佩佛教之

① 吴宓：《吴宓日记》第6册，吴学昭整理注释，北京：生活·读书·新知三联书店1998年版，第364页。

② 吴宓：《吴宓日记》第8册，吴学昭整理注释，北京：生活·读书·新知三联书店1998年版，第30页。

③ 详见《吴宓日记》第7册第122页、第214页、第233页、第253页、第273页、第276页，《吴宓日记》第8册第5页、第38页、第41页、第42页、第43页、第45页、第47页、第51页、第85页、第143页、第167页、第199页、第357页，《吴宓日记》第9册第13页、第102页、第103页等处的相关记载。（吴宓：《吴宓日记》，吴学昭整理注释，北京：生活·读书·新知三联书店1998年版）

④ 详见《吴宓日记》第7册第144页、第212页、第278页等处的相关记载（吴宓：《吴宓日记》，吴学昭整理注释，北京：生活·读书·新知三联书店1998年版）。

⑤ 吴宓：《吴宓日记》第8册，吴学昭整理注释，北京：生活·读书·新知三联书店1998年版，第30页。

⑥ 此时期吴宓先是深陷于对旧爱毛彦文的思念之中，屡屡致函，希望和毛重修旧好（注：毛彦文，本为吴宓清华好友朱君毅的未婚妻，后被朱抛弃，吴宓在帮助二人调停关系时和毛相熟相知，渐生情愫。1929年，吴宓与陈心一离婚。1931年，与毛彦文在欧洲会晤商讨结婚事宜，但是婚事最终未成。1935年，毛彦文和熊希龄结婚，吴宓大受刺激，伤心至极。1937年底，熊希龄在香港病逝的消息传来，吴宓深感震惊，为毛痛心。其后几年间，吴宓一直设法打听毛彦文的消息和地址，反复致信表白衷情，但均未得到回复），思念心切时，甚至"不能成寐，悲感万端，几于痛不欲生"（详见1940年12月30日的日记，载吴宓《吴宓日记》第7册，吴学昭整理注释，北京：生活·读书·新知三联书店1998年版，第285页）。后又热烈追求西南联大生物系助教张尔琼（英文名字Bella），即使在求爱遭到明确拒绝之后，也决心在"坚持友情，不谈爱及婚姻"的前提下，"连续为B效劳服务"，用情之深，令人感动（详见1941年6月26日的日记，见吴宓《吴宓日记》第8册，吴学昭整理注释，北京：生活·读书·新知三联书店1998年版，第110页）。

⑦ 吴宓：《吴宓日记》第7册，吴学昭整理注释，北京：生活·读书·新知三联书店1998年版，第214页。

崇伟中正，可为吾侪之归宿皈依处”[①]，情僧气质，于此可见一斑。从世俗观点来看，重情多爱和“出世依佛”未免相互矛盾，但是在吴宓身上，这二者却再自然不过地融为一体：一方面，他热衷于以宗教的态度对待恋爱，认为“宗教为爱情之最后归宿。爱情中之最高尚真挚热烈，无异于宗教”，将“敬爱女人与敬爱上帝或佛”相提并论[②]；另一方面，他又倾向于从情感出发理解宗教，“由情悟道”[③]，将宗教视为情感失意者寻求慰安的所在[④]和弥补不完美“人间之爱”的方式[⑤]。如此，爱情因宗教而更显神圣，宗教因爱情而更加可贵，二者相辅相成，共同构筑起吴宓的生活信念。对于这一点，吴宓自己也有过表白：“我一生最倾心的是爱情与宗教。……我的文学，我的生活，皆不外爱情、宗教二者之表现。此外一切，都不深系我心。”[⑥]在这种信念的驱动下，吴宓眼中的《红楼梦》也成了“爱情、宗教二者之表现”，而这种表现又和吴宓自身的爱情向往和宗教理想密切相关。对于这位富有诗人气质、善于艺术想象的西南情僧而言，生命状态与审美体验基本上是一回事：自己恋慕的女子，犹如黛玉的化身；自己对爱人的情意，犹如宝玉倾心黛玉；自己对佛教的企慕，犹如宝玉的勘破情关抛却尘缘。从他的日记中，我们屡屡可以看到他将自身生活《红楼梦》化的记载：

> 世人乃疑宓又将与心一复合，视宓之爱彦仅为伉俪生活外之偶尔游戏一场；此宓所极愤恨者。譬诸贾宝玉之出家，岂可云为宝钗，而抹杀黛玉之关系耶？[⑦]

> 盖万物与人皆具佛性，或曰宗教心。即宓《大纲》中之God或One之

① 吴宓：《吴宓日记》第7册，吴学昭整理注释，北京：生活·读书·新知三联书店1998年版，第223页。

② 吴宓1941年致张尔琼的白话长函，见《吴宓日记》第8册，吴学昭整理注释，北京：生活·读书·新知三联书店1998年版，第91页。

③ 吴宓：《吴宓日记》第8册，吴学昭整理注释，北京：生活·读书·新知三联书店1998年版，第317页。

④ 详见吴宓1941年日记的相关记载，原文为：“百金只买得一日醉。而非关病酒，仍系爱愁。B亦不肯稍为问慰，只可求慰安于佛经中耳。”（吴宓：《吴宓日记》第8册，吴学昭整理注释，北京：生活·读书·新知三联书店1998年版，第120页）在同年写给张尔琼的白话长函中，也有这样的自白：“在未死以前，爱情必至完全无望之后，乃静心皈依宗教。”（同上，第91页）

⑤ 详见吴宓1942年日记的相关记载，原文为：“今琼视宓如何不济，宓即无力自改变其年龄、形貌、历史、环境，使琼自然爱悦，则宓无论如何诚心努力，极仁极智，亦不能丝毫有助于琼也。念此废然。因悟人间之爱，亦如世俗种种，处处不完美而受限制。异于宗教之爱真能超世自由，而收功奏效。于此，宓又‘由情悟道’矣。”（吴宓：《吴宓日记》第8册，吴学昭整理注释，北京：生活·读书·新知三联书店1998年版，第317页）

⑥ 吴宓1941年致张尔琼的白话长函，见《吴宓日记》第8册，吴学昭整理注释，北京：生活·读书·新知三联书店1998年版，第91页。

⑦ 吴宓：《吴宓日记》第6册，吴学昭整理注释，北京：生活·读书·新知三联书店1998年版，第28~29页。

本质。特多少有差。而宓天与佛性原不为少，有启即发。况生活恋爱之失败愤激，更有以刺激逼迫之耶。今后当勉力用功，必求能读通佛书，能取得佛意。……又思及宓之家庭及身世，益觉孤苦可怜，不胜憬然而悲。宓今殆已中乡魁而却尘缘之宝玉，即亲厚如父，深爱如彦，似皆能割舍，而觉其与宓非同心一体，况他人于？况俗事乎？①

宓无富贵之境遇，又无俊逸之形貌，而有贾宝玉之性情，此实宓生之大不幸与悲剧。则宓亦只能效法宝玉之佛性而出家，而终不能窃比宝玉之色情而求爱。成败短长，具尽于是。②

回舍后，作长函致琼。大旨表示宓爱琼之心与日俱深。视琼如宝之视黛。③

作函致琼……又述《石头记》中二种不同之发怒。（甲）黛玉之怒宝玉。（乙）凤姐之怒贾瑞。盖宓甘受（甲）而未敢以（乙）疑琼也。④

从这些记载中不难发现，吴宓几乎把个人的情感生活和《红楼梦》的艺术世界同一化了，但是这并不等于他在用现实经验中的利害打算阻碍审美心境的产生，而是意味着他在用审美心境体验自己的生活，审美心境给他提供了强大的动力，使他勇于服从诗性的召唤，勇于追求诗意的人生。《红楼梦》以特有的艺术形式作用于他的意识、精神和感情，激活了他的审美心境，使他完全被艺术世界所控制，沉迷其中，难以自拔。这种沉迷的强烈程度与美国人本主义心理学家马斯洛所描述的“高峰体验”颇有类似之处：“自我有可能迷醉于对象，或者完全‘倾注到’对象之中，从而消失得无影无踪。”⑤“我们平时看成是冲突、矛盾和没有联系的东西，这时就会被理解为是不可避免的、必然的、甚至是命里注定的东西。”⑥在高峰体验的过程中，主体的过去与未来完全消融在对对象的凝神观照之中，现实的时空渐渐消隐，剩下的只是物我合一的喜悦和沉醉。吴宓将自身生活《红楼梦》

① 吴宓：《吴宓日记》第7册，吴学昭整理注释，北京：生活·读书·新知三联书店1998年版，第214页。
② 吴宓：《吴宓日记》第8册，吴学昭整理注释，北京：生活·读书·新知三联书店1998年版，第52页。
③ 吴宓：《吴宓日记》第8册，吴学昭整理注释，北京：生活·读书·新知三联书店1998年版，第72页。
④ 吴宓：《吴宓日记》第8册，吴学昭整理注释，北京：生活·读书·新知三联书店1998年版，第282页。
⑤ [美]马斯洛：《自我实现的人》，许金声、刘锋等译，北京：生活·读书·新知三联书店1987年版，第286页。
⑥ [美]马斯洛：《存在心理学探索》，李文湉译，昆明：云南人民出版社1987年版，第83页。

化的行为就源于这种物我合一的沉醉感，这种沉醉感使吴宓完全被《红楼梦》的艺术感染力所折服，以至于在一定程度上失去了自我。但是，值得注意的是，失去自我的过程实际上也是寻找自我的过程，主体在陷入浑然忘我状态的瞬间，又往往会发现一个更为真实的自我，正如杜夫海纳所描述的那样："审美对象所暗示的世界，是某种情感性质的辐射，是迫切而短暂的经验，是人们完全进入这一感受时，一瞬间发现自己命运的意义的经验。"①"观众也在审美对象中自外于自己，恍惚要牺牲自己，以迎接它的降临……可是观众就在这样失去自己的同时又找到了自己。……通过注意的历程，观众发见他自己投身其中的审美对象世界也是'他的'世界。"②在浑然忘我的状态中。《红楼梦》的情感意蕴完全占据了吴宓的心灵世界，唤醒了他内在的至情至性，他对《红楼梦》的阅读和体验也因此成了一个自我发现和自我认同的过程。先是自比为痴情又具有佛性的宝玉，后又自认为是忠诚于"美与爱情之结晶"的紫鹃：

> 今夫《石头记》一书所写之理想精神，为"美"与"爱情"。而此理想与此精神实完全寄托于林黛玉之一身。林黛玉者，美与爱情之结晶也。……彼时大观园中能同情而赞助林黛玉者谁乎？曰：紫鹃一人而已……能详知黛玉多年之隐情，旦夕服侍，不厌不倦，不怨不违，厥惟紫鹃。彼能洞悉其所风名之理想，深信不疑，终身为此尽力，不离不叛，不懈不衰，岂非所谓"造次必于是，颠沛必于是"者乎？由紫鹃一生之大节，而为人所难能知也。
>
> ……吾愿效法紫鹃，且愿引紫鹃以自慰，终吾人之余年也。吾亲吾友，欲知宓者，请视紫鹃。③

物我合一的沉醉与重新发现自我的狂喜使吴宓的红学研究走出了学院派循规蹈矩、有板有眼的立论模式，满溢着澎湃的激情，奔涌着无限的活力。如果说，来自灵魂深处的沉醉与狂喜是吴宓乐此不疲地进行红学研究、兴致勃勃地举办红学讲座的深层动因，那么，这种沉醉与狂喜所引发的激情和活力就是吴宓能连续在数十场红学讲座中取得巨大成功

①［法］杜夫海纳：《美学与哲学》，孙非译，北京：中国社会科学出版社1985年版，第28页。

②［法］杜夫海纳：《审美经验现象学》，韩树站译，北京：文化艺术出版社1996年版，第30页。

③ 吴宓：《论紫鹃》，原载1945年3月11日《成都周刊》第1期，转引自沈治钧《吴宓红学讲座述略》，《红楼梦学刊》2008年第5辑，第218页。

的关键所在。

据吴宓日记和他人回忆文章等现存资料记载，20 世纪 40 年代，除去在文学课堂上大量谈论《红楼梦》[①]，吴宓共应邀在校园内外进行了 60 多次红学讲座，其中仅仅 1942 年到 1945 年这四年间的红学讲座就高达 40 多场。讲座的听众不仅包括各大中院校的师生，也有电工器材厂员工、化工材料厂员工、铁路公司职员、惠滇医院女护士、锡业公司职员、遵义酒精厂职员、永利银行职员、空军官兵[②]等社会各界人士。无论从场次频率还是从听众范围来说，吴宓这一时期的红学讲座都是 20 世纪前半叶的红学讲座之最，堪称现代红学传播史上的耀眼风景。作为一名深谙中西文学肌理的著名教授，吴宓的红学讲座受到业内师生的赞赏并不令人意外。值得思索的是，那些对文学并不十分了解的职员和军人为什么也会欢迎和期盼这些讲座，甚至出现了第九十五军秘书蒲肇楷“强邀宓至青年会演讲，恐宓逃脱，如捕贼盗”[③]的闹剧和空军第五大队长张唐天“欲以飞机迎宓至宁、沪、平、津、粤、渝、西安等处讲《石头记》”[④]的“壮举”。仔细想来，这些非专业人士欢迎吴宓红学讲座的主要原因不外两点：首先，吴宓是部聘教授（据说当时全国只有 30 位部聘教授），名气很大，著名教授演讲著名小说，这本身就构成了令人期待的文化事件；其次，吴宓的红学演讲满溢着激情与活力，他自己的评价是“甚为激昂淋漓”[⑤]，“畅述一己之感慨……词意姿态未免狂放，有失检束，不异饮酒至醉”[⑥]。胞妹吴须曼的回忆是，听吴宓演讲，好像“在看一个演员作表演，而且是一个人扮几个角色，王熙凤的阴险毒辣，林黛玉的多情善感……都演得惟妙惟肖”[⑦]。可以想见，面对听众，一心沉醉在红楼世界中的吴宓会怀着何等强烈的真情演绎自己的红楼痴梦，抒发自己的人生感慨，无论接受者水平如何，这种激情四射的演讲都必然能够实现令人动容、引人入胜的效果。

以这一时期举办红学讲座的讲稿为基础，吴宓撰写了大量的红学研究论文，其中已经发表的主要有《石头记评赞》《〈红楼梦〉之文学价值》《贾宝玉之性格》《论紫鹃》《〈红

---

① 譬如，在吴宓长期开设的“文学与人生”课程中，吴宓最喜欢谈论的文学作品就是《红楼梦》。详见吴宓《文学与人生》，王岷源译，北京：清华大学出版社 1993 年版，第 18 页、第 28 页、第 40 页、第 49 页、第 50 页、第 53 页、第 71 页、第 115 页等处的记载。

② 详见《吴宓日记》第 9 册第 44 页，第 70 页，第 138 页，第 148 页，第 287 页，第 351 页；《吴宓日记》第 10 册第 313 页，第 362 页（吴宓著，吴学昭整理注释，北京：生活・读书・新知三联书店 1998 年版）。

③ 吴宓：《吴宓日记》第 10 册，吴学昭整理注释，北京：生活・读书・新知三联书店 1998 年版，第 94 页。

④ 吴宓：《吴宓日记》第 10 册，吴学昭整理注释，北京：生活・读书・新知三联书店 1998 年版，第 270 页。

⑤ 吴宓：《吴宓日记》第 9 册，吴学昭整理注释，北京：生活・读书・新知三联书店 1998 年版，第 287 页。

⑥ 吴宓：《吴宓日记》第 8 册，吴学昭整理注释，北京：生活・读书・新知三联书店 1998 年版，第 288 页。

⑦ 吴须曼：《回忆先兄吴宓教授》，见李继凯、刘瑞春选编《解析吴宓》，北京：社会科学文献出版社 2001 年版，第 21 页。

楼梦〉之教训》《〈红楼梦〉之人物典型》《王熙凤之性格》。作者深厚的理论功底和丰沛的情感力量使这些研究论文既灌注着熟读深思的体味，又洋溢着睿智灵动的兴发，堪称现代红学史上极具价值的独特存在。另有若干论文手稿未经刊布，至今不被学界所睹，但愿那些珍贵的红学研究资料只是暂时被历史尘埃所掩盖，仍能等到传播于世的那一天。

20世纪50年代以后，红学研究在主流意识形态的规约下走向窄化，建立在唯物论基础上的现实主义批评原则成了分析《红楼梦》的不二法门，民国时期的红学研究思路遭到了严厉的清算。吴宓被裹挟在前所未有的思想风暴之中，痛苦不堪又无可奈何。他既无力像李希凡等人那样熟练运用马克思列宁历史唯物主义观点，将《红楼梦》定位成极具反封建意义的现实主义杰作①，又不屑像贺麟那样，迅速转向，将老相识作为批判的靶子，以显示自己的进步立场②。为求自保，就只能是含悲忍辱，自我贬抑，怀着"如因之陪受死刑"③的惊悸痛苦撰成《对我自己〈红楼梦〉研究的批判》，并遵照各级领导的意愿反复修改，最后到四川省政协会议上公开宣读④，全面否定自己曾经引以为豪的红学研究和红学讲座。在此期间，吴宓虽然也奉命进行过寥寥几次红学讲座，但明显已是谨言慎行，不复有当年激昂淋漓、畅抒己见的狂放风采。1963年春，吴宓"在重庆市政协俱乐部，对川剧二团讲《红楼梦》，助其演出《晴雯传》川剧"，在极"左"倾向甚嚣尘上的历史时期，他一生中这最后一次红学讲座自然也不可能给他带来什么荣耀，尽管《晴雯传》演出轰动山城，"两月间，满座，秋冬又重演"，但是吴宓因此经历的，却是一次次的批判和自我批判："……未由阶级斗争处理《红楼梦》思想错误；宓与观众皆只赏《晴雯传》之美（封建官僚家庭之繁华富贵生活＋才子佳人恋爱），而未计及其腐蚀作用为如何之大也。"⑤可以想象，这位嗜"红"成癖的西南情僧在说出这些违心之言时，内心所承受的屈辱和痛苦。

尽管吴宓屡屡因红学研究而获罪，但是，他仍然无怨无悔地沉迷于《红楼梦》的无尽魅力之中。只不过，50年代以后，他已经很少有机会在公开场合大谈《红楼梦》了，

① 李希凡、蓝翎：《关于〈红楼梦简论〉及其他》，原载《文史哲》1954年第9期，见《文史哲》编辑部编《文学与社会 明清小说名著探微》，北京：商务印书馆2010年版，第186~201页。

② 据1955年2月5日的《吴宓日记》记载，昔日同事贺麟给吴宓寄来自己撰写的《为解放台湾给在台湾的教育界旧友一封公开的信》和《两点批判，一点反省》，后文重点批判胡适和梁漱溟，"二文宓阅毕，即寄还。并以宓《对我自己〈红楼梦〉研究的批判》一文寄示麟，以答其意，虚与敷衍周旋而已"（吴宓：《吴宓日记续编》第2册，吴学昭整理注释，北京：生活·读书·新知三联书店2006年版，第118页）。当时正值针对胡适、俞平伯新红学研究的批判开展得如火如荼之际，贺麟的寄信和吴宓的答复都可称得上是意味深长，显示出二者对这一大批判运动的不同态度。

③ 吴宓：《吴宓日记续编》第2册，吴学昭整理注释，北京：生活·读书·新知三联书店2006年版，第101页。

④ 吴宓：《吴宓日记续编》第2册，吴学昭整理注释，北京：生活·读书·新知三联书店2006年版，第101页，第102页，第107页，第108页。

⑤ 吴宓：《吴宓日记续编》第6册，吴学昭整理注释，北京：生活·读书·新知三联书店2006年版，第372~373页。

他奉命撰写的红学论文也都因不善“政治宣传”而胎死腹中，失去了面世的机会[①]。除了和友人为数不多的几次交流[②]，此时他对《红楼梦》的沉迷，更多的是一种秘而不宣的沉迷，唯因秘而不宣，才更加不能割舍，才愈发刻骨铭心。《红楼梦》不仅是他孤寂晚年的唯一情感安慰，而且成了他面对困境时的重要精神支柱。沉浸在红楼世界中的他，可以体味流泪的快慰，可以享受难得的心安，也可以坦然应对生活里的种种变故，不致走上绝路或是精神错乱。在《吴宓日记续编》中，我们屡屡可以看到这样的记载：“续读《石头记》尤二姐一段，流泪不止”[③]；“上午读《石头记》，午饭后续读，流泪甚多”[④]；“读《石头记》第十七回园景题联，第十八回省亲欢庆，顿觉神怡心安”[⑤]；“悲痛之余，乃取《石头记》四十六七八回（鸳鸯女誓绝鸳鸯偶……）读之，以资消遣”[⑥]；“宓自拥被卧诵《石头记》回目，决一切消极，但求自保，只作生活中必须之事”[⑦]。看到这些记载，我们在感动之余，也不由得有点心酸，昔日的现代红学讲座第一人如今只落得独对红楼，纵有千般感慨，万种心得，更与何人叙说！与其说这是吴宓个人的不幸，不如说这是红学研究史的不幸，是中国文学和中国文化的不幸。

以上我们从六个方面对吴宓的文化经历和学术生涯进行了简单的描述。正是有了这些文化经历和学术探索，吴宓才完成了由泾阳学童到著名学人的蜕变，形成了传统情结和世界意识水乳交融，诗人气质和学者素养共生互动，对文学艺术美的执着追求和以文学服务于社会人生的强烈使命感并行不悖的思想特色，孕生出了独树一帜的文学观点和新文学建构思路。这种观点和思路不仅在吴宓的时代，就是在百年来中国文学和文论发展的历史进程中都具有重要的意义。

① 据1953年的吴宓日记记载，2月7日，吴宓奉何剑熏之命为《西南文艺》小说专号撰写《红楼梦是怎样作成的》，“用心过劳，寝后久不寐”；2月10日，吴宓将修改后的文章交给何剑熏，“熏细阅后，云，体例不合，恐《西南文艺》不能登载……熏示宓1953年二月之《西南文艺》中载刘又辛等之《儒林外史》研究二篇，皆政治宣传而已”。（吴宓：《吴宓日记续编》第1册，吴学昭整理注释，北京：生活·读书·新知三联书店2006年版，第492页，第493页）

② 如，1954年2月17日晚，吴宓访问周汝昌，谈论周汝昌的《红楼梦新证》，并叙述自己“昔年所讲论《石头记》之作成及人物评论之纲要”（吴宓：《吴宓日记续编》第2册，吴学昭整理注释，北京：生活·读书·新知三联书店2006年版，第9页）。1963年2月26日晚，吴宓为“温、马二生讲《石头记》人物”（吴宓：《吴宓日记续编》第6册，吴学昭整理注释，北京：生活·读书·新知三联书店2006年版，第36页）。1972年5月22日黄昏，吴宓和孙中开谈论“宓之《红楼梦》研究及宓自拟紫鹃，刘文典以宓拟妙玉等”（吴宓：《吴宓日记续编》第10册，吴学昭整理注释，北京：生活·读书·新知三联书店2006年版，第116页）。

③ 吴宓：《吴宓日记续编》第3册，吴学昭整理注释，北京：生活·读书·新知三联书店2006年版，第54页。

④ 吴宓：《吴宓日记续编》第4册，吴学昭整理注释，北京：生活·读书·新知三联书店2006年版，第131页。

⑤ 吴宓：《吴宓日记续编》第6册，吴学昭整理注释，北京：生活·读书·新知三联书店2006年版，第393页。

⑥ 吴宓：《吴宓日记续编》第7册，吴学昭整理注释，北京：生活·读书·新知三联书店2006年版，第362页。

⑦ 吴宓：《吴宓日记续编》第10册，吴学昭整理注释，北京：生活·读书·新知三联书店2006年版，第112页。

第二章　融中西古今文学资源于一体的新文学建构基础：吴宓新文学想象的基本理论内涵之一

需要注意的是，尽管吴宓有着独树一帜的文学思想，但是他并没有建立起宏大完整的理论体系，其文学观点大多散见于他围绕着文化、人生等问题所展开的论述和具体的文艺鉴赏及批评中。所以，对他的文学思想进行分析时，我们不能将其过于系统化，而应该侧重挖掘其中与新文学建构进程有着密切联系的理论内涵，这样才能对吴宓文学思想的意义和价值作出明确的界定。如本书“绪论”所述，如何处理文学的历史传承和现代追求之间的关系是贯穿新文学发展进程的基本问题之一。围绕着这个基本问题，吴宓形成了以“整合”为基本特征的新文学想象，尽管这种想象对于当时的文学主流倾向来说显得颇为不合时宜，但是，其所倡导的融中西古今文学资源于一体的新文学建构基础却代表着一种健康的文学发展观，值得我们仔细考察，深入研究。

第一节　产生语境：风起云涌的文化激进主义和潜滋暗长的文化保守主义

吴宓将整合中西古今文学资源视为新文学建构基础的认识来源于他对文化现代性建设理路的思考，而他对文化现代性建设理路的思考则是特定历史文化语境的产物。正如徐复观所说：“任何思想的形成，总要受某一思想形成时所凭藉的历史条件之影响。历史的特殊性，即成为某一思想的特殊性。没有这种特殊性，也或许便没有诱发某一思想的动因，而某一思想也将失掉其担当某一时代任务的意义。"① 要深入理解吴宓所持的文化现代性建设理路在特殊历史语境中所担负的任务和所具有的意义，首先就需要仔细考察其所处历史语境的具体文化特征和所面临的重大时代课题。

建构现代文化是20世纪以来中国社会所面临的重大时代课题。一百多年来，中国知识分子怀抱着满腔理想主义热情，沉迷在对现代文化方案的想象和规划之中，对于中国知识分子的现代追求，《剑桥中华民国史》作过这样的阐述：

> 自清末以来，日益增长"偏重当代"的观念，即反对儒家偏向古代的基本态度，无论在字面上，还是在象征性上，都充满了"新"的内容。从1898年的维新运动到梁启超的"新民"概念，以至"五四"时期出现的"新青年"、"新文化"和"新文学"；"新'字一词，几乎伴随着旨在使中国摆脱以往枷锁，成为"现代"自由民族而发动的每一次社会知识运动。因此，在中国的"现代性"，不但表明对当前的关注，同时也表示对未来"新"事物和西方"新奇"事物的追求。②

从起源上讲，中国文化的现代追求不是原生的、自发的，而是在来自西方的"新奇"事物刺激下的被动反应，对"新奇"事物的无尽向往和赶超西方的急切情绪使不少知识分子形成了这样的心理定式：西方的新奇事物 = 未来的新事物 = 现代和先进。所谓的"现代"，就是他们看到中国社会"在古典性文化衰败而自身在新的世界格局中的地位急需重建的情势下，参照西方现代性指标而建立的一整套行为制度与模式"③。如此，用西方现代理论取代民族传统观念就成了他们追求现代思想文化的必由之路。文学及文论的发展亦无可回避地被纳入这一宏大叙事之中。按照李欧梵等学者的理解，以文学革命为核心的"五四"新文化运动就是"中国知识分子自晚清以来追求'现代性'（Modernity）的一部分"④。在急切浮躁心态的驱使下，不少"五四"精英不自觉地陷入了对现代文化的单向度体认之中，形成了文化现代性的单维价值取向。长期以来，这种单维价值取向和

① 徐复观：《儒家政治思想的构造及其转进》，见李维武编《中国人文精神之阐扬——徐复观新儒学论著辑要》，北京：中国广播电视出版社1996年版，第229页。

②［美］费正清等编：《剑桥中华民国史》（1912—1949年，上卷），杨品泉等译，北京：中国社会科学出版社2007年版，第490~491页。

③ 王一川：《中国现代性体验的发生》，北京：北京师范大学出版社2001年版，第19页。

④ 李欧梵：《未完成的现代性》，北京：北京大学出版社2005年版，第17页。

忧世救国的社会心理紧密结合在一起，借助政治风云成长为占据主流地位的文化现代性话语。

同时，我们也必须看到，自占据主流地位的文化现代性话语形成之日起，对它的质疑反思和崇拜信仰就始终是同步的，只不过，那些质疑反思之声在急功近利的集体性认知力量的无情打压[①]下，渐渐沦落成了代表保守和落伍倾向的边缘话语，尽管一直在潜滋暗长，却始终没有得到充分的发展。这些处于弱势地位的边缘话语虽然背负着“守旧”之名，但是，从反思的角度来看，它们是在以另一种现代性体认方式推动着中国现代文化的建构和发展，其总体并没有脱离中国文化的现代性进程。如此，边缘话语和主流话语之间所产生的对话和冲突，就使得中国文化的现代追求成了一个充满着矛盾与困惑的复杂过程，而中国现代文学和现代文论正是在这种充满矛盾和困惑的现代文化追求中探寻着自己的出路。所以，我们要研究现代学人吴宓的文学思想，就必须将其置于“五四”新文化运动前后那个复杂的现代文化语境中加以认识，通过对这种包含着多重现代性价值取向的文化语境的分析，来展示其产生和发展的具体文化空间。

一、风起云涌的文化激进主义

经历过鸦片战争以后的数度历史震荡，在来自西方世界的巨大压力和示范效应面前，中国先进知识分子举步维艰地开始了以现代西方为参照系的现代性追求，从停留在物质技术层面的洋务运动到专注于政治制度变革的维新运动，对现代性的渴望一直是支持他们奋斗的根本动力。“五四”前后，怀抱现代观念的激进知识分子改变思路，将现代性追求的努力方向转移到思想文化领域，以彻底的思想变革和国民性改造为目标，掀起了一场声势浩大的现代思想启蒙运动——新文化运动。新文化运动最初是在中西文化比较的层面上展开的，但是内忧外患、积贫积弱的现状所导致的对传统文化的不信任感和急于建构现代文化方案的焦灼心态，使主导新文化运动的很多激进主义知识分子无法进行冷静理性的分析和判断。于是，在他们那里，对中西文化差异的比较很快就被置换为对中国传统文化体系的否定和激烈批判。中国古代的学术思想及文化传统不是“无济于事的银样镴枪头”，就是腐朽和野蛮的代名词：

> ……那五千年的精神文明，那“光辉万丈”的宋、明理学，那并不太

① 应该承认，在那个特定的历史时期，“急功近利”和“无情打压”作为策略性的选择，也具有一定的合理性。

丰富的固有文化，都是无济于事的银样镴枪头。①

至于我们所独有的宝贝，骈文，律诗，八股，小脚，太监，姨太太，五世同居的大家庭，贞节牌坊，地狱活现的监狱，廷杖，板子夹棍的法庭……虽然“丰富”，虽然“在这世界无不足以单独成一系统”，究竟都是使我们抬不起头来的文物制度。②

他们当时认为，在传统痼疾的重压之下，“中国文明之疾病，已达炎热最高之度，中国民族之运命，已臻奄奄垂死之期，此实无容讳言”③。传统文化已经不可能再为民族自信心提供可靠的支撑，“我们的民族信心必须站在‘反省’的唯一基础之上。反省就是要闭门思过，要诚心诚意的想，我们祖宗的罪孽深重，我们自己的罪孽深重；要认清了罪孽所在，然后我们可以用全副精力去消灾灭罪”④。这种将中国传统文化视为灾害罪孽并与之彻底决裂的激进姿态几乎成了新文化运动主将们的共同选择，推动着中国社会进入了亘古未有的文化大变革时代。

从反思的角度来看，这种弃旧图新的激进姿态与新文化运动主将们对现代追求的单向度体认方式密切相关。也就是说，这一时期的变革先驱们对于中国现代文化的精神价值取向是单一的，他们专注于在线性发展的时间语境中界定“现代”，通过与“过去”决裂的方式来彰显现代追求的先进，没有注意到或是有意回避了现代追求所应具备的那种复杂性、矛盾性和自我批判性。这种对现代追求的单向度体认方式，在当时形成了一种强大的辐射机能，对新文化和新文学建设产生了重大的影响。

（一）现代文化单维体认方式赖以生成的进化论思想

要深入理解新文化嬗变时期激进知识分子对现代追求的单向度体认方式，就必须沉潜到历史深处去把握这种体认方式赖以生成的思想根基。20世纪前后的中国正处在新思想风云激荡的历史转折期，先进知识分子习惯于以开放的视野和拿来主义的态度对待来自西方的新认识新思潮，使之有机会与本土思想相互激荡，化作推动中国文化现代转型的力量。在异域的八面来风中，对激进知识分子的现代性观念起到决定性铸就作用的，当首推进化论思想。

---

① 胡适:《信心与反省》，见欧阳哲生编《胡适文集》第5卷，北京：北京大学出版社1998年版，第390页。

② 胡适:《信心与反省》，见欧阳哲生编《胡适文集》第5卷，北京：北京大学出版社1998年版，第388页。

③ 李大钊:《东西文明根本之异点》，原载1918年7月1日《言治》季刊第3册，见中国李大钊研究会编注《李大钊全集》第2卷，北京：人民出版社2006年版，第215页。

④ 胡适:《信心与反省》，见欧阳哲生编《胡适文集》第5卷，北京：北京大学出版社1998年版，第389页。

1859年，英国生物学家达尔文（Charles Robert Darwin）发表《物种起源》，明确提出了生物进化论观点。1860年，英国博物学家赫胥黎（Thomas Henry Huxley）在“牛津论战”中坚决捍卫并大力传播达尔文的进化论学说，使之在思想界产生了强烈的震荡和深远的影响。1873年，自然进化学说出现在江南制造局翻译馆华蘅芳等人翻译的《地学浅释》一书中，但是此书中涉及的进化论仅仅是这个时代输入的一种西方近代地质学和生物学理论，没有什么特别的社会意义，因此也就未能得到中国知识分子的特别关注。直到19世纪末，严复的译著《天演论》和相关的系列政论文问世，进化论思想才在中国获得广泛的传播和普遍的推崇。

需要注意的是，西方人认可的进化论思想和在近现代中国大行其道的进化论思想，并不完全是一回事。在西方，进化论虽然也影响到了社会科学领域的研究，但是，就总体而言，进化论仍然“是客观研究自然活动的产物，其中不包含道德和精神的价值”[①]，这种纯粹西方意义上的进化论学说与中国当时的社会历史状况关系不大，自然也就不可能掀起什么波澜。在近现代中国大行其道的进化论思想，是经过严复遴选、过滤和再创造之后的进化论思想。中日甲午海战之后，洋务派精心营造的富国强兵幻梦在炮声和硝烟中化为乌有，怀着拯救国家的强烈责任感，严复将达尔文学说中谈及生物之间的生存斗争和自然选择的言论[②]，提炼为“物竞”、“天择”、优胜、劣败的观念，以之作为唤醒民众的一记警钟：

> 物竞者，物争自存也；天择者，存其宜种也。意谓民物于世，樊然并生，同食天地自然之利矣。然与接为构，民民物物，各争有以自存。其始也，种与种争，群与群争，弱者常为强肉，愚者常为智役。及其有以自存而遗种也，则必强忍魁桀，趫捷巧慧，而与其一时之天时地利人事最其相宜者也。此其为争也，不必爪牙用而杀伐行也。[③]

从“物竞”、“天择”等观念出发，严复将达尔文的自然进化论和斯宾塞的社会学说结合

①［英］皮特·J. 鲍勒:《进化思想史》，田洺译，南昌：江西教育出版社1999年版，第3页。

②达尔文曾在《物种起源》一书中对物种进化过程中的生存斗争和自然选择进行过这样的论述：“因为所产生的每一物种的个体比可能生存的多得多，因而各生物间便经常不断地发生生存斗争。那末，任何生物如果能以任何方式发生有利于自己的、纵使是微小的变异，它在复杂的而且时常变化中的生活条件下，将会获得较好的生存机会，因而它就自然地被选择了。”（［英］达尔文:《物种起源》，周建人等译，北京：商务印书馆1963年版，第18页）

③严复:《原强修订稿》，见卢云昆编选《社会剧变与规范重建：严复文选》，上海：上海远东出版社1996年版，第18页。

起来进行考察，认为后者“宗天演之术，以大阐人伦教化之事”，“其教人也，以浚智慧、练体力、厉德行三者为之纲”[①]，并由此生发开去，认为“西洋观化言治之家，莫不以民力、民智、民德三者断民种之高下”[②]，种强才能群立，若三者皆备，则民生必优，国威必奋，中国当时的败亡景象就是中国人“民力、民智、民德”衰落的结果，“是以今日要政，统于三端：一曰鼓民力，二曰开民智，三曰新民德”[③]。他认为只有实现中国人的“血气体力之强”，“聪明智虑之强”，“德行仁义之强”[④]，中国才能在“物竞”、“天择”的残酷斗争中处于优势，避免被淘汰的命运。

同时，严复又以节录和改编的方式意译了赫胥黎《进化论与伦理学》中宣传达尔文进化论的部分，加上表达自己救亡图存思想的大量按语，取名为《天演论》出版。该译本将议论大旨集中在“强国保种之事”[⑤]上，反复申明“人欲图存，必用其才力心思，以与是妨生者为斗”[⑥]的观点。按照这一观点，能够获得生存发展持续至今的必然是竞争中的胜者，“胜者非他，智德力三者皆大是耳”[⑦]，现今的必然优越于过去的，“吾党生于今日，所可知者，世道必进，后胜于今而已”[⑧]。

经由严复的凸显和强化，“物竞”、“天择”、“后胜于今”等观点成了进化论的标志性口号，和20世纪前后中国忧国救亡、寻求变革的社会心理紧密结合在一起，借助政治风云很快成长为占据主导地位的集体性认知力量，在中国近现代思想界产生了波澜壮阔的影响，其影响之大，正如历史在场者陈兼善和胡适所描述的那样：“我们放开眼光一看，现在的进化论，已经有了左右思想的能力，无论什么哲学、伦理、教育，以及社会之组织、宗教之精神、政治之设施，没有一种不受它的影响”[⑨]；“‘天演’、‘物竞’、‘淘汰’、‘天择’等等术语，都渐渐成了报纸文章的熟语，渐渐成了一班爱国志士的‘口头禅’，还有许多人爱用这种名词做自己或儿女的名字”[⑩]。此时的进化论，作为爱国知识分子从自己的现实需要和生活实践来理解和接受的进化论，已经不再局限于纯粹的科学理论和哲学学说，而是内化为了现代国人的世界观和价值预设，成了暗中支配他们进行现代追求的基本动

① 严复：《原强修订稿》，见卢云昆编选《社会剧变与规范重建：严复文选》，上海：上海远东出版社1996年版，第19页。
② 严复：《原强修订稿》，见卢云昆编选《社会剧变与规范重建：严复文选》，上海：上海远东出版社1996年版，第21页。
③ 严复：《原强修订稿》，见卢云昆编选《社会剧变与规范重建：严复文选》，上海：上海远东出版社1996年版，第21页。
④ 严复：《原强修订稿》，见卢云昆编选《社会剧变与规范重建：严复文选》，上海：上海远东出版社1996年版，第21页。
⑤ 严复：《〈天演论〉序与按语》，见卢云昆编选《社会剧变与规范重建：严复文选》，上海：上海远东出版社1996年版，第319页。
⑥ 严复：《〈天演论〉序与按语》，见卢云昆编选《社会剧变与规范重建：严复文选》，上海：上海远东出版社1996年版，第327页。
⑦ 严复：《〈天演论〉序与按语》，见卢云昆编选《社会剧变与规范重建：严复文选》，上海：上海远东出版社1996年版，第327页。
⑧ 严复：《〈天演论〉序与按语》，见卢云昆编选《社会剧变与规范重建：严复文选》，上海：上海远东出版社1996年版，第335页。
⑨ 陈兼善：《进化论发达史略》，《民铎》杂志1922年第3卷第5号。
⑩ 胡适：《四十自述》，见欧阳哲生编《胡适文集》第1卷，北京：北京大学出版社1998年版，第70页。

力和制约他们进行思想评判及文化选择的基本尺度。

在“五四”新文化运动这次最集中最强烈的现代追求过程中，对激进知识分子的思想评判及文化选择起主要支配作用的当属进化论思想影响下的线性时间观。线性时间观源自基督教：以耶稣诞生作为时间的开端和原点，由此不断向前延伸，直至末日拯救。所以，对于基督教而言，未来是充满希望的，越是向前发展，时间就越是具有价值和意义。但是，基督教里的线性时间观是与上帝在时间方面的永恒性和全能性相关联的，而进化论则摒弃了基督教线性时间观的神学尺度，从科学和理性的角度为线性时间观注入了新的期待价值：随着时间的向前延伸，地球上的所有生物都必然经历一个由低级到高级的不断发展进化的过程，在这一永无止境的发展过程中，更具价值和更有希望的东西永远在我们的前方。这种进化论影响下的单向发展的不可逆转的线性时间观进入中国之后，与中国国内的实际境况和现实需要相结合，为国人提供了一个理解和反省过去、设计和憧憬未来的新思路与新态度：即所谓人类社会的发展只能走一条从低级到高级，类似于自然进化的道路，走在前面的为优，走在后面的为劣。这种思想态度强烈刺激着急于救亡图存的激进知识分子，成了他们接受现代性的逻辑起点：一切都应该以未来为价值中心，过去的事物代表着陈旧腐败，无时无刻不在被自然淘汰之列：“生存竞争，势所不免”[①]，“优胜劣败，理无可逃”[②]。

（二）现代文化单维体认方式的局限性

事实上，即使根据进化论学说，代表未来价值的新事物也只能是从过去事物的基因中产生和成长，但是，“五四”先驱们在积贫积弱现状的刺激和矫枉过正激情的驱使下，已经没有信心和耐心再去一点一滴地进行从局部到全体的改造和转换，总是企盼着能有一种神奇的力量在片刻之间扫荡所有的积弊从而催生崭新的世界。所以，他们实际上背离了生物进化论的原初意义，一心想通过快刀斩乱麻的激进方式弃旧图新。如此，契合着救亡图存社会心理的趋新弃旧观念就打着进化论的旗号自然而然地进入了激进文人的思想意识深处，引发了他们对于现代文化的单向度体认方式。尽管这种对现代文化的单向度体认方式在新文化运动之初可以有力推动中国文化转型，但是，随着文化现代化帷幕逐渐被掀开，这种体认方式便明显暴露出了自身的局限性，不可避免地造成了现代文

① 陈独秀：《敬告青年》，原载《青年杂志》1915年9月15日第1卷第1号，见《陈独秀文章选编》上，北京：生活·读书·新知三联书店1984年版，第75页。

② 陈独秀：《抵抗力》，原载《青年杂志》1915年11月15日第1卷第3号，见《陈独秀文章选编》上，北京：生活·读书·新知三联书店1984年版，第91页。

化发展的单一化和片面化倾向。经过仔细考察，我们认为，这种单一化和片面化的倾向至少表现在两个方面。

其一，激进主义知识分子坚持认为现代文化只能以破坏和否定过去的方式获得，对传统文化的有效价值重视不够。

如上文所述，进化论影响下的线性时间观支配着“五四”激进知识分子对当下的体认方式，使他们普遍相信更有价值和更有希望的东西永远在时间的前方，永远都是新的。而新旧之间的更替必然会受制于进化的规律，正所谓：“进化的途中总须新陈代谢。所以新的应该欢天喜地的向前走去，这便是壮，旧的也应该欢天喜地的向前走去，这便是死；各各如此走去，便是进化的路。”①新事物的产生代表着进化的方向，因此，“李大钊、陈独秀诸人从《新青年》创刊后几乎对每一个新年的到来都热情肯定热烈欢呼……”这种“‘新世纪’、‘新纪元’意识”，“使他们把‘新’与光明、进步、希望等‘善’的价值联系起来，‘新’即‘善’，而把‘过去’与‘非善’的否定性价值联系起来。所以，不论对历史、文化和国家民族，新纪元意识都毫不犹豫地表示和宣告对过去（传统）的否定和决裂，对现在和未来的肯定和颂扬”②。具体到文化领域，可以说，尽管在学术意义上，许多激进主义者并没有否认传统文化有其合理性的一面，但是，在特定的历史情境中进行文化选择的时候，他们还是会受制于矫枉过正的激进情绪和中国化时代化了的进化论思想，采取单一的直线性的思维方式，把诸多丰富复杂的文化问题简化成为“传统”与“现代”、“新”与“旧”等非此即彼的二元对立概念，在其间进行两极对峙式的价值判断，将“现代”等同于“新”，“传统”等同于“旧”，坚持“新”优“旧”劣、弃“旧”图“新”，认为旧与新之间有一条绝深绝崭的鸿沟，根本无法通过渐进方式过渡，“新旧之不能相容，更甚于水火、冰炭之不能相入也”，“旧者不根本打破，则新者绝对不能发生；新者不排除尽净，则旧者亦终不能保存”③。正是基于这一认识，钱玄同等激进知识分子才会言辞激烈地指出：

> 咱们应该将过去的本国旧文化“连根拔去”，将现代的世界新文化“全盘承受”，才是正办。穆先生说我“像是什么都不要了”，这确是我的真意。我坚决地相信社会是进化的，人们是应该循进化之轨道而前进的，应该努力前进，决不反顾，才对。所以我认为过去的各国文化，不问其为中国的，

① 鲁迅：《随感录四十九》，见《鲁迅全集》第 1 卷，北京：人民文学出版社 2005 年版，第 355 页。

② 逄增玉：《中国现代作家的“进化”人格意识和思想意识》，《社会科学战线》2001 年第 3 期，第 102 页。

③ 汪淑潜：《新旧问题》，《青年杂志》1915 年 9 月 15 日第 1 卷第 1 号。

欧洲的，印度的，日本的，总而言之，统而言之，都应该弃之若弃敝履。

我对于它们，只有充分厌恶之心，决无丝毫留恋之想。①

这种在激情的纠缠和功利的支配下对过去所采取的否定态度和决裂行动，必然会在很大程度上遮蔽现代文化的另一种建构维度——接受传统的影响，忽略传统文化对于现代文化生成所具有的必要性与合理性。

从辩证的思路来看，任何事物的发展，都经历着从量变到质变的过程，新事物的产生，是旧事物内部矛盾冲突的结果，而新生要素与原有要素之间的关系，应该是连续性和中断性的统一。就此意义而言，所谓现代文化，是从传统文化中裂变出来的新质，前者不能凭空出现，而后者也不会抗拒变迁，二者是一个连续体，不可能出现真正意义上的决裂。在新文化运动后期，许多有激进倾向的知识分子也看到了这一点，他们曾经试图适当吸收传统文化中的合理内涵，反思和调整割裂传统的过激行为，其中最有代表性的当属胡适所倡导的整理国故运动。在 1919 年发表的《新思潮的意义》一文中，胡适对“五四”时期“重新估价一切”这个侧重于批判过去、强调摒弃传统的战斗性口号进行了重新解释,主张更为理性地对传统文化进行“重新估价”,正式提出了“整理国故”的口号。1920 年 7 月，胡适在东南大学进行了题为《研究国故的方法》的讲演，重点宣扬了他整理国故的方法:“历史的观念”、“疑古的态度”、“系统的研究”②。但值得注意的是，胡适等人以这种方法来整理国故的主要目的并不是为了继承国故，将其发扬光大，而是在于借助科学系统地整理出学术史和民族历史的真相来消除国故的光环,批判国故,清理国故。譬如，在《整理国故与“打鬼”》一文中，他就曾“披肝沥胆地奉告人们”：专注于整理国故，是因为他“十分相信‘烂纸堆’里有无数无数的老鬼，能吃人，能迷人，害人的厉害胜过柏斯德(Pasteur)发见的种种病菌”③。整理的要旨就是揭示这些比病菌还厉害的“老鬼”，让人们明白国故并不神圣，“这些东西原来‘也不过如此’……这叫做‘化神奇为臭腐,化玄妙为平常’”④。也就是说,自己的整理工作“虽然不能杀菌,却颇能‘捉妖’、‘打鬼’……这是整理国故的目的与功用。这是整理国故的好结果……这才是‘重新估定一切价值’。他的功用可以解放人心,可以保护人们不受鬼怪迷惑”⑤。所以，整理国故就

---

① 钱玄同:《钱玄同文集》第 2 卷，北京：中国人民大学出版社 1999 年版，第 187 页。

② 胡适:《研究国故的方法》，见欧阳哲生编《胡适文集》第 12 卷，北京：北京大学出版社 1998 年版，第 91~93 页。

③ 胡适:《整理国故与“打鬼”》，见欧阳哲生编《胡适文集》第 4 卷，北京：北京大学出版社 1998 年版，第 117 页。

④ 胡适:《整理国故与“打鬼”》，见欧阳哲生编《胡适文集》第 4 卷，北京：北京大学出版社 1998 年版，第 118 页。

⑤ 胡适:《整理国故与“打鬼”》，见欧阳哲生编《胡适文集》第 4 卷，北京：北京大学出版社 1998 年版，第 117 页。

是要“重新估定一切价值”，“用点真功夫、充分采用科学方法，把几千年的烂账算清楚了，报告出来”[①]，驱散古书经典上的迷雾，采取“精密的方法，考出古文化的真相；用明白晓畅的文字报告出来，叫有眼的都可以看见，有脑筋的都可以明白”，从而完成“捉妖”、“打鬼”，使人不受鬼怪迷惑的任务。正是在这一意义上，胡适对顾颉刚的《古史辨》给予了非常高的评价：

> 颉刚的“层累地造成的中国古史”的一个中心学说已替中国史学界开了一个新纪元了……崔述在十八世纪的晚年，用了“考而后信”的一把大斧头，一劈就削去了几百万年的上古史……颉刚现在拿了一把更大的斧头，胆子就更大了，一劈直劈到禹，把禹以前的古帝王（连尧带舜）都送上封神台去！连禹和后稷都不免发生问题了。故在中国的古史学上，崔述是第一次革命，顾颉刚是第二次革命，这是不须辩护的事实。[②]

在这里，胡适等人提出“捉妖”、“打鬼”的口号，并不是以对中国传统文化全面详细的梳理、调查为前提的，而是在从事梳理之前，就已经预设了一个“‘烂纸堆’里有无数无数的老鬼”的前提，这就注定了在整理国故运动中，怀疑、否定和破坏的激进精神仍然占据着主导地位。受制于这一精神的“国故”整理者很难全面认识传统文化中所潜藏的智慧和精华，他们对“国故”的整理基本上也只能沿着清算糟粕的思路进行，这必然会在无形中限制传统文化所能发挥的作用，再加上20世纪20年代大革命的冲击，凡此种种，注定了融传统入现代的整合式文化建构思路根本就来不及在整理国故运动中真正地展开，更无法成为该运动文化选择的主导倾向。

其二，在矫枉过正激情的驱使下，激进主义知识分子热衷于机械引用代表未来价值的西方现代文化，将中国文化的现代追求过程等同于中国文化的西化工程，回避民族文化身份的寻求和建构问题。

在陈独秀等激进主义者看来，尽管古代的东西方文明差别并不是很大：

> 世界各国，无东西今古，但有教化之国，即不得谓之无文明。惟地阻时更，其质量遂至相越。古代文明，语其大要，不外宗教以止残杀，法禁以制黔首，

① 胡适：《整理国故与“打鬼”》，见欧阳哲生编《胡适文集》第4卷，北京：北京大学出版社1998年版，第116页。

② 胡适：《介绍几部新出的史学书》，见欧阳哲生编《胡适文集》第10卷，北京：北京大学出版社1998年版，第749页。

文学以扬神武。此万国之所同，未可自矜其特异者也。[①]

但是近代以后的东西方文明却大相径庭：

近世文明，东西洋绝别为二。代表东洋文明者，曰印度，曰中国。此二种文明虽不无相异之点，而大体相同，其质量举未能脱古代文明之窠臼，名为“近世”，其实犹古之遗也。可称曰“近世文明”者，乃欧罗巴人之所独有，即西洋文明也，亦谓之欧罗巴文明。移植亚美利加，风靡亚细亚者，皆此物也。[②]

西方进入了近世，而东方仍然是古代的化身，所以，激进派可以理直气壮地宣称：“所谓新者无他,即外来之西洋文化也,所谓旧者无他,即中国固有之文化也。”“二者根本相违，绝无调和折衷之余地。”[③] 在此，东方 / 西方的空间维度在自然而然地被置换为古代 / 现代的时间维度之后，又顺理成章地被等同于进步 / 落后的价值维度。从“五四”新文化精英们的这种逻辑推导中，我们可以清楚地看到激进主义知识分子内心深处渴望摆脱挫折感的焦虑情结。在这种焦虑情结的驱使下，他们一方面强烈要求彻底推翻传统价值体系，另一方面又明确指出了中国文化进行现代追求的唯一途径——全力模仿现代西方，力图与之并驾齐驱，甚至越至其上。这种将追求现代与模仿西方直接等同起来的思维理路，是传统价值失落以后的必然结果。“五四”前后，传统文化快速完成了由安身立命之根本到社会进步之障碍的角色转换，这必然会在中国文人那里引发前所未有的心灵震荡，促使其“别求新声于异邦”[④]，将西方现代的文化资源作为社会进步秩序的合法性基础和占据绝对主流地位的价值理想。而“五四”新文化运动，作为对现代文化最集中最强烈的一次追求，其主要表现方式就是激进知识分子对于西方现代文化的全面认同。从反思的角度来看，无论是现代与传统的完全对立还是现代化与西化的直接等同，所昭示的都是激进知识分子现代性体认方式的内在局限性，而这种局限性将不可避免地对中国文化的

---

① 陈独秀：《法兰西人与近世文明》，原载 1915 年 9 月 15 日《青年杂志》第 1 卷第 1 号，见《陈独秀文章选编》上，北京：生活・读书・新知三联书店 1984 年版，第 79 页。

② 陈独秀：《法兰西人与近世文明》，原载 1915 年 9 月 15 日《青年杂志》第 1 卷第 1 号，见《陈独秀文章选编》上，北京：生活・读书・新知三联书店 1984 年版，第 79 页。

③ 汪淑潜：《新旧问题》，《青年杂志》1915 年 9 月 15 日第 1 卷第 1 号。

④ 鲁迅：《摩罗诗力说》，见《鲁迅全集》第 1 卷，北京：人民文学出版社 2005 年版，第 68 页。

现代性进程产生一定的负面影响。

在人类文化史上，几乎所有的记载都传达了一个信息：新文化应该从本民族固有的文化历史内部萌生，经过创造性转化而得到合乎逻辑的发展，任何试图撇开本民族的历史文化传统，强行进行文化移植的行动，都势必造成事与愿违的结果。因为，对于一个民族来说，长期以来的文化积淀直接关涉到国人对民族文化身份的认同，一旦将文化传统破坏丢弃，转而将外来文化价值观念机械移植为在本国占据主流地位的文化理想，就会使国人因民族文化身份暧昧不清而面临自我认同危机，这种自我认同危机和既定的文化选择相互纠缠在一起，必然会给未来的文化价值取向造成很多难以处理的问题。激进主义知识分子根据中国化和时代化了的进化论观念，坚持旧即是中国即是古代即是落后和新即是西方即是现代即是先进的思路，通过模糊中西方在地域性、民族性和文化个性上的差异，将空间维度上的中西文化比较置换为时间维度上的新旧文化比较，这极易从逻辑上将西方文化优势地位合理化普遍化，从而导致现代文化建构上的全盘西化选择，使民族文化身份遭遇到被他者化的危险。这种危险的威压使20世纪以来的中国学人普遍感到恐惧，为了驱散这种恐惧感，他们中的很多人致力于以各种方式想象和建构民族文化身份，而弘扬传统即是彰显民族文化身份的一种重要方式。无论是从学衡派的“中西会通”主张中，还是从新儒家的“中西互为体用”主张中，我们都可以清楚地听到弘扬民族传统、彰显民族文化身份的呼声，只不过，这种呼声因为不合时宜而遭到了主流话语控制者的漠视。可以说，这种对民族文化身份寻求采取回避态度的现代性单维体认方式甚至一直影响到了当代，从20世纪80年代中国知识界通过全盘西化建构现代文化的努力中，我们不难看到这种现代性单维体认方式的延续。而20世纪90年代兴起的“国学热”思潮，则是知识分子渴望超越文化全球化的控制，积极寻求本民族文化身份的一次努力。这次努力与其说是源于对中华文化自身优势的清醒认识，还不如说是来自百年来民族身份认同危机意识的集中爆发，而这种危机意识与中国知识分子习惯于从西方现代化立场反观自身的思维方式混合纠缠在一起，使“国学”倡导者在追求民族化和现代化的过程中，不可避免地面临着自我身份阐释的双重焦虑：既要保证民族文化身份的庇护，又害怕失去现代文化身份的延续。从这种矛盾心态中，我们可以发现新文化运动时期将现代文化等同于西方文化的现代性单维价值取向的干扰。

二、潜滋暗长的文化保守主义

在现代文化较为正常的建构和发展过程中，文化激进主义风起云涌之时往往亦是文化保守主义[1]潜滋暗长之际，二者共生互动相辅相成，既相互牵制又相互补充。对此，海外学者余英时有过明确的论述：

> 相对于任何文化传统而言，在比较正常的状态下，“保守”和“激进”都是在紧张之中保持一种动态的平衡。例如在一个要求变革的时代，“激进”往往成为主导的价值，但是“保守”则对“激进”发生一种制约作用，警告人不要为了逞一时之快而毁掉长期积累下来的一切文化业绩。相反的，在一个要求安定的时代，“保守”常常是思想的主调，而“激进”则发挥着推动的作用，叫人不能因图一时之安而窒息了文化的创造生机。世界上几个主要文化大致上都是循着这种一张一弛的轨迹发展出来的。[2]

在新文化运动前后的中国思想界，与激进主义阵营相对照的，是以东方文化派、国粹派和学衡派为代表的文化保守主义群体。作为对激进主义知识分子激烈反传统行为的一种回应，他们以《东方杂志》《国故》《学衡》等刊物为阵地，推崇传统，强调国粹，希望通过调和新旧融合中西的方式建立新文化，代表了游离于主流选择之外的另一种追求现代文化的方式。应该承认，就其在具体历史时代里所取得的即时性社会效果来说，文化保守主义的确有不够理想的地方。但是，如果我们意识到文化是一个合力系统，并由此出发展开历史反思，就会发现文化保守主义当中也蕴含着有益于现代文化建构的精神资源。就总体而言，牵制缓解激进派狭隘功利主义倾向的客观效用，注定了文化保守主义应该和文化激进主义构成二元互补的关系，二者完全可以作为推动中国现代文化发

① 关于文化保守主义，有两点需要加以说明：首先，在西方，作为一种政治思想的保守主义产生于18世纪末期的英国，其时欧洲正值法国大革命这一社会转型时期，为了维护英国的政治制度和社会秩序，“保守主义之父”埃德蒙·伯克（又译柏克）开创了以政治思想为核心的保守主义理论体系。但是，与西方不同，中国的保守主义主要是一种文化保守主义，正如史华慈所说：“20世纪的中国几乎没有柏克式的保守主义，全盘肯定现行的社会秩序。所看到的是一种受民族主义情感所影响的文化保守主义，这种民族主义情感很少对当时的政治秩序有所肯认。”“现代中国保守主义主要是‘文化的保守主义’，根本上并不是墨守现行之社会政治现状的‘社会政治的保守主义’。许多中国‘文化的保守主义者’，多半很清楚哪些是该保存下来的文化要素。”（［美］史华慈：《论保守主义》，林镇国译，见《近代中国思想人物论》，台北：台北时报文化出版公司1980年版，第37页，第33页）在中国现代的保守者身上，我们往往可以发现文化取向和政治取向背道而驰的特点，许多文化上的保守主义者同时亦是政治上的激进主义者。其次，本书所论的文化保守主义，主要是指“五四”前后作为新文化运动的对峙力量登场的文化流派，它们与传统的文化守旧派有着本质区别。后者置时代变革于不顾，将西方的价值观和文化观贬得一钱不值，一心想要恢复传统国学和儒家伦理道德的旧日辉煌；而前者则在流露出对传统的浓厚依恋感的同时，又注意到了西方文化无论在物质上还是精神上都有可资借鉴之处，意图顺应时代的发展，在保守住那些有存在价值的民族文化的同时，又兼采中西文化之长，通过中西互补，创造出现代新文化。

② 余英时：《中国近代思想史上的激进与保守——香港中文大学25周年纪念讲座第四讲（1988年9月）》，见李世涛主编《知识分子立场——激进与保守之间的动荡》，长春：时代文艺出版社2000年版，第24页。

展进程的两种力量去共同支撑起现代转型期的整个思想文化体系。但是，在很长一个历史时期里，文化保守主义被冠以落伍之名划入非现代性甚至反现代性的框架中，长期受到贬抑和遮蔽，这势必会造成中国文化现代追求的片面性和单维性，从而对中国现代文化的发展趋向和整体面貌产生深刻影响。直到20世纪90年代以后，国内主流学界才渐渐打破二元对立的思维模式，怀着宽松开放的心态注意到了文化保守主义补救时弊的启示意义，将20世纪的文化保守主义视为中国现代文化不可缺少的一翼，认为其一直在通过努力完成中国传统文化的现代性转换来推动中国现代文化的建构进程。这不仅有助于深入研究文化保守主义作为另一种现代文化体认方式的历史必然性与理论合理性，而且有助于全面反思现代文化的建构历史，重新认识中国文化现代性潜在取向的多重性和异质性。

（一）文化保守主义得以滋长的主要动因

中国的文化保守主义并非始自新文化运动时期①，但无可否认的是，在新文化运动之后，文化保守主义出现了空前的滋长势头：杜亚泉、钱智修等人以《东方杂志》为阵地，批判“五四”新文化运动，弘扬保守主义的文化理论；梁启超在《欧游心影录》中宣布西方的物质文明和科学万能之梦已经破产，义无反顾地加入了文化保守主义的合唱；章士钊再办《甲寅》，以复古尊孔、调和新旧的论调为文化保守主义张目；留美归国的吴宓、梅光迪等人兴办《学衡》杂志，提倡“昌明国粹，融化新知”②，以非传统但却保守的学术姿态向新文化运动的激进倾向提出了质疑；梁漱溟发表《东西文化及其哲学》的演讲，以文化保守主义者自居，公开打出“东方化”和“新孔学”的旗帜……

细究起来，文化保守主义在此时得以滋长的主要动因不外乎两点：其一，新文化运动时期，前所未有的激进反传统行为和强烈主张西化的言论引发了现代知识分子的文化身份认同危机，在保守主义阵营中激起了全面的抗拒和强有力的回应；其二，此时正值第一次世界大战结束，保守主义思潮在世界范围内大规模兴起，这势必会对中国现代文化保守主义的滋生起到推波助澜的作用。

首先，文化保守主义赖以滋长的“深层心理结构就是顽强的寻根意识，特别是当一种文化受到前所未有的冲击时，文化保守主义就会很自然地生长出来，并表现得相当顽

① 关于中国文化保守主义的源头，学界说法不一，或言其起点为20世纪初康有为发起的孔教运动（如方红姣《20世纪中国的文化保守主义》，《社会科学家》2006年第5期，第15页），或言在19世纪中期以后的早期改良主义思想家和洋务运动倡导者那里，就已经定下了文化保守主义的基调（如何晓明《20世纪中国文化保守主义论》，《河北学刊》2005年第3期，第5页）。

②《学衡》杂志简章。

强”[①]。现代中国的文化保守主义思潮之所以会在新文化运动后成长为一种具有理论形态的思想流派，根本原因即在于，新文化运动对传统文化的否定和反叛为它的崛起和壮大提供了契机。众所周知，继承传统和创造新质是现代文化生成过程中共生互动的两个重要因素，只有处理好二者之间的关系，才可能建立起具有现代气息的民族文化。从创造新质的需要来说，当然应该理性地对传统文化进行必要的甄别、批判和清理，但是，激进主义知识分子单向度的现代体认方式和矫枉过正的决绝态度，注定了他们无法对传统文化的价值和意义作出较为客观的分析和判断，只能选择更能爆发出即时效应的否定策略，对传统文化进行意义解构和价值颠覆。从客观效果上来说，这种建立在新旧断裂基础上的新旧更替方式必然会从根本上压抑和遗忘传统对现代文化建构所可能具有的积极作用，破坏文化传承所应具备的连续性和绵延性，抽空新文化创造进程不可缺少的传统文化支援，造成现代知识分子的价值迷失感。为了摆脱这种价值迷失感，激进主义知识分子将全盘西化作为扫荡传统之后建构现代文化的必经之路，但是，这种以异质文化观念系统取代本土固有文明的价值选择本身就隐含着危机，非但无助于问题的最终解决，反而会使文化失根所导致的焦虑感变得更加严重。失去了民族文化信仰和价值皈依之后的现代知识分子，注定会因遭遇认同危机而沦为心无定所的文化漂泊分子。加拿大学者查尔斯·泰勒曾经说过："我们的认同，是某种给予我们根本方向感的东西所规定的，事实上是复杂的和多层次的。我们全部都是由……我们所理解为特殊身份……的东西构成的。"[②]对于那些处于文化漂泊状态的现代知识者而言，能够给予他们"根本方向感"，赋予他们"特殊身份"的东西已经消失，他们只能像碎片一样漂浮在动荡的无序的世界之中，因认同危机而备受折磨。用历史的眼光来看，在中国现代文化的整个建构过程中，知识分子所面临的最大精神困境就是文化身份的认同危机，这种认同危机不单单指他们否定传统之后却试图保持自身文化身份的连续性和完整性时所必然遭遇的尴尬，同时还包括他们因担忧民族和国家未来走向而产生的焦虑感。正如徐迅所说，"由于文化危机所带来的迷茫和消沉而失去认同，不仅是一个民族垂危败落的征兆，而且孕育着国家危机"[③]。对本民族文化传统的不信任感必然会影响到知识分子对民族命运和国家前途的自信心，脆弱的自信心和强烈的振兴渴望纠缠在一起，合成了一种不无悖谬的情感心态，深深烙刻在他们的身上，无论他们怎样努力着进行艰难的心灵突围，都无法摆脱因文化身份认同

① 柴文华:《现代新儒家文化观研究》，北京：生活·读书·新知三联书店2004年版，第154页。

②［加］查尔斯·泰勒:《自我的根源：现代认同的形成》，韩震等译，南京：译林出版社2001版，第39页。

③ 徐迅:《民族主义》，北京：中国社会科学出版社1998年版，第38页。

危机而产生的苦闷和焦虑。这种苦闷和焦虑驱使着许多知识分子开始深入反思激进主义现代性体认方式的单一性和片面性，重新寻求传统文化向现代文化较为温和的过渡方式和西方文化与东方文化较为自然的结合方式，试图由此找到一种不同于新文化运动的现代文化建构思路。而体现出顽强寻根精神与鲜明调和意识的文化保守主义可谓恰逢其时，它那试图以中国传统文化为本位融会西方文化精髓的思路，正好提供了一种既不放弃现代革新理想又可加强民族身份认同感的文化现代性建构模式。所以，20 世纪的中国文化语境中才屡屡出现这样的情形：传统文化愈是面临困境，文化保守主义就愈是活跃；当文化激进主义风起云涌，掀起反传统的巨流大波之时，文化保守主义力量也会潜滋暗长，节节上升，其声势一浪高过一浪。

其次，此时的中国文化保守主义并非孤立现象，其兴盛与“一战”后世界范围内文化保守主义思潮的崛起密不可分。

新文化运动否定传统仿效西方的文化价值一元论形成之时，亦正值第一次世界大战惨烈收场之际，空前的战争灾难严重动摇了西方人对现代文明和科学理性的信任感，一时间，西方文化已经没落的论调充斥欧美。梁启超在作为巴黎和会观察员旅欧考察之时，就深深感受到了弥散在西方世界的悲观幻灭心境：“从前的理想和信条，已经破坏得七零八落，于是全社会都陷入怀疑的深渊，现出一种惊惶沉闷凄惨的景象。”[①] 为了寻求救赎之路，一些西方学者转而对古老静谧、主张和平的东方文化产生了向往之情，譬如，这种向往之情就曾经推动着英国著名哲学家罗素（Bertrand Russell）开始了他的中国之行：“中国人摸索出的生活方式已沿袭数千年，若能够被全世界采纳，地球上肯定会比现在有更多的欢乐祥和。”[②]“正是带着这样一种心境，我开始了我的中国之行，去寻找新的希望。”[③]在这些学者的推动下，“东方文化在欧洲之势力及影响，早已超出少数消遣文人及专门古董家之范围，而及于大多数之人，凡今世精神激扰不宁之人，皆在其列”[④]。这种崛起于欧洲的“西方文明破产论”和“东方文化救世论”很快波及中国思想界，成了中国文化保守主义走向兴盛的催化剂。正如陈序经所说：

欧战后所给中国人的一种反响，实在是厉害得很。所谓精神救国，所

① 梁启超：《欧游心影录》，见《梁启超全集》第 5 册，北京：北京出版社 1999 年版，第 2976 页。

②［英］罗素：《中国问题》，秦悦译，上海：学林出版社 1996 年版，第 7 页。

③［英］罗素：《中国问题》，秦悦译，上海：学林出版社 1996 年版，第 10 页。

④［德］雷赫完：《孔子老子学说对于德国青年之影响》，吴宓译，《学衡》第 54 期，1926 年 6 月出版。

谓西洋文化的崩坏，所谓东方文化的复兴，形形色色，举不胜举，而比较头脑清楚的文士名流，也只会说什么东方的精神文化和西方的物质文化相调和。①

这段话虽然充满了揶揄讽刺之意，但是亦形象说明了中国知识界因“一战”后西方思想波动所受到的巨大影响。梁启超目睹“一战”恶果之后，也开始在国内大力宣扬西方科学文明破产论，并对西方世界里因工具理性膨胀而引发的科学万能思想表示怀疑和否定：

当时讴歌科学万能的人，满望着科学成功，黄金世界便指日出现。如今功总算成了，一百年物质的进步，比从前三千年所得还加几倍，我们人类不惟没有得着幸福，倒反带来许多灾难。好像沙漠中失路的旅人，远远望见个大黑影，拼命往前赶，以为可以靠他向导。那知赶上几程，影子却不见了，因此无限凄惶失望。影子是谁？就是这位“科学先生”。②

这种对科学万能和工具理性的怀疑在不少学者那里得到了共鸣，比照西方文明中科学理性带来的巨大灾难，他们更加深切地体会到了中国文化注重伦理心性的种种优长：“近者欧战发生，自相荼毒，惨酷无伦，益证泰西道德问题扫地以尽，而东方高尚之风化，优美之学识，固自有不可灭者。”③ 许多曾经积极主张学习西方的国人，思想也发生了明显转向，如严复在“亲见脂那七年之民国，与欧罗巴四年亘古未有之血战，觉彼族三百年之进化，只做到‘利己杀人，寡廉鲜耻’八个字”之后，再“回观孔孟之道”，便深感其“真量同天地，泽被寰区。此不独吾言为然，即泰西有思想人亦渐觉其为如此矣”④。就这一意义而言，暴露无遗的现代西方精神危机确实为注重传统和国粹的文化保守主义提供了有待填补的思想真空，而世界范围内保守主义思潮的兴起，更坚定了中国保守主义者彰显民族文化的信心。所以，中国的文化保守主义便水随风势，随着西方保守主义思想的崛起而获得了前所未有的发展和兴盛。

不容回避的是，对西方文明的怀疑反思和对东方文化的再认识确实在一定程度上强

① 陈序经：《全盘西化的理由》，见邱志华编《陈序经学术论著》，杭州：浙江人民出版社 1998 年版，第 77 页。
② 梁启超：《欧游心影录》，见《梁启超全集》第 5 册，北京：北京出版社 1999 年版，第 2974 页。
③ 姚奠中、董国炎：《章太炎学术年谱》，太原：山西古籍出版社 1996 年版，第 273 页。
④ 严复：《与熊纯如书之七十五》，见王栻主编《严复集》第 3 册，北京：中华书局 1986 年版，第 692 页。

化了那种将中国传统文化和伦理道德夸大为救世良方的怀旧倾向。对此，胡适曾在《我们对于西洋近代文明的态度》一文中予以辛辣的讽刺：

> 近几年来，欧洲大战的影响使一部分的西洋人对于近世科学的文化起一种厌倦的反感，所以我们时时听见西洋学者有崇拜东方的精神文明的议论。这种议论，本来只是一时的病态心理，却正投合东方民族的夸大狂；东方的旧势力就因此增加了不少的气焰。①

但是，我们也不得不承认，当西方文明的弊端已经在战争灾难中暴露无遗的时候，如果还继续将其视为现代文化的理想和楷模，也是不可取的。而文化保守主义的倡导者既反对盲从西方，又反对固守国粹，既主张发掘民族传统，又主张调和中西文化，凡此种种，至少可以在理论上为中国文化走向勾画出一个审慎却并非守旧的现代追求方案。② 所以，尽管一直处在激进派口诛笔伐的包围之中，文化保守主义仍然有能力和机会潜滋暗长，成为现代中国影响深远的重要思想力量和文化思潮。

（二）消解进化论

新文化运动时期，激进主义知识分子对现代文化进行单向度体认的最大理论支持就是进化论。为了适合救亡图存和启蒙社会的需要，激进主义者大力宣扬生物进化论在人类社会中的意义，认为自然选择和生存竞争的原则同样支配着社会和文化演进的过程。按照这种以生物界的进化规律来简单类推人类社会和文化的逻辑，势必会得出“世道必进，后胜于今”的结论，这自然给文化保守主义者弘扬传统文化设置了巨大障碍。可见，进化论思想在传入中国经历本土化和时代化演变的过程中，已经与中国知识分子的现代文化追求结下了不解之缘，其影响之大即便是保守派也难以回避。于是，如何驳斥进化论思想或是重新阐释这一思想为己所用，就成了摆在文化保守主义者面前亟待解决的重要问题。

经过观照，我们看到文化保守主义者解决这一问题的具体切入点主要有二。

其一，用循环论反对进化论，认为新旧只是相对而言的，二者之间没有明确的界限和划分标准。

---

① 胡适：《我们对于西洋近代文明的态度》，见欧阳哲生编《胡适文集》第 4 卷，北京：北京大学出版社 1998 年版，第 3 页。

② 从理论上来说，文化保守主义倡导者对于中国现代文化走向的建议是比较理性公允和可资借鉴的，但是从实践的角度讲，由于文化保守主义倡导者的思考和“五四”时期的时代主潮之间出现了错位，所以很难体现出鼓舞人心的即时效应。

中国传统的历史观是循环的历史观，到了20世纪，由于进化论思想的影响，循环的历史观逐渐被单向的不可逆转的线性历史观所取代。这种新的历史观与现实功利需要相结合，为激进主义知识分子提供了一种否定过去企盼未来的时间意识，使他们相信更高级和更有意义的东西都在历史的前方：未来所代表的是“新”和“进步”，是一切价值的中心；过去所代表的是“旧”和“落后”，只能遭遇被“天演”掉的命运。这种对进化论和线性历史观的信仰使激进主义知识分子无法相信那些来自过去发展阶段的东西（包括传统的物质文明和精神文明）在现在和将来还会有存在的价值，所以，他们不仅主张在物质层面上进行政治制度和社会秩序的重构，而且主张在精神层面上深入批判传统的文化价值体系。而中国现代的文化保守主义者虽然大多并不反对政治制度和社会秩序的变革①，但是他们从传统文化中寻求安身立命之本的价值指向性却是非常明确的。这样，他们就需要对历史观进行重新阐释，以便令人信服地说明在当下弘扬传统文化的合理性和必要性，而“一战”后欧洲各国分崩离析的凄惨景象，更给他们提供了怀疑和反对“世道必进，后胜于今”的进化论历史观的有力依据：

> 开战前之德意志，非文明耶，非既治耶，而今竟何如不特此也，依进化之说，天下大势，应由小国而并合为大国，今德奥与俄罗斯，国内何以呈分裂割据之势，进化之证据果安在耶，依进化之说，人类之体魄伴医学卫生之进步，应日趋于强健。今大战之结果，据医学家所报告，欧人体魄，蒙种种之恶影响，以视从前，大形倒退，进化之证据，又安在耶！②

由此，深埋于中国思想界“根深蒂固，不可拔除”的“循环的历史观”③经由文化保守主义的大力推崇，又渐渐浮出水面，正所谓：“竖尽千古，横尽六合，所有事物，究其终极，皆为循环的，而非进化的也。”④“由此可知所谓文明野蛮，不过循环蝉递，而人类社会之进化，大抵是走圆形的道路。”⑤根据循环论的思维方式，文化保守主义者宣称历史演变本来就是世代相承连绵不断的，“新旧是循环的，昔日以为新者，今日或视为旧，甲地以为

---

① 从整体上来看，中国现代文化保守主义者大多持政治改良主义主张，甚至不乏相对激进的行为，如熊十力曾参加过武昌起义和护法运动，梁启超在20世纪初曾直接参与策划领导了护国运动，梁漱溟曾经力主用“手枪和炸弹”来加速清朝灭亡。

② 柳隅：《欧战后哲学上之疑问——进化论与循环论孰为真理》，《晨报》1918年12月30日。

③ 李大钊：《时》，原载《晨报五周年纪念增刊》1923年12月1日，见中国李大钊研究会编注《李大钊全集》第4卷，北京：人民出版社2006年版，第352页。

④ 柳隅：《欧战后哲学上之疑问——进化论与循环论孰为真理》，《晨报》1918年12月30日。

⑤《记章行严先生演词》，见章含之、白吉庵主编《章士钊全集》第4册，上海：文汇出版社2000年版，第153~154页。

旧者，乙地或反视为新。新旧那有一定的标准呢？"[①]而"思想之进化，亦是循环的，并无新旧之不同"[②]。认同循环历史观并不意味着要无原则地回归和退守传统，但是无可否认，这种历史观毕竟为文化保守主义者发掘和弘扬传统文化的价值提供了一种思考依据。

其二，区分"天演"和"人演"，认为"天演"以"适"为准，"人演"以"善"为要。

文化保守主义者承认进化现象的存在，但是却反对在社会中的人事进化现象和自然界的生物进化现象之间作简单的类比。他们将宇宙进化区分为"天演"和"人演"，认为物竞天择适者生存的"天演"因果律不能被直接等同于"人演"规律而机械套用到人类进化过程中，因为"天演以'适'为主要，'善'为次要（善者不必皆适于生存），人演则谓'适'固重要，'善'尤重要"[③]。而"为善为恶，皆吾人所自择，初不受天之迫压而使吾人莫能反抗，今人类间所行之生存竞争既为有意识之竞争则以吾人之意志力加制御，固非吾人之所不可能之事也"[④]。较之受制于自然力量的生存竞争，人类向善的自由意志足以突破环境的束缚，成为推动"人演"的关键力量。自然物进化的新旧更替法则并不适用于人类社会，人心的意识和志愿具有超越物质世界和支配物质世界的力量。人类社会进化的快慢，主要取决于人类为善意志的强弱，为善意志越强，善越发达，则社会就越会处在进化的高级阶段。为善意志一般体现为人类内心的价值追求和道德信仰，这种追求和信仰往往不会受制于自然物进化的新旧更替法则，而是历久常新，体现出某种恒久性，在经历多次考验之后很可能会成为人类历史中具有普适性意义的真理。当然，对普适性真理的信仰并不意味着文化保守主义者墨守成规，置时代变化于不顾，相反，他们一直主张"人类宜设种种方法，使人演界中之'适'者尽为'善'者，'善'者尽为'适'者"[⑤]。在使"适"成为有"善"可参照的"适"的同时，亦使"善"成为有"适"可依凭的"善"，通过在"善"与"适"之间寻求一致，最终实现精神进步和物质进化之间的调和。以严复为例，他一方面认为中国传统文化中的伦理道德是"善"的体现，主张从中挖掘精要以作为建立普适伦理最重要的资源，但是同时又清醒地意识到其与"适"的需要往往不无相左之处——"古人陈义，又往往不堪再用如此"。所以读书者必须"自具法眼，披沙见金"，才能做到"新旧递嬗之间，转足为原则公例之铁证"[⑥]。也就是说，必须立足于现

①《记章行严先生演词》，见章含之、白吉庵主编《章士钊全集》第4册，上海：文汇出版社2000年版，第154页。

②《记章行严先生演词》，见章含之、白吉庵主编《章士钊全集》第4册，上海：文汇出版社2000年版，第155页。

③ 陈长蘅：《进化之真象》，《东方杂志》1919年1月15日第16卷第1号。

④ 章锡琛：《生存竞争在伦理学上之价值》，《东方杂志》1916年7月10日第13卷第7号。

⑤ 陈长蘅：《进化之真象》，《东方杂志》1919年1月15日第16卷第1号。

⑥ 严复：《与熊纯如书之五十二》，见王栻主编《严复集》第3册，北京：中华书局1986年版，第667页。

代社会的需要，对传统进行审慎的继承和改进，才有望将“善”与“适”结合起来，使之真正成为普适伦理。

（三）文化调和理论

在新文化运动激烈反传统的过程中，文化激进主义者习惯于将东/西、古/今作为二元对立观念构筑出异质的和不可共约的文化关系，通过在其间进行非此即彼的选择来建构现代文化的内容和特质。在选择和建构中，他们秉持趋新崇西的现代性标准，试图以此收编现代文化价值，否定传统文化价值。这种情况不能不使那些关注民族传统和强调文化发展延续性的文化保守主义者深感忧虑：

> 东方化对于西方化步步的退让，西方化对于东方化的节节斩伐！到了最后的问题是已将枝叶去掉，要向咽喉去着刀！而将中国化根本打倒！①

> 国家之所以能成立于世界，不仅武力，有立国之元气也。元气维何？曰文化。不特中国然，即他国亦无不然。……然吾国自比年以来，文化之落，一日万丈，是则所望于国民力继绝任，以培吾国者耳。②

但是，他们并不是因循守旧、盲目排外的守旧派——认为古圣先贤创造的中国文化远远优于西方文化，一方面将西方现代文化贬得一无是处，一方面又把中国传统的伦理和文化奉为救世良方，而是试图站在趋新和守旧之外的第三种文化立场上，在有选择地发扬民族文化和有重点地借鉴西方文化之间寻找平衡，以实现古今文化的融通为目的。这种希望以调和中西新旧的方式建立新文化的设想代表了现代文化改造和转型的一种模式。较之新文化运动与传统彻底决绝的激进倾向，这种寻求现代与传统的结合方式和传统的现代转化方式的设想所代表的是一种温和渐进的现代文化追求，可以说是文化现代性构想的不同思路和不同选择。所以，我们应该从文化调和的理论视角来透视文化保守主义所具有的现代性特征。

文化保守主义者主要是从时间和空间两个维度上来论证他们的文化调和理论并由此展开对现代文化的另类设想的。

① 梁漱溟：《东西文化及其哲学》，《梁漱溟全集》第1卷，济南：山东人民出版社1989年版，第335页。

② 章太炎：《尚贤堂茶话会诸名流之演说》，原载1916年7月18日《时报》，见姚奠中、董国炎《章太炎学术年谱》，太原：山西古籍出版社1996年版，第267页。

其一，在现代文化建构的时间维度上，文化保守主义者强调新旧文化之间的延续性关系。

新文化运动中，文化激进主义者从“今 / 古”=“新 / 旧”的二元对立思维方式出发，将传统文化视为文化现代性进程中的负担和阻力，似乎只有彻底摆脱“旧”文化的重负轻装前行，才有望走向“新”文化的未来。所以，自《新青年》创刊之日起，认为新旧文化绝然断裂互不相容的观点[①]就骤然将新旧之争推向了极端。很快，文化保守主义阵营便对此作出了回应。《东方杂志》的主编杜亚泉针对新旧势不两立之说，于1916年4月撰文《再论新旧思想之冲突》，提出应该避免在新旧之争中掺入利欲和意气使问题复杂化，认为新旧实际上“为一程度问题，程度虽殊，然皆沿同一方向以进，但有过不及之差，非若正与负之异”，新旧之间“有冲突而后有调和，进步之机括，实在于此”[②]。当杜亚泉撰文和《新青年》阵营就新旧问题展开论争之时，章士钊亦在北京、上海等地发表演讲，鼓吹新旧文化的调和，其中尤以他1918年12月28日在北京大学发表的演讲《进化与调和》最为有名。章士钊在演讲中指出：历史演变本来就是世代相承连绵不断的，新旧文化的关系为杂糅而非断裂，古今社会文化的变迁过程始终是一个“新旧杂糅”的渐进过程，要实现宣传实行新思潮的理想效果，就必须处理好新旧之间的衔接关系。而且，“吾人生于今日社会，亦求所以适应乎今日之情状以为施设而已矣。本体只一，新云旧云，皆是执着之名言”[③]。判断文学、文化与思想、道德有无价值应从具体的现实情状出发，而不是执着于其出现时间的古今新旧。所以，思想只有适用不适用之别，没有新旧之异。对于新旧关系的不同理解，决定了新文化阵营和文化保守主义者对待历史与传统的不同态度：前者将现代视作面向未来的起点，在追求现代文化的过程中激烈地否定历史传统，认为现代文化只能在抛弃旧文化或破除旧文化的前提下建立起来；而后者则将现代视作是源自过去的最新进展，强调历史的连续性与传统的有效价值。

尽管胡适等新文化阵营里的知识分子也曾经试图对传统文化进行梳理，但是他们整理国故的目的不是“保存国粹”、“宣扬国光”[④]，而是“捉妖”、“打鬼”[⑤]。相形之下，文化保守主义者在进行传统文化研究时虽然也时有对传统的批评，但是大多数时候还是专注

---

① 汪淑潜：《新旧问题》，《青年杂志》1915年9月15日第1卷第1号。

② 伧父：《再论新旧思想之冲突》，原载《东方杂志》1916年4月10日第13卷第4号，见许纪霖、田建业编《杜亚泉文存》，上海：上海教育出版社2003年版，第355页，第357页。

③ 章士钊：《进化与调和》，原载《甲寅周刊》第1卷15号，见章含之、白吉庵主编《章士钊全集》第4册，上海：文汇出版社2000年版，第103页。

④ 钱玄同：《钱玄同文集》第3卷，北京：中国人民大学出版社1999年版，第77页。

⑤ 胡适：《整理国故与“打鬼”（给徐浩先生信）》，见欧阳哲生编《胡适文集》第4卷，北京：北京大学出版社1998年版，第117页。

于在传统中寻珍觅宝，寻找对当时的社会文化有所裨益的地方，保留和弘扬其中的精华。需要注意的是，文化保守主义者尽管流露出了对传统的强烈依恋，但他们中的大多数并没有回到过去的念头。与那些将文化遗产偶像化的文化守旧派不同，多数文化保守主义者所关注和尊重的并非过去，而是当下。所以，他们并不是真的拒绝革新和变动，只是要求理性地审慎地对待和选择历史所馈赠的遗产。其对待文化遗产的态度可以用英国理论家迈克尔·欧克肖特的言论加以概括："一个已知的善不可轻易为一个未知的更好的东西放弃。"①

林毓生曾经说过："一个传统若有很大的转变潜能，在有利的历史适然条件下，传统的符号及价值系统经过重新的解释与建构，会成为有利于变迁的'种子'，同时在变迁的过程中仍可维持文化的认同。在这种情形下，文化传统中的某些成分不但无损于创建一个富有活力的现代社会，反而对这种现代社会的创建提供有利的条件。"②文化保守主义者在传统文化中着力寻觅的就是这种具有"很大的转变潜能"，可以对"富有活力的""现代社会的创建提供有利的条件"的传统文化成分。他们并非是对传统文化进行不加辨析的简单重复，而是以一种现代的意识和视野对其进行重新反思。他们不但承认传统文化自身存在的缺陷并作出相应的批判，而且还能以开放的心态吸纳外来文化的成果，对传统文化进行理论选择和重新界定，极力开掘其中可与现代观念相契合的思想资源，通过为其注入现代精神以实现新旧文化的融会与调和。在新文化运动之后，许多文化保守主义者已经注意到了对中国传统学术文化进行现代性转换的必要性："取东方的——尤其是中国的学术暨文化之各方面作一番研讨昭宣的工夫，使他与现代的学术思想能接头，发生一些应有的影响和关系。"③

当我们从事后评说的视角来考察文化保守主义者的这些关于新旧文化的言论时，便可以发现，虽然他们的论述因为没有强调在历史发展中新事物的诞生总要以一部分旧事物的被淘汰为代价而显得不够全面，但是总的来说，这些观点对于新文化运动偏重强调新旧之间断裂性的思维理路还是有着很大的纠正作用的。因为，将近一个世纪的历史已经证明，新文化的希望并不是凭空出现的幻觉，它往往是以一定的形式潜藏在过去的"旧"文化中，通过不断地回归传统汲取养料获得向未来开放的动力，与过去"旧"文化的彻底决裂将会导致新文化失去萌芽生长的土壤，使其无法获得长足的

①［英］迈克尔·欧克肖特：《政治中的理性主义》，张汝伦译，上海：上海译文出版社2004年版，第130页。

② 林毓生：《中国传统的创造性转化》，北京：生活·读书·新知三联书店1988年版，第166页。

③ 梁漱溟：《办学意见述略》，见《梁漱溟全集》第4卷，济南：山东人民出版社1989年版，第782页。

进步。就这个意义而言，现代文化并不是经由从“旧”到“新”的过渡后最终凝固在某个时间点和空间点的最终成果，而是一条无尽绵延的没有终点的长河。在这条长河的进程中，“新”文化与“旧”文化势必是一种你中有我、我中有你的融会贯通的关系，前者由于吸收后者而获得丰富，后者因为受前者感召而创造新质，二者相互对立又相互依存，相互渗透，甚至相互换位。只有将二者作为一个整体进行考察，才有望较为全面地理解文化现代性的内涵。

其二，在现代文化建构的空间维度上，多数文化保守主义者强调以中国传统文化为本位进行中西文化的调和。

新文化倡导者以进化论的线性时间观来审视中西文化，在他们看来，国学代表过去的旧的文化，西学代表现代的新的文化，过去的文化终将被现代的文化所取代，新旧文化之间互不相容。在这种二元对立非此即彼的思维方式的驱使下，新文化斗士们对本土传统采取激烈的排斥态度，强烈地要求通过横向移植西方文化来实现文化现代性，这种现代文化建构的单维性和排他性倾向自然引发了文化保守主义者的逆反心理，促使他们对本土文化进行深沉的思考和执着的回归。同时，他们也不赞同对传统文化大肆吹捧，彻底排斥西方影响的守旧派，而是主张在肯定我国传统文明价值的同时，接受西方文化的精髓，取长补短，在两种文明之间求得平衡与调和。

1916年，《东方杂志》的主编杜亚泉明确提出不能以西洋文明取代本土文明，因为“西洋文明与吾国固有文明，乃性质之异，而非程度之差；而吾国固有之文明，正足以救西洋文明之弊，济西洋文明之穷也”；具体而言，前者属于动的文明，呈现出充血病症；后者属于静的文明，呈现出贫血病症。[①] 在新的时势下，以调和中西文化之方法来治疗两种文明的病处，实属必然。为了实现这种调和，他一方面主张“夫先民精神上之产物留遗于吾人，吾人固当发挥而光大之，不宜仅以保守为能事。故西洋学说之输入，夙为吾人欢迎”，一方面又批评国内学界得西洋“一时一家之学说，信以为是，弃其向所以为是者而从之；继更得其一家一时之说，信以为是，复弃其适所以为是者而从之。卒之固有之是，既破弃无遗，而输入之是，则又恍焉惚焉而无所守：于是吾人之精神界中种种庞杂之思想，互相反拨，互相抵消，而无复有一物之存在”，最后推出结论：“救济之道，在统整吾固有之文明，其本有系统者则明了之；其间有错出者则修整之。一方面尽力输入西洋学说，使其融合于吾固有文明中。西洋之断片的文明，如满地散钱，以吾固有文明为绳索，一

① 伧父：《静的文明与动的文明》，原载《东方杂志》1916年10月10日第13卷第10号，见许纪霖、田建业编《杜亚泉文存》，上海：上海教育出版社2003年版，第338页，第342页。

以贯之。”[①] 与之相应，梁漱溟也认为只有在调和中西的基础上顺利地建立起现代国人的学术文化和人生态度，才可以保证“世界未来文化就是中国文化的复兴”[②]。故而他主张学习西洋文化，对中国文化加以改造，在中国“提倡一种奋往向前的风气”，以便“把生机剥尽死气沉沉的中国人复活过来，从里面发出动作”[③]，认为“只有这样向前的动作可以弥补了中国人夙来缺短，解救了中国人现在的痛苦，又避免了西洋的弊害，应付了世界的需要”[④]。

文化保守主义者的中西文化调和观所留给后人的启示意义在于，他们提供了处理中西文化关系的另外一种设想，力求二者取长补短，兼容并蓄。显而易见，这种文化调和论在学理上的重要性与合理性远远超过了它在实践中的可操作性，因为：中西文化的调和绝不像加法那样简单——只要将二者各自的优胜之处相加起来，就会产生出一种水乳交融的理想的新文化；而且，杜亚泉和梁漱溟所强调的中西调和论，主要是指以中国传统文化为本位来融合西方文化思想，他们大多认为西方文化正在走向没落，而中国文化正是挽救西方文化的法宝：“我又看着西洋人可怜，他们当此物质的疲敝，要想得精神的恢复，而他们所谓精神又不过是希伯来那点东西，左冲右突，不出此圈，真是所谓未闻大道，我不应当导他们于孔子这一条路上来吗！”[⑤] 以中国文明为绳索统整贯穿西洋文明的做法不但是“吾人之自身得赖以救济”之道，而且“全世界之救济亦在于是”[⑥]。这些对中国文明的世界价值大加推崇的言论所透露出的文化普适主义的野心，势必会影响到他们对中西文化的正确评价，使他们对中国传统文化的认识每每不够到位，经常误将中国的旧伦理和旧道德当作中国文化之长和西方文化之短，这就更增加了实践的困难。再加上在历史风云激荡之际，任何纯粹的文化讨论都难以与救亡图存的现实使命相互协调，所以，尽管新文化运动将模仿西方现代文化模式作为中国现代文化建构必由之路的主张在理论上不无偏颇，但是毋庸置疑的实践力量仍然可以使其借助时代大潮迸发出无穷的魅力和巨大的感召力。相形之下，文化保守主义者调和中西文化的呼声就显得微弱而无奈，几乎被淹没在求新求变的历史强音之中。但是，主潮之外的声音，未必就全无价值，实

① 伧父：《迷乱之现代人心》，原载《东方杂志》1918 年 4 月 15 日第 15 卷第 4 号，见许纪霖、田建业编《杜亚泉文存》，上海：上海教育出版社 2003 年版，第 363 页，第 367 页。

② 梁漱溟：《东西文化及其哲学》，见《梁漱溟全集》第 1 卷，济南：山东人民出版社 1989 年版，第 525 页。

③ 梁漱溟：《东西文化及其哲学》，见《梁漱溟全集》第 1 卷，济南：山东人民出版社 1989 年版，第 538~539 页。

④ 梁漱溟：《东西文化及其哲学》，见《梁漱溟全集》第 1 卷，济南：山东人民出版社 1989 年版，第 538 页。

⑤ 梁漱溟：《〈东西文化及其哲学〉自序》，见《梁漱溟全集》第 1 卷，济南：山东人民出版社 1989 年版，第 543 页。

⑥ 伧父：《迷乱之现代人心》，原载《东方杂志》1918 年 4 月 15 日第 15 卷第 4 号，见许纪霖、田建业编《杜亚泉文存》，上海：上海教育出版社 2003 年版，第 367 页。

践上的种种困难并不会抹杀中西文化调和观存在的重要意义，它至少可以提醒我们，对于中西文化，除了抱着强烈的现实功利目的进行非此即彼的选择，还可以进行一种理性的勘探：尽量对中西文化进行客观公正的分析和评价，合理取舍，从而避免在对待中西文化的立场上走向一元论。

如上所述，中西新旧调和理论作为保守主义对文化现代性建构途径所作的另一设想，自有其合理性和历史价值：它为新文化运动中的现代性单维体认方式提供了一个具有警示意义和制衡作用的反对立场，与之恰成互补，其意义不容忽视。可以说，在现代中国，文化激进主义和文化保守主义貌似誓不两立，但实际上，二者所面临的都是现代文化的建构问题，而文化保守主义融合中西新旧的主张尽管是对文化激进主义所作出的否定性回应，但是其中所体现的仍然是现代精神，这点不能忽视亦不容误解。在这个意义上，正如卡尔·曼海姆所说，保守主义“显然和它的对手一样也属于新时代”①。二者理应去合力推动中国现代文化的发展，但遗憾的是，当现代化的冲动和焦虑成为那个时代里全民族的集体意识时，乐观昂扬的文化激进主义已经化作了一种具有意识形态内涵的社会氛围，这势必使得一切带有稳健和保守色彩的文化思想都显露出不合时宜的特质。所以，沉浸在变革激情中的新文化斗士们很难去理性面对和冷静倾听那些质疑和反思的声音，更缺乏与之展开平等对话的耐心，这必然会在一定程度上阻碍现代文化建构的多维取向，减弱现代文化所应具有的丰富性。

要之，新文化运动和文化保守主义的矛盾和冲突体现了两种现代文化建构思路之间的紧张关系，形成了复杂的充满张力的文化现代性结构。吴宓是一个具有文化保守主义倾向的现代学人，我们只有将他的文化思想及文学思想置入这个由现代文化的不同价值取向所生成的非统一性的现代文化语境之中，才能更好地展示和考察其存在的意义和价值。

第二节　文化立场：博采兼容，“一多并在”

海德格尔曾经说过：“把某某东西作为某某东西加以解释，这在本质上是通过先行具有、先行视见与先行掌握来起作用的。解释从来不是对先行给定的东西所作的无前提的

①［德］卡尔·曼海姆：《保守主义》，李朝晖、牟建君译，南京：译林出版社 2002 年版，英文版导言第 3 页。

把握。准确的经典注疏可以拿来当作解释的一种特殊的具体化，它固然喜欢援引‘有典可稽’的东西，然而最先的‘有典可稽’的东西，原不过是解释者的不言而喻、无可争议的先入之见。任何解释工作之初都必然有这种先入之见，它作为随着解释就已经‘设定了的’东西是先行给定的，这就是说，是在先行具有、先行视见和先行掌握中先行给定的。”①在文化激进主义和文化保守主义同时介入现代文化建构进程的关键时期里，吴宓对现代文化和现代文学建构理路作出怎样的选择，完全取决于其“先入之见”即固有的文化立场。尽管吴宓始终将注重传统作为文化建构的基本理念，但是，其具体的文化建构过程却没有拘囿于传统的樊篱，而是体现出了融会新旧文化，“沟通东西事理”②的思想倾向。这是因为，博采兼容、“一多并在”③的文化立场促使其将古今中外各种文化要素置于同一平台上加以整合，从理论上化解了中与西、新与旧之间的紧张关系。

一、文化立场的形成

结合吴宓自身的学术生涯来看，这种博采兼容、“一多并在”的文化立场是在濡染以关学思想为代表的中国传统文化和汲取柏拉图哲学观点及新人文主义文化思想的基础上形成的。

首先，吴宓博采兼容的文化意识源自关学思想和白璧德新人文主义思想的交互作用。

由于张载的“气－性”说并没有像程朱理学那样受到统治者的大力扶植和特别赞赏，所以，他所创立的关学实际上只是宋代以及明清时期的一个民间学术派别，没有因为要被推尊为一个时代的统治思想而受到强大的学术束缚。而且，张载在治学方面一向主张开拓广阔的学术领域：“惟博学然后有可得以参较琢磨……学愈博则义愈精微。”④故而，张载以后的关学学者往往能够兼容各派学说，吸取不同学派的思想，体现出善于融合的可贵精神。吴宓深为敬仰的近代关学大师刘古愚就曾经将“广识”⑤作为兴办书院培养学生的重要学规。所谓“广识”，就是要求学生遍览中西书籍，博采各家学说。在长期的濡染中，关学兼收并蓄、博采众家之长的学术思想已经内化成了吴宓精神内涵的重要因素，在很大程度上决定着他后来进行文化建构的立场和方法。早在去国之前，尽管吴宓对中

①［德］海德格尔：《存在与时间》，陈嘉映、王庆节合译，北京：生活·读书·新知三联书店 1999 年版，第 176 页。
② 吴宓：《吴宓日记》第 1 册，吴学昭整理注释，北京：生活·读书·新知三联书店 1998 年版，第 410 页。
③ 吴宓：《文学与人生》，王岷源译，北京：清华大学出版社 1993 年版，第 12 页。
④［宋］张载：《经学理窟·气质》，见《张载集》，章锡琛点校，北京：中华书局 1978 年版，第 270 页。
⑤ 刘古愚：《谕崇实书院诸生》，见《刘古愚教育论文选注》，西安：陕西人民出版社 1988 年版，第 147 页。

国传统文化更感亲近，但是在“发挥国有文明”的同时，他仍然时时不忘“沟通东西事理”[①]，认为若能“发刊杂志多种，并设印刷厂，取中国古书全体校印一过，并取外国佳书尽数翻译”，则可以“期成学术文章之大观，而于国家精神之前途，亦不无小补”[②]。所以，在弘扬传统文化的过程中，吴宓并不拒斥来自西方的新思想，相反，他认为新旧对峙的思维理路并不符合文化发展的规律，一心期待着有学人能在“洞悉世界趋势，与中国学术思潮之本源”的基础上，通过“于旧学说另下新理解”之法来实现对新旧文化的“两全调和”[③]，而他所推崇的传统文化，实际上就是来自过去时代但是经过历史过滤之后有可能与新思想调和相融的文化。从他留美前就将 J. Pickett 教授“撷载西方文明，亦当专取其长而活于中国者，资为材料，以自制本国之新文明”的告诫奉为“顶门立箴”[④]之言的做法中，我们已经可以看到吴宓主张融会东西古今文化以创立新文化的思想端倪。但是，此时的吴宓仍然停留在以中国儒家思想衡量西方文化价值的层面，中国传统文化本位意识仍然十分明显。[⑤]如果没有后来海外新人文主义文化思想的结合作用，吴宓也不可能真正跳出传统文化精英主义思想的樊篱，明确提出具有世界意识的通过融会东西古今文化来建立现代新文化的主张。

赴美留学期间，吴宓接触到了白璧德的新人文主义思想。为了克服现代西方文明所带来的弊病，白璧德主张结合东西方传统文化的精华去寻求拯救之方。在寻求中，白璧德执着于对人类文化中普遍真理和永恒价值的追求，并且坚持认为：“若欲窥见历世积储之智慧，撷取普通人类经验之精华，则当求之于我佛与耶稣之宗教教理，及孔子与亚里士多德之人文学说，舍是无由得也！”[⑥]他认为自古以来人类思想智慧之中的精华可以连成一个系列，所谓文化，即是由不断延续发展着的思想精华熔铸而成的，其中既有因时因地不断变迁之处，又有超越时空亘古长存的普遍真理和永恒价值：“东方和西方都不仅拥有伟大的宗教和人道主义的法则——这些法则若根据它们的结果来检验的话，则是互相证明的，而且他们还见证了人类经验中的一致因素和永恒因素——而且这些法则有时

---

① 吴宓：《吴宓日记》第 1 册，吴学昭整理注释，北京：生活・读书・新知三联书店 1998 年版，第 410 页。

② 吴宓：《吴宓日记》第 1 册，吴学昭整理注释，北京：生活・读书・新知三联书店 1998 年版，第 312 页。

③ 吴宓：《吴宓日记》第 1 册，吴学昭整理注释，北京：生活・读书・新知三联书店 1998 年版，第 404 页。

④ 吴宓：《吴宓日记》第 1 册，吴学昭整理注释，北京：生活・读书・新知三联书店 1998 年版，第 310 页。

⑤ 如，吴宓认为希腊哲学优于西方近世哲学，只因前者多有与中国先儒思想相合之处。据《吴宓日记》载：“读 *History of Ancient Philosophy*（W.W.Benn 著）一书，完。知希腊哲学，重德而轻利，乐道而忘忧，知命而无鬼。多合我先儒之旨，异近世西方学说，盖不可以道里计矣。”（吴宓：《吴宓日记》第 1 册，吴学昭整理注释，北京：生活・读书・新知三联书店 1998 年版，第 440 页）

⑥ 吴宓译：《白璧德论欧亚两洲文化》，《学衡》第 38 期，1925 年 2 月出版。

还是以一种实证精神构成的。”[①]这种“伟大的宗教和人道主义的法则”即是使东西方传统文化相互契合并联为一体的基础，正是在这一意义上，他才会断言：“儒教与亚里士多德的教诲也是一致的，而且总的来说与古希腊以来那些宣布了礼仪和标准法则的人也是一致的。若称孔子为西方的亚里士多德也显然是对的。”[②]二者可以相互交融形成人类共同的智慧，所以，中国各大学应开展对孔子之《论语》与亚里士多德之伦理学的“比较讲授”，而美国各大学也应该讲授关于中国历史及道德哲学的课程，如此才能使东西学问“联为一体”，形成“最完美之国际主义”[③]。对急于“撷载西方文明……以自制本国之新文明”[④]的吴宓来说，白璧德这种博采兼容、会通中西的学术思想有着不亚于灯塔航标的重要意义：

> 自受学于巴师（白璧德老师，本书作者注）……更略识西国贤哲之学说，与吾国古圣之立教，以及师承庭训之所得，比较参证，处处符合，于是所见乃略进……[⑤]

> 若论精神理想一方，吾自笃信天人定论、学道一贯之义，而后兼蓄并收，旁征博览，执中权衡，合覆分核，而决不为一学派、一教宗、一科门、一时代所束缚、所迷惑；庶几学能得真理，撷其菁华，而为致用。吾年来受学于巴师，读西国名贤之书，又与陈、梅诸君追从请益，乃于学问稍窥门径，方知中西古今，皆可一贯。天理人情，更无异样也。[⑥]

其次，与吴宓博采兼容的文化意识互为表里的，是他“一多并在”[⑦]的“人生态度”[⑧]和“根本信条”[⑨]：“知有一，又知有多。一多无碍。但一与多乃存于一处，并非二处。”[⑩]“宇宙人生一切事理，均可按一多之关系，简单归纳……”[⑪]

---

①［美］白璧德：《卢梭与浪漫主义》，孙宜学译，石家庄：河北教育出版社 2003 年版，原序第 8 页。

②［美］白璧德：《卢梭与浪漫主义》，孙宜学译，石家庄：河北教育出版社 2003 年版，原序第 8 页。

③ 胡先骕译：《白璧德中西人文教育谈》，《学衡》第 3 期，1922 年 3 月出版。

④ 吴宓：《吴宓日记》第 1 册，吴学昭整理注释，北京：生活・读书・新知三联书店 1998 年版，第 310 页。

⑤ 吴宓：《吴宓日记》第 2 册，吴学昭整理注释，北京：生活・读书・新知三联书店 1998 年版，第 69 页。

⑥ 吴宓：《吴宓日记》第 2 册，吴学昭整理注释，北京：生活・读书・新知三联书店 1998 年版，第 46 页。

⑦ 吴宓：《文学与人生》，王岷源译，北京：清华大学出版社 1993 年版，第 12 页。

⑧ 吴宓：《文学与人生》，王岷源译，北京：清华大学出版社 1993 年版，第 12 页。

⑨ 吴宓：《文学与人生》，王岷源译，北京：清华大学出版社 1993 年版，第 150 页。

⑩ 吴宓：《人生问题大纲》，见徐葆耕编选《会通派如是说——吴宓集》，上海：上海文艺出版社 1998 年版，第 124 页。

⑪ 吴宓：《一多总表》，见徐葆耕编选《会通派如是说——吴宓集》，上海：上海文艺出版社 1998 年版，第 117 页。

西方哲学史上的“一”、“多”观念源自柏拉图的理念论。柏拉图认为宇宙间变动不居的是事物的感性现象，持久恒定的是事物背后的理念。前者属于“多”的层面，可以经由感官来体验；后者属于“一”的层面，只能通过理智来认识。二者是相辅相成、互为表里的关系：如果感性现象没有理念灌注其中，就会成为缺乏内涵的混沌存在；如果理念没有和感性现象相联系，就会失去其所应具备的现实意义。从吴宓《文学与人生》讲义里“一多关系之例证及说明”部分对“圆”的阐释中，我们可以清晰地看到柏拉图理念论的投影：

> [多]——圆灯罩，圆桌面，圆碗口，圆镜，etc.，等。[一]——Geometry 几何中之圆。只能心想，不可目见、手绘。圆心无定在；圆径无定长；圆之面积无定大；圆周无厚薄。圆无质料；无成毁；不受时空之限制。Abstract; pure; undefined materially; but essentially. Present in all the 多圆；A Definition; not a Picture. 抽象的，纯的，物质上不固定，但本质上是固定的。存在于一切多圆之中，但不同于多圆中任何一个多圆。一个定义，不是一张图画。①

而且，吴宓谈到“一多关系之重要”时，特别引用了柏拉图《斐德诺篇》(*Phaedrus*)和《理想国》(*Republic*)之中的言论：“给我一个能将‘一’‘多’结合的人，我就会跟随他的脚步甚至像跟随一位神人的脚步一样。”“谁把事物合起来观看，他就是真正的辩证论者（哲学家）。”② 其深受柏拉图哲学观影响的情况于此可见一斑。此处同时并举的，是孔子“惟十合一，为士”③ 的言论。孔子之言意指从繁杂现象中总结出简单规律是士人所应具备的基本素质，吴宓将其与柏拉图“一”、“多”观念并置一处相互参照，自然而然地推出了自己“一多并在万缘基”④ 的认识。

除柏拉图的理念论之外，吴宓对“一”、“多”观念的理解还受到了白璧德新人文主义思想的影响。在白璧德看来，“协调一与多”艰难异常但又非常重要，“很多民族就是

① 吴宓：《文学与人生》，王岷源译，北京：清华大学出版社 1993 年版，第 151~152 页。

② 吴宓：《文学与人生》，王岷源译，北京：清华大学出版社 1993 年版，第 150 页。

③ 吴宓：《文学与人生》，王岷源译，北京：清华大学出版社 1993 年版，第 150 页。

④ 语出吴宓《南游杂诗》之四十五，原文为“须凭史册写龟鉴，莫共庸流起信疑。文质迭更穷更反，一多并在万缘基”（吴宓：《吴宓诗集》，吴学昭整理，北京：商务印书馆 2004 年版，第 184 页）。在《文学与人生》中，吴宓论及“一多关系之重要”时，先是列举了孔子和柏拉图的言论，接着就提到了“《吴宓诗集》X.5——南游杂诗（四十五首）”（吴宓：《文学与人生》，王岷源译，北京：清华大学出版社 1993 年版，第 150 页）。

由于做不到这一点而灭亡的"[①]。"人的高贵源自他对一的亲近，而他同时又只是各种现象中的一个现象而已。"[②]"对一的亲近"可以使人产生与绝对存在"相互交融的感觉"，"促使他遵守人性的更高准则"[③]。对人作为"各种现象中的一个现象"的身份认定意味着人"会把自己视作自然之相对性以及永恒流变过程中的一个偶然环节"[④]，昭示的是人对自身多样性的看法。"人的心智若想保持健全，就必须在统一（unity）与多样（plurality）之间保持最佳的平衡。"[⑤]"过度的自然主义"会破坏"统一"的方面，"过度的超自然主义"会破坏"多样"的方面。近代以来，自然主义倾向泛滥，"人在掌握事实方面取得了极大的进步，然而同时却不免沉溺到了这些纷繁的事实当中，以至于丧失了对一的期待和想象"[⑥]，将"个人性的、私人性的自我"当作"衡量一切的标准"，"满足于最危险的只有部分真实性的真理"[⑦]。吴宓对此甚为赞同，认为"一"、"多"之间的平衡直接关涉着人类心智的正常状态和人类社会的文明程度："幼稚愚昧之个人，未开化而野蛮之民族，只知有多，不知有一；只可与言实物，不能与言虚理。迨其逐渐进步、成长、开化之后，始知有一，而悟一多并在之旨。"[⑧]现代社会物欲横流，人们只看重纷繁芜杂的事物表象，不关心事物背后的精神理念，其心智普遍偏向"多"的一面，而忽略"一"的一面，这必然会导致个人的愚昧和民族的野蛮。只有恢复"一"的地位，才能维护现代人的心智平衡，实现现代社会的文明进步。

在吴宓看来，柏拉图对"一"、"多"关系的理解昭显出的是"真知"，属于"道"和"智"的层面："知有一且有多，知一多之关系（是一是二，亦分亦合）是曰真知。如此之真知，可名曰道（至真之理）又曰智。"白璧德对"一"的强调所昭显出的是"正行"，属于"情"和"仁"的层面："知一比多更为重要，更有价值，我必当处处为一尽力，重一而轻多，是曰正行。如此之正行，可名曰情（至正之爱）又曰仁。"[⑨]在《论事之标准》一文中，吴宓将柏拉图的理念论和白璧德的新人文主义思想熔为一炉，从四个方面对自己所理解的"一"、"多"观念作了更为全面详尽的阐释：

①［美］白璧德：《文学与的美国大学》，张沛等译，北京：北京大学出版社2004年版，第18页。
②［美］白璧德：《文学与的美国大学》，张沛等译，北京：北京大学出版社2004年版，第20页。
③［美］白璧德：《文学与的美国大学》，张沛等译，北京：北京大学出版社2004年版，第20页。
④［美］白璧德：《文学与的美国大学》，张沛等译，北京：北京大学出版社2004年版，第20页。
⑤［美］白璧德：《文学与的美国大学》，张沛等译，北京：北京大学出版社2004年版，第20页。
⑥［美］白璧德：《文学与的美国大学》，张沛等译，北京：北京大学出版社2004年版，第20页。
⑦［美］白璧德：《卢梭与浪漫主义》，孙宜学译，石家庄：河北教育出版社2003年版，原序第3页。
⑧吴宓：《文学与人生》，王岷源译，北京：清华大学出版社1993年版，第151页。
⑨吴宓：《一多总表》，见徐葆耕编选《会通派如是说——吴宓集》，上海：上海文艺出版社1998年版，第116页。

【一】吾信有“一”与“多”之存在互相对立，不得抹杀其一，推而衍之，则“一”之变形为在、定、静、绝对、普遍、合、久、质、实在等，“多”之变形为成、变、动、相对、特殊、分、暂、量、浮象等，各成对偶而同时并存……【二】凡论人事须于“一”“多”二类同时并重。苟摒绝其一而不计及，则理论不能圆满充实。【三】然常人之心性有偏于“一”类者，有偏于“多”类者，因之，于不知不觉之中，各人之思想见解亦各有偏重，一时代一社会之趋势，由其中大多数人之所偏重者定之，故有偏于“一”类之时，有偏重“多”类之时，大率精约之世……为偏重“一”类者，博放之世为偏重“多”类者。【四】今世为博放之世，故一般之趋势多数人之思想，皆偏重“多”类，而欲调剂其偏、救正其失，则持论立言，宜偏重“一”类，始能近真而有裨云。①

以上四个方面不仅指涉着吴宓“对于人生社会诸种问题之态度”②，而且昭显出吴宓对于人类文化建构方式的思考。对于文化，吴宓赞同的是英国学者马修·阿诺德（Matthew Arnold，又译作安诺德）所下的定义：“文化者，古今思想言论之最精美者也，Culture is the best of what has been thought and said in the world。”③可见，他所理解的文化。特指的是作为人类思想精粹和言论精华的观念文化，不包括物质形态和技术层面的文化。尽管他并未否认文化所具有的多样性和流变性，但是，他更“深信宇宙间之精神价值永久长存，不销不减，仅其所表露之形色，所寄托之事物，隐现生灭，变化不息”④，按照这一认识，文化中“隐现生灭，变化不息”的因素只是文化“所寄托之事物”，并非文化“之精神价值”，前者只是文化的载体，后者才是文化的本质。如果说文化的载体是“多”，意味着“成、变、动、相对、特殊、分、暂、量、浮象等”，那么文化的本质就是“一”，意味着“在、定、静、绝对、普遍、合、久、质、实在等”⑤。不断涌现的纷繁各异的文化载体背后是普遍恒定的文化本质，健康的文化发展形态就应该建立在代表“多”的文化载体与代表“一”的文化本质相互协调的基础上。吴宓认为自己所处的时代是“偏重‘多’类”的“博

① 吴宓：《论事之标准》，《学衡》第 56 期，1926 年 8 月出版。
② 吴宓：《论事之标准》，《学衡》第 56 期，1926 年 8 月出版。
③ 吴宓：《论新文化运动》，《学衡》第 4 期，1922 年 4 月出版。
④ 吴宓：《一多总表》，见徐葆耕编选《会通派如是说——吴宓集》，上海：上海文艺出版社 1998 年版，第 116 页。
⑤ 吴宓：《论事之标准》，《学衡》第 56 期，1926 年 8 月出版。

放之世"[①]，对代表"一"的文化本质的关注普遍不够，这已经造成了文化发展的失衡状态。所以，他反对过分强调文化的多样性和流变性，要求将对文化本质的关注提到首位，甚至主张"弃多而从一，或凭一以定多"[②]，用普遍永恒、超越时空的文化"之精神价值"去衡定和统合多种多样、变动不居的文化"所寄托之事物"[③]。

如此,在柏拉图理念论和白璧德"一"、"多"观的共同作用下,吴宓形成了"一多并在"、"凭一以定多"的文化主张。该主张为吴宓博采兼容的文化意识提供了强有力的支撑，其中的理论逻辑正如他在《一多总表》中所论述的那样:"古今东西宗教哲学各宗各家所用之名词各不同，但所指之实则一，所明之理亦无异……"[④]既然随着时空流转发生变迁的只是文化的表象,表象所指的"实"和所明的"理"是亘古如常的,那么这种亘古如常的"实"和"理"作为古今东西文化内在精神的一致性，自然可以成为兼容和整合中西古今文化资源的基点，"古今东西诸大宗教哲学以及文学政治中之道理，与夫圣哲名贤大师通人之所教，无不可以融汇贯通，归纳比较，见得真理惟一，左右逢源"[⑤]。

二、文化立场的体现

如上所述，在关学思想、白璧德新人文主义观念、柏拉图哲学等文化资源的化合作用下，吴宓形成了博采兼容、"一多并在"的文化立场。由于这一文化立场的制约，吴宓对激进主义知识分子割裂传统、扬西抑中的文化选择始终抱有极大的不满，留美期间就有捐钱自办报刊作为言论阵地，与激进主义文化观念相抗衡的强烈愿望[⑥]。归国之后，吴宓以《学衡》这一具有文化保守主义倾向的刊物为平台，全面展开了对新文化运动与文学革命的质疑和批判。在吴宓担任《学衡》集稿员和总编辑时期，该刊物发表了大量对当时的文化及文学主潮进行否定性回应的文章,如梅光迪的《评提倡新文化者》(第1期)、胡先骕的《评〈尝试集〉》(第1期)、《评〈尝试集〉(续)》(第2期)、吴宓的《论新文化运动》(第4期)、胡先骕的《评胡适〈五十年来中国之文学〉》(第18期)、吴芳吉的《再

① 吴宓:《论事之标准》,《学衡》第56期，1926年8月出版。

② 吴宓:《一多总表》，见徐葆耕编选《会通派如是说——吴宓集》，上海:上海文艺出版社1998年版，第116页。

③ 吴宓:《一多总表》，见徐葆耕编选《会通派如是说——吴宓集》，上海:上海文艺出版社1998年版，第116页。

④ 吴宓:《一多总表》，见徐葆耕编选《会通派如是说——吴宓集》，上海:上海文艺出版社1998年版，第117页。

⑤ 吴宓:《一多总表》，见徐葆耕编选《会通派如是说——吴宓集》，上海:上海文艺出版社1998年版，第117页。

⑥ 1920年3月28日，吴宓在日记中提到了友人张幼涵因"持论平允，不附和白话文学一流"而受到新文化阵营排挤，文章被拒难以发表的遭遇，并由此抒发感慨，表明自己的志向:"幼涵来书，慨伤中国现状，劝宓等早归，捐钱自办一报，以树风声而遏横流。宓他年回国之日，必成此志。"(吴宓:《吴宓日记》第2册，吴学昭整理注释，北京:生活·读书·新知三联书店1998年版，第144页)

论吾人眼中之新旧文艺观》（第21期）、《三论吾人眼中之新旧文艺观》（第31期）、曹慕管的《论文学无新旧之异》（第32期）、景昌极的《评进化论》（第38期）、吴芳吉的《四论吾人眼中之新旧文艺观》（第42期）、郭斌龢的《新文学家之痼疾》（第55期）、易峻的《评文学革命与文学专制》（第79期）等文都属此类。可见，在主持编辑《学衡》杂志的过程中，吴宓始终将其视作抗衡和牵制过度泛滥的文化激进主义的核心力量。值得注意的是，尽管处于新文化运动对立面的《学衡》始终秉承着文化保守主义的理论姿态，但是，该杂志所包蕴的世界性的文化心态和整合性的文化理念，无论在广度上还是深度上，都远远超过了其他具有文化保守主义价值取向的刊物，昭示出更为鲜明的现代色彩。而这种更具广度和深度的文化心态及文化理念恰恰是吴宓博采兼容、"一多并在"文化立场的集中体现。

（一）瓦解新旧文化论

新文化运动是特定时期历史意识的表征，对此，胡适曾经有过明确的论述："新文化运动的根本意义是承认中国旧文化不适宜于现代的环境，而提倡充分接受世界的新文明。"[①] 新文化运动前后，激进主义知识分子习惯于以新旧二元对立的思维方式来表达对旧文化的反叛，实现对新文化的追求。他们坚持新 = 现代 = 西方 = 先进、旧 = 古代 = 中国 = 落后的思路，给本民族传统文化资源冠上了陈旧、落后之名，认为只有摆脱旧文化所造成的重负和阻力，才能使新文化的建立成为可能。这自然会给吴宓的现代文化建构之路设置巨大的障碍。为了清除这个障碍，以平等的态度对待一切文化资源，真正做到融会中西贯通古今，吴宓从以下三个层面入手，条分缕析地瓦解了文化的新旧之论。

首先，就新旧之说的成立基础而言，新旧之说建立在对文化更迭的认同上。但是事实上，百变的文化中自有不变的因素存在，"何者为新""何者为旧"的问题是"至难判定"的问题，贸然将后出现的事物断定为"新"，只是由于俗语所说的"少见多怪"：

> 原夫天理、人情、物象，古今不变，东西皆同。盖其置于外者，形形色色，千百异状，瞬息之顷，毫厘之差，均未有同者。然其根本定律，则固若一。譬如天上云彩，朝暮异形，然水蒸发而成云，凝降而为雨，物理无殊。故百变之中，自有不变者存，变与不变，二者应兼识之，不可执一而昧其他。[②]

既然天理、人情、物象中"有不变者存"，那么，与旧事物无涉的纯粹新事物也是绝少的，

① 胡适：《新文化运动与国民党》，见欧阳哲生编《胡适文集》第5卷，北京：北京大学出版社1998年版，第580页。
② 吴宓：《论新文化运动》，《学衡》第4期，1922年4月出版。

常人眼中的新事物，“多系旧者改头换面，重出再见，常人以为新，识者不以为新也”[①]。新旧事物的相对性和共通性决定了二者之间势必存在着一种绵延不绝的传承关系：

> 新旧乃对待之称，昨以为新，今日则旧，旧有之物，增之损之，修之琢之，改之补之，乃成新器。举凡典章文物，理论学术，均就已有者，层层改变递嬗而为新，未有无因而至者。故若不知旧物，则决不能言新。[②]

凡是论学、论事，都应该“究其终始，明其沿革，就已知以求未知，就过去以测未来”[③]。

其次，就文化所属的学问类型而言，“历史、政治、文章、美术等”文化在学问类型上属于“人事之学”，并非“物质科学”，“物质科学，以积累而成，故其发达也。循直线以进，愈久愈详，愈晚出愈精妙。然人事之学……则或系于社会之实境，或由于个人之天才，其发达也。无一定之轨辙，故后来者不必居上，晚出者不必胜前”，“物质科学”尚能以新取胜，“人事之学”却万不可“以新夺理”[④]。

再次，就主体的自身能力而言，对“新”的认识，也有“真伪之辨”。只有在“博极群书，并览古今”，“通底彻悟，比较异同”的前提下，主体才可能真正认识到什么是“新”，若是“只见一端”，就会以偏概全，削足适履，一味沉溺于言说主体自己的固有品味或既定观念：“势必以己意为之，不能言其所以然，而仅以新称，遂不免党同伐异之见。则其所谓新者，何足重哉！”由此出发，吴宓断言，新文化运动对“新”的认识并没有建立在“博极群书，并览古今”的基础上，所取的只是“一时一家之说”，这势必会使其对“新”的认识陷入“舛误迷离”的误区，“而尤不足当新之名”[⑤]。

由上可见，在吴宓的认识视域中，无论是从新旧之说的成立基础来说，还是从文化所属的学问类型和主体的自身能力来说，激进主义知识分子所坚持的新旧文化论都是站不住脚的，那种不辨真伪、一味趋新的做法，在实质上和“城中好高髻，四方高一尺”的行为没有什么两样，体现出来的只是“当群俗喜新之时，虽非新者，亦趋时阿好，以新炫人而求售”[⑥]的庸俗心理。既然激进主义知识分子所强调的新旧文化之分并不可靠，

---

① 吴宓：《论新文化运动》，《学衡》第4期，1922年4月出版。
② 吴宓：《论新文化运动》，《学衡》第4期，1922年4月出版。
③ 吴宓：《论新文化运动》，《学衡》第4期，1922年4月出版。
④ 吴宓：《论新文化运动》，《学衡》第4期，1922年4月出版。
⑤ 吴宓：《论新文化运动》，《学衡》第4期，1922年4月出版。
⑥ 吴宓：《论新文化运动》，《学衡》第4期，1922年4月出版。

那么，对文化的界定就不应该再拘泥于“新旧”之论，“旧者不必是，新者未必非，然反是则尤不可”①。应该承认，尽管吴宓对激进主义知识分子新旧文化论背后巨大的即时性效应和实践意义缺乏深入的考量，但是他条分缕析的解构的确可以引发对新旧文化论存在基础合理性的质疑和反思。

（二）博采兼容、“一多并在”的文化立场

新旧对立被破除之后，中西古今文化资源之间被划定的等级和被树立的樊篱也随之瓦解。吴宓明确地指出，在天理人情所具有的普遍规律的作用下，作为“古今思想言论之最精美者”②的文化，无论产生于何时何地，都会体现出共同的本质特征，都会存在着内在的逻辑共通性和对话可能性：

> 稍读历史，则知古今东西，所有盛衰兴亡之故，成败利钝之数，皆处处符合；同一因果，同一迹象，惟枝节琐屑，有殊异耳。盖天理 Spiritual Law 人情 Human Law，有一无二，有同无异。下至文章艺术，其中细微曲折之处，高下优劣，是非邪正之判，则吾国旧说与西儒之说，亦处处吻合而不相抵触。阳春白雪，巴人下里，口之于味，殆有同嗜。③

从这种逻辑共通性和对话可能性入手，吴宓将古今东西的优秀文化资源置于同一平台上，使其相互参照、相互印证，由此自然而然地激活和凸显其间貌异心同的互文性特征，为中国现代文化建构进程所必然面临的诸多理论课题提供参照：

> 今欲造成中国之新文化，自当兼取中西文明之精华，而熔铸之，贯通之。吾国古今之学术、德教、文艺、典章，皆当研究之，保存之，昌明之，发挥而光大之。而西洋古今之学术、德教、文艺、典章，亦当研究之，吸取之，译述之，了解而受用之。④

为了纠正新文化运动“于中西文化所必当推为精华者皆排斥而轻鄙之，但采一派一家之说，

① 吴宓:《论新文化运动》,《学衡》第 4 期，1922 年 4 月出版。
② 吴宓:《论新文化运动》,《学衡》第 4 期，1922 年 4 月出版。
③ 吴宓:《吴宓日记》第 2 册，吴学昭整理注释，北京：生活·读书·新知三联书店 1998 年版，第 58~59 页。
④ 吴宓:《论新文化运动》,《学衡》第 4 期，1922 年 4 月出版。

一时一类之文，以风靡一世，教导全国”[1]的偏颇行为，将“融合东西文明之本旨”以“造成新文化”[2]的宏愿落到实处，吴宓编写《学衡杂志简章》时，特别指明了“国学”和“西学”的研究之路：

（甲）本杂志于国学则主以切实之工夫，为精确之研究，然后整理而条析之，明其源流，著其旨要，以见吾国文化，有可与日月争光之价值。而后来学者，得有研究之津梁，探索之正轨，不至望洋兴叹，劳而无功，或盲肆攻击，专图毁弃，而自以为得也。（乙）本杂志于西学则主博极群书，深窥底奥，然后明白辨析，审慎取择，庶使吾国学子，潜心研究，兼收并览，不至道听途说，呼号标榜，陷于一偏而昧于大体也。[3]

在主持编辑《学衡》杂志的过程中，吴宓本着明国学之源流和窥西学之底奥的宗旨，刊发了大量研究中国古代典籍及文化史文学史的文章和有关西方文化思想的译文论著。前者主要包括柳诒徵的《汉官议史》（第1期）、《中国乡治之尚德主义》（第17期、第21期、第36期）、《中国文化史》（第46期、第48期、第49期、第50期、第51期、第52期、第53期、第54期、第55期、第56期、第58期、第61期、第63期、第64期、第67期、第70期、第72期），张文澍的《论艺文部署》（第1期）、《许书述微》（第2期），钟歆的《老子旧说》（第1期），马承堃的《国学摭谭》（第1期、第2期、第6期、第10期），缪凤林的《四书所启示之人生观》（第2期），张其昀的《刘知幾与章实斋之史学》（第5期），王焕镳的《论周代婚制》（第8期），刘永济的《中国文学通论》（第9期）、《中国文学史纲要》（第68期），夏崇璞的《明代复古派与唐宋文派之潮流》（第9期），孙德谦的《中国学术要略》（第11期），王庸的《李二曲学述》（第11期），刘善泽的《说周官媒氏奔者不禁》（第12期），邵祖平的《唐诗通论》（第12期），缪篆的《老子古微》（第19期），张荫麟的《老子生后孔子百余年之说质疑》（第21期），李笠的《定本墨子间诂校补叙》（第21期），吴其昌的《朱子传经史略》（第22期），郑鹤声《汉隋间之史学》（第33期、第35期、第36期），陆懋德的《中国文化史第一章第二章》（第41期）、《尚书尧典篇时代之研究》（第43期），姜忠奎的《诗古义卷一》（第45期）等；后者主要包括徐则陵的《近

① 吴宓：《论新文化运动》，《学衡》第4期，1922年4月出版。
② 吴宓：《论新文化运动》，《学衡》第4期，1922年4月出版。
③《学衡》杂志简章。

今西洋史学之发展》（第1期），胡先骕翻译的《白璧德中西人文教育谈》（第3期），刘伯明的《杜威论中国思想》（第5期），景昌极翻译的《柏拉图语录之二〈克利陀篇〉》（第5期）、《柏拉图语录之三〈斐都篇〉》（第10期、第20期），吴宓的《西洋文学精要书目》（第6期、第7期、第11期）、《西洋文学入门必读书目》（第22期），梅光迪的《现今西洋人文主义第一章绪言》（第8期）、《安诺德之文化论》（第14期），缪凤林的《希腊之精神》（第8期）、《评杜威平民与教育》（第10期），向达翻译的《亚里士多德伦理学》（第13期、第14期、第16期、第20期、第32期、第50期、第59期），钱堃新翻译的《西塞罗说老》（第15期），吴家镇的《欧洲封建制度与武士教育之概观》（第16期），汤用彤翻译的《亚里士多德哲学大纲》（第17期、第19期）、《希腊之宗教》（第24期），陈钧翻译的《福禄特尔记阮讷与柯兰事》（第18期），徐震堮翻译的《圣伯甫释正宗》、《圣伯甫评卢梭〈忏悔录〉》（第18期）、《白璧德释人文主义》（第34期），吴宓翻译的《白璧德之人文主义》（第19期）、《希腊对于世界将来之价值》（第23期）、《世界文学史》（第28期、第29期、第30期）、《白璧德论民治与领袖》（第32期）、《罗马之家族及社会生活》（第37期）、《白璧德论欧亚两洲文化》（第38期）、《但丁〈神曲〉通论》（第41期）、《穆尔论现今美国之新文学》（第63期）、《白璧德论今后诗之趋势》（第72期）、《拉塞尔论柏格森之哲学》（第74期）、《路易斯论治术》（第74期）、《路易斯论西人与时间之观念》（第74期），胡稷咸翻译的《希腊之哲学》（第24期），郭斌龢翻译的《希腊之历史》（第27期）、《柏拉图语录之五〈斐德罗篇〉》（第76期）、《柏拉图之埃提论》（第77期）、《柏拉图五大语录导言》（第79期），朱复翻译的《希腊美术之特色》（第27期），张荫麟翻译的《葛兰坚黑暗时代说》（第44期）、《斯宾格勒之文化论》（第61期、第66期）、《白璧德论班达与法国思想》（第74期），傅举丰翻译的《罗素东西幸福观念论》（第68期）、《罗素未来世界观》（第68期）、《罗素论机械与情绪》（第69期）等。从这些刊登出来的文章看，尽管吴宓在主编《学衡》杂志的过程中时时面临着稿源不足的窘境，常常需要拼凑各种稿件以完成编辑任务，但是他仍然在努力践行着“兼取中西文明之精华”[①]的编辑理念和文化理想：摒弃厚此薄彼的狭隘认识，兼收并蓄、博采会通。既专注于昌明中国固有的传统文化，又致力于阐扬来自西方的学术思想；既凸显出中西古典文化遗产的重要地位，又不忽视晚近出现的文化思潮。从而彻底否定那种在中与西、古与今之间非此即彼选择的新文化建构思路，在平等对待和融通整合中西古今文化资源的基础上去寻求一种既非复古又非西化的真正的新文化。

① 吴宓：《论新文化运动》，《学衡》第4期，1922年4月出版。

特别值得注意的是，吴宓担任总编辑时，有关古希腊文化思想的译著和研究论文在《学衡》杂志“博极群书”的“西学”[①]介绍中占据着相当大的比重；而他所编写的《西洋文学精要书目》和《西洋文学入门必读书目》中，也涉及了大量古希腊的哲学和文学著作。凡此种种，充分昭显出吴宓对古希腊文化的重视程度：“古希腊之哲理文章艺术等，为西洋文化之中坚……为吾国人研究西洋文化所首应注重者。”[②]吴宓之所以将了解古希腊的哲理文章艺术视为国人研究西学的首要任务，主要是因为导师白璧德的影响。在白璧德看来，苏格拉底、柏拉图等“最有智慧的希腊思想家”已经找到了调节“统一（unity）与多样（diversity）”[③]关系的办法，而且，古代的“作家作品和现代生活有着千丝万缕的联系，古代生活和现代生活之间并没有人类心灵所无法跨越的鸿沟”，这样一来，“古典文学教师的重要职责之一，就是跨越鸿沟、充当连通古希腊－古罗马世界与现代世界的桥梁”[④]。吴宓对此深为敬服，认为苏格拉底、柏拉图、亚里士多德等希腊哲人的言论代表了“西方学问之精华本原”[⑤]，蕴含着人类文化中“一”的部分，即普遍永恒、超越时空的精神价值，这种精神价值足以成为整合中西古今文化资源的天然纽带。所以，译介和研究古希腊文化典籍，不仅可以对西方文化追根溯源，使人深窥西学之底奥，纠正新文化运动倡导者“惟选西洋晚近一家之思想，一派之文章……举以代表西洋文化之全体”[⑥]的偏颇，而且有助于发掘人类文化中具有普遍意义和永久价值的本质，以之作为整合中西古今文化资源、建构新文化的理论基点。

用历史的眼光来看，吴宓与新文化阵营在引进西学时所持的不同价值取向和选择标准充分昭显出二者对西学功能的不同看法。新文化阵营往往将西学视作启发民众心智、拯救民族危亡的一剂良方，抱着拿来主义的态度，寻求那些具有思想启蒙色彩和社会革命内涵的现代西学观念，这势必会限制他们的西学视野，弱化其对西学的源流进行深入研究的意识和耐心。而吴宓则倾向于将西学当作人类文化的有机组成部分，主张抱着“论究学术，阐求真理”的严谨态度去“潜心研究，兼收并览”，“博极群书，深窥底奥”[⑦]，从中辨析和提炼普遍永恒的思想精髓作为构建新文化的基点。所以，较之新文化阵营，吴宓更注重对西学进行宏观理解和整体把握，更关注西学的产生根源和流变过程，也就

①《学衡》杂志简章。

② 吴宓：《希腊对于世界将来之价值》，《学衡》第 23 期，1923 年 11 月出版。

③［美］白璧德：《文学与美国的大学》，张沛等译，北京：北京大学出版社 2004 年版，第 18 页。

④［美］白璧德：《文学与美国的大学》，张沛等译，北京：北京大学出版社 2004 年版，第 108 页。

⑤ 吴宓：《吴宓日记》第 2 册，吴学昭整理注释，北京：生活·读书·新知三联书店 1998 年版，第 61 页。

⑥ 吴宓：《论新文化运动》，《学衡》第 4 期，1922 年 4 月出版。

⑦《学衡》杂志简章。

更强调去深入研究那些代表着西学发源精神的古希腊文化著作。

与大量介绍西方文化典籍相对应的，是吴宓对于国学研究的重视和思考。在编辑《学衡》的过程中，他不仅大量刊载了研究经史子集专题和古代文化史的论文，而且身体力行，翻译了《孔子老子学说对于德国青年之影响》（第54期）、《中国欧洲文化交通史略》（第55期）等作品，旨在将中国传统文化置入世界文化整体之中展开比较和考察，凸显其对于世界文化建构的意义和价值。可见，吴宓强调国学研究并不是出于对过去的缅怀之情，其目的也不是单纯为了捍卫本民族的文化传统，而是要为了加强国学和西学的交流，借助二者的交流探求世界文化的发展道路：

> 宓述将来世界文化必为融合众流（eclectic），而中国文化之特质，厥为纳理想于实际之中之中道（Ideal in the Real）。吾侪就此发挥光大，使中国文化得有贡献与世界，是为吾侪之真正职责，亦不朽之盛业。①

这一目的指引着他跳出了传统本位主义的樊篱，转而强调文化建设应该具备一种世界性的视野，力主吸取中西文化的优良成分，使之沟通互补，最终形成熔铸中西文化精华于一身的较为完美的新文化：

> 盖吾国言新学者，于西洋文明之精要鲜有贯通而彻悟者。苟虚心多读书籍，深入幽探，则知西洋真正之文化，与吾国之国粹，实多互相发明裨益之处，甚可兼蓄并收，相得益彰。试能保存国粹而又昌明欧化，融会贯通，则学究文章必多奇光异彩。②

其具体做法是：

> 孔孟之人本主义原系吾国道德学术之根本，今取之与柏拉图、亚里士多德以下之学说相比较，融会贯通，撷精取粹，再加以西洋历代名儒巨子之所论述，熔铸一炉，以为吾国新社会之基如是，则国粹不失，欧化亦成。③

---

① 吴宓：《吴宓日记》第7册，吴学昭整理注释，北京：生活·读书·新知三联书店1998年版，第194页。
② 吴宓：《论新文化运动》，《学衡》第4期，1922年4月出版。
③ 吴宓：《论新文化运动》，《学衡》第4期，1922年4月出版。

由是可见，尽管吴宓对传统文化倍加推崇，但是并没有染上因片面强调民族传统而导致的文化自闭症倾向，他坚持的是博采兼容、“一多并在”的文化立场，是通过整合中西文化精华建立新文化的现代性建构理路。吴宓的文学思想，就是在这一文化立场所构成的认识前提下展开的。所以，他对文学的基本看法并没有受到当时风行的反传统、重西化的文学潮流的影响，而是体现出了更为开阔的视野和更为理性的思考。

第三节 文学观念：消解新旧，融合中西

在博采兼容、“一多并在”的文化立场的作用下，吴宓坚持自己对文学现代性的独特思考，形成了以消解新旧、融合中西为要旨的文学观念。在他看来，文化激进主义者所宣传的建立在古与今、中与西二元对立基础上的求新求变文学观是不符合文学发展规律的，对现存的中西古今文学资源进行整合才是新文学的建构基础。

一、解构文学进化论

吴宓将整合中西古今文学资源视为新文学建构基础的主张是以他对文学进化论的解构作为理论前提的。要深入理解吴宓对新文学建构基础的看法，首先就必须关注其对文学进化论的解构方式。

（一）新文学阵营的文学进化论思想

文学进化的意识最早来自西方。据美国文论家韦勒克研究，在西方文学史上，从亚里士多德的悲剧理论开始，就有了文学演变的概念，此时，“演变被理解为（正如在亚里士多德全部著作中看到的一样）一种‘趋近一个唯一的预先完全确定好的目标，并存在于时间中的合乎目的论的过程’”[①]。18世纪中叶，文学演变的概念中融入了生物学和社会学的内涵，海德尔、施莱格尔、格林兄弟等文学研究者“一致认为在各主要文学类型中，存在着类似动物生长的持续缓慢的变化，存在着一种不断演变的基层”[②]。19世纪后期，达尔文和斯宾塞的进化论思想给文学演化论注入了新的活力，“斯宾塞本人就提出过，

①［美］雷内·韦勒克：《文学史上的演变概念》，见［美］雷内·韦勒克《批评的概念》，张今言译，杭州：中国美术学院出版社1999年版，第35页。

②［美］雷内·韦勒克：《文学史上的演变概念》，见［美］雷内·韦勒克《批评的概念》，张今言译，杭州：中国美术学院出版社1999年版，第37页。

怎样可以借助于一种从简单到复杂的进展法则去理解文学的发展。在许多国家中，新演化论思想被人热心地应用到文学史上去”[①]。“在这些年代里出版的英美讲口头文学的书几乎都是以达尔文的看法为出发点的”[②]：约翰·阿丁顿·西蒙斯将伊丽莎白时代的戏剧史类比为生物学意义上的演化过程，认为此时的戏剧走过了“从萌芽、发展、开花到衰落”的“清晰可辨的路程”，是“在不添加任何其他东西的条件下，完全按照不可抗拒的必然性经历自然发展而最后趋于衰亡”[③]；费迪南·布伦奈季耶等学者在研究文学类型时“甚至还使用了生存竞争的类比，来描述各种文学类型之间的对抗”，“并且论证某些类型已经转变成其他类型”[④]。具体而言，“文学类型一旦达到了某种极致的阶段，就必然要枯萎，凋谢，最后消失掉。而且，文学类型会进一步转变为较高级的和更为变异的类型，就像达尔文进化概念中物种变化的情形一样”[⑤]。经由这些理论家的描述，“文学史成了一系列用来具体说明一个普遍科学法则的个别事例”[⑥]。

新文化运动前后，文学进化论思想成了文学领域里一种占据主流地位的意识形态。制约着众多进步文人对文学价值和文学发展方向的看法：“进化底原则普遍于人事，文学艺术自然也随时迁善”[⑦]，“新文学就是进化的文学”[⑧]。盛行于中国现代的文学进化论，与西方 19 世纪后期的文学演变观既有相似之处，又有明显的区别。相似之处在于，二者都受到了达尔文进化论思想的影响，认为文学机体就像生物一样，都会经历萌芽、生长、成熟、死亡的生命过程，受制于自然进化的必然法则，一旦旧的文学机体面临死亡，新的文学机体就会应运产生，即使文学天才也不能完全改变文学机体的发展过程和各个文学机体的前后关系。不同之处在于，尽管西方的文学演变观赖以成立的“进化概念”也强调进化的目的性：“不仅是要假定有变化的系列，还要假定这变化系列有它的目的。系

①［美］雷内·韦勒克：《文学史上的演变概念》，见［美］雷内·韦勒克《批评的概念》，张今言译，杭州：中国美术学院出版社 1999 年版，第 38 页。

②［美］雷内·韦勒克：《文学史上的演变概念》，见［美］雷内·韦勒克《批评的概念》，张今言译，杭州：中国美术学院出版社 1999 年版，第 39 页。

③［美］雷内·韦勒克：《文学史上的演变概念》，见［美］雷内·韦勒克《批评的概念》，张今言译，杭州：中国美术学院出版社 1999 年版，第 39 页。

④［美］雷内·韦勒克：《文学史上的演变概念》，见［美］雷内·韦勒克《批评的概念》，张今言译，杭州：中国美术学院出版社 1999 年版，第 41 页。

⑤［美］勒内·韦勒克、奥斯汀·沃伦：《文学理论》，刘象愚等译，北京：文化艺术出版社 2010 年版，第 297 页。

⑥［美］雷内·韦勒克：《文学史上的演变概念》，见［美］雷内·韦勒克《批评的概念》，张今言译，杭州：中国美术学院出版社 1999 年版，第 39 页。

⑦ 茅盾：《独创与因袭》，原载 1920 年 1 月 25 日《小说月报》第 11 卷第 1 号，见《茅盾全集》第 18 卷，北京：人民文学出版社 1989 年版，第 153 页。

⑧ 茅盾：《新旧文学平议之平议》，原载 1920 年 1 月 25 日《小说月报》第 11 卷第 1 号，见《茅盾全集》第 18 卷，北京：人民文学出版社 1989 年版，第 18 页。

列的各个部分必须是达到最后的结果的必要条件。”[①] 但是,西方文学演变观所强调的进化目的更多是限定在文学自身特性的范围内，并没有承载明显的社会历史使命。而中国现代文学进化论所强调的进化目的则始终和文学的社会历史使命如影随形：凡是体现出社会历史的进步倾向，能更好地承担开启民智、指导人生任务的文学就是符合进化目的的新文学[②];反之，就是“与其时之社会文明进化无丝毫关系”[③]，有悖进化宗旨，开历史倒车的旧文学。在这种差异的作用下，虽然西方的文学演变论倡导者和中国的文学进化论倡导者都承认旧文学的衰朽会带来新文学的萌生，但是，二者对新旧交替的情感态度却迥然不同。在大多数文学演变论倡导者那里，新旧文学交替所呈现的只是文学本身的自然演化周期，并不具有社会价值判断的意义，对新旧文学交替过程，应该冷静观照，总结规律，而不是摇旗呐喊，参与其中。所以，西方的文学演变观作为一种昭显文学客观演变规律的学说，并没有反映出新旧对立的意识和弃旧图新的急切情绪，在这种学说中，新文学的诞生并不是对旧文学进行激烈反叛的结果。与之形成鲜明对比的是，中国现代的文学进化论从传播之日起，就是发动文学革命，向旧文学展开猛烈攻击的思想利器[④]，其核心要旨不是客观反映已有的文学发展规律,而是积极采取行动,改造文学现状。因为,

①［美］勒内·韦勒克、奥斯汀·沃伦:《文学理论》，刘象愚等译，北京：文化艺术出版社 2010 年版，第 297 页。

② 譬如，茅盾在 1920 年发表的《新旧文学平议之平议》一文中指出：“进化的文学有三件要素，一是普遍的性质；二是有表现人生、指导人生的能力；三是为平民的非为一般特殊阶级的人的。唯其是要有普遍性的，所以我们要用语体来做；唯其是注重表现人生、指导人生的，所以我们要注重思想，不重格式;唯其是为平民的，所以要有人道主义的精神，光明活泼的气象。”（茅盾:《新旧文学平议之平议》，原载 1920 年 1 月 25 日《小说月报》第 11 卷第 1 号，见《茅盾全集》第 18 卷，北京：人民文学出版社 1989 年版，第 18 页）

③ 陈独秀:《文学革命论》，原载 1917 年 2 月 1 日《新青年》第 2 卷第 6 号，见《陈独秀文章选编》上，北京：生活·读书·新知三联书店 1984 年版，第 174 页。

④ 1919 年，胡适在为白话诗集《尝试集》撰写的自序中谈道：和梅光迪等人就白话诗问题展开论争是 1915 年到 1916 年春的事情，“那时影响我个人最大的，就是我平常所说的‘历史的文学进化观念’。这个观念是我的文学革命论的基本理论”（胡适:《〈尝试集〉自序》，见欧阳哲生编《胡适文集》第 9 卷，北京：北京大学出版社 1998 年版，第 74 页）。1931 年，胡适在美国发表英文文章“What I Believe”，再次坦承自己曾将进化论思想视为发动文学革命的理论武器：“我在中国对于文学革命的辩论，全是根据无可否认的历史进化的事实，且一向都非我的对方所能答复得来的。”（胡适:《我的信仰》，见欧阳哲生编《胡适文集》第 1 卷，北京：北京大学出版社 1998 年版，第 18 页）用历史的眼光来看，胡适等新文化倡导者将文学进化论与文学革命联系起来的做法并非偶然，其中所反映的，是辛亥革命前后将进化论为变革依据的普遍认识。譬如，国民党元老李石曾就曾在 1908 年发表的《无政府说》中谈道：“革命者，直前不息，勇往不倦，质言之，大千世界进化之大关键也……以世界之事事物物，旧由革命者死，新由革命生故。”“革命之进行，勇往直前，其催促世界之事事物物之进化也，如风动云，如潮动水。”“社会由革命之作用而得进化，革命由社会之进化而得为正当。”（李石曾:《无政府说》，见《辛亥革命前十年间时论选集》，北京：生活·读书·新知三联书店 1977 年版，第 145 页，第 145 页，第 146 页）个中情由，正如张汝伦所分析的那样：“中国人接受进化论，正是要为自己主动去改变现状找到一个合理的意识形态根据……它的重心在变动的必然性上。但这是一种实践的必然性，而不是自然的必然性。现实的紧迫危机使得中国人必须马上行动起来，否则将有亡国灭种的没顶之灾，哪有坐等进化的好事。进化论在学理上和事实上究竟正确与否不是最重要的，重要的是它证明了变的绝对必然性和必要性。既然接受进化论是为了变革现实，以克服危机，而变革现实，客服危机，总是越迅速越好，越彻底越好，进化论不可避免地促成现代中国的革命思潮和行动，就是理所应当的事了。”（张汝伦:《现代中国思想研究》，上海：上海人民出版社 2001 年版，第 58 页）

在文学进化论倡导者那里，“新”意味着进步，“旧”意味着落后，“新”就是有社会价值，“旧”就是无社会价值：“社会遵新陈代谢之道则隆盛，陈腐朽败之分子充塞社会则社会亡。”[①]所谓的旧文学，就是思想文化方面的“陈腐朽败者”，尊重文学进化的规律，就需要促成“文学的新陈代谢”，从新旧二元对立的思维方式出发，去主动淘汰和全力扫荡无社会价值的旧文学，积极追求有社会价值的新文学。

如此，新文化运动前后，文学进化论和文学革命论就成了一体两面的关系，个中含义，正如陈独秀在《文学革命论》中所宣称的那样：“欧语所谓革命者，为革故更新之义，与中土所谓朝代鼎革，绝不相类……文学艺术亦莫不有革命，莫不因革命而新兴而进化。”[②]后来，在《谈新诗》《文学进化观念与戏剧改良》《白话文学史·引子》等文中，胡适又结合着新诗、戏剧、白话文学的发展过程，从三个方面对文学革命和文学进化的关系作了更加详细深入的探讨。首先，文学革命的目的和文学进化的旨归具有同一性：“自然趋势逐渐实现，不用有意的鼓吹去促进他，那便是自然进化。自然趋势有时被人类的习惯性守旧性所阻碍，到了该实现的时候均不实现，必须用有意的鼓吹去促进他的实现，那便是革命了。”以新诗革命为例，“新体诗是中国诗自然趋势所必至的，不过加上了一种有意的鼓吹，使他于短时期内猝然实现，故表面上有诗界革命的神气”[③]。其次，文学革命是一种更加迅速更有效率的文学进化，文学界“完全自然的演化”是“无意识的，很迟缓的，很不经济的，难保不退化的”，文学革命则是顺着文学自然发展的趋势，“加上人力的督促”。也就是说，文学“自然的演进到了一个时期，有少数人出来，认清了这个自然的趋势，再加上一种有意的鼓吹，加上人工的促进，使这个自然进化的趋势赶快实现；时间可以缩短十年百年，成效可以增加十倍百倍。因为时间忽然缩短了，因为成效忽然增加了，故表面上看去很像一个革命。其实革命不过是人力在那自然演进的缓步徐行的历程上，有意的加上了一鞭……这几年来的‘文学革命’，所以当得起‘革命’二字，正因为这是一种有意的主张，是一种人力的促进。《新青年》的贡献只在他在那缓步徐行的文学演进的历程上，猛力加上了一鞭”[④]。再次，在守旧的中国，要想真正实现文学进化，就必须进行文学革命。原因有二：其一，文学革命可以扫除守旧性带来的“遗形物”，使

① 陈独秀：《敬告青年》，原载 1915 年 9 月 15 日《青年杂志》第 1 卷第 1 号，见《陈独秀文章选编》上，北京：生活·读书·新知三联书店 1984 年版，第 73 页。

② 陈独秀：《文学革命论》，原载 1917 年 2 月 1 日《新青年》第 2 卷第 6 号，见《陈独秀文章选编》上，北京：生活·读书·新知三联书店 1984 年版，第 172 页。

③ 胡适：《谈新诗——八年来一件大事》，见欧阳哲生编《胡适文集》第 2 卷，北京：北京大学出版社 1998 年版，第 138 页。

④ 胡适：《白话文学史·引子》，见欧阳哲生编《胡适文集》第 8 卷，北京：北京大学出版社 1998 年版，第 151 页。

文学进化更为顺畅地展开。具体而言，“一种文学的进化，每经过一个时代，往往带着前一个时代留下的许多无用的纪念品；这种纪念品在早先的幼稚时代本来是很有用的，后来渐渐的可以用不着他们了，但是因为人类守旧的惰性，故仍旧保存这些过去时代的纪念品。在社会学上，这种纪念品叫做‘遗形物’……中国人的守旧性最大，保存的‘遗形物’最多”，以戏剧为例，“这种‘遗形物’不扫除干净，中国戏剧永远没有完全革新的希望”[①]。其二，文学革命可以起到振聋发聩的作用，将人们从守旧惯性所营造的迷梦中唤醒，迫使其正视文学自然演进的现实。譬如，尽管白话文学已然经过了一千多年的发展，“自然演进的趋势是很明了的；有眼珠的都应该看得出。但是这一千多年以来……人们还仍旧做他们的骈文古文！为什么呢？因为这一千多年的白话文学史，只有自然的演进，没有有意的革命……因为没有这种有意的鼓吹。故有眼珠的和没眼珠的一样，都看不出那自然进化的方向”[②]，只有在经历了文学革命的洗礼之后，白话文的自然演进趋势才得到了普遍的认可。

用今天的眼光来看，文学革命倡导者将文学进化等同于文学革命的做法既有自发的因素，又有自觉的因素。自发的因素在于，弃旧图新的渴望和矫枉过正的激情注定了文学革命倡导者没有耐心去等待文学进化的自然实现，驱动着他们将文学进化与文学革命合为一体，采取大刀阔斧的革命方式扫除进化道路上的一切障碍，加速推动进化的过程。自觉的因素在于，考虑到争取更多赞同者的需要，文学革命倡导者一直在有意识地运用文学进化论来解释发动文学革命的合理性与必要性。对此，直到晚年忆及往事时，胡适还不无得意地宣称，“近代中国文学革命之所以比较容易成功”，一个重要原因即是：“用历史法则来提出文学革命这一命题，其潜力可能比我们所想象的更大。把一部中国文学史用一种新观念来加以解释，似乎是更具说服力。这种历史成分重于革命成分的解释对读者和一般知识分子都比较更能接受，也更有说服的效力。”[③]这里提到的“历史法则”，就是胡适一再强调的“一时代有一时代之文学”的“历史的文学观念”[④]，即盛行于中国现代的文学进化论思想。如此，经由文学革命倡导者的自发选择和自觉运用，与文学革命论相结合的文学进化论在中国社会产生了压倒性的影响力，当仁不让地主宰着众多新文学家对新文学建构基础的认识。具体而言，这种主宰主要体现在两个方面。

① 胡适：《文学进化观念与戏剧改良》，见欧阳哲生编《胡适文集》第 2 卷，北京：北京大学出版社 1998 年版，第 119~121 页。

② 胡适：《白话文学史・引子》，见欧阳哲生编《胡适文集》第 8 卷，北京：北京大学出版社 1998 年版，第 151~152 页。

③ 胡适：《胡适口述自传・从文学革命到文艺复兴》，见欧阳哲生编《胡适文集》第 1 卷，北京：北京大学出版社 1998 年版，第 334 页。

④ 胡适：《历史的文学观念论》，见欧阳哲生编《胡适文集》第 2 卷，北京：北京大学出版社 1998 年版，第 27 页。

其一，与文学革命论相结合的文学进化论思想仿佛是一面照妖镜，将“那种所谓‘宇宙古今之至美’的古文学”照成了不值得迷恋的“僵死了的残骸”①，又好像“是一种‘哥白尼的天文革命’”，“使那‘宇宙古今之至美’从七层宝座上倒栽下来，变成了‘选学妖孽，桐城谬种’”②。历史悠久的诗词文章，非但不能为新文学的建构提供资源，反而会使“吾人不张目以观世界社会文学之趋势，及时代之精神，日夜埋头故纸堆中，所目注心营者，不越帝王、权贵、鬼怪、神仙，与夫个人之穷通利达”③，给新文学的发展设置巨大的障碍。要建设新文学，就必须对那些号称“‘宇宙古今之至美’的古文学”进行全面的清算和彻底的反叛。

其二，在这种文学进化论思想的烛照下，西方近现代文学成了新文学应该学习和仿效的楷模。对于“由《新青年》的白话文学运动到五卅事件”期间中国新文学界学习仿效西方新思潮的情况，现代小说家郑伯奇曾在为《1917—1927 中国新文学大系·〈小说三集〉》撰写的导言中作如是说：

> 回顾这短短十年间，中国文学的进展，我们可以看出西欧二百年中的历史在这里很快地反复了一番。这不是说中国的新文学已经成长到和西欧各国同一的水准。落后的国家虽然急起直追也断不能一跃而跻于先进之列。尤其是文学艺术方面，精神遗产的微薄常常使后进国暴露出它的弱点。我们只想指出这短短十年中间，西欧两世纪所经过了的文学上的种种动向，都在中国很匆促地而又很杂乱地出现过来。④

从郑伯奇的这段言论中，我们可以体会到，在中国新文学家竭力追逐西方近现代文学思潮的急切情绪和忙迫姿态的背后，是他们将本国视作精神遗产微薄的文学艺术后进国，将西欧各国视为文学艺术先进国的基本认识：作为文学艺术先进国，西方国家已经通过

---

① 胡适：《中国新文学运动小史：〈中国新文学大系〉第一集的〈导言〉》，见欧阳哲生编《胡适文集》第 1 卷，北京：北京大学出版社 1998 年版，第 120 页。

② 胡适：《中国新文学运动小史：〈中国新文学大系〉第一集的〈导言〉》，见欧阳哲生编《胡适文集》第 1 卷，北京：北京大学出版社 1998 年版，第 128 页。

③ 陈独秀：《文学革命论》，原载 1917 年 2 月 1 日《新青年》第 2 卷第 6 号，见《陈独秀文章选编》上，北京：生活·读书·新知三联书店 1984 年版，第 174 页。

④ 郑伯奇：《1917—1927 中国新文学大系·〈小说三集〉导言》，见刘运峰编《1917—1927 中国新文学大系导言集》，天津：天津人民出版社 2009 年版，第 96 页。

了“文学进化过程”[①]，文学艺术后进国“急起直追”的方式就是快速“反复”[②]这种西方国家的文学进化过程。支撑这种基本认识的，是新 = 西方 = 现代 = 先进，旧 = 中国 = 古代 = 落后的进化论观念，个中情由，正如当代学者罗钢所描述的那样，进化论观念“在我们接受西方文化思潮时便暗示了这样一种可能性，当我们面对着东西方在各个方面存在的巨大的历史差距时，我们用不着从头做起，用不着循着西方社会发展的来路一步一步地追赶，而是有可能通过接受世界的最新思潮，一蹴而就，迅速地赶上世界最先进的水平，与西方并驾齐驱。在这种文学进化论的影响下，许多中国现代文艺思想家竭力追逐着一个比一个更新的西方思潮”[③]。

如此，在文学进化论的作用下，彻底否定中国传统文学和不遗余力地模仿西方现代文学就成了主流文学阵营所认可的新文学建构基础。这与吴宓所坚持的在整合中西古今文学资源基础上建构新文学的主张是截然相反的，所以，在思考新文学建构基础的过程中，吴宓首先需要完成的任务就是解构新文学阵营一力鼓吹的文学进化论。

（二）吴宓解构文学进化论的三种方式

具体而言，吴宓对文学进化论的解构主要体现在以下三个方面。

首先，后来居上这一进化规律并不适用于文学领域，后起的文学未必胜过先在的文学。譬如，宋诗产生于唐诗之后，但是，“富于想象”的唐诗要远远胜过“偏重理智”的宋诗，一味学习宋诗只会造成“诗界之蹇运”[④]；《石头记》的产生时间要比中国近代小说早得多，但是，“《石头记》为中国文明最真最美最完备之表现”，其“小说技术，至为完美，故为中国说部中登峰造极之作”[⑤]。先在的文学类型或文学作品取得杰出成就，成为后代难以企及的高峰，是文学史上屡见不鲜的现象。文学进化论倡导者一味坚持单向度的线性思维方式，将生物学上的新陈代谢规律视为文学更迭的准则，深信文学体式越往后发展就越高级，这种理论观念不但无法解释复杂的文学发展进程，而且严重违背了显而易见的文学事实。

在吴宓看来，后起的文学之所以未必胜过先在的文学，主要取决于两方面的原因：

① 郑伯奇：《1917—1927 中国新文学大系·〈小说三集〉导言》，见刘运峰编《1917—1927 中国新文学大系导言集》，天津：天津人民出版社 2009 年版，第 95 页。

② 郑伯奇：《1917—1927 中国新文学大系·〈小说三集〉导言》，见刘运峰编《1917—1927 中国新文学大系导言集》，天津：天津人民出版社 2009 年版，第 96 页。

③ 罗钢：《历史汇流中的抉择——中国现代文艺思想家与西方文学理论》，北京：中国社会科学出版社 2000 年版，第 280 页。

④ 吴宓：《〈民斋诗草〉后序》，见《吴宓诗话》，吴学昭整理，北京：商务印书馆 2005 年版，第 260 页。

⑤ 吴宓：《红楼梦之文学价值》，见吕启祥、林东海主编《红楼梦研究稀见资料汇编》，北京：人民文学出版社 2001 年版，第 1065 页，第 1064 页。

其一，流传至今的先在文学已然经过了历史的考验和淘洗，势必会具有较为可靠的价值品质："于此宜注意者，文学界中有天演淘汰适者生存之公例，而各派之文学作品，其地位及权利同等，凡能历久而传于后者，必系伟大之作，而劣下之作品终归淘汰。"[①]在这里，和新文学阵营一样，吴宓也充分肯定了文学界中存在着"天演淘汰适者生存之公例"，但是他并没有从这一公例推出新文学阵营所认可的新优旧劣结论，而是反其道而行之，使这一公例成为确证古代作品存在价值的有力论据。其二，创作主体的文学天才和所处的创作环境是决定作品价值的两个关键因素，而晚近时代的创作主体未必会比早先时代的创作主体具有更高的才华，处于更适宜创作的环境。在《论今日文学创造之正法》一文中，吴宓曾经对文学天才和社会环境的重要性作过具体的分析："尝读各国文学史，而知古今来文章著作之盛，即光明伟大之文学创造，常由于二事：一曰天才，二曰时会。"[②]"天才"指的是"人"的因素，每一时代都会产生极少数的文学天才：

> 如希腊远古，史诗之歌者千百。而独荷马之《伊里亚》《奥德西》二篇能传于后……如英国伊利萨伯时代，戏剧大盛……莎士比亚之作，独远在诸人之上，其意境，其思想，其艺术，皆非余子所可几及……在吾国，如唐诗中之有杜甫，宋词中之有清真稼轩白石梦窗，元曲中之有关汉卿、马致远，清代小说中之有曹雪芹，皆为出类拔萃，卓然精工而享盛名者……[③]

这些文学天才的分布状况毫无规律，产生原因不可捉摸，可以想见，文学天才只是创作主体"之本身生来秉赋之资"，其形成并非"由于外境及人力"[④]。"时会"指的是"境"的因素，从文学史的实际情形来看，有两种"境"是最适宜优秀作品诞生的土壤：一是"国运聚隆，国威最张之时"，一是"国运最衰，世变最烈之时"。前者有利于"人才辈出，文学昌盛"，后者有利于"一二杰出之大作者""以诗文写其目击身受之忧患"[⑤]。可见，无论是从文学天才方面还是从创作环境方面，都无法归纳出后胜于今的规律，自然，对文学作品价值高下的判定也不应该被后来居上的标准所左右："文学史上兴灭起伏之陈迹，于各派文学作品本身之价值毫无关系。不得以甲派先出，乙派后兴，遂谓凡属甲派之作

---

① 吴宓：《文学与人生（二）》，《大公报・文学副刊》1928年1月30日第9版。
② 吴宓：《论今日文学创造之正法》，《学衡》第15期，1923年3月出版。
③ 吴宓：《论今日文学创造之正法》，《学衡》第15期，1923年3月出版。
④ 吴宓：《论今日文学创造之正法》，《学衡》第15期，1923年3月出版。
⑤ 吴宓：《论今日文学创造之正法》，《学衡》第15期，1923年3月出版。

品其价值均在乙派作品之下也。”[1]

其次，文学进化论容易衍生出文学发展是直线进程的错觉。实际上，文学领域并不存在单纯的直线发展过程，文学的发展变迁与新文学阵营所强调的文学进化并不是一个概念。联系吴宓的诸多论著，不难发现，吴宓对这个问题的论述是主要从以下两方面展开的。

一方面，文学中的发展变迁之所以迥异于新文学阵营所标举的进化概念，主要取决于文学创作的自身特性。“文章成于摹仿 Imitation”[2]，“作文者所必历之三阶级：一曰摹仿，二曰融化，三曰创造。由一至二，由二至三，无能逾越者也”[3]，“古今之大作者，其幼时率皆力效前人，节节规抚。初仅形似，继则神似，其后逐渐变化，始能自出心裁，未有不由摹仿而出者也”[4]。譬如，“韩昌黎文起八代之衰，然姚姬传评其吊田横墓文云：此公少时作，故犹用湘累成句。……Wordsworth 一变诗体，力去雕琢字句之风，Neo-Classic Diction 自求新词新题，然其三十岁以前之诗，则犹 Pope 及 Dryden 等之词句也”[5]，莎士比亚“每种戏剧之编著，亦由摹仿而企于创造也”[6]。文学史上的诸多事实告诉我们，“作文固以创造为归宿，而必以摹仿为入手”[7]。既然文学创作从摹仿开始，那么在考察文学变迁时，我们也必须考虑到摹仿的因素：“文学之变迁，多由作者不摹此人而转摹彼人。”[8] 文学的变迁始于创作主体摹仿对象的转变，文学领域的“异采新出”多为创作主体“舍本国之作者而取异国为模范，或舍近代而返求之于古代”所致，其发生根源仍然“不脱摹仿”，“如中国之新体白话诗，实暗效美国之 Free Verse，而美国此种诗体，则系学法国三四十年前之 Symbolists”[9]。中国新体白话诗的产生是直接摹仿美国自由诗体和间接学习法国象征主义诗体的结果，其所昭显的，是文学的一种推延变迁，而并非新文学论者所说的历史进化的必然趋势。在文学创作摹仿特性的作用下，后起作品常常会带有前代作品的投影。譬如，托尔斯泰的“第一部伟大著作”《战争与和平》就因作者“曾细读荷马史诗而悦之”而“富于荷马式宏大庄严之气象”[10]，“今世英文之诗，苟细究之，则知其

① 吴宓：《文学与人生（二）》，《大公报・文学副刊》1928 年 1 月 30 日第 9 版。
② 吴宓：《论新文化运动》，《学衡》第 4 期，1922 年 4 月出版。
③ 吴宓：《论今日文学创造之正法》，《学衡》第 15 期，1923 年 3 月出版。
④ 吴宓：《论新文化运动》，《学衡》第 4 期，1922 年 4 月出版。
⑤ 吴宓：《论新文化运动》，《学衡》第 4 期，1922 年 4 月出版。
⑥ 吴宓：《论今日文学创造之正法》，《学衡》第 15 期，1923 年 3 月出版。
⑦ 吴宓：《论今日文学创造之正法》，《学衡》第 15 期，1923 年 3 月出版。
⑧ 吴宓：《论新文化运动》，《学衡》第 4 期，1922 年 4 月出版。
⑨ 吴宓：《论新文化运动》，《学衡》第 4 期，1922 年 4 月出版。
⑩ 吴宓：《托尔斯泰诞生百年纪念》，《大公报・文学副刊》1928 年 9 月 10 日第 9 版。

某句出于 Virgil，某篇脱胎于 Spenser”[①]。可见，文学的新与旧之间并没有清晰的界限和不可逾越的鸿沟，新旧文学是一个连续体，不可能出现真正意义上的决裂，文学的发展并不是文学进化论倡导者所理解的以新文学取代旧文学的直线进化过程，而是新旧杂糅，多有反复的推延变迁过程。

另一方面，文学变迁与文学进化的不同主要表现在，文学进化论倡导者所标举的“进化”概念强调的是古今文学的“递代”关系，而事实上的文学变迁所造成的只是古今文学的“积聚”关系：“古至今之文学，为积聚的，非递代的，譬犹堆置货物行李，平列地面，愈延愈大，并非新压旧上，欲取不能……”[②] 文学发展史上总会不断出现新的文学种类及文学作品，但是，新种类及新作品并不会成为压制、遮蔽和取代已有文学种类及文学作品的力量，而是会和已有的文学种类及文学作品并列积聚一处，使文学资源更趋丰富化。古今文学之间的“积聚”关系取决于文学自身的存在价值。在吴宓看来，从古至今各个时代的文学，只要能够得以流传，就有其不可磨灭的存在价值：“不得以今日所流行者偶为丁派，遂谓丁派为文学之正宗，而以前之甲乙丙各派悉应废止蔑弃。”[③] 文学领域里并不存在类似于生物进化的前仆后继、新陈代谢现象，文学体式之间也没有生物进化时的相互竞争关系，后来文学的诞生并不一定要以先在文学的消亡为前提，先在文学也不会因后来文学的出现而丧失价值，“每一文学作品，自其作成之日，即永久存在，迄于今日犹存”[④]。不同时代滋生的文学完全可以同时并存，各自绵延，彼此互补，交相辉映。文学创造者完全可以从这些同时并存、交相辉映的文学资源中选取自己喜爱的部分加以学习和发扬：“故吾国论诗者常云：此人学杜，彼人学陶，殊不足异。”[⑤] 在“盲从伪新者靡然成风，陷于一偏”[⑥] 的时代，这种平等对待各种文学资源的精神显得格外重要：“吾人今日，对于已往之各派文学，俱应充分欣赏，并择己之所好者，自由仿作，然决不可专举注重性行之一原素之某派文学，为批评之标准，创造之模范，而不许他派文学之存在或处同等之地位也。”[⑦] 可见，吴宓强调文学变迁不同于直线进化过程的重要目的即在于彰显文学选择的自由度，强调给文学创作以自由的空间：“李杜苏黄之诗，可摹仿也，而拜伦、

① 吴宓：《论新文化运动》，《学衡》第 4 期，1922 年 4 月出版。
② 吴宓：《文学与人生（二）》，《大公报·文学副刊》1928 年 1 月 30 日第 9 版。
③ 吴宓：《文学与人生（二）》，《大公报·文学副刊》1928 年 1 月 30 日第 9 版。
④ 吴宓：《文学与人生（二）》，《大公报·文学副刊》1928 年 1 月 30 日第 9 版。
⑤ 吴宓：《论新文化运动》，《学衡》第 4 期，1922 年 4 月出版。
⑥ 吴宓译：《葛兰坚论新·译者按》，《学衡》第 6 期，1922 年 6 月出版。
⑦ 吴宓：《文学与人生（二）》，《大公报·文学副刊》1928 年 1 月 30 日第 9 版。

薛雷、丁尼生、白朗宁之诗，亦可摹仿也。或师其意，或师其法，或取其词，或并为之。”[①] 在他看来，新文学阵营所标举的文学进化论会在文学资源中划定不必要的等级，限制文学发展的多样性，阻碍文学的正常发展进程。

再次，文学进化论建立在对“变”的强调上，将文学革命视作推动文学演变加速文学进化的有力手段。对此，吴宓从两个方面进行了驳斥。一方面，新文学倡导者所认定的文学演变趋势和前进方向只是他们主观信奉的一偏之见，并不具备客观真理性：“其所主张之道理，所输入之材料，多属一偏，而有害于中国之人……言文学则必莫泊三、易卜生……”[②] 另一方面，文学发展进程固然离不开“变”的因素，但是“变”的背后就是“定”。在《文学与人生》讲义中，吴宓论及“宇宙与人构成之基本公式之推广及应用”时，将“定 Fixing; Continuity”与“一 One”、“体（原理）Principle”、“本 Fundamental”、“内质 Essence”等“理念与概念”并列，“变 Change”与“多 Many”、“用（应用）Application”、“末 Peripheral”、“外形 External Form”等“理念与概念”并列[③]，这种排列方式告诉我们，与“一多并在”[④] 相仿，“定 Fixing; Continuity”与“变 Change”也需要“同时并重；苟弃绝其一，则理论不能圆满充实”[⑤]。可见，对于文学发展进程而言，“定 Fixing; Continuity”的因素亦是客观存在且至关重要的，如果说“变 Change”的方面属于文学的“用（应用）Application”、“末 Peripheral”、“外形 External Form”，那么“定 Fixing; Continuity”的方面就属于文学的“体（原理）Principle”、“本 Fundamental”、“内质 Essence”。前者昭显的是文学的“一”，后者昭显的是文学的“多”。纷繁多变的文学现象背后，是具有普遍性的道理和规律：“文学之根本道理，以及法术规律，中西均同，细究详考，当知其然。”[⑥] “凭一以定多”[⑦] 的思路同样可以用来衡量文学中“定”与“变”的关系，具有普遍性的道理和规律完全可以衡定纷繁多变的文学现象：

> 凡艺术必有规律，必须宗传（Tradition）。从事此道者，久久沿袭，人人遵守。然后作者有所依据，不至茫无津埃；然后评者可得标准（标准有精神、

① 吴宓：《论今日文学创造之正法》，《学衡》第 15 期，1923 年 3 月出版。
② 吴宓：《论新文化运动》，《学衡》第 4 期，1922 年 4 月出版。
③ 吴宓：《文学与人生》，王岷源译，北京：清华大学出版社 1993 年版，第 85 页。
④ 吴宓：《文学与人生》，王岷源译，北京：清华大学出版社 1993 年版，第 12 页。
⑤ 吴宓：《文学与人生》，王岷源译，北京：清华大学出版社 1993 年版，第 86 页。
⑥ 吴宓：《论新文化运动》，《学衡》第 4 期，1922 年 4 月出版。
⑦ 吴宓：《一多总表》，见徐葆耕编选《会通派如是说——吴宓集》，上海：上海文艺出版社 1998 年版，第 116 页。

形式二种之不同，但皆关系重要），可为公平之裁判与比较。①

一些新文化运动和文学革命倡导者只强调文学发展中"变"的一面，没有注意到"定"对"变"的制约作用，自然就会出现认识上的偏差，"持论则务为诡激，专图破坏"②，将过去的文学资源当作需要抵制、打压和清洗的对象："……盛行白话诗，而欲举前人之诗，悉焚毁废弃而不读哉！"③如此，在对"定"的因素的强调中，吴宓虽然没有专门指出文学进化论的缺陷，但是文学进化论赖以存在的基础已经在他的寥寥数语间轰然崩塌。

从吴宓对文学进化论的批驳和解构中，我们可以看到，摆脱文学进化论的干扰是对各种文学资源作出恰切理解的基本前提，否则，就会陷入以偏概全、以理论切割事实的窠臼。吴宓在《论新文化运动》中特别提到的"今者吾国求新，必专学西洋晚近之Realism及Naturalism然后可"④的不良倾向就是文学进化论干扰的结果。茅盾等新文学倡导者坚持将"古典主义、浪漫主义、写实主义、新浪漫主义"看作文学进化的四个阶段，认为它们是"依着顺序下来，造成文学进化的"⑤：

古典—浪漫—写实—新浪漫……这样一连串的变迁，每进一步，便把文学的定义修改了一下，便把文学与人生的关系束紧了一些，并且把文学的使命也重新估定了一个价值……就是这一步进一步的变化，无非欲使文学更能表现当代全体人类的生活，更能宣泄当代全体人类的情感，更能声诉当代全体人类的苦痛与期望，更能代替全体人类向不可知的命运作奋抗与呼吁。⑥

这种进化顺序代表了世界文学发展的一般规律，而"中国的新文学一定要加入世界文

① 吴宓：《诗韵之问题之我见》，《大公报·文学副刊》1932年1月18日第9版。
② 吴宓：《论新文化运动》，《学衡》第4期，1922年4月出版。
③ 吴宓：《论新文化运动》，《学衡》第4期，1922年4月出版。
④ 吴宓：《论新文化运动》，《学衡》第4期，1922年4月出版。
⑤ 茅盾：《文学上的古典主义、浪漫主义和写实主义》，原载1920年9月5日《学生杂志》第7卷第9号，见《茅盾全集》第32卷，北京：人民文学出版社1989年版，第201页。
⑥ 茅盾：《新文学研究者的责任与努力》，原载1921年2月10日《小说月报》第12卷第2号，见《茅盾全集》第18卷，北京：人民文学出版社1989年版，第66~67页。

学的路上”[①]。所以，中国新文学一定要奋起直追，“让自然主义先来”[②]，改变那种“还是停留在写实以前”[③]的创作局面。吴宓从“Classicism，Romanticism，Realism，Naturalism之意义”[④]出发，指出茅盾等人的论断只是一种按照主观理论阐释文学事实所导致的误会。作为深谙欧美文学历史的专业人士，吴宓对古典主义、浪漫主义、现实主义、自然主义的解释显然比茅盾等更具合理性。在他看来，“Classicism，Romanticism，Realism，Naturalism”（古典主义、浪漫主义、现实主义、自然主义）“实各含二义”：其一为“常用之义”，指的是“文章之一种精神、一种格调，及立身行事之一种道理、一种标准”；其二为“专用之义”，指的是“某时某国之文人，自为一派，特标旗帜，盛行于时者”，如“十八世纪之Neo-Classicism”（新古典主义），“十九世纪上半叶之Romanticism”（浪漫主义），“十九世纪下半叶之Realism及Naturalism”（现实主义及自然主义）均属此例。[⑤]作为第一种意义的“Classicism，Romanticism，Realism，Naturalism”共存于“中西古今之诗文中”，就好像“食味中之酸甜苦辣，何时何地均有之”，“并无一定之后先次序，孰为新、孰为旧也”[⑥]。作为第二种意义的“Classicism，Romanticism，Realism，Naturalism”貌似体现出了先后次序，但是造成这种次序的原因很多，其中也有偶然的因素，四者之间并不是“甲生乙，乙生丙，丙生丁”[⑦]的递嬗式的必然关系。可见，无论就“常用之义”还是就“专用之义”而言，古典主义、浪漫主义、现实主义、自然主义都不是文学进化链上“以一定之次序”[⑧]先后更迭的四个进化环节。在特定的历史时期，固然会出现四者中的某一种产生广泛影响的现象，但是，“某派盛行之时，他派并非绝迹”，“譬如江西诗派盛行之时，直学杜者，非无他人也”，“治文学者，不当徒震惊耳目，专谈影响也”[⑨]，应该平等看待古典主义、浪漫主义、现实主义、自然主义四种派别，“各派中之名篇，皆当读之”[⑩]。遗憾的是，“今国人谈文学者，多误以上言之诸派，必循一定之次序而发达，

① 茅盾：《文学作品有主义与无主义的讨论——复周赞襄》，原载1922年2月10日《小说月报》第13卷第2号，见《茅盾全集》第18卷，北京：人民文学出版社1989年版，第157~158页。

② 茅盾：《语体文欧化问题和文学主义问题的讨论——复徐秋冲》，原载1922年4月10日《小说月报》第13卷第4号，见《茅盾全集》第18卷，北京：人民文学出版社1989年版，第187页。

③ 茅盾：《“小说新潮”栏宣言》，原载1920年1月25日《小说月报》第11卷第1号，见《茅盾全集》第18卷，北京：人民文学出版社1989年版，第12页。

④ 吴宓：《论新文化运动》，《学衡》第4期，1922年4月出版。

⑤ 吴宓：《论新文化运动》，《学衡》第4期，1922年4月出版。

⑥ 吴宓：《论新文化运动》，《学衡》第4期，1922年4月出版。

⑦ 吴宓：《论新文化运动》，《学衡》第4期，1922年4月出版。

⑧ 吴宓：《论新文化运动》，《学衡》第4期，1922年4月出版。

⑨ 吴宓：《论新文化运动》，《学衡》第4期，1922年4月出版。

⑩ 吴宓：《论新文化运动》，《学衡》第4期，1922年4月出版。

愈晚出者愈上"[①],故而往往将后出现的现实主义和自然主义奉为文学创作的楷模。尽管吴宓的批评因为没有充分考虑、仔细评价茅盾等人以自然主义克服"文学进化路上"之"大梗"[②]的意图而显得不够全面，但是，就总体而言，这些批评对于国人正确认识古典主义、浪漫主义、现实主义、自然主义等文学派别还是不无裨益的。

用历史的眼光来看，在"吾国求新，必专学西洋晚近之 Realism 及 Naturalism 然后可"[③]的一片喧嚣声中，吴宓之所以能够保持冷静的心态，打破这种几成定论的误会，固然离不开他深厚的欧美文学功底，但是同时更取决于他对文学进化论的清醒认识和解构式思考。可以说，正是在解构文学进化论的前提下，吴宓才真正化解了新文学倡导者在古与今、中与西之间营造的非此即彼的紧张关系，将中西古今的各种文学资源置于同一平台之上进行考察、甄别与整合，以一种不为新旧观念所囿的开放姿态展开了对新文学建构基础的思考和寻求。

二、对新文学建构基础的思考

对文学进化论的解构态度确立了吴宓无新旧无中西的广阔学术视野，使其在思考新文学建构基础时，能够有效避免因趋新所造成的单一价值取向，平等看待中西古今的文学资源，敏锐甄别其间的异同和联系，通过各种文学资源之间的互动与整合去寻求新文学的发展道路。

（一）平等看待中西古今文学资源

吴宓主张平等看待中西古今的一切文学资源。对此，他在为《大公报·文学副刊》撰写的"本副刊之宗旨及体例"中曾经有过明确的表述：

> 即对中西文学、新旧道理、文言白话之体、浪漫写实各派，以及其他凡百分别，亦一例平视。毫无畛域之见，偏袒之私。惟美为归，惟真是求，

---

① 吴宓:《论新文化运动》,《学衡》第 4 期，1922 年 4 月出版。

② 茅盾曾在《文学作品有主义与无主义的讨论——复周赞襄》一文中对提倡自然主义的意图做过明确的阐释："消遣的文学观，不忠实的描写方法，是文学进化路上二大梗。可以说是中国文学不能发展的原因。这几年来，经过无数人的提倡，玩视文学的心理稍稍减除；然而不忠实的描写法的遗毒还深中人心，眼前没有几多人能够脱离这历史的负担。自然派描写眼前平凡的事物，件件都是真实的，如今国内的一般作者也描写眼前平凡的事物，却件件都是虚浮的……一向落后的我们中国文学若要上前，则自然主义这一期是跨不过的……所以我个人的意见，觉得如今我们若再不提倡自然主义，仍然糊里糊涂说'好的就是，做得好就是'，那么，中国新文学的作者或许永远要迷失在镀金的半神秘半理想之境了。"（茅盾:《文学作品有主义与无主义的讨论——复周赞襄》，原载 1922 年 2 月 10 日《小说月报》第 13 卷第 2 号，见《茅盾全集》第 18 卷，北京：人民文学出版社 1989 年版，第 157 页）

③ 吴宓:《论新文化运动》,《学衡》第 4 期，1922 年 4 月出版。

惟善是从。[①]

在稍后发表的《文学与人生》系列文章中，吴宓更进一步，从文学与人生的关系出发，指出中西古今的文学资源都有成为新文学建构基础的资格：

> 吾人今日之文学财产，乃各时代各国各派之文学作品之总和，非仅现今时代（或本国）所作成者而已，有财而不用，反谓无财，推以于人，或毁之而自安于贫穷，是诚愚不可及矣。[②]

具体而言，“文学以人生为材料，人生借文学而表现，二者之关系至为密切”[③]，文学与人生的密切关系决定了“文学之范围实与人生之全体同大，而未可以一时一事限之也”[④]。由于“近今中国与西洋接触，政治社会经济思想种种变迁，人生之经验遽增，人生之情况益繁，故中国文学之范围不得不随之而扩大”[⑤]，西方思潮影响下的人生境遇也随之成了文学表现的对象。而且，对于文学世界来说，所有的人生都具有同等的价值：“西洋现代生活与中国古代生活，同为实际之人生，帝王卿相学士文人倡优皂隶以及工人教从军阀政客，其在文学上之价值相等，均可用为材料。”[⑥]所以，今日之文学“应合中国古今及西洋古今人生之经验而为一。居今日而欲创造及评论文学，均当以中外东西古今新旧人生之总和，及中外东西古今新旧文学之全体，为思想之对象，为比较及模仿之资料”[⑦]。

从以上论述中，我们可以看出，吴宓与新文学阵营在对待文学资源方面至少存在着两种巨大分歧。

其一，与新文学阵营“立意要自绝于古典文学，从语言到内容都是否定继承，竭力使创作界遗忘和背离古典诗词”[⑧]的创作主张相反，吴宓始终认为，中国古典文学和西方文学都是“吾人今日之文学财产”[⑨]，对于新文学创作而言，这两种文学资源具有同等的价

① 吴宓：《本副刊之宗旨及体例》，《大公报·文学副刊》1928年1月2日第5版。
② 吴宓：《文学与人生（二）》，《大公报·文学副刊》1928年1月30日第9版。
③ 吴宓：《文学与人生（一）》，《大公报·文学副刊》1928年1月9日第9版。
④ 吴宓：《文学与人生（一）》，《大公报·文学副刊》1928年1月9日第9版。
⑤ 吴宓：《文学与人生（一）》，《大公报·文学副刊》1928年1月9日第9版。
⑥ 吴宓：《文学与人生（一）》，《大公报·文学副刊》1928年1月9日第9版。
⑦ 吴宓：《文学与人生（一）》，《大公报·文学副刊》1928年1月9日第9版。
⑧ 郑敏：《世纪末的回顾：汉语语言变革与中国新诗创作》，见李世涛《知识分子立场——激进与保守之间的动荡》，长春：时代文艺出版社2000年版，第158页。
⑨ 吴宓：《文学与人生（二）》，《大公报·文学副刊》1928年1月30日第9版。

值，都可以为新文学建构提供坚实的基础。若是新文学创作能够从本国的古典文学中汲取到养分，就会呈现出令人惊喜的艺术效果：

> 夫一国旧传之文学，譬如食品之调料，味浓质厚，取其一勺而搀入，则新制羹汤味已甚美，而况渐绩功深，取用不竭，其有裨于新来之作者，宁可限量，彼专务奇特，力求断绝旧文学之因缘者，徒见其愚而已。①

譬如，杨振声的现代白话小说《玉君》之所以能“在今世盛行之欧化文法短篇写实小说中”显得“矫然特异殊有可取”②，就和古典文学的滋养密切相关：“《玉君》作者又曾诵读中国诗词，故常有修琢完整之句法，或单或偶，足增文字之美，而为表情之助。”③小说中的“乌发雪面，明眸皓齿”、“回家的第二日，天气新晴，日光满院，灰尘不起”、“丝发飞动，罗衣飘扬”等语，“修琢句法，不避对仗”，既有“整炼修琢”、珠联璧合的“句法”之美，又有表情达意的自然妥帖之效，“此亦今之新派作者所不能为也”，足见作者“不为八不主义等鼓说所拘囿，而深可进于真正文学之途也”④。除了这些体现出古典诗词美感的小说语言，吴宓又特别提到了《玉君》中的两处诗歌，认为“书中第五十六页之译诗，第一百二十一页之渔歌均有旧日词曲神味，非今之徒作新诗者所能为”⑤。这里提到的“译诗”指的是作者借主人公林一存之手为屠格涅夫《春流》中的古歌撰写的译文：

> 昨日欢
> 今朝愁
> 都似春水向东流
> 一去不回头⑥

这里提到的“渔歌”指的是小说中渔民收网时高唱的曲子：

---

① 吴宓：《评杨振声〈玉君〉》，《学衡》第39期，1925年3月出版。
② 吴宓：《评杨振声〈玉君〉》，《学衡》第39期，1925年3月出版。
③ 吴宓：《评杨振声〈玉君〉》，《学衡》第39期，1925年3月出版。
④ 吴宓：《评杨振声〈玉君〉》，《学衡》第39期，1925年3月出版。
⑤ 吴宓：《评杨振声〈玉君〉》，《学衡》第39期，1925年3月出版。
⑥ 杨振声：《玉君》，上海：上海书店出版社1985年版，第56页。

打鱼乐，乐合合，

大鱼一千头，小鱼十万伙。

我问你，打了鱼儿干甚么？

还用说！打鱼回家换老婆。

换的老婆俏不过。

俏不过，一年生儿郎，二年生女娥。

儿女满堂酒满樽。

烹尾鲜鱼请四邻。

请四邻，大家吃上个醉醺醺。[①]

显而易见，“译诗”蕴藉细腻，“渔歌”热烈生动，二者体现出的是迥然不同的美学倾向。吴宓对这两处诗歌的赞语透露出一些重要的信息：他所激赏的“旧日词曲神味”并不是单纯指某种固定的“神味”，而是多样化的，既包括情思缠绵、委婉含蓄的韵致，又包括不避俚俗、直率明快的风格；他强调作诗须从本国“旧传之文学”中汲取养料，也不是要一味追求诗歌语言的典雅工丽，而是为了营造朴素自然、真挚动人的抒情格调和圆转流畅、往复回旋的韵律美感。可见，在吴宓的理论视界中，中国古典文学自有历久弥新的现代意义和价值，它和来自西方的文学资源一样，都可以有机转化为新文学的建构基础。

其二，吴宓已经意识到，其时新文学的建立和完善，必须要借助外来文学思潮的刺激和影响。在这个认识大方向上，吴宓和新文学阵营之间并无矛盾。二者产生分歧的关键在于，他们对所需借助的外来文学思潮的具体内容有着迥然不同的看法。

尽管新文学阵营一直坚持认为“现在文学家的责任是在将西洋的东西一毫不变动地介绍过来”[②]，但是他们强调介绍的“西洋的东西”，并不是西洋文学的全部，也不是最好的西洋文学，而是特指那些具有现代新思想的，合乎中国时代需要的，能够反映社会人生问题的西方文学。对此，茅盾和周作人都曾经有过明确而详尽的论述：

介绍西洋文学的目的，一半固是欲介绍他们的文学艺术来，一半也为的是欲介绍世界的现代思想——而且这应是更注意些的目的。凡是好的西

① 杨振声：《玉君》，上海：上海书店出版社 1985 年版，第 121~122 页。

② 茅盾：《现在文学家的责任是什么》，原载 1920 年 1 月 10 日《东方杂志》第 17 卷第 1 号，见《茅盾全集》第 18 卷，北京：人民文学出版社 1989 年版，第 10 页。

洋文学都该介绍这办法，于理论上是很立得住的，只是不免不全合我们的目的，虽则现在对于“艺术为艺术呢，艺术为人生”的问题尚没有完全解决，然而以文学为纯艺术的艺术我们应是不承认的。西洋最好的文学其属于古代者，现在本也很少有人介绍，姑置不论；便是那属于近代的，如英国唯美派王尔德（Oscar Wilde）的“人生装饰观”的著作，也不是篇篇可以介绍的。王尔德的“艺术是最高的实体，人生不过是装饰”的思想，不能不说他是和现代精神相反；诸如此类的著作，我们若漫不分别地介绍过来，委实是太不经济的事——于成就新文学运动的目的是不经济的。①

……主张翻译古典主义的著作，原也很有道理；不过我个人的意见，以为在中国此刻，大可不必。那些东西大约只在要寻讨文学源流的人，才有趣味；其次便是不大喜欢现代的思想的人们……因为人心终有点复古的，译近代著作十年，固然可以使社会上略发出影响，但还不及一部《神曲》出来，足以使大多数慕古。在中国特别情形（容易盲从，又最好古，不能客观）底下，古典东西可以缓译；看了古典有用的人大约总可以去看一种外国文的译本。而且中国此刻人手缺乏，连译点近代的东西还不够，岂能再分去做那些事情呢？……我以为我们可以在世界文学上分出不可不读的及供研究的两项：不可不读的（大抵以近代为主）应译出来；供研究的应该酌量了……②

从这些论述中，我们不难看到，西方古典文学和有“为艺术而艺术”倾向的西方近现代文学都被茅盾、周作人等新文学倡导者排除到了急需翻译介绍的“西洋文学”之外。当然，这并非是他们因学养欠缺所导致的认识偏差，而是他们在启蒙理想驱动下所必然产生的价值选择和策略性行为：

现在新思想一日千里，新思想是欲新文艺去替他宣传鼓吹的，所以一时间便举得中国翻译的小说实在是都“不合时代”。③

① 茅盾：《新文学研究者的责任与努力》，原载 1921 年 2 月 10 日《小说月报》第 12 卷第 2 号，见《茅盾全集》第 18 卷，北京：人民文学出版社 1989 年版，第 67~68 页。

② 周作人：《来信》，见《茅盾全集》第 18 卷，北京：人民文学出版社 1989 年版，第 76 页。

③ 茅盾：《“小说新潮”栏宣言》，原载 1920 年 1 月 25 日《小说月报》第 11 卷第 1 号，见《茅盾全集》第 18 卷，北京：人民文学出版社 1989 年版，第 12 页。

系统介绍这个办法，在科学和哲学方面，诚然是天经地义，而在文学方面，似乎应当别论……若定照系统介绍的办法办去，则古典的著作又如许其浩瀚，我们不知到什么时候才能赶上世界文学的步伐，不做个落伍者！思想方面的弊害，姑尚不说呢。而且古典文学的介绍，所需时日人力，定比介绍近代文学为多……[①]

为了在最短的时间内引进与时代精神密切相关的西方文学思潮，新文学倡导者们毅然舍弃了对西方文学进行追根溯源式的系统介绍，转而翻译那些最有益于“宣传鼓吹”“新思想”的近现代文学作品，或是直接引入那些标示西方近现代思想流派和文学思潮的名词术语加以诠释。新文学阵营的这一做法引起了吴宓的强烈不满和猛力批判：

自新文化运动以来，吾国学生热心研究西洋文学者甚多，然盲从一偏，殊多流弊。[②]

其取材则惟选西洋晚近一家之思想，一派之文章……少年学子热心西学，而苦不得研究之地、传授之人，遂误以此一派之宗师，为惟一之泰山北斗，不暇审辨，无从决择，尽成盲从，实大可哀矣。[③]

诗文应以佳者是尚，故各派中之名篇，皆当读之，岂可专读一派之文，专收一时之作耶。[④]

在吴宓看来，那种专注于介绍“西洋晚近一家之思想，一派之文章”的做法只会将热心于西洋文学的“吾国学生”引入歧途，只有在“不卷入一时之潮流，不妄采门户之见，多读西文佳书，旁征博览，精研深造”[⑤]的前提下，才能把握到西洋文学的真谛。具体而言，文学创作者和文学研究者对“西文佳书”的“旁征博览，精研深造”应该从广泛了解、

① 茅盾：《翻译文学书的讨论——复周作人》，原载1921年2月10日《小说月报》第12卷第2号，见《茅盾全集》第18卷，北京：人民文学出版社1989年版，第73页。

② 吴宓：《文学研究法》，《学衡》第2期，1922年2月出版。

③ 吴宓：《论新文化运动》，《学衡》第4期，1922年4月出版。

④ 吴宓：《论新文化运动》，《学衡》第4期，1922年4月出版。

⑤ 吴宓：《论新文化运动》，《学衡》第4期，1922年4月出版。

系统掌握、仔细评判这三个层面入手。

首先，广泛了解。即尽可能广博地阅读西方各国著作。在吴宓看来，广泛阅读西方各派文学著作是时下文学创作者的必然选择。因为，文学是人类“性行之原素之表现”，新古典主义、浪漫主义、写实主义、自然主义或重在表现人类性行中的“一偏之理性”，或重在表现人类性行中的“感情及想象”，或重在表现人类性行中的“科学之理性”，或重在表现人类性行中的“本能及冲动”，“统观西洋文学之全史，此兴彼扑，各派循环递代，实足证明专重性行原素之一文学决非正当，亦不能持久。其始也补偏救弊，为时事所需要，受众人之欢迎，其弊旋极由此而生，所长即其所短”。各类文学思潮起伏更迭的情形就“如欹器独乐，优游旋转，常倾向于中心，欲归于静止而不能，又如调色和味，注此挹彼，终难得所求之色，或匀正之味”①。也就是说，没有一种文学思潮是完美的固定楷模，“吾人今日”所能做的，就是抱着“遍见各色，倍尝各味”的态度去对待它们：“对于已往之各派文学，俱应充分欣赏，并择己之所好者，自由仿作，然决不可专举注重性行之一原素之某派文学，为批评之标准，创造之模范，而不许他派文学之存在或处同等之地位也。”②除了对“各国文字，各类文学加倍用功”，时下的文学创作者还应该多多浏览“西洋各国之文哲史诸学，以及美术、宗教、政法、科学，下及游记、杂志、报章之类”，“虽云汪洋浩瀚，言之可惊，然当尽时与力之所至。比较言之，多读得一册，则将来作出文章，即较多一分价值与精彩耳”③。对西方各国著作的阅读需要身体力行，实实在在，也就是说，“闻某书之名，应即直取该书自读之，不可专读他人论述此书之作而遂止，且读原书之后，真知灼见，可自下评判，免致为人所误也”④。为了彻底避免“为人所误”之弊，吴宓提出“读外国文章宜读原文，不可但读其译本，致失其真”，要求阅读者最好能“精通西洋各国文字，英法德文而外，如西班牙、意大利文亦应通习，古文拉丁最要，希腊文次之，能习希伯来文及阿拉伯文则尤善……惟若不通原本之文字，则读译本尚愈于不读耳，例如未通希腊文则宜读Jowett英译之柏拉图语录是也”⑤。阅读译本是不通西文者退而求其次的选择，但是中国当时关于西方文学著作的译本却远远不足。那些“争论西洋文学”的文章，大多只流于“以笔墨辩论”⑥的层面，并没有原原本本地介绍西洋文学的始末。在吴宓看

① 吴宓：《文学与人生（二）》，《大公报·文学副刊》1928年1月30日第9版。
② 吴宓：《文学与人生（二）》，《大公报·文学副刊》1928年1月30日第9版。
③ 吴宓：《论今日文学创造之正法》，《学衡》第15期，1923年3月出版。
④ 吴宓：《文学研究法》，《学衡》第2期，1922年2月出版。
⑤ 吴宓：《文学研究法》，《学衡》第2期，1922年2月出版。
⑥ 吴宓：《论新文化运动》，《学衡》第4期，1922年4月出版。

来，以“报纸零篇，连类而及，区区数行之中，而欲畅谈一国一时之文学”的做法绝非“易事”[①]，基本上没有成功的可能。尽管“作者述经据典，繁征博引”，但是落到读者眼里，也只是“堆积充盈”的“满纸人名、地名、书名等”，拉拉杂杂，“毫不成章，毫无宗旨”[②]，这种“言者既系率易成章，妄相牵合，评者也莫穷究竟”，徒见“西文名词满纸，五光十色”[③]的论文绝不会给读者了解西方文学带来任何有益的影响。“欲谈文学，必须著译专书”[④]，因为，对于不通西文的文学创作者和文学研究者而言，阅读翻译过来的西方“专书”是他们了解西方文学的唯一有效渠道。和新文学阵营一样，吴宓也承认“人之时力有限，而应读之书无穷，故必严行选择，而决不可消费时力于无益无味之作也”[⑤]，主张读书和译书都需要有所选择。但是，在他看来，急需翻译的西方“专书”不是茅盾等新文学倡导者所强调的能传达现代新思想的作品，而是那些不得不读的“极佳之书”。“所谓极佳之书，乃名人所著，而经众口同赞，久有定评者”[⑥]。这些“极佳之书”都是“西洋文化”的“上材”和“西洋之哲理文章”的“上者”[⑦]，对其加以阅读研究，自然可以“得知西方学问之真际”[⑧]。而“上者”和“上材”的判定“当以西洋古今博学名高者之定论为准，不当依据一二市侩流氓之说，偏浅卑俗之论”[⑨]。同理，“极佳之书”的择选标准也应该“取西洋古今哲士通人之定论，不可专图翻案而自炫新奇”[⑩]。

其次，系统掌握。即全面研究西方文学的发展进程，深入掌握西方文学的精髓要义。从吴宓的诸多论述来看，对西方文学的系统掌握主要表现在从整体到局部、从根源到流别、从背景到对象这三个方面。

第一方面，从整体到局部。和从事其他文学研究一样，研究西洋文学也“首须洞明大体，通识全部”[⑪]，先把握整体，再关注局部，即“则宜先读极简明之西洋文学史一部，如 Emile Faguet 著之 *Initiation into Literature* 等书。次读各国文学史，然后再及一时一家之作”[⑫]。吴宓从整体到局部展开西方文学研究的主张建立在他对“一国一时代之文学”

① 吴宓:《论新文化运动》,《学衡》第 4 期，1922 年 4 月出版。
② 吴宓:《论新文化运动》,《学衡》第 4 期，1922 年 4 月出版。
③ 吴宓:《论新文化运动》,《学衡》第 4 期，1922 年 4 月出版。
④ 吴宓:《论新文化运动》,《学衡》第 4 期，1922 年 4 月出版。
⑤ 吴宓:《文学研究法》,《学衡》第 2 期，1922 年 2 月出版。
⑥ 吴宓:《文学研究法》,《学衡》第 2 期，1922 年 2 月出版。
⑦ 吴宓:《论新文化运动》,《学衡》第 4 期，1922 年 4 月出版。
⑧ 吴宓:《论新文化运动》,《学衡》第 4 期，1922 年 4 月出版。
⑨ 吴宓:《论新文化运动》,《学衡》第 4 期，1922 年 4 月出版。
⑩ 吴宓:《文学研究法》,《学衡》第 2 期，1922 年 2 月出版。
⑪ 吴宓:《文学研究法》,《学衡》第 2 期，1922 年 2 月出版。
⑫ 吴宓:《文学研究法》,《学衡》第 2 期，1922 年 2 月出版。

与“世界各国古今各时代之文学”的关系的认识上：

> 欲述一国一时代之文学，又必先通世界各国古今各时代之文学，及其政教风俗典章制度等之大要，全局洞见，然后始得知此国此时代之文学与他国他时代之文学之关系，其间之因果，及生灭起伏递嬗沿革之故。①

基于从整体到局部的西方文学研究思路，吴宓对文学史的重要性进行了特别的强调，他为“各大学及公立图书馆”编写的《西洋文学精要书目》和为“初学入门者”②编写的《西洋文学入门必读书目》都将关于西洋文学史的著作置于首要的位置。在他看来，“文学史之于文学，犹地图之于地理也，必先知山川之大势，疆域之区划，然后一城一镇之形势之关系可得而言。必先读文学史，而后一作者一书一诗一文之旨意及其优劣可得而论”③。文学史的重要性决定了“吾人研究西洋文学，当以读欧洲各国文学史为入手之第一步，此不容疑者也”④。而且，从当时国内对西洋文学的研究状况来看，文学史的编著和阅读也是刻不容缓的。尽管“近年国人盛谈西洋文学”，但是他们所下的都是“零星片段之工夫”，不熟悉西方文学的发展脉络，缺乏整体眼光，“无事先统观全局之意”，所以他们对于自己所介绍的西洋作家作品，往往“推尊至极”，言过其实，论说时“不免轻重倒置，得失淆乱，拉杂纷纭，茫无头绪”⑤。可见，那种“读书之人，不曰我只欲知浪漫派之作者，则曰我只欲读小说，其他则不愿闻知”的研究倾向，“不惟得小失大，抑且事倍功半，殊可惜也”⑥。要真正纠正这一弊病，就必须“编著欧洲文学史”⑦，使更多的人通过阅读文学史实现对西方文学的全局观照，树立从整体到局部的西方文学研究意识。

第二方面，从根源到流别。在吴宓看来，古希腊的哲理、文章、艺术作为西方文化及文学的“源流所溯，精华所在”，是国人研究西方文化及文学时“所首应注重者”⑧。若是掌握了古希腊这一西方文学的根源，就可以更加深刻地认识后世西方文学的各个发展流别。基于这一考虑，吴宓不仅在《西洋文学精要书目》中，用了相当庞大的篇幅开列

---

① 吴宓：《希腊文学史・附识》，《学衡》第 13 期，1923 年 1 月出版。
② 吴宓：《西洋文学入门必读书目》，《学衡》第 22 期，1923 年 10 月出版。
③ 吴宓：《希腊文学史・附识》，《学衡》第 13 期，1923 年 1 月出版。
④ 吴宓：《希腊文学史・附识》，《学衡》第 13 期，1923 年 1 月出版。
⑤ 吴宓：《希腊文学史・附识》，《学衡》第 13 期，1923 年 1 月出版。
⑥ 吴宓：《希腊文学史・附识》，《学衡》第 13 期，1923 年 1 月出版。
⑦ 吴宓：《希腊文学史・附识》，《学衡》第 13 期，1923 年 1 月出版。
⑧ 吴宓：《希腊对于世界将来之价值》，《学衡》第 23 期，1923 年 11 月出版。

关于“希腊史”、“希腊文学史”、“希腊文学参考用书”和古希腊时期产生的“史诗”、“训诗”、“情诗”、“悲剧”、“喜剧”、“历史”、“哲学”、“辞令”[①]著作；而且还专门撰写了《希腊文学史》，希望能对希腊文学作出系统详尽的专门介绍。尽管这部文学史完成并发表的只有第一章“荷马之史诗”和第二章“希霄德之训诗”，但是，即使只看这两章的内容，我们也可以充分体会到吴宓对希腊文学的熟悉程度和重视程度。“荷马之史诗”包括“荷马以前之史诗”、“荷马史诗之内容”、“荷马史诗之结构”、“荷马史诗之作成”、“荷马史诗之评论”、“荷马史诗之影响”、“荷马史诗与中国文章比较”、“伪托荷马之著作”[②]八节内容；“希霄德之训诗”包括“希霄德以前之训诗”、“希霄德略传”、“希霄德训诗之内容”、“希霄德训诗之评论”[③]四节内容；吴宓对各节的论述完备详尽，其熟悉、重视希腊文学的程度于此可见一斑。而且，在“荷马史诗之影响”这一节中，他又从史诗文体、叙事结构、诗文规程、词藻譬喻、创作材料等方面系统归纳了“荷马史诗”对后世文学的影响：

> （1）荷马创立史诗 Epic Poetry 之一体，后之作史诗者，远如桓吉儿 Virgil 及亚历山大时代之希腊作者，近如弥儿顿及福禄特尔等皆仿效之，既师其意，又摹其形者也。（2）荷马始阐明文章之布局及结构之法，古今凡作戏曲小说及纪事诗者，皆遵用而仿行之，所谓首尾之五段、布局之极峰、终结之大变等，皆由荷马开其端而示之则焉。（3）后世作诗文者，诸多规程杂例皆出于荷马史诗，例如诗之开端，必祷神助，Invocation of Muses 一也；戏剧之开场处，先将全剧之事迹及大旨，概括叙说一番，Prologue 以醒观客之目，二也。又常语所谓荷马之文体，荷马之人物，荷马之风俗等，无非以伊里亚及奥德西中所见者为准也。（4）荷马诗中之词藻之名句，及所用譬喻等，后之作者亦沿袭而引用之。（5）荷马诗中之事迹为后人作戏曲、小说及诗之材料，远如希腊之三大庄剧家，近如法国十七世纪之名剧作者 Racine 等，其例多不胜举云。[④]

既然后世西方文学的诸多特点都源自“荷马史诗”等古希腊文学的影响，那么，国人要

① 吴宓：《西洋文学精要书目》，《学衡》第 6 期，1922 年 6 月出版；《学衡》第 7 期，1922 年 7 月出版。

② 吴宓：《希腊文学史・荷马之史诗》，《学衡》第 13 期，1923 年 1 月出版。

③ 吴宓：《希腊文学史・希霄德之训诗》，《学衡》第 14 期，1923 年 2 月出版。

④ 吴宓：《希腊文学史・荷马之史诗》，《学衡》第 13 期，1923 年 1 月出版。

对后世西方文学作出恰切的理解，就必须追根溯源，加强对古希腊文学的研究。只有秉持从根源到流别的研究思路，才可能真正掌握西方文学的发展进程和精髓要义，若是不问根源，只究流别，就难免会陷入见树不见林的误区。

第三方面，从背景到对象。文学和历史、政教、典章、哲学、宗教、美术一样，都是文化系统的有机组成部分，文学在发展进程中，会与其他文化成分构成一种复杂的联系，不可避免地相互制约，相互影响。如果以文学作为研究对象的话，那么其他文化成分就是研究对象的背景因素，不知背景，无以明对象，文学研究离不开对这些背景因素的关注。吴宓坚持认为，“欲研究西洋文学，宜先读西洋历史及哲学为之基，此外如宗教美术等，与文学关系甚密，亦须研究”①。“凡述一国一时代之文学史”，必须“浏览涉猎”“关于此国此时代之政教风俗、典章制度等之纪述”，否则下笔时就会“捕风捉影，向壁虚造”②。对此，吴宓自己也身体力行，不仅在开列《西洋文学精要书目》时特别列出了大量历史、哲学、宗教方面的书籍，而且在撰写《希腊文学史》时，也涉及了大量关于祭祀仪式、地理风土、政治制度、时代风貌等方面的话题。

最后，仔细评判。在广泛了解和系统掌握西方文学的基础上，研究者应该有能力对西方文学作出仔细评判。仔细评判指的是经过冷静审慎的判断之后提出“确评”，“确评”就是“于一人一书一事”所下的“必审慎精确，公平允当”的“论断之词”③。在吴宓看来，要对西方文学作出“审慎精确，公平允当”的仔细评判并非易事，“确评”不仅需要有广泛系统的西方文学知识作为基础，而且需要有正确的态度。具体说来，这种正确的态度主要表现在两个方面：其一，不为个人喜好和时代潮流所动，保持客观冷静的心态，“决不可以一己之爱憎为褒贬”④，“勿卷入一时之潮流，受其激荡而专读一时一派之文章，宜平心静气通观并读而细别精粗徐定取舍”⑤，“一书或一文读毕，宜平心远识，徐下评判，毋观察浮表，毋激于感情，毋用先入之见，毋逞一偏之私，今之人或专重理性或但取才华，或徒赏辞藻，或尽黜浪漫而惟尊写实，凡此皆大误也”⑥。其二，在对作家作品或文学思潮进行评判时，首先需要关注其精神要旨而非细枝末节，“论一人一书一事，须著其精神而揭其要旨，一语破的，不可但为模糊影响之谈，或舍本逐末，仅取一二小节反复论究，

① 吴宓：《文学研究法》，《学衡》第 2 期，1922 年 2 月出版。
② 吴宓：《希腊文学史・附识》，《学衡》第 13 期，1923 年 1 月出版。
③ 吴宓：《希腊文学史・附识》，《学衡》第 13 期，1923 年 1 月出版。
④ 吴宓：《希腊文学史・附识》，《学衡》第 13 期，1923 年 1 月出版。
⑤ 吴宓：《文学研究法》，《学衡》第 2 期，1922 年 2 月出版。
⑥ 吴宓：《文学研究法》，《学衡》第 2 期，1922 年 2 月出版。

凡此皆足淆乱人之目耳，而贻误读者也”[①]。

以上我们从广泛了解、系统掌握、仔细评判三个层面分析了吴宓对待西方文学资源的具体态度。从中可见，吴宓不仅在强调古典文学资源重要性的问题上体现出了和新文学阵营迥然不同的思路，而且在如何汲取西方文学资源这一问题上也和新文学阵营有较大的认识差异。所以，他才会理直气壮地谴责新文学阵营：“若辈不读中西书者，何足与辩？”[②]在他看来，

> “新文学”之非是，不待词说。一言以蔽之，曰：凡读得几本中国书者，皆不赞成。西文有深造者，亦不赞成。兼通中西学者，最不赞成。惟中西文之书，皆未多读，不明世界实情，不顾国之兴亡，而只喜自己放纵邀名者，则趋附“新文学”焉。[③]

我们当然可以对这些谴责式论断的偏激之处提出质疑和批评，但是，在质疑和批评的同时，也应该考虑到，吴宓指责新文学阵营“不读中西书”，主要是因为他对中西文学资源的看法迥异于新文学阵营，并不是有意对其进行污蔑和贬低。

（二）加强各种文学资源的互动与整合

在平等看待中西古今一切文学资源的认识前提下，吴宓主张加强各种文学资源之间的互动与整合，要求对其进行融会贯通的思考和研究，从中发掘出具有普遍意义的思想精华作为新文学的建构基础。具体而言，吴宓对这个问题的看法主要围绕着以下三个层面展开。

首先，吴宓整合中西古今文学资源的主张，建立在他对“天理、人情、物象根本内律不变”[④]的坚定信念基础之上。

在他看来，无论人们所属的种族、所处的时代、所居的地域有多大差异，其人性禀赋都会呈现出共同的组成特征：

> 人之本性，原甚复杂，其所禀赋，有本能，有直觉，有理性，有意志，有感情，有想象，人之生活及行事，实为以上各种同时运用活动之结果……

① 吴宓：《希腊文学史·附识》，《学衡》第13期，1923年1月出版。
② 吴宓：《吴宓日记》第2册，吴学昭整理注释，北京：生活·读书·新知三联书店1998年版，第115页。
③ 吴宓：《吴宓日记》第2册，吴学昭整理注释，北京：生活·读书·新知三联书店1998年版，第114~115页。
④ 吴宓：《论新文化运动》，《学衡》第4期，1922年4月出版。

人性固有所偏，然理性强者不乏想象，意志强者非无感情，其他类推，就一人所行之事言，于此时或专重理性，于彼事或纵任感情，又以此人与彼人较，其本性中之理性感情等成分之比例各不相同，然就其人之一生全体论之，未有不兼具上言各种性行之原素者也。[①]

人性禀赋共同的组成特征为文学活动的彼此相通提供了可能，因为，"文学以人生为材料"[②]，"文学中所描写之人生，亦为本能、直觉、理性、意志、感情、想象联合所构成"[③]。古今中外的文学资源，都是具有共同人性禀赋的人类创造出来的精神成果，所描写的人生都是人类共同的人性禀赋演绎出来的人生，所表现的观念都是人类心中所共有的观念，其间自然会存在着内在的逻辑同一性和对话可能性。对此，吴宓早在1912年发表的《沧桑艳传奇·自叙》中就有过相关的说明：

世之有妙文，初无分于中西也……窃尝思之，文之所以妙者，为其能传示一种特别精神而已。此种精神，由文明社会胎育而成，而为其间人人心中所共有之观念也。其有东西古今万千之类别者，亦如行路者各行其所自之道，其终之归宿，则无有不同者。故自善言文者究之，则可一以贯通之焉……东西有圣人，此心此理同。[④]

此时的吴宓，虽然还不能系统表述人性禀赋与文学活动之间的关系，但是他已经较为明确地认识到：不同时代、不同地域的文学作品在彼此隔绝的情况下也可能会表现出惊人的相似，而这种相似恰恰是由于共同人性禀赋的作用。1923年2月，吴宓在《学衡》杂志第十三期上发表《希腊文学史》第一章荷马之史诗，特别提到了荷马史诗和中国史书、小说之间的相似性：

初读荷马之《伊利亚》，两军作战，颇觉其类吾国之《封神传》及《三国演义》；读《奥德西》，流离迁徙，遍历诸国，颇类吾国之《西游记》及《镜

① 吴宓：《文学与人生（二）》，《大公报·文学副刊》1928年1月30日第9版。
② 吴宓：《文学与人生（一）》，《大公报·文学副刊》1928年1月9日第9版。
③ 吴宓：《文学与人生（二）》，《大公报·文学副刊》1928年1月30日第9版。
④ 吴宓：《沧桑艳传奇·叙言》，见《吴宓诗话》，吴学昭整理，北京：商务印书馆2005年版，第4~5页。

花缘》;又以荷马比之《左传》,则《伊利亚》如城濮及邲之战,而《奥德西》则如晋公子重耳出亡也。[①]

“虽然荷马所作,史诗也,而吾国则固无史诗”[②],但是我国的史书、小说与荷马史诗同属于叙事文学,必然会受制于同样的叙事原理。而且,更重要的是,《封神传》《三国演义》和《左传》之“城濮及邲之战”都涉及了“两军作战”题材,《西游记》《镜花缘》和《左传》之“晋公子重耳出亡”都涉及了“流离迁徙”题材,无论处于何时何地,人们对“两军作战”场景的看法都是相似的,对“流离迁徙”过程的理解也都有共通之处。所以,《封神传》《三国演义》和《左传》之“城濮及邲之战”自然会类似于专写“两军作战”的《伊利亚》,《西游记》《镜花缘》和《左传》之“晋公子重耳出亡”自然会类似于专写“流离迁徙”的《奥德西》。

共同的人性组成为中西古今文学资源的相通提供了必要的保障。吴宓认为,中西古今文学“不特其内蕴之原理精义根本相同而可以贯通,即其显著于外之事实迹象亦往往符合”[③]。在文学史的具体发展进程中,中西古今文学外在“事实迹象”的相合之处屡见不鲜。譬如,“以说理垂训,劝化世人为务”的古希腊希霄德训诗不仅与希伯来圣书“《旧约全书》之约伯记 Book of Job 箴言 Proverbs 传道书 Koheleth 以赛亚书 Isaiah 诸篇”及“《圣经外传》Apocrypha 中之所罗门智慧书 Wisdom of Solomon 西勒之子耶稣智慧书 Wisdom of Jesus,Son of Sriach 诸篇”在精神内容上“最相类似”[④],而且和我国文学中的上古神话、《诗经·豳风》《考工记》《易经》《古诗源》《礼记》等作品也颇多共通之处:

吾国向来文学中,虽无训诗之名,而有训诗之实。如网鉴开端处,纪尧舜以前之事,及罗泌《路史》之类,皆与希霄德之《诸神纪》相类,至《田功与日占》一诗,则《诗经·豳风·七月》一篇为最近之,《周官·考工记》亦有似处。《易经》为吾国最显著之智慧文学,故《易·系辞》《说卦》《序卦》《杂卦》皆可为训诗,特无韵律耳。若论《田功与日占》中之格言古训,则《古诗源》卷一所载古逸诸作,散见于群籍者,极可比较,以其由于古

① 吴宓:《希腊文学史·荷马之史诗》,《学衡》第 13 期,1923 年 1 月出版。
② 吴宓:《希腊文学史·荷马之史诗》,《学衡》第 13 期,1923 年 1 月出版。
③ 吴宓:《评〈歧路灯〉》,《大公报·文学副刊》1928 年 4 月 23 日第 9 版。
④ 吴宓:《希腊文学史·希霄德之训诗》,《学衡》第 14 期,1923 年 2 月出版。

代之民俗，而自然作成者也，下及《吕新吾小儿语》及《朱柏庐家训》等，皆不可谓非训诗，乃若《田功与日占》之第三段，则礼记月令，并其后衍为后世之时宪书，均最为近似也。①

在这些"往往符合"的文学"外之事实迹象"的背后，是"根本相同而可以贯通"的文学"内蕴之原理精义"。希霄德训诗、"古希伯来民族之圣书"和我国上述作品的相似之处所体现出的，都是"智慧文学 Wisdom Literature"② 根本相同而可以贯通的原理精义：

一曰以实用为归，所述者，宗教道德之规戒，国家社会之法律，立身处世之楷模，以至耕耘之法，灌溉之道，衣服器用之制作等，靡不言之精详，期俾实用。二曰其报施行在于生前在于此世。如谓善人必能享安富尊荣，而恶人必有贫乏饥寒疾病疫疠之遭，或且绝嗣而无后，其劝人为善之意，至为浅显也。三曰常用隐语以示其意，即不直说，不用本字，而以神话、故事、谜语、譬喻、典故、词藻等以代之，所以求劝导感化之得力也。③

其次，吴宓认为，因中西古今文学资源的相合相通之处甚多，所以，在对西洋文学作品进行翻译时，完全可以参照与之有相合相通之处的中国文学作品：

又如欲译迭更司或沙克雷之小说为吾国文，应取《水浒》或《红楼梦》之一段情事相似者，熟读之几能背诵，然后从事翻译。此际当力求密合英文原意，而不知不觉之间，构成字句，亦不觉中英文相去之甚远也。④

这种"先觅本国文章之与原文意趣格律相似者，反复熟读，至能背诵其若干段，然后下笔翻译"的做法可以使译文"既不失原意而又有精采"⑤，充分表现出各种文学资源融会贯通的妙处。从吴宓对英国诗人罗伯特·赫里克（Robert Herrick，1591—1674）的诗歌《给少女们的忠告》（*Counsel to Girls*）的翻译中，我们可以清晰地体会到这一妙处。

---

① 吴宓：《希腊文学史・希霄德之训诗》，《学衡》第 14 期，1923 年 2 月出版。
② 吴宓：《希腊文学史・希霄德之训诗》，《学衡》第 14 期，1923 年 2 月出版。
③ 吴宓：《希腊文学史・希霄德之训诗》，《学衡》第 14 期，1923 年 2 月出版。
④ 吴宓：《论今日文学创造之正法》，《学衡》第 15 期，1923 年 3 月出版。
⑤ 吴宓：《论今日文学创造之正法》，《学衡》第 15 期，1923 年 3 月出版。

罗伯特的原诗为：

Gather ye rose-buds while ye may,
Old time is still a-flying:
And this same flower that smiles today,
Tomorrow will be dying.

The glorious lamp of Heaven, the Sun,
The higher he's a-getting,
The sooner will his race be run,
And nearer he's to setting.

That age is best which is the first,
When youth and blood are warmer;
But being spent, the worse, and worst,
Times, still succeed the former.

Then be nor coy, but use your time,
And while ye may, go marry:
For having lost but once your prime,
You may for ever tarry.

吴宓的译诗为：

有花堪采直须采，光阴如飞不回头。今朝含笑双蓓蕾，明日凋落安在哉。
曈曈初日出云天，飞升直上照寰海。跳丸急转下虞川，倏见夕阳已西改。
人生青春苦无价，秾情绮貌人争夸。春风秋月欢场罢，等闲衰老空咨嗟。
速占凤卜托良媒，摽梅愿得及时嫁。莫令蹉跎心志灰，终身寂寞容华谢。[1]

① 吴宓：《英诗浅释》，《学衡》第12期，1922年12月出版。

显而易见，吴宓翻译时，既充分注意到了“须求密合原文之意”[①]的重要性，毫不含糊地传达了原诗的信息、意蕴和情调，又积极调动了自己丰厚的古典诗词积累，在译诗中融入了和原诗相合的中国古诗的音韵、节奏和意象。在《英诗浅释》一文中，吴宓对自己的译诗过程作出了说明：

> 七言亦逐句译，意思力求密合原文。惟窃意凡译笔欲达原作之精神，必当力摹原作之文体，原文矜练，则译笔亦矜练，原文朴直，则译笔亦朴直，原文多用典故 Allusions，则译笔亦当多用相当之典故，原文不入辞藻 Figures of Speech，则译又亦不宜入词藻。此诗原文简洁明显、流利俊快，译者自当仿效，似以拟白香山体为最宜，但自愧工力未逮，故所成者粗疏浅陋……原文每首间句为韵，今从之惟双韵、趁韵而外，且摹仿原文韵脚之字音，如原文第一首第一、第三句之韵字为 may，day 今故用十贿韵之采蕾二字，又如原文第二首第一、第三句之韵字为 Sun，run 今故用一先韵之天渊二字，余皆同，可以类推也。[②]

经过这番努力，吴宓的译诗不仅没有损失原诗的基本内涵，抹杀原诗的主导风格，而且将原诗的基本内涵和主导风格表达得更加鲜明生动。特别是译诗第一段最能体现出“既不失原意而又有精采”的翻译特点，因为，读到这一段时，吴宓准确地把握住了该诗“以花为喻，今日繁艳，明日萎凋”来“劝诸女即谋嫁”[③]的意旨，并由此联想到“其词酷似杜秋娘之《金缕曲》：劝君莫惜金缕衣，劝君吸取少年时，有花堪折直须折，莫待无花空折枝”[④]，在翻译中巧妙套用了《金缕曲》的表达方式和韵律格调，其译文亦因中西文学资源佳妙之处的相互融合而显得分外精彩。

最后，强调中西古今文学资源的相通性并不意味着要忽视这些资源之间的差异性，在吴宓对文学资源相通性的具体论述中，处处灌注着他对“存在”与“变化”，“一”与“多”的辩证思考。

写《余生随笔》时，吴宓有感于“今之辩中西，别新旧，纷扰无是”的情况，欲以

① 吴宓：《论今日文学创造之正法》，《学衡》第 15 期，1923 年 3 月出版。
② 吴宓：《英诗浅释》，《学衡》第 12 期，1922 年 12 月出版。
③ 吴宓：《英诗浅释》，《学衡》第 12 期，1922 年 12 月出版。
④ 吴宓：《英诗浅释》，《学衡》第 12 期，1922 年 12 月出版。

北宋王安石之诗“解之”:“真心妙道终无二，末学殊方自不同。此理世人多未语，因君往往叹西风。”[①] 在他看来，中西古今的文学资源有着一般无二的“真心妙道”，其思想精华完全可以相互参照，融会贯通。所以，以“西洋文学之研究法”“研究中国文学，必亦可通，而吾国先儒所论列研究文学之法术义理，亦必与西洋文学之说，互相发明，是在学者之中融会贯通，择善取长以用之耳”[②]。但是，值得注意的是，吴宓强调中西古今文学资源的相通性，并不是要将中西古今的文学资源完全等同起来混为一谈。“天理、人情、物象”“不变”的“根本内律”不会妨碍“天理、人情、物象”具有“常变”的“枝叶外形”[③]，同理，承认中西古今文学资源具有共同的思想精华，也并不意味着就要否定中西古今文学资源的多样性。中西古今文学资源的融会贯通必须建立在对“存在”与“变化”、“一”与“多”的辩证认识基础之上。

在《文学与人生》讲稿中，吴宓提出“宇宙及人之构成，可以下列之基本公式表示之”:

（甲行）　（乙行）

Truth=Being+Becoming

真理 = 存在 + 变化

Thing=One+Many

物 = 一 + 多

…………[④]

并认为“以上之公式，倘将其 + 号均改为 in（在……之中），则甲行与乙行之关系更明，而公式所表示者更为真确”。“甲与乙实乃一而二，二而一者也。”[⑤] 从吴宓对“宇宙与人构成之基本公式”的归纳及其对这些公式所进行的说明中，我们可以了解到吴宓对于“存在”与“变化”、“一”与“多”关系的基本看法：在“甲行”中，“存在”与“一”相并列，在“乙行”中，“变化”和“多”相并列；如同“存在”处于（in）“变化”之中一样，“一”也处于（in）“多”之中；如果说“多”指的是形形色色的事物，对应的是真理形式的各种变化，那么“一”

① 吴宓：《余生随笔》之一，见《吴宓诗话》，吴学昭整理，北京：商务印书馆 2005 年版，第 17 页。

② 吴宓：《文学研究法》，《学衡》第 2 期，1922 年 2 月出版。

③ 吴宓：《论新文化运动》，《学衡》第 4 期，1922 年 4 月出版。

④ 吴宓：《文学与人生》，王岷源译，北京：清华大学出版社 1993 年版，第 82 页。

⑤ 吴宓：《文学与人生》，王岷源译，北京：清华大学出版社 1993 年版，第 82 页。

就是从“多”中提取的恒定部分，是使真理始终保持其存在特性的东西，二者“相互对立”[①]又相互依恃相互印证，必须“同时并重”，[②]“不得抹杀其一”[③]，“苟弃绝其一，则理论不能圆满充实”[④]。也就是说，“存在”与“变化”、“一”与“多”是相伴而生的，我们既不能因为“变化”而反对“存在”，因为“多”而反对“一”，又不能因为“存在”而否定“变化”，因为“一”而否定“多”。“多”昭示的是“Opposition-and-Contradiction 对立与矛盾”，属于“现象世界”；“一”昭示的是“Unity-and-Harmony 统一与和谐”，属于“本体世界”[⑤]。

> 知此二方面之对立而并存，是曰正见或真知。于自己之思想、感情、生活、事业中极力使 Unity-and-Harmony 统一与和谐能得实现，而胜过（transcend）Opposition-and-Contradiction 对立与矛盾，是曰正行，或曰真实之创造与建设。[⑥]

吴宓对中西古今文学资源融合关系的理解就是“正见”与“正行”的结合：他一方面充分认识到了中西古今文学资源之间同时存在着差异性和统一性；另一方面又极力凸显中西古今文学资源“Unity-and-Harmony 统一与和谐”的一面。需要特别指出的是，“正行”是以“正见”为前提的，吴宓对中西古今文学资源“Unity-and-Harmony 统一与和谐”方面的凸显亦建立在他对各种文学资源之间差异性统一性并存状况的认识上。中西古今文学资源的“Unity-and-Harmony 统一与和谐”强调的是杂多要素的“和谐”而不是单一要素的等同，将绝对一致的文学资源叠加组合在一起是单调而没有意义的，只有建立在差异基础上的文学资源融合，才可能真正体现出“Unity-and-Harmony 统一与和谐”的价值。文学资源的“同”与“异”、“一”与“多”应成为相辅相成的存在：“同”不是整齐划一的“同”，“异”也不是各自为政的“异”；“一”不是铁板一块的“一”，“多”也不是彼此无干的“多”。中西古今的文学资源，之所以能够生生不息，就在于“存在”中有“变化”，之所以能够彼此融合，就在于“多”中有“一”。在吴宓对中西古今文学资源的具体论述中，处处灌注着他对“存在”与“变化”，“一”与“多”的辩证思考。譬如，论及诗歌时，

① 吴宓：《文学与人生》，王岷源译，北京：清华大学出版社 1993 年版，第 86 页。
② 吴宓：《文学与人生》，王岷源译，北京：清华大学出版社 1993 年版，第 86 页。
③ 吴宓：《文学与人生》，王岷源译，北京：清华大学出版社 1993 年版，第 86 页。
④ 吴宓：《文学与人生》，王岷源译，北京：清华大学出版社 1993 年版，第 86 页。
⑤ 吴宓：《文学与人生》，王岷源译，北京：清华大学出版社 1993 年版，第 161 页。
⑥ 吴宓：《文学与人生》，王岷源译，北京：清华大学出版社 1993 年版，第 161 页。

吴宓将“古今写爱情及美人之诗人”分为“乐天派”和“忧天派”，着重分析了二者的不同：“乐天派”诗人的诗歌旨在表达“韶华易逝，青春难留，故宜放浪形骸之外，及时行乐，互相爱悦之人，即合速成眷属”之意，如唐代诗人李白的《春夜宴桃李园序》，英国16世纪诗人罗伯特·赫里克《给少女们的忠告》均属此例；“忧天派”诗人的诗歌旨在表达“情天恨海，好事多磨，今日花前之美人，即明日陇中之枯骨，故宜幡然改悟，解脱魔障，明心见性，匿迹销声”之意，“英国莎士比亚同时之诗人 Elizabethan Sonnets 即多咏美人黄土之意，Love and Death 降至十九世纪，如 Keats 仍有此作，其词义均低徊缠绵，萧索悲苦，皆可谓之忧天派”，如《红楼梦》中警幻仙子令人演习的《红楼梦曲》亦属此例。在分析“乐天派”诗歌和“忧天派”诗歌差异的基础上，吴宓进一步指出，尽管这两派诗歌的表达方法各异，但是其思想实质却惊人的一致：“皆深堕悲观，急于逃于忧患之外，而于生命之短促爱情之不可长久则皆一再郑重申明之焉……乐天派之悲观之消极固未减于忧天派。”[①] 从吴宓的这段论述中，我们可以清晰地体会到，以“爱情及美人”为表现主题的诗歌既有内部差异，又有共通之处，在内部差异和共通之处的交互作用下，这些诗歌的相互融合才能真正体现出“统一与和谐”的价值。

当那些兼具“Opposition-and-Contradiction 对立与矛盾”之现象和“Unity-and-Harmony 统一与和谐”[②] 之本体的中西古今文学资源被聚集到同一平台上时，它们之间就会自然而然地产生一种融会贯通的互动关系。在这种互动关系的作用下，任何一种文学资源既可以成为审视和了解其他文学资源的参照系，又可以从其他文学资源那里找到省察自身特征、激活自身潜能的契机，新文学的生长点就孕育在各种文学资源的融合与互动之中。所以，新文学建构必须跨越时代和地域的限制，平等看待中西古今的文学资源，综合吸纳其思想精华，通过各种文学资源之间的互动与融合去探索文学的未来走向。

三、“幻境”说：融中西古今文学资源于一体的研究范例

如前所述，在解构文学进化论的基础上，吴宓形成了无新旧无中西的广阔文学视野，坚持将平等看待和有机融会中西古今的文学资源视为新文学的建构基础。“幻境”说作为吴宓最为核心也最具特色的重要理论成果，既昭显出其对新文学的基本要求，又是其整合中西古今文学思想的研究范例。通过对“幻境”说进行考察，我们可以更加具体深切地体会到吴宓从融会中西古今文学资源出发探索新文学建设之路的理论特点。

① 吴宓：《英诗浅释》，《学衡》第 12 期，1922 年 12 月出版。

② 吴宓：《文学与人生》，王岷源译，北京：清华大学出版社 1993 年版，第 161 页。

（一）"幻境"说的基本内涵

吴宓认为，文学在本质上就是一种"幻境"，"凡美术皆造成人生之幻境 Illusion"①，小说、诗歌、戏剧等文学体裁无不如此："小说之职志为描写人生，而造成一完美无缺之幻境"②；"诗则幻境之真相也"③；"吾国之旧戏之价值乃见，以其有多年之旧规，而自能造成一种幻境以悦人也"④。

"幻境"并不是一个孤立的概念，其成立参照系是"实境"和"真境"。

首先，"实境"为"幻境"的诞生提供了必要的依托，"幻境乃由实境造出，取彼实境整理而修缮之，即得幻境矣"⑤。但是，"凡美术皆示人以幻境，而不问实境"⑥。因为，"实境"属于自然，"幻境"才是艺术。"盖实境者，某时某地，某人所经历之景象，所闻所见之事物也"⑦，是一种绝对客观的存在，这种绝对客观的存在绝不会出现在文学领域中。因为，尽管文学作品中也有"客观之程度或成分"，但是，"文学既系作者人生经验之表现，故世界无绝对主观亦无绝对客观之文学"，"文学中所写之人生，乃由作者以己之意旨及艺术之需要，选择整理而得之人生"⑧，必然会与绝对客观的存在拉开相当的距离。就这一意义而言，文学艺术只能是"幻境"而非"实境"："譬如屋外之山，实境也；画中之山，则幻境也。吾友适间所乘之马，实境也；缟素漠漠开风沙之马，则幻境也。"⑨在吴宓看来，"幻境与实境 Actuality 迥异"⑩，这种"迥异"之处主要包括两个方面：其一，"幻境"比"实境"更"真"，"实境似真而实幻，幻境虽幻而实真"⑪。尽管"实境"特指的是某人在某时某地的确切经历或见闻，"幻境则无其时，无其地，且凡人之经历闻见未尝有与此全同者"，但是，"幻境"之中所包含的"人生之至理，事物之真象，反较实境为多"⑫。其二，"幻境"比"实境"更"精美"更"清晰"，"幻境，比之原有之实境，必较为精美，较为清晰，较为趣味浓深"，"实境迷离闪烁，不易了解。幻境通明透彻，至易领悟。实境成于偶然，

---

① 吴宓：《诗学总论》，《学衡》第 9 期，1922 年 9 月出版。
② 吴宓：《评〈歧路灯〉》，《大公报·文学副刊》1928 年 4 月 23 日第 9 版。
③ 吴宓：《诗学总论》，《学衡》第 9 期，1922 年 9 月出版。
④ 吴宓：《论今日文学创造之正法》，《学衡》第 15 期，1923 年 3 月出版。
⑤ 吴宓：《诗学总论》，《学衡》第 9 期，1922 年 9 月出版。
⑥ 吴宓：《诗学总论》，《学衡》第 9 期，1922 年 9 月出版。
⑦ 吴宓：《诗学总论》，《学衡》第 9 期，1922 年 9 月出版。
⑧ 吴宓：《文学与人生（三）》，《大公报·文学副刊》1928 年 2 月 18 日第 9 版。
⑨ 吴宓：《诗学总论》，《学衡》第 9 期，1922 年 9 月出版。
⑩ 吴宓：《诗学总论》，《学衡》第 9 期，1922 年 9 月出版。
⑪ 吴宓：《诗学总论》，《学衡》第 9 期，1922 年 9 月出版。
⑫ 吴宓：《诗学总论》，《学衡》第 9 期，1922 年 9 月出版。

而凌乱无理。幻境出之化工，故层次位置关系极清”[①]。造成这种“迥异”之处的主要原因在于，“幻境”是对“实境”的“整理”和“修缮”：

> 整理修缮之法，要者有二。一曰剪裁，二曰渲染。剪裁Selection直译曰选择者，不将实境中所有之形色事物，均取而归纳之幻境，但选其佳者合用者，而弃其不佳者不合用者，即足。有为美人画像，则不可存其面上之黑痣；叙英雄之行事，则不必记其每餐所食之蔬肴。小说书中所谓有话即长，无话即短，是也。渲染Improvement直译曰改善者，实境中之形色事物，不必存其原来之真，而尽情改易，变不佳为佳，化无用为有用，然后入幻境，以符作者之意旨。譬如白居易作《长恨歌》，欲读者感动而怜爱歌中之女主人，遂谓杨太真养在深闺人未识是也。又如《琵琶记》中之蔡邕，岂《后汉书》中之蔡邕哉？[②]

文学创作过程致力于本然人生进行“改良修缮”，“使比直接观察所得者更为美丽，更为真切，更为清晰”[③]，其中所体现的，就是从“实境”到“幻境”的演变特征。而文学作品所表现的，就是比“实境”更“真”、更“美”、“更清晰”的“幻境”。尽管文学艺术中“幻境”的生成过程与日常生活中的“实境”脱不了干系，但是，文学艺术中的“幻境”一经形成，就会具备某种内在自足性，中断与客观生活世界的直接联系，转而依附于艺术世界自身逻辑的统辖，成为一种不受真实事件约束的独立的创造物：“美术中幻境之价值，不在其与实境相去之远近，而在其本身是否完密Complete无一懈可击。”[④]“幻境”是指向文学艺术的内部世界的，和现实生活之间不再是相互验证的关系，甚至有时还会表现出非现实和反现实的特征，那种用现实生活逻辑去衡量文学“幻境”的做法只能暴露出对艺术世界自身逻辑的曲解和忽视。所谓“凡美术皆示人以幻境，而不问实境”[⑤]标举的即是这样的道理：文学无须外部世界的现实验证，只需符合艺术世界的诗意逻辑。

其次，“幻境之高者，即为真境”[⑥]，“真境乃幻境之最高最美者”[⑦]。“真境”是“幻境”

① 吴宓：《诗学总论》，《学衡》第9期，1922年9月出版。
② 吴宓：《诗学总论》，《学衡》第9期，1922年9月出版。
③ 吴宓：《文学与人生（三）》，《大公报·文学副刊》1928年2月18日第9版。
④ 吴宓：《诗学总论》，《学衡》第9期，1922年9月出版。
⑤ 吴宓：《诗学总论》，《学衡》第9期，1922年9月出版。
⑥ 吴宓：《诗学总论》，《学衡》第9期，1922年9月出版。
⑦ 吴宓：《小说理想新旧因缘》，《学衡》第36期，1924年12月出版。

的最高旨归，营造“完密 Complete 无一懈可击”之“幻境”的目的就是为了“使读者置身其间，视如真境”。“真境”不是“俗人所见眼前形形色色，纷拏扰攘”的各种物象，“此等物象，毫无固着，转变不息，一刹那间，尽已消失散逝，踪影无存”[①]，只能属于“似真而实幻”的实境。“真境 Reality 与实境迥别”，“真境者，其间之人之事之景之物，无一不真。盖天理人情物象，今古不变，到处皆同，不为空间时间等所限”[②]。一言以蔽之，“真境”所标举的是一种“动因为果，不附丽于外体，而能自存”的“天理人情中之事，一时代一地方精神”，属于一种“随生人之灵机而长在”的“真理”，“物象虽消，而此等真理至美，依旧存住。内观反省，无论何时皆可见之”[③]。能否达到“真境”的高度，能否“处处合于人生事物之根本原理”[④]是“幻境”是否成功的重要衡量标准，“故凡美术，皆求造成一无殊真境之幻境”[⑤]，“到此地步，真与幻合二为一，不可划分。而小说与其他艺术皆以表现此种境界为目的”[⑥]。在吴宓看来，文学世界中的“幻境”和“真境”是相辅相成的关系，“幻境”以“真境”为旨归，而要实现“描写真境”的目的，就必须“造出一个无懈可击的幻境”[⑦]。“真境”非但不排斥“幻境”的虚构性，反而需要这种虚构性作为传达“天理人情”的有力支撑：“处处合于天理人情，只求情真理真，人物事迹愈是凭空假造的愈好”[⑧]，越是虚构的人事，就越是有可能情真理真。吴宓的这一观点恰好切中了文学的表现特质：在现实中，日复一日的日常生活已经形成了高度组织化和机械化的严密秩序，人们的日常表达方式就处于这种严密秩序的统治之下，所谓实事求是的现实陈述往往只能碰触到日常秩序的坚硬外壳，无法揭示生命情感的真谛。相形之下，以虚构性为主要特色的文学“幻境”倒往往更能够突破日常秩序的坚硬外壳，超越局部的生活和具体的时空，深入日常不可见的真实存在。

如此，在“实境”和“真境”的参照下，“幻境”的基本特征就得到了较为清晰的凸显。而幻境的基本特征即是吴宓对新文学建构之路的基本要求：“写真”不等于“写实”，哪怕“作小说”时，那种“依照着实人实事实物实境，丝毫不变的描摹出来”[⑨]的创作方法

① 吴宓：《诗学总论》，《学衡》第 9 期，1922 年 9 月出版。
② 吴宓：《诗学总论》，《学衡》第 9 期，1922 年 9 月出版。
③ 吴宓：《吴宓日记》第 2 册，吴学昭整理注释，北京：生活・读书・新知三联书店 1998 年版，第 47 页。
④ 吴宓：《小说理想新旧因缘》，《学衡》第 36 期，1924 年 12 月出版。
⑤ 吴宓：《诗学总论》，《学衡》第 9 期，1922 年 9 月出版。
⑥ 吴宓：《小说理想新旧因缘》，《学衡》第 36 期，1924 年 12 月出版。
⑦ 吴宓：《小说理想新旧因缘》，《学衡》第 36 期，1924 年 12 月出版。
⑧ 吴宓：《小说理想新旧因缘》，《学衡》第 36 期，1924 年 12 月出版。
⑨ 吴宓：《小说理想新旧因缘》，《学衡》第 36 期，1924 年 12 月出版。

也是不足取的,新文学要反映的不是代表"事物偶然之实况(Thing as they are)"的"实境",而是代表"理想所当然之情形(Thing as they ought to be)"的"幻境","处处求合天理人情"才是创作者"下笔运思之际"① 首先需要考虑的问题。

(二)"幻境"说:融合中西古今文学资源的典范

从吴宓对"幻境"基本特征的界定和分析中,我们既可以看到中国传统文学思想的投影,又可以看到西方古典文学观念和西方现代文学理论的闪光。

首先,吴宓的"幻境"说是对中国古代文学思想的一种继承。在中国古代文化典籍中:"境"的本义是指地理意义上的实有界限,《说文解字》将其解释为"疆",即昭示空间概念的地域疆界;"境"的引申义则扩展到人的精神现象层面和心智活动范围,如《庄子》:"定乎内外之分,辩乎荣辱之境,斯已矣。"② 作为文学范畴的"境",最早见于唐代王昌龄的《诗格》:

> 诗有三境:一曰物境,欲为山水诗,则张泉石云峰之境,极丽绝秀者,神之于心,处身于境,视境于心,莹然掌中,然后用思,了然境象,故得形似。二曰情境,娱乐愁怨,皆张于意而处于身,然后驰思,深得其情。三曰意境,亦张之于意而思之于心,则得其真矣。
>
> 诗有三格:一曰生思。久用精思,未契意象,力疲智竭,放安神思,心偶照境,率然而生。二曰感思。寻味前言,吟讽古制,感而生思。三曰取思,搜求于象,心入于境,神会于物,因心而得。③

在《诗格》中,王昌龄不仅对"境"作为文学范畴的分类及内涵进行了精当的分析,而且对"境"与"思"的关系作出了较为详切的说明。后来,诗僧皎然又进一步强调了"境"对于"诗"的重要性,并将"取境"视为决定诗歌成败的关键环节:"诗情缘境发"④,"夫诗人之思初发,取境偏高,则一首举体便高;取境偏逸,则一首举体便逸"⑤。其"采境于

① 吴宓:《小说理想新旧因缘》,《学衡》第 36 期,1924 年 12 月出版。

② 庄子:《逍遥游》,见郭庆藩辑《庄子集释》第 1 册,北京:中华书局 1982 年版,第 16~17 页。

③[唐]王昌龄:《诗格》,见郭绍虞主编《中国历代文论选》第 2 册,上海:上海古籍出版社 1979 年版,第 88~89 页。

④[唐]皎然:《秋日遥和卢使君游何山寺宿敭上人房论涅槃经》,原诗为:"江郡当秋景,期将道者同。迹高怜竹寺,夜静赏莲宫。古磬清霜下,寒山晓月中。诗情缘境发,法性寄筌空。翻译推南本,何人继谢公。"见《全唐诗》下册,上海:上海古籍出版社 1986 年版,第 1996 页。

⑤[唐]皎然:《诗式》,见郭绍虞主编《中国历代文论选》第 2 册,上海:上海古籍出版社 1979 年版,第 77 页。

象外，状飞动之趣，写真奥之思”① 的言论与诗人刘禹锡“境生于象外”② 的观点相得益彰，结合着“境”与“象”的关系对“取境”提出了更为具体的要求：这里的“象”，指的是有限的实存景物，这里的“境”，是情景相融、虚实相生、气韵生动的艺术境界，“取境”时不能只局限于现实的景物，而必须超越有限的存在，关注无限的情感韵致和想象空间。正如叶朗所论述的那样：“唐代美学家在‘象’的范畴之外提出了‘境’这个范畴。‘境’和‘象’的不同，重要的一条就在于‘境’不仅包括‘象’，而且包括‘象’外的虚空”，“唐代美学家提出的‘境’，就是‘象’和象外虚空的统一。”③ 晚唐以后，营造情与景、实与虚、有限与无限相统一的“境”成了诗词创作的首要任务，如司空图《与王驾评诗书》：“王生……五言所得，长于思与境偕，乃诗家之所尚者”④；苏轼《题渊明饮酒诗后》：“陶潜诗‘采菊东篱下，悠然见南山’，采菊之次，偶见南山，境与意会，今皆作‘望南山’……觉一篇神气索然”⑤；刘熙载《艺概》：“司空表圣云：‘梅止于酸，盐止于咸，而美在酸咸之外。’严沧浪云；‘妙处透彻玲珑，不可凑泊，如水中之月，镜中之象。’此皆论诗也，词亦以得此境为超诣。”⑥

吴宓的“幻境”说明显汲取了“采境于象外”、“境生于象外”等中国传统文学思想。“幻境”类似于中国古典诗论之中的“境”，“实境”类似于中国古典诗论之中的“象”；前者是对实在景物进行提炼和升华的产物，属于形神兼备和虚实相生的层面，后者专指客观存在的情景事物，属于形和实的层面。当有限的“实境”被主体的情感与想象所浸染时，它就有可能被拓展和生发成包含着无限情思韵味的“幻境”。“幻境”并不是对“实境”的反映，而是由“实境”所引发的诗意想象空间，是原有形象在情感体验中的延伸和扩大，必然会昭显出中国传统文学中所论及的情景交融、虚实相生等诗境特征。

需要注意的是，吴宓的“幻境”说尽管植根于中国传统文学思想的沃土之上，但是并没有完全沿袭中国传统文学对“境”的理解，而是以学贯中西的独特学养为这一理论范畴注入了新的含义，对其进行了深入的演绎，从而使“幻境”说超越了中国传统文学思想的界限，成为一个融中西古今文学资源于一体的现代理论概念。

其次，吴宓服膺古希腊哲学思想，其“幻境”说也离不开柏拉图理念论和亚里士多

①［唐］皎然：《评论》，见郭绍虞主编《中国历代文论选》第 2 册，上海：上海古籍出版社 1979 年版，第 88 页。
②［唐］刘禹锡：《董氏武陵集纪》，见瞿蜕园笺证《刘禹锡集笺证》上册，上海：上海古籍出版社 1989 年版，第 517 页。
③ 叶朗：《中国美学史大纲》，上海：上海人民出版社 1985 年版，第 29 页，第 131~132 页。
④［唐］司空图：《与王驾评诗书》，见郭绍虞主编《中国历代文论选》第 2 册，上海：上海古籍出版社 1979 年版，第 217 页。
⑤［宋］苏轼：《以意改书》，见萧屏东校注《苏东坡笔记》，长沙：湖南文艺出版社 1991 年版，第 83 页。
⑥［清］刘熙载：《艺概》，上海：上海古籍出版社 1978 年版，第 121 页。

德文学观等西方古典理论资源的影响。

柏拉图认为，理念不依附于任何事物，是一种纯粹而独立的自在之物，代表着不生不灭的永恒真理；理念超越现实世界之上，但是同时又决定着一切具体的事物和现象。而吴宓也认为"真境""今古不变,到处皆同,不为空间时间等所限"①,认为其代表着"实境"和"幻境"背后的永恒真理，应该对艺术"幻境"的生成起到决定性的制约作用。从这种思维方式中,我们自然可以看到柏拉图理念论所给予他的影响。但是,吴宓对艺术"幻境"的看法与柏拉图的艺术观并不相同。在柏拉图看来，理念是宇宙间唯一的真理，是现实世界的根据和摹本，现实世界又是艺术世界的根据和摹本。如此，艺术世界比现实世界的地位更低，是理念的摹本的摹本，"和真理隔着三层"②，除了给人提供无聊的娱乐，就是阻碍人对真理的思考。吴宓则深信，"好的文学作品表现出作家对人生与宇宙的整体观念，而不是他对具体的某些人和事的判断"③，作家表现"对人生与宇宙的整体观念"的过程即是自觉能动地探求真理的过程，所以，高妙的艺术"幻境"完全可以成为呈现真理和传达真理的有效途径："幻境之高者，即为真境。"④

吴宓对艺术"幻境"的看法之所以迥异于柏拉图的艺术观，是因为他同时也受到了亚里士多德文学思想的影响：

> 昔者亚里士多德著《诗学》Poetics 谓史专叙一时一地三数人之事，而诗则叙古今天下所有之人之事，故二者相较，诗高于史云云，实即此处所言之理，盖史者实境之记录，而诗则幻境之真相也。⑤

对于亚里士多德而言，柏拉图一再强调的那个理念世界根本不在他的考虑范围之内，他认为真理只能存在于具体的事物之中。在对真理的寻求和表现上，文学比历史更具优势："诗人的职责不在于描述已发生的事，而在于描述可能发生的事……写诗这种活动比写历史更富于哲学意味……因为诗所描述的事带有普遍性,历史则叙述个别的事。"⑥"可能发生的事"更能表现被个别事物遮蔽的真理，属于"有普遍性的事"。"所谓'有普遍性的

① 吴宓:《诗学总论》,《学衡》第 9 期，1922 年 9 月出版。

②［古希腊］柏拉图:《文艺对话集》，朱光潜译，人民文学出版社 1978 年版，第 64 页。

③ 吴宓:《文学与人生》，王岷源译，北京：清华大学出版社 1993 年版，第 85 页。

④ 吴宓:《诗学总论》,《学衡》第 9 期，1922 年 9 月出版。

⑤ 吴宓:《诗学总论》,《学衡》第 9 期，1922 年 9 月出版。

⑥［古希腊］亚理斯多德:《诗学》，罗念生译，人民文学出版社 2002 年版，第 24~25 页。

事’，指某一种人，按照可然律或必然律，会说的话，会行的事情，诗要首先追求这目的，然后才给人物起名字……有些悲剧甚至没有一个熟悉的人物，例如阿伽同的《安透斯》，其中的事件与人物都是虚构的，可是仍然使人喜爱。”① 可见，亚里士多德不仅确定文学具有表现真理的能力，而且认为文学表现的真理就蕴含在虚构的文学内容之中。吴宓有选择地汲取了亚里士多德文学思想的这一内容，摒弃了亚里士多德否定理念世界的观点。在他看来，宇宙间确实存在着一种超越现实事物和具体时空的永恒真理，只不过，这种真理并不是独立于人的意识的存在，其显现离不开人自觉能动的参与，而借助艺术虚构营造“幻境”即是人对永恒真理的自觉探求和能动呈现：“Aristotle 谓诗文中所写之幻境，实乃真境之最上者。Illusion is the higher reality.”②

如此，在柏拉图理念论和亚里士多德文学观的交互作用下，吴宓形成了自己对“幻境”功能的基本看法：“幻境”是人创造的艺术世界，处在代表现实存在的“实境”和代表永恒真理的“真境”之间，可以通过对现实存在进行艺术处理来透视永恒真理，从而起到沟通和昭显“真境”的作用：

> 当改易实境而造成幻境之时，必以不悖人生事物之真理为归宿。凡幻境之处处合于人生事物之根本原理即名曰真境（Reality），否则不能。③

再次，西方近现代心理学和文学思想是使吴宓的“幻境”说走出传统文学形态，呈现出新的理论走向的关键因素。从“幻境”说对想象的重视和强调中，我们可以清晰地看到西方近现代文学思想对吴宓的影响。

在吴宓看来，想象作为人类超越现实束缚获取自由意识的基本方式，是文学家营造“幻境”的必要途径：

> 诗人能造幻境，端赖其想象力……想象力者，质言之，即设身处地，无中生有之天才也，故能造成幻境。想象力愈强者，其所造之幻境亦愈真。④

①［古希腊］亚理斯多德：《诗学》，罗念生译，人民文学出版社 2002 年版，第 25 页。

② 吴宓：《吴宓日记》第 2 册，吴学昭整理注释，北京：生活·读书·新知三联书店 1998 年版，第 47 页。

③ 吴宓：《理想小说〈新旧因缘〉》，《学衡》第 36 期，1924 年 12 月出版。

④ 吴宓：《诗学总论》，《学衡》第 9 期，1922 年 9 月出版。

但是，承认想象“无中生有”的虚构特征并不意味着要否定想象与现实生活的联系，吴宓借助西方现代心理学思想，将想象和“梦”相提并论，以强调想象与现实生活的密切关系：

> 心理学者以想象力为记忆之一种，与梦略同。个人自身从未见闻感受之事物，决不能入梦，梦中之境界，不过摭取异时异地所见闻感受者，集而纳之一处，遂合成新幻之楼台。想象力亦然，故想象力有集合归纳之功用。[①]

和“梦”一样，想象所昭显的也是人的一种记忆方式，其功用并不在于体味“个人自身从未见闻感受之事物”，而是在于“集合归纳”“异时异地所见闻感受者”，即打破人固有的思维惯性和自然惰性，使人摆脱时间的羁绊和空间的阻隔，恢复整体感受，在历史和现实之间自由地驰骋，将所有埋藏在心灵深处的模糊情感和零散记忆归拢聚合到审美视野之中为自己所用。想象“所造之幻境”既是虚构生活的片段，又是经验历史的浓缩，只不过，经验历史所起的作用并不是显性的，而是潜隐的，就其本质而言，艺术“幻境”所呈现的仍然是一个虚构的世界。

想象力是文学家必不可少的基本能力：“古今诗人，类皆如是。即质诸常人，凡有几分之幻想，即有几分之诗情。”[②] 而文学想象力的基本内涵即在于“能见他人之所不能见”，“所谓能见他人之所不能见者何物耶？曰，事物间之同异而已”[③]。也就是说，具有想象力的文学家可以发现和感知事物之间的微妙关系，能够抓住常人看不到但想得到的事物相同点或事物相异点，并以之为纽带，将没有必然联系的“异时异地所见闻感受者”巧妙地排列叠加在一起，而这些事物自身所焕发出的意趣足以相互暗示，相互渗透，相互补充，相互强化，共同建构起具有强大情感张力和心理能量的事物综合体。例如，杜甫的诗句“人生不相见，动如参与商”和“细柳新蒲为谁绿”所体现的即是文学家“能见他人之所不能见”的强大想象力：前者意指“人生两朋友之不易相逢，与参商之不易相逢同，但此层之同常人之不能见，惟杜甫有想象力，故独能见之”；后者意指“杜甫，人也，具有灵性，故感慨兴亡，伤今昔情形之异，柳与蒲物也无灵性，故不能感慨兴亡，不能见今昔情形之异，

① 吴宓：《诗学总论》，《学衡》第 9 期，1922 年 9 月出版。
② 吴宓：《红楼梦新谈》，见吕启祥、林东海主编《红楼梦研究稀见资料汇编》，北京：人民文学出版社 2001 年版，第 25 页。
③ 吴宓：《诗学总论》，《学衡》第 9 期，1922 年 9 月出版。

故杜甫处此而兴趣都非，而蒲柳处此犹茂绿如恒，此人与物赋性之不同也，此层之不同，常人不能见，独杜甫能见之。”① 又如“Burns 之 To a Mouse 诗”亦是诗人想象力的产物，该诗前半段“既谓田鼠之巢倾，将如人之苦寒而无家者……而末章又云田鼠但知有目前之苦乐，而不伤既往，不忧后来，故尚比人为差幸也”，前半段是就人与田鼠的相同之处而言，末章是就人与田鼠的相异之处而言，“凡此皆见人之所不能见也”②。想象的过程就是借助“异时异地所见闻感受者”之间“他人之所不能见”的微妙异同关系生发出具有无限意蕴的艺术幻境，延展文学表现空间的过程。吴宓对这一问题的认识明显受到了 19 世纪英国批评家柯勒律治想象观念的影响：“辜律己谓想象力之作用，先一一解离分析，然后重行结合构造……”③ 柯勒律治将想象分为“第一性”和“第二性”两种：“第一性的想象”是“无限的‘我在’所具有的永恒创造活动在有限的心灵中的重现”；“第二性的想象”是“第一性的想象的回声，与自觉的意志并存；但它在功能上与第一性的想象完全合一，只在程度上，在活动形式上，有所不同。它溶化，分散，消耗，为的是要重新创造”④。“第一性的想象”是人类认识本真世界的原动力，“第二性的想象”是人类进行艺术创作的基础，尽管作为艺术创作基础的“想象”具有和“第一性的想象”完全一致的功能，都能够抵达“无限的‘我在’”，但是，由于“第二性的想象”是与“自觉的意志”并存的，所以，作为艺术创作基础的“想象”必然是一种自觉能动的心灵创造活动。在最理想最完善的诗人身上，我们可以清晰地看到这种心灵创造活动的闪光，“他散布一种统一的情调和精神，使各部分都通过我们所特别命名为想象这个综合神奇的力量，彼此得到调和渗透”⑤。吴宓汲取了柯勒律治关于“第二性的想象”活动形式的观点，认为艺术想象的要旨就在于，主体从自觉意识出发，能动地考察、选择、解析和组合零散材料，由此创造出新的有机整体。而“能见他人之所不能见”，把握“事物间之同异”⑥ 就是主体考察、选择、解析和组合零散材料、创造新的有机整体的必经之途。

在文学活动中，尽管想象的催生离不开主体现实生活中的见闻感受，但是，主体一旦被想象所主宰，就会暂时中止对于现实世界和自身处境的理性认识，呈现出浑然忘我、恍恍惚惚、如痴似狂的精神状态：

---

① 吴宓：《诗学总论》，《学衡》第 9 期，1922 年 9 月出版。
② 吴宓：《诗学总论》，《学衡》第 9 期，1922 年 9 月出版。
③ 吴宓：《诗学总论》，《学衡》第 9 期，1922 年 9 月出版。
④［英］柯勒律治：《文学传记》，见伍蠡甫主编《西方文论选》下卷，上海：上海译文出版社 1988 年版，第 30 页。
⑤［英］柯勒律治：《文学传记》，见伍蠡甫主编《西方文论选》下卷，上海：上海译文出版社 1988 年版，第 31 页。
⑥ 吴宓：《诗学总论》，《学衡》第 9 期，1922 年 9 月出版。

诗人富有想象力，见常人之所不能见，故人每以诗人为狂，缘狂人之想象力亦强，故见神见鬼，昔柏拉图谓狂有四种，而诗人居其一。而莎士比亚亦谓疯人、情人、诗人皆谓想象力所充塞，实乃一而三，三而一者也。诗人凝目呆视，忽天忽地，无中生有，造名赋形云云。①

柏拉图《斐德诺篇》借苏格拉底之口指出，“神灵凭附的迷狂我们分为四种：预言的，教仪的，诗歌的，爱情的”，诗歌的迷狂“是由诗神凭附而来的”，“若是没有这种诗神的迷狂，无论谁去敲诗歌的门，他和他的作品都永远站在诗歌的门外”②。莎士比亚《仲夏夜之梦》将情人、疯子和诗人相提并论，认为三者都受制于想象的魔力：

情人们和疯子们都富于纷乱的思想和成形的幻觉，他们所理会到的永远不是冷静的理智所能充分了解。疯人、情人和诗人，都是空想的产儿：疯子眼中所见的鬼，多过于广大的地域所能容纳，情人，同样是那么狂妄地能从埃及人的黑脸上看见海伦的美貌；诗人的眼睛在神奇的狂放的一转中，便能从天上看到地下，从地下看到天上。想象会把不知名的事物用一种方式呈现出来，诗人的笔再使它们具有如实的形象，空虚的无物也会有了居处和名字。③

柏拉图的诗神迷狂说和莎士比亚的诗人想象论都涉及了创作主体忘身忘时、不可自拔的沉醉状态，吴宓将这两种言论并置一处相互参照，借此标举出想象对于艺术创作者所具有的神奇作用。沉浸于想象中的艺术创作者在陷入迷狂忘记自身的同时，也获得了极度的精神自由，万里长空，倏忽来去，天上人间，纵横驰骋，缤纷的想象引导着他们弥合了现实与梦幻之间的鸿沟，超越了有限与无限二者的对立，在出人意表的时空交错中将瞬间的美感触动延展为神妙瑰丽、极富审美价值的艺术幻境：

蓬莱神山，虚无缥缈；天上之星球，desire of the moth for the star；海中之仙女。nymphetic longing；梦里之故乡，Nostalgia，又谓之“青花”（Blue

① 吴宓：《诗学总论》，《学衡》第 9 期，1922 年 9 月出版。

②［古希腊］柏拉图：《文艺对话集》，朱光潜译，北京：人民文学出版社 1980 年版，第 151~152 页，第 118 页，第 118 页。

③［英］莎士比亚：《仲夏夜之梦》，见《莎士比亚全集》第 1 卷，朱生豪译，南京：译林出版社 1998 年版，第 372 页。

Flower)：凡此均诗人幻境耳。[①]

艺术幻境不仅是创作者想象力的构造物，而且是接受者想象力的构造物。如果说创作主体的想象是艺术幻境得以成立的基本前提，那么，接受主体的想象就是艺术幻境得以成立的最终保证。完美的艺术幻境，应该最大限度地激发接受者的想象力，通过为其提供审美再创造的广阔天地来延展艺术的意义表现空间。在《论今日文学创造之正法》一文中，吴宓结合着戏剧创作与接受情况指出，“想象力之感化”是文学的真正目的，而“过度写实”则会严重阻碍“想象力之感化”的实现：

> 欧洲昔日希腊古剧及莎士比亚时之剧，其剧场布置等等，皆极简陋，然其剧之价值，反远在今日新剧之上，何哉？因戏剧之真正目的，在想象力之感化，而非写实之摹仿，故古剧中之剧场 Stage of Imaginative Suggestion 实胜过今日新剧之剧场 Stage of Realistic Imitation。而近年欧美有所谓提倡剧场布景趋于简单之运动，并主张剧场观客之数宜减少。彼非好为摹古，实欲救今日剧场过度写实之弊也。准是以论，则在吾国新剧亦宜于精神艺术上用功夫，而不可徒炫布景之繁复。而吾国旧戏中之京戏，实与莎士比亚时代之戏剧相似；而昆曲之人少事简而重歌唱及词藻，实近于希腊古剧也。[②]

吴宓对“过度写实之弊”的强烈批判昭示着他不仅认识到了激发读者想象对于文学活动的重要意义，而且意识到了形象世界中的空白即是激发接受者展开想象的基本动力。从他对剧场布景的评价中，我们可以体会到，在不妨碍意义传递的情况下，形象世界中能够激发读者想象的空白点越多，艺术作品可供审美再创造的空间就越大，艺术幻境的审美价值也就越高。艺术幻境应该充分发挥空白这一审美特质的长处，以有限的形式暗示无限的思想和情感。而这一问题恰恰也是西方现代研究所关注的重要问题。

要之，无新旧无中西的学术思维和理论视野使吴宓足以跨越时代和地域的限制，在综合吸纳和融会贯通中西古今文学资源的基础上形成自己独特的理论概念和文学范畴，他的“幻境”说就是中西古今文学思想碰撞融会的产物。

---

① 吴宓：《红楼梦新谈》，见吕启祥、林东海主编《红楼梦研究稀见资料汇编》，北京：人民文学出版社 2001 年版，第 23 页。
② 吴宓：《论今日文学创造之正法》，《学衡》第 15 期，1923 年 3 月出版。

从吴宓将融会中西古今文学资源作为新文学建构基础的主张中，我们既可以清晰地认识到他引进西方文学思想的热情，又可以深切地体会到他对中国传统文学思想的认同和肯定。在吴宓看来，中国文学和西方文学之间、古代文学和近现代文学之间并不存在着孰优孰劣、孰高孰低的对立性关系，它们同属于人类珍贵的文化遗产，是可以相互比较相互参照的。新文学建构既不能因拘泥于民族传统而故步自封，也不可因迷信西方思潮而削足适履，而是要采取兼容并包的态度，在整合传统与现代、中国与西方的基础上，探求合乎文学发展规律的新文学建构之路。

百年以来，中国文学及文论基本上是通过借鉴西方话语展开自身的现代追求的，引进西方话语资源固然可以极大地拓宽中国文学家和理论家的视野，促进中国文学的改革和中国文论的创新，但是，如果一味沉浸在对西方话语的照搬和模仿中，就会因忽视中国文学和文论的历史传承而抹杀其民族特性和历史具体性，破坏中国现代文学建构进程与传统文学根基之间的亲和性与固有联系，使文学创作者和理论言说者丧失文化归属感，遭遇民族文化身份的认同尴尬。而且，众所周知，任何一种文学作品和文学理论，只有在实现自身的历史传承，体现出鲜明民族文化特征的前提下才有望得到世界瞩目，才可能对世界文学发展做出贡献，单纯跟在西方话语之后亦步亦趋，必然会由于缺乏独创性而失去生命力。如此，吴宓整合中西古今文学资源并以之作为新文学建构基础的思路就有了重大的历史意义，尽管那些具体主张未必十全十美，但是，其中所体现出来的既注重本民族文学传统又积极吸纳各种外来文学资源的理论特征还是经得起历史考验的，很值得我们思考和借鉴。

第三章　兼顾审美特质和社会使命的新文学价值取向：吴宓新文学想象的基本理论内涵之二

注重审美特质和承载社会使命是文学在发展过程中所面临的两种价值取向：前者昭示着文学纯化自身品质的强烈愿望，后者体现着文学参与社会人生建设的巨大热情。中国新文学就产生于这两种价值取向相互渗透、相互胶着、相互斗争的复杂关系之中，因在两种价值取向之间不断调整自身运行轨迹而呈现出多元化的形态和面貌。新文学获得健康发展的关键就在于消解一味执着于社会使命和一味强调审美特质所带来的价值偏狭，将文学的内在独特属性和文学所应背负的社会任务有机地融合起来。吴宓围绕着这个问题提出过极具建设性的观点，分析其对文学审美特质和文学社会使命的认识，阐释其兼顾审美特质和社会使命的新文学价值取向，不仅可以使我们更加深入地认识和把握吴宓的文学思想，而且有助于我们更加全面地理解和评价新文学的运行轨迹和发展形态。

第一节　产生语境：过度强化的文学功利意识和屡遭压抑的文学审美诉求

就广义而言，文学或多或少、或明或暗都会承载着一定的社会使命。纵观中国古代的文学思想，从先秦孔子的诗可以"兴观群怨"之说[①]到明代冯梦龙的小说可以"导愚"、"适

① 语出《论语·阳货》，原文为："小子何莫学夫诗？诗可以兴，可以观，可以群，可以怨。"见郭绍虞主编《中国历代文论选》第1册，上海：上海古籍出版社2001年版，第17页。

俗”、“触里耳而振恒心”之论[1]，处处体现着对文学社会使命的阐发和强调。但是，从整个中国古代文学的发展来看，文学的变革大多是从文学内部自发产生的，体现文学功利意识的诗教观并没有在推动文学进程的诸种力量中占据绝对的主导地位。直到晚清以后，在亡国危机的刺激下，重视和弘扬文学的社会使命成了众多作家的共同心声，文学功利意识才水随风动，以汹涌澎湃之势迅速成长为推动现代文学进程的主导力量。相形之下，现代文学审美诉求则处于屡遭压抑的弱势地位，没有得到过充分的发展。尽管一直默默积攒着崛起的力量，但是，这种力量不足以对抗汹涌澎湃的文学功利意识，仅有的几次崛起姿态也往往是虎头蛇尾，或是因缺乏影响而走向式微，或是在现实的疾风中自觉转向。过度强化的文学功利意识和屡遭压抑的文学审美诉求构成了新文学发展的基本历史语境，而吴宓对于新文学价值取向的思考就产生于这一语境之中。

一、过度强化的文学功利意识

文学功利意识的过度强化，和晚清以后满目疮痍的社会状况及渴望变革的政治热情密切相关。对此，袁进和谢冕都曾作过相关的论述：

> 中国文学的近代变革并不是文学自发产生，而是政治变革带动的结果。[2]

从19世纪下半叶开始，

> 随着中国社会内外矛盾的逐步激化，社会肌体的危机全面地暴露出来，文学也开始和社会的改良或革命作同步的探求和实践……也就是从那时开始，中国文学在观念中对非社会性的纯美或纯娱乐性的倾向，便有了明显的忽略乃至歧视。[3]

> 文学运动和社会改造的关系，从来也没有这一时期这样的密切。文学

① 语出［明］冯梦龙《〈醒世恒言〉序》，原文为：“六经国史之外，凡著述皆小说也。而尚理或病于艰深，修词或伤于藻绘，则不足以触里耳而振恒心。此《醒世恒言》四十种所以继《明言》《通言》而刻也。明者，取其可以导愚也。通者，取其可以适俗也。恒者习之而不厌，传之而可久。”见郭绍虞主编《中国历代文论选》第3册，上海：上海古籍出版社2001年版，第223页。

② 袁进：《中国文学的近代变革》，桂林：广西师范大学出版社2006年版，第12页。

③ 谢冕：《1898：百年忧患》，济南：山东教育出版社1998年版，第251页。

自觉地摒弃部分甚而全部对它来说乃是根本品质的审美愉悦的作用，而承担起挽救危亡和启发民智的责任。将近一个世纪的社会动荡，激使文学以自己的方式与社会作同步的争取。①

面对着危机四起、民不聊生的社会状况，焦虑不堪的进步文人们开始注意到思想启蒙的重要性，注意到文学影响世道人心的潜在力量，祈望通过文学改革完成开化民智拯救国家的任务。值得注意的是，尽管中国古代也屡次出现过民族危亡的时刻，但那时的爱国作家充其量是将文学视为个人抒发忧国之情与亡国之痛的载体，并没有将其定位为救世的武器和兴国的工具。可见，民族危亡只是诱发文学功利意识的直接契机，并不足以成为近现代知识分子倚重文学的全部原因。那么，到底是什么原因驱动着近现代知识分子在面临亡国危机时，满怀信心地超越了以往的文学观念，将文学上升为强国之本？原因至少有二。

其一，文人身份的改变。从古至今，中国文人往往乐于以天下为己任，希望通过维护国家秩序和谋求民众安宁来实现自己的价值。但是，在维护国家秩序和谋求民众安宁的过程中，中国文人凭借的并不是自身所具备的现实力量，而是自身所拥有的话语权力，他们企盼的，是以话语教导他人，借助他人的力量匡正世风，救时济世。当其笃信君主力量时，君主就是其预先设定的话语倾听者，如果适逢懵懂愚昧、我行我素、听不进任何劝导的昏君，他们就把倾听的希望寄托在未来的英明君主身上。晚清以后，列强用坚船利炮轰开了中国的大门，西方现代思潮亦随之涌入，在民族大忧患和宪政新思想的双重冲击下，中国的君主政体岌岌可危，文人对君主力量的崇信也日益弱化和消解。特别是科举制度废除后，千百年来中国文人与统治阶级之间那种固定的精神联系被彻底切断，他们不再以君主的辅佐者自居，而是变身为民众导师，希望经由启蒙国民思想，改变国民精神来实现自己的政治理想。尽管此时的中国文人已经将民众视为自己的话语倾听者，一心想着去依赖民众的力量，但是精英阶层的固有优越感并没有从他们那里消失，对于民众的理解力和思想境界，他们并不真正信服。在他们看来，要完成教导民众的任务，就必须采用更易于被接受者理解也更能激发接受者兴趣的话语方式，而小说等文学作品显然比传统的政论文更容易被接受者理解，也更容易激发他们的兴趣，自然应该在开启民智教导民众的过程中发挥重要的作用。

① 谢冕：《1898：百年忧患》，济南：山东教育出版社 1998 年版，第 252 页。

其二，近现代报刊业的发展。在中国古代，由于印刷和传播方式的限制，文人们自然无法对文学的社会影响力抱有过高的期许。进入近现代以后，印刷技术的进步和出版速度的提升不仅使文学作品获得了批量复制的可能，而且直接导致了报刊业的发展和兴盛。借助报刊这一新型传播工具，越来越多的作家开始采用“朝脱稿而夕印行”的方式迅速发表自己的作品，以往那种“抱才不遇，无所表见，借小说以自娱，息心静气，穷十年或数十年之力，以成一巨册，几经锻炼，几经删削，藏之名山，不敢遽出以问世”[①]的传统写作模式已成明日黄花。报刊及时、快捷、广泛的传播特点在大大缩短文学作品面世周期的同时，也强烈刺激着普通民众对文学的消费需求，使文学的受众从知识精英扩展到了普通百姓，而文学的社会影响力亦因此得到了前所未有的高涨。如果说文人身份的改变决定了近现代知识分子会对民众力量和文学效用抱以亘古未有的热烈期许，那么近代报刊业发展所带来的日益扩大的文学影响力就给他们注入了以文学新民救国的无穷信心。在这两种因素的共同作用下，很多近现代知识分子怀着巨大的非文学热情将文学推举为变革社会和复兴民族的不二法门。纵观20世纪80年代以前对我国现代文学发展进程起到关键作用的理论观点，基本上都是这一认识在不同话语环境下的继续和延伸。

早在19世纪末20世纪初，严复、夏曾佑、梁启超等人就曾经强调过文学在开化民智、改革社会方面所具有的功利价值。为了将这种功利价值落到实处，他们首先关注的是文学受众的数量，较之诗词文章，小说因通俗易懂而拥有更为广泛的读者群。所以，他们就自然而然地将小说视作了最具有成为启蒙工具潜质的文学体裁，认为“小说有不可思议之力支配人道故”[②]，“说部之兴，其入人之深，行世之远，几几出于经史上，而天下之人心风俗，遂不免为说部之所持”[③]。怀着对小说工具价值的无上崇信，他们将欧美等国的政治革新和小说创作不恰当地扭结在一起，对这些国家小说的政治品格和社会作用进行了不遗余力的夸大，企图使之成为中国小说改良运动的论据和摹本：

> 闻欧、美、东瀛，其开化之时，往往得小说之助。[④]

---

① 寅半生：《〈小说闲评〉叙》，见陈平原等编《二十世纪中国小说理论资料》第1卷，北京：北京大学出版社1989年版，第182页。

② 饮冰：《论小说与群治之关系》，见陈平原等编《二十世纪中国小说理论资料》第1卷，北京：北京大学出版社1989年版，第33页。

③ 几道、别士：《本馆附印说部缘起》，见陈平原等编《二十世纪中国小说理论资料》第1卷，北京：北京大学出版社1989年版，第12页。

④ 几道、别士：《本馆附印说部缘起》，见陈平原等编《二十世纪中国小说理论资料》第1卷，北京：北京大学出版社1989年版，第12页。

欧美之小说，多系公卿硕儒，察天下之大势，洞人类之赜理，潜推往古，豫揣将来，然后抒一己之见，著而为书，用以醒齐民之耳目，励众庶之心志。或对人群之积弊而下砭，或为国家之危险而立鉴，然其立意，则莫不在益国利民，使勃勃欲腾之生气，常涵养于人间世而已。①

在昔欧洲各国变革之始，其魁儒硕学，仁人志士，往往以其身之所经历，及胸中所怀，政治之议论，一寄之于小说。于是彼中辍学之子，黉塾之暇，手之口之，下而兵丁、而市侩、而农氓、而工匠、而车夫马卒、而妇女、而童孺，靡不手之口之。往往每一书出，而全国之议论为之一变。彼美、英、德、法、奥、意、日本各国政界之日进，则政治小说，为功最高焉。②

尽管梁启超等人对欧美国家小说的理解受制于“六经注我”的思路，并不完全符合该国小说的创作实际，但是，他们仍然固执地将自己所认定的欧美小说的社会革命意义作为衡量小说价值的重要标准，对达不到这一标准的中国古代小说大加挞伐：

中土小说，虽列之于九流，然自《虞初》以来，佳制盖鲜，述英雄则规画《水浒》，道男女则步武《红楼》，综其大较，不出诲盗诲淫两端。陈陈相因，涂涂递附，故大方之家，每不屑道焉。③

至吾邦之小说……其立意则在消闲，故含政治之思想者稀如麟角，甚至遍卷淫词罗列，视之刺目者……小说界之腐坏，至今日而极矣。④

在片面认识和偏激情绪的作用下，他们眼中的中国古典小说简直成了“吾中国群治腐败之总根原”⑤，似乎所有的社会问题和国民弱点都应该归咎于古典小说的消极影响。所以，要完成富国强民的任务，就必须进行小说革新，彻底清除传统积弊，将小说作为启蒙工具的潜质真正发挥出来：

① 衡南劫火仙：《小说之势力》，见陈平原等编《二十世纪中国小说理论资料》第1卷，北京：北京大学出版社1989年版，第32页。
② 任公：《译印政治小说序》，见陈平原等编《二十世纪中国小说理论资料》第1卷，北京：北京大学出版社1989年版，第21~22页。
③ 任公：《译印政治小说序》，见陈平原等编《二十世纪中国小说理论资料》第1卷，北京：北京大学出版社1989年版，第21页。
④ 衡南劫火仙：《小说之势力》，见陈平原等编《二十世纪中国小说理论资料》第1卷，北京：北京大学出版社1989年版，第32页。
⑤ 饮冰：《论小说与群治之关系》，见陈平原等编《二十世纪中国小说理论资料》第1卷，北京：北京大学出版社1989年版，第36页。

欲新一国之民，不可不先新一国之小说。故欲新道德，必新小说；欲新宗教，必新小说；欲新政治，必新小说；欲新风俗，必新小说；欲新学艺，必新小说；乃至欲新人心、欲新人格，必新小说。①

今日欲改良群治，必自小说界革命始；欲新民，必自新小说始。②

而欧美东瀛的社会政治小说即是我国进行小说革新时所应参照的蓝本和楷模：应“采外国名儒所撰述，而有关切于今日中国时局者，次第译之……”③按照这种逻辑，一旦中国的小说创作达到了欧美东瀛社会政治小说的高度，中国的社会政治改革就会如欧美东瀛一般取得成功。用今天的眼光来看，这种将小说创作和政治改革混为一谈的思想认识显然片面夸大了文学的社会政治效用，缺乏科学性与合理性。但是，在国难当头、群情愤激的岁月里，时代还是接纳甚至附和了这种不科学不合理的文学功利意识，对此，历史在场者吴沃尧有过这样的描述：

吾感夫饮冰子《小说与群治之关系》之说出，提倡改良小说，不数年而吾国之新著新译之小说，几于汗万牛充万栋，犹复日出不已而未有穷期也。求其所以然之故，曰：随声附和故。④

可以想见，接受者的“随声附和”，并不是出于对梁启超等人文学思想内涵的深刻理解，而是基于对其中所昭显的民族危机意识和社会使命感的认同。

与梁启超等人将小说视为政治改良工具的观点一脉相承的，是文学革命倡导者陈独秀、胡适等人的激越宣言：

今欲革新政治，势不得不革新盘踞于运用此政治者精神界之文学。⑤

① 饮冰：《论小说与群治之关系》，见陈平原等编《二十世纪中国小说理论资料》第1卷，北京：北京大学出版社1989年版，第33页。
② 饮冰：《论小说与群治之关系》，见陈平原等编《二十世纪中国小说理论资料》第1卷，北京：北京大学出版社1989年版，第37页。
③ 任公：《译印政治小说序》，见陈平原等编《二十世纪中国小说理论资料》第1卷，北京：北京大学出版社1989年版，第22页。
④ 吴沃尧：《〈月月小说〉序》，见陈平原等编《二十世纪中国小说理论资料》第1卷，北京：北京大学出版社1989年版，第169页。
⑤ 陈独秀：《文学革命论》，原载1917年2月1日《新青年》第2卷第6号，见《陈独秀文章选编》上，北京：生活·读书·新知三联书店1984年版，第172页。

我们当日不谈政治，正是要想从思想文艺的方面替中国政治建筑一个非政治的基础……我们至今还认定思想文艺的重要……我们决不可忘记这二千年思想文艺造成的恶果。打倒今日之恶政治，固然要大家努力；然而打倒恶政治的祖宗父母——二千年思想文艺里的“群鬼”更要大家努力！①

这种将文学革新定位为政治革新必要前提的价值预设制约着众多“五四”知识分子的文学观念，促使其策略性地忽略自己的审美感受，专注于从社会政治革命和思想启蒙的需要出发去选择和评价文学。譬如，茅盾在引进和介绍俄国作家陀思妥耶夫斯基的作品时，虽然也注意到了陀氏作品独特的叙事方式和执着的宗教意识，但是，对他来说，这些非但不是赞扬陀氏作品的理由，反而昭示了陀氏作品的明显缺陷：

若以严格的小说定义去衡量陀氏的小说，便见得陀氏最重要的著作却最不合小说的定义。小说是表现人生的，人生的变迁惟时间表之；如果时间的观念不为一部小说的重要点，这小说就难算是表现人生的了；既不是表现人生的，就失却小说所以为小说的最重要条件之一了。陀氏的杰作如《卡拉玛淑夫兄弟》一书，时间观念不很分明，《罪与罚》中写拉斯枯尔尼枯夫要悔罪的一节，也没有分明的时间观念……书中主人翁的说话拖沓而重复，读时总觉得只是著作家一个人自己在那里说话；结构大概很杂乱……②

陀思妥以夫斯基的思想或者确是偏的极端的；他的爱与牺牲的宗教或者竟如一二评论者所说，是歇斯迭里患者的幻想。③

茅盾坚持认为，陀氏作品的真正价值在于对社会生活的关注和对无产阶级的辩诬及同情：陀思妥耶夫斯基认定“罪恶都是压制下的产物；人若有自由，自己负了责任，他的善质

① 胡适：《答伯秋和傅斯稜先生》，原载 1922 年 5 月 28 日《努力周报》第 4 号，见欧阳哲生编《胡适文集》第 3 卷，北京：北京大学出版社 1998 年版，第 370 页。

② 茅盾：《陀思妥以夫斯基的思想》，原载 1922 年 1 月 10 日《小说月报》第十三卷第一号，见《茅盾全集》第 32 卷，北京：人民文学出版社 2001 年版，第 480~481 页。

③ 茅盾：《陀思妥以夫斯基的思想》，原载 1922 年 1 月 10 日《小说月报》第十三卷第一号，见《茅盾全集》第 32 卷，北京：人民文学出版社 2001 年版，第 497 页。

未有不发露的”[1]。“‘被损害’的人们或许会堕落到极卑污凶暴的生活里，但他灵魂中的‘神的火花’是不会灭的……”[2]怀着这种信念,陀氏作品“把那些‘被践踏者与被损害者’的狰狞可畏的外衣剥去了，把他们的纯洁的灵魂摊布出来给智识阶级的人看，叫他们知道人性的永久真实即是善，叫他们知道下级阶级的真面目是什么？……叫他们知道人性的永久真实的伟大的力量”[3]。用今天的眼光来看，茅盾对陀氏作品的评价明显不够全面和准确，他认可的是陀氏作品中能够与中国政治革命和启蒙运动扯上关系的社会现实因素，而这并不是陀氏作品中最具思想特色和文学价值的部分。他不仅否定了陀氏作品中与中国社会变革需要关系不大的宗教因素，而且否定了其所采用的不利于普通读者接受及发挥文学社会教育功能的特殊叙事方式，但是，这些恰恰是陀氏作品中最耐人寻味的思想要素和最值得注意的文学贡献。严格地说，茅盾的评价是对陀氏作品的一种误读，导致这种误读的主要动因就是文学功利主义制约下的非文学观念。对文学功利主义的普遍认同决定了“五四”学者对新文学建构之路的思考必然会沿着工具论的方向进行，在他们那里，新文学的主要角色定位是追求社会现代性的一种可资利用的工具。尽管陈独秀等新文学倡导者并没有完全忘记强调“文学、美术自身独立存在之价值”[4]，但是，在文学功利意识的强大挤压下，这种关于文学独立地位的设想并没有对他们的新文学价值取向产生根本性的影响。

20世纪20年代中后期，随着时代风云的变幻和无产阶级政治意识的诞生，文学和社会政治革命之间的关系变得更加自觉也更加紧密。李初梨对二者关系的阐述代表了当时革命文学家们的一般认识：

> 我们的文学家，应该同时是一个革命家。他不是仅在观照地“表现社会生活”，而且实践地在变革“社会生活”。他的“艺术的武器”同时就是无产阶级的“武器的艺术”。所以我们的作品，不是像甘人君所说的：是什么血，什么泪，而是机关枪，迫击炮。[5]

---

① 茅盾：《陀思妥以夫斯基的思想》，原载1922年1月10日《小说月报》第十三卷第一号，见《茅盾全集》第32卷，北京：人民文学出版社2001年版，第487页。

② 茅盾：《陀思妥以夫斯基的思想》，原载1922年1月10日《小说月报》第十三卷第一号，见《茅盾全集》第32卷，北京：人民文学出版社2001年版，第486页。

③ 茅盾：《陀思妥以夫斯基带了些什么东西给俄国？》，原载1921年11月11日《时事新报·文学旬刊》第十九号，见《茅盾全集》第32卷，北京：人民文学出版社2001年版，第442页。

④ 陈独秀：《答胡适之》，原载1916年10月1日《新青年》第2卷第2号，见《陈独秀文章选编》上，北京：生活·读书·新知三联书店1984年版，第142页。

⑤ 李初梨：《怎样地建设革命文学》，见《文学运动史料选》第2册，上海：上海教育出版社1979年版，第42页。

在他们看来，文学家的革命家身份是由目前的时代特征决定的，文学的任务是表现时代精神，而革命就是目前时代的基本精神，只有富于革命精神的作家才具备理解和表现目前时代的能力。对此，钱杏邨作过这样的议论：

> 现在的时代不是纤巧俏皮的作家的笔所能表现出的时代，现在的时代不是没有政治思想的作家所能表现出的时代！……这个狂风暴雨的时代，只有具着狂风暴雨的革命精神的作家才能表现出来，只有忠实诚恳情绪在全身燃烧，对于政治有亲切的认识自己站在革命的前线的作家才能表现出来！①

在革命激情的驱动下，是否具备服务于社会政治革命的效用成了革命文学倡导者衡量文学价值的唯一标准，而文学自身的独立地位则被他们忽视和否定了。

20 世纪 30 年代，中华民族被推向生死存亡的关头，抗日烽火从东北烧到全国，抵御外侮救亡图存成了举国上下的重中之重。在这种大形势下，文学功利意识得到了更加广泛的认同和更加全面的彰显。1941 年 7 月 25 日，《中苏文化月刊》上刊载了老舍的《文章下乡，文章入伍》。该文认为“文章下乡，文章入伍”不仅是抗战时期进步文艺的必然选择，而且是中国新文艺的基本精神在抗战语境下的必然延伸：

> 中国的新文艺始终自居，自信，自证，是革命斗争的有力武器……激跳的文心，遇到了神圣的抗战便极自然的要证明它自己可以变作枪炮与炸弹。所谓文章下乡，文章入伍，就是这激跃的文心要在抗战中去多尽斗争的责任的自信与自励。②

老舍的观点代表了抗战时期主流文学家对文艺价值和文艺功能的普遍认识。为了真正做到“文章下乡，文章入伍”，很多卓有成就的作家毅然告别了自己熟悉的文学题材和擅长的写作方式，将全部热情倾注到抗战宣传工作之中，大量创作抗战诗、大鼓词、街头剧、快板书、章回体小说等宣传意味浓厚、易于被一般读者接受的通俗文学，希望以此鼓动民众的爱国热情和战斗精神。在抗战宣传高于一切的文学语境中，社会政治标准必然会成为衡量文学创作的首要标准，任何淡化文学功利意识的言论都会显得格外刺耳，正如

① 钱杏邨：《死去了的阿 Q 时代》，见《文学运动史料选》第 2 册，上海：上海教育出版社 1979 年版，第 57 页。
② 老舍：《文章下乡，文章入伍》，见《文学运动史料选》第 4 册，上海：上海教育出版社 1979 年版，第 187 页。

夏衍所描述的那样：

> 抗战以来，“文艺”的定义和观感都改变了，文艺再不是少数人和文化人自赏的东西，而变成了组织和教育大众的工具。同意这新的定义的人正在有效地发扬这工具的功能，不同意这定义的“艺术至上主义者”在大众眼中也判定了是汉奸的一种了。[①]

可以想见，这种集体意识势必会使文学的审美诉求遭到更为彻底也更为普遍的漠视和贬斥。

1942年以后，在无产阶级政党力量的干预和推动下，文学工具论思想渐渐成长为一种代表着政治权威的意识形态话语。是年5月，毛泽东的《在延安文艺座谈会上的讲话》（以下简称《讲话》），明确指出：

> 在现在世界上，一切文化或文学艺术都是属于一定的阶级，属于一定的政治路线的。为艺术的艺术，超阶级的艺术，和政治并行或互相独立的艺术，实际上是不存在的。[②]

> 文艺是从属于政治的，但又反转来给予伟大的影响于政治。[③]

郭沫若、邵荃麟等红色理论家以此为依据，将文学工具论的内涵[④]进一步窄化，认为文艺理应是政治路线的附属物和革命机器的组成部分，党理应动用政治力量对文艺进行全方位的清理和引导。1948年，他们以文艺政治观和文艺阶级观为理论武器，发起香港文艺整风运动，要求“坚决承认文艺服从政治的原则，承认文艺的阶级性与党派性，反对艺术独立于政治的观念”，认为“只有政治思想上更明确的认识，才能克服艺术思想上的种种偏向”[⑤]，并由此展开了对不同文学主张的批判和清算：指责胡风的“主观战斗精神”说从根本上偏离了《讲话》所强调的社会阶级观点；指责朱光潜、沈从文对文学审美特质

---

① 郭沫若、老舍、夏衍等：《抗战以来文艺的展望》，见《文学运动史料选》第4册，上海：上海教育出版社1979年版，第34~35页。

② 毛泽东：《在延安文艺座谈会上的讲话》，见《毛泽东选集》第3卷，北京：人民出版社1991年版，第865页。

③ 毛泽东：《在延安文艺座谈会上的讲话》，见《毛泽东选集》第3卷，北京：人民出版社1991年版，第866页。

④ 事实上毛泽东在《讲话》中主要强调的是文艺为人民大众服务，但发起香港文艺整风运动的一些人为了突出文艺与政治的密切联系，只专注于片面强调文学政治论和文学阶级论，并没有完全践行《讲话》的精神。

⑤ 本刊同人 荃麟执笔：《对于当前文艺运动的意见——检讨、批判和今后的方向》，见《文学运动史料选》第5册，上海：上海教育出版社1979年版，第303页。

的关注代表的是“把文艺拉回到为艺术而艺术的境域中去”[①]的反政治倾向。通过这番猛烈集中的批判和清算，那些与文学政治论和文学阶级论不相符合的文学主张彻底丧失了分享话语权的资格，革命功利主义文学思想的独尊地位得到了完全的确立。

二、屡遭压抑的文学审美诉求

文学审美诉求关涉着对文学独立地位的认可和强调，中国现代也有不少文学家和理论家注意到了这个问题，他们一再要求强化新文学的审美品格，反对将功利主义作为新文学的价值取向。但是，就总体而言，在新时期以前，文学审美诉求始终处于屡遭压抑的状态，始终没有取得与文学功利主义分庭抗礼的资格。

在现代文学发展进程中，王国维是自觉明确地将审美属性定位为文学艺术核心特征的第一个关键人物。20世纪初，王国维汲取康德、叔本华的美学思想，坚持认为审美无功利品质是文学能够获得独立地位，跻身于纯粹艺术的关键。从这一理论视野出发，王国维既反对将文学当作激发感官欲望的工具，又反对将文学当作某种政治道德意图的载体。他清醒地意识到，无论是在经世致用思想制约下的传统语境，还是在大力强调文学救国论的现代语境，中国文学的超功利品质和独立地位所面临的威胁都不是来自感官欲望的威压，而是来自政治功利意识的挟裹：

> 历代诗人，多托于忠君爱国、劝善惩恶之意，以自解免，而纯粹美术上之著述，往往受世之迫害，而无人为之昭雪者也……甚至戏曲、小说之纯文学，亦往往以惩劝为旨，其有纯粹美术上之目的者，世非惟不知贵，且加贬焉。[②]

> 观近数年之文学，亦不重于文学自己之价值，而唯视为政治教育之手段……欲求其学说之价值，安可得也！[③]

> 呜呼！美术之无独立之价值也久矣。[④]

① 本刊同人 荃麟执笔：《对于当前文艺运动的意见——检讨、批判和今后的方向》，见《文学运动史料选》第5册，上海：上海教育出版社1979年版，第287页。

② 王国维：《论哲学家与美术家之天职》，见周锡山编校《王国维集》第1册，北京：中国社会科学出版社2008年版，第182页。

③ 王国维：《论近年之学术界》，见周锡山编校《王国维集》第2册，北京：中国社会科学出版社2008年版，第302页。

④ 王国维：《论哲学家与美术家之天职》，见周锡山编校《王国维集》第1册，北京：中国社会科学出版社2008年版，第182页。

在王国维看来，要恢复文学作为艺术的独立价值，就必须彻底扫清政教文学观的干扰，树立现代纯文学观念。这对于中国文学现代化进程无疑具有划时代的意义——强调文学的社会功利性固然可以极大地提高文学的地位，但是文学独立价值的确立，却离不开纯文学观的支持。然而，遗憾的是，王国维的这一思想，“由于我国国情、文化制度的关系，在后来的70多年间，一直是忽隐忽现，处于抑制状态……”[①]并没有发挥出应有的作用。

20世纪20年代前期，在西方近现代浪漫主义、唯美主义文艺思潮的影响下，创造社成员普遍坚持艺术的独立地位和无功利倾向，强调“美的追求是艺术的核心”，“美与感情”是“艺术的最大要素”[②]，反对把艺术当作人生的附庸：“认定艺术与人生，只是一个晶球的两面。只如我们的肉体和精神的关系一样，他们是两两平行，绝不是互为君主臣仆的。”[③]并指出“文艺也如春日的花草，乃艺术家内心之智慧的表现。诗人写出一篇诗，音乐家谱出一支曲子，画家绘成一幅画，都是他们感情的自然流露：如一阵春风吹过池面所生的微波，应该说没有所谓目的”[④]，“文学上的创作，本来只要是出自内心的要求”[⑤]。对于文学家而言，除了忠实于“内心的要求”，专注于表现自我情感，不应该受制于其他的目的和动机，“对于艺术上的功利主义的动机说，是不承认他有成立的可能性的”[⑥]。在他们看来，功利目的的强化只能导致艺术价值的弱化。以小说为例，“目的小说（或宣传小说）的艺术，总脱不了削足就履之弊；百分之九十九，都系没有艺术价值的”，所以论及小说的时候，绝对不能拿小说的目的性或宣传性“作论断的准则”[⑦]。创造社成员对文学功利意识的否定无疑应该对中国新文学审美诉求的发展起到有效的推动作用，但遗憾的是，20年代中期以后，创造社又在对无产阶级革命文学的急切呼唤中，全盘否定了自己曾经一心捍卫的艺术独立论和审美表现论，转而将对文学功利性的追求推向了极端。这一转向必然会在相当程度上弱化其早期文艺观的影响力量。

20世纪30年代，梁宗岱对法国著名象征主义诗人瓦莱里的“纯诗”观念大加赞赏，坚持认为，纯诗是一种与现实世界绝缘的，灌注着梦幻玄想的纯粹艺术形式，只有这种

① 钱中文：《文学理论：在新世纪的晨曦中》，《文学评论》1999年第6期，第5页。

② 郁达夫：《艺术与国家》，见《郁达夫文论集》，杭州：浙江文艺出版社1985年版，第57页。

③ 郭沫若：《论国内的评坛及我对于创作上的态度》，见黄侯兴主编《创作社丛书·文艺理论卷》，北京：学苑出版社1992年版，第6页。

④ 郭沫若：《文艺之社会的使命——在上海大学讲》，见上海社会科学院、上海图书馆主编《郭沫若在上海——纪念郭沫若诞辰一百周年》，上海：上海社会科学出版社1994年版，第125页。

⑤ 成仿吾：《新文学之使命》，见黄侯兴主编《创作社丛书·文艺理论卷》，北京：学苑出版社1992年版，第51页。

⑥ 郭沫若：《论国内的评坛及我对于创作上的态度》，见黄侯兴主编《创作社丛书·文艺理论卷》，北京：学苑出版社1992年版，第5~6页。

⑦ 郁达夫：《小说论》，见《郁达夫文论集》，杭州：浙江文艺出版社1985年版，第225页。

纯粹艺术形式才能称得上是真正的艺术。“形式是一切文艺品永生的原理”，“形式是一切艺术底生命，所以诗，最高的艺术，更不能离掉形式而有伟大的生存”[①]。所以，对于艺术作品而言，最要紧的就是扫除一切功利性和目的性，追求那种绝对独立绝对自由的艺术形式：“纯粹凭藉那构成它底形体的原素——音乐和色彩——产生一种符咒似的暗示力，以唤起我们感官与想象底感应……”[②]梁宗岱对艺术形式的强调体现了他对文学审美价值的高度重视和将文学带入纯粹艺术世界的美好愿望，其具体论述也不乏启示意义。但是，他这种将艺术形式的功能推向纯粹化和绝对化的做法又显得过于脱离实际，不易被具有现实使命感的诗人和诗论家接受，因而也不可能成为一种足以影响新文学价值取向的文学思潮。

从20世纪20年代末到40年代，朱光潜始终抱着审美主义的态度关注文学，对此，旷新年有过这样的评价：

> 朱光潜的意义并不在于他在中国创立了文艺心理学，而在于他体现了一种文学现代性的态度，即审美主义的态度，把感性世界和理性世界、艺术世界和功用世界区分出来，将文学理论推向了一个极端。艺术是为了满足人的审美的需要。[③]

即使在革命大潮席卷全国的40年代后期，朱光潜也固守着以“美”为核心的文学立场，坚持自由独立的艺术追求，认为文学有文学自身的发展规律：

> 我们不能凭某一个人或某一部分人的道德底或政治底主张来勉强决定文艺生展的方向。在历史上屡次有人想这样做……以为文艺走某一方向便合他们的主张或利益。于是硬要它朝那个方向走，尽钳制和奸污之能事，结果文艺确是受了害，而他们自己也未见得就得了益。因此，我反对拿文艺做宣传的工具或是逢迎谄媚的工具。文艺自有它的表现人生和怡情养性的功用，丢掉这自家园地而替哲学宗教或政治做喇叭或应声虫，是无异于

① 梁宗岱：《诗与真二集·新诗底纷岐路口》，见马海甸主编《梁宗岱文集·评论卷》，北京：中央编译出版社2003年版，第159页，第157页。

② 梁宗岱：《诗与真二集·谈诗》，见马海甸主编《梁宗岱文集·评论卷》，北京：中央编译出版社2003年版，第87页。

③ 旷新年：《中国20世纪文艺学学术史》第2部下卷，上海：上海文艺出版社2001年版，第209页。

丢掉主子不做而甘心做奴隶。①

20世纪40年代，这些观点引来了革命文艺工作者集中猛烈的炮火攻击。从此，朱光潜有关审美论的文艺思想基本上被打入了另册,成了“堕落的和反动的文艺思想”②的代表，自然也就不再有对现代文学发展进程施加影响的机会。

可以想见，过度强化的文学功利意识和屡遭压抑的文学审美诉求势必会造成文学工具主义的霸权倾向，使新文学发展不堪重负。所以，吸取历史的经验教训，在文学功利意识和文学审美诉求之间寻找平衡，正确处理文学的社会使命和审美特质之间的关系，对于新文学的健康发展而言，是非常必要的。在中国现代文学史上，吴宓对这一问题的探讨虽然并非十全十美，但是，其中所体现出来的既立足于现实人生关怀又不忘记文学审美特质的文学价值取向，还是很值得我们思考和借鉴的。

第二节　文学·道德·人生：吴宓对新文学社会使命的思考

在吴宓的文学思想体系中，对新文学社会使命的思考主要体现在他对文学与道德关系的分析上，而他对文学与道德关系的分析则与其探求人生真理、完善现代人性的热情密切相关。

在现代中国，新文学诞生之初就挟带着非文学的意义，正如美国学者格里德所说，作为新文化运动的一部分，催生新文学的“文学革命从其发端就是更广阔范围的思想改革运动的工具”③。这种将文学定位为思想改革工具的普遍价值预设和20世纪前半期的时代政治风云结合在一起，成长为在现代文坛上占据主导地位的认知力量，深刻地影响着中国新文学的发展道路和整体面貌。值得注意的是，在新文学阵营那里，道德革命是思想改革运动的有机组成部分，作为思想改革运动的工具，新文学的一大任务即是推动道德革命。论及道德革命问题时，陈独秀等新文学倡导者所奉行的基本上还是进化论思路指导下的新优旧劣原则，认为“中国和西洋的旧道德观念都不彻底，不但不彻底，而且

① 朱光潜：《自由主义与文艺》，原载《周论》1948年8月6日第2卷第4期，见《文学运动史料选》第5册，上海：上海教育出版社1979年版，第636页。

② 本刊同人 荃麟执笔：《对于当前文艺运动的意见——检讨、批判和今后的方向》，见《文学运动史料选》第5册，上海：上海教育出版社1979年版，第292页。

③［美］格里德：《胡适与中国的文艺复兴》，鲁奇译，南京：江苏人民出版社1989年版，第92~93页。

有助于人类本能上不道德的黑暗方面的部分，所以东西洋自古到今的历史，每页都写满了社会上、政治上悲惨不安的状态……若说道德是旧的好，是中国固有的好，简直是梦话”①。按照这种观念，要将思想改革落到实处，就必须彻底颠覆和扫荡旧的伦理道德，而新文学，就是颠覆扫荡旧伦理旧道德以完成思想改革的有效武器。如此看来，尽管新文学阵营并没有忽视文学和道德的关系，但是，他们所注重的，只是文学批判和摧毁旧道德的实际力量和即时性的功利目的，而并非道德对于文学所具有的本体性意义，而且，怀着彻底反叛传统道德的意图，新文学阵营甚至坚决反对将道德视为本体化的存在。与之相反，吴宓始终将道德视作文学的本体，认为文学与道德的关系不是人为设定的，而是必然产生的，文学不是某个群体所安排的实践特定道德任务的工具，而是永恒道德力量的自然显现：“文学不以提倡道德为目的，而其描写则不能离乎道德。”“欲使小说（及他种文学作品）完全与道德无关，实为不可能之事。”② 在新文化运动和文学革命的大背景下，吴宓对道德本体性意义的强调因为不合时宜而遭遇了漠视和批评，甚至被贬斥为以文学捍卫旧道德的落后典型。这是对吴宓文学道德观的误会和曲解。因为，在他的文学思想中，“道德有真伪高下之分”③，无新旧中西之别。无论古今中外，真正的道德所体现的都是“普遍的……放之四海而皆准”④ 的人生真理，这种人生真理，并不是外在于人的既定规范，而是理想人性的自然表现。所以，吴宓把文学与道德联系起来加以探究，并不是为了把文学等同于道德礼教读本，而是基于文学探求人生真理、完善现代人性的社会使命感。

一、道德：人生真理的集中体现和理想人性的自然倾向

吴宓所理解的道德，就是人生真理的集中体现。在《评〈歧路灯〉》和《道德救国论》等文中，吴宓将“道德”与“风俗”、“礼俗”并置一处相互比较，借以凸显道德作为人生真理的基本特征：

> 世人每以道德 Morality 与风俗 Manners 并为一谈，实则二者截然不同，至宜分辨，道德乃内蕴之原理，千古长存而不变，风俗则外形之末节，随

① 陈独秀：《调和论与旧道德》，原载《新青年》1919 年 12 月 1 日第 7 卷第 6 号，见《陈独秀文章选编》上，北京：生活·读书·新知三联书店 1984 年版，第 444 页。

② 吴宓：《评〈歧路灯〉》，《大公报·文学副刊》1928 年 4 月 23 日第 9 版。

③ 吴宓：《评〈歧路灯〉》，《大公报·文学副刊》1928 年 4 月 23 日第 9 版。

④ 吴宓：《道德救国论》，《大公报·文学副刊》1932 年 2 月 15 日第 8 版。

时随地而不同……[1]

道德乃永久长存而非转瞬变灭，盖道德全亡则宇宙毁人类绝，惟按一多相关之理，道德必藉事象而显，是即为礼节风俗制度，道德为一为本，永久不改，礼俗制度等为多为末，随时随地而异，且应当时时修改以求适宜，修改之后，不但便利人生，且使道德之本义更可表明……道德之本体或其原理为绝对的，盖道德内绝对之善，施行于人事中者，则不得不相对的，易辞言之，道德为绝对的，但礼俗为相对的……道德之本体为和谐一致，惟（亦按一多相关之理）于外者（即礼俗制度）常多矛盾，古今大哲人如孔子与柏拉图，皆发明一种合乎道德之理想社会……道德之本体为绝对之真，惟其施行于人事中者，迷离纷错不可辨识，故礼俗及行为之真与伪，仅为相对的，即比较的……[2]

按照这种思路，“道德之根本之内律也，一定而不变……当尊之爱之，而不当攻之非之者也”，“风俗、制度、仪节”作为道德的“枝叶”、“外形”，则“尽可随时制宜，酌量改革”，“决不可以风俗、制度、仪节有当改良者，而遂于宗教、道德之本体，攻击之、屏弃之”，新文化运动和文学革命“以一事而攻击宗教、道德之全体，以一时形式之末，而铲绝万古精神之源，实属诬罔不察之极”[3]。

细究根源，不难发现，吴宓将道德视作人生真理的观点并不是孤立的存在，而是“天人物三界”说这一理论信念和思维方式的必然结果。作为新人文主义的中国传人，吴宓反对过度夸大科学和理智的力量，赞同“宇宙事物不可尽知”的说法，认为“宇宙间之事物，有可知者，有不可知者，可知者有限 Finite，不可知者无穷 Infinite。故须以信仰及幻想济理智之穷。而不可强求知其所不能知”[4]。在承认知识的有限性，限定主体的认知域的基础上，吴宓指出“宇宙间之事物有天、人、物三界之别”[5]：

有在理智之上，而为人之所不能知者，是曰天。有适合于人之理智，

---

① 吴宓：《评〈歧路灯〉》，《大公报・文学副刊》1928 年 4 月 23 日第 9 版。

② 吴宓：《道德救国论》，《大公报・文学副刊》1932 年 2 月 15 日第 8 版。

③ 吴宓：《论新文化运动》，《学衡》第 4 期，1922 年 4 月出版。

④ 吴宓：《我之人生观》，《学衡》第 16 期，1923 年 4 月出版。

⑤ 吴宓：《论事之标准》，《学衡》第 56 期，1926 年 8 月出版。

而为人之所能尽知者，是曰人。有在理智之下，而为人之所不能尽知者，是曰物。此三种各自存在，不得抹杀其一。[1]

与此相适应，“凡人之立身行事，及其存心，约可分为三级”：立于“天界”者为上，“以宗教为本，笃信天命”；立于“人界”者为中，“以道德为本，准酌人情”；立于“物界”者为下，“不信有天理人情之说，只见物象，以为世界乃机械而已”[2]。在吴宓看来，天、人、物三界“之分类，实为一切学术思想之基础”[3]。对于三界间的关系，他曾特别列表（见表 1）予以说明：

表 1　三界关系表

[天]	[人]	[物]
天理	人情	物象
God 神	Man 人	Nature 自然
宗教（Religion）	道德（Humanism）	自然主义（Naturalism）
不能知（在知识之上）	能知自知（Self Knowledge）	不能知（在知识之下）
……	……	……[4]

从表 1 中可以看到，吴宓认为，“人居天地之中”，“在 God 神与 Nature 自然之中间也”，“是宇宙的中心”[5]。“人”之上是包含着永恒天理的天的世界，“人”之下是自然存在的物的世界，“巴斯噶谓人在两极之间飞翔——盖亦谓此”[6]。“在两极之间飞翔”，意味着人既可向上，又可向下，“道德者，则遵照宇宙之真理实况，发挥生人天赋之本性，使之向上向善而成事立功”[7]。就这一意义而言，道德作为人类唯一能够把握的人的世界的核心要义，就是使人挣脱物的羁绊，接近永恒天理的关键动力，其中昭显的，就是现实人生所应遵循的普遍真理。

纵观其主要论著，不难看出，吴宓认定的现实人生所应遵循的普遍真理，就是他为“文学人生”课程所设定的“讨论与努力之基础”，即兼顾“真情”、“至理”的“我之知行标准或鹄的”和坚持“一多并在”、“情智双修”的“我之人生态度”[8]，这不是强加于人的某种社会规范，而是理想人性的固有状态。如此，人生真理也就是理想人性的自然倾向。

① 吴宓：《我之人生观》，《学衡》第 16 期，1923 年 4 月出版。
② 吴宓：《论新文化运动》，《学衡》第 4 期，1922 年 4 月出版。
③ 吴宓：《文学与人生》，王岷源译，北京：清华大学出版社 1993 年版，第 79 页。
④ 吴宓：《文学与人生》，王岷源译，北京：清华大学出版社 1993 年版，第 80 页。
⑤ 吴宓：《文学与人生》，王岷源译，北京：清华大学出版社 1993 年版，第 90 页。
⑥ 吴宓：《文学与人生》，王岷源译，北京：清华大学出版社 1993 年版，第 90 页。
⑦ 吴宓：《道德救国论》，《大公报·文学副刊》1932 年 2 月 15 日第 8 版。
⑧ 吴宓：《文学与人生》，王岷源译，北京：清华大学出版社 1993 年版，第 12 页。

与此相适应，在他的心目中，“道德之势力至伟大，因道德乃根本于人性而支配万事”[①]，“道德＝人性，人的行为”[②]。“人的行为”的价值准则理应建立在上述知行鹄的和人生态度之上，道德就是以“真情”、“至理”为核心，以“一多并在”、“情智双修”为要旨的理想人性的自然倾向。

论及理想人性这一问题时，吴宓极力推崇白璧德的新人文主义，认为“其教旨在保存人性之优点与文明之精华，且发挥而光大之，以造福于来兹，为全世人类根本久远之图”[③]。可以说，正是在深刻体认白璧德人性论思想的基础上，吴宓才展开了他对理想人性的构想。概括起来，吴宓的构想具有以下三个特征。

首先，由于深受白璧德新人文主义的影响，吴宓崇尚理性至上的原则，强调以理性规范人的欲望。正如我们所知，白璧德反对启蒙主义的性善论，认为人性在本质上是二元的。在他看来，如果说欲望使人恣意妄为，是一种需要被控制的“自我”，那么，理性则使人清楚地知道什么是应该做的，什么是应该避免的，因而是一种能施加控制的“自我”。“由此我们可以得出结论：理性适合指挥，欲望适合服从。”[④]也正是基于这一思想，白璧德展开了对以培根为代表的“科学的自然主义”和以卢梭为代表的“情感的自然主义”的批判。白璧德认为，前者在寻求对自然的控制时忽视了对人性自身的控制，后者则以个人的随心所欲否定了任何责任和义务。为了控制不断膨胀的欲望，就必须大力弘扬理性的力量，遵循“人文的约束性原则”[⑤]。不难发现，吴宓文学道德观深受白璧德二元人性论思想的影响。他也将人性分为“理”和“欲”两部分，认为二者常相争持，无时或息，若“‘理’胜则‘欲’屈服，屡屡如是，则人为善之习惯成矣，若理败，则欲自行其所适，久久而更无忌惮……而人为恶之习惯成矣”[⑥]。在吴宓看来，现代社会物欲横流的状况已经给现代人性造成了种种缺陷，其中最显著的弊病就是理性约束的弱化和缺失，若是任由这种状况继续下去，久而久之，人类必将沦为物质的奴隶，堕入纵欲任性的野蛮生活，远离真正的为人之道。唯有弘扬白璧德所倡导的“人文的约束性原则”[⑦]，以理性规范欲望，才能有望达到人性的和谐完善。

---

① 吴宓：《道德救国论》，《大公报·文学副刊》1932年2月15日第8版。
② 吴宓：《文学与人生》，王岷源译，北京：清华大学出版社1993年版，第99页。
③ 吴宓：《悼白璧德先生》，《大公报·文学副刊》1933年12月25日第11版。
④ Irving Babbitt. *On Being Creative and Other Essay.* Boston and New York：Houghton Mifflin Company，1932，Introduction，p.xv，pp. xiv–xv.
⑤［美］白璧德：《文学与美国的大学》，张沛等译，北京：北京大学出版社2004年版，第44页。
⑥ 吴宓：《我之人生观》，《学衡》第16期，1923年4月出版。
⑦［美］白璧德：《文学与美国的大学》，张沛等译，北京：北京大学出版社2004年版，第44页。

其次，崇尚以理性规范欲望，并不意味着彻底否定人性中的情感欲望，而是为了强调理性与感性同为健全人性的有机组成部分，二者缺一不可。在白璧德看来，柏拉图有关“一”与“多”的辩证统一的观点，或许将有助于阐明这一问题。“一”是本体界的范畴，“多”是现象界的范畴。前者意味着常态、永恒、绝对，等等；后者则意味着变化、短暂、相对，等等。如果说理性代表前者，那么，欲望则属于后者。“人的高贵源自他对一的亲近，而他同时又只是各种现象中的一个现象而已，如果他忽视了人是现象的人这一点，就会因此面临巨大的危险。”[①]因此，唯有处理好“一”与“多”的关系，我们才能真正做到以理性引导欲望，而非以理性扼杀欲望，使现代人性走上健康的发展方向。显然，吴宓接受了白璧德的上述见解，并将它内化为自己的人生观。他指出：“有一贯综合之人生观……其中根本义有二：曰一多，曰两世界。”[②]在他看来，人既是理性的，又是感性的，任何一方缺席，都会使人陷入失衡状态。健全完善的人性应该达成理性与情感的协调，其理想境界便是理性为“一”，情感为“多”，“兼顾一多，凭一以定多”[③]。正是基于这一考虑，吴宓才会强调，“人性二元之说，为凡百道德之基本也”[④]，“澄明之理性与热烈之情感”，同为个人道德进步的重要条件。[⑤]显而易见，这种理性与情感并重的人生观，已与中国传统的道德观有了很大区别，体现出了吴宓道德观的现代意味。

最后，吴宓强调，“盖道德之实行皆必出之自然，苟含强迫则非真道德矣”[⑥]，上述理性与情感的协调，“一”与“多”的统一，都是通过人的自由意志而得以实现的。正如我们所知，康德早已表明，作为一种自律，道德律令出自人的自由意志。而白璧德也清醒地认识到，在宗教信仰业已式微的现代社会，柏拉图式富有神学色彩的玄想已经无法为“一”、“多”问题提供答案，只有健全个体的严肃内心生活和有效内在制约（inner check）才能成为维持“一”、“多”平衡的可靠途径。这种内心生活和内在制约不是由外在权威力量强迫进行的，而是个体通过深思体悟后对“适度的法则”这一“人生的最高法则”[⑦]的自觉遵循，是无须假借外力的自我完善和自我实现行为。康德和白璧德的这些观念均为吴宓所接受，成了他文学道德观的前提和基础。在吴宓看来，自由意志是人性走向完善的根本保障：

①［美］白璧德：《文学与美国的大学》，张沛等译，北京：北京大学出版社 2004 年版，第 20 页。
② 锐锋：《吴宓教授谈文学与人生》，见黄世坦编《回忆吴宓先生》，西安：陕西人民出版社 1990 年版，第 173 页。
③ 吴宓：《一多总表》，见徐葆耕编选《会通派如是说——吴宓集》，上海：上海文艺出版社 1998 年版，第 116 页。
④ 吴宓：《我之人生观》，《学衡》第 16 期，1923 年 4 月出版。
⑤ 吴宓：《文学与人生》，王岷源译，北京：清华大学出版社 1993 年版，第 167 页。
⑥ 吴宓：《吴宓日记》第 1 册，吴学昭整理注释，北京：生活·读书·新知三联书店 1998 年版，第 266 页。
⑦［美］白璧德：《文学与美国的大学》，张沛等译，北京：北京大学出版社 2004 年版，第 17 页。

人性之中所以使人为人而可几于神圣者，厥惟一种意志，此种意志，对于一人平日之思想言动，专图制止，而当思阻抑之。[①]

意志并不是天赐神力，而是人的自由抉择。在《我之人生观》一文中，吴宓更为明确地指出：意志的基本特征就是自由：

环境固非一人之力所能制，然人各有其意志之自由 Freedom of the will，易言之，选择之结果，为善为恶，为祸为福，固非吾所能前知，亦非吾所能转移，所能补救。然当选择之顷，则吾有全权自由……[②]

因此，自由意志既是实现内在制约、培养完善人性的保障，又是树立一切道德原则的根基，恰如他在《文学与人生》讲义中所说的："确有自由意志，此为道德责任之基础。"[③] 而标榜自由意志，就意味着认定道德行为是个人的自我选择，而不是将外在伦理规范奉为道德的圭臬。

由上可见，在吴宓的理解中，作为现实人生的普遍真理，道德并不是外在于人的既定伦理规范，而是人自身的一种内在状态，是富有理性色彩的、以"自由意志"为基础的"一多并在"、"情智双修"的理想人性，而这一理解又是和吴宓对现代社会中人性缺陷的认识结合在一起的。因此，与其将他视作传统道德的捍卫者，不如将他视为现代人性的完善者。

二、探求人生真理和完善现代人性：新文学所应肩负的社会使命

探求人生真理是吴宓进行文学研究的重要动力，他开设"文学与人生"课程的基本目的即是"通过文学研究人生"[④]。早在清华读书的时候，他就从自己对"文以载道"的独特理解出发，将文学定位为人生真理的载体：

窃尝谓古今东西，凡政刑风教，民生世运，万千形色，其损益递变之迹，莫不本于一二简单之道理……道者，至平常，至简单，至正确，而至普及之事理耳……韩昌黎谓"文以载道"。此道非仅儒家之道、孔孟之道，

① 吴宓译：《白璧德论民治与领袖》，《学衡》第 32 期，1924 年 8 月出版。

② 吴宓：《我之人生观》，《学衡》第 16 期，1923 年 4 月出版。

③ 吴宓：《文学与人生》，王岷源译，北京：清华大学出版社 1993 年版，第 101 页。

④ 吴宓：《文学与人生》，王岷源译，北京：清华大学出版社 1993 年版，第 13 页。

实即万事之本原、人生之真理，如上所说者是也。予谓诗亦以载道，盖诗乃晓示普遍根本之原理者，特必出以艺术之方式，而有感化之功用耳。是故诗以载道，且以布道。人之读诗者，如就灯得光，围炉取暖，顾灯内之光、炉中之热，亦不过宇宙间之光热之一部分，暂寄托于此灯此炉内，纵或放射变形，亦终不消灭，惟流转循环，分合隐现而已。由此比喻，可知真理永存而不灭，而诗人之载道布道，实有代天受命、参赞化育之功也矣！①

在他看来，从产生之日起，文学就不可避免地承载着人类对“永存而不灭”的人生真理的追求与热望，人接触文学时所感受到的心灵震撼就缘自他对文学中所体现出的人生真理的领会。1928年，在《文学与人生》系列论文中，他对文学探究人生真理的具体方式作了进一步的探讨：

文学以人生为材料，人生借文学而表现，二者之关系至为密切。每一作者，悉就己身在社会中所感受，并其读书理解之所得，选取其中最重要之部分，即彼所视为人生经验之精华者，乃凭艺术之方法及原则，整理制作，藉文字以表述之，即成为文学作品。②

文学离不开人生，但是，文学的任务是表现人生真理，而不是描摹庸常琐细的日常人生。能够表现人生真理的文学，不是那些原原本本描摹日常人生的作品，而是以“人生经验之精华”为蓝本的作品。此处虽然没有明确提到吴宓选取“人生经验之精华”的尺度和标准，但是如果联系他在《评〈歧路灯〉》和《人生问题大纲》当中的言论：

盖道德本为人生之一部，不能分离。③

人生之究竟，即道德，亦即幸福。人生问题，即道德之修养，与幸福之取求。斯乃一事而非二事。④

① 吴宓：《余生随笔》之三十三，见《吴宓诗话》，吴学昭整理，北京：商务印书馆2005年版，第43~44页。

② 吴宓：《文学与人生（一）》，《大公报·文学副刊》1928年1月9日第9版。

③ 吴宓：《评〈歧路灯〉》，《大公报·文学副刊》1928年4月23日第9版。

④ 吴宓：《人生问题大纲》，见徐葆耕编选《会通派如是说——吴宓集》，上海：上海文艺出版社1998年版，第124页。

> 人生至繁至大，书中所写者必经选择，而选择之标准即为作者道德之观念……作小说者……不必屏弃道德，不必逃避道德，而当求得极广大极高尚极中正之道德观念，以为一己作书取材之根据也。[①]

我们便不难看出，在吴宓那里，文学以人生为材料，人生以道德为旨归，故而，道德就是他选取“人生经验之精华”的尺度和标准，所谓的“人生经验之精华”指的就是道德化的人生。按照这种思路，能够表现人生真理的文学就是以道德化人生为材料的文学，如此，文学表现道德和文学探求人生真理也就成了二位一体的关系：

> 爱玛生（Emerson）谓世间有二律：一曰自然之律，二曰人事之律，前者即物理，后者即人道，前者为科学之所发明者……后者为文学及哲学历史艺术之所晓示者。简言之，即道德之因果律是也……文学最能显示人生之真理，发明道德之因果律……[②]

可见，吴宓是从文学表现人生真理的意义上去界定文学与道德的关系的。而他之所以会将文学、道德、人生紧密联系起来，则主要是基于以文学塑造理想人性的思考。在他看来，人生真理的发掘过程就是理想人性的彰显过程，因为，人生真理就是理想人性的自然倾向，能够表现人生真理的文学势必会昭示出理想人性的力量，足以潜移默化地影响和完善现代人性，实现人类的自我拯救之梦，而这恰恰是文学在现代社会里所应肩负的最神圣的使命。论及文学的这一使命时，吴宓特别谈到了英国批评家马修·阿诺德以文化和文学完善人性的基本主张。阿诺德对现代工业文明和拜金主义提出了尖锐批评。在他看来，人性应该得到充分、全面、和谐的发展，达到完美的境界，但是，物质财富的飞速增长和生活富足指数的显著提高，无助于促进人性的和谐发展。相反，在中产阶级不断膨胀的欲望里，一切都被“拜物教”的狂热所淹没。人们一味沉浸在由机械论和工具论所操纵的市侩习气之中，心中已失去了对完美的追求。而要抵御拜金主义和市侩风气，救治当时的混乱状况，唯有大力倡导高尚文化。阿诺德认为，文化是帮助我们走出困境、追求完美的根本途径。因为“文化了解了世界上最优秀的思想和言论，就会调

---

① 吴宓：《评〈歧路灯〉》，《大公报·文学副刊》1928年4月23日第9版。

② 吴宓：《民族生命与文学》，《大公报·文学副刊》1931年9月28日第10版。

动起鲜活的思想之流，来冲击我们坚定而刻板地遵奉的固有观念和习惯”①。在他看来，作为文化的核心部分，高尚的文学在塑造和完善人性方面，更是具有不容忽视的作用。正如学衡派的另一代表人物梅光迪所阐明的那样，阿诺德“所重者特在文学，谓科学为工具的智慧，于人之所以为人之道无关。文学则使人性中各部分如智识、美感、品德，皆可受其指示熏陶，而自得所以为人之道，故其称诗为人生之批评也”②。阿诺德的这些见解在吴宓那里激起了强烈共鸣。他在1926年11月16日的日记中谈到，促使他编辑《学衡》杂志的动力，便是仿效阿诺德“为世人之导师”③的人生志向。他在为自杀身亡的电影明星阮玲玉所作的《吊秋娘》一诗中，更以“东方安诺德”自况，表明他把这位英国批评家视为自己一生的楷模，力求通过文学去救治和完善现代人性。因此，吴宓始终将文学看作是“裨益道德”的根本力量。他一方面宣称：“文学——通过特殊的具体形式表现普遍人性。”④“一切优秀文学都在宣扬与体现人的规律。”⑤另一方面又强调，在文学艺术中“终必含有道德之原素，今人有欲使文学艺术与道德绝缘者，此决不能做到”⑥。在他看来，文学、道德、人性三者之间的关系，可谓是你中有我，我中有你，必须达到水乳交融的程度。

三、感化而非训诲：新文学社会使命的践行方式

尽管吴宓非常重视文学和人生、文学和道德的联系，但是，他并没有将文学等同于人生的训诫和道德的说教。在他看来，文学“培植道德”的途径是“间接而非直接 Poetic Justice 诗的公正。Not Didacticism 不是说教”⑦，所用方式为“暗示，而不是教训”⑧，应该作用于读者的“想象力与情绪，而不是理智”⑨。与之相应，新文学探求人生真理完善现代人性等社会使命的践行方式应该是感化而非训诲：“文学之功用，不在训诲，而主于感化，此积具文学常识者所共知也”⑩，“其感化读者，凭描写而不事劝说，若夫训诲

---

①［英］马修·阿诺德：《文化与无政府状态》，韩敏中译，北京：生活·读书·新知三联书店2002年版，第208页。
② 梅光迪：《安诺德之文化论》，《学衡》第14期，1923年2月出版。
③ 吴宓：《吴宓日记》第3册，吴学昭整理注释，北京：生活·读书·新知三联书店1998年版，第252页。
④ 吴宓：《文学与人生》，王岷源译，北京：清华大学出版社1993年版，第61页。
⑤ 吴宓：《文学与人生》，王岷源译，北京：清华大学出版社1993年版，第68页。
⑥ 吴宓：《评〈歧路灯〉》，《大公报·文学副刊》1928年4月23日第9版。
⑦ 吴宓：《文学与人生》，王岷源译，北京：清华大学出版社1993年版，第60页。
⑧ 吴宓：《文学与人生》，王岷源译，北京：清华大学出版社1993年版，第61页。
⑨ 吴宓：《文学与人生》，王岷源译，北京：清华大学出版社1993年版，第61页。
⑩ 吴宓：《民族生命与文学》，《大公报·文学副刊》1931年10月19日第10版。

主义……与问题之讨论，主义之宣传，皆文学所最忌者也。"[①]也就是说，要将文学的感化作用落到实处，真正践行新文学探求人生真理完善现代人性的社会使命，作者就应该致力于场景事件的描写，以之感动读者："作者之意旨，不待明宣，不可直示，而当寓于所描叙之人物事实中，使读者自受感动而能了悟。"[②]这里涉及的是作者意旨的表达方式与传达效果的关系问题，在吴宓看来，以"明宣"和"直示"的方式表达作者的意旨不会带来良好的传达效果，只有将要表达的意旨寄寓在所描叙的事物场景之中，才能自然而然地触动读者的心灵，获得良好的传达效果。具体而言，作者以描写触动读者心灵、实现文学感化力量的途径主要有二。

其一，精心选择文学表现的对象，以对"理想之人物及高尚之行事"的"描叙"激发读者对人生真理和理想人性的向往：

> 凡伟大优美之文学，皆描叙理想之人物及高尚之行事，有声有色，至真至美，使读者企慕而思效法，潜移默化，积渐成习，于是全民族全人类之思想感情行事为之改善，若就一事件一问题，竭力宣传，竭力提倡，而所描叙者非真非美，则不特有违文学之本旨，其收效亦极微。[③]

对"理想之人物及高尚之行事"的观照可以有效缓解偏狭的日常观念给人造成的压抑感，使人感受到精神的充实和自由。当读者从琐碎生活的羁绊中脱身，真正进入作者所"描叙"的以"理想之人物及高尚之行事"为核心的艺术世界中时，他们就会自然而然地体会到人生真理的魅力和理想人性的力量，从而自觉自愿地超越一己之悲欢，否定现实有限性，提升精神，完善人格。文学中所"描叙"的"理想之人物及高尚之行事"，在很大程度上来自于虚构："文学作品，乃以想象力及艺术规律创造而成者，其人物事迹，本属虚构"[④]，"虚构"非但不会给读者接受这些"理想之人物及高尚之行事"设置障碍，反而比历史叙述更能激发读者模仿这些人物及行事的热情：

> 历史中之人物，其事迹或偏而不全，其性行或隐而未露，其地位或高而

① 吴宓：《评〈歧路灯〉》，《大公报·文学副刊》1928年4月23日第9版。
② 吴宓：《民族生命与文学》，《大公报·文学副刊》1931年10月19日第10版。
③ 吴宓：《民族生命与文学》，《大公报·文学副刊》1931年10月19日第10版。
④ 吴宓：《民族生命与文学》，《大公报·文学副刊》1931年10月5日第10版。

过远，不如诗与小说中之人物为亲切，较为完密，较为生动，而更合于读者之情趣，故诗与小说（戏剧同）中之人物之受人模仿，乃过于历史中之人物。①

其二，精心选择文学表现的方式，以正确的方法和态度整合所用的材料，使笔下的凡俗人物和琐屑事实也能起到探求人生真理和完善现代人性的作用：

> 文学作品之高下，作者对于社会之功用，不在其书中之材料，而视作者之方法及态度，任何事实，任何人物，均可写入书中，不嫌卑贱，但常视作者之本意如何，及其如何描写如何运用此等人物事实而已。②

> 文学之材料（Subject）乃风俗之事，其作法（Treatment）则道德之事也。③

较之“风俗之事”，“道德之事”更能体现出作者自己的信仰和思考：“善乎麦雷……之言曰：‘古今之大作者，其书中所寓之道德观念（理想精神价值）皆本于一己之信仰及思考，而其书中所描写之风俗事项（人物情态衣饰言谈）则常求合于其时代大多数人之心理。’”④而“文学家之道德观念正确与否高尚与否，不在其所描写者为某种之人某类之事，而在其描写方法如何，使读者所生之观感为何也”⑤。只有当文学家拥有足以抗衡时代鄙俗风气的精神态度和掌握足以表现自己思想境界的描写方法时，文学作品才能够打破生活的常规，具备超越性的维度，体现出震撼人心的感化力量，使读者超越生存的茫然和狭隘的利己主义，在精神的层面上抵达无限的理想境界，感受到人性所应具备的完整性和丰富性。

第三节　文学·文字·艺术：吴宓对新文学审美特质的思考

尽管探究人生真理、完善现代人性的强烈愿望使吴宓对文学的社会使命相当重视，但是，他并没有因此遮蔽和忽视文学自身的审美特质。恰恰相反，他不仅将文学自身的

① 吴宓：《民族生命与文学》，《大公报·文学副刊》1931年10月5日第10版。
② 吴宓：《民族生命与文学》，《大公报·文学副刊》1931年10月19日第10版。
③ 吴宓：《评〈歧路灯〉》，《大公报·文学副刊》1928年4月23日第9版。
④ 吴宓：《评〈歧路灯〉》，《大公报·文学副刊》1928年4月23日第9版。
⑤ 吴宓：《评〈歧路灯〉》，《大公报·文学副刊》1928年4月23日第9版。

审美特质视作文学价值不可缺少的组成部分，而且还对文学自身的审美特质提出了非常具体的要求。在他看来，文学自身的审美特质离不开文字审美品格的支撑——无论何时何地，文学都应该最大限度地体现文字的审美品格，这是文学作为具有审美特质的独立艺术的内在属性与合法依据。早在1912年发表的《沧桑艳传奇·自叙》中，吴宓就对那些忽略“西文”“优美之特点”的研究倾向进行过犀利的批评：

> 我国今日之习西文者，每不究其优美之特点，惟以粗解略通为能。一由其初心系借文以通事，而非专意于文学。二由于习西文者，其年限非甚长，其程度非甚高，于彼中秘奥，一时未能尽窥全豹。三则由其于本国文学，素少研究，故文学之观念殊浅，一旦得环宝珠玉，而不能辨其非瓦砾也。[①]

与之互为佐证的，是他20世纪40年代在《中西诗之比较讲稿》中将文字之“美”列为“诗之定义”[②]基本要素的议论。可见，在吴宓的文学思想中，注重文字之美和专意于文学基本上是一回事，文学之所以成其为文学，就是由于其中灌注着因文字之美而产生的审美特质。

吴宓是将文字作为营造“幻境”的艺术媒质来加以关注的。他曾在《诗学总论》等文中将艺术定位为一种“幻境”：“凡美术皆造成人生之幻境 Illusion”[③]，而“幻境”则是“实境”经由特定艺术媒介“接引”之后所呈现的结果：“凡幻境之造成，必有其媒质 Medium以为接引之具。”[④]所谓“媒质”，指的是艺术品赖以存在的物质符号载体。也就是说，创作主体对“幻境”的设想所提供的只是内在于主体心灵的图式和雏形，如果不能赋予这些图式和雏形传达能力的符号媒质，它们就只能被幽闭在私人心理空间，永远无法成为可感知和可理解的欣赏对象；要将创作主体的遐思迩想和情感体验定型为可以诉诸接受者感官和意识的艺术幻境，就必须采用物态化的符号媒质。就这一意义而言，恰切的符号媒质是艺术幻境得以成立的关键。而且，“凡美术各有其媒质”[⑤]，“雕刻”的媒质是“体、面”，“绘画”的媒质是“线、黑白、色”，二者同属于“空间之美术”；“音乐”的媒质是“声音”，“诗”的媒质是“文字”，二者同属于“时间之美术”；“建筑”的媒质是“位置空间中之节奏”，

① 吴宓：《沧桑艳传奇·叙言》，见《吴宓诗话》，吴学昭整理，北京：商务印书馆2005年版，第3页。
② 吴宓：《中西诗之比较讲稿》，见《吴宓诗话》，吴学昭整理，北京：商务印书馆2005年版，第265页。
③ 吴宓：《诗学总论》，《学衡》第9期，1922年9月出版。
④ 吴宓：《诗学总论》，《学衡》第9期，1922年9月出版。
⑤ 吴宓：《论今日文学创造之正法》，《学衡》第15期，1923年3月出版。

"舞"的媒质是"动作时间中之节奏",二者同属于"节奏之(Rhythmic)美术"。[①]"体面","线、黑白、色","声音","文字","位置","动作",等等,都是具有不同审美特质的艺术媒质,其组织和表现方式构成了雕刻、绘画、音乐、诗、建筑、舞蹈等艺术作品的审美形式。在审美形式的生成过程中,各种艺术规则也渐渐地得到了确立,这种规则可以内化为艺术的组织结构关系,在决定艺术存在形式的同时,也制约着接受者对艺术的感知和理解。可见,不同的"媒质"为艺术幻境的生成提供了不同的物质基点和界限,决定着不同类型的艺术存在形式及其审美特征:

幻境只能在此媒质中出现,不能舍此而独存。譬如光之传达由于空气中之以太,苟无空气无以太,则无光。又如木之传声,比水与空气为敏速清朗,何哉?媒质之异也。故幻境与其媒质有密切之关系,各种美术皆主造成幻境,固有其专用之媒质。[②]

艺术幻境和艺术媒质之间的密切关系意味着各种艺术媒质都有其固定的专用范围:

各种美术之媒质既不同,故不可以此美术之媒质,强用之于彼美术……若然,是乱其畛域 Confusion of genre 而灭其本质也。[③]

如此,在吴宓的理解中,媒质就成了决定艺术本质的核心因素,艺术本质必然会受制于艺术媒质审美品格的潜在规约,要深入理解某类艺术的本质,就必须特别关注该艺术媒质的审美品格。"文章者美术之一"[④],"其专用之媒质"是文字,"文章不能离文字而独立"[⑤],文学作品的产生就是"藉文字以表述""人生经验之精华"[⑥]的活动。作为文学必需的物质载体和唯一的表现形式,文字在文学审美特质的生成过程中起着决定性的作用,要深入理解文学的艺术本质,就必须特别关注文字媒质的审美品格。经过仔细考察,不难发现,吴宓主要是从表现性特征、民族性特征等方面来论述文字媒质的审美品格的。

① 吴宓:《诗学总论》,《学衡》第9期,1922年9月出版。
② 吴宓:《诗学总论》,《学衡》第9期,1922年9月出版。
③ 吴宓:《诗学总论》,《学衡》第9期,1922年9月出版。
④ 吴宓:《论今日文学创造之正法》,《学衡》第15期,1923年3月出版。
⑤ 吴宓:《论今日文学创造之正法》,《学衡》第15期,1923年3月出版。
⑥ 吴宓:《文学与人生(一)》,《大公报·文学副刊》1928年1月9日第9版。

一、表现性特征

作为文学媒质的文字，是具有表现性特征的文字。吴宓对文字表现性特征的阐释离不开他对想象力、幻境、文字三者关系所作的言说和分析："以想象力 Imagination 造成一种幻境。而此幻境 Illusion 以文字为其媒质。"[①] 文字只有和人的想象力建立联系的时候，才有望显示其艺术意义，成为营造文学幻境的有效媒质。也就是说，文字一旦成为营造文学幻境的有效媒质，就会融入想象的内涵。想象内涵意味着文字媒质所处理的是虚构的世界，无须外部世界的现实验证，只需符合艺术幻境的诗意逻辑。如此，作为文学媒质的文字就不能再被等同于实指性的符号，而必然呈现出鲜明的表现性特征。

吴宓将想象力、幻境、文字结合起来进行论述的思路决定了他所理解的文字媒质的表现性主要是指向艺术幻境内部的。作为文学作品的核心内容，幻境并不是先验存在的客体，而是主体意识之中的经验，是一些虚构的对象和片段。这些对象和片段组合而成的想象世界虽然表现出了实际存在的形貌，但是却没有扎根于现实世界和具体时空之中，并不具备实际存在的性质，只有模拟的实在性，没有现实的实在性。这一特征弱化甚至消解了现实对文字的限定性，使文字媒质得以在文本内部相对自由地相互作用、相互碰撞、相互激荡、相互阐扬，产生出丰富的审美意味和独特的审美效果。

可见，文学是语言事实，不是生活事实。尽管文学作品的"细节可以符合事实，从经验中得来"，但是，"文学作品总的说来必须是'创造'出来的，想象出来的，产生一个完整的幻象"[②]。文字媒质要表现的是主体意向性创造出来的完整幻象及其情感逻辑，与自主存在的客观事态之间并不存在一一对应的关系。对此，吴宓在《英文诗话》一文中，以美国诗人爱伦·坡（吴宓将其译作阿伦波）的名作《乌鸦》为例作过如是说明：

> 美国阿伦波（Edgar Allan Poe）狂荡不羁，有仙才之誉。所作《乌鸦》*Raven* 一诗……悲戚缠绵，情深语重。读者必谓其人确抱鼓盆之戚，身受心感，乃能言之如此。而其实竟不然，阿伦波作《文章原理》*Philosophy of Composition* 一文，自述作此诗之情形，则固未尝有悼亡之事，只欲作一篇佳诗，沉思至再。以为诗必哀而后工，今如何而能哀乎？天下惟夫妇之情最深，而美人夭折，其事尤可伤。故即以悼亡定为题旨，而设为亡妻美艳

① 吴宓：《诗学总论》，《学衡》第9期，1922年9月出版。
② 吴宓：《文学与人生》，王岷源译，北京：清华大学出版社1993年版，第19页。

绝伦，死当妙龄，以重其哀思……既再思之，悼亡之情，惟深夜三更，孤坐书斋，不能成寐，处此情景，最难排遣，故决以此为诗中情景……又情深之极，必思魂魄之来见。然此乃必无之事，故宜但写其人迷离倘恍之心理，而却无人鬼叙谈之事。既决此层，又欲将鸦插入，乃得最后之结果。设为寒鸦敲门，而斋中人疑为鬼至，更将其情景步骤，逐一分析，得以下之数层：始闻声，其声息已而又作。开门视之，不见一物。归室中，则一鸦已飞入，栖止案头。因对鸦述哀，鸦但作异声。初不解，已而悟其意为“不能再矣”，则益哀。久之，鸦去，魂魄终不来。天将曙，斋中人但低徊感泣而已。层次既定，因拟作诗若干首。每首写其一层曲折……全诗作成，更悉心斧削。而其诗一出，洛阳纸贵。佥谓非身历者不能道，而不知作者实无悼亡之事，全局情节，皆故意造作，但求文之工致耳。①

《乌鸦》的主题是悼念早亡的美丽爱人，但是，写作《乌鸦》时的爱伦·坡并没有实际要悼念的美丽爱人。他精心推敲的所有文字指向的都是虚构和想象的世界，这个世界一经形成，就会和现实生活拉开距离，表现出专属于艺术幻境的自足的情感逻辑，爱伦·坡反复斟酌字句的目的就是为了使这个虚构和想象的世界得到最充分的展示，使这种艺术幻境中的情感逻辑得到最合理的表现。文字媒质所营造出来的种种图景——寒冷凄清的冬夜、妙龄早逝的美人、孤寂忧伤的生者、深夜响起的叩门声、幽灵般赫然出现的乌鸦、生者悲戚无助的倾诉，乌鸦“不能再矣”的反复哀鸣……与生活现实之间非但不是相互验证的关系，甚至还体现出了非现实和反现实的特征，而这些非现实和反现实图景所表现的，则是无穷无尽的孤独、悲凉和绝望。尽管这种孤独、悲凉和绝望并不是诗人实际悼亡所引发的现实感情，但是，“全局情节，皆故意造作”② 的写诗方式丝毫也不会减弱该诗对读者的感染力量，在读者眼中，《乌鸦》仍然是“悲戚缠绵，情深语重”③ 的悼亡之作。因为，恰切的文字媒质已经表现出了最合乎悼亡情感逻辑的艺术幻境，足以扣动读者的心弦，激起读者的情感共鸣，生发出令人激动的审美效果。

在吴宓看来，《乌鸦》之所以能够表现出最合乎悼亡情感逻辑的艺术幻境，其重要原因在于爱伦·坡对文字的精心锤炼。在写作中，他不仅仔细揣摩和把握每个字的情调、

① 吴宓：《英文诗话》，见《吴宓诗话》，吴学昭整理，北京：商务印书馆 2005 年版，第 50 页。
② 吴宓：《英文诗话》，见《吴宓诗话》，吴学昭整理，北京：商务印书馆 2005 年版，第 50 页。
③ 吴宓：《英文诗话》，见《吴宓诗话》，吴学昭整理，北京：商务印书馆 2005 年版，第 50 页。

色彩、冷暖，根据特定的语境及所要表达的感情选择最合宜的文字，而且还将文字的声音作为关注的重点，以实现对文字媒质表现力的全方位发掘：

> 即复思之，表哀之音，以“呜—呜—”为最妙。盖其音愁痛而有绵延不尽之意。“呜—呜—”之声，在英文必以 ore 表之，遂翻检字典，将末尾有 ore 之字，如 Evermore 及 Nevermore 等，悉另纸录出备用。察其中有 Nevermore 一字，译言“不能再矣”，其义其音，均表哀思。阿伦波大悦，遂决用此字为韵脚……但如何能嵌入 Nevermore 之韵字乎？深夜既孤坐，所可为伴者，惟禽兽。夜间有何禽兽乎？忽思得乌鸦，且其声呜呜，遂决以鸦入诗……以 Nevermore 一字，用于每首之末，以与此字同韵之字，用于句末。先将韵字及意思排定，然后乃作句以嵌合之。①

吴宓坚持认为，“每种文字之形声规律，皆足以定诗之性质”②。“文字之形声规律”是决定文字情感色彩和审美意味的重要因素，但是，在具体的文字使用中，日常语言和科学语言以清楚表达内容为目的，往往更强调文字的意义指称功能，故而对其声音上的特点并不是很重视。正如英加登所谈到的：

> 一般情况只是语词声音被飞快地、毫不停顿地意识到；它只是理解语词和句子的一个飞快的过渡。所以人们只是快而粗略地几乎是无意识地听到语词声音。③

较之日常语言和科学语言，文学语言更强调文字本身的情感属性与审美价值，也就更重视文字的不同声音所蕴含的情思韵致和诗学意义。所以吴宓论及文学语言的问题时，才会将文字的声音推至“足以定诗之性质”的重要地位。在他看来，《乌鸦》一诗成功的关键即在于巧妙运用了 Evermore、Nothing more、Nevermore 等文字发出的低沉长元音 ore，这些声音仿佛梦境里哀伤无力的呓语，难以言表，绵绵无绝，找不到出路和方向，烘托出了一种迷茫、孤独而又压抑的氛围。更重要的是，这些声音始终与文字的意义有机地

---

① 吴宓：《英文诗话》，见《吴宓诗话》，吴学昭整理，北京：商务印书馆 2005 年版，第 50 页。

② 吴宓：《诗学总论》，《学衡》第 9 期，1922 年 9 月出版。

③［波兰］罗曼 · 英加登：《对文学的艺术作品的认识》，陈燕谷、晓未译，北京：中国文联出版公司 1988 年版，第 20 页。

交融在一起，特别是八至十八节每节末尾借乌鸦之口发出的代表"'呜—呜—'之声"的韵字Nevermore，"译言'不能再矣'，其义其音，均表哀思"。而Nevermore十余次间歇式重复所造成的回旋效果又进一步强化了斯人已逝、永远不再的沉重感，使人更为强烈地体会到了那种萦绕心间挥之不去的忧伤、怅惘和绝望。

本着捍卫文字媒质表现性特征的原则，吴宓对当时流行的文学俗语化倾向也提出了自己的看法。新文化运动以后，白话文学走向兴盛，在文学革命先驱的极力倡导下，"今日作文作诗，宜采用俗字俗语"[①]等理论主张渐渐被神圣化为新文学界不容置辩的创作纲领。在吴宓看来，文学作品中固然可以出现俗字俗语，但是，若是将使用俗字俗语定为必须遵循的文学准则，则颇多不当之处。因为，这一主张很容易助长唯俗是举、粗率随意的创作流弊："若谓凡俗语皆可入诗，则他处之流氓匪徒，诅咒詈骂之词，直抄以示众。"[②]事实上，成功的文学作品中出现的俗字俗语，都是作家精心选择的最具文学表现力的文学媒质：

> 凡诗文佳构，看来最自然者，其作出也必最费力。盖惨淡经营、锻炼炉锤之后，方能斟酌尽善。去芜词，除鄙想。他人读之以为神来之笔，而不知其匠心久运也。[③]

英国著名诗人彭斯（Robert Burns）的诗歌创作即属此例，其所用文字皆为"苦心经营"，但看起来却"不事雕镂，一本天真。故其诗成后，老妪都解"[④]。只有经过反复锤炼的"天真"俗语，才能超越现实指称的日常话语层面，成为可以表现艺术幻境的文字媒质，若是单纯为了践行俗语写作而"照抄农民口中之言"[⑤]，就会使文字停留在现实指称的日常话语层面，破坏和消解其作为文学媒质所应具备的表现性特征。正是基于这一认识，吴宓才会指出，英国诗人华兹华斯（吴宓将其译作华次华斯、威至威斯）"自然之说"所造成的影响已经给后来的诗歌创作带来了不容忽视的弊端："今于凡作诗者，悉令摹仿田夫村女之词意，是实专制之尤者。华次华斯诚误矣！"[⑥]

① 胡适：《文学改良刍议》，原载1917年1月1日《新青年》第2卷第5号，见欧阳哲生编《胡适文集》第2卷，北京：北京大学出版社1998年版，第14页。

② 吴宓：《英文诗话》，见《吴宓诗话》，吴学昭整理，北京：商务印书馆2005年版，第52页。

③ 吴宓：《英文诗话》，见《吴宓诗话》，吴学昭整理，北京：商务印书馆2005年版，第49页。

④ 吴宓：《英文诗话》，见《吴宓诗话》，吴学昭整理，北京：商务印书馆2005年版，第49页。

⑤ 吴宓：《英文诗话》，见《吴宓诗话》，吴学昭整理，北京：商务印书馆2005年版，第52页。

⑥ 吴宓：《英文诗话》，见《吴宓诗话》，吴学昭整理，北京：商务印书馆2005年版，第52页。

二、民族性特征

吴宓与表现性特征相联系的，是文字媒质的民族性特征。在吴宓看来，“无所谓文字之优劣与适宜于文学创造与否也”[①]，对于文学创作而言，文字只是表现艺术幻境的媒质材料，其本身并没有孰优孰劣之分。尽管每个文字里都潜藏着表现艺术幻境的“无穷无限”的“功用与力量”[②]，但是，“文字之效用实系于作者之才力”[③]，文字潜藏的“功用与力量”能否真正发挥为实际效用，全看作者是否具备“发达运用之”[④]的文字能力。也就是说，只有经过创作主体的“发达运用”，普通的文字才能进入艺术世界，成为富有表现性特征的文学媒质。各国文字的形声规律各有不同，故“此国文字与彼国文字为异种之媒质也”[⑤]，在各国文字中，创作主体最能“发达运用”的当属本国文字。因为，本国文字的形声规律和组织形式逐渐形成于本民族历史文化的发展过程中，其所具备的民族性特征是不可能和别国文字全部共有的，所以，“作者必须就本国文字中，施展其才力”，“文章之媒质即为本国之文字”，那种“倡言破灭本国之文字，别创怪体，谓非是不足显其文才”的做法，只是“徒见其作伪饰非，心劳日拙而已”[⑥]。

民族性特征意味着作为“文章之媒质”的“本国之文字”在文学活动中势必会表现出不同于他民族文字的表达习惯和审美特征，这种表达习惯和审美特征对本民族文学的艺术规律和存在方式的形成往往会起到关键的作用，本国文学的发展历史在相当程度上就体现为本国文字的发展演变史。就这一意义而言：

> 文学之创造与进步，常为继承的因袭的，必基于历史之渊源，以前之成绩，由是增广拓展，发挥光大，推陈出新，得尺以进程。虽每一作者自有贡献，然必有所凭藉，有所取资。苟一旦破灭其国固有之文字，而另造一种新文字，则文学之源流根株，立为斩断。[⑦]

中国现代作家只有认真继承和充分发扬本国文字的优势，才可能建立起与我国“文学之

① 吴宓：《论今日文学创造之正法》，《学衡》第 15 期，1923 年 3 月出版。
② 吴宓：《论今日文学创造之正法》，《学衡》第 15 期，1923 年 3 月出版。
③ 吴宓：《德国浪漫文学家兼文学批评家弗列得力・希雷格尔逝世百年纪念》，《大公报・文学副刊》1929 年 4 月 22 日第 9 版。
④ 吴宓：《论今日文学创造之正法》，《学衡》第 15 期，1923 年 3 月出版。
⑤ 吴宓：《诗学总论》，《学衡》第 9 期，1922 年 9 月出版。
⑥ 吴宓：《论今日文学创造之正法》，《学衡》第 15 期，1923 年 3 月出版。
⑦ 吴宓：《论今日文学创造之正法》，《学衡》第 15 期，1923 年 3 月出版。

源流根株”一脉相承的新文学，否则，新文学的发展就成了无源之水，无本之木，难逃枯萎的命运。所以，尽管新文学创作的“笔法（Style）”即文字的具体组织方式可以“随人而异，逐篇而异。固不求其画一，而亦决不虞其雷同也”，但是，文学创造者却“断不可破灭或改易吾国之文字”①。从这一认识出发，吴宓对新文学阵营中流行的文字欧化倾向进行了严厉的批评：

> 东西各国，其文字虽有更改，文体常多变化，然从无破灭文字，毁坏文体，一切蔑弃，完全遵从他国，而模拟又不适当，致成一非中非西之文字文体，强迫通行，如吾国今日欧化式之白话文也……吾国近顷流行之小说，通篇到底，悉用欧化之白话文，毫无变化，其文体完全脱胎于英文，效颦逐末，惟恐不至，其奇丑荒谬之处足令读者作三日恶。②

在吴宓看来，民族性特征是文字媒质重要的审美品格。为了捍卫文字媒质的民族性特征和审美品格，消除新文学创作中的文字欧化倾向，他要求文学创作者认真研习中国传统诗文的声律搭配和遣词造句方式，以充分发挥“文字兼具形声之美”这一“中国文学之优点”③。因为，较之白话诗文，传统的文言诗文更讲究中国文字的“形声之美”，也就更能体现中国文字的民族性审美特征。正是基于这一考虑，吴宓才会于20世纪60年代仍然坚持着不合时宜的主张：“凡能作文言文者，其作白话文，方有可观。”④

如上所述，吴宓对文学审美特质的思考主要体现在他对文字审美品格的分析上。从他的具体观点来看，作为文学媒质的文字是文学唯一的表现形式，所以，对于从事文学创作的文人来说，“Sensitive to words”⑤（敏感于文字）之特性具有不亚于“Sensitive to life”⑥（敏感于生命）之特性的重要地位——只有“敏感于文字”的创作主体才能将自己对生命的敏感外化为文学幻境。而能否真正践行文字媒质的表现性特征和充分发挥文字媒质的民族性特征，则是创作主体是否“敏感于文字”的重要衡量标准。

需要注意的是，吴宓所强调的文学审美特质并不是与社会文化无涉的孤立存在。在

① 吴宓：《论今日文学创造之正法》，《学衡》第15期，1923年3月出版。
② 吴宓：《评杨振声〈玉君〉》，《学衡》第39期，1925年3月出版。
③ 吴宓：《吴宓日记》第4册，吴学昭整理注释，北京：生活·读书·新知三联书店1998年版，第35页。
④ 吴宓：《吴宓日记续编》第7册，吴学昭整理注释，北京：生活·读书·新知三联书店2006年版，第63页。
⑤ 吴宓：《吴宓日记》第7册，吴学昭整理注释，北京：生活·读书·新知三联书店1998年版，第280页。
⑥ 吴宓：《吴宓日记》第7册，吴学昭整理注释，北京：生活·读书·新知三联书店1998年版，第280页。

他看来，“文化奋进之源者，惟我中国固有之文字”①。作为文学媒质的文字是社会文化系统的有机组成部分，其具体形成离不开社会文化的濡染，而这种审美品格一经形成，又会对社会群体的精神领域产生影响。所以，文学的审美特质势必会与一定的社会文化使命联系在一起。尽管吴宓并没有对文字审美品格及文学审美特质的社会内涵作过进一步的详细论述，但是，吴宓结合着白璧德的观点，围绕着文学内质与文学外形、文学材料与文学形式的关系等问题作过非常明确的阐释，我们完全可以从中领会到他融审美特质和社会使命于一体的新文学价值取向：

> 白璧德断曰，欲艺术之尽美尽善，仅有精湛之材料尚不足，而必须有既整齐且有变化之形式，以表达之而范围之。其形式愈臻完美，则愈能显示一种宁静之精神，异乎呆滞，而能提高艺术作品远离此刹那生灭之世界，而上企于庄严高华之境。②

> 内质与外形之美，常合一而不可分离是也。③

> 文学作品之美，在形式与材料并佳，二者融合为一体而相助相成。④

> 作诗（任何文学创作皆同）只当运用我之全力，使所作者材料（即思想感情之内质）、形式（即格律词藻之外形）并佳。且材料（内）与形式（外）融合为一体，不可分别。⑤

在吴宓的文学思想中，形式（外形）并不只是为材料（内质）服务的简单工具，二者如鱼水相依，血肉相连，合则双美，离则两伤，具有同等重要的地位。材料与内质的成功意味着文学与人生之间已经建立起了一种道德关系，可以承担起探究人生真理、完善现代人性的社会使命；形式与外形的成功意味着文字媒质的审美品格已经得到了全面凸显，体现出了文学作为艺术所应具备的审美特质。从内质与外形、材料与形式的关系

---

① 吴宓：《空轩诗话》之四十九，见《吴宓诗话》，吴学昭整理，北京：商务印书馆 2005 年版，第 254 页。
② 吴宓：《白璧德之人文主义》，见徐葆耕编选《会通派如是说——吴宓集》，上海：上海文艺出版社 1998 年版，第 71~72 页。
③ 吴宓：《诗学总论》，《学衡》第 9 期，1922 年 9 月出版。
④ 吴宓：《评顾随无病词味辛词》，《大公报·文学副刊》1929 年 6 月 3 日第 13 版。
⑤ 吴宓：《论诗之创作——答方玮德君》，《大公报·文学副刊》1932 年 1 月 18 日第 9 版。

来看，新文学建构者不仅要将文学审美特质和文学社会使命置于同样重要的地位，而且需要有意识地促成二者之间的融合。较之某些新文学倡导者一味将文学视为思想运动载体的文学工具论倾向，吴宓显然更注重文学自身的审美特质，更强调文学审美特质和文学社会使命的平等与融合。尽管这种新文学价值取向因为与占据主导地位的功利主义思潮不相吻合而显得较为孤立,但是,这一价值取向的存在毕竟有着不可否认的历史合理性。历史的经验告诉我们，只有经过文学审美特质的过滤和洗礼，对社会使命的思考才能进入文学世界，体现出艺术价值；只有纠正过分执着于文学功利意识所带来的忽略文学审美诉求的弊端，才能使新文学走上健康的发展道路。

第四章　吴宓的文学批评实践

能否有效地阐释和分析文学现实是判断一种文学思想能否被视作建构新文学的理论资源的关键，因为，具备建构新文学潜力的文学思想绝不可能停留在从理论到理论的层面，而必须以一定的文学现象作为其立论的依据和阐释的目标。作为当时著名的诗人和文学评论者，吴宓立足于文学发展现状，综合运用古今中外适用的文学理论资源，发表了大量的文学批评言论。他将文学批评与宋儒的“义理”之学等同起来，一方面为文学批评寻求到了本体论意义上的支撑，另一方面又将其提升到了人生批评的高度：

> 文学批评者，非仅如前人之诗话艺谈、零篇断句，自述其涵泳之心得，以为专门研究此道之人说法者。文学批评之范围较大，目的较正，方法较精。盖今之文学批评，实即古人所谓义理之学也。其职务，在分析各种思想观念，而确定其意义。更以古今东西各国时代之文章著作为材料，而研究此等思想观念如何支配人生，影响实事……①

可以说，吴宓对文学批评的重视程度甚至远远超过了当时新文学阵营的许多成员。在批评实践中，他不但极为强调文学批评的标准、方法及规范学理，提出了文学批评的一系列基本范畴，而且运用跨学科和跨文化的批评方法进行了大量的文学阐释和文学分

① 吴宓:《浪漫的与古典的》,《大公报》1927年9月17日第3版。

析，对新诗革命、写实小说等当时备受关注的文学现象都表达了自己独特的观点和看法。其批评实践与其新文学想象的理论内涵相互印证，共同昭示出吴宓建构新文学的思维理路。

第一节　吴宓文学批评的标准和方法

吴宓文学批评的对象是极其广泛的，从曹雪芹的《红楼梦》到萨克雷的《名利场》，从王安石的名句到徐志摩的新诗，中西古今的文学作品他几乎都有所留意。而且，他也不惮评论剖析师友弟子乃至自己创作的优劣，或褒或贬，都是出于学术研究的认真态度。尽管其批评实践与完备的现代文学批评相比还有一段距离，但若是从中国文学批评现代发展的角度来考察和检视他的文学批评文本，我们还是可以从中发现现代批评标准和学术方法的明显特征。

一、道德与艺术：吴宓文学批评标准的两个基本维度

在吴宓看来，"文学是人生的表现"①，而"（材料之）选择"和"（艺术）加工"则是完成这种"表现"②的关键环节。在进行"（材料之）选择"时，文学与人生之间建立起来的主要是一种道德关系："人生至繁至大，书中所写者必经选择，而选择之标准即为作者道德之观念。"③在进行"（艺术）加工"时，文学与人生之间建立起来的主要是一种艺术审美关系：

> 实际人生常为迷乱而无序，写入文学或艺术，则必加以剪裁修缮，斟酌改变，增减分合，重行排而整齐之，使合于艺术之形式及需要，然后读者方能知其事实之因果，人物之关系，而与作者同其感想。④

文学是否能够完成表现人生的任务，关键就在于这两种关系是否得到成功的建立。而吴宓对"崇高的艺术家"所作的界定—— 一方面是"全知的"、"并且能预见和指导事件"，

① 吴宓：《文学与人生》，王岷源译，北京：清华大学出版社 1993 年版，第 16 页。
② 吴宓：《文学与人生》，王岷源译，北京：清华大学出版社 1993 年版，第 17 页。
③ 吴宓：《评〈歧路灯〉》，《大公报・文学副刊》1928 年 4 月 23 日第 9 版。
④ 吴宓：《文学与人生（三）》，《大公报・文学副刊》1928 年 2 月 18 日第 9 版。

另一方面又“无力去做任何事违抗艺术的法则与要求的事”[①]——就非常形象直观地表达出了他兼顾文学创作的道德维度与艺术维度的用意。与之相应，吴宓的文学批评标准也存在着两个基本维度。

其一为道德维度。道德维度意在强调“文章为转移风俗端正人心之具，故用以评文之眼光,亦即其人立身行事之原则也”[②]。文学与道德的关系一直是吴宓关注的重心。早在清华读书时，他就在《余生随笔》中将好友汤用彤的相关言论奉为“弥可珍贵”的“片羽只鳞”:“锡予曰:无道德者不能工文章。无道德之文章，或可期于典雅，而终为靡靡之音。”[③] 吴宓对汤用彤言论的赞赏源自于他自己坚持的文学功用论：

> 盖诗之功用，在造成品德，激发感情，砥砺志节，宏拓怀抱。使读之者，精神根本，实受其益。而非于一事一物，枝枝节节之处，提倡教训也。使天下后世人皆食其果，而非图鼓吹一小设施之成也。[④]

只有奉行道德原则，才能将文学的功用落到实处。后来，在《中西诗之比较讲稿》中，吴宓对文学与道德的关系及文学中的道德内涵作了这样的说明：

> 诗以感情为主，但感情必高尚。高尚之感情即仁也。故诗教主仁。[⑤]

> 所谓高尚之感情，即合乎道德者。道德非世俗之褒贬毁誉、末节形式，非宣传，非训诲（didacticism）。[⑥]

文学体现的高尚感情，就是合乎道德的感情。道德，作为人的世界的核心要义和吴宓文化哲学体系的中心观念，不是世俗的伦理规范，而是完善人性的表现方式和自由生命的最高形式。文学批评的重要旨归，就在于以道德为标准对作品的价值作出判断，所以，文学批评需要“一种普遍的理想的绝对的客观的真善美之标准”，这标准“不特为文学艺

① 吴宓:《文学与人生》，王岷源译，北京：清华大学出版社 1993 年版，第 41 页。
② 吴宓:《文学研究法》,《学衡》第 2 期，1922 年 2 月出版。
③ 吴宓:《余生随笔》之二十，见《吴宓诗话》，吴学昭整理，北京：商务印书馆 2005 年版，第 31 页。
④ 吴宓:《余生随笔》之二十三，见《吴宓诗话》，吴学昭整理，北京：商务印书馆 2005 年版，第 34 页。
⑤ 吴宓:《中西诗之比较讲稿》，见《吴宓诗话》，吴学昭整理，北京：商务印书馆 2005 年版，第 267 页。
⑥ 吴宓:《中西诗之比较讲稿》，见《吴宓诗话》，吴学昭整理，北京：商务印书馆 2005 年版，第 267 页。

术鉴赏选择之准衡，抑且为人生道德行事立身之正轨”[①]。

需要特别指出的是，在具体的文学批评中，吴宓已经意识到，批评者判断文学道德与否的关键，不在于考察文学家所写的具体事件，而在于关注文学家处理事件材料的态度和方法：

> 如《石头记》写林黛玉如此高尚，又写多姑娘如此卑贱，则《石头记》绝非淫书矣。……是故小说评小说者首宜辨此，固不可因书中写世间丑恶事便屏去不读，尤不可因书中写古来良善行事理想人物而概斥迂腐见解礼教流毒乃欲拉杂摧烧之也，盖即不论道德，对文艺之态度不当如是也。[②]

文学家处理事件材料的态度和方法直接决定着“读者所生之观感为何”[③]。譬如，“劳伦斯之著作，提倡感情生活，描写性欲恋爱”[④]，但是这些著作并不会引起读者耽于淫乐的愿望，因为，在处理有关性欲恋爱和感情生活的材料时，“劳伦斯能将未可以言辞形容之感情表而出之，而又不致扰乱人之全部心志，其工于为此，前人未有克及之也”[⑤]。这一能力使其笔下的性欲恋爱和感情生活有了“反抗今世之科学心理及纯凭理智之生活习惯等”[⑥]的意义，具体而言：

> 在近世工业化之生活中，人之思想既纯受科学支配，则感情之地位及权力为如何，此劳伦斯所欲究之问题也，感情薄弱或粗钝之人，必视此为难题，所幸劳伦斯之感觉极敏锐而精细，其著作中之佳篇，悉以畅明感情之力量为主旨，故读之者每致惊骇而感苦闷，盖吾人平日生活贫乏枯燥无殊半死，而此情形又不愿为人揭破也。[⑦]

由此出发，对于当时欧洲文学界众说纷纭的劳伦斯，吴宓也给予了比较肯定的评价，认

---

① 吴宓：《浪漫的与古典的》，《大公报》1927 年 9 月 17 日第 3 版。
② 吴宓：《评〈歧路灯〉》，《大公报·文学副刊》1928 年 4 月 23 日第 9 版。
③ 吴宓：《评〈歧路灯〉》，《大公报·文学副刊》1928 年 4 月 23 日第 9 版。
④ 吴宓：《英国小说家兼诗人劳伦斯逝世》，《大公报·文学副刊》1930 年 3 月 24 日第 9 版。
⑤ 吴宓：《英国小说家兼诗人劳伦斯逝世》，《大公报·文学副刊》1930 年 3 月 24 日第 9 版。
⑥ 吴宓：《英国小说家兼诗人劳伦斯逝世》，《大公报·文学副刊》1930 年 3 月 24 日第 9 版。
⑦ 吴宓：《英国小说家兼诗人劳伦斯逝世》，《大公报·文学副刊》1930 年 3 月 24 日第 9 版。

为“其书并非如何淫荡，特彼作者自有其见解”[①]。

其二为艺术维度。艺术维度意在强调文学作为一种艺术形式的相对独立性，这种相对独立性是文学之所以成为文学的内在属性与合法依据。吴宓认为，“文学≠直接的与真实的经验”[②]，在文学对人生的表现过程中，“纵有取材于作者本身之经验之处，亦出无心”[③]，因为，“作为一个总体存在的文学作品必须是被‘创造’的”[④]。尽管“创造”所采用的“细节可以符合事实，从经验中得来”[⑤]，但真正的文学既非历史，亦非自传，文学中所写之人生，“乃由作者以己之意旨及艺术之需要，选择整理而得之人生，且加以改良修缮，使比直接观察所得者更为美丽，更为真切，更为清晰”[⑥]。在《文学与人生》讲义中，吴宓举过一个生动的例子：“美国某君，搜集一人之手迹、支票、帐单、照片等，以作小说，试验卒失败。”这一失败本身就说明了经由“忠实的抄袭或准确的再现人生”来成就文学作品“不仅是不可取的，也是做不到的”[⑦]。可见，对文学作品进行评价的依据不是看它是否再现了人生的原貌，而是要看它是否合乎文学自身的艺术法则和审美规律。

由上可见，以“文学是人生的表现”[⑧]这一观念作为认识前提，吴宓将文学批评的道德维度和艺术维度联系起来进行了较为深入的思考。如果说对文学批评的道德维度的提倡，体现了吴宓作为白璧德新人文主义的中国传人与一般文学评论者的不同之处；那么对文学批评的艺术维度的坚持，则显示了吴宓作为一个成就卓越的诗人有别于一般道德论者的基本特征——重视和强调文学感性化的艺术审美特质。惟其如此，吴宓的文学批评实践才得以在中国现代文学批评史上体现出自身的独特性。

二、游走在诗情与理性之间

如前所述，吴宓既是新人文主义的信徒，又是成就卓著的诗人，前者决定了他势必具有注重理性的古典主义文学信仰，而后者则联系着他多情易感的天性和浪漫主义文学气质，正如他的同事温源宁所描述的那样：“他自认是一名热诚的人文主义者和古典主义

① 吴宓：《英国小说家兼诗人劳伦斯逝世》，《大公报·文学副刊》1930 年 3 月 24 日第 9 版。

② 吴宓：《文学与人生》，王岷源译，北京：清华大学出版社 1993 年版，第 17 页。

③ 吴宓：《苏曼殊年谱及其他》，《大公报·文学副刊》1928 年 4 月 9 日第 9 版。

④ 吴宓：《文学与人生》，王岷源译，北京：清华大学出版社 1993 年版，第 18 页。原文是：The literary work as a whole must be “created”，中文为笔者所译。

⑤ 吴宓：《文学与人生》，王岷源译，北京：清华大学出版社 1993 年版，第 19 页。

⑥ 吴宓：《文学与人生（三）》，《大公报·文学副刊》1928 年 2 月 18 日第 9 版。

⑦ 吴宓：《文学与人生》，王岷源译，北京：清华大学出版社 1993 年版，第 17 页。

⑧ 吴宓：《文学与人生》，王岷源译，北京：清华大学出版社 1993 年版，第 16 页。

者，但他的气质却是彻头彻尾的浪漫主义者。"[①]这种信仰与气质之间的矛盾使吴宓对文学的品评常常游移在理性判断和情感想象之间，前者使之"出乎其外"，后者使之"入乎其内"[②]，构成了推动吴宓文学批评实践的极富张力性的两极力量。

白璧德坚持认为"批评主要的是判断和选择，其次才是理解和同情"[③]。作为新人文主义的中国传人，吴宓深受白璧德批评观念的影响，强调以"一种普遍的理想的绝对的客观的真善美之标准"作为"文学艺术鉴赏选择之准衡"[④]。故而，在文学创作和文学批评的过程中，吴宓历来十分重视理智判断的力量，正如他在《韦拉里论理智之危机》的"编者按"中所指出的那样：

> 欲救今世之弊，惟当尊崇理智，保持心性……细观古今伟大之科学家发明家及伟大之文学家艺术作者，盖无不具有此种包举一切而能行归纳以至综合之理智心性者。[⑤]

由此出发，吴宓对"谓诗为一种无目的之迷梦"的"浪漫主义之末流"和"以性欲解释一切"的"崇信佛洛伊德之心理学说"的文学批评观念大加批判，认为此"皆理智之敌，又皆文明之患"[⑥]。这种对"理智心性"的推举，构成了一种具体而切实的约束力量，引导着吴宓的文学批评实践自觉地向价值判断和理性演绎的层面倾斜：即先从既定标准出发对批评对象的价值作出高屋建瓴的定性判断，再对其进行从一般到特殊的演绎和论证，力求将这种定性判断落实到对批评对象内涵和外延的分析中。这在他为《玉君》《天问》《歧路灯》等文学作品所撰写的批评文章中都有着十分清晰的显现。

但是，冷静严刻的理智力量终究无法泯灭热情易感的天性，对此，挚友陈寅恪曾有过中肯的评价：

---

① 温源宁：《吴宓先生其人——一位学者和博雅之士》，见黄世坦编《回忆吴宓先生》，西安：陕西人民出版社1990年版，第23页。

② "出乎其外"和"入乎其内"，语出王国维《人间词话》："诗人对宇宙人生，须入乎其内，又须出乎其外。入乎其内，故能写之；出乎其外，故能观之。入乎其内，故有生气；出乎其外，故有高致。"（周锡山编校《王国维集》第1册，北京：中国社会科学出版社2008年版，第224页）原指诗人在观照宇宙人生时既能体会又能超脱的必备心态。此处借用这两个概念的目的是为了说明吴宓在品评文学时所面对的理性判断和情感体验之间的矛盾。

③ J.David Hoeveler，Jr.. *The New Humanism: A Critique of Modern America*，1900–1940. Charlottesville：University Press of Virginia，1977，p.62.

④ 吴宓：《浪漫的与古典的》，《大公报》1927年9月17日第3版。

⑤ 吴宓译：《韦拉里论理智之危机》，《学衡》第62期，1928年3月出版。

⑥ 吴宓译：《韦拉里论理智之危机》，《学衡》第62期，1928年3月出版。

谓昔在美国初识宓时，即知宓本性浪漫，惟为旧礼教、旧道德之学说所拘系，感情不得发抒，积久而濒于破裂。犹壶水受热而沸腾，揭盖以出气，比之任壶炸裂，殊为胜过。[①]

而吴宓自己亦“常感寸心中诸种趋势思想之交争，而不能调和。而尤以感情Sentimentalism与功利Utilitarianism之冲突为甚”[②]。加之他自幼淫浸在中国古典的诗风词韵之中，又终生热爱旧体诗创作，自然更会彰显出诗人的浪漫情性和文学气质。正如他自己所认识到的那样：“宓之生性多感，又富诗情。”[③]在阅读和批评文学作品的时候，他常常会不自觉地“入乎其内”，陷入情感想象和情感体验之中不可自拔：“阅哀情小说一种，曰《禽海石》。……缠绵悱恻，佳作也……不禁泪潸潸下，怅触不怿者累日。”[④]“午后，读‘Nami-ko’，至晚而毕全册，后部尤佳，悲惨处使余泪落不止。小说之感人深矣哉！”[⑤]“读吴梅村诗，流泪，翻觉快适。”[⑥]在他对《红楼梦》的品评过程中，更是始终伴随着强烈深沉的情感体验：“读《石头记》。流泪，多身世之感。”[⑦]“读《石头记》抄家一段，泪如雨下。”“晚读《石头记》最后二十回，至深夜。泪下极多。”[⑧]对于文学作品的情感力量，他历来有着深刻的领会和认识：

世人皆喜读写情小说，尤以哀惨之作为甚……思之盖凡人莫不有情，人同此心，心同此理，睹他人之悲欢离合，则必隐以己为比例；因而情之见于他人者，与我者皆有悲欢离合之直接关系，故其感触也深，刺激也易，富于感情者盖莫不然也。[⑨]

要之，作为新人文主义的忠实信徒，吴宓一心想成为马修·阿诺德那样的“世人之导师”[⑩]，故而时时刻意提醒自己运用理性的力量，根据普遍的标准对文学批评对象作出

① 吴宓:《吴宓日记》第5册，吴学昭整理注释，北京：生活·读书·新知三联书店1998年版，第60页。
② 吴宓:《吴宓日记》第4册，吴学昭整理注释，北京：生活·读书·新知三联书店1998年版，第16页。
③ 吴宓:《吴宓日记》第3册，吴学昭整理注释，北京：生活·读书·新知三联书店1998年版，第252页。
④ 吴宓:《吴宓日记》第1册，吴学昭整理注释，北京：生活·读书·新知三联书店1998年版，第21页。
⑤ 吴宓:《吴宓日记》第1册，吴学昭整理注释，北京：生活·读书·新知三联书店1998年版，第227页。
⑥ 吴宓:《吴宓日记续编》第8册，吴学昭整理注释，北京：生活·读书·新知三联书店2006年版，第117页。
⑦ 吴宓:《吴宓日记》第8册，吴学昭整理注释，北京：生活·读书·新知三联书店1998年版，第287页。
⑧ 吴宓:《吴宓日记》第9册，吴学昭整理注释，北京：生活·读书·新知三联书店1998年版，第145页。
⑨ 吴宓:《吴宓日记》第1册，吴学昭整理注释，北京：生活·读书·新知三联书店1998年版，第22页。
⑩ 吴宓:《吴宓日记》第3册，吴学昭整理注释，北京：生活·读书·新知三联书店1998年版，第252页。

冷静理智的价值判断，以实现引导世道人心的伟大理想；但是，在具体的文学批评实践中，他又不自觉地受制于易感的天性和诗人气质，沉溺在文学的情感世界之中陶然忘我。如此，价值判断及理性演绎和情感体验及情感想象就构成了推动吴宓文学批评实践的富有张力性的两极力量，它们相互矛盾又相互制约，使吴宓在面对文学批评对象时，每每不由自主地挣扎往复于“出乎其外”和“入乎其内”之间，这种挣扎注定了吴宓为很多文学作品所撰写的具体批评文章每每呈现出复杂的样态：时而是高屋建瓴的道德宣喻，时而是细致入微的情感体察。值得注意的是，呈现在吴宓文学批评文章之中的道德宣喻和情感体察，都因为吴宓所推崇和采用的“义理派”的文学批评方法而超越了随机和率性的层面，具备了严肃的学理意义。

三、义理派的批评方法

吴宓在《文学研究法》一文中指出，“今美国人之研究文学者，由其目的及方法之不同，约可分为四派”：“藉文章为营利之途，专求售出而得酬资”的“商业派”，“以文章为一种装饰品或一种消遣物”的“涉猎派”，“于文章惟以训诂之法研究之”的“考据派”和“重义理，主批评”的“义理派”。[①] 在吴宓看来，“商业派”“不顾通人评讥，识者讪笑，而一意趋奉时好，博众欢迎，大率腹中空空，自无主见，或则千篇一律，不耻摹仿，或则今是昨非，不嫌变节，只图成功而已”，“涉猎派”“仅随意涉猎，略行翻检，即信口谈论，自称文人，故常不免耳食之讥与道听途说之病”[②]；前者太过卑俗，后者太过浮滑，自然都不值得效法。而“考据派之文人，极似吾国之小学家，谓其成绩与研究文学者，不无俾助”，但因为其“以科学之法术施之文章”，“而于文章之义理，结构辞藻精神美质之所在，以及有关人心风俗之大者，则漠然视之”，故而，“以此为研究文学之唯一正轨，则大谬也”[③]。相形之下，只有“义理派”“不废实学，而尤重视识见，谓古今文字，固必精通娴习，以求词义无讹，而尤贵得文章之旨要，及作者精神之所在，然后甄别高下精粗。于古之作者，不轻诋，不妄尊；于今之作者，不标榜，不毁讥。平心审察，通观比较，于既真且美而善之文，则必尊崇之奖进之；其反乎是者，则必黜斥之修正之……”[④] 很显然，吴宓在进行比较时已经清楚表明了褒贬之意，正是基于这一考虑，

① 吴宓：《文学研究法》，《学衡》第 2 期，1922 年 2 月出版。
② 吴宓：《文学研究法》，《学衡》第 2 期，1922 年 2 月出版。
③ 吴宓：《文学研究法》，《学衡》第 2 期，1922 年 2 月出版。
④ 吴宓：《文学研究法》，《学衡》第 2 期，1922 年 2 月出版。

他才会认定只有"义理派""实吾侪研究文学所应取法者也",要求批评者在面对文学时"以哲学及历史之眼光论究思想之源流变迁，熟读精思博览旁通，综合古今引证东西而尤注意文章与时势之关系……"[①]具体而言,吴宓所推崇的"义理派"批评方法主要有以下三个特征。

其一，强调文学研究的哲学视界。

文学批评方法的革新通常会受制于文学思想观念的变化，新的文学观念必然要求新的文学批评方法与之相适应。吴宓从人生哲学的根本问题入手思考文学本身,认为"哲学生存于、并将复活在每一个别灵魂之中；不在书中，也不在客观世界中。∴每个人必须在他自己的灵魂中重建哲学真理"[②]。而在灵魂中重建哲学真理的有效方式之一即是在文学创作中寻求人类精神最灵性的表达，正是在这一意义上，吴宓才将文学艺术定位于人类全体之性质，而非个人之性质，认为"好的文学作品表现出作家对人生与宇宙的整体观念"[③]。这种将文学与哲学结合起来进行思考的文学观念决定了吴宓的文学批评实践必然会超越单纯谈论文学的层面，从哲学视界入手，采用跨学科的批评方法，去阐释文学艺术作品中的哲学思考和哲学意蕴，通过强化对文学现象的批评分析与对人生本质的关注以及对人性改良的可能性的追问之间的紧密联系来沟通天地境界、道德境界与审美境界的理论旨趣，从而多角度地从文学层面触及人的理想存在方式这一根本问题，探寻可以应对时代困局的"义理"，借此缓释由于意义危机而带来的尖锐的焦虑感。

其二，注重文学阐释的历史整体性。

吴宓将文学发展视作一个具有整体性的历史过程，强烈的历史整体性意识，使他在文学批评实践中更注重将具体的文学现象置于古今文学发展变化的历史大背景下进行观照和考察，揭示其历史缘起，梳理其历史承续性，从中发现并激活一些在当时处于隐蔽状态而在未来则可能成为显现状态的因素。作为文学批评的视角和方法，历史整体性的意识可以使吴宓的文学批评实践从大处着眼，避免以偏概全，防止陷入将某些阶段性的文学现象等同于终极文学价值的虚妄意识。为了保证文学批评在具有整体性的历史大视野中进行，吴宓主张文学批评者通过"精通娴习"、"古今文字"来准确把握文章之思想精神。可以说，他坚决维护文言文原有文学地位的主张亦是以此为铺垫展开的。较之新

① 吴宓:《文学研究法》,《学衡》第 2 期，1922 年 2 月出版。

② 吴宓:《文学与人生》，王岷源译，北京：清华大学出版社 1993 年版，第 164 页。

③ 吴宓:《文学与人生》，王岷源译，北京：清华大学出版社 1993 年版，第 19 页。

文学倡导者，吴宓更强调文学发展和演变的渐进性与传统的延续性。在他看来，封杀文言的一大流弊在于，很多人在理解中国古典文学时，无法做到“词义无讹”，也就无法“得文章之旨要，及作者精神之所在”[①]，这不仅会割断文化传承，而且会为将具体的文学现象有效置入文学的整体历史发展进程进行“平心审察，通观比较”[②]的文学批评实践活动设置障碍。所以，尽管吴宓实际上并不反对白话文学的自然发生——他不仅承认白话小说的文学性质（无论是对古典白话小说《红楼梦》还是对现代白话小说《子夜》，他都推崇有加，他自己原定的创作计划里面也有一部白话小说），而且对现代白话诗人徐志摩亦颇多赞赏之词，但是却坚决反对以运动的方式废除文言文学。

其三，提倡在中西比较视野中展开文学分析。

在文学批评实践中，吴宓不仅提倡“综合古今”，更强调“引证东西”，因为，在他看来，“文学之根本道理，以及法术规律，中西均同，细究详考，当知其然”[③]。“引证东西”的前提是必须对东西方文学都有深刻的了解和体会，吴宓自幼深受中国古典文学的熏染，本身就是当时很有名气的旧体诗人，又留学美国，寝馈西洋文学多年，对其他东方各国文学亦有精到的把握和理解[④]，在这一方面可谓拥有得天独厚的优势。故而，在东西文学之间进行比较，就成为吴宓进行文学批评和文学研究的基本方法。其具体做法有二：

一方面，吴宓力图将所要评析的文学放置到世界文学的大范围里进行全息透视，通过在中西文学之间进行比较来达到中西文学思想之间的互证，寻求跨越东西文学的共通的规律和经验，从而使他的文学批评成了沟通中西方文学思想的立交桥。例如，吴宓在撰写希腊文学史时，从内容、创作和流传的方式等十二个方面对中国古代“弹词”与古希腊“荷马史诗”的相似之处进行了细致剖析：1.“弹词所叙者多为英雄儿女，即战争与爱情其内容资料与荷马史诗同”；2.弹词和荷马史诗都是“虽盛行，而其作者之名多不传”；3.两者都“长短本可自由伸缩”；4.“弹词不以写本流传，而以歌者之奏技而流传，歌者以此为专业，父子师弟相传，虽亦自备脚本，而奏技时，则专恃记忆纯熟而背诵 recite 之，此均与荷马时代之歌者 bard 同”；5.“业弹词者，漂泊流转，登门奏技，且多盲，其奏技常于富人之庭，且以夜，主人之戚友坐而听焉，此均与荷马时代歌者奏技

① 吴宓：《文学研究法》，《学衡》第 2 期，1922 年 2 月出版。

② 吴宓：《文学研究法》，《学衡》第 2 期，1922 年 2 月出版。

③ 吴宓：《论新文化运动》，《学衡》第 4 期，1922 年 4 月出版。

④ 翻译《世界文学史》时，吴宓对埃及文学、巴比伦文学、印度文学、圣经文学等东方各国文学都补充了大量的相关资料，充分反映了他在这一方面的深厚积累。

之情形同”；6. 二者都“只用一种极简单而凄楚之乐器”；7. 二者的“音调甚简单，虽曰弹唱，无殊背诵”；8.“弹词意虽浅近，而其文字确非常用之俗语……凡此均与荷马史诗之文字同”；9. 二者“写一事，常有一定之语句，每次重叠用之……其譬喻亦用眼前常见之事物”；10.“弹词中人物各自发言，此终彼继，由歌者代述之，Speeches 而无如章回小说中之详细问答，Dialogue 此亦与荷马史诗同”；11.“弹词开端常漫叙史事，或祝颂神佛与皇帝，此与荷马之 Invocation 相近……”；12. 二者的“故事及人物虽简陋质朴，然写离合悲欢人情天理，实能感动听者”。① 以上论述虽然算不上特别深刻，但在当时，这种在被视为“通俗文学”的弹词与公认的西方文学经典“荷马史诗”之间展开比较的做法称得上是一个颇为大胆的尝试，不仅使得他的希腊文学史写作别具一格，而且在比较中赋予了弹词以西方文学经典荷马史诗同等的历史地位，对弹词的文学价值进行了全新的评价。

另一方面，吴宓试图联系西方文学批评话语来解读、诠释中国文学现象，以求从新的视角评析中国文学的价值，但是，他并不是一味移植西方学语，而是在借用之后多有创获。譬如他对小说《红楼梦》所作的评析即是如此，我们在本章第三节中会对其作出专门阐释。

以上我们从三个方面对吴宓所推崇的“义理派”文学批评方法进行了分析，这些方法始终贯穿在吴宓对具体文学现象的分析过程中，使他的批评实践具有了一种跨学科、跨文化的宏大理论视野。从这种综合博览的视野出发，吴宓的批评触角遍及多种文学艺术领域，对中外古今的各种文学类型和艺术思潮都发表过自己的看法，不过，在各种文学类型中，吴宓最为关注的，当属诗歌与小说。1926 年编订《雨僧诗稿》时，他明确将自己毕生的努力方向定为创作诗歌和小说，并对这两种文体作出了较为深入的阐释：

> 窃尝谓人之一生，总当作成诗集一册、小说一部。一以存其主观之感情，一以记其客观之阅历。诗所存者，外境对吾心之印象。小说所记者，个人在社会之位置。诗由内而主于精，小说由外而主于博。故若谓小说为提炼之人生，则诗乃提炼之人生又经提炼者耳。②

① 吴宓：《希腊文学史》，《学衡》第 13 期，1923 年 1 月出版。

② 吴宓：《编辑例言》，见《吴宓诗集》，吴学昭整理，北京：商务印书馆 2004 年版，第 2 页。

尽管吴宓的小说创作计划并没有付诸实施，其诗歌创作数量虽多质量却参差不齐，实在称不上惊世之作，但是，对这两种文体的关注和理解却使诗歌与小说成了他批评实践的重心。围绕着诗歌批评和小说批评，吴宓留下了大量可圈可点的文字和耐人寻味的观点，故而，在后文中，我们拟对吴宓的诗歌批评和小说批评展开分析和评价。

第二节　情道兼顾、新旧兼容：吴宓的诗歌批评观

诗歌是吴宓文学创作的重镇。对他而言，创作诗歌和编订诗稿不仅是文学兴趣所在，而且是生命情感所系：

> 予作诗之动机，为发泄一时之感情，留存生涯之历史。予编订诗稿之目的，则为专供一己之展读，重溯昔来之旧梦。于风晨雨夕，青灯书案，困顿之时，抑郁之际，取此一册，独自沉吟涵咏。使少年之感情，过去之经验，一一涌现心目。如观电影，聊以自慰，亦奇特之乐事也。[①]

所以，从1908年“始学为吟咏”[②]，此后60多年的时间里，吴宓一直乐于吟咏，笔耕不辍，流传至今的诗作多达千余首。在诗歌创作的过程中，他对诗歌理论和诗歌批评产生了浓厚的兴趣，并逐渐形成了系统的认识。诗人述评、名篇赏析、诗法分析等诗歌研究和批评实践占据着其文学活动的核心地位，在各种诗论文章中，他纵论中外古今的诗人和诗作，对当时流行的新诗创作趋向也提出了自己的独到见解。从形式上来看，吴宓的诗歌批评文章基本上呈现出两种类型：第一种呈现为随笔式短文的连缀与集合，形式类似于中国传统的诗话，篇幅零散而短小，但是所包含的内容却极其丰富，如《余生随笔》《英文诗话》《空轩诗话》等；第二种呈现为符合现代学术理念和学术规范的论文形式，大多有一个明确的中心，论证系统而完整。第二种诗歌批评文章根据其所关注所讨论问题的不同，基本上又可以分为三类：一是从正面集中地对某一诗歌问题进行专门讨论的文章，如《诗学总论》《诗韵问题之我见》《论诗之创作——答方玮德君》等；二是译介他人的诗歌理论批评文章，借以从侧面表达自己的诗论观点，如《韦拉里说诗中韵律之功用》《葛兰坚

---

① 吴宓：《编辑例言》，见《吴宓诗集》，吴学昭整理，北京：商务印书馆2004年版，第2页。

② 吴宓：《编辑例言》，见《吴宓诗集》，吴学昭整理，北京：商务印书馆2004年版，第1页。

论新》《白璧德论今后诗之趋势》等；三是针对具体的诗人和诗作所进行的评论，如《论安诺德之诗》《论罗色蒂女士之诗》等。

在《论诗之创作——答方玮德君》一文中，吴宓详细陈述了自己对于诗歌创作和诗歌批评的意见。但是，其意见的第一条却并没有直接谈及诗歌，而是侧重表明自己的哲学立场：

> 予最服膺柏拉图之哲学，以为可以包括一切事象，解决一切问题。柏拉图哲学之精华，尤在其（1）两世界及（2）一多相关无碍之二义。[①]

然后才将此哲学立场延伸到对诗歌等文学作品所进行的品评上：

> 以柏拉图之学说用之于文学，则知文学之原理、真善美之本体、批评之标准，以上均为绝对的，故可客观论究而公平。但对于某作者及某书某篇之论评，属于相对的范围，势必参议主观，只能得吾意所欲求，吾力所能致之公平。[②]

由此可以推断，在吴宓看来，“文学之原理、真善美之本体、批评之标准”和“参议主观”“对于某作者及某书某篇之论评”之间的关系，就好像哲学上“一”与“多”的关系一样，后者必须受制于前者。由此出发，具体到诗歌批评领域，吴宓必然坚持认为对诗歌的具体体验不能逾越诗歌的本质原理。故而，在论及吴宓的诗歌批评实践之时，我们不能不首先关注吴宓对诗歌本质原理的看法。

在设定诗歌本质原理之时，针对新诗倡导者以“作诗如作文”[③]之说抹杀诗与文之间界限的做法，吴宓一再强调论诗的前提是“先确定诗之义，惟诗与文既相对而言，故诗之定义，须示其有别于文之处”[④]。而“诗与文之差别，仅诗用（一）切挚高妙之笔，（二）具有音律之文，而文则无之耳”[⑤]，在吴宓看来，这两者构成了诗之所以为诗的原因，并且缺一不可，因为对于诗来说，“（一）属于内质，（二）属于外形。……内质与外形之

① 吴宓：《论诗之创作——答方玮德君》，《大公报 · 文学副刊》1932 年 1 月 18 日第 8 版。
② 吴宓：《论诗之创作——答方玮德君》，《大公报 · 文学副刊》1932 年 1 月 18 日第 8 版。
③ 胡适：《逼上梁山：文学革命的开始》，见欧阳哲生编《胡适文集》第 1 卷，北京：北京大学出版社 1998 年版，第 144 页。
④ 吴宓：《诗学总论》，《学衡》第 9 期，1922 年 9 月出版。
⑤ 吴宓：《诗学总论》，《学衡》第 9 期，1922 年 9 月出版。

美，常合一而不可分离是也”[①]。从“内质”和“外形”两方面对诗歌本质原理所进行的这种理解和界说，直接决定了吴宓在品评诗歌时所采用的批评观念和言说方式：

> 诗所表示之思想感情，其内质之美也；韵律格调，则外形之美也。[②]

> 故善为诗者，既博学行德以自成其思想感情之美，更揣摩谙练以求得韵律格调之美，夫然后其所作乃璀璨深厚，光焰万丈。[③]

如果说对作为诗歌“内质”的思想感情的强调所关注的是诗歌与人生的关系，那么对作为诗歌“外形”的韵律格调的强调所关注的则是诗歌与文字的关系；前者凸显的是文学批评的道德标准，后者凸显的是文学批评的艺术标准，吴宓的具体诗歌批评实践即是以此为基础为起点展开的。

品评诗歌时，吴宓主张从材料和形式两方面入手：

> 材料、形式并佳者为上上，材料佳而形式劣者为中上，材料劣而形式佳者为中下，材料劣而形式亦劣者为下下。[④]

在《评卢葆华女士血泪集》中，吴宓对二者的关系作过更为详细的论述：

> 诗之内容与形式，即感情与技术，二者缺一不可。今之论诗者，或主效法欧西近代某派，不问内容，专务技巧，斯实一偏非是。顾技术须养成于平日，而感情则发于临时。自然奔放之感情，必得细整之形式与精妙之技术，始能达其意而成其美。[⑤]

阿诺德的诗之所以受到吴宓的盛赞，主要是因为吴宓认为阿诺德的诗做到了质形兼

① 吴宓：《诗学总论》，《学衡》第9期，1922年9月出版。
② 吴宓：《诗学总论》，《学衡》第9期，1922年9月出版。
③ 吴宓：《诗学总论》，《学衡》第9期，1922年9月出版。
④ 吴宓：《论诗之创作——答方玮德君》，《大公报·文学副刊》1932年1月18日第8版。
⑤ 吴宓：《评卢葆华女士血泪集》，见《吴宓诗话》，吴学昭整理，北京：商务印书馆2005年版，第170页。

备，内外兼美："以奇美真挚之感情思想，纳于完整精练之格律艺术之中。"[①] 具体到对中国现代诗歌的品评上，吴宓自己虽然更加赞赏和偏爱"以新材料入旧格律"[②] 的诗歌创作方法，但他是将这种创作方法置于一个较为开放的情境中加以言说的，并没有在材料形式的新旧和材料形式的佳劣之间划定简单的对等关系，更没有将是否做到"以新材料入旧格律"视为衡量诗歌是否成功的唯一标准。在《论诗之创作——答方玮德君》一文中，吴宓将材料和形式的组合方式列为四类："甲旧材料—旧形式例郑海藏"；"乙旧材料—新形式例某某等等之语体诗"；"丙新材料—旧形式例黄公度（已故）吴芳吉"；"新材料—新形式例徐志摩"。主张"在理论上，对于右列四途不必强别高下"[③]。也就是说，材料新旧和形式新旧并不是判断诗歌是否优秀的关键因素，无论在新旧材料和新旧形式之间采用何种组合方式，都可能创造出"材料、形式并佳"的"上上"之作。最要紧的是"每一作者，应按照己之性情嗜好才学经验等，为自己选择最适宜之一途"[④]。唯有选择适宜自己的材料和形式，才有望将诗歌"内质"方面的思想感情之美和"外形"方面的韵律格调之美发挥到极致，而是否具备思想感情之美和韵律格调之美才是衡量诗歌成功与否的决定性因素。

通过对其诗歌评论文章的详细考察，我们可以体会到，在吴宓的诗论中，诗歌"内质"方面的"思想感情"之美主要体现为情道兼顾，而诗歌"外形"方面的"韵律格调"之美则更多地体现为新旧兼容。就这一意义而言，吴宓称赞徐志摩的诗句"殉道殉情完世业，依新依旧共诗神"[⑤]，亦是他自己的诗歌理想和诗歌批评标准的真实写照。

一、情道兼顾

在诗歌的"内质"方面，吴宓主张以"切挚高妙之笔或笔法"[⑥] 表现"为诗者"的"思想感情之美"，而这种"思想感情之美"则主要体现于"殉道殉情完世业"的精神上。"情"

① 吴宓：《英诗浅释》，《学衡》第 14 期，1923 年 2 月出版。

② 目前在吴宓著作中所能找到的关于"以新材料入旧格律"的说法见于他在 1915 年 2 月 20 日所记的日记："尝与友人谈，谓今日诗文，均非新理想、新事物，不能成立；而格律辞藻，则宜取之旧。"（吴宓：《吴宓日记》第 1 册，吴学昭整理注释，北京：生活·读书·新知三联书店 1998 年版，第 408 页）这一说法在前人那里已有提倡，并非吴宓首创，在《空轩诗话》中他曾明确将其归于黄遵宪名下："然宓论诗作诗之宗旨以新材料入旧格律，实本于黄公度先生，甚愿郑重声明者也。"（吴宓：《空轩诗话》之十九，见《吴宓诗话》，吴学昭整理，北京：商务印书馆 2005 年版，第 207 页）

③ 吴宓：《论诗之创作——答方玮德君》，《大公报·文学副刊》1932 年 1 月 18 日第 8 版。

④ 吴宓：《论诗之创作——答方玮德君》，《大公报·文学副刊》1932 年 1 月 18 日第 8 版。

⑤ 见吴宓诗《挽徐志摩君》，载《大公报·文学副刊》1931 年 12 月 14 日第 9 版："牛津花园几经巡，檀德雪莱仰素因。殉道殉情完世业，依新依旧共诗神。曾逢琼岛鸳鸯社，忍忆开山火焰尘。万古云霄留片影，欢愉潇洒性灵真。"

⑥ 吴宓：《诗学总论》，《学衡》第 9 期，1922 年 9 月出版。

与“道”，作为吴宓诗歌批评所关注的核心概念，在他的诗歌理想中缺一不可。譬如，他将好友方玮德对自己诗歌的评价收入1935年印行的《吴宓诗集》之中：“丈诗往往因情见道，又因道悟情，而以情道合一为教训，寓庄严于缠绵之中。其发也于感，其止也于悟。”[①]可见其对由方氏总结归纳的“情道合一”这一诗歌理想的激赏和向往。在吴宓看来，“情”的最高体现是“真情”，而“道”的最高体现是“至理”。“真情”和“至理”在共同构成其“知行标准或鹄的”[②]的同时，也昭示了他对诗歌的基本要求：唯有“真情”和“至理”并重，做到“情智双修”[③]，诗歌才能在表达感情的同时实现对人生哲理的思考，到达“情道合一”的理想境界。在这里，吴宓超越了传统的“诗言志”与“诗缘情”之说，采用“情理兼到”[④]的现代思维方式来理解与表达诗歌的基本“内质”。由此出发，他明确指出华兹华斯的“诗者，激烈感情之自然发泄者也”的言论和阿诺德“诗乃评判人生者也”的主张均“各有所偏，只举一端，而不见全体”，因为，前者“专主表示感情而不及思想”，后者则“专重理智思想而不及感情”[⑤]。在他看来，诗歌的“内质”应该是“真情”和“至理”的结合，分析和品评诗歌“内质”，既需要“入乎其内”的情感想象，又需要“出乎其外”的理性判断。

首先，无论是在诗歌创作还是在诗歌批评的过程中，吴宓对于情感力量的重视都是显而易见的：“耻效浮夸骋艳辞，但凭真挚写情思。”[⑥]真挚的感情是吴宓对于诗歌“内质”的基本要求：

> 诗中首重真挚之感情。一时一地之生活感想，均应存其真相。[⑦]

> 区区之意，以为作诗固不可不讲格律，然感情首贵真挚。世中万事皆可作伪，惟诗不能作伪。人生处处须行节制，惟诗中之感情，则当令其自然发泄。强之不可出，抑之亦难止也。[⑧]

---

① 方玮德：《论吴雨生丈近诗》，见《吴宓诗集》，吴学昭整理，北京：商务印书馆2004年版，第15页。

② 吴宓：《文学与人生》，王岷源译，北京：清华大学出版社1993年版，第12页。

③ 吴宓：《文学与人生》，王岷源译，北京：清华大学出版社1993年版，第12页。

④ 吴宓：《文学与人生》，王岷源译，北京：清华大学出版社1993年版，第23页。

⑤ 吴宓：《诗学总论》，《学衡》第9期，1922年9月出版。

⑥ 吴宓：《南游杂诗》之九十，全诗为：“耻效浮夸骋艳辞，但凭真挚写情思。传神述事期能信，枯淡平庸我自知。”（《吴宓诗集》，吴学昭整理，北京：商务印书馆2004年版，第188页）

⑦ 吴宓：《论诗之创作——答方玮德君》，《大公报·文学副刊》1932年1月18日第8版。

⑧ 吴宓：《编辑例言》，见《吴宓诗集》，吴学昭整理，北京：商务印书馆2004年版，第1~2页。

少了真挚情感这一重要“内质”，无论新诗旧诗，都不能称其为真正和纯粹的诗歌：

旧诗之堆积词藻，搬弄典故，陈陈相因，千篇一律；新诗之渺茫晦昧，破碎支离，矫揉作态，矜张弄姿；皆由缺乏真挚之感情，又不肯为明显之表示之故。[①]

而吴宓对诗歌“切挚”笔法的倡导即是在强调情感这一诗歌“内质”的前提下展开的：

所谓切挚 Intense 之笔者，犹言加倍写法，或过甚其词之谓。盖词人感情深强，见解精到，故语重心急，惟恐不达其意，使人末由宣喻者，故用此笔法。[②]

在他看来，要准确表达出情感“内质”的深切真挚，便不得不采用夸张或扭曲的“切挚”笔法：

切挚有二法，或加增其数量，或改易其事理，所谓改易其事理者，即诗人感情深挚激切之时，所言实与真理实象不合，与世中常情相悖，而写来又但觉其逼真而颠扑不破是也……[③]

因为，

所言改易其事理一层，实本于心理之变态。正惟不合于常情，仍愈见其诚耳。如孝子苫块昏盲，遂忘饥渴寒热。常人而忘饥渴寒热，则系矫情作伪。若孝子当椎心泣血，昏迷失次之后，而犹不忘饥渴寒热，则其所为种种，皆作伪欺人也。[④]

可见，“切挚”笔法的前提条件和最终目的都是情感之“诚”——“所谓切挚即诚也”，正如“西

① 吴宓：《编辑例言》，见《吴宓诗集》，吴学昭整理，北京：商务印书馆 2004 年版，第 2 页。
② 吴宓：《诗学总论》，《学衡》第 9 期，1922 年 9 月出版。
③ 吴宓：《诗学总论》，《学衡》第 9 期，1922 年 9 月出版。
④ 吴宓：《诗学总论》，《学衡》第 9 期，1922 年 9 月出版。

德尼曰 Look to your heart and write 盖作诗非语语自我心中爬剔而出不可也”[①]。

有了真诚的情感，才谈得上切挚的笔法——“作文贵诚，作诗尤贵诚，作文尚可伪托，作诗断难假冒”[②]，“不诚，不能为诗也”[③]。情感内质真诚与否是吴宓在诗歌批评实践过程中衡量诗歌价值时所采用的重要标尺，从他对勃朗宁（吴宓译作白朗宁）夫人和罗赛蒂（吴宓译作罗色蒂）女士的诗作价值所进行的比较和评价上，我们可以清楚地看到这一点：

> 按英国文学史上之女诗人，以白朗宁夫人 Elizabeth Barrett Browning（1809—1861）与罗色蒂女士 Christina Georgina Rossetti（1830—1894）并称，二人者生同时，而白朗宁夫人之名较著，所作也较多。顾论其人之情性品格及其诗之真正价值，则罗色蒂女士实在白朗宁夫人之上。[④]

在吴宓看来，尽管勃朗宁夫人成就卓著，“读其诗者，莫不惊其才之高，服其力之伟”[⑤]，但是，较之罗赛蒂女士诗中那种幽婉真情的自然流露，勃朗宁夫人的诗不免有些矫揉作态，言不由衷之处，其“情旨殊不自然”[⑥]，缺乏真诚之情感与“切挚”之笔法。具体言之，“夫行事首宜自然，作诗尤贵真诚。既生为女子，则当以女子天性中最高贵之处，及一己之所亲切感受者，形之歌咏，召示吾人”[⑦]，而勃朗宁夫人诗中所抒写的情感不符合其身为女子的天性和身份，显然没有做到真诚自然，“其以诗写情也……但自状其情之暴烈坚强，如长江大河，冲荡横绝，弗能抑止，实不类女子自述。至其诗中之材料，则政治社会之问题，科学宗教之思想。凡男子之所萦心而从事者，无不搜入，侃侃而谈，申申以指。其智力之广博，固可惊服，而其矫揉作态，强行追步，言不由衷之处，则未能或免焉”[⑧]。相形之下，罗赛蒂女士的诗作更为真诚自然地表达了身为女子的高贵天性及深挚情感，令“读其诗者，敬其高尚纯洁，喜其幽凄缠绵，而捻其一秉天真，发于至诚，则莫不爱之”[⑨]，吴宓用心翻译并激赏有加的《愿君常忆我》一诗就是此中

① 吴宓：《诗学总论》，《学衡》第 9 期，1922 年 9 月出版。
② 吴宓：《诗学总论》，《学衡》第 9 期，1922 年 9 月出版。
③ 吴宓：《编辑例言》，见《吴宓诗集》，吴学昭整理，北京：商务印书馆 2004 年版，第 2 页。
④ 吴宓：《论罗色蒂女士之诗》，见《吴宓诗话》，吴学昭整理，北京：商务印书馆 2005 年版，第 88 页。
⑤ 吴宓：《论罗色蒂女士之诗》，见《吴宓诗话》，吴学昭整理，北京：商务印书馆 2005 年版，第 91 页。
⑥ 吴宓：《论罗色蒂女士之诗》，见《吴宓诗话》，吴学昭整理，北京：商务印书馆 2005 年版，第 91 页。
⑦ 吴宓：《论罗色蒂女士之诗》，见《吴宓诗话》，吴学昭整理，北京：商务印书馆 2005 年版，第 88 页。
⑧ 吴宓：《论罗色蒂女士之诗》，见《吴宓诗话》，吴学昭整理，北京：商务印书馆 2005 年版，第 88 页。
⑨ 吴宓：《论罗色蒂女士之诗》，见《吴宓诗话》，吴学昭整理，北京：商务印书馆 2005 年版，第 91 页。

佳作。罗赛蒂女士“性实和厚而品尤高洁，虽蓄情至深，而慎其所发也”[①]，尽管为了专心信仰而断绝了与情人凯莱的关系，但是，“心实爱之且爱之终身不减，自少至老常若有用情不遂思嫁其人而不得之感”[②]，《愿君常忆我》就是罗赛蒂女士“此种深挚之情，幽凄微惋之意”[③]的真诚表达。在吴宓看来，罗赛蒂女士诗中所充溢的这种“天真”与“至诚”[④]显然更符合自己对于真诚之情感与“切挚”之笔法的要求，而这正是勃朗宁夫人所缺乏的，故而两相比较，罗赛蒂女士的诗歌价值远远超过了勃朗宁夫人。需要注意的是，尽管吴宓多情善感的气质和作为新人文主义信徒的身份决定了他会更加喜爱和推崇罗赛蒂女士诗中那种既缠绵悱恻又隐忍节制的情感表达方式，但是，他对罗赛蒂女士诗歌的推崇并不是完全基于个人喜好，而是建立在对诗歌情感内质的深刻认识之上的：“夫诗非有真性情、真怀抱者不能作”[⑤]。吴宓作为“殉情”者的论诗姿态于此可见一斑。

其次，尽管吴宓十分重视情感的力量，但是并不赞成新诗阵营中“诗的本质专在抒情”[⑥]的说法，更反对将表现情感作为诗歌批评的唯一标准。因为，在他看来，真挚的情感并不是他对诗歌“内质”的最高要求，除了“浓厚之感情”，“明显之哲理”亦为优秀的文学艺术所必需[⑦]，“由情入道”才是“哲学之进步与方向”[⑧]。“情”包括被各种现实人生境遇所激发出来的林林总总的感性经验，“道”则代表着具有超越性的普遍永恒的真理：前者属于“多”的层面，代表着“人的世界”——“看来是混乱，无秩序，迷惘，与必然（一句话，浑沌）；不可理解，不可控制。我们被捕捉在生存之网中，被卷入行动的潮流中，没有、也不顾我们个人的意志、理解和愿望”[⑨]。后者则属于“一”的层面，代表着“上帝的世界”——“作为一种秩序、系统、计划、协作、目的、理解、美、完美……它是完整的，永恒的，不可摧毁的——然而它也并不需要或依赖人的努力去保护或修补它——这样它就支持了我们的终极信念”[⑩]。从这些论述中，我们可以看出，如同“多”的最后

① 吴宓：《论罗色蒂女士之诗》，见《吴宓诗话》，吴学昭整理，北京：商务印书馆 2005 年版，第 88 页。
② 吴宓：《论罗色蒂女士之诗》，见《吴宓诗话》，吴学昭整理，北京：商务印书馆 2005 年版，第 89 页。
③ 吴宓：《论罗色蒂女士之诗》，见《吴宓诗话》，吴学昭整理，北京：商务印书馆 2005 年版，第 89 页。
④ 吴宓：《论罗色蒂女士之诗》，见《吴宓诗话》，吴学昭整理，北京：商务印书馆 2005 年版，第 91 页。
⑤ 吴宓：《余生随笔》之二十一，见《吴宓诗话》，吴学昭整理，北京：商务印书馆 2005 年版，第 32 页。
⑥ 郭沫若：《论诗三札》，见郭沫若《文艺论集》，北京：人民文学出版社 1979 年版，第 215 页。
⑦ 吴宓在 1928 年 5 月 14 日天津《大公报·文学副刊》第 9 版上发表的《英国大诗人兼画家罗色蒂诞生百年纪念》中谈道，“罗色蒂之画与诗之特点，其中不具明显之哲理，亦无浓厚之感情”，故而称不上上品。
⑧ 吴宓：《文学与人生》，王岷源译，北京：清华大学出版社 1993 年版，第 176 页。
⑨ 吴宓：《文学与人生》，王岷源译，北京：清华大学出版社 1993 年版，第 187 页。
⑩ 吴宓：《文学与人生》，王岷源译，北京：清华大学出版社 1993 年版，第 187~188 页。

归属是“一”，“情”的最后归属也应该是“道”，文学创作不应该停留在宣泄感情的层面，伟大的文学作品所表现的应该是“作家对人生和宇宙的整体观念，而不是他对具体的人和事的判断”[①]。他对诗歌的要求也与此相同——“诗乃晓示普遍根本之原理者”[②]，而这种对宇宙至理和对人类理想存在方式的终极关怀即是吴宓所推崇的“殉道”者所应具备的论诗精神[③]。如此，吴宓对诗歌“内质”的关注重心就自然而然地从“情”转向了“道”，而后者就成了他对于诗歌的最终要求。

如前所述，“情”所代表的是“人的世界”，即“人界”，而“道”所代表的是“上帝的世界”，即“天界”，要想实现“因情入道”，从“人界”上升到“天界”，就必须借助自由意志进行自我超越，而诗歌借助“高妙之笔”所进行的“幻境”营造即是这种自由意志的集中体现。也就是说，只有经由“高妙之笔”营造“幻境”，诗歌才有可能实现由情向道的升华，做到“由情悟道”，“由情入道”，“从理智上看见真理”[④]。在吴宓的文学思想中，“高妙之笔”指的是：

> 提高一层写法。即不实指，不平铺，不直叙，不顺写，不白描，不明断，不详释，不遍举，不密绘，不条分缕析，不量尺度寸，不浅俚凡近，不蹈常习故，不因袭陈腐，不以法律科学机械之法，论人叙事写景绘物，而透过一层，直达坊心。而又选择凝练，直传一人一事一景一物之本性、之精神、之要旨、之菁华，略其边幅，不留渣滓。于是能见人之所不能见，达文之所不能达，使读诗者，立刻领悟，而别有会心，咸具同感。其方法在以想象力 Imagination 造成一种幻境。[⑤]

在对“幻境”的营造过程中，诗歌可以借助“高妙之笔”挖掘和发现现实经验和真挚情感背后的本质精神和永恒真理，做到：

---

① 吴宓：《文学与人生》，王岷源译，北京：清华大学出版社 1993 年版，第 19 页。

② 吴宓：《余生随笔》之三十三，见《吴宓诗话》，吴学昭整理，北京：商务印书馆 2005 年版，第 43 页。

③ 吴宓在《余生随笔》之三十三中谈道：“韩昌黎谓文以载道，此道非仅儒家之道，孔孟之道，实即万事之本原，人生之真理。如上所说者是也。余谓诗亦以载道。盖诗乃晓示普遍根本之原理也。”（吴宓：《吴宓诗话》，吴学昭整理，北京：商务印书馆 2005 年版，第 43 页）由此可见，在吴宓的心目中，诗歌所应承载的“道”指的是宇宙至理和人类理想，而诗歌即是这种宇宙至理和人类理想的存在方式。

④ 吴宓：《文学与人生》，王岷源译，北京：清华大学出版社 1993 年版，第 186 页。

⑤ 吴宓：《诗学总论》，《学衡》第 9 期，1922 年 9 月出版。

（1）由现实世界渐进至理想世界。（2）由多渐进于一。（3）由浅思入深思，由浅感入深感。（4）由普通、平凡、庸俗，渐进于特殊、超异、奇美。（5）由小我之自私自利及虚荣偏见，以进至大我真我之大公无私、博爱真理。（6）由人生社会日常生活于此中以进至上帝或佛之天国极乐世界（庄严净土）。[①]

从而实现“由情悟道”，从对“真情”的体验自然而然地转向对“至理”[②]的探寻。

从吴宓的论著中，我们可以看到，“由情悟道 = 从生活的痛苦的经历（由于政治、爱情或战争等来的）到逐渐理解和信仰上帝的世界（宗教）”[③]。很显然，吴宓并没有将“道”等同于柏拉图式的高高在上的客观存在的形而上“理念”，而是将其理解为宗教意义上的能够使人性获得完善使人生获得救赎的真理。故而，吴宓对新人文主义的以文学完善人性的观念一向赞赏有加：

美国白璧德 Irving Babbitt（1865—1933）师，倡道所谓新人文主义，欲使人性不役于物，发挥其所固有而进于善。一国全世，共此休戚，而借端于文学。[④]

诗歌在吴宓的文学世界中占有重要的地位，在完善人性方面发挥着巨大作用，对此他屡次借用阿诺德《论诗教》中“谓诗为今世之宗教”[⑤]的言论加以说明：

诗之前途极伟大。因宗教既衰，诗将起而承其乏。宗教隶于制度，囿于传说，当今世变俗易，宗教势难更存。若诗则主于情感，不系于事实。事实虽殊，人之性情不变，故诗可永存。且将替代宗教，为人类所托命。[⑥]

在这里，诗歌被提升到宗教的高度，而吴宓心目中的宗教“乃融合（一）深彻之理

① 吴宓：《中西诗之比较讲稿》，见《吴宓诗话》，吴学昭整理，北京：商务印书馆 2005 年版，第 266~267 页。
② “真情”、“至理”之说见吴宓《文学与人生》，王岷源译，北京：清华大学出版社 1993 年版，第 12 页。
③ 吴宓：《文学与人生》，王岷源译，北京：清华大学出版社 1993 年版，第 188 页。
④ 吴宓：《空轩诗话》之九，见《吴宓诗话》，吴学昭整理，北京：商务印书馆 2005 年版，第 188 页。
⑤ 吴宓：《自识》，见《吴宓诗集》，吴学昭整理，北京：商务印书馆 2004 年版，卷首。
⑥ 吴宓：《空轩诗话》之九，见《吴宓诗话》，吴学昭整理，北京：商务印书馆 2005 年版，第 188 页。

智（二）真挚之感情，信所可信，行所当行，而使实际之人生成为极乐。上帝者，即兼具无上之感情与理智之理想的人格，其光热力命皆为无穷大，如皎日为一切炉火烛光之来源及归宿也”[①]。也就是说，随着宗教力量的式微，诗的最大作用就是继承和代替宗教的功能去实现“深彻之理智”与“真挚之感情”之间的融合，通过“情智双修”[②]使人性不断趋于完善并最终具备神性的光辉。正是基于这一考虑，吴宓才会提出：

> 古今最大之诗人，皆能以其一生经验之最大部分写入诗中。而所写入者，又适为最重要最高贵之部分。[③]

> 表现自我固为诗词创作之惟一要事。但所表现之自我，不当为（1）粗浅暴厉，骄妄空虚，毫无学识修养，惟事纵性任情，类似动物原人之自我。而应为（2）深思明辨，广读博览，富情依德，笃志力行，具有绝大学问绝大智慧绝大经验，锻炼成材，能实现理想之自我。如仅有第（1）种自我，而不图上进于第（2）种自我，则其创作之诗词亦难为崇伟之杰作。易言之，吾之主张如下：凡作诗词等，首当表现自我，出以真诚，但此自我必须有价值。[④]

也就是说，诗人在“表现自我”时，除了要做到真挚自然，更要努力使其体现出“一多并在”和“情智双修”[⑤]的人生态度，从而对完善人性起到积极的作用：

> 夙昔作诗，常主表现真我，不矫不饰。然同时更望将此我日日改善，期使所表现于诗中之思想感情日趋于高尚精深。易言之，即以写实之法，表现趋向理想之我。[⑥]

要完成这一任务，吴宓认为须从两个方面着手：其一，加强诗人的自身修养——“欲为

① 吴宓：《空轩诗话》之二十四，见《吴宓诗话》，吴学昭整理，北京：商务印书馆2005年版，第214页。
② 吴宓：《文学与人生》，王岷源译，北京：清华大学出版社1993年版，第12页。
③ 吴宓：《编辑例言》，见《吴宓诗集》，吴学昭整理，北京：商务印书馆2004年版，第2页。
④ 吴宓：《评顾随无病词味辛词》，《大公报·文学副刊》1929年6月3日第13版。
⑤ 吴宓：《文学与人生》，王岷源译，北京：清华大学出版社1993年版，第12页。
⑥ 吴宓：《论诗之创作——答方玮德君》，《大公报·文学副刊》1932年1月18日第8版。

伟大之创作者，应先勉为伟大之人物。”[①]“凡为真诗人，必皆有悲天悯人之心，利世济物之志，忧国恤民之意。”[②]“故学一人之诗，必先学其人格，学其志向，则诗成乃光芒万丈。”[③]其二，较之纯出于自然的情感宣泄，作诗更需要清醒的头脑和澄明的心志来防止心思不加节制地驰骛泛滥，也就是说，尽管“诗人恒多悲苦孤独之情感，非藉诗畅为宣泄不可”，但是，“诗中之意旨材料，必须以理智鉴别而归于中正”[④]。在他看来，英国诗人华兹华斯的“诗者，激烈感情之自然发泄者也”这一观点的最大问题在于，并不是所有激烈而自然的感情经验都可以成为诗歌的内质，只有经过理性淘洗和过滤的思想情感才能够体现出“情智双修”的完善人性，从而作为人生经验“最重要最高贵之部分”“写入诗中”[⑤]。

可见，对“一多并在”、“情智双修”[⑥]的人生境界的向往决定了吴宓所理解的“情”、“道”关系并不是相互对立和矛盾的，而是相辅相成，圆融会通的。他理想中的“道”并不在“情”之外，而就在“情”之中，只有在这样情道和谐的关系中，“由情入道”和“由情悟道”的过程才会发展得自然而然，顺理成章。从吴宓对阿诺德的诗歌创作和莱兹女士的《牛津尖塔》一诗所进行的分析与批评中，我们可以深切地体会到他的这一观点。

阿诺德是吴宓最追慕的诗人之一[⑦]，因为，在他看来：

> 安诺德深罹忧患而坚抱悲观，然生平奉行古学派之旨训，以自暴其郁愁为耻。故为文时深自敛抑，含蓄不露……惟作诗时，则情不自制，忧思牢愁，倾泻以出，其诗之精妙动人处，正即在此。[⑧]

尽管阿诺德之诗以情动人，其诗中“常多哀伤之旨……读之只觉其幽深绵邈，呜咽慨叹，无往而非哀音也”，“常深孤独之感……呻吟痛楚……”但是，“安氏所写者，非

---

① 吴宓：《评顾随无病词味辛词》，《大公报·文学副刊》1929年6月3日第13版。

② 吴宓：《余生随笔》，见《吴宓诗话》，吴学昭整理，北京：商务印书馆2005年版，第34页。

③ 吴宓：《余生随笔》，见《吴宓诗话》，吴学昭整理，北京：商务印书馆2005年版，第16页。

④ 吴宓：《自识》，见《吴宓诗集》，吴学昭整理，北京：商务印书馆2004年版，卷首。

⑤ 吴宓：《编辑例言》，见《吴宓诗集》，吴学昭整理，北京：商务印书馆2004年版，第2页。

⑥ 吴宓：《文学与人生》，王岷源译，北京：清华大学出版社1993年版，第12页。

⑦ 吴宓曾经谈道：“吾于西方诗人，所追摹者亦三家，皆英人。一曰摆伦或译拜轮 Lord Byron，二曰安诺德 Matthew Arnold，三曰罗色蒂女士 Christina Rossetti。”（吴宓：《自识》，见《吴宓诗集》，吴学昭整理，北京：商务印书馆2004年版，卷首）

⑧ 吴宓：《论安诺德之诗》，见《吴宓诗话》，吴学昭整理，北京：商务印书馆2005年版，第77页。

寻常男女欢爱之情，亦非天伦骨肉之情，乃另一种之情”[①]，即“近世之过重物质及权力，事物纷繁，而思想淆乱”[②]所导致的“宗教信仰已失不可复得，人心无所归依之痛苦”[③]。也就是说，阿诺德诗中的痛苦并非出自一己之私，而是源于救赎人生完善人性的渴望，在体会其诗中深挚之情的过程中，我们可以清晰地感受到这种情是饱含着“历史及哲理之上价值”[④]的情，是与道的追求合一的情，“其诗之精妙动人处，正即在此”[⑤]。

《牛津尖塔》一诗写于1915年，是莱兹女士为追念在“一战”中阵亡的牛津学生所作的，吴宓曾经在1922年和1936年分别以文言和白话翻译该诗[⑥]，足见其对该诗的重视和推崇。而他之所以会对《牛津尖塔》如此重视和推崇，除考虑到该诗具有“格律韵调极佳，而字义明晰，毫不费解”[⑦]的优点之外，更主要的原因在于他认为此诗做到了情中有道——即于真挚之情中体现出了一种超越“一时一地之感情，一国一党之是非”的“普遍及永久之性”[⑧]。在他看来，这种真挚之情和“普遍及永久之性”源自诗人莱兹女士的“温柔敦厚之心悱恻缠绵之意”[⑨]：牛津尖塔依旧，可曾经在塔下嬉戏的学生却已经战死在异国的郊原，目睹此情此景，感慨物是人非，作者心中充满了“悱恻缠绵之意”，“感情深挚，

① 吴宓：《论安诺德之诗》，见《吴宓诗话》，吴学昭整理，北京：商务印书馆2005年版，第80页，第80~81页，第81页。

② 吴宓：《论安诺德之诗》，见《吴宓诗话》，吴学昭整理，北京：商务印书馆2005年版，第77页。

③ 吴宓：《论安诺德之诗》，见《吴宓诗话》，吴学昭整理，北京：商务印书馆2005年版，第81页。

④ 吴宓：《英诗浅释》，《学衡》第14期，1923年2月出版。

⑤ 吴宓：《英诗浅释》，《学衡》第14期，1923年2月出版。

⑥《牛津尖塔》*The Spires of Oxford* 是英国女诗人莱兹（Winifred M. Letts）1915年所作，吴宓对此诗大加推崇。曾先后用文言与白话两次翻译过该诗。原诗与吴宓的两次译诗如下：

《牛津尖塔》（*The Spires of Oxford*）原诗：I saw the spires of Oxford/As I was passing by/The gray spires of Oxford/Against the pearl-gray sky/My heart was with the Oxford men/Who went abroad to die // The years go fast in Oxford/The golden years and gay/The hoary colleges look down/On careless boys at play/But when bugles sounded war/They put their games away //They left the peaceful river/The cricket-field，the quad/The shaven lawns of Oxford/To seek a bloody sod–/They gave their merry youth away/For country and for God //God bless you，happy gentlemen/Who laid your good lives down/Who took the khaki and the gun/Instead of cap and gown/God bring you to a fairer place/Than even Oxford town.

吴宓1922年发表于《学衡》第9期的译诗：牛津古尖塔/我行认崔嵬/黝黝古尖塔/矗立青天限/忽念行役人/忠骨异国埋//岁月去何疾/韶华不少待/广场恣跳掷/人间绝忧痗/一旦胡笳鸣/从征无留怠//浅草供蹴鞠/清流容艇擢/舍此安乐窝/趋彼血泥淖/事急不顾身/为国为神效//神兮能福汝/就义何慨慷/戎衣荷戈去/不用儒冠裳/永生极乐国/勿念牛津乡。

吴宓1936年12月9日发表于清华大学《觉报》的译诗：我看见牛津的许多尖塔/当我偶然走过那边/那些牛津的灰白尖塔/直映在高穹的青天/我心中想着牛津的学生/他们战死在异国的郊原//在牛津，一年一年如飞的过去/那个快乐的黄金时代/头白的学院层楼俯首一窥/看无愁的学生们欢呼竞赛/但悲笳忽然吹起了军声/立刻解散他们的球队//他们离开了那平静的河流/那宿舍和球场的方圆部位/那绿草剪得平整的校园/去找寻一块浴血的土地——/他们毅然牺牲了快乐的青春/为着国家，为着上帝//愿上帝保佑你们，幸福诸君/你们殉国殉道，一死争先/你们穿上黄色衣服，肩起铁枪/代替了学士的黑袍方冠/上帝一定护送你们到一个极乐世界里/比这座牛津城更为美丽庄严。

⑦ 吴宓：《英诗浅释》，《学衡》第9期，1922年9月出版。

⑧ 吴宓：《英诗浅释》，《学衡》第9期，1922年9月出版。

⑨ 吴宓：《英诗浅释》，《学衡》第9期，1922年9月出版。

悱恻低徊有余而不尽”[①]；如果说“悱恻缠绵之意”使该诗充满了真挚动人之情，那么“温柔敦厚之心”则在这种情中注入了道，使情本身就包容了对于生命真义的体验和理解，从而远远超越了狭隘的民族情感，流露出了对生命本身的关爱和敬仰，“通篇不及狭小国家之见，一党一族之争，超空立论，起于学术，终于明神，足见其命意之高妙”[②]。可以说，正是这种与道合一的真挚之情使《牛津尖塔》超越了一般专以“写一己之壮怀”、“激国人之敌忾”为要务的“欧战文学”，后者中的“情”诚则诚矣，却缺乏“道”的约束和升华，只能停留在一时一地的狭隘民族感情上：

> 气虽壮，情虽切，志虽雄，然而人各爱其国而互相仇杀，同一旗帜，则亲如家人，骨肉偶尔从敌，则视如豺狼蛇蝎，在我则为忠君报国，在人则为灭天背义，故其弊也，不免狭隘之讥，专凭狠戾之气……虽受国人之欢迎，而为他族所垢弃，则以其乏普遍性也，至其内容多缘此日之事变，专重一时之感情，悟重心急，发指訾裂，方战之酣，人读之无不感动，然战后事过境迁，人心厌乱，恶谈兵革，则视之味同嚼蜡……则以其乏永久性也。[③]

相形之下，在真挚之情中体现出“普遍及永久之性”的《牛津尖塔》实为吴宓情中有道、情道和谐的诗歌理想的最佳体现，故而他才会将该诗定位为“欧战中最著名之篇章”，认为其完全可“列上等而有传后之望”[④]。

但是，在吴宓的具体诗歌批评实践中，他也常常会为“真情”与“至理”、“体验”与“思维”之间的矛盾所牵绊，无法恰到好处地处理“情”与“道”之间的关系。每到此时，他便会自觉地将“道”置于最高的位置：如同“多”必须受制于“一”一样，“真情”永远也不能逾越“至理”。在吴宓对诗歌所作的分析和评价中，丰富真挚的感情最终必然会为具有普遍意义的真理所左右。从他对但丁和雪莱所作的比较性评价中，我们可以清楚地看到这一点：

① 吴宓：《英诗浅释》，《学衡》第9期，1922年9月出版。
② 吴宓：《英诗浅释》，《学衡》第9期，1922年9月出版。
③ 吴宓：《英诗浅释》，《学衡》第9期，1922年9月出版。
④ 吴宓：《英诗浅释》，《学衡》第9期，1922年9月出版。

> 但丁亦富热情，其性则较雪莱为严正深刻，但丁亦言爱，然非如雪莱之止于人间，失望悲丧，而更融合天人，归纳宇宙，使爱化为至善至美之理想，救己救人之福音，则其爱更为伟大更为高尚，此但丁为雪莱所莫及之处……[①]

而他之所以会对女诗人罗塞蒂的诗作备加推崇，固然是因为欣赏其诗中所体现的深挚之情，但更主要的原因还是在于他看到了这种“深挚之情”的背后是“思天上光明智慧之恒在……除幻趋真，力求解脱”[②]，“移其人间之爱而为天帝之爱。笃信宗教，企向至美至真至善”[③]的殉道者精神，在他的眼中，尽管“殉情”和“殉道”都是诗人“世业”不可缺少的组成部分，但是，“殉道”的重要性却必须而且只能排在“殉情”的前面。

二、新旧兼容

如前所述，在诗歌的“内质”方面，吴宓主张以“切挚高妙之笔或笔法”表现情道合一的“思想感情之美”，但要使这种内质真正落到实处，则需要以新旧兼容之法创造出“具有音律之文”作为其“外形”依托，“切挚高妙之笔”与“具有音律之文”共同组成了诗之所以为诗的本质属性，二者缺一不可。这一观点使吴宓对诗歌“外形”的分析和批评与当时新诗运动所关注的“诗体大解放”[④]这一焦点问题相隔甚远。

新诗运动是文学革命在创作实践上的重大突破口，而新诗运动所关注的焦点问题则是通过实现诗体形式的大解放创建新体诗。在新诗运动的先驱者看来，古典诗歌的韵律形式作为束缚诗歌发展的枷锁，已经成了新诗实现现代追求的桎梏，必须通过“充分采用白话的字，白话的文法和白话的自然音节”来作“长短不一的白话诗”[⑤]，以完成新体诗对旧体诗的全面替代。如此，胡适等一代新诗创建者对以“白话”语言和“自然音节”为特征的新体诗所进行的不遗余力的倡导，就推动着中国新诗走上了一条通过否定旧体诗的继承合法性和现实意义来发展自身现代性的道路。其观点影响之大正如

① 吴宓《挽徐志摩君》，《大公报·文学副刊》1931年12月14日第9版。

② 吴宓：《论罗色蒂女士之诗》，见《吴宓诗话》，吴学昭整理，北京：商务印书馆2005年版，第90页。

③ 吴宓：《自识》，见《吴宓诗集》，吴学昭整理，北京：商务印书馆2004年版，卷首。

④ 胡适在《谈新诗（八年来一件大事）》中谈道：“中国近年的新诗运动可算得是一种‘诗体的大解放’。”（欧阳哲生编：《胡适文集》第2卷，北京：北京大学出版社1998年版，第132页）

⑤ 胡适：《尝试集自序》，见欧阳哲生编《胡适文集》第9卷，北京：北京大学出版社1998年版，第81页。

朱自清所描述的那样：一时间，胡适的“《谈新诗》差不多成为诗的创造和批评的金科玉律了”，其理论宗旨“大体上似乎为《新青年》诗人所共信;《新潮》《少年中国》《星期评论》以及文学研究会诸作者,大体上也这般作他们的诗”①。新诗创建者和倡导者沉浸在诗体解放的狂欢情绪之中，他们充满自信地认为，只要彻底摧毁旧体诗在现代中国的生存空间，使形式自由解放的新体诗拥有绝对的权威，新诗的现代性发展便会一帆风顺。然而，历史事实证明，在新体诗迅速崛起并成为现代诗坛的正统和主流之后，中国新诗仍然面临着源自其内部的发展危机，需要进行新的突破和结构性的调整。在使新诗面临危机的诸多因素中，对旧体诗的笼统否定给诗歌现代性发展所带来的消极影响不容忽视,因为,“新诗本来也是从模仿来的,他的进化是在于模仿与独创之消长”②。从共时的角度看，诗歌现代性的发展有赖于跨区域的文学交流，从历时的角度来看，诗歌现代性的滋生则有赖于跨时代的文学传承。只有在吸收传统文学积极因子的前提下，“中国文学固有的特质”才能“因了外来影响而日益美化”③，新诗对外来文学思想的借鉴和吸收才有可能避免“只披上一件呢外套就了事”④的弊端。胡适等人对白话新体诗的倡导虽然在回应思想革命和促进诗歌现代转化方面具有极大的历史意义，但是其对中国古典诗歌语言价值的全面否定，却直接导致新体诗的现代性建设因强行切断与本土文学根基的传承关系而陷入了忽视“中国文学固有的特质”的误区，从而使其对西方诗歌理论资源的借鉴活动脱离了中国诗歌的自然演变过程，在很大程度上只能停留在机械搬运的层面上，这势必会为新诗理论和创作的进一步发展埋下隐患。可见，新诗的成功必须以旧体诗的消亡为代价的看法并不符合文学的实际发展规律，而新体诗的“弑父”行为也无法使中国新诗在现代追求中走向真正的完善。对此，当时就有梁宗岱等论诗者愤激地指出：

> 新诗底发动和当时底理论或口号，——所谓‘建设明了的通俗的社会文学’，所谓‘有什么话说什么话’，——不仅是反旧诗的，简直是反诗的；不仅是对于旧诗和旧诗体流弊之洗刷和革除，简直是把一切纯粹永久的诗

① 朱自清:《中国新文学大系·诗集·导言》，见赵家璧主编《中国新文学大系》第8集，上海:良友图书印刷公司1935年版，第2页。

② 周作人:《〈扬鞭集〉序》，见周作人《知堂序跋》，钟叔河编，长沙:岳麓书社1987年版，第297页。

③ 周作人:《〈扬鞭集〉序》，见周作人《知堂序跋》，钟叔河编，长沙:岳麓书社1987年版，第297页。

④ 周作人:《〈扬鞭集〉序》，见周作人《知堂序跋》，钟叔河编，长沙:岳麓书社1987年版，第297页。

底真元全盘误解与抹煞了。[①]

与胡适等新诗倡导者对新体诗和旧体诗之间非此即彼的二元对立关系所进行的设定与强调不同，尽管吴宓并不否认诗歌形态会随着时势变迁发生变化[②]，但是，在他看来，“诗之根本精神及艺术原理，当无有二”[③]，“若论诗之本旨、诗之妙用、美恶工拙如何分辨、作诗必讲韵律等事，则中西各国之诗皆同”[④]。正是在这种诗歌理念的基础上，吴宓对旧体诗的现代价值才充满了自信。应该说，吴宓的这种认识，在今天看来并没有什么振聋发聩的特别之处，但是与新文学倡导者对旧体诗除之务尽的决绝态度相比，他的见解显然更为宽容也更有道理，并不能作为他反对新诗的凭证。在他看来，新诗本身并没有错，错的是新诗的具体衡量标准，应该对新诗提出更高的要求。

吴宓所强调的对新诗的更高的要求，即是对诗歌固有规律的强调和追求。在他看来：

凡艺术必有规律，必须宗传（Tradition）。从事此道者，久久沿袭，人人遵守。然后作者有所依据，不至茫无津埃；然后评者可得标准（标准有精神、形式二种之不同，但皆关系重要），可为公平之裁判与比较。[⑤]

而“文学中之规律尤不可不遵守，规律乃所以助成天才，不可比拟枷锁”[⑥]。从这一基本认识出发，针对诗体盲目解放所带来的弊端，吴宓坚决反对剥离或抛弃诗歌的固有规律，认为那很容易使诗的本质性规约完全丧失，产生诗不是诗的严重后果。在他看来，无论时势如何变迁，诗体如何变化，“切挚高妙之笔”和“具有音律之文”作为诗歌在“内质”和“外形”方面的审美特质[⑦]，都是诗歌固有规律和本质规定性的体现。正是基于这一考虑，他才将“韵律格调”上升到诗的本体地位，坚持认为：

---

① 梁宗岱：《诗与真二集·新诗底纷岐路口》，见马海甸主编《梁宗岱文集·评论卷》，北京：中央编译出版社 2003 年版，第 156 页。

② 吴宓在清华读书时，就在《余生随笔》中对赵云崧诗中“诗文随世运，无日不趋新”之语赞赏有加，称之为“是实先获我心之语”，认为“凡百文学，皆循进化变迁之轨辙”。（吴宓：《余生随笔》之二，见《吴宓诗话》，吴学昭整理，北京：商务印书馆 2005 年版，第 18 页）且进一步提出“文章既随时势为变迁，故其升降消长之机，亦皆循一定之公例。与政治风教，相比相成，如影之逐形，莫能独行。又如镜之鉴物，妍媸明暗，莫能丝毫改异”（吴宓：《余生随笔》之三十，见《吴宓诗话》，吴学昭整理，北京：商务印书馆 2005 年版，第 39 页）。

③ 吴宓《挽徐志摩君》，《大公报·文学副刊》1931 年 12 月 14 日第 9 版。

④ 吴宓：《英文诗话》，见《吴宓诗话》，吴学昭整理，北京：商务印书馆 2005 年版，第 49 页。

⑤ 吴宓：《诗韵之问题之我见》，《大公报·文学副刊》1932 年 1 月 18 日第 8 版。

⑥ 吴宓译：《韦拉里说诗中韵律之功用·按语》，《学衡》第 63 期，1928 年 5 月出版。

⑦ 吴宓：《诗学总论》，《学衡》第 9 期，1922 年 9 月出版。

> 诗之所述，无非喜怒哀乐之情而已。此情为人所同具。而诗之妙处，正在其形式，即韵律格调之工。若去韵律格调而不讲，则所余之糟粕，人人心目中有之，何必于诗中求之。韵律格调，属于文字之本体，不能以他国文字表出。①

由此出发，他坚决反对当时废除韵律格调的新诗主张："若举韵律格调而歼除之，是直破坏诗之本体,使之不存……"②强调即使在革新诗歌形式建立新诗体的时候,也必须将"具有音律之文"作为诗歌不可或缺的美学内核加以坚持。

在《诗学总论》一文中，吴宓从三个层面步步深入地对中国诗歌"音律"的基本含义作出了清晰的界定。

其一，音律由节奏而来："音律乃节奏之一种"，"故凡有节奏者，皆可成音律"③。所谓"节奏者，重叠 Repetition 错综 Alternation 之排列也"，即"某形式某声相重而叠见，而与他形式他声相间而错出，合此二者而成节奏"④。在吴宓看来，"本乎异中有同，寓整于散之原理"的"节奏"是使文学作品产生"动人之美感"的关键，故而应为"诗与文之所同具"⑤。

其二，"音律"虽然具有节奏的基本特征，但却不是一般的"节奏"，而是"节奏之整饬而有规则者也"。具体言之，若是如"甲甲乙甲乙甲甲乙乙乙乙乙甲甲乙乙甲乙乙乙甲乙甲甲"般只是"相间相重"，则为"节奏"；若是如"甲甲乙乙甲甲乙乙甲甲乙乙甲甲乙乙甲甲乙乙甲甲乙乙"或"甲甲乙甲甲乙甲甲乙甲甲乙甲甲乙甲甲乙甲甲乙甲甲乙"般"相间相重之处之间隔有定"，"则名之曰音律 Metre"⑥。与诗文同具的"节奏"不同，"音律者，乃诗之所独有。故可以音律别诗与文。……无音律者，不能谓之诗"⑦。

其三，诗歌"音律"的具体形式是由文字本身的特点决定的。也就是说，尽管各国之诗皆有"音律"，但是，各国语言文字发音方式的不同在使人产生不同听觉美感的同时，也决定了各国诗歌"音律"的不同类型和特征：

---

① 吴宓：《英文诗话》，见《吴宓诗话》，吴学昭整理，北京：商务印书馆 2005 年版，第 49 页。
② 吴宓：《诗学总论》，《学衡》第 9 期，1922 年 9 月出版。
③ 吴宓：《诗学总论》，《学衡》第 9 期，1922 年 9 月出版。
④ 吴宓：《诗学总论》，《学衡》第 9 期，1922 年 9 月出版。
⑤ 吴宓：《诗学总论》，《学衡》第 9 期，1922 年 9 月出版。
⑥ 吴宓：《诗学总论》，《学衡》第 9 期，1922 年 9 月出版。
⑦ 吴宓：《诗学总论》，《学衡》第 9 期，1922 年 9 月出版。

> 一、希腊拉丁诗之音律，以长音及短音之部分，相重相间而成。……二、英国诗之音律，以重读及轻读之部分，相重相间而成……三、吾国诗之音律以仄（高）声及平（低）声字，相重相间而成。[①]

尽管吴宓的这种分类与归纳方式尚有粗率和值得商榷之处，但是其对中西方诗歌“音律”的不同表现方式和汉语诗歌“音律”的特征所进行的分析和强调在当时却具有开创性的意义。经过对中西方文字发音方式的分析与考察，吴宓断言，以汉语“平仄”高低的字音特点为基础形成的韵律之美是中国诗歌“音律”的重要体现方式，因为，“吾国文字之本性”决定了中国诗歌更“适于用韵，行之数千年而已，然经验可以证明，故今仍当存之，决不可强学希腊拉丁古诗或借口英诗之Bank Verse而迳倡废韵也”[②]。

如此，平仄之韵就成了中国诗歌在形式方面的固有规律和美感来源，其重要性不容忽视，一旦受到破坏，必然会对中国诗歌创作产生极其恶劣的影响。“无韵自由诗，但求破坏规律，脱除束缚”[③]，虽“以改良中国之诗自命”[④]，实际上却昧于诗之原理，“直与作诗之正法背道而驰，所得者不能谓之诗也”[⑤]。在吴宓看来，无论诗歌演进到了何种时代，只要作为其构成媒质的文字没有发生大的变化，其固有的诗韵规律就不会被全盘抛弃，正是基于这一认识，他才会强调：“诗韵不特有其演进之历史，且有其当保存之价值。”[⑥]中国古典诗歌经过千百年的发展和流传，已经将中国文字的平仄起伏的诗韵潜质发挥到了极致，其韵律格调闪现着无法磨灭的形式美，充分凸显出汉语的特性及其魅力。粗暴地对其冠以“旧体诗”之名并加以贬斥，借牺牲旧体诗的诗韵来凸显新体诗的价值，这种做法本身就是荒谬的。而且，尽管西方各国诗歌都有诗韵规律，但是其所用媒质与我国文字发音方式的不同，却使其与我国诗歌所固有的诗韵规律有很大差异。如果在新诗创作中全面否定我国诗歌传统，转而盲目崇信和照搬外来诗歌的创作方法，就很容易导致新诗的文体形式发生负性蜕变，从而削弱甚至失去中国诗歌特有的美感魅力与艺术表现力。由此可见，吴宓对中国古典诗歌韵律的推崇并不只是出于自己的个人偏好，而是

---

① 吴宓：《诗学总论》，《学衡》第9期，1922年9月出版。
② 吴宓：《诗学总论》，《学衡》第9期，1922年9月出版。
③ 吴宓译：《韦拉里说诗中韵律之功用・按语》，《学衡》第63期，1928年5月出版。
④ 吴宓：《诗学总论》，《学衡》第9期，1922年9月出版。
⑤ 吴宓译：《韦拉里说诗中韵律之功用・按语》，《学衡》第63期，1928年5月出版。
⑥ 吴宓：《诗韵之问题之我见》，《大公报・文学副刊》1932年1月18日第8版。

经过了审慎的考察研究和严密的学术逻辑推理，有其具体的理论支持。用今天的眼光来看，吴宓对中国诗歌音律特征的强调，既是对新诗开创者有意忽略甚至破坏中国诗歌审美形式的偏激行为的一种纠正，又是对当时否定民族传统文化和文学倾向的一种反拨。可以说，就中国现代诗体的建设而言，他的观点是极具意义的。但是在当时，吴宓的诗韵观点却因为新文学阵营的冷落和排拒而没有发挥出应有的作用，这不能不说是新诗现代性建设过程中的一个损失。

新文学阵营之所以会冷落和排拒吴宓的诗韵观点，主要是因为它牵涉了以文言写诗还是以白话写诗这一在当时极为敏感的问题。[①] 新文学阵营所倡导的白话文运动所面临的最大任务就是用“白话征服这个诗国”[②]，即：

> 坚持要用白话作诗，以抢夺下白话文学这场战争中的最大壁垒……因为诗毕竟是文字最精纯的结晶，是文学艺术的极致表现。诗这个用以言志的战场可以攻下，白话文的成功才可以得到终极的保障。[③]

为了彻底攻下诗歌这个“用以言志的战场”，新文学阵营将旧体诗置于自己的对立面，坚决反对以文言写诗，主张“把从前一切束缚的枷锁镣铐，一切打破：有什么话，说什么话；话怎么说，就怎么说”[④]。在新文学阵营占据主导地位的历史大环境中，吴宓反对废除文言诗的主张明显不合时宜且别有深意。尽管他后来已经不再反对以白话写诗[⑤]，但是却一直是积极倡导且身体力行地进行着文言诗歌的创作。因为，在他看来，除了可以发挥保存汉语文字特质光大民族文化的作用，文言诗歌还可以最大限度地继承和发扬中国诗词特有的韵律之美，具有白话诗歌不可替代的艺术价值。在新文学阵营如火如荼地开展无韵的、口语化的白话诗歌创作的历史大环境中，吴宓对文言诗歌的重视

① 时至今日，古代的诗歌辉煌和 20 世纪初的新诗革命都已经尘埃落定，反观历史，那场轰轰烈烈的革命给予我们的启示更多的应该是现代诗歌可以用白话来写，而不是像当时的新诗倡导者所激烈主张的那样：现代诗歌不能用文言来写。

② 胡适：《逼上梁山：文学革命的开始》，见欧阳哲生编《胡适文集》第 1 卷，北京：北京大学出版社 1998 年版，第 155 页。

③ 李孝悌：《胡适与白话文运动的再评估——从清末的白话文谈起》，见《清末的下层社会启蒙运动：1901—1911》“附录一”，石家庄：河北教育出版社 2001 年版，第 287 页。

④ 胡适：《尝试集自序》，见欧阳哲生编《胡适文集》第 9 卷，北京：北京大学出版社 1998 年版，第 81 页。

⑤ 从 1920 年的《英文诗话》、1922 年的《诗学总论》、1923 年的《论今日文学创造之正法》、1932 年的《论诗之创作——答方玮德君》等论文中，可以看出吴宓对白话新诗从拒绝到接受的态度转变。而且，白话新诗创作者徐志摩罹难之后，吴宓在自己主编的《大公报·文学副刊》上开辟专版，发表叶公超的《志摩的风趣》、胡适的短诗《狮子》和自己写的诗歌《挽徐志摩君》对其进行悼念，并在《宇宙风》上发表文章《徐志摩与雪莱》，对徐的诗歌大加赞赏，甚至将其和自己一向崇拜的英国大诗人雪莱相提并论。

和强调，纵然与他个人的兴趣爱好有关，但从主观意图和客观效果来看，都已经具备了一种与白话诗运动对垒的姿态。这就不难理解，为什么新文学阵营会将吴宓视作捍卫旧诗反对新诗的守旧派代表——在一片高涨的革命热潮中，倾听对垒者的声音，原本就是一件相当困难的事情。

在今天看来，新文学阵营对吴宓诗论和诗作的指责显然不够公正，因为他在批评“新派以破除格律恣意乱写而油滑轻率”的同时，也指出了“旧派以但知步武格律剿袭摹仿而亦油滑轻率”，认为二者“其失相等”[①]。而他推崇中国古典诗歌韵律和进行古体诗写作的本意亦不是为了固守旧格律和文言文，而是为了捍卫诗美。况且，早期新体白话诗的创作在诗美方面确实存在着很大不足：“自白话入诗以来，诗人大半走错了路，只顾白话之为白话，遂忘了诗之所以为诗。收入了白话，放走了诗魂。”[②]对此，夏济安等论者指出：

> 我们且慢为白话文运动的成功觉得欣喜。假如白话文只有实用的价值，假如白话文只为便于普及教育之用，白话文的成就非但是很有限的，而且将有日趋粗陋的可能。假如白话文不能成为“文学的文字”，我们对于白话文，始终不会尊重。……我们现在写诗，是考验白话文能不能“担负重大的责任”，白话文能不能成为“美”的文字。假如不能，白话文将证明是一种劣等的文字；白话文既是大家写作的工具，那么中国文化的前途也就大可忧虑的了。[③]

而徐志摩等新月派诗人所要做的，就是要在“信完美的形体是完美的精神唯一的表现”[④]的前提下，反拨早期白话诗缺乏诗美的倾向，将诗歌创作的重心从“白话”转向“诗”，“要把创格的新诗，当一件认真的事做……”[⑤]专注于“技术的试练，在形式和音节方面，致力讲求”，“使诗的内容及形式双方表现出美的力量，成为一种完美的艺术”[⑥]。为了真正做

① 吴宓：《评顾随无病词味辛词》，《大公报·文学副刊》1929年6月3日第13版。
② 梁实秋：《读〈诗底进化的还原论〉》，见杨迅文主编《梁实秋文集》第6卷，厦门：鹭江出版社2002年版，第178页。
③ 夏济安：《白话文与新诗》，见《夏济安选集》，沈阳：辽宁教育出版社2001年版，第72~73页。
④ 徐志摩：《诗刊弁言》，原载1926年4月1日《晨报副刊·诗镌》，见刘福春主编《中国新诗总系》第10卷，北京：人民文学出版社2010年版，第214页。
⑤ 徐志摩：《诗刊弁言》，原载1926年4月1日《晨报副刊·诗镌》，见刘福春主编《中国新诗总系》第10卷，北京：人民文学出版社2010年版，第214页。
⑥ 于赓虞：《志摩的诗》，原载1931年12月9日《晨报·学园》，见解志熙、王文金编校《于赓虞诗文辑存》下，开封：河南大学出版社2004年版，第609页。

到这一点，新月派着力从新诗创作中汲取旧诗的形式美，“在旧诗与新诗之间，建立了一架不可少的桥梁”①。就这一意义而言，吴宓对于新诗诗美的要求和新月派的努力方向是基本一致的，其主张的合理性也在新月派的具体创作实践中得到了证实与回应。他之所以会对新诗作者徐志摩激赏有加，主要就是因为他看到了诗韵格律对徐志摩诗歌创作潜移默化的影响以及这种影响所带来的诗美：

> 杨丙辰君讥徐志摩君过重格律，而方玮德则以此为徐君对于新诗之首功。……然而天才及修养既在个人，则对于一般人，极力提倡格律，使作者对于表现技术咸极努力而不苟且，此在任何时地任何派别，均属正道，均是美事。是则方君推重徐君之说，诚确乎不可易矣。②

值得注意的是，尽管作为白话诗人的徐志摩在诗歌创作中已经不可能再固守旧体诗的精严格律，但是吴宓仍然对其在诗歌“格律”方面的贡献加以肯定，这种现象本身就说明了吴宓探讨徐诗形式的立论重心，显然并不在其是否做到了坚守旧格律，而是在其是否具有和谐的“音律”之美。易言之，吴宓此时所强调的“格律”已经走出了传统文学范畴的语用空间，而更接近于现代理论视角下的“音律”概念，其中暗含着他对新月派诗人深入探求现代汉语音乐性的肯定之意与激赏之情：“作新诗者，如何用韵，尽可自由试验，创造适用之新韵。”③ 由此可以推断，吴宓强调学习古典诗歌字音平仄和押韵法则的最终目的并不是为了拘泥于已有的规范，而是为了从加强诗歌语言审美功能这一角度来进一步探讨现代诗体形式的建设问题。

可见，在现代诗体形式的建设问题上，吴宓和胡适等早期新诗倡导者有着巨大的分歧：前者注重的是诗体形式的审美价值，后者强调的是诗体形式的工具效用。造成这种分歧的深层动因是双方对文学现代性问题所采用的不同理解方式。文学现代性是一个矛盾的复合体，社会之维和审美之维应该共同构成其充满张力的双重维度。但是，在中国诗歌走向现代性的过程中，追求启蒙理想的渴望和焦虑却使早期新诗倡导者策略性地选择和认同了文学现代性中的社会之维，有意回避和忽略了其中的审美之维。显而易见，

① 石灵:《新月诗歌》,原载 1937 年 1 月 1 日《文学》,见吴思敬主编《中国新诗总系》第 9 卷,北京:人民文学出版社 2010 年版,第 240 页。

② 吴宓:《论诗之创作——答方玮德君》,《大公报·文学副刊》1932 年 1 月 18 日第 8 版。

③ 吴宓:《诗韵之问题之我见》,《大公报·文学副刊》1932 年 1 月 18 日第 8 版。

早期新诗倡导者更多地是将诗歌作为改良政治和启蒙思想的武器，其立论重心显然并不在诗体形式的审美价值本身。在他们看来，新诗主要是作为建构和宣扬社会现代性理念的工具而受到重视，新诗形式的根本价值在于其传播新思想的实用性，“明白清楚”是第一要务。[①]所以，作为对社会现代性追求缺乏工具效用的诗体形式，中国古典诗词严格的韵律格调就成了诗歌创作和传播过程中亟需清除的障碍。相形之下，吴宓更多地是从审美之维的角度来理解文学现代性和诗歌现代性的，诗美是其评判诗歌价值的重要标准，他对新诗运动进行质疑的主要理由也是该运动破坏了诗歌作为艺术的审美特征。在他看来，无论新诗旧诗，只要创作出“具有音律之文”，符合诗美要求的就有可能成为好诗。

显然，对诗歌形式艺术性和审美功能的强调有助于吴宓在一定程度上超越新诗旧诗非此即彼的二元对立思路，打破偏激的新诗革命埋下的诗体定型的窠臼，使其获得了不同诗体形式可以并存的视野和思路:“在今新诗（语体诗）可作，旧诗亦可作……”[②]与早期新诗倡导者对旧诗形式一概否定的偏激态度不同，吴宓并不主张在新诗旧诗之间划分截然的界限，更没有把旧体诗和新体诗这两类诗体在形式上的区别看作衡量诗歌是否具有现代意味的标尺。他对于现代诗体的理想是“依新依旧共诗神”：既欢迎新的，也发扬旧的；既反对一味模仿传统诗词形式、不思创新的因循守旧倾向，又反对全盘抛弃旧诗创作、简单割裂新诗创作与传统诗词关系的激进武断做法。吴宓对于现代诗体的这种理想，与他一贯坚持的对新旧文学的态度是一致的，这是一种兼有的态度，也是一种包容的态度。可以说，他以“依新依旧”、新旧兼容的方式推动现代诗体形式建构的观点，在客观上已经给中国新诗的现代发展提供了另一种可供选择的可能性，而这种可能性则给我们留下了假想的空间：若是吴宓在进行旧体诗写作的同时，也能够用“新式（语体诗）”的实际创作成就来作为其“依新依旧”的诗体形式理想的注脚，其诗歌主张又会产生怎样的影响？令人遗憾的是，历史不可能假设，撇开特定历史时期的文化和文学偏见不谈，也许吴宓“新式（语体诗）”创作的匮乏，才是限制他“依新依旧”的诗体理论在新诗发展中作出更大贡献的关键原因。

用今天的眼光来看，吴宓从“内质”和“外形”两个方面入手来进行诗歌定义和诗

① 1924 年胡适在为他侄儿的遗诗作序的时候，对胡适之体的新诗特点作出了总结：“第一是明白清楚，第二是注重意境，第三是能剪裁，第四是有组织、有格式。”（胡适：《〈胡思永的遗诗〉序》，见欧阳哲生编《胡适文集》第 8 卷，北京：北京大学出版社 1998 年版，第 431 页）

② 吴宓：《诗韵之问题之我见》，《大公报・文学副刊》1932 年 1 月 18 日第 8 版。

歌批评的方式并没有什么振聋发聩之处，但是在主张恣肆奔放地宣泄情感和展示个性的白话新诗运动和“诗体大解放”主张占据了主导地位的中国现代诗发展过程中，吴宓进行诗歌批评时所坚持和体现的情道兼顾、新旧兼容的理论主张，却无疑是以特立独行和不合时宜的面貌出现的。而其诗歌理论与批评最重要的价值，就在于其展现了20世纪上半叶中国诗坛在白话诗理论主流之外的另一诗论倾向。所以，对吴宓诗歌批评理论和实践进行研究不仅有助于深入理解吴宓文学思想，对于重新挖掘整理看似已经成为定论的中国现代诗歌理论，也有着重要的理论价值和现实意义。

第三节　吴宓的红学研究与现代小说批评的新进展

吴宓从识字伊始便喜读小说①，从少年时即有创作小说的夙愿②，认为“著作小说乃大

①《吴宓自编年谱》中，吴宓对自己小时候的读书情况进行了记述：1903—1904年，“宓仍读仲旗公续由沪寄来之书报。其中最重要者为1902壬寅年仲旗公自游日本数月入陆军预备学校。不久，以资斧匮乏，归。所撰印之《爱国行记》，寄来数十册，今乃无存。癸卯年之《新民丛报》《新小说》月报，甲辰年之《上海白话报》月刊，杂志。白话道人（刘光汉）编撰。以及新出之小说《恨海》《二十年目睹之怪现状》《老残游记》《官场现形记》等。”（吴宓：《吴宓自编年谱》，吴学昭整理，北京：生活·读书·新知三联书店1995年版，第53页）

② 据《吴宓自编年谱》记载，吴宓1904年间“已提笔多作小说，但皆发端，而未续写下去”（吴宓：《吴宓自编年谱》，吴学昭整理，北京：生活·读书·新知三联书店1995年版，第53页）。对此，吴宓在1911年7月21日的日记里也有过自白：“余之欲著小说者久矣、屡矣，顾皆无一成，则以经历尚少，见闻未广，奇事轶闻所得者少，无足以为我之材料故也。……余有此志，现故存之，若他年则立志必著小说一种或数种，定必践此时之希望也。”（吴宓：《吴宓日记》第1册，吴学昭整理注释，北京：生活·读书·新知三联书店1998年版，第114页）怀着著作小说的一腔热望，此时的吴宓在闻知友人吴芳吉的经历时，也会不自觉地将其视为小说创作的绝佳素材：“晚，在吴芳吉处谈。吴君言及蜀中风俗人情，颇资听闻……又自言家境贫寒、为学失所，因告余以幼时厄于家事，孤身冒险入省省父一节……味吴君言，又闻其事，听至劲节处亦为唏嘘，几不自禁。余谓吴君事固亦可入小说，其事难，其情挚，闻之深有感焉。”（同上，第123~124页）1912年暑假，吴宓留在清华校内读书，此间日记中谈到了和汤用彤合作小说《崆峒片羽录》的情形：8月4日晚，“及汤君用彤议著一长篇章回体小说，议决明日着手编辑”（同上，第255页）；8月5日，“与汤君议著小说事，定名为《崆峒片羽录》，全书三十回，因先拟定前十五回之内容。午后余为缘起首回，汤君则为第一回，未成而一日已尽矣”（同上，第255页）；8月6日，“余缘起首回告成。汤君之第一回至晚亦竣。每页十回，以后做法皆由余等二人共拟大纲，然后由汤君著笔编述，然后余为之润词。于是数日来，遂纯以此为二人之事业也”（同上，第255~256页）；8月7日，“是日为《崆峒片羽录》第二回，成”（同上，第256页）；8月8日，“是日为《崆峒片羽录》第三回，几于成矣”（同上，第255~256页）。后《吴宓自编年谱》又对《崆峒片羽录》的创作始末做了更为详细的交代：“暑假将终，与汤用彤……合撰长篇小说《崆峒片羽录》。书中主角三人：兄黄理，理想派之哲学家；弟黄毅，实行派之军事兼政治家；妹黄英，身兼新旧中西女人德性才学之长。仅撰成三回。”（吴宓：《吴宓自编年谱》，吴学昭整理，北京：生活·读书·新知三联书店1995年版，第112页）尽管小说写作从未终篇，吴宓对自己的小说写作能力却十分自信。1914年2月28日，吴宓病卧于床，百感纷沓，不禁就自己有作小说之才却无作小说之暇的情形发出慨叹：“余尝自诩若专门学作小说，当可名家；以余平时思想，常有类小说中人，而病时百念沓来，缕缕相关，果得笔而写之，亦当大赏于爱读小说之一流人也。然苦无暇时，则废然自失矣。”（吴宓：《吴宓日记》第1册，吴学昭整理注释，北京：生活·读书·新知三联书店1998年版，第299页）

乐事”[①]。留美归国后更是将小说《新旧因缘》视为自己最重要的创作计划之一。[②] 虽然吴宓的小说创作都未能最终成篇，但是他却在积极构思和长期阅读中形成了自己的小说观念。由此观念出发，他纵论中外古今的小说创作，对建构和完善现代小说批评起到了不容忽视的积极作用。而《红楼梦新谈》《石头记评赞》《红楼梦之文学价值》《贾宝玉之性格》《王熙凤之性格》等对古典小说《红楼梦》进行研究和批评的系列论文，则构成了其小说批评论著中最为重要的部分。据吴宓年谱记载，吴宓对《红楼梦》心仪冥契始于他 11 岁

---

① 吴宓:《吴宓日记》第 1 册，吴学昭整理注释，北京：生活·读书·新知三联书店 1998 年版，第 114 页。

② 1924 年 12 月，吴宓在《学衡》杂志上以“王志雄”为笔名，发表小说《新旧因缘》第一回“溯渊源明稗官要旨，寓理想撰新旧因缘”，叙述自己对小说的基本理解、创作意图和种种设想，但是并没有展开具体的故事情节。（吴宓:《理想小说〈新旧因缘〉》，《学衡》第 36 期，1924 年 12 月出版）尽管后来吴宓并未再发表小说《新旧因缘》的其他章节，但是，其日记中却留下了他对该小说反复构思和推敲的痕迹。1926 年 11 月 27 日，吴宓在日记中提到：“晚与林尹、孙海谈。又与胡徵谈《新旧因缘》之内容，商定数点如下:（一）李德培宦甘省。离甘后，即居京。（二）刘齐贤在甘先与李令芬相识，且共处二三年，时年约 13~16 岁，但未及婚姻事。（三）王福良于年暑假在京与李令芬聚首。刘齐贤至京之日，二人（王、李）业已订婚。（四）刘对李令芬，始终无爱情表示，但中心藏之而已。（五）南京游宦一节取消。（六）刘父赴新疆只一次，在刘祖母去世之后，即宣统二年前后。（七）刘之外家表弟妹等，此外家或作为继室母夫人之母家。（八）王出洋后，李即携女至成都居。李殁，女乃赴湘。”（吴宓:《吴宓日记》第 3 册，吴学昭整理注释，北京：生活·读书·新知三联书店 1998 年版，第 256~257 页）次日，吴宓重新调整构思：“宓现决仿 Goethe（歌德）的 *Wilhelm Meister's Lehrjahre*（《威廉·麦斯特的学习时代》）及 *Wilhelm Meister's Wanderjahre*（《威廉·麦斯特的漫游时代》）两书之意，撰大小说一部，而分为前后二编，各一百回。前编曰《新旧姻缘》（一切如旧），后编曰《人天梦影》……前编写吾生（代表世人）三十岁以前之感情思想，后编则写三十岁以后之涉历闻见。前编为叙情诗式，后编为哲理之史诗式。前编写少年之感情，男女之恋爱；后编写天人之关系，及个人与社会之冲突与调和。后编第一回即由前编之末接连叙起，仍以刘希哲为主角云。”（同上，第 257~258 页）1928 年 1 月 16 日，吴宓的日记中又出现了和友人商讨《新旧因缘》结构的情形：“晚 8—10 陈铨来谈《新旧姻缘》小说之结构。陈铨建议修改如下，可较为紧凑。即由留美时代之中间写起，或以通信体起。使李令芬在北京为寒苦之女教员。由刘希哲函李，报告王福良与梁美格爱情之增进，刘表示爱李之意，亦随之而愈深愈明。李始则不信此事，及王、梁在美已结婚，弃绝李，刘乘机急回国，至京，欲与李结婚，李持从一而终之说，不允。而内心交战，病益深，遂死。李死，刘遂不复娶。王、梁之结局则如前定。而留美以前之事，则仅于谈话及回忆中插叙，不入正文。如是，则前半之事演于美国，后半则在北京，较原定计划可更简单而紧凑矣。”（吴宓:《吴宓日记》第 4 册，吴学昭整理注释，北京：生活·读书·新知三联书店 1998 年版，第 10 页）1939 年 3 月 25 日，吴宓联系《神曲》再次思考《新旧因缘》：“宓近读《神曲》，益洞见真理而超离人事。深信天命不可违，而道德之效力最大……由是，宓所拟著之《新旧姻缘》，亦有仿效《神曲》之处，就私人生活论，宓由恋爱婚姻之失败，于是离幻趋真，脱谢人事，趋于哲理。以此证明道德宗教之真实，苦乐悲欢之有其方术。又就国家世界大局论，宓身历中国及世界近数十年之变迁，终至中国灭亡，世界危乱。于是离幻趋真，旷观全史，求厥因果。以此证明道德宗教之真实，盛衰兴亡之有其定理。《新旧姻缘》中之主角，固为宓之自寓。但其人之性行、事功、遭遇等，不必与宓同。惟藉以显明以上二层大意而已。”（吴宓:《吴宓日记》第 7 册，吴学昭整理注释，北京：生活·读书·新知三联书店 1998 年版，第 9~10 页）1947 年 10 月 19 日，吴宓读到钱锺书的《围城》，“殊佩”钱氏才华的同时，又联想到自己的小说创作计划，“自恨此生无一真实成就”：“《新旧姻缘》既未动笔，即论才力，亦谢钱君，焉得如《围城》之成绩也者？……今后决当深藏自隐，倚托佛教，而对外则随缘应付，勿太热心，勿多用力，逐渐脱离世务。……至所著之《新旧因缘》，当以佛教及柏拉图哲学为观察人生、描写人生之根据，而为融化无迹、自由改造之自传。举宓一生之小小知识、小小经验之精华，人生、爱情之心得，道德、宗教之企望，文章、诗词之成绩，全入其中。”（吴宓:《吴宓日记》第 10 册，吴学昭整理注释，北京：生活·读书·新知三联书店 1998 年版，第 263 页）可见，从 20 年代前期到 40 年代后期，20 多年的时间里，吴宓始终没有放弃对小说《新旧因缘》的思考，写成这部小说一直是他最重要的创作计划之一。对此，他自己在 1935 年出版的《吴宓诗集·刊印自序》中也有过表白：“按约十年前，宓早已决定，我今生只作三部书，（1）诗集；（2）长篇章回体小说《新旧因缘》，或改名；（3）《人生要义》或名《道德哲学》……今《诗集》既已出版，即拟专心致力于其余二者，所成如何，殊未敢必。”（吴宓:《吴宓诗集》，吴学昭整理，北京：商务印书馆 2004 年版，第 5 页）

阅读《增评补图石头记》之时[1]。尽管在此时，吴宓对《红楼梦》的喜爱之情完全是出于一种直觉的感动，但是这种遣之不去的情愫却融入了他的灵魂深处，为其后来在小说批评活动与《红楼梦》之间所结下的不解之缘埋下了契机。从1919年留美期间撰写第一篇小说批评论文《红楼梦新谈》到20世纪40年代进行关于《红楼梦》的大量演讲，在吴宓的小说批评和文学研究生涯中，一直伴有《红楼梦》的影子。他对《红楼梦》的理解不只诉诸头脑，也诉诸心灵，其中既充溢着熟读深思的体会，也闪烁着灵心锐感的兴发。尤为可贵的是，在对《红楼梦》进行分析和研究时，吴宓充分发挥了自己寝馈西洋文学的长处，将其置于世界文学的大背景下进行观照，运用中西小说比较的方法凸显该著作在世界文坛中所具备的价值，从而进一步发展了王国维所开辟的小说批评的哲学美学研究模式，使之具体化为对小说的人生哲学阐释和艺术特征分析。吴宓的红学研究既具有高屋建瓴的人生哲学视野，又始终坚持将《红楼梦》作为小说所应具备的文学艺术特征视为分析和批评的重点，这不仅在中国现代的红学研究中显得独树一帜，而且对现代小说批评的发展也起到了很大的推动作用。

一、从红学研究看现代小说批评滥觞期的三种批评模式

吴宓的红学研究开始之际，正值中国现代小说批评的滥觞时期。实用功利主义批评、科学实证主义批评和哲学美学批评基本上代表了此时期中国小说批评的三种主要模式，而这些模式又都不同程度地体现在对古典小说《红楼梦》的研究上。从20世纪初的红学研究中，我们可以较为清晰地体会到滥觞期中国现代小说批评诸种模式的优劣短长。

其一，实用功利主义批评模式。

这种批评模式在现代小说批评中占据着主流地位，很大程度上决定了现代小说批评的成长态势和发展方向，促使其紧紧围绕着时代需要，以独特的姿态活跃在现代转型期的中国政治文化舞台上，成为中国现代文学批评的重镇。

现代小说批评之所以会走向兴盛，一方面取决于文学发展规律中的平民化、通俗化趋势所导致的晚清以来小说创作的繁荣态势，另一方面则与近现代小说观念的变化密切相关。中国古代虽然也出现了不少优秀的小说作品和小说评点家，但是由于经史的强大威慑效应，小说一直被视为“小道”、“末技”和“街谈巷语”，其社会地位和文学地位无法得到确立，直接影响了小说创作和小说批评的进一步发展。近代以来，内忧外患的现

① 吴宓：《吴宓自编年谱》，吴学昭整理，北京：生活·读书·新知三联书店1995年版，第74页，第78页。

状激起了知识精英们强烈的现实关注意识和社会责任感，为了拯救世道人心，他们对小说的传播效应和社会作用进行了深入挖掘："夫说部之兴，其入人之深，行世之远，几几出于经史上，而天下之人心风俗，遂不免为说部之所持。"①由此，小说因被赋予了新民启智、振兴国家的特殊功能而迅速成为"最上乘的文学"，开始了从"小道"向"大道"②的转型："欲新一国之民，不可不先新一国之小说。"③正是基于这种认识，身为政治家的梁启超才会积极从事小说的翻译和撰写工作，意图模仿"欧洲各国变革之始"的"魁儒硕学，仁人志士"，"以其身之所经历，及胸中所怀，政治之议论，一寄之于小说"④。

近现代知识精英们对小说社会政治功利性的强调开启了对小说进行实用功利主义批评的滥觞，为现代所盛行的功利主义小说观念和文学社会学批评模式的建立提供了强有力的支撑，从而极大地影响了当时及以后小说研究的基本路向。这种影响不仅关涉了对现代小说的批评，而且还波及了对古典小说的研究，例如，蔡元培 1917 年发表于《小说月报》上的《石头记索隐》即是当时所流行的实用功利主义小说观影响下的产物。他对小说《红楼梦》所进行的批评与研究虽然以索隐为主要特色，但是促使其对作品材料进行索隐比附的深层动力，却来自于其所信奉的为政治而艺术的功利主义文学观，而他的最终目的则是将自己的民主主义革命理想和民族主义思想观念落实到对小说寓意的分析中，发掘出作品所隐含的政治意义。故而，在很大程度上，蔡元培《石头记索隐》中的牵强附会之处⑤所暴露出的是以社会政治信仰套用到小说批评上所导致的弊端。

可见，对小说社会政治功用的重视与小说实践品格的强调固然可以极大地提高小说的地位，从而推动小说创作并促成现代小说批评的繁荣。但是，毋庸置疑，这种把小说与政治实用性直接挂钩、把小说视为改良群治的工具和手段的做法，亦给现代小说批评

① 几道、别士：《本馆附印说部缘起》，见陈平原等编《二十世纪中国小说理论资料》第 1 卷，北京：北京大学出版社 1989 年版，第 12 页。

② 陈平原语，原文为："小说既然成了最上乘的文学，不再只是茶余酒后的消遣品，而是可能成为'经国之大业不朽之盛事'，值得作家苦心经营；而所谓'苦心经营'，很可能就是把'小道'的小说当'大道'的文章做——这是由这代人的知识结构决定的。"（陈平原等编：《二十世纪中国小说理论资料》第 1 卷"前言"，北京：北京大学出版社 1989 年版，第 11 页）

③ 饮冰：《论小说与群治之关系》，见陈平原等编《二十世纪中国小说理论资料》第 1 卷，北京：北京大学出版社 1989 年版，第 33 页。

④ 梁启超：《译印政治小说序》，见陈平原等编《二十世纪中国小说理论资料》第 1 卷，北京：北京大学出版社 1989 年版，第 21 页。

⑤ 在《石头记索隐》一文中，蔡元培开篇即指出《红楼梦》一文的政治影射意义："《石头记》者，清康熙朝政治小说也。作者持民族主义甚挚。书中本事，在吊明之亡，揭清之失。而尤于汉族名士仕清者，寓痛惜之意。当时即虑触文网，又欲别开生面，特于本事以上，加以数层障幕，使读者有横看成岭侧成峰之状况。"在文章最后蔡元培又再次重申《红楼梦》作为政治小说的定位："《石头记》之为政治小说，决非牵强附会，已可概见。触类旁通，以意逆志，一切怡红快绿之文，春恨秋悲之迹，皆作二百年前之因话录、旧闻记读可也。"（王国维、蔡元培、胡适：《三大师谈〈红楼梦〉》，上海：上海三联书店 2007 年版，第 61 页，第 132 页）对此论述，胡适在 1921 年 11 月发表的《红楼梦考证》予以了全盘否定："我总觉得蔡先生这么多心力都是白白的浪费了，因为我觉得他这部书到底还只是一种很牵强的附会。"（欧阳哲生编：《胡适文集》第 2 卷，北京：北京大学出版社 1998 年版，第 436 页）

埋下了对小说自身的文学性重视不够的隐患，从而对现代小说理论乃至整个中国现代文论的发展产生了不容忽视的负面影响。

其二，科学实证主义批评模式。

这种批评模式在对小说进行分析时，刻意追求自然科学研究的客观性、确定性和明晰性，对文献梳理、逻辑分析与理论推演极为重视，在坚持以严谨的学术精神推动着小说批评走向规范化、知识化和科学化的同时，也带来了以定量分析和实证手段取代对文学进行审美领悟和情感理解的弊病。

随着对传统文化价值的认同危机的不断深化，“五四”文化先行者们开始考虑将“科学”作为一种新的价值体系和精神信仰加以认同。“科学”不再是一个学科的指称，而是渐渐被意识形态化成了一种主义，成了和“民主”并列的拯救贫弱祖国的有效手段和绝对真理，任何人都无权对它进行批评或质疑。正如胡适所说的那样：

> 这三十年来，有一个名词在国内几乎做到了无上尊严的地位；无论懂与不懂的人，无论守旧与维新的人，都不敢公然地对他表示轻视或戏侮的态度。那个名词就是“科学”。①

“五四”文化先驱们所推崇的“科学”是以自然科学为标准的，在他们看来，唯有自然科学的研究方法才是纯粹的和具有普适性的科学研究方法：“凡用自然科学方法来研究、说明的都算是科学。”“社会科学是拿研究自然科学的方法，用在一切社会人事的学问上。”②正是基于这一认识，越来越多的知识分子希冀借助自然科学的方法和模式来改造中国原有的文化理念和学术思路，文学研究中的科学主义倾向即由此产生：

> 文学到现在也成了一种科学，有它研究的对象，便是人生——现代的人生；有它研究的工具，便是诗（Poetry）、剧本（Drama）、说部（Fiction）。③

在科学主义思想的浸润下，现代小说创作亦被许多文学研究者赋予了科学的内涵：

---

① 胡适：《〈科学与人生观〉序》，见欧阳哲生编《胡适文集》第 3 卷，北京：北京大学出版社 1998 年版，第 152 页。

② 陈独秀：《新文化运动是什么？》，见《陈独秀文章选编》上，北京：生活·读书·新知三联书店 1984 年版，第 512 页。

③ 茅盾：《文学和人的关系及中国古来对于文学者身份的误认》，见《茅盾文艺杂论集》上册，上海：上海文艺出版社 1981 年版，第 24~25 页。

> 小说不能凭空杜撰，故构作之先必先有一番之观察，搜集事实，以为小说之材料。其观察务真，一如科学之研究声光化电然。虽毫厘微末之间，亦必辨析精确。此种科学的精神，小说家所必备也。①

顺着这一思路发展下去，小说研究与小说批评便再也没有理由停留在注重鉴赏和体验的传统评点形态上，而科学实证的方法也就理所当然地成了对小说进行分析评判的重要手段。

以科学实证之法来分析小说的极端例子即是胡适发表于1921年的《红楼梦考证》。从表面看来，《红楼梦考证》似乎是对清代考据派遗风的继承，然而事实上，推动胡适进行考证的基本动力却是他对科学求真精神的崇信和从美国导师杜威（John Dewey）那里秉承借鉴的实验主义方法。在胡适看来，实验主义是科学精神的完美体现，其所有的学术思想建构和文化政治活动都必须将实验主义的科学求真精神贯彻到底：

> 我谈政治只是实行我的实验主义，正如我谈白话文也只是实行我的实验主义。②

> 实验主义自然也是一种主义，但实验主义只是一个方法，一个研究问题的方法。他的方法是：细心搜求事实，大胆提出假设，再细心求实证。一切主义，一切学理，都只是参考的材料，暗示的材料，待证的假设，绝不是天经地义的信条。……我的唯一目的是要提倡一种新的思想方法，要提倡一种注重事实、服从试验的思想方法。古文学的推翻，白话文学的提倡，哲学史的研究，《水浒》《红楼梦》的考证，一个"了"字或"们"字的历史，都只是这一个目的。③

当胡适将实验主义的科学求真精神作为首要原则贯彻到具体的小说研究中时，就势必会形成以自然科学检验的态度和经验事实分析的方法来审视小说的批评习惯，正如他自己所表白的那样："我对于小说材料，看做同化学问题的药品材料一样，都是材料。"④

---

① 陈钧：《小说通文》，《文哲学报》1923年第3期。
② 胡适：《我的歧路》，见欧阳哲生编《胡适文集》第3卷，北京：北京大学出版社1998年版，第365页。
③ 胡适：《我的歧路》，见欧阳哲生编《胡适文集》第3卷，北京：北京大学出版社1998年版，第365~366页。
④ 胡适：《治学方法》第一讲"引言"，见欧阳哲生编《胡适文集》第12卷，北京：北京大学出版社1998年版，第134页。

这直接导致了他在分析小说时过分注重小说材料的生活原型，强调将小说与生活对应观照的倾向。从他的《红楼梦考证》中，我们可以清晰地看到这一倾向。众所周知，《红楼梦》是以文学作品著称于世的，但是胡适却将其视为用实验主义方法进行科学考证的对象，提出在面对《红楼梦》一书时，“我们只需根据可靠的版本与可靠的材料，考定这书的著者究竟是谁，著作的事迹家世，著书的时代，这书曾有何种不同的本子，这些本子的来历如何……”经过大量翔实的文献分析和严密的逻辑推理，胡适得出了《红楼梦》的作者是曹雪芹，而该书是作者破产倾家之后在贫穷潦倒的境遇中运用自己的文学才能所作的追昔叹今的“自叙传”的结论。[①] 诚如王国维和蔡元培所指出的那样：“作者之姓名（遍考各书，未见曹雪芹何名）与作书之年月，其为读此书者所当知”，“则其作者之姓名，与其著书之年月，固为唯一考证之题目。”[②]“著者、时代、版本之材料，固当搜求。”[③] 胡适《红楼梦考证》的意义即在于其确认了小说作者研究的重要性，并对小说作者的身份和地位作出了比较科学的分析，从而奠定了现代红学研究的显学地位。但是，具体到小说研究和小说批评领域，这种文学科学化倾向的局限性却是显而易见的：一旦科学实证主义批评模式在小说研究和小说批评中蔓延开去，就势必会带来以知性分析和逻辑推理取代文学感悟，为求真而弃美的理论盲点，从长远来看，并不利于现代小说批评的发展。

从以上对实用功利主义小说批评模式与科学实证主义小说批评模式所进行的简单介绍中我们可以发现，这两种批评模式实质上是殊途同归的——在研究目的上表现出共同的实用理性追求，而这种实用理性追求所导致的对文学的艺术特征和审美倾向重视不够的弊端则是二者共同的缺陷。能够弥补这一缺陷的当属我们要说到的第三种现代小说批评模式：哲学美学批评模式。

其三，哲学美学批评模式。

这种批评模式以哲学美学思想作为对小说进行研究和分析的理论基础，将小说视为代表作家人生体验的符号与象征系统，从中读解出普遍的人生哲理意义和审美价值。较之实用功利主义批评模式和科学实证主义批评模式，哲学美学批评模式更接近于小说的文学本质，正如叶嘉莹所说的：

① 胡适：《红楼梦考证》，见欧阳哲生编《胡适文集》第 2 卷，北京：北京大学出版社 1998 年版，第 432~465 页。

② 王国维：《红楼梦评论》，见王国维、蔡元培、胡适《三大师谈〈红楼梦〉》，上海：上海三联书店 2007 年版，第 41~42 页，第 45~46 页。

③ 蔡元培：《石头记索隐・第六版自序：对于胡适之〈红楼梦考证〉之商榷》，见王国维、蔡元培、胡适《三大师谈〈红楼梦〉》，上海：上海三联书店 2007 年版，第 52 页。

> 任何一篇有深度的文学作品都必定会多少反映出作者对人生的感受和观点，而且愈是有深度的作品，对人生的透视也愈深，因此批评者便可以从其中掌握到一种可以据为批评的哲理观点。同时任何一篇作品也必定都具有一种表现的“形式”，批评者也都可以从中归纳出一种可以据为批评的美学观点。故而从哲学和美学的观点来批评文学，这在今日的文学批评中已被界定为一种必当遵循的途径。①

在现代文学批评史上，对小说进行哲学美学批评的开山之作当属王国维的《红楼梦评论》。《红楼梦评论》发表于1904年6月到8月的《教育世界》杂志上，比蔡元培的《红楼梦索隐》和胡适的《红楼梦考证》分别提前了13年和17年，是中国现代当之无愧的第一部拥有巨大影响力的《红楼梦》专论。而且，更重要的是，《红楼梦评论》将哲学美学理念引入小说研究，以叔本华的悲观主义哲学思想和悲剧美学理论为基点来阐释《红楼梦》中所体现的人生本质和美学意蕴，认为较之《桃花扇》等中国其他古典文学作品，《红楼梦》是“哲学的也，宇宙的也，文学的也”，堪称是“悲剧中之悲剧也”②。就这一意义而言，《红楼梦评论》开启了小说批评的哲学美学方向，在我国现代小说批评领域中具有里程碑的意义。但是，瑜不遮瑕，用哲学观点去解读小说作品，固然有助于深化对小说的理解，但前提是必须从作品本身寻找它的哲学含义，不可先认定一家哲学，再对小说进行削足适履式的牵强分析。《红楼梦评论》的根本缺陷即在于王国维将《红楼梦》当成了他所信奉的“苦痛与解脱”的人生哲学思想的恰当注脚，尽管他对《红楼梦》本来有着极其敏锐的感受和极其精深的见地，但是却囿于叔本华的哲学思想，阐释中不免会出现许多立论牵强之处。③

以上这三种小说批评观共同构成了吴宓开始《红楼梦》研究时所面对的中国现代小说批评的大背景，而吴宓所持的小说观念就体现在对这三种小说批评模式所作的评价中。

① 叶嘉莹：《王国维及其文学批评》，石家庄：河北教育出版社1997年版，第158页。

② 王国维：《红楼梦评论》，见王国维、蔡元培、胡适《三大师谈〈红楼梦〉》，上海：上海三联书店2007年版，第22页，第25页。

③ 譬如，王国维在《红楼梦评论》中从叔本华的悲剧人生哲学出发，认为“宇宙一生活之欲而已！而此生活之欲之罪过罚之，此即宇宙之永远的正义也。自犯罪，自加罚，自忏悔，自解脱。美术之务，在描写人生之苦痛与解脱之道……”而《红楼梦》即是一部“以生活为炉，苦痛为炭，而铸其解脱之鼎”的著作：贾宝玉的衔“玉”而生，即是衔“欲”而生，宝玉的一生即是堕于欲望人生的痛苦及解脱欲望的过程。将宝玉之“玉”等同于欲望之“欲”，是对佛教所主张的“直指本心，见性成佛”的解脱方式和叔本华灭绝欲望的解脱方式这两种东西方心性的根本差异缺乏认识的表现，其本身就说明了王国维在《红楼梦评论》中生硬套用叔本华哲学理论的弊端。对此，著名学者叶嘉莹在《王国维及其文学批评》一书中有过详细的论述。（叶嘉莹：《王国维及其文学批评》，石家庄：河北教育出版社1997年版，第159~163页）

三种模式中，吴宓批判最甚的当属科学实证主义批评模式：

今国中时流之论学说，甚喜言逻辑及科学方法，且用之于政治及文学批评，顾若以此二者为治一切学问之惟一工具，而不求宇宙事理之全体及人生之本性，则往往陷于一偏谬误，而流弊滋多……[①]

在他看来，科学实证主义批评是将小说等同于历史，把作品内容与现实存在的人物事件混同起来，将该作品视为作者的自传：

读了一本小说，读得称心乐意，便要去追究那作者的生平，刻舟求剑，胶柱鼓瑟，牵藤扯蔓，寻根觅底，闹个不休。甚或那作者已经死了千百年，姓名都在若隐若现之间，还要去做一番考证的工夫。依照着经学家的系统，科学家的方法，苦苦地爬剔搜罗，恨不得连那作者的冢中枯骨也翻一个身，把他的心和脑取来，作教育家智识测验、心理测验的材料。并且还有一层，硬认定一部小说便是作者的自述。此种脾性，中西之人原来相同，中国人之十之八九，都断定《石头记》中的怡红公子贾宝玉必是那悼红轩主曹雪芹，以为非身历其境哪得有这样一部好小说给我们读。西洋自浪漫派文学盛行以来，注重表现自我，所谓主观派的批评家，推己及人，因今蔑古，于是说凡小说中所写的人物风景悲欢离合，均不外作者亲身所见所闻所感所受，所以要知那作者之为人，及其家世职业容止习性，但看那书中的男女主角（Hero or Heroine）就了然了。[②]

但事实上，“并非一切文学都是自传性质。文学写作的目的不总是自我暴露”[③]：

法国文学批评家但因（Taine）做一部英国文学史，因读丁尼生早岁之诗，见其辞藻富丽，便下笔断定丁尼生是一个膏粱纨绔子弟，沉溺酒色，风流放诞。书出之后，巴古雷（Francis Palgrave）……对他说丁尼生是我总角之

① 吴宓：《法国大史家兼文学批评家但因逝世百年纪念》，《大公报·文学副刊》1928 年 4 月 30 日第 9 版。
② 吴宓：《理想小说〈新旧因缘〉》，《学衡》第 36 期，1924 年 12 月出版。
③ 吴宓：《文学与人生》，王岷源译，北京：清华大学出版社 1993 年版，第 18 页。

交，出身寒素，自幼即持躬勤俭，为人端正拘谨，并非如君所悬揣者。①

在吴宓看来，那种偏重于科学实证的研究倾向是对小说的虚构与想象特性的全面忽视，是对小说文学本质的全面抹杀，其所进行的作品阐释只能围绕着作品的外部进行，而无法直接针对作品本身。基于这一认识，他对柳亚子、柳无忌父子以“证明苏曼殊父母均为日本人”为研究要点的做法颇有微词，认为他们是“以繁复之考证，辛勤之精力，施之于极琐细无关系之人之书之事”②，并由此明确指出：“苏氏之价值当在其所著作之诗文，至其生平毋庸如此详加考证……”因为：

文学作品，贵于脱离狭小杂乱之现实生活，而近于空灵完美之创造之域。又凡诗与小说等，纵有取材于作者本身之经验之处，亦出无心，而决不可谓此诸作品悉作者自传自叙也，以上二层乃文学常识，寻求苏曼殊本身之历史，纵多所发，实惟对于苏氏传记之作成增加材料，而对于诸篇小说之价值反为减损，使读者心分而意驰，欣赏之力远不如前矣。③

对于实用功利主义批评模式，吴宓亦甚为不满。尽管吴宓也很重视小说的教化作用，但是他提倡教化的目的不是为了捍卫某种具体的政治信仰或是社会规范，而是为了践行人生真理寻求完美人性，故而，在他看来，“夫著作小说，而专谈社会问题，宣传个人主张，此实有悖文学之正理……”④小说要成为优秀的文学，其致力于表现的就应该是作家对人生和宇宙的整体观念，而不是对于具体的某些人和事的判断。⑤由此出发，吴宓对当时盛行的以社会功利性著称的问题小说提出了严厉的批判，认为其“本非文学上品，以此类作者之人生观往往一偏狭隘，而训诲主义又文学之所忌也”⑥。他之所以对《红楼梦》激赏有加，认为“其能历久而价值光辉长存”，一个重要的原因就在于这部著作“非政治宣传之小册子，亦非某种问题小说而为一描写全体人生，至真且美之一部大小说”⑦。

如上所述，在对科学实证主义批评模式和实用功利主义批评模式的批评中，吴宓对

① 吴宓：《理想小说〈新旧因缘〉》，《学衡》第36期，1924年12月出版。
② 吴宓：《苏曼殊年谱及其他》，《大公报·文学副刊》1928年4月9日第9版。
③ 吴宓：《苏曼殊年谱及其他》，《大公报·文学副刊》1928年4月9日第9版。
④ 吴宓：《最近逝世之西班牙著名小说家易班乃士评传》，《大公报·文学副刊》1928年2月13日第9版。
⑤ 吴宓：《文学与人生》，王岷源译，北京：清华大学出版社1993年版，第19页。
⑥ 吴宓：《易卜生诞生百年纪念》，《大公报·文学副刊》1928年3月26日第9版。
⑦ 吴宓：《石头记评赞》，见吕启祥、林东海主编《红楼梦研究稀见资料汇编》，北京：人民文学出版社2001年版，第858页。

小说文学艺术本质的强调和对小说阐发人生哲理功能的重视都得到了彰显。而这种将小说与艺术与哲学结合起来进行思考的文学思想，势必决定了他更乐于接受从哲学美学视界阐释小说价值和意蕴的主张，所以，小说的哲学美学批评模式在他那里也就获得了最多的认同。在他看来，《红楼梦》将“哲学理想与艺术之写实熔为一炉”①，不仅是一部伟大的文学著作，而且是一部阐发人生哲理之书。故而，尽管吴宓对于王国维在《红楼梦》研究中生硬套用叔本华哲学的做法也颇有微词：“专以叔本华一家哲学之论点临之，亦嫌一偏，有所未尽。是诚可惜。”②但是就总体而言，他对于王国维在《红楼梦评论》中所开创的从哲学美学视角对文学价值展开评析的小说批评方法还是颇为会心的，而他后来对《红楼梦》等小说所进行的批评实践，基本上也没有脱离王国维所开创的这一轨道。当然，较之王国维的哲学美学批评，吴宓的小说批评已经有了很大的发展：不仅具备了更加开阔的人生哲学视野，不再拘执于一家一派之说；而且更为关注小说作为语言艺术的具体美学特征，能够有意识地以文学的眼光来阅读小说经典，进行小说批评——“《石头记》一书乃中国第一部大小说，其艺术工夫实臻完善……普通人士，只应当原书作小说读，而批评之者亦应以艺术之眼光从事”③。这对于强调小说的基本文学特质，建构和完善现代小说批评都颇有裨益。

二、吴宓的《红楼梦》批评

我们在上一部分中所谈到的三种模式基本上代表了滥觞期中国小说批评的主要倾向，而这些倾向又或多或少地都落实到了20世纪初的红学研究上，这一方面说明了《红楼梦》所提供的哲学、美学、文学乃至社会学、政治学的内涵均具有极大的现代阐释意义，可以印证现代小说批评的诸多重要价值倾向；另一方面则说明以今鉴古始终是中国现代小说批评的传统之一。在吴宓的小说批评实践中，《红楼梦》研究也占据着十分重要的地位。首先，他的小说批评实践即是从红学研究开始的——根据现有资料，我们可以看到，吴宓最早的小说批评论文即是他留美期间所撰写的《红楼梦新谈》；而且，更重要的是，正如他自己在《理想小说〈新旧姻缘〉》中所表白的那样，他研究《红楼梦》的主要目的即是站在比较文学的立场上建立和完善中国现代小说创作的艺术法程，力求使评注《红楼梦》

① 吴宓:《石头记评赞》，见吕启祥、林东海主编《红楼梦研究稀见资料汇编》，北京：人民文学出版社2001年版，第851页。

② 吴宓:《〈红楼梦〉本事辨证》，《大公报·文学副刊》1928年1月9日第9版。

③ 吴宓:《〈红楼梦〉本事辨证》，《大公报·文学副刊》1928年1月9日第9版。

的全文“直可当作一部中文的小说法程教科书读”[①]。这种撰写“中文的小说法程教科书”的热望，必然会使吴宓的《红楼梦》研究成为其小说批评论著中最有特色且最为著名的部分。可以毫不夸张地说，在吴宓分析和研究《红楼梦》的系列论文中，他的小说美学理想、小说批评的价值尺度和基本方法均有较为全面的体现。故而，我们对吴宓小说批评实践进行研究时，也应该将他对《红楼梦》的批评作为关注的重点。

在《石头记评赞》中，吴宓对《红楼梦》“艺术观”颇有见地的评论所彰显的实际上是他自己的小说美学理想：

> 《石头记》之伟大，亦可于其艺术观见之。作者盖欲（1）造成完密之幻境。盖欲（2）创作全体人生之理想的写照。盖欲（3）藉艺术家之理想的摹仿之法，而造成人类普遍性行之永久纪录。[②]

也就是说，吴宓之所以会对《红楼梦》激赏有加，主要原因是他在《红楼梦》中发现了自己梦寐以求的小说美学理想：即通过记录“人类普遍性行”，创造出一种能够体现全体人生理想的完整而严密的艺术幻境。

吴宓的这一小说美学理想是建立在他的“三境”说文学思想基础之上的：现实存在的物的世界构成了实境；包含着永恒真理的天的世界构成了真境；处在实境与真境之间的则是以人为创造主体的文学艺术幻境，它可以通过对现实世界的审美处理来透视永恒真理，在实境和真境之间起到连接和沟通的作用。而小说作为文学艺术之一种，其创作亦须“经过三层步骤”：

> （1）曰经验的观察，（2）曰哲理的了解，（3）曰艺术的创造。于此，遂有三世界。第一步，经验的观察，世俗之人皆能，在（Ⅰ）实际经验世界中行之。第二步，哲学的了解，乃由此观察，以取得宇宙人生之普遍的原理，一切事物间正常的关系，遂造成（Ⅱ）第二世界，即理想世界，此惟哲学家能之。艺术家亦必能到此世界。第三步，更借用诸多虚幻（随意造作）之事境人物，以具体之方法，表现第二世界之原理及通则。因其事境人物皆随意造作，故更能表达如意。此所创造或虚构者，乃第三世界，

① 吴宓：《理想小说〈新旧因缘〉》，《学衡》第36期，1924年12月出版。

② 吴宓：《石头记评赞》，见吕启祥、林东海主编《红楼梦研究稀见资料汇编》，北京：人民文学出版社2001年版，第853页。

即（Ⅲ）艺术所创造之世界。凡艺术家（小说家），必由（Ⅰ）经过（Ⅱ）而达到（Ⅲ）。必须经历此三世界，始能作出上好之文艺作品。[①]

可见，在吴宓的文学思想中，小说创作即是小说家立足于自己对第一世界——现实世界中那些丰富多彩的事物（实境）——的经验观察，从第二世界——人生理想和永恒真理（真境）——的深刻体认中汲取灵感，再以前二者为基点，借助艺术手段对现实生活进行剪裁和处理创造出第三世界——完整严密的艺术幻境——的过程。而《红楼梦》即是“经历此三世界”所作出的“上好之文艺作品”[②]。具体而言，曹雪芹一生的经历即是世俗人皆可经验的“乱而实”的第一世界（实境），太虚幻境即是哲学家所能了解的“整而虚”的第二世界（真境），而小说重点描写的贾府和大观园生活则是艺术家所精心营造的“整而实”的第三世界（幻境）。[③] 在《红楼梦》的创作过程中，作者先从经验到的具体可感的人生实境出发，再上升到真境去体认宇宙人生的普遍真理，最终又借助高超的艺术手法将这种体认成功化入对贾府盛衰过程和大观园生活场景的具体描写之中，提炼熔铸出了一个“情真理真”，而非“时真地真”[④] 的完整严密的艺术幻境。这一幻境既能窥见代表物的世界的“人类普遍性行”，又能透视代表天的世界的“全体人生之理想”[⑤]，较为完美地体现了吴宓的小说美学理想。正是由于这一原因，吴宓才对《红楼梦》推崇有加，认为其作为“一描写全体人生，至真且美之一部大小说”，必“能历久而价值光辉长存”[⑥]。可以说，吴宓小说批评实践所采取的基本价值尺度即是以他的小说美学理想为基础形成的：如果说能否成功记录“人类普遍性行”和体现“全体人生之理想”主要强调的是小说中所体现的人生哲学内涵，那么能否营造出完整严密的“幻境”更多关注的则是小说的基本文学特征，二者共同构成了他对《红楼梦》等小说进行分析和判断的基本出发点。

这一基本出发点对吴宓的小说批评起到了关键性的制约作用。在他看来，世界上优秀小说所呈现出来的具体形态尽管千差万别，但是却均需营造出记录“人类普遍性行”和体现“全体人生之理想”的“完密之幻境”，其基本特质和艺术规律不会有太大的差异：“盖

① 吴宓：《石头记评赞》，见吕启祥、林东海主编《红楼梦研究稀见资料汇编》，北京：人民文学出版社 2001 年版，第 854 页。
② 吴宓：《石头记评赞》，见吕启祥、林东海主编《红楼梦研究稀见资料汇编》，北京：人民文学出版社 2001 年版，第 854 页。
③ 吴宓：《石头记评赞》，见吕启祥、林东海主编《红楼梦研究稀见资料汇编》，北京：人民文学出版社 2001 年版，第 856 页。
④ 吴宓：《石头记评赞》，见吕启祥、林东海主编《红楼梦研究稀见资料汇编》，北京：人民文学出版社 2001 年版，第 855 页。
⑤ 吴宓：《石头记评赞》，见吕启祥、林东海主编《红楼梦研究稀见资料汇编》，北京：人民文学出版社 2001 年版，第 853 页。
⑥ 吴宓：《石头记评赞》，见吕启祥、林东海主编《红楼梦研究稀见资料汇编》，北京：人民文学出版社 2001 年版，第 858 页。

文章美术之优劣短长，本只一理，中西无异。”① 故而，衡量中西优秀小说的基本价值尺度是一致的。正是基于这一认识，在《红楼梦新谈》一文中，吴宓才会借鉴西方小说理论，站在中西比较文学的立场上来表达他对优秀小说的基本认识：

> 美国哈佛大学英文教员 Dr. G. H. Magnadier 授小说一科，尝采诸家之说，融会折衷，定为绳墨。谓凡小说之杰构，必具六长。见所作 *Introduction to Fielding's 'Tom Jones'* 中。何者为六？
>
> 壹、宗旨正大（serious purpose）；
>
> 贰、范围宽广（large scope）；
>
> 叁、结构谨严（firm plot）；
>
> 肆、事实繁多（plenty of action）；
>
> 伍、情景逼真（reality of scenes）；
>
> 陆、人物生动（1iveliness of characters）。②

在吴宓看来，这六条标准作为优秀小说所必备的基本条件，具有中西普适的意义，理应成为自己衡量小说价值的基本尺度和准绳，若以此为起点展开中西小说比较，会“愈觉得《石头记》这一部书做得精绝，处处深合小说的法程原理”，所以他立意以此“六长”为批评标准，“用西洋小说法程的眼光，将石头记另行评注一番……”③ 吴宓这种“以西洋小说法程规律，按之《石头记》”④ 的做法是否显得生硬，可以讨论，但在当时却不能不说是开辟了一个运用西方文学理论方法来重新研究中国古代经典和进行现代小说批评的新视角。从这一新视角出发，吴宓将《红楼梦》置入世界文库中，通过与西方小说进行比较来凸显其意义和价值：

> 《石头记》（俗称《红楼梦》）为中国小说一杰作。其入人之深，构思之精，行文之妙，即求之西国小说中，亦罕见其匹。西国小说，佳者固千百，各有所长，然如《石头记》之广博精到，诸美兼备者，实属寥寥。英文小

① 吴宓：《红楼梦新谈》，见吕启祥、林东海主编《红楼梦研究稀见资料汇编》，北京：人民文学出版社 2001 年版，第 20 页。
② 吴宓：《红楼梦新谈》，见吕启祥、林东海主编《红楼梦研究稀见资料汇编》，北京：人民文学出版社 2001 年版，第 20 页。
③ 吴宓：《理想小说〈新旧因缘〉》，《学衡》第 36 期，1924 年 12 月出版。
④ 吴宓：《石头记评赞》，见吕启祥、林东海主编《红楼梦研究稀见资料汇编》，北京：人民文学出版社 2001 年版，第 848 页。

说中，惟 W. M. Thackeray 之 *The Newcomes* 最为近之。自吾读西国小说，而益重《石头记》。[①]

由此可见，吴宓的小说批评从一开始就是从援西入中、中西比较的视野展开的，而《红楼梦新谈》在现代文学批评史上的最大意义就在于将西方文学理论首次引入了红学研究和小说批评，运用比较文学的研究方法使中国传统小说在世界文坛的大背景下展现出别开生面的新风貌，散发出具有现代意味的新气息。正如有学者所指出的：

吴宓先生用比较文学理论和中西小说比较的方法，写出具有独特见解的《红楼梦新谈》这篇论文，在红学研究上令人耳目一新，突破了我国红学研究中所谓“索隐派”、“考据派”、“自叙派”等旧的窠臼，从相比较中探讨《红楼梦》的精神和价值，为红学研究开辟了新途径，在吴先生以前，中国从来没有任何一个人曾用西方小说理论和比较文学研究方法，从事过任何一部小说作品的评论。[②]

值得注意的是，在《红楼梦新谈》中，尽管吴宓对《红楼梦》进行价值评价的主要依据是现代西方小说理论家归纳出的优秀小说所应具备的“六长”，但是经过仔细考察，我们却不难发现，吴宓推崇“六长”，并非是出于对西方理论的盲目崇信，而是基于“六长”与其固有的小说美学理想和小说批评价值尺度之间的暗合之处：“宗旨正大”与其昭示“全体人生之理想”和记录“人类普遍性行”的主张有颇多相合之处，而“范围宽广”、“结构谨严”、“事实繁多”、“情景逼真”、“人物生动”则为“完密之幻境”的具体特征提供了注脚；前者与吴宓所强调的小说批评的人生哲学视角密切相关，而后者则体现了吴宓一贯坚持的小说作为语言艺术所应具备的文学特征。可以说，正是出于对这种暗合之处的深切体认，吴宓才会在众多的西方现代小说理论中选择“六长”作为衡量小说优劣的基本条件。他虽然自称是以“西国文学之格律衡《石头记》”[③]，但实际上并没有脱离自己一贯坚持的小说美学理想。从某种程度上说，正是由于小说理想的潜在制约，他才得

① 吴宓：《红楼梦新谈》，见吕启祥、林东海主编《红楼梦研究稀见资料汇编》，北京：人民文学出版社 2001 年版，第 20 页。
② 赵连元：《吴宓——中国比较文学之父》，《学习与探索》1993 年第 3 期，第 114~115 页。
③ 吴宓：《红楼梦新谈》，见吕启祥、林东海主编《红楼梦研究稀见资料汇编》，北京：人民文学出版社 2001 年版，第 20 页。

出了如下结论：《石头记》“实兼此六长”，“处处合拍，且尚觉佳胜”[①]。

（一）“宗旨正大”：红学批评的人生哲学视角

吴宓是从小说批评的人生哲学视角出发去理解“宗旨正大”内涵的，认为其有助于小说昭示“全体人生之理想”和记录“人类普遍性行”，可以为小说美学理想的实现提供可靠的保证，故而理应成为衡量《红楼梦》等小说价值的重要尺度。

首先，从吴宓对小说、道德和人生关系的理解和认识中，我们可以体会到吴宓小说批评所采取的人生哲学视角的基本特点。在他的文学思想中，“小说是具体而微的人生”[②]，而人生则以道德为旨归，所以，在“人生”、“道德”、“艺术（小说）”之间存在着三位一体的关系，可以借助“自作自受”、“人生如戏”、“崇真去伪”、“爱由心生”、“好善恶恶”[③]这五条原则来对这种关系加以说明。在这五条原则之中，如果说“自作自受”和“人生如戏”所强调的是小说对现实人生的反映功能，“爱由心生”和“好善恶恶”所强调的是小说对人的道德教育作用，那么“崇真去伪”则是将两者连接起来的中介和桥梁，在说明小说、人生、道德关系的过程中起着关键性的作用，其要旨在于通过小说表达对人生“广泛的经验及富有想象力的理解，为吾人揭示出‘人的法则’（爱默生）或人生的真理”。因为，“这些法则与真理不能归结为少数几个简单的和教条式的命题或箴言……只能在人生的丰富多样、千差万别的表现形式的综合整体中去发现，去展示出来”[④]。而这种“‘人的法则’（爱默生）或人生的真理”即是吴宓道德理想的最高体现，是他所推崇的完善人性的表达方式和自由生命的最高形式，其核心要义即是以“人事之律（人情）”控制“物性之律（物理）”[⑤]，以拯救在现代社会物质奴役下所产生的人性危机。由此可见，在吴宓的文学思想中，他对于小说与人生及道德关系的理解，已经超越了把小说当作人生摹本或伦理道德训诫工具的层面，上升到了通过小说创作揭示人生真谛、寻求完善人性的实现方式和自由生命的表达形式的高度，其小说批评所采取的人生哲学视角即主要体现为对小说中所蕴含的这种道德哲学内涵的关注与挖掘。而他对于“宗旨正大”内涵的解说和强调亦是以此为基点展开的。

在《文学与人生》讲义中，吴宓从三个方面对“宗旨正大”的内涵进行了发挥：其一，

---

① 吴宓：《红楼梦新谈》，见吕启祥、林东海主编《红楼梦研究稀见资料汇编》，北京：人民文学出版社 2001 年版，第 20 页。
② 吴宓：《文学与人生》，王岷源译，北京：清华大学出版社 1993 年版，第 32 页。
③ 吴宓：《文学与人生》，王岷源译，北京：清华大学出版社 1993 年版，第 31~34 页。
④ 吴宓：《文学与人生》，王岷源译，北京：清华大学出版社 1993 年版，第 32~33 页。
⑤ 吴宓：《文学与人生》，王岷源译，北京：清华大学出版社 1993 年版，第 43 页。

"严肃的目的",即"人生严肃性的意识"[①]。结合吴宓的其他言论来看,不难发现,他对小说"严肃的目的"(即"人生严肃性的意识")的理解主要建立在对小说、人生与道德关系的认识上,其重要内涵即是以小说创作来捍卫"人的法则"和实现人性完善。其二,"真理:现实主义,'自然'"[②]。在这里,吴宓将"真理"与"现实主义,'自然'"用冒号连接起来的做法是颇有深意的:"真理"并非是抽象道理的显现,而是熔铸在用"现实主义"和"自然"手法描写出的"生活与社会的完整画面"之中的宇宙人生的根本事理,体现为一种"客观理想主义"[③]。其三,"理想的赏罚:美德有报?"[④]在吴宓的文学思想中,"理想的赏罚"的真正意义在于激发读者的"好善恶恶"之心。也就是说,作者并不必在书中直接描述"'美德受奖'或作恶受罚",而是在"忠实地叙述、描写"的前提下,"使读者(要是他头脑正常)自然会对善良的受苦的人物同情,而对坏的、成功的人物加以谴责和憎恨"[⑤]。仔细考察吴宓对"宗旨正大"内涵所作的发挥,我们不难发现,"严肃的目的"(即"人生严肃性的意识")之所以会被置于首位进行强调,与其在三者中所处的特殊地位是分不开的:如果说"真理"和"理想的赏罚"是表,那么"严肃的目的"就是里,后者是使前者获得实现的深层动力和根本保证。也就是说,只有在具备捍卫"人的法则"和实现人性完善的"严肃的目的"的前提下,作者才能够真正弘扬"小说家的正大宗旨:真理与爱":一方面,只有将"严肃的目的"灌注在"现实主义,'自然'"的描写之中,"生活与社会的完整画面"才会呈现出"客观理想主义"的色彩,从而使"真理"的体现落到实处;另一方面,追求完善人性的"严肃的目的"会使小说家的"爱"超越世俗男女之爱和寻常亲情之爱,升华为一种体现"人心之深邃与错综复杂"的"实际宗教"[⑥],当这种"实际宗教"的精神融入小说作品的具体叙述和描写中时,小说家就会自然而然地完成那些"找到真理,所谈所感都是真理"的"幽默作家"自称可以完成的任务:"唤醒并指导你的爱心、你的怜悯、你的好心肠——你对于虚假、伪装、假冒的蔑视——你对于弱者、穷人、受压迫者、不幸者的同情……"[⑦]从而使"理想的赏罚"得以实现。综上所述,吴宓所发挥的"宗旨正大"内涵的核心是"严肃的目的",而"严肃的目的"则在于捍卫"人的法则"和完善人性。所以,吴宓所理解的"宗旨正大"的核心要义即是将对"人的

① 吴宓:《文学与人生》,王岷源译,北京:清华大学出版社 1993 年版,第 27 页。
② 吴宓:《文学与人生》,王岷源译,北京:清华大学出版社 1993 年版,第 27 页。
③ 吴宓:《文学与人生》,王岷源译,北京:清华大学出版社 1993 年版,第 28 页。
④ 吴宓:《文学与人生》,王岷源译,北京:清华大学出版社 1993 年版,第 27 页。
⑤ 吴宓:《文学与人生》,王岷源译,北京:清华大学出版社 1993 年版,第 35 页。
⑥ 吴宓:《文学与人生》,王岷源译,北京:清华大学出版社 1993 年版,第 28 页。
⑦ 吴宓:《文学与人生》,王岷源译,北京:清华大学出版社 1993 年版,第 44 页。原译文有缺漏,笔者在此补足。

法则”的理解和完善人性的热望灌注在小说创作之中，努力挖掘隐藏在现实人生背后的“凡人皆身受心感，无或歧异”的“天理人情中根本之事理”[①]。就这一意义而言，对“宗旨正大”的追求不仅有助于小说创作体现出“全体人生之理想”，沟通代表天的世界的真境，而且能够促使小说作者在面对代表物的世界的实境时，采取“理想的摹仿之法，而造成人类普遍性行之永久纪录”[②]，而这二者恰恰是吴宓的小说美学理想得以实现的必要条件。由此可以推断，吴宓之所以会将“宗旨正大”作为其进行小说批评的重要价值尺度，主要即是基于他对小说美学理想的理解和重视。

其次，《红楼梦》作为吴宓小说美学理想的完美表现，自然会被其视作一部“宗旨正大”的“文章杰作”[③]。从他对《红楼梦》所作的分析与评价中我们可以看到，吴宓所强调的“人生严肃性的意识”、“真理：现实主义，‘自然’”和“理想的赏罚”这“宗旨正大”的三方面内涵在《红楼梦》一书中均有所体现。就第一个方面而言，“《石头记》之人生观，具有亚里士多德所云之庄严性”[④]。“小说家（曹雪芹先生）的人生观不仅是严肃的，也是高尚的，理想主义的”，他致力于“把一种新的、较高级的、对人生和爱情的概念引入中国文学与社会”[⑤]。就第二个方面而言，《红楼梦》中所具备的严肃人生观使其作为“一史诗式（非抒情诗式）之小说”，既能“力求‘得真’，‘如实’”，基本做到了“描写人生全部（a complete Book of Life），包罗万象”，又能将理想追求灌注于客观描写之中，使该书“能以哲学理想与艺术之写实熔为一炉……使读者得窥见人生之真象与其中无穷之奇美”[⑥]。就第三个方面而言，《红楼梦》已经超越了一般“善有善报”、“恶有恶报”的窠臼，它“既不以感情为道德（所谓 sentimentalism），又不故意使善人获福，恶人受祸，以强示道德之训诲（所谓 didacticism），而居中取全，以理想纳于实际之中，造出奇美之悲剧”[⑦]。而悲剧所具备的情感力量则为“理想赏罚”的实现提供了有效的途径。

在《红楼梦新谈》一文中，吴宓从个人情性、社会处境、国家政治和千古世运这四个层面对《红楼梦》“宗旨正大”的优点进行了详细分析，认为“《石头记》之宗旨，由小及大，约有四层”，分别是：贾宝玉的性情遭遇所代表的“个人本身之得失”；林黛玉薛宝钗的不同婚恋命运所代表的“人在社会中之成败”；从贾母的精明治家到王夫人的乏才

---

① 吴宓：《红楼梦新谈》，见吕启祥、林东海主编《红楼梦研究稀见资料汇编》，北京：人民文学出版社 2001 年版，第 21 页。
② 吴宓：《石头记评赞》，见吕启祥、林东海主编《红楼梦研究稀见资料汇编》，北京：人民文学出版社 2001 年版，第 853 页。
③ 吴宓：《红楼梦新谈》，见吕启祥、林东海主编《红楼梦研究稀见资料汇编》，北京：人民文学出版社 2001 年版，第 20 页。
④ 吴宓：《红楼梦之文学价值》，见吕启祥、林东海主编《红楼梦研究稀见资料汇编》，北京：人民文学出版社 2001 年版，第 1065 页。
⑤ 吴宓：《文学与人生》，王岷源译，北京：清华大学出版社 1993 年版，第 53 页。
⑥ 吴宓：《石头记评赞》，见吕启祥、林东海主编《红楼梦研究稀见资料汇编》，北京：人民文学出版社 2001 年版，第 851 页。
⑦ 吴宓：《石头记评赞》，见吕启祥、林东海主编《红楼梦研究稀见资料汇编》，北京：人民文学出版社 2001 年版，第 858 页。

无为再到王熙凤的弄权祸家这一过程所代表的“国家团体之盛衰”；刘姥姥的淳厚为人和《虚花悟》一曲的返璞归真思想所代表的“千古世运之升降”。从这一分析过程中我们可以看到，在吴宓的心目中，“千古世运之升降”是《红楼梦》的最大宗旨。而在论及“千古世运之升降”时，吴宓则将“归真返朴之思想”置于重要的地位：

> 文明社会中，亦有无穷痛苦。Matthew Arnold 诗中亦云：The strange disease of modern life。此种归真返朴之思想，实古今人类所同具。而《石头记》亦特写之，故谓为目光及于千古，殆非虚誉也。[①]

很显然，在吴宓看来，《红楼梦》“宗旨正大”优点的最高体现即在于：将“古今人类所同具”的“归真返朴之思想”这一来自于真境的宇宙人生真理隐藏和熔铸在对浮华天地和男欢女爱的幻境的营造过程中。吴宓之所以会将“归真返朴之思想”视为《红楼梦》“宗旨正大”优点的最高表现，主要原因有二。

其一，“归真返朴之思想”被他视为完善人性的表达形式和自由生命的实现方式。在吴宓的文学思想中，“归真返朴之思想”获得存在合理性的依据是“物质进化而精神上之快乐不增”[②]的现实状况：宇宙间“精神与形体截然判分，各有其律。物质进化，而人之道德未必高出前日。又生人绝少圆满适意之境。自古迄今苦常不减，而乐未必增”[③]。也就是说，精神和物质各有各的存在依据和变化规律，生活富足指数的增高往往只会助长人类物欲的无限膨胀，并不足以促进道德的完善和塑造人性的完美，亦无法使人拥有理想化的人生，获得真正的快乐。而“归真返朴之思想”作为诗人文士对于“圆满适意之境”的一种情感向往，其中所包蕴的即是以“人事之律”抵制“物质之律”，以“教人洞观人生全体如真，由幻象以得解脱”[④]，追求理想人生状态的精神。

其二，从吴宓对《红楼梦》的分析中我们可以看到，“归真返朴之思想”为《红楼梦》之“艺术观”和吴宓小说美学理想的完美展现提供了必要的条件。一方面，“归真返朴之思想”有助于《红楼梦》著作者“通观天人之变，洞明物理之原”[⑤]，借助艺术幻境的营造

① 吴宓：《红楼梦新谈》，见吕启祥、林东海主编《红楼梦研究稀见资料汇编》，北京：人民文学出版社 2001 年版，第 27 页。
② 吴宓：《红楼梦新谈》，见吕启祥、林东海主编《红楼梦研究稀见资料汇编》，北京：人民文学出版社 2001 年版，第 21 页。
③ 吴宓：《红楼梦新谈》，见吕启祥、林东海主编《红楼梦研究稀见资料汇编》，北京：人民文学出版社 2001 年版，第 26 页。
④ 吴宓：《红楼梦之文学价值》，见吕启祥、林东海主编《红楼梦研究稀见资料汇编》，北京：人民文学出版社 2001 年版，第 1065 页。
⑤ 吴宓：《红楼梦新谈》，见吕启祥、林东海主编《红楼梦研究稀见资料汇编》，北京：人民文学出版社 2001 年版，第 29 页。

指示人生全部真理，昭示出代表天的世界的“全体人生之理想”[①]，从而实现与真境的沟通。具体做法是“以世外人（已出世者）写世中之事”[②]。描写“《石头记》之主角贾宝玉，在人生社会中，涉历爱情之海，积得种种经验，由是遂获宗教之善果，即（1）真理（2）智慧（3）安和（4）幸福（5）精神之自由等是。又可云《石头记》乃叙述某一灵魂向上进步之历史，经过生活及爱情之海，率达灵魂完成自己之目的……”而这种“自己之目的”，即是“由幻象以得解脱（from Illusion to Disillusion），即脱离（逃避）世间之种种虚荣及痛苦，以求得出世间之真理与至爱（Truth and Love）也”[③]。另一方面，“归真返朴之思想”始终灌注在《红楼梦》著作者提炼生活实境和营造艺术幻境的文学创作过程中，可以使其在面对代表物的世界的人生实境时，获得理想之光的照耀，采取“理想的摹仿之法”驾驭和统率见闻与材料，最终“造成人类普遍性行之永久纪录”[④]。其具体做法是“以中正平和之心，观察世事，无所蔽而不陷一偏，使轻重小大，各如其分，权衡至当，褒贬咸宜”[⑤]。尽管“材料只限一端，而心目中恒有全体在，所写庶几不至流于卑琐而拘执欤”[⑥]。

正是基于这两点思考，吴宓才将“归真返朴之思想”推崇为《红楼梦》正大宗旨的最高体现，而其所重视的小说美学理想就融会在他对这一思想的理解和阐发之中。由此可见，吴宓对《红楼梦》“宗旨正大”特点所作的分析和阐释，并非是对西方小说批评概念内涵的机械套用和照搬，而是立足于小说批评的人生哲学视角，经由自身固有文学观点与西方小说批评概念之间的成功对话对《红楼梦》文本中蕴含的人生哲学内涵所作出的精彩阐释。

（二）“完密之幻境”：红学批评的艺术视角

如前所述，“完密之幻境”是吴宓小说美学理想的核心要素，而完美的小说艺术作为营造“完密之幻境”的关键，就成了实现其小说美学理想不可或缺的重要条件，所以，较之前人，吴宓更加关注《红楼梦》作为小说所应具备的艺术特征。而西方小说理论中“范围宽广”、“结构谨严”、“事实繁多”、“情景逼真”、“人物生动”等强调小说艺术特性的批评术语则，对小说所应具备的艺术特征起到了具体的说明作用，恰好可以为吴宓所强调的“完密之幻境”的构成特征和小说美学理想的实现方式提供注脚，于是就自然而然地成了他对《红楼梦》等小说进行分析和批评时所采取的基本价值尺度。其中，“范围

① 吴宓：《石头记评赞》，见吕启祥、林东海主编《红楼梦研究稀见资料汇编》，北京：人民文学出版社 2001 年版，第 853 页。
② 吴宓：《吴宓日记》第 7 册，吴学昭整理注释，北京：生活·读书·新知三联书店 1998 年版，第 110 页。
③ 吴宓：《石头记评赞》，见吕启祥、林东海主编《红楼梦研究稀见资料汇编》，北京：人民文学出版社 2001 年版，第 853 页。
④ 吴宓：《石头记评赞》，见吕启祥、林东海主编《红楼梦研究稀见资料汇编》，北京：人民文学出版社 2001 年版，第 853 页。
⑤ 吴宓：《红楼梦评论》，见吕启祥、林东海主编《红楼梦研究稀见资料汇编》，北京：人民文学出版社 2001 年版，第 29 页。
⑥ 吴宓：《吴宓日记》第 7 册，吴学昭整理注释，北京：生活·读书·新知三联书店 1998 年版，第 110 页。

宽广”、“事实繁多”、“情景逼真”各自围绕广阔性、动作性和真切性三个方面对小说叙事所应具备的艺术特征作出了界定，而“结构谨严”和“人物生动”指涉的则分别是小说结构和小说人物所应具备的艺术特征。在吴宓看来，这些小说所必需的艺术特征在《红楼梦》创作中均有完美体现，正是基于这一认识，他才断言“《石头记》之小说技术至为完美。故为中国说部中登峰造极之作”①。

首先，在小说叙事艺术方面，吴宓认为《红楼梦》兼具“范围宽广”、“事实繁多”和“情景逼真”之长，集广阔性、动作性和真切性于一身。

“范围宽广”强调的是小说叙事的广阔性，指的是小说在表现社会生活时所应具备的容量和广度。《红楼梦》叙事范围极其宽广，其所涉及的人物事件众多，包罗万象，“虽写贾府，而实足显示当时中国社会全副情景”②。而且，在面对众多人物事件所构成的复杂材料时，《红楼梦》并没有采取记事本或博物馆标本目录那样机械罗列的方式，而是“运用神思，将其炮制融化，合成一体”③，最终使之成为“中国文明最真最美而最完备之表现”，成为“真正中国之文化、生活、社会，各部各类之整全的缩影”④。

“事实繁多”强调的是小说叙事的动作性。在吴宓看来，小说叙述繁多事实的根本目的是要为推动小说情节服务，如果一味沉迷于事实的铺排，就极易造成小说创作的三大弊病：

> 其一，文中插入作书人之议论，连篇累牍，空言呶呶……其二，将书中人物之心理，考究过详，分析过细，叙说过多，而其行事之见于外者，反因之减少，几成心理学教科书，而不类叙事之小说……其三，风景服饰器皿等，描画精详，而与书中之人之事，无切要之关系。⑤

这三大弊病最终会延缓甚至阻遏情节的发展，使小说叙事有悖于“事实繁多”的真正精神。而《红楼梦》在叙事上则完全避免了上述弊病：不仅将“芜词空论，删除净尽”⑥，而且善于将人物的内心情态蕴含于对言谈举止等可见形象的刻画之中，使其“喜怒哀乐之形于

① 吴宓：《石头记评赞》，见吕启祥、林东海主编《红楼梦研究稀见资料汇编》，北京：人民文学出版社 2001 年版，第 848 页。
② 吴宓：《红楼梦新谈》，见吕启祥、林东海主编《红楼梦研究稀见资料汇编》，北京：人民文学出版社 2001 年版，第 28~29 页。
③ 吴宓：《红楼梦新谈》，见吕启祥、林东海主编《红楼梦研究稀见资料汇编》，北京：人民文学出版社 2001 年版，第 29 页。
④ 吴宓：《石头记评赞》，见吕启祥、林东海主编《红楼梦研究稀见资料汇编》，北京：人民文学出版社 2001 年版，第 851 页。
⑤ 吴宓：《红楼梦新谈》，见吕启祥、林东海主编《红楼梦研究稀见资料汇编》，北京：人民文学出版社 2001 年版，第 30 页。
⑥ 吴宓：《红楼梦新谈》，见吕启祥、林东海主编《红楼梦研究稀见资料汇编》，北京：人民文学出版社 2001 年版，第 30 页。

外者见之”[①]，避免大段心理描写所造成的叙事停滞现象，就连书中所写的“各人之衣裳装饰”也“莫不肖其身分，显其性情”[②]，可以有效推动情节的发展。

“情景逼真”强调的是小说叙事的真切性，只有突出小说叙事的真切性，小说才可能给人带来身临其境之感，才有望去打动人，感染人。“《石头记》叙事，情景至为真切。”[③]具体而言，《石头记》实现叙事真切性的主要手段有二：其一，致力于表现各种人物在面对同一情形和同一事件时所产生的不同思想和作为，以便在显示人物身份特征和微妙内心世界的同时，从各个方面对情形和事件进行全方位透视：“当极复杂纷乱之境，尤能层次井然，照应周密，各人自见其身分，如第三十三回宝玉受笞一段是也。又同作一事，而各人之办法不同；同处一境，而各人之感想不同。如第七十四回抄检大观园，第一百一十回贾母之丧是也。”[④]其二，根据不同的内容采用不同的行文方式：“有细腻熨贴之文……有堂皇富丽之文……有奇骇惨痛之文……而插科打诨，俗趣雅谑，佳者尤不可胜数。”[⑤]从而使读者自然而然地体会到作者所要描写的场景和所要表达的感情，产生身临其境之感。

其次，在小说结构方面，吴宓认为《红楼梦》是“结构谨严”的典范。

从吴宓对小说艺术特征所进行的论述中，我们可以看到，小说结构一向是其关注的重点。早在1912年的日记中论及小说创作时，他就将结构营造置于仅次于宗旨设定的重要地位：“盖欲著小说，先患无一定之宗旨，又次则通体之大结构甚为不易。”[⑥]在他的心目中，小说对于“通体之大结构”的营造，应该以“谨严”为首要目标，而衡量小说结构是否谨严的尺度有四：其一，线索清晰中心明确：“凡小说中，应以一件大事为主干，为枢轴，其他情节，皆与之附丽关合，如树之有枝叶，不得凭空架放。”[⑦]后来在谈及中国古典小说时，他认为《儒林外史》“漫无结构”的重要原因就是该作缺乏一以贯之的枢轴来结构全篇，只以“一人或数人之事为一段，前后各不相关，仅藉明神宗下诏旌儒之榜（第六十回）为之强勉绾合，与《水浒传》之梁山石碣刻示天罡地煞姓名同”[⑧]。其二，讲求情节推进的自然延续性：“此一件大事，应逐渐酝酿蜕化，行而不滞，续不起断，终至结局，如河流之蜿蜒入海者然。”其三，因果有序，明线暗线起伏交错：“一切事实，应由因生果，

① 吴宓：《红楼梦新谈》，见吕启祥、林东海主编《红楼梦研究稀见资料汇编》，北京：人民文学出版社2001年版，第30页。
② 吴宓：《红楼梦新谈》，见吕启祥、林东海主编《红楼梦研究稀见资料汇编》，北京：人民文学出版社2001年版，第31页。
③ 吴宓：《红楼梦新谈》，见吕启祥、林东海主编《红楼梦研究稀见资料汇编》，北京：人民文学出版社2001年版，第31页。
④ 吴宓：《红楼梦新谈》，见吕启祥、林东海主编《红楼梦研究稀见资料汇编》，北京：人民文学出版社2001年版，第31页。
⑤ 吴宓：《红楼梦新谈》，见吕启祥、林东海主编《红楼梦研究稀见资料汇编》，北京：人民文学出版社2001年版，第31页。
⑥ 吴宓：《吴宓日记》第1册，吴学昭整理注释，北京：生活·读书·新知三联书店1998年版，第114页。
⑦ 吴宓：《红楼梦新谈》，见吕启祥、林东海主编《红楼梦研究稀见资料汇编》，北京：人民文学出版社2001年版，第30页。
⑧ 吴宓：《评〈歧路灯〉》，《大公报·文学副刊》1928年4月23日第9版。

按步登程，全在情理之中，不能无端出没，亦不可以意造作，事之重大者，尤须遥为伏线。”其四，在行文上前后一致相互照应：“首尾前后须照应，不可有矛盾之处。”“以上四律，《石头记》均有合。”[①] 故而，《红楼梦》堪称是“结构谨严”的典范：“若以结构或布局 Plot 判定小说之等第优劣，则《石头记》之布局可云至善。”其“全体之结构，甚似欧洲中世纪之峨特式教堂，宏丽、整严、细密、精巧，无一小处非匠心布置……”在吴宓看来，《红楼梦》“结构谨严”的特点集中体现在其所采取的匠心独运的“同心圆”布局方式上，即以宝玉、黛玉、宝钗之间的“三角式情史之成败离合”为中心，外圈是大观园诸姊妹丫头的悲欢故事，再外圈是贾府的盛衰历史，更外圈则涉及了全中国乃至全世界的社会情况。距中心越近行文越详细，距中心越远行文越简略。[②]

再次，在小说人物方面，吴宓认为《红楼梦》塑造出了非常生动的典型性格。

吴宓对小说人物的品评，以“生动”为首要标准。在《红楼梦新谈》一文中，他从“英国大小说家 Henry Fielding 在所著 *Tom Jones*”中的议论出发，对《红楼梦》中的人物塑造特点进行了分析：其一，充分注意到人物的身份特征，使其“前后言行相符，无矛盾之处”。其二，写出人物的复杂性：“至善之人，不免有短处；至恶之人，亦尚有长处。”其三，采用“反映”法和“陪衬”法凸显人物特征：前者致力于在几个性格迥异的人物之间展开对比，使之“两两相形，以见别异。如宝钗与黛玉及迎春与探春、惜春是也”；后者则以性格相似的人物互为参照，“如袭人为宝钗影子，晴雯为黛玉影子是也”。凡此种种，其目的都是为了塑造出“栩栩如生，而均合乎人情：其性行体貌等，各各不同，而贤愚贵贱，自合其本人之身分”的生动人物。[③]“生动”是吴宓对《红楼梦》人物进行分析和批评的起点，他理解的“生动”，不仅意味着人物“栩栩如生”、富于个性，而且意味着人物刻画“自合其本人之身分”[④]，不会出现《儒林外史》描写读书人时“形容太过，刻画失真”[⑤]的问题。只有在“自合其本人之身分”的前提下，人物个性中所蕴含的共性特征和社会意义才能得到真正的凸显，成为典型性格的代表。《红楼梦》可谓是这方面的成功之作：“《石头记》中每一个人物，各有其个性，而又代表一种典型。寓一于多，乃成奇妙，乃见真面。”[⑥]

结合吴宓同时代人的红学研究状况来看，我们不得不承认，吴宓在《红楼梦新谈》《石

---

① 吴宓：《红楼梦新谈》，见吕启祥、林东海主编《红楼梦研究稀见资料汇编》，北京：人民文学出版社 2001 年版，第 30 页。
② 吴宓：《石头记评赞》，见吕启祥、林东海主编《红楼梦研究稀见资料汇编》，北京：人民文学出版社 2001 年版，第 848~849 页。
③ 吴宓：《红楼梦新谈》，见吕启祥、林东海主编《红楼梦研究稀见资料汇编》，北京：人民文学出版社 2001 年版，第 31 页。
④ 吴宓：《红楼梦新谈》，见吕启祥、林东海主编《红楼梦研究稀见资料汇编》，北京：人民文学出版社 2001 年版，第 31 页。
⑤ 吴宓：《评〈歧路灯〉》，《大公报·文学副刊》1928 年 4 月 23 日第 9 版。
⑥ 吴宓：《红楼梦之人物典型》，《成都周刊》1945 年 4 月 1 日第 3 版。

头记评赞》等研究论文中，通过汲取和运用现代西方小说批评理论，在叙事、结构、人物诸方面对《红楼梦》作为小说的艺术特性和审美价值进行了全方位的分析和评价，堪称从小说艺术角度对《红楼梦》进行批评和分析的先行者。

要之，吴宓的红学研究在有意识地将西方文学理论运用于中国小说研究，开启了中西小说比较的先河的同时，又始终坚持将《红楼梦》作为小说所应具备的文学特征视为分析和批评的重点，其理论见解不仅为现代红学研究开辟了一方新天地，而且对现代中国的小说批评发展进程也有着极为重要的意义。当实用功利主义批评模式和科学实证主义批评模式借着社会革命的大势和科学信仰的热潮水涨船高、盛行文坛之际，吴宓挣脱了主流意识的羁绊，在红学研究中进一步发展了王国维所开辟的小说批评的哲学美学批评模式，使之具体化为对小说的人生哲学阐释和艺术特征分析，并由此归纳出《红楼梦》的巨大成就：其一，“写了一部具有完美艺术与技巧的伟大小说……”其二，“把一种新的、较高级的、对人生和爱情的概念引入中国文学和社会。”[①]这种从人生境界和艺术价值入手进行小说分析的做法无疑可以为中国小说批评及理论的现代发展和建构提供有效的参照，所以，吴宓的红学研究理应作为现代中国小说批评发展过程中的关键环节得到应有的重视。然而，遗憾的是，在中国现代小说批评发展史上，吴宓的名字一直是被忽视的，更不要说去探讨他的突破和贡献了。所以，时至今日，我们应该将吴宓的《红楼梦》研究置入中国小说批评的发展进程中加以考察，深入挖掘其对现代小说批评发展所做出的独到贡献，以激活对现代小说批评发展路向的思考。

第四节　理想小说：吴宓小说批评的核心观念

吴宓的小说批评并未止步于《红楼梦》研究，他不仅对其他中国古典小说进行过条分缕析的探讨，而且对西方近现代小说和当时出现的中国新小说也作出了较为深入的分析。结合他的研究实绩来看，除了《红楼梦》研究的系列论文，吴宓的小说批评文章还可以按照内容的不同分为三类。

其一，援古证今，以今鉴古，将《歧路灯》等其他古典小说作为关注的重点，借以阐发自己对小说“职志”、小说“艺术”[②]等问题的看法。

---

① 吴宓：《文学与人生》，王岷源译，北京：清华大学出版社 1993 年版，第 53 页。

② 吴宓：《评〈歧路灯〉》，《大公报·文学副刊》1928 年 4 月 23 日第 9 版。

其二，对西方各国小说家的生平及创作进行评介。秉承着“古今东西文学本为一体，息息相关”[①]的信念，吴宓一向十分重视对世界各国小说的翻译和评介工作：在《学衡》第一期即发表了《〈钮康氏家传〉译序》一文，深入评析英国小说家萨克雷和狄更斯的创作；后又在其负责主编的《大公报·文学副刊》所开设的“通论”一栏中，大量发表关于国外小说家的纪念性文章如《最近逝世之西班牙著名小说家易班乃士评传》《最近逝世之英国大小说家兼诗人哈代评传》《英国诗人兼小说戏剧作者戈斯密诞生二百年纪念》《英国宗教寓言小说作者彭衍诞生三百年纪念》《英国小说家兼诗人劳伦斯逝世》《最近逝世之英国小说家洛克》等。正如他自己在《第五年之本副刊编辑赘言》中所说的那样：“本刊每篇纪念文，实皆讨论今日中国文学上之一大问题。”[②]其撰写外国小说家纪念性文章的目的不仅意在丰富国人对世界小说发展状况的理解，更是为了开辟比较文学的视野，给正在发展的中国新小说提供一个世界小说的参照系，以之为参照来讨论关系到中国新小说未来走向的重大问题。

其三，对当时出现的小说作品和小说创作思潮发表看法，如《写实小说之流弊》《评陈铨〈冲突〉》《评〈留美漫记〉》《评〈留西外史〉》《评杨振声〈玉君〉》《茅盾著长篇小说〈子夜〉》《伦理小说〈青年镜序〉》等批评文章即属此类。这些文章针对当时的小说发展状况和吴宓自己对新小说的理解，围绕着小说功用、主题、内容、结构、人物、语言艺术等诸多问题提出了一系列主张，充分凸显了吴宓的小说批评观和他对新小说的态度，在中国现代小说批评中发出了属于自己的声音。应该说，吴宓对新小说的评价态度还是比较客观的，基本上做到了“绝除成见，勿为时俗之瞽说狂潮所中”这件“文学批评家之第一要事”[③]，而他的小说批评观念也在很大程度上丰富了现代小说批评的内涵。

在这三类小说批评文章中，吴宓并没有脱离其在《红楼梦》研究中所采用的小说批评的基本价值取向：一方面对小说的人生哲学内涵备加关注，另一方面又坚持将小说所应具备的文学艺术特征视为分析和批评的重点。正如他在《评杨振声〈玉君〉》一文中所阐释的：

> 凡作小说，须观察领悟人生真理之全部，造成纯正深厚之人生观，更凭一己之想象及理智，从事造作，为小说而作小说。但遵艺术之原理，文

① 吴宓：《第五年之本副刊编辑赘言》，《大公报·文学副刊》1932年1月18日第8版。
② 吴宓：《第五年之本副刊编辑赘言》，《大公报·文学副刊》1932年1月18日第8版。
③ 吴宓：《论今日文学创造之正法》，《学衡》第15期，1923年3月出版。

章之需要，不知其他。[①]

如果说观察领悟人生真理以造就纯正深厚的人生观是赋予小说人生哲学内涵的起点，那么遵循艺术的原理，凭借想象及理智进行创作就是使小说具备文学魅力的关键。而“理想小说”作为他标举出来的现代小说批评的核心概念，实际上就是这种讲求人生哲学内涵和文学艺术特征的小说批评基本价值取向的集中体现。

一、理想与写实

有关“理想小说”中“理想”二字的内涵问题，吴宓在《理想小说〈新旧因缘〉》中曾经借助排除法进行过详细的说明：

> “理想”二字的意思并非凭空捏造，与事实人情全相反背，专要写出我个人理想中所视为道德最高、学问最博之男子，或美丽至极才情绝世之女郎。此其二。又非要藉此小说发表我自己的政见、学说、人生观、社会批评之类，如梁任公的《新中国未来记》等书。我要有思想见解，就直接了当的作为文章发表，不必取径于小说。小说而以改良国家社会为目的，一陷于训诲主义，便不可救药。此理大家都是知道的。此其三。尤非同以前的《极乐世界》、《黄金国》、《乌托邦》、《游环月球》、《金虫 Gold Bug》一译《宝窟未来战争记》等书。悬想一世界中所无之世界，以描叙一己之政治希望、科学思想，专以理智之分析综合，构造成书。书中人物无感情，无个性，无殊戏中之傀儡、与化学试验室中之药品仪器，岂得称为小说？此其四。[②]

可见，在吴宓的理解中，“理想”的内涵绝非是为了某种目的而进行的毫无现实根据的虚构和空想。尽管他曾明确宣称“我这理想二字，Idealistic 乃与写实反对”[③]，但是事实上，他所反对的只是那种“误写真为写实……依照着实人实事实物实境，丝毫不变的描摹出来”[④]的“写实”倾向，并非不加分辨地一概反对“Realistic”（写实）本身。在他看来，

① 吴宓：《评杨振声〈玉君〉》，《学衡》第 39 期，1925 年 3 月出版。
② 吴宓：《理想小说〈新旧因缘〉》，《学衡》第 36 期，1924 年 12 月出版。
③ 吴宓：《理想小说〈新旧因缘〉》，《学衡》第 36 期，1924 年 12 月出版。
④ 吴宓：《理想小说〈新旧因缘〉》，《学衡》第 36 期，1924 年 12 月出版。

小说创作中“Realistic 一字的本义”[1]与“Idealistic”（理想）在本质上是相通的，其要旨都是“以描写真境为目的，即是要造出一个无懈可击的幻境，而处处合于天理人情，只求情真理真，人物事迹愈是凭空假造的愈好”[2]。可见，吴宓所理解的“理想”和“写实”的根本要义都是通过营造“幻境”表现“天理人情”，这种“天理人情”指的主要是“人生之真理，又即是人生万物之因果关系”[3]。

从这一根本要义出发，在《论写实小说之流弊》一文中，吴宓对“吾国今日所最盛行”的“写实小说”[4]进行了严厉的批评。在他看来，这些“写实小说”可被细分为三派：其一，“专写劳工贫民之苦况”的俄译短篇小说，此派小说的基调“愁惨黑暗，抑郁愤激，若将推翻社会中一切制度而为快者”；其二，以“刻薄尖毒，严酷冷峭”之语“描写吾国社会人生”的各种黑幕小说，此派小说读来令人“但觉一片魍魉鬼蜮世界，机械变诈，虚伪油滑，无一好人，无一善行。吾惟将逃世以求死耳”；其三，刊载于“礼拜六快活星期半月紫罗兰红杂志”等“少年人所最爱读之各种小杂志”上的“惟叙男女恋爱之事”的小说，此派小说要么表达“淫荡猥亵之意，游冶欢宴之乐，饮食征逐之豪，装饰衣裳之美”，使青年生出“羡慕繁华之热心，养成肆意挥霍之习惯”，要么“描写爱情挫折失败，则又抑郁其思，凄惋其声，缛丽其词，悲丧其旨，使青年读之颓惰萎靡，而少奋发刚健之精神”。[5]吴宓认为，这三派所代表的，并不是“文学之精华巨制”，而是写实小说中的“劣作”和“流弊”[6]。作为“写实小说之劣下者”[7]，它们“徒抄一种实境……未经过真境而达幻境也”[8]，“其弊在于刻画过度，描摹失真，诲淫失德，戕性堕志”[9]。可见，对于当时存在的写实小说进行评价时，必须得“分别优劣，并言利弊”，切不可像“吾国之新文学家”那样笼统地“以写实小说为小说中之上乘、之极轨……惟尊写实小说而压倒一切，其余

① 吴宓:《理想小说〈新旧因缘〉》，《学衡》第 36 期，1924 年 12 月出版。

② 吴宓:《理想小说〈新旧因缘〉》，《学衡》第 36 期，1924 年 12 月出版。

③ 吴宓:《理想小说〈新旧因缘〉》，《学衡》第 36 期，1924 年 12 月出版。

④ 吴宓:《论写实小说之流弊》，原载 1922 年 10 月 22 日《中华新报》，见严家炎编《二十世纪中国小说理论资料》第 2 卷，北京:北京大学出版社 1997 年版，第 285 页。

⑤ 吴宓:《论写实小说之流弊》，原载 1922 年 10 月 22 日《中华新报》，见严家炎编《二十世纪中国小说理论资料》第 2 卷，北京:北京大学出版社 1997 年版，第 285~286 页。

⑥ 吴宓:《论写实小说之流弊》，原载 1922 年 10 月 22 日《中华新报》，见严家炎编《二十世纪中国小说理论资料》第 2 卷，北京:北京大学出版社 1997 年版，第 286 页。

⑦ 吴宓:《论写实小说之流弊》，原载 1922 年 10 月 22 日《中华新报》，见严家炎编《二十世纪中国小说理论资料》第 2 卷，北京:北京大学出版社 1997 年版，第 286 页。

⑧ 吴宓:《论写实小说之流弊》，原载 1922 年 10 月 22 日《中华新报》，见严家炎编《二十世纪中国小说理论资料》第 2 卷，北京:北京大学出版社 1997 年版，第 287 页。

⑨ 吴宓:《论写实小说之流弊》，原载 1922 年 10 月 22 日《中华新报》，见严家炎编《二十世纪中国小说理论资料》第 2 卷，北京:北京大学出版社 1997 年版，第 286 页。

悉予摈斥”[①]。尽管吴宓对这三派小说的具体理解不无偏颇之处，其批评与指责也不尽合理，但是，他对写实小说进行分类评价的主张还是比较可取的。抨击“写实小说之流弊”并不等于否定写实小说本身，相反，吴宓始终认为，“写实小说之佳者，固极可称”[②]，而这种“固极可称”的“写实小说之佳者”就是合乎“写实”之根本要义的写实小说。与之相应，吴宓强调“理想小说”的目的并不是要贬低或取缔写实小说，而是为了通过提倡“理想”来恢复“写实”的根本要义，对写实小说进行修复和完善，促使其走出“专事模仿（to imitate）、抄袭（to copy），将我某时某地耳闻目见之实境（Actuality）一丝不变，表现出之”的误区，杜绝那种“专务描写粗俗淫秽的事物，不知羞惭避忌，反扬扬得意，以写实小说家自豪”的倾向。在创作时“以理想运用事实”，“用整理剪裁选择修缮之法（Selection and Improvement）改易实境造成想象之幻境（Illusion）”，在幻境营造中揭示出“合于人生事物之根本原理”的人生哲学内涵，以实现与真境的沟通。[③] 就这一意义而言，在吴宓的文学思想中，最完善的写实小说和最典型的理想小说是同一的。

首先，对于吴宓而言，写实小说最完美的形态就是理想小说。他之所以会对美国小说家亨利·詹姆斯（Herry James）大加称赞，就是因为“其撰作小说，渐由写实而趋于理想”[④]。在他看来，消除写实小说之流弊的唯一渠道就是由写实趋于理想，而促使写实小说走向完善，成为理想小说的关键因素不外乎以下两点。

其一，尊重“文学之原理”，在小说创作中“由真境蜕化而出之幻境，以幻写真，而不可描摹未经剪裁渲染之实境”[⑤]。吴宓认为，凡是小说创作者，必应经过“三种之步骤”：第一步为“观察人情之实境，或凭经历，或由读书”；第二步为领会真境，即在“所得既多”的基础上“悟人生之真理”；第三步为营造环境，因为，“真境虚空渺茫，欲以晓示于人，则必假设一种幻境，以显明之，而予人以己之观察理解之所得”。[⑥] 由此看来，“真境乃幻境之最高最美者”[⑦]，幻境本质上是真境的一种表现，“虽幻而最真”，“与所有之实境皆

---

① 吴宓：《论写实小说之流弊》，原载1922年10月22日《中华新报》，见严家炎编《二十世纪中国小说理论资料》第2卷，北京：北京大学出版社1997年版，第286页。

② 吴宓：《论写实小说之流弊》，原载1922年10月22日《中华新报》，见严家炎编《二十世纪中国小说理论资料》第2卷，北京：北京大学出版社1997年版，第286页。

③ 吴宓：《理想小说〈新旧因缘〉》，《学衡》第36期，1924年12月出版。

④ 吴宓：《吴宓日记》第8册，吴学昭整理注释，北京：生活·读书·新知三联书店1998年版，第6页。

⑤ 吴宓：《论写实小说之流弊》，原载1922年10月22日《中华新报》，见严家炎编《二十世纪中国小说理论资料》第2卷，北京：北京大学出版社1997年版，第287页。

⑥ 吴宓：《论写实小说之流弊》，原载1922年10月22日《中华新报》，见严家炎编《二十世纪中国小说理论资料》第2卷，北京：北京大学出版社1997年版，第286页。

⑦ 吴宓：《理想小说〈新旧因缘〉》，《学衡》第36期，1924年12月出版。

不同”。[1] 幻境和实境的根本差异在于：“实境乃事物偶然之实况（Thing as they are），幻境则系理想所当然之情形（Thing as they ought to be）。”[2] 幻境是作者运用“剪裁及渲染之法”由实境“凝练陶冶而出者”[3]，“必比原来之实境为美”[4]。而“小说与其他艺术皆以表现”这种“真与幻合二为一，不可划分”的境界“为目的”，“似幻实真，亦真亦幻，然与实境相去天渊矣”[5]，“故写实小说之佳作，其中所写者绝非原来之实境，乃幻境之最真者耳”[6]。吴宓曾将营造最真之幻境的过程比作酿酒的过程：

> 譬如酿酒，实境乃水与生米，理想为制造佳酿之规条及药方，想象力（Imagination）为发酵之酵母（Yeast），幻境乃酿出之酒。然酒有好有坏，真境则味甘色美质浓之上品醇酒也。[7]

要将“理想”这一“制造佳酿之规条及药方”落到实处，就必须造出类似于“味甘色美质浓之上品醇酒”的“幻境之最真者”。可见，致力于创造“幻境之最真者”，就是促使写实小说走向理想小说，从而催生“写实小说之佳作”的基本前提。“曹雪芹洞明凡百艺术之根本要理，独得作小说之正法”，所以，那些“轶出幻境之边界而属实境”的事件，如“袭人家中姨妹等之婚姻恋爱，刘姥姥与狗儿板儿青儿平常在田庄上所言所行，妙玉被盗劫后如何结果，贾兰贾桂如何长大成立，复兴贾氏”，等等，都不是《石头记》的描写对象，“《石头记》一部书中所写之事，皆幻而皆真”[8]，而这恰恰是《石头记》闪现出理想光辉，成为“写实小说之佳作”的关键因素。

其二，体现出“纯正深厚之人生观”：“凡写实小说之具有纯正深厚之人生观者，即

① 吴宓：《论写实小说之流弊》，原载 1922 年 10 月 22 日《中华新报》，见严家炎编《二十世纪中国小说理论资料》第 2 卷，北京：北京大学出版社 1997 年版，第 286 页。
② 吴宓：《理想小说〈新旧因缘〉》，《学衡》第 36 期，1924 年 12 月出版。
③ 吴宓：《论写实小说之流弊》，原载 1922 年 10 月 22 日《中华新报》，见严家炎编《二十世纪中国小说理论资料》第 2 卷，北京：北京大学出版社 1997 年版，第 286 页。
④ 吴宓：《理想小说〈新旧因缘〉》，《学衡》第 36 期，1924 年 12 月出版。
⑤ 吴宓：《理想小说〈新旧因缘〉》，《学衡》第 36 期，1924 年 12 月出版。
⑥ 吴宓：《论写实小说之流弊》，原载 1922 年 10 月 22 日《中华新报》，见严家炎编《二十世纪中国小说理论资料》第 2 卷，北京：北京大学出版社 1997 年版，第 287 页。
⑦ 吴宓：《理想小说〈新旧因缘〉》，《学衡》第 36 期，1924 年 12 月出版。
⑧ 吴宓：《理想小说〈新旧因缘〉》，《学衡》第 36 期，1924 年 12 月出版。

可称为理想小说。"[①] 在吴宓看来，"所谓人生观者，即个人立身行事之原则也"[②]，尽管他没有对"纯正深厚之人生观"的具体内涵作过明确的界说，但是，从他对《玉君》《青年镜》等小说所进行的批评中我们不难体会到，作为一种健全的人生观，"纯正深厚之人生观"是与"观察领悟人生真理之全部"[③] 互为因果的。就这一意义而言，吴宓将"纯正深厚之人生观"作为理想小说基本构成因素的做法，实际上充分表明了他对小说所应具备的人生哲学内涵的重视。

对于小说创作来说，"纯正深厚之人生观"具有两个方面的重要意义。

一方面，只有在这种健全人生观的指引下，作家才能发现人世间的美与高尚，表现人世间的美与高尚，论及这一点时，吴宓借用法朗士的言论对左拉（吴宓译作佐拉）进行了批评，意在将左拉的种种失误归咎于不健全的人生观：

> 世有人焉，既有情欲，而复能以礼自防。且纵且敛，含蓄不泄，乃成至妙。佐拉君不知有此也。世界之上有瑰伟之行，高尚之思，纯洁之心肠，英雄之胆识。佐拉君不知有此也。人之弱点，人之过失，乃至罪人之罪恶，其中皆常有足以动人之美感者存。忧愁为神圣之事，眼泪乃凡百宗教起信之初步，故惟忧思足以使人刚毅，所以忧爱启圣。佐拉君不知有此也。佐拉君不知写艳情必须节制，而不可淫靡。[④]

另一方面，"纯正深厚之人生观"可以成为贯穿小说的精神力量，使小说描写的各个事件有机地融合起来，成为人生真理的生动显现，如果没有这种精神力量的支撑，写实小说就"有类活动影戏,每段不乏奇情妙事,然前后不贯串。又如旅客汇集之风景照片，虽罗列一册之中，而实远在天边，各不相涉。昔人所谓七宝楼台，拆碎不成片断。又所谓走马看花者，庶几近之矣"[⑤]。

与"纯正深厚之人生观"相对立的，是"不健全之人生观"。吴宓认为，不健全的

---

① 吴宓:《评杨振声〈玉君〉》,《学衡》第 39 期，1925 年 3 月出版。

② 吴宓:《论写实小说之流弊》,原载 1922 年 10 月 22 日《中华新报》,见严家炎编《二十世纪中国小说理论资料》第 2 卷,北京:北京大学出版社 1997 年版，第 288 页。

③ 吴宓:《评杨振声〈玉君〉》,《学衡》第 39 期，1925 年 3 月出版。

④ 吴宓:《论写实小说之流弊》,原载 1922 年 10 月 22 日《中华新报》,见严家炎编《二十世纪中国小说理论资料》第 2 卷,北京:北京大学出版社 1997 年版，第 289 页。

⑤ 吴宓:《论写实小说之流弊》,原载 1922 年 10 月 22 日《中华新报》,见严家炎编《二十世纪中国小说理论资料》第 2 卷,北京:北京大学出版社 1997 年版，第 289 页。

人生观会“导人于恶，或养成抑郁沉闷之心境，颓废堕落之行事”，所以，写实小说纵然所写“事实逼真”，只要“人生观不健全，则在所不取”[①]。但是，“以不健全之人生观示人”偏偏是当时所流行的写实小说的流弊。造成这一流弊的关键原因在于，当时很多写实小说家无视身为创作者所应担负的神圣责任，一味宣称：“我毫无所主张……我纯凭客观，但就我所见所闻所历之实象描摹一二，语必征实，事皆有本；我只搬运传达而已，无所爱憎于其间。读吾书者，或为善，或为恶，皆非我之责，是世事如此有以致之也。”[②]这些消解价值标准，反对价值判断的主张在小说创作领域所引发的负面影响不容忽视：“无所主张……纯凭客观”意味着小说创作有可能成为社会怎样变化我就怎样变化的随波逐流行为，如此一来，在物欲横流的时代，趋同大众趣味，不加批判地描摹欲望，似乎也成了小说创作的一种合理选择，这种貌似合理的小说创作所昭显的，必然是“不健全之人生观”。而且，在小说创作过程中，“无所主张……纯凭客观”的绝对写实倾向也是不可能出现的，因为，作为写实小说描写对象的“人生至广漠也，世事至复杂也”，作者只能选择其中的一部分“入书”，“而遗其他”，“即此选择去取之间，已自抱定一种人生观以为标准。而于无意之中，以此种人生观转授他人。虽曰客观，仍主观也。虽云于我无与，仍系自为权衡也。譬之贩卖砒霜，亦足杀人，不必自行配药也。所赎何药，关系至重大。故每一小说作者，必抱定一种人生观，以此传授他人。此势所不能免”[③]。既然“无所主张……纯凭客观”的绝对写实倾向很难真正出现，既然对这种写实倾向的倡导很容易使小说创作“以不健全之人生观示人”，那么，写实派作家就必须摒弃“无所主张……纯凭客观”的创作意识，正视人生观对于小说创作的重要意义，坚持以“纯正深厚之人生观”[④]为指导，使写实小说成为能够体现出理想光辉的上佳小说。

作为“理想小说”的基本构成因素，是否能够体现出“纯正深厚之人生观”始终是吴宓衡量现代小说优劣的重要尺度。他对于现代小说体裁的批评亦是以此为出发点展开的。在他看来，短篇小说的容量决定了它只能表现“片段之人生，一时一地之遭遇景况”，缺乏对人生的整体把握与全面透视，这本身无助于深入挖掘生活表象下隐藏的人生哲学

① 吴宓：《论写实小说之流弊》，原载1922年10月22日《中华新报》，见严家炎编《二十世纪中国小说理论资料》第2卷，北京：北京大学出版社1997年版，第288页。

② 吴宓：《论写实小说之流弊》，原载1922年10月22日《中华新报》，见严家炎编《二十世纪中国小说理论资料》第2卷，北京：北京大学出版社1997年版，第286页。

③ 吴宓：《论写实小说之流弊》，原载1922年10月22日《中华新报》，见严家炎编《二十世纪中国小说理论资料》第2卷，北京：北京大学出版社1997年版，第287页。

④ 吴宓：《评杨振声〈玉君〉》，《学衡》第39期，1925年3月出版。

内涵，“故其中绝难有纯正深厚之人生观，而多偏激悲愤之情，阴郁愁惨之气”[①]。相形之下，具有较长篇幅、较多人物和较繁事实的长篇小说，更有利于对全体人生的描叙和对人生哲学内涵的挖掘，也就更能够体现出“纯正深厚之人生观”，故而，“从古之小说大家所作者皆长篇小说”[②]。吴宓褒扬长篇而非议短篇的评说虽然颇多偏颇之处，但是也凸显出了他对小说须体现“纯正深厚之人生观”的重视和强调。

为了将“纯正深厚之人生观”有效地传达给读者，小说必须依靠情感的力量来感染读者。吴宓一向十分重视文学的情感力量，在《理想小说〈新旧因缘〉》一文中，他对亚里士多德“洗涤感情裨益心性”的悲剧功用说进行了阐述，并将其扩展到对小说的论述中：

> 悲剧能激起我们的怜悯和畏惧之心而使之变为高尚广大的感情，凡人心中的愁绪块垒都可以借此宣泄一番，这便叫做感情之洗涤 Katharsis，此字乃澄清提炼之意。而悲剧所以能有裨于道德者，亦即在此。亚里士多德立说之意，大概如是，确有至理。其实亚里士多德所说的悲剧……连小说也包括在内。[③]

可见，吴宓所赞赏的情感不是一般的情感，而是“高尚广大的感情”。在他看来，从正面激发读者的高尚情感是传达“纯正深厚之人生观”的必经之路，而小说家的“至性至情”则是从正面激发读者高尚情感的前提条件。在为凌其垲（别号梦痕）的小说《青年镜》所作的序言中，吴宓根据小说的文体特点将“至性至情”视为“小说之根本”：

> 文非至性至情不能作，而小说为尤甚。诗虽主性情，尚可以辞藻艳丽见长，移人于不知不觉之中，小说则写人生俗事，平庸凡近，而又须鞭辟近里，深切入微。苟不以至性至情贯注其间，则如仅存糟粕而丧其精华。又如杂置磁片，盛陈机括，而无力以团结之使厚，驱遣之使前也。故凡小说皆可名曰写情（或言情），然小说家之情，必得其正。亦如诗者持也，持即端其性情而表示之之义。夫真正之道德行为，皆生于至情。小说之佳者，必寓有平正深厚之人生观。此种人生观为何？盖即至性至情之人，涉历社

① 吴宓：《评杨振声〈玉君〉》，《学衡》第 39 期，1925 年 3 月出版。

② 吴宓：《论今日文学创造之正法》，《学衡》第 15 期，1923 年 3 月出版。

③ 吴宓：《理想小说〈新旧因缘〉》，《学衡》第 36 期，1924 年 12 月出版。

会之真切经验与审慎结论耳。小说最忌直说道德，最忌训诲主义，固也。然若趋彼极端，专尚污秽卑劣刻薄刁诈之写实主义，则尤不可。世之陷溺于此，奉黑幕大观为小说正宗者；又或迷惑于此，自视谦然，以年少未尝饱历恶浊社会、备见人生惨毒，虽不敢执笔作小说者；盖均由不知至性至情为小说之根本故耳。惟至性至情之人始能作小说，又惟至性至情之人，始能作写实小说而臻佳美。[①]

其次，在吴宓的心目中，“上等之理想小说”应该“兼具写实之长”。

吴宓的这一看法是以其基本小说观念为基础的：“小说是固体化的人生。”[②] 如果说诗歌以“情”为中心，哲学以“理”为中心，那么，小说就是以“事”为中心——即通过记录事实来表现人生，其“好善恶恶”之意也只能经由对现实人生进行“忠实地叙述、描写”[③] 来实现。所以，在他看来，理想小说虽然以表现作者心中“纯正深厚之人生观”为旨归，但是其中所描述的人物事件却必须“来自生活，并无意超越生活”[④]：一方面，理想小说对事件的描写必须处处合于现实人情。譬如，《歧路灯》表现的是道德理想，但是，“《歧路灯》所写乃真正之旧中国之情形”，其对“中等乡绅儒家及市井生活”的描写“能如此详尽，深饶趣味，此乃写实主义之上乘，而作者之工力技术殊为可佩者矣”[⑤]；另一方面，理想小说不应以“人间所希见”的“奇才异能道高德尊之士”或是“断绝人间烟火”、“浮游太空，与列仙为伍”的幻想型人物作为主人公，而应致力于描写具有“纯正深厚之人生观”的主人公“在实际环境中奋斗生活之实况而观其对某事某物如何处理”，使之经历人生实况中必然会遭遇的挫折和失败，“境遇愈恶劣，事物愈平凡者，愈足表现此人心中性行之高贵、智能之卓越”。[⑥]

从吴宓对《留美漫记》等小说所作的分析中我们可以看到，小说的“写实”性主要以“充盈于字里行间”的“真挚之情感，深切之经验，精细之观察”[⑦] 为表征，而这种“情感”、“经验”和“观察”主要建立在作者对所描写现实人生的熟悉和了解之上。对此，他在《美国现代文学中之潮流》一文中也有过相关的论述，美国现代作家德莱塞（又译作杜来色）之

① 吴宓：《伦理小说〈青年镜〉序》，见《吴宓诗话》，吴学昭整理，北京：商务印书馆 2005 年版，第 235~236 页。
② 吴宓：《文学与人生》，王岷源译，北京：清华大学出版社 1993 年版，第 16 页。
③ 吴宓：《文学与人生》，王岷源译，北京：清华大学出版社 1993 年版，第 35 页。
④ 吴宓：《文学与人生》，王岷源译，北京：清华大学出版社 1993 年版，第 42 页。
⑤ 吴宓：《评〈歧路灯〉》，《大公报·文学副刊》1928 年 4 月 23 日第 9 版。
⑥ 吴宓：《评杨振声〈玉君〉》，《学衡》第 39 期，1925 年 3 月出版。
⑦ 吴宓：《评留美漫记》，《大公报·文学副刊》1931 年 10 月 5 日第 10 版。

所以能够创作出成功的写实小说，就是因为他早年曾经在社会底层为了生活而挣扎，青年时候又有担任报刊记者和编辑的经历，对下层生活和世间冷暖有着极深的体会：

> 杜君所受之教育既如斯，性复聪敏，盖能观察市中之纷纭景象而详为叙记，又易受感动，了解社会中人之心理，故其所作皆类乎《美国之悲剧》之写实派小说。描写下等社会及纽约之戏园娼寮中人，作者实有余力。故写来异常亲切生动，而作者描叙此心志萎靡而情欲放纵之情，实能了解其人之性情，体贴入微，委曲详尽……[①]

从吴宓对理想小说的写实性所进行的分析和强调之中，我们不难体会到他对小说叙述特征的理解和重视。在他看来，“夫著作小说，而专谈社会问题，宣传个人主张”虽然“最易使作者得名”，但是却“有悖文学之正理”[②]。而“写实”恰好可以弥补这一不足，将“纯正深厚之人生观”自然而然地融入对现实生活情状所进行的细致描写之中，不仅可以避免生硬说教之弊病，而且能够增强小说的文学艺术魅力，使其更具可读性。从吴宓对现代小说所进行的具体评论中，我们可以清晰地体会到他的这一观点。在论及《天路历程》一书的创作特色时，吴宓指出，此书“流传广被”的重要原因在于其“虽为寓言，而兼具写实之妙”，“书中所描绘之山川景物，及各种人之衣饰性情言谈举止，皆取诸当时英国乡村或镇间之实在所见者，写来栩栩如生”[③]，容易使读者产生身临其境的亲切感，读来兴味盎然。而《骆驼祥子》和《子夜》使吴宓激赏有加的重要原因亦在于“写实之妙”：前者“描叙人力车夫之生活心理环境，甚详且真……且能摄取北京之精神及景色”[④]；后者则能够“综合表现1930年夏全中国之真实概况”，堪称是“中国此时代之社会风俗史”[⑤]。

二、理想小说的“巧妙之描写”

如前所述，“写实之妙”是使理想小说具备文学魅力的关键。联系吴宓对《子夜》等小说的评价来看，使小说体现出“写实之妙”的关键则在于“宏深之观察”和“巧妙之

---

① 吴宓：《美国现代文学中之潮流》，《大公报・文学副刊》1928年7月23日第9版。

② 吴宓：《最近逝世之西班牙著名小说家易班乃士评传》，《大公报・文学副刊》1928年2月13日第9版。

③ 吴宓：《英国宗教寓言小说作者彭衍诞生三百年纪念》，《大公报・文学副刊》1928年11月26日第10版。

④ 吴宓：《吴宓日记》第7册，吴学昭整理注释，北京：生活・读书・新知三联书店1998年版，第171页。

⑤ 吴宓：《吴宓日记续编》第7册，吴学昭整理注释，北京：生活・读书・新知三联书店2006年版，第51页。

描写”[①]。如果说“宏深之观察”强调的是全面深入的体验和把握社会人生，那么“巧妙之描写”所强调的则是成功运用结构设置、人物塑造、语言表现等小说艺术创作技巧。只有实现了“巧妙之描写”，才能在小说创作中表现出“宏深之观察”，从而将“写实之妙”落到实处，使理想小说真正具备文学魅力。

在阐释中国现代小说的结构设置时，吴宓仍以他在《红楼梦新谈》中就已经强调过的“谨严”作为首要标准。正是基于这一考虑，他才会将《子夜》视作茅盾小说中“结构最佳之书”，认为该书以“沉溺于公债者勾心斗角，烦闷痛苦之情”为统领结构的总纲，“而共党陷落乡村，鼓动工潮，及工厂内小领袖之争斗，上海社会男女之燕私，妖姬媚子之狂惑皆附见焉”[②]，显得线索清晰中心明确；相形之下，茅盾的《幻灭》《动摇》《追求》“三部曲”虽然“灵思佳语，诚复动人”，但是作为小说却“有结构零碎之憾。吾人至今回忆‘三部曲’中之故事与人物，但觉有多数美丽飞动之碎片旋绕于意识，而无沛然一贯之观”，远远不及《子夜》结构的“措置之不苟”[③]。论及西方近现代小说创作时，吴宓亦将结构是否严谨作为自己关注的重点。为此，他引用阿诺德的观点，对托尔斯泰《安娜·卡列尼娜》的小说结构方式颇多微词：

> 此书乃人生之片影，非美术之作品也。虽事实逼真，而于美术未工。盖书中所描叙生动美观之情景甚多。然每一事与他事之间，其因果之关系甚薄弱而隐晦，无或然及必然之律以贯注之。虽乱其前后之次序而删去数段，亦毫无妨碍，此结构之失也。[④]

与这一看法形成鲜明对比的是，当谈到哈代的小说创作时，吴宓不遗余力地称赞早年研习建筑的经历对哈代小说结构设置所产生的积极影响：“试读哈代之小说，其结构之严紧，布局之缜密，宛如一宏大之建筑物……”凡此种种，“受其少年时所习建筑术之赐者甚多”[⑤]。从吴宓对茅盾小说高下的分析和他围绕着托尔斯泰及哈代小说所作出的迥异评论中，我们可以清晰地看到他对严谨结构的重视。

① 吴宓：《吴宓日记续编》第7册，吴学昭整理注释，北京：生活·读书·新知三联书店2006年版，第52页。

② 吴宓：《茅盾著长篇小说〈子夜〉》，《大公报·文学副刊》1933年4月10日第8版。

③ 吴宓：《茅盾著长篇小说〈子夜〉》，《大公报·文学副刊》1933年4月10日第8版。

④ 吴宓：《论写实小说之流弊》，原载1922年10月22日《中华新报》，见严家炎编《二十世纪中国小说理论资料》第2卷，北京：北京大学出版社1997年版，第288~289页。

⑤ 吴宓：《最近逝世之英国大小说家兼诗人哈代评传》，《大公报·文学副刊》1928年2月6日第9版。

除了严谨的结构，成功的人物塑造亦是“巧妙之描写”的重要组成部分。吴宓认为，尽管戈斯密的《威克斐牧师传》“结构极粗疏，多不合情理之事实”，但是，结构上的失败并不会抹杀此书的艺术价值，因为，“其趣味全在人物之真切生动，所言所行，简单诚挚，感人至深”①。可见，在吴宓那里，对于小说创作而言，成功的人物塑造有着不亚于严谨结构的重要地位。正是基于这一认识，他才会将小说《歧路灯》和《石头记》并置一处相互比照：

> 《石头记》以结构为主，《歧路灯》则以人物为主……其叙谭绍闻之一生，自襁褓而幼而少而壮而老，所历数代，境遇非甚复杂，然逐渐成长变化，迹象显然，而又始终不失其为谭绍闻，中国旧小说描叙一人从无如此详者，故以人物之发达……论，《歧路灯》诚中国小说之巨制也。②

在对《子夜》的分析和批评中，吴宓于《红楼梦新谈》时就已经形成的“人物生动”观有了进一步的发展和深化，不仅明确强调了小说人物应该同时具备典型性与个性，而且深入分析了环境配置和细节描写对于表现人物心理的重要作用：

> 此书写人物之典型性与个性皆极轩豁，而环境之配置亦殊入妙。吴荪甫之为人固最跃然如在吾人目前，而“屠夜壶”之冷悍，“红头火柴”之颟顸，徐曼丽之昳荡，“曾剥皮”之奸猾，四小姐之矛盾，皆予人以最鲜明之认识。环境之配置，屡以狂风大雨惊雷骇电随文情以俱来。如工人策划罢工时，吴荪甫第二次公债胜利前之焦灼时，皆以雨与霹雷作衬。而写吴之空虚烦躁，则以小火轮上之纵酒狂欢为之对比，殊为有力。当荪甫为工潮所逼焦灼失常之时，天色晦冥，独居一室，乃捕捉偶然入室送燕窝粥之王妈，为性的发泄。此等方法表现暴躁，可云绝妙。③

对于这样精到细致的分析，作者茅盾亦报以赞成之词：“不料吴宓看书也真细心，竟能领会此非闲笔。”“在《子夜》出版后半年内，评者极多，虽有亦及技巧者，都不如吴宓之

① 吴宓：《英国诗人兼小说戏剧作家戈斯密诞生二百年纪念》，《大公报·文学副刊》1928年11月12日第10版。

② 吴宓：《评〈歧路灯〉》，《大公报·文学副刊》1928年4月23日第9版。

③ 吴宓：《茅盾著长篇小说〈子夜〉》，《大公报·文学副刊》1933年4月10日第8版。

能体会作者的匠心。”[①]

作为小说实现“巧妙之描写”的基本艺术媒质，语言始终是吴宓现代小说批评的关注重点。在他看来，现代小说理应以白话语言作为写作媒质，但是当时许多新小说所采用的白话语言存在着过于欧化的弊端：

> 近顷作者所著之书名为语体，实则既非吾华之语亦非外国语，惟有不通之翻译文字差可与之相近。此为艺事难于精美之一大根本问题。[②]

> 若小说中之谈话，作者意在摹仿乡间人或儿女之口吻，用英文文法语句之构造及次序。更混入时派学生所习用之名词，所常道之思想。[③]

欧化的语言使人倍感隔膜，“读者读之不惟不能直接体认书中人之声音笑貌，且谓全书事实皆子虚乌有”[④]。这样一来,“巧妙之描写”和“写实之妙”也就无从谈起了。针对当时小说语言普遍欧化的倾向，吴宓主张采用“近于口语而有组织有锤炼之文字为新中国文艺之工具”[⑤]，这种“可读可听近于口语之文字”[⑥]体现在小说创作上，就是“简练修整之白话文”[⑦]。要实现这一任务，小说家除了要“力矫盲从他人模拟英文之陋习”，还需“熟读中国旧日名作以取得其遣词造句表情达意之法”[⑧]。而《红楼梦》作为“具备中国各体各家文章之美于一人一书者”和“中国文（汉文）之最美者”[⑨],理应成为中国现代小说语言的典范。就这一意义而言，吴宓认为小说《玉君》的语言是那些“通篇到底，悉用欧化之白话文”的“近顷流行之小说”所不及的，因为，该书作者“熟读《石头记》等书”，使“《玉君》一书之词句文体亦深得熟读《石头记》之益而有圆融流畅之致”[⑩]。这一实例足以说明中国古典文学语言对现代小说语言创造所应具备的借鉴意义和积极作用。

如上所述，吴宓对理想小说的论述是从理想与写实之关系和描写之巧妙这两个方面

① 茅盾：《〈子夜〉写作的前前后后》，见《我走过的道路》中，北京：人民文学出版社 1984 年版，第 122 页。
② 吴宓：《茅盾著长篇小说〈子夜〉》，《大公报·文学副刊》1933 年 4 月 10 日第 8 版。
③ 吴宓：《评杨振声〈玉君〉》，《学衡》第 39 期，1925 年 3 月出版。
④ 吴宓：《评杨振声〈玉君〉》，《学衡》第 39 期，1925 年 3 月出版。
⑤ 吴宓：《茅盾著长篇小说〈子夜〉》，《大公报·文学副刊》1933 年 4 月 10 日第 8 版。
⑥ 吴宓：《茅盾著长篇小说〈子夜〉》，《大公报·文学副刊》1933 年 4 月 10 日第 8 版。
⑦ 吴宓：《评杨振声〈玉君〉》，《学衡》第 39 期，1925 年 3 月出版。
⑧ 吴宓：《评杨振声〈玉君〉》，《学衡》第 39 期，1925 年 3 月出版。
⑨ 吴宓：《石头记评赞》，见吕启祥、林东海主编《红楼梦研究稀见资料汇编》，北京：人民文学出版社 2001 年版，第 851~852 页。
⑩ 吴宓：《评杨振声〈玉君〉》，《学衡》第 39 期，1925 年 3 月出版。

展开的，前者昭示出他对小说中人生内涵的重视，后者昭示出他对小说艺术特征的理解。可见，他论及理想小说时所采用的基本价值取向与他在《红楼梦新谈》中所开辟的小说批评思路是一脉相承的。

综合观照吴宓的小说批评实践不难发现，在他的小说批评中，吴宓比较重要的文学观点都得到了展现。而且，中西交融的视野赋予了他独到的理论眼光，使他的小说批评成为中国现代小说批评史上一个比较独特的存在，为中国小说批评的现代性发展做出自己的贡献。深入分析吴宓的小说批评，一方面可以深化对吴宓文学思想的理解，另一方面则可以更加全面地观照中国小说批评理论和批评方法的现代性发展。所以，我们理应对吴宓的小说批评抱以更多的关注，以历史的眼光来揭示其特征和内涵，凸显其在现代中国的小说批评发展过程中所应具备的地位和影响。

第五章　吴宓文学思想的历史价值和困顿命运

在对吴宓文学思想进行研究的过程中，最具争议性的当属吴宓在现代文学思想发展史上的地位和影响问题。本章拟在前文对吴宓新文学想象的理论内涵和吴宓文学批评实践进行具体研究的基础上，进一步探究吴宓文学思想的历史价值和遭遇困顿命运的原因。

第一节　吴宓文学思想的历史价值

中国文学思想的现代转型始于19世纪末的西学东渐大潮，其理论开拓者是梁启超和王国维：前者为回应开启民智救亡图存的历史要求而侧重强调文学在社会政治方面的工具作用；后者则基于凸显文学自身存在价值的目的而致力于分析文学艺术的审美自主性问题。尽管二者分别代表着中国20世纪以来的两种时而交汇融合时而尖锐对立的文学思想潮流，其具体文学主张有很大差异，但是它们对于中国文学思想发展进程的意义是相同的——共同促进和推动了中国文学思想的现代转型。从此，功利与审美、传统与现代、中国与西方等具有悖论性质的理论话题就成了贯穿百年来中国文学思想现代性建构进程的重大问题。众多学人对此进行了长期的探索，他们在不同历史时期围绕这些问题所作出的不同理解和阐释，直接决定着文学思想价值取向的多重维度，从而使中国文学思想的现代性建构走过了一条曲折的发展道路。吴宓的文学思想即是这曲折发展道路上的重要一环，他不仅对历史传承和现代追求、审美特质与社会使命等文学思想现代性建设所面临的重大问题进行过深入的理论探讨，而且以独具特色的诗歌批评和小说批评为这一理论探讨提供了佐证。对其展开深入研究，不仅有利于我们进一步理清文学思想现代发展的历史脉络，而且有助于我们摆脱固有的思维模式，重新认识现代文学思想发展过程中所存在的诸多问题及其历史症结，从而进一步推动我国文学理论的现代性建设。

一、对新文学阵营文学观念的理论纠偏意义

经过深入研究，我们认为，吴宓文学思想的历史价值，首先体现在它对新文学阵营文学观念所具备的理论纠偏意义上。

（一）新文学运动对文学现代性的单维体认方式

在现代中国，对现代性的单维体认作为一种价值预设，伴随着对异端思想的强烈排斥，和20世纪前后的政治风云结合在一起，成长为在社会上占据主导地位的认知力量。新文化运动作为激进知识分子对思想文化进行现代追求的一次集中体现，就是以对现代性的单维体认为指针和航标的。而作为新文化运动有机组成部分的新文学运动，亦是在此价值预设的烛照下展开的，这必然会对中国现代文学的整体面貌和发展趋势产生深刻的影响。

首先，将文学定位为政治革命思想革命“工具”的预设，注定了“五四”学者对中国文学现代性道路的思考必然会沿着工具论的方向进行：所谓的文学现代性更像是追求社会现代性时可资利用的有效工具。尽管在新文学倡导者的内心深处始终存在着文学现代性和社会现代性的某种矛盾，譬如，即使激进如陈独秀，也没有忘记强调“所谓文学、美术自身独立存在之价值”，批评“以文学为手段为器械，必附他物以生存”的倾向[①]，但是，在工具意识的强大挤压下，这种关于文学独立性的设想对他们文学观念的价值结构而言并没有产生大的影响，从“文学革命”到“革命文学”，在主流文学那里，文学现代性的核心理念始终是社会现代性。也就是说，在工具意识的驱动下，主流文学对自身现代性道路的设计，始终为社会启蒙的历史压力所控制，并常常是自觉自愿地努力成为社会现代性的表征工具，这种将文学现代性和社会现代性结合在一起展开的一体化思考，就使得二者之间构成了同谋甚至同构的关系。与之相比，对文学自身审美特质的追求在文学现代性的塑造过程中所起到的影响及作用力便显得微乎其微。当然，在20世纪上半叶的中国文学发展格局中，强调审美自主和叩问怀疑社会现代性在文学现代性中霸主地位的

① 陈独秀：《答胡适之》，原载1916年10月1日《新青年》第2卷第2号，见《陈独秀文章选编》上，北京：生活·读书·新知三联书店1984年版，第142页。

声音不绝如缕，但是，由于主流文学的强势地位，这些声音始终处于一个极为边缘的位置。在强调文学工具性的时代氛围下，文学现代性被强行赋予了社会现代性的阐释，文学本身已经失去了自足的意义，只能作为启蒙的工具、救亡的工具和革命的工具被加以强调。而那些不符合工具意识或是工具意识不强的文学则往往被冠以落后之名，排斥在文学现代性的视域之外。这种将文学转型和社会变革捆绑在一起并机械等同起来的态度，势必会造成以社会现代性取代文学现代性的倾向，从而限制和简化了文学现代性更为丰富的内涵，抹杀和忽视了对文学现代性多种路径和多种选择性的探讨。

其次，在将社会现代性等同于文学现代性的过程中，“五四”文化精英们自然而然地将社会变革和文化选择中的进化论思路转化成了研究和评判文学的基本思想方法。正如有论者所指出的：

> 建立在优胜劣汰、适者生存基点上的进化论，是一种机械性演进学说，应用于文学界视域时，会出现新文学流派的兴盛是以否定、取代前一种流派为前提的状况，而发展至最新阶段的文学流派亦必然取得它独尊的、一统的地位。[①]

可以说，“五四”文化精英们对文学的态度几乎和他们对思想文化的态度毫无二致：仍然坚持单一的直线进化式的思维方式，将“新”等同于有“价值”，“旧”等同于无“价值”，坚持“新”优“旧”劣，弃“旧”图“新”的思路。纵览新文学发难阶段的理论资料，进化、求新的激进思想随处可见，从中可以看到新文学倡导者在中国文学及文论现代转型过程中对传统文学和文论所进行的全盘否定和激烈批判。以陈独秀为代表的“五四”激进文人根据进化论优胜劣汰的原则，以新与旧、传统与现代、进步与腐朽的二元对立思维模式为理论先导，把文学发展的历史看作一个直线向前的单向发展过程，猛烈抨击并彻底颠覆了中国传统文学复古仿古的价值取向，毫不客气地将“尊古蔑今，咬文嚼字”的“明之前后七子及八家文派之归方刘姚”斥为“十八妖魔辈”，认为他们“虽著作等身”，但作品“与其时之社会文明进化无丝毫之关系”，故而毫无价值。[②] 而源远流长内涵丰富的中国传统文学，在他大刀阔斧的革命激情面前，也被简化成了“雕琢的阿谀的贵族文学”、

① 俞兆平：《写实与浪漫：科学主义视野中的“五四”文学思潮》，上海：上海三联书店 2001 年版，第 15 页。
② 陈独秀：《文学革命论》，原载 1917 年 2 月 1 日《新青年》第 2 卷第 6 号，见《陈独秀文章选编》上，北京：生活·读书·新知三联书店 1984 年版，第 173~174 页。

"陈腐的铺张的古典文学"和"迂回的艰涩的山林文学"，除了被打倒扫清，不会有更好的命运。胡适亦是从进化观念出发来论证新文学发生和发展的必然性的："文学者，随时代而变迁者也。一时代有一时代之文学：周、秦有周、秦之文学，汉、魏有汉、魏之文学，唐、宋、元、明有唐、宋、元、明之文学。此非吾一人之私言，乃文明进化之公理也。"① 他把文学发展看成一环扣一环的链条，每一环都各有所工，"因时进化，不能自止"②，"古人已造古人之文学，今人当造今人之文学"③。对此，胡适后来在回顾文学革命运动时不无自诩地指出："在那破坏的方面，我们当时采用的作战方法是'历史进化的文学观'……我们要用这个历史的文学观来作打倒古文学的武器，所以屡次指出古今文学变迁的趋势……"在对"历史进化的文学观"的强调中，胡适断然宣称："我曾仔细研究：中国这二千年何以没有真有价值真有生命的'文言的文学'？我自己回答道：'因为这二千年的文人所做的文学都是死的，都是用已经死了的语言文字做的。死文字决不能产出活文学。所以中国这二千年只有些死文学，只有些没有价值的死文学。'"④ 中国文学史上"凡是有真正文学价值的，没有一种不带有白话的性质，没有一种不靠这个'白话性质'的帮助"⑤。若是"以今世历史进化的眼光观之，则白话文学之为中国文学之正宗，又为将来文学必用之利器，可断言也……以此之故，吾主张今日作文作诗，宜采用俗字俗语"⑥，所以，"中国今日需要的文学革命是用白话替代古文的革命，是用活的工具替代死的工具的革命"⑦。在这里，胡适们以"历史进化的文学观"为理论武器，借助社会变革的巨大力量，视白话文学为新文学发展的唯一前途，对"古文"这一拦路虎采取打压态度，实乃历史的必然选择。但是，这种将文言文学与白话文学全面对立起来非此即彼的激进态度和价值判断，是否会萎缩或影响中国现代文学尤其是文学语言的原创力和丰富性，就成了值得进一步商榷的问题。

当"五四"激进文人扫荡传统文学，留下资源空白之后，他们试图从异域寻找新的

---

① 胡适：《文学改良刍议》，原载《新青年》1917 年 1 月 1 日第 2 卷第 5 号，见欧阳哲生编《胡适文集》第 2 卷，北京：北京大学出版社 1998 年版，第 7 页。

② 胡适：《文学改良刍议》，原载《新青年》1917 年 1 月 1 日第 2 卷第 5 号，见欧阳哲生编《胡适文集》第 2 卷，北京：北京大学出版社 1998 年版，第 7 页。

③ 胡适：《历史的文学观念论》，见欧阳哲生编《胡适文集》第 2 卷，北京：北京大学出版社 1998 年版，第 27 页。

④ 胡适：《建设的文学革命论》，原载 1918 年 4 月 15 日《新青年》第 4 卷第 4 号，见欧阳哲生编《胡适文集》第 2 卷，北京：北京大学出版社 1998 年版，第 45 页。

⑤ 胡适：《建设的文学革命论》，原载 1918 年 4 月 15 日《新青年》第 4 卷第 4 号，见欧阳哲生编《胡适文集》第 2 卷，北京：北京大学出版社 1998 年版，第 46 页。

⑥ 胡适：《文学改良刍议》，原载《新青年》1917 年 1 月 1 日第 2 卷第 5 号，见欧阳哲生编《胡适文集》第 2 卷，北京：北京大学出版社 1998 年版，第 14 页。

⑦ 胡适：《逼上梁山：文学革命的开始》，见欧阳哲生编《胡适文集》第 1 卷，北京：北京大学出版社 1998 年版，第 147 页。

资源来对其加以充实，但是，进化论的价值预设也从整体上影响了他们对西方文学资源的引进和接受。如果浏览一下今天能够读到的“五四”时期新文学阵营所译介的西方文学及文论篇目，我们不能不感叹其中古典名作的缺乏。对作为西方现代文学思想源头的古典文学及文论的丰富内涵缺乏了解，必然会导致对于西方现代文学思想的片面理解，这对于主要依靠汲取异域营养以求其生的新文学而言，不能不说是一种先天不足。

总之，在对工具论和进化论的盲目崇信中，文学革命的倡导者们混同了文学现代性和社会现代性之间的差异，从而导致了价值判断上的简单化。尽管后来有些“五四”精英对此弊端已经有所察觉，但是随之而来的激烈的革命实践，并没有给他们留出深入思考和及时调整的余裕。中国新文学就在这种不成熟的、单维的现代性基础上开始了自身的建构。

（二）吴宓文学思想对新文学阵营的理论纠偏意义

作为中国现代文学思想史上一个不可忽视的现象，吴宓的文学思想一向因其反对新文学运动的激烈姿态而为人瞩目：他不但坚决抵制新文学阵营在文学创作领域全面废除文言文的主张，而且对新文学阵营所宣扬的以西方近现代文学发展趋势作为中国新文学未来发展方向的观念提出了质疑。但是，就其本质而言，吴宓与新文学阵营之间的冲突，并不表示吴宓就是传统文学价值的坚决捍卫者和新文学的坚决反对者，只能说明双方在对新文学的建构立场和价值取向等问题的看法上存在着根本差异。正是这种根本差异，使吴宓的文学思想在中国现代文论建构过程中留下了一道独特的景观和耐人寻味的余韵。站在新世纪回头凝望，我们不难发现，吴宓的文学思想至少可以从两个方面补充和纠正新文学阵营的理论偏颇。

首先，较之新文学阵营在文学工具意识驱使下将文学现代性等同于社会现代性的趋向，吴宓更注重文学现代性的特殊性，尤其强调文学作为语言文字形式所应具备的审美特性。从他的文学理论观点和批评实践中我们不难领会到，吴宓尽管也强调文学所应具备的社会价值效用，但是却坚决反对将文学的现代转型和社会的现代变革捆绑在一起并机械等同起来的做法。在他看来，无论外在的社会历史条件发生如何重大的变化，语言文字的审美特质都是文学之所以成为文学的内在属性与合法依据。所以，文学现代性追求不能仅仅局限在充当社会现代性表征工具的层面，最大限度地体现语言文字的审美特质亦是文学现代性进程中所面临的重要任务，社会历史内容只有经过文学特有的审美品质的过滤和整合，才能与文学世界和谐地融为一体。

以吴宓对诗歌语言的看法为例，如本书第四章第二节所述，吴宓之所以会对新文学阵营在文学创作领域里（主要是指诗歌创作领域里）全面废除文言文的主张采取坚决抵制的态度，很大程度上就是基于维护中国语言文字审美特质的考虑。较之新文学阵营对文学现代性和诗歌现代性发展进程中社会之维的极度重视，吴宓更多的是从审美之维的角度来理解文学现代性和诗歌现代性的。在他看来，对社会现代性追求是否具备工具效用并不是衡量文学是否具有现代价值的根本尺度，即使是那些不符合工具意识或是工具意识不强的文学也不应被排斥在文学现代性的视域之外。从吴宓的诗歌批评言论中我们可以体会到，文言之所以不应该被彻底清除出现代诗歌创作领域，主要是因为，比起纯粹的白话诗，以文言入诗能够更大限度地凸显和发扬中国文字组合的韵律格致，体现出中国诗歌特有的审美价值，其立论重心显然不是将诗歌作为启蒙思想改良政治的工具，而在于诗体形式的文学意味和审美价值本身。

可以说，在新文学阵营将全部热情倾注到文学在社会现代性转化进程中所应承当的历史任务的大背景下，吴宓对文学形式的审美意义所给予的重视是对文学现代性问题的思考所进行的必要补充和纠偏，这是吴宓文学思想对中国文学理论的现代性建构所作出的一种有益探索，其重要性不容忽视。

其次，较之新文学阵营在进化论的价值预设下所持的趋新求异的新文学建构立场，吴宓更注重对中西文学思想的宏观把握，尤其强调中西传统文学思想在中国文学现代性建构进程中所应具备的理论价值，主张站在比较文学的立场上，经由对中西方文学传统的深入了解，努力寻求中西文学思想的共同品质，以熔中西文学之精髓于一炉的方式去建构新文学。

如前所述，对现代性的单维体认方式和弃旧图新的激情驱动着新文学阵营去论证和强调传统文学阻遏现代文学生长的否定性作用，要求以革命的激进方式去实现对旧文学的反叛和对新文学的追求，这种思路必然会给新文学阵营寻求文学现代性的过程带来抛弃中国文学优秀传统的弊端。而且，尽管新文学阵营确定以西方近现代文学作为中国文学现代性建构的参照系，但是，由于其缺少将具体的文学思想置入历史发展整体中进行考察的自觉意识，一味要求通过中断传统的时间之流来建立迥然有别于旧文学的新文学，所以在借鉴西方近现代文学的过程中，就很容易因忽视其历史发展渊源而陷入不求甚解、机械截取西方话语皮相的误区。

与之形成鲜明对比的是，当吴宓为自己理想的新文学追求寻找理论资源的时候，他往往把目光投向中国传统文学和西方古典文论，而对新文学阵营积极推崇且在中国近现代文学和文论领域里发生了重大影响的进化论、科学思想、浪漫主义等思潮颇有微词。

在他看来，进化论、科学思想、浪漫主义等西方现代思潮只是代表了西方理论资源中的一家一派之言，并不能决定中国新文学的发展方向，对于中国文学的现代性建设来说，最重要的不是趋新求异，而是重新认识文学传统，从传统中汲取力量。吴宓的这种看法是由他的“一”、“多”观念和文学普遍主义立场所决定的：“百变之中，自有不变者存。”[①]“文章美术之优劣短长，本只一理，中西无异。”[②] 在吴宓的文学观中，文学只有优劣高下之别，没有中西新旧之分。他笃信有一种普遍的、绝对的文学价值存在，无论东西古今的文学，凡拥有这一价值者，都是真正优秀的文学。杰出文学思想的精髓就在于对这种普遍的、绝对的文学价值进行分析和总结，而中外历史上流传下来的优秀文学作品和杰出文学言论，都是因这一价值的介入才经受住了历史的淘洗，得以在文学殿堂中熠熠生辉。所以，考察世界范围内优秀的文学遗产，将会有助于研究者加深对“不变者”和“一理”的理解和认识，从而找到中国新文学的正确发展方向。可以说，由不同时代和不同个体的文学经验出发，追寻普遍的、绝对的文学价值，是吴宓的最高文学理想，正是这一文学理想决定了他比新文学阵营更加注重和强调中西传统文学思想在中国文学现代性建构进程中所应具备的理论价值。从吴宓的具体文学言论中我们可以看到，他一方面注重阐发中国传统文学思想的价值，另一方面又将西方古典文学思想奉为圭臬，为了能够实现二者之间的会通融合，吴宓在理论上也进行了煞费苦心的探索，其学术思路即是将二者置于同一平面上展开比较，在比较中提取二者共同的品质和价值作为整合会通的起点：“西儒自亚里士多德以下，其论诗论文，悉与吾国先贤名家之说，节节吻合，或互相发明。”[③]

而且，尤其可贵的是，尽管吴宓极其重视文学传统的力量，但是却并没有自我局限在维护传统这一狭小的范围之内。相反，在具体的文学研究中，他本着为中国现代文学发展树立世界文学参照系的目的，竭尽所能地打开了通向世界近现代文学的大门，对托尔斯泰、丹纳、罗赛蒂、哈代、劳伦斯等人的文学创作和文学思想进行了专门介绍，不仅丰富了国人对世界文学发展状况的理解，而且拓宽了比较文学的视野，有助于以之为参照进一步讨论中国新文学的未来走向。由此可见，从追根溯源且全方位地介绍世界文学的角度来说，吴宓所做出的贡献是难以磨灭的，他被誉为“我国比较文学和外国文学教学和研究事业的一位先驱者和奠基人”[④]，可以说是当之无愧的。

① 吴宓：《论新文化运动》，《学衡》第 4 期，1922 年 4 月出版。

② 吴宓：《红楼梦新谈》，见吕启祥、林东海主编《红楼梦研究稀见资料汇编》，北京：人民文学出版社 2001 年版，第 20 页。

③ 吴宓：《英文诗话》，见《吴宓诗话》，吴学昭整理，北京：商务印书馆 2005 年版，第 49 页。

④ 李赋宁：《吴宓先生与我国比较文学和外国文学的教学与研究》，《四川外语学院学报》1998 年第 4 期，第 1 页。

百年以来，中国文学思想一直步履维艰地在中西文学思想之间开展对话和交流，希图以此为契机完成中国文学思想的现代建构，但是，时至今日，这一任务仍然没有最终完成。就中国现代文学思想的发展状况而言，一个无法回避的事实就是：传统/现代二元对立的思维模式在百年中国所处的强势地位已经使之成了一种被广泛接受的思维惯性。在这种思维惯性的驱动下，西方现代文学思想（含俄苏文艺和文论）的冲击势头愈发猛烈，中国传统文学精神则日渐衰微，而西方古典文学思想也无法获得足够的重视，以至于大量自西方舶来的现代文学思想无法从根源上得到消化和吸收，只能停留在断章取义和机械搬运名词术语为我所用的层面上。可以说，如果没有对中国传统文学精神的继承和对西方古典文学思想的了解，就不可能实现真正意义上的中西文学思想的对话与交流，建构和发展中国文论的现代性也就成了一句空话。为此，不断有学者提倡中国现代文论建设绝不能抛开传统文学话语，指出“我们中国文论家必须改弦更张，先彻底摆脱西方文论的枷锁，回归自我，仔细检查、阐释我们几千年来使用的传统的术语，在这个基础上建构我们自己的话语体系，然后回头来再对西方文论，不管是古代的，还是现代的，加以分析，取其精华，为我所用”①。而吴宓将中西文学思想置于同一平面上进行考察和比较的做法，实际上已经昭示了只有对中国传统文学思想投以足够的重视，才有望真正有效地在中西文学思想之间实现交流与融合、建立新的文学思想体系的观点，确认了中国传统文学思想具有与西方文学思想进行平等对话的资格。而且，他还更进一步提出，对西方文学思想的吸收和理解不能只停留在急功近利地搬运西方近现代思潮的层面，还须对其追根溯源，以求从古希腊这一西方文学思想的源头入手，去全面深刻地认识理解西方文学思想的整体特征与发展进程，尽可能做到将完整的西方文学思想引入中国。抛开这些主张在具体历史语境中所获得的实际效果不论，仅就其观点的合理性而言，吴宓对这些问题的认识确实是高瞻远瞩，具有先见之明，顺乎中国现代文学思想建设的发展趋势和历史潮流。

究其根源，吴宓和新文学阵营对文学现代性的不同观点和中西方传统文学思想的不同态度，源自于他们对现代文学思想建构的不同价值预设：后者所注重的是现代文学思想建构的实用理性价值，主张从文学工具意识出发，站在社会革命和思想启蒙的立场上去思考现代文学的发展路径，在借鉴西方文学思想时所关注的亦是这种实用理性价值，故而并不要求对其进行宏观理解和整体把握，只强调根据现实需要从西方现代思潮中直

① 季羡林：《门外中外文论絮语》，见钱中文、杜书瀛、畅广元主编《中国古代文论的现代转换》，西安：陕西师范大学出版社1997年版，第6页。

接截取理论横断面用于对中国新文学的阐释；相形之下，前者更注重现代文学思想建构的文化学理价值，主张从完善文化学术的立场出发去思考现代文学的发展路径，在面对西方文学思想时，也更强调将其作为学术文化思想进行整体性的考察和把握，更讲究学术方法及规范学理。二者（实用理性和文化学理）之间形成了一种价值紧张，昭示出中国现代文学思想建构进程在寻找理论生长点时所面临的两难选择——是将其定位为社会思想革命的组成部分还是纯粹的学术研究，这种两难选择构成了贯穿中国现代文学思想建构进程的一个突出问题，影响着现代文学及文论的发展和变迁。

众所周知，现代文学思想建构进程走向成功的一个重要标志即是建立自身的学术话语系统。要建立学术话语系统，首先就需要研究者具备学术研究的态度。但是，在新文化运动的推动下，中国文学思想的现代性建构进程从一开始，便有意抛开了学术研究的思路，呈现出了极其强烈的实用理性色彩。具体而言，近代以来深重的民族危机激发出了知识分子参与政治改革社会的空前热情，“想在思想文艺上替中国政治建筑一个革新的基础”[①]的热望，驱使着新文学倡导者将推动现实社会政治文化变革视为中国文学思想现代性建构的工作重心。在他们看来，文学应该在传播新思想和推动社会改革的过程中扮演先锋角色，其最高价值在于实用性，现代文学思想的存在意义即在于充当批判现实、催化变革的有效手段。正是基于这一认识，胡适、陈独秀、钱玄同、鲁迅等新文学倡导者才有意抛开了缜密精深的学术研究的方式，转而策略性地选择了比较激进的思想论争的方式去讨论现代文学问题。翻开他们的文学批评文章，有很多意气用事的价值争论和激情四溢的批驳文字。在体现出感染力和鼓动性的同时，难免应时性和急就性所导致的粗疏之弊，有时忽视了以坚实的理论基础来支撑自己的观点，理论性和体系性明显匮乏。

相形之下，吴宓对文学现象的认识更为宏观和整体，更具有学术意味，也更加接近我们今天所说的文学理论或文学批评的范畴。纵观合览他的文学思想观念和文学批评实践，不难看出：尽管载道明道的观念仍然根深蒂固地存在于吴宓学术思想的深处，但是，在他看来，作为人类文化的一部分，文学的真正意义并不在于实用，而是源自文学本身所应具有的普遍文化价值和永久艺术价值，这种普遍文化价值和永久艺术价值非但不会随着时代的变迁而降低，而且还会因历史的考验和岁月的淘洗而变得更加光彩夺目。故而，吴宓坚决反对胡适等人所持的实用理性主义文学观念，指出如果为了一时的实用功效而忽视了文学的普遍文化价值和永久艺术价值，就会抹杀文学的真正意义，给新文学建设

① 胡适：《我的歧路》，见欧阳哲生编《胡适文集》第3卷，北京：北京大学出版社1998年版，第363页。

造成损害。为了更深入地探究文学这种普遍永久的文化艺术价值，吴宓在讨论现代文学发展构想时，更认同学院化的学术研究思路，讲究学术方法及规范学理，强调从“论究学理，培植文化之本旨”[①]的目的出发，进行新文化和新文学的建设；在面对具体的文学问题时，吴宓亦侧重于从学理方面进行研究，也就是说，他并没有把它单纯视作在特定社会历史条件下才会出现的文学事件，而是从哲学的高度和人类文化思想沿革的纵深角度对其展开考察。正如张弘所说：吴宓“是20世纪以来认真思考文学的哲学根据的少数人之一”[②]，对文学哲学根据的认真思考，显示出了吴宓坚持从哲理高度探求文学原则以建立和完善人文学科思想体系的学术研究态度。较之新文学阵营中意气用事、不容置辩的价值争论，吴宓的很多文学讨论文章在行文中的确是显得论据充分，思想深刻，自成体系，注重学理规范。这种相对客观和理性的学术研究态度，本可以对新文学阵营以思想论争的方式去讨论现代文学问题而导致的粗浅毛病起到某种程度的疗治作用，遗憾的是新文学阵营过于注重论战的即时效果而无暇顾及吴宓文学讨论文章中的合理因素。

要之，“五四”新文化运动参与者经由文学革命为中国现代的文学和文论建设打开了全新的局面，其价值不容抹杀，但是，这并不等于这一历史事件就应该成为不容置疑的神圣禁区。作为对文学革命的反拨和制衡，吴宓的文学思想亦是中国文学现代性进程的有机组成部分。具体来说，吴宓以一种与新文学阵营异质的思维方式和思想系统参与了中国现代文学思想的建设进程，其所拥有的融通中西的世界眼光和学术研究的理性态度，不仅使其在论辩中准确抓住了新文学阵营趋新求异、缺乏学理的根本弱点，而且使其在文学研究中广采博收，精微运思，逐步酝酿和衍生出中国文学现代性诉求中一种不可忽视的文学思想形态。

二、与其他文化保守主义者相比所具有的独特性

吴宓文学思想的历史价值不仅体现在对新文学阵营文学观念所具有的理论纠偏意义上，而且体现在与其他文化保守主义者相比所具有的独特性上。无论是与国粹派、早期新儒家学者相比，还是与学衡派的另一代表人物梅光迪相比，吴宓的文学思想都别具特色和价值。

---

① 吴宓：《论新文化运动》，《学衡》第4期，1922年4月出版。

② 张弘：《吴宓——理想的使者》，北京：文津出版社2005年版，第179页。

（一）与国粹派比较

从表面上看，吴宓和章太炎等国粹派[①]代表人物都强调传统文化的价值，都主张将文学研究与社会文化观照紧密结合，在文学思想建构上都具有某种泛文化的杂文学倾向，故极易使人依据这种契合之处，断定吴宓的文学思想与国粹派的文学观念如出一辙。其实不然，因为在泛文化倾向的背后，吴宓和国粹派在文学思想建构上有着本质的区别：较之后者，前者显然已经超越了传统意义上的杂文学观念，所体现出的主要是一种富有现代色彩的、文学研究的、分析兼综合的思维方式。

在中国古代，文学与史学、哲学、政治学、伦理学之间的界线并不分明，从萧统的《文选》到姚鼐的《古文辞类纂》，编选时所奉行的都是杂文学观念，而经学视野的介入更强化了这种杂文学观念的发展。在中国传统文论中，“经”为文学之源，“为文必本于六经”[②]，正如刘勰《文心雕龙·宗经》所言：

> 论、说、辞、序，则《易》统其首；诏、策、章、奏，则《书》发其源；赋、颂、歌、赞，则《诗》立其本；铭、诔、箴、祝，则《礼》总其端；纪、传、铭、檄，则《春秋》为根。[③]

经学在学术思想领域里占据着宰制和霸权地位，文学和文论要获得话语权，就必须有意识地向经学靠拢：

> 当儒家文学主体把语言的家园建构在经学的经典文本上时，这也标志着儒家文学观念对经学的学术宗教地位的获取。在这个意义上，儒家文学生存与追寻永恒的语言家园就是经学的经典文本，而经学的经典文本也就是儒家文学成为和追寻永恒的语言家园。可以说，儒家文学思想的整个价

① 1905年初，国学保存会在上海形成。1905年2月，《国粹学报》开始发行，“国粹派”由此形成。后世学术界一般以国粹派来专指“革命派内部以章太炎、刘师培、邓实等为代表力主保存国粹的一派人”，郑师渠进一步提出，“所谓晚清国粹派，当具备三种要素”：“（一）有相对稳定的以保存国粹为共同旨趣的团体与刊物，因而得以形成了自己独具特色的国粹理论。（二）晚清国粹思潮之所以能产生广泛的影响，原因在于它是其时民主革命思潮的一部分；具体说，国粹派的国粹论直接助益于排满革命论，因而体现了时代的精神，这也就决定了国粹派当具有排满革命派的品格。（三）有在自己国粹思想指导下研究国学的实践，换言之，即是他们保存国粹的理论与实践，具有推动中国传统学术变革的意义。”（郑师渠：《晚清国粹派——文化思想研究》，北京：北京师范大学出版社1993年版，第7页）

② 叶燮：《与友人论文书》，见王运熙、顾易生主编《清代文论选》，北京：人民文学出版社1999年版，第268页。

③ 吴林伯：《〈文心雕龙〉义疏》，武汉：武汉大学出版社2002年版，第48页。

> 值体系、全部范畴、最高批评原则及在价值论上设定的最高文学范本，均肇源于“六经”或《十三经》，并且，也正是在经学的经典文本中承传下去的。[①]

经学视野的作用和影响不仅使中国传统文学保持着对政治文化和伦理生活的高度依附性而难以获得自身独立的地位和价值，而且严重束缚了中国传统文学思想对文学自身审美特质的深入开掘，使其只能停留在“杂文学”的文论范式上。[②] 近代以来，社会的发展和思想的进步使儒学受到了致命的打击，“‘经’的可信范围越缩越小，‘经’的可疑程度越来越大。‘经’的地位动摇了，二千年来在思想界占统治地位的经学终结了”[③]。但是，经学本身的终结并不意味着其影响也会彻底消失，在相当长的历史时期里，中国文学思想建构仍然没有走出经学时代的杂文学研究格局。

具体到国粹派，章太炎和刘师培等人也曾经试图通过重新考证和厘定“经”的本义来打破经学独霸天下的格局。例如，章太炎曾经提出：“经字原义只是一经一纬的经，即是一根线，所谓经书只是一种线装书罢了。”[④] 刘师培则引用许慎《说文解字》中对“经”（經）的注释：“织也。从系巠声。”并由此提出：

> 盖经字之义，取象治丝，纵丝为经，横丝为纬。……引申之，则为组织之义。上古之时，字训为饰，又学术授受多凭口耳之流传。六经为上古之书，故经书之文，奇偶相生，声韵相谐，以便记诵，而藻绘成章有参伍错综之。观古人见经文之多文言也，于是假治丝之名，而锡以六经之名。……即群书之用文言者，亦称之为经，以与鄙词示异。[⑤]

章太炎、刘师培这种解“经”的思路，无形中对“经”作为意识形态宰制的霸权地位起到了解构的作用。但是，他们在对“经”和“经学”的含义作出重新界定，“将经书视为古史资料，把治经认作是一种单纯的学术研究”[⑥] 的同时，并没有将文学与经学区分开来的自觉意识。所以，就总体而言，国粹派的文学观基本上没有超越经学时代传统杂

---

① 杨乃乔：《悖立与整合——东方儒道诗学与西方诗学的本体论、语言论比较》，北京：文化艺术出版社 1998 年版，第 11 页。
② 尽管先人在关注文章政教功能的同时，并没有完全忽略其审美功能，但是他们强调审美的目的主要在于强化文章情意沟通的功效，从而感化人心，实现政教目的，与现代纯文学的艺术审美论并不是一回事。
③ 汤志钧：《近代经学与政治》，北京：中华书局 2000 年版，第 364 页。
④ 章太炎：《国学概论》，上海：上海古籍出版社 1997 年版，第 4 页。
⑤ 刘师培：《刘师培学术论著》，劳舒编，杭州：浙江人民出版社 1998 年版，第 175 页。
⑥ 郑师渠：《晚清国粹派——文化思想研究》，北京：北京师范大学出版社 1993 年版，第 276 页。

文学的领域，仍然属于传统文论的范畴，很少涉及现代纯文学观念。如章太炎即将文学界定为研究“文字”的学问：“文学者，以有文字著于竹帛，故谓之文。论其法式，谓之文学。”[①]他反复强调文学应以小学为基础，以古雅为准则，凡是不近雅正的俗语（即所谓“小辩”）都应被摒弃于文学领域之外，反过来说，凡是符合古雅原则的文字，都可以被称为文学，这种文字型文学的定义方式与现代文学的发展趋向是格格不入的。鲁迅对此颇多微词：“先生诠释文学，范围过于宽泛，把有句读的和无句读的悉数归入文学，其实文字和文学固当有分别的。”[②]当代学者则提出了更为尖锐的批评，“从表面上看，章太炎的“‘文’无所不包，因而也无懈可击，实际上只是通过取消文学的特性而倒退到了一个混沌的世界”[③]。又如刘师培在有意识消解经学意识形态霸权地位的同时，也始终强调“六经为古代文章之祖”[④]，尽管他已经意识到文学与学术的不同，但是就总体而言，他对文学的看法也仍然或隐或显地受到经学时代杂文学观念的束缚和支配：

> 印度佛书，区分三类，一曰经，二曰论，三曰律。而中国古代典籍，亦大抵分此三类，一曰文言，藻绘成文，复杂以骈语韵文，以便记诵，如《易经》六十四卦及《书》、《诗》两经是也，是即佛书之经类。一曰语，或为记事之文，或为论难之文，用单行之语而不杂以骈俪之词，如《春秋》、《论语》及诸子之书是也，是即佛书之论类。一曰例，明法布令，语简事赅，以便民庶之遵行，如《周礼》、《仪礼》、《礼记》是也，是即佛书之律类。后世以降，排偶之文，皆经类也；单行之文，皆论类也；会典、律例诸书，皆律类也。故经、论、律三类，可以该古今文体之全，惜后人昧其渊源，不知文章之派别耳。[⑤]

将“藻绘”和“骈语韵文”作为《易经》和《书》《诗》的共同点，并由此将其并称为“佛书之经类”，从刘师培这种为“经”重新确立地位的描述中，我们不难看到其深厚的杂文学的传统意识。

---

① 章太炎：《文学总略》，上海：上海古籍出版社 2006 年版，第 38 页。

② 许寿裳：《亡友鲁迅印象记》，见中国社会科学院文学研究所鲁迅研究室编《1913—1983 鲁迅研究学术论著资料汇编》第 4 卷（1945—1949），北京：中国文联出版社 1987 年版，第 515 页。

③ 黄霖：《近代文学批评史》，上海：上海古籍出版社 1993 年版，第 445 页。

④ 刘师培：《刘师培学术论著》，劳舒编，杭州：浙江人民出版社 1998 年版，第 175 页。

⑤ 刘师培：《中国中古文学史·论文杂记》，金文渐校点，北京：人民文学出版社 1959 年版，第 109 页。

从表面上来看，吴宓在论及文学问题时每每以人生和道德问题作为切入点，其文学言论似乎带有某种泛文化倾向，后人容易据此认为其与国粹派一样，均未脱离传统文论的杂文学窠臼。其实并非如此，因为吴宓在强调文学与人生、道德的密切关系的同时，也充分注意到了文学存在的独立性，在论及文学时始终牢牢抓住了文学这种文化存在形式的特殊性——包括诗歌在内的文学是以“以想象力 Imagination 造成一种幻境。而此幻境 Illusion 以文字为其媒质”①。这种从“想象力”和文字审美性来认识文学本质的思路，足以使吴宓的文学观超越传统意义上的杂文学观念，体现出较为明确的现代纯文学意识。而他将人生哲学、伦理道德等泛文化领域与文学结合起来进行观照和考察的方法也并不是基于杂文学的立场和思路，而是以对文学自身特性的分析和研究为支点，以对道德、哲学、文化的研究为手段，非但没有将文学研究杂化和淹没在泛文化观照之中，反而是突破了纯文学的封闭疆界和狭窄内涵，给自己树立了开放但不是漫无边界的文学研究领域，从而大大深化了文学研究，将文学研究推向更高的阶段。可以说，吴宓的文学思想是建立在对文学存在的特殊性和独立性进行明确体认的基础之上的，而他进行文学研究的出发点和落脚点都是文学，只是在经历了道德文化批评和人生哲学阐释之后，这种循环已不再是简单的回归本位，而是一种螺旋式的本体超越，得出的结论将大大超过原来的出发点，进入一个更高的层次，使文学获得一种独特的哲学涵摄力和深厚的文化意识。其中所体现出的主要是一种富有现代色彩的融分析和整合于一体的文学研究的思维方式——既有对文学自身审美特性的分析研究，又有和道德文化相结合的综合研究：一方面，专注于分析文学这种特殊的语言文字形式所应具备的审美品格，强调审美作为一个自律的空间所应具备的独立性，从而保证文学研究不至于沦为某种文化学说的佐证和附庸；另一方面又不局限于审美层面，而是将道德文化作为一种视野引入文学研究，通过文学与文化之间的整合来发掘文学中更为丰富复杂的文化内蕴。由此可见，吴宓与国粹派尽管在文学思想建构上都具有某种泛文化倾向，但是二者之间仍有着本质区别：前者所关注的是文学中的文化问题，而后者所关注的是文化中的文学问题；前者的文化是作为研究方法而存在，后者的文化是作为研究本体而存在。

造成这种分歧的主要原因在于吴宓和国粹派建构各自文学思想的文化学理依据不尽

---

① 吴宓：《诗学总论》，《学衡》第 9 期，1922 年 9 月出版。

相同。国粹派的兴起主要是受了日本国粹主义[①]的影响，尽管国粹派也有吸纳西方新知以达到中西融会贯通境界的要求，但是对日本国粹主义保存国粹这一指导性思想的崇信，决定了他们只能将西学作为研究中学的方法和陪衬，正如国粹派自己所宣称的：

> 吾人今日对于祖国之责任，唯当研求古学，刷垢磨光，钩玄提要，以发见种种之新事理，而大增神州古代文学之声价。……安见欧洲古学复兴于十五世纪，而亚洲古学不复兴于二十世纪也？[②]

将“复兴古学”、“大增神州古代文学之声价”作为首要目的的思路严重限制了其进行文化建设的思维空间，加之国粹派所受的教育和学术训练大都以传统旧学为主，对西学的了解相对有限，其所汲取的文学理论资源主要来自于中国传统，这势必会造成他们文学观念的传统性，难以走出传统杂文学观念的窠臼。相形之下，吴宓对待文化问题的心态显然更为开放，尽管其在旧学根底方面的训练难以和章太炎、刘师培等人匹敌，但是他对西学的接触和了解显然更加深入，所以他并不局限于中体西用的文化心理，而是更加强调通过融合中西古今文化思想的精华来进行新文化建设。具体到文学方面，吴宓对中国文学传统的弘扬与对古希腊文学思想和现代欧美文学思想的竭力推崇并行不悖，三者同为他进行文学思想建构的主要理论资源。而且，严格来说，在吴宓的文学思想中，对中西文学传统的弘扬是建立在深入理解现代欧美文学思想的基础之上的，如果说前者所关注的主要是文学对道德人生的指导意义，那么后者则更为重视文学作为特殊的语言文字形式所应具备的个性化和情感化的审美特征。所以，吴宓在将文学与道德人生综合起来进行文化考察的同时，更重视从西方现代审美视角展开文学分析。这种建立在分析基础上的综合性的文学研究体现出了浓厚的现代气息，与国粹派建立在杂文学观念上的文学研究有着本质的区别。

（二）与早期新儒家比较

新儒家[③]和学衡派几乎都产生于20世纪20年代初，都体现出了纠正文化激进主义

① 日本的国粹主义思潮是对明治政府积极推行“欧化主义”政策所导致的日本社会出现的盲目模仿西方的狂热倾向的一种反动，其兴起的标志性事件是1888年三宅雪岭等人成立政教社以宣传“国粹保存”。中国20世纪初国粹派的许多代表人物都曾到日本游历，直接受到了日本国粹思潮的影响。

② 郑师渠：《晚清国粹派——文化思想研究》，北京：北京师范大学出版社1993年版，第131页。

③ 按照邵汉明先生的说法：“现代新儒家是在20世纪20年代产生的以接续儒学道统为己任，以服膺宋明理学为主要特征，力图用儒家学说融合、会通西学以谋求现代化的一个学术流派。”（邵汉明：《中国文化精神》，北京：商务印书馆2000年版，第265页）

偏颇的学术取向。从表面上看两者似乎是伯仲不分，如果将学衡派的代表人物吴宓和梁漱溟、马一浮、唐君毅等早期新儒家的代表人物相提并论的话，相信很多人都不会有突兀之感。他们不仅在文化信仰方面有着颇多相似之处，而且，更重要的是，作为中国文学现代性进程的有机组成部分，吴宓的文学思想和新儒家文学思想在学术思路上有很多的趋同与契合之处，譬如，二者都强调以严谨的学术态度去研究文学，都具有融会中西文学思想的开阔视野，都主张在坚实的文化哲学基础上建构文学思想，等等。但是，经过仔细考察不难发现，二者的文学思想亦存在着十分明显的差异。

首先，尽管吴宓和早期新儒家学者都具有融会中西文学思想的开阔视野，但是二者在对中西文学思想进行融会时所采用的学术原点却有很大差异。

早期新儒家学者对中西文学思想的融会是以中国古典文学文化思想（主要是儒家思想）为原点展开的，他们研究康德、黑格尔、尼采、斯宾格勒、柏格森、胡塞尔、卡西尔等人的论著，观照、考察和汲取西方近现代文学及美学思想的主要目的是援西入儒，以儒家思想去儒化和华化西方文学及美学思想，以彰显民族文学文化思想的精髓和灵魂，为中国争取文化上的自主权。而吴宓融会中西文学思想的基本出发点则是“文学之根本道理，以及法术规律，中西均同……”①在他看来，古今中外的文学思想尽管形态各异，但是其所归纳和总结的文学的根本道理和法术规律却始终如一，故而在汲取中西文学资源时，可以将其置于同一平面上，以一种无中西无古今的开放姿态对其进行融会贯通的思考，从中提取具有普遍意义和永久价值的精华作为建构中国现代文学理论的思想资源。较之新儒家回归传统强调民族本位的内向反思式的文学思想建构理路，吴宓更强调中西文学思想之间的相互比较性和相互参照性，在学术宗旨上更强调文学思想的世界性。

二者之间的这一差异主要源自他们对于中西文化的不同看法。尽管早期新儒家学者也将“为中国及西方之文化理想之融通建立一理论基础”②作为自己的文化建设目标，但是，在他们看来，人类的生活态度“大约不出这三个路径样法”：“（一）向前面要求；（二）对于自己的意思变换、调和、持中；（三）转身向后去要求。”③西方文化是第一种生活态度的产物，中国传统文化是第二种生活态度的产物，前者以“意欲向前”为特征，后者以“意欲调和”为特征。“意欲向前”固然会在改造自然促进物质文明发展方面发挥巨大作用，但是却不及“意欲调和”更符合人的生命本性，所以，中国传统文化才能代

① 吴宓：《论新文化运动》，《学衡》第4期，1922年4月出版。

② 唐君毅：《文化意识与道德理性》“自序（二）”，北京：中国社会科学出版社2005年版，第3页。

③ 梁漱溟：《东西文化及其哲学》，见《梁漱溟全集》第1卷，济南：山东人民出版社1989年版，第382页。

表现代文化的未来发展方向，中西文化理想会通的基础应该是中国传统文化的精华，其要旨是“以儒家思想或民族精神为主体去儒化或华化西洋文明”[①]。这种中国文化中心论的思想势必会导致在融合中西文学思想时偏重突出民族文学传统的倾向。而吴宓尽管也十分重视中国传统文化的现代价值，但是却并没有把中国传统文化置于西方文化之上，在他看来，只有将中西文化置于同一平面上进行考察，全面深入地了解其本原，提炼两大文化传统共同的优越性，从中撷精取粹，求得古今中外同一普遍的事理，才有望找到现代文化发展的正确方向。所以，在融合中西文学思想时，吴宓更注重挖掘二者中所蕴含的共同事理，以求兼取二者之精华。就这一方面而言，在文学思想的现代建设过程中，吴宓的学术思路比新儒家学者更能体现出兼顾中西的特点。

其次，尽管吴宓和新儒家学者都主张在坚实的文化哲学基础上建构文学思想，但是二者所建构的文学思想的存在形态和关注对象却有着很大的不同。

对于新儒家学者而言，文学思想只是他们文化哲学观点的延伸和论证，他们无意于创造完整的文学思想体系，更不会专注于对具体文学问题的分析和阐发，他们针对文学艺术问题所阐发的看法和观点是从他们的人生观念和哲学思想中生发出来的，其具体存在形态大多缺乏独立性，往往体现为其人生价值观念和文化哲学思想的附庸。尽管怀着“真、善、美三词常见于世，三者固皆人生所有事”[②]的信念，他们始终不曾抛却对文学艺术审美特性的思考，但是却从来不曾将真的探索、善的寻求和美的创造置于同一维度上进行思考。在他们看来，真、善、美代表了高低不同的三种人生价值，而求真、求善、求美则构成了高低不同的三种人生境界，文学艺术只有首先具备了“真”的价值，才有可能呈现出“美”的特征。可以说，正是对人生价值问题的重视推动着他们展开了对艺术和审美问题的思考，故而在进行文学思想研究时，他们亦将其视为自己文化哲学思想体系的一部分（如马一浮将“诗学”视为“六艺之学”的一个分支，而“今治六艺之学，为求仁也。……欲识仁，须从学诗人”[③]，这决定了他对于文学的理解必然是作为对儒家义理之学进行理解的分支出现的），其注意力始终集中在对文学中所蕴含的哲学内涵和人生价值的探寻上，很少专注于对文学自身艺术价值的分析。

吴宓的文学思想尽管也和他的文化哲学思想密切相关，但是其文学思想并不是其文

① 贺麟：《儒家思想的新开展》，转引自郑大华《民国思想史论》，北京：社会科学文献出版社 2006 年版，第 423 页。

② 梁漱溟：《人心与人生》，见《梁漱溟全集》第 3 卷，济南：山东人民出版社 1989 年版，第 744 页。

③ 马一浮：《复性书院讲录·卷四·诗教绪论》，见刘梦溪主编《中国现代学术经典·马一浮卷》，石家庄：河北教育出版社 1996 年版，第 239 页。

化哲学观点的延伸和论证。作为当时著名的诗人和文学批评家，吴宓的文学创作和文学批评实践均十分丰富。从他的文学论著中我们可以清晰地体会到，吴宓不只在他对人生价值和文化思想的分析和阐发中推衍出自己的基本文学观点，更主要的是从一个诗人和批评家的角度阐述自己的文学经验，将文本解读和理论概括相结合，以对具体的文学作品和作家风格的批评实践作为理论基石，融会自己的创作心得，提出了一系列的理论观念，再将这些理论观念运用到具体的文学批评实践中，体现出很强的实践性和启发性。可以说，和新儒家学者将文学思想完全嫁接在文化哲学基础之上的做法不同，吴宓的文学思想主要植根在他对文学创作过程的体会领悟和对具体文学作品的批评分析之中，具有独立的存在形态，并不是其文化哲学思想的附庸。而且，对文学的深入理解使其在强调文学所应具备的人生哲学意蕴的同时，将更多的注意力投向了对文学自身艺术特征和审美价值的分析、研究和探索，并认为后者才是文学区别于非文学的根本标志和主要依据。在他看来，任何哲学意蕴和人生价值只有在经过文学审美特质的濡染和过滤之后，才能成为真正的文学价值。故而，无论在诗歌分析还是在小说批评的过程中，吴宓都显示出了其对文学这一语言文字形式所应具有的审美特征的高度重视。就这一方面而言，吴宓的文学思想比新儒家文学思想更关注文学自身，更贴近文学的本质特征，也更具有实践意义。

（三）与学衡派另一代表人物梅光迪比较[①]

梅光迪和吴宓同为《学衡》派的创始人，但是，梅光迪在著述的丰富和深广方面，远远不及吴宓。甘阳论及梅光迪："他一生除在《学衡》写过几篇文章外，几乎没有任何著述，实在并不足道。"[②] 如果说"实在并不足道"这话说得似乎有刻薄之嫌，那么"他一生除在《学衡》写过几篇文章外，几乎没有任何著述"的评说则基本上是合于实际的。[③] 即使在《学衡》杂志上，梅光迪的著述也不算太多，根据现存的《学衡》影印本，梅光迪在《学衡》杂志上总共只发表了五篇文章：《评提倡新文化者》(《学衡》第 1 期)，《评

① 除吴宓、梅光迪之外，学衡派的代表人物还包括胡先骕、柳诒徵等人，但胡先骕主要以植物学闻名于世，除早年在《学衡》杂志上著文（《评〈尝试集〉》《中国文学改良论》《评胡适〈五十年来之中国文学〉》）集中抨击胡适的文学革命论之外，并无其他诗学论著；柳诒徵则以史学见长，其讲义《中国文化史》在《学衡》上长期刊载，产生了很大的影响。相形之下，只有梅光迪多年未远离文学研究，先后主持东南大学西洋文学系和浙江大学文学院，且"先后在美国 20 年，精通英文，西洋文学的修养且在普通美国教授之上，于中西文化学术思想具有辨章源流、心领神会的深厚功力"（郑师渠：《在欧化与国粹之间——学衡派文化思想研究》，北京：北京师范大学出版社 2001 年版，第 71 页）。

② 甘阳：《将错就错》，北京：生活·读书·新知三联书店 2002 年版，第 250 页。

③ 从后世编撰的《梅光迪文录》和《梅光迪文存》来看，除了书信和简单的授课讲义之外，梅光迪留下的文章实在不算多，用段怀清的话来说："对于一个直接经历了新文化运动并一度置身于论战中心的现代人文知识分子来说，对于一个作为一种个人思想表达方式的批评处于极度膨胀发达时代的文化批评者来说，即便是不与同时代那些著作等身的人相比，长达三十年之久的教学写作生涯与十几篇文章、十来万字的文学成果之间，无论如何也是难以达成平衡的。"（段怀清：《梅光迪的人文思想与人文批评》，《浙江大学学报（人文社会科学版）》2000 年第 1 期，第 14 页）

今人提倡学术之方法》(《学衡》第 2 期),《论今日吾国学术界之需要》(《学衡》第 4 期),《现代西洋人文主义》(《学衡》第 8 期),《安诺德之文化论》(《学衡》第 14 期)。除了介绍新人文主义思想，激烈抨击新文化运动之外，梅光迪并没有对文学和文论建设问题提出太多的见解，较之吴宓身后留下的论文、讲义、诗话和随笔，梅光迪的著述实在是有欠丰赡，故而，其在后世所可能激起的反响和所具有的实际历史价值势必也会远逊于吴宓。

在文化和文学思想建构方面，吴宓和梅光迪二人都深受白璧德新人文主义思想的影响，强调思想文化和文学艺术方面的恒定、普遍的价值——“百变之中，自有不变者”①。且都坚持自己的文化立场，都强调传统的价值和现代文化的多样性，抨击机械认同进化论所带来的现代性单维体认方式的偏颇和危害，都为中国传统文化精神在近现代的解体和流散而痛惜不已，明确指出中国传统文化绵延相传几千年，其中“必有可发扬光大，久远不可磨灭者在”，故而现代学人“对于固有一切，当以精审之眼光，为最持平之取舍，此乃万无可易之理”②，并由此对新文学阵营所推崇的文化激进主义思潮进行了严厉的批判。乍看上去，他们的文化和文学观点似乎并没有什么不同，但是细加考察，我们却可以发现，二人的文学思想之间存在着十分明显的相异之处。在这些相异之处中，最引人注目的当属二人对平民文学的不同解释和看法。

梅光迪将“近世西洋文学家，渐多趋于营业一派，以迎合众好，著述风行者以为能”的倾向等同于“平民文学”，故而对“吾国少年”“倡言‘平民文学’”③的做法深恶痛绝。在他看来，“欧美近百年来食卢梭与 Romantic movement 之报，个人主义已趋极端，其流弊乃众流争长，毫无真伪美恶之别，而一般凡民尤任情使性，无省克与内修之功以为之防范，其势如失舵之舟，无登彼岸之望……”④平民素质低下，只能任情使性，随波逐流，而“真正之学者，为一国学术思想之领袖，文化之前驱，属于少数优秀分子，非多数凡民所能为也”⑤。故而学术界“天然不可平等”,“吾国昔日学者，常孤介绝俗，不屑于众人之知，西洋学者亦然”,“高格之文人学者，遗世独立，虽遭困辱而不悔，而身后享不朽之名，千载下得其学说著述者，奉为金科玉律。时髦之徒，善伺众意，显赫一时，而死

① 吴宓:《论新文化运动》,《学衡》第 4 期，1922 年 4 月出版。
② 梅光迪:《评今人提倡学术之方法》,《学衡》第 2 期，1922 年 2 月出版。
③ 梅光迪:《论今日吾国学术界之需要》,《学衡》第 4 期，1922 年 4 月出版。
④ 梅光迪致胡适第三十六函，见梅铁山主编《梅光迪文存》，武汉：华中师范大学出版社 2011 年版，第 541 页。
⑤ 梅光迪:《论今日吾国学术界之需要》,《学衡》第 4 期，1922 年 4 月出版。

则与草木同腐，无人过问。”[①]与梅光迪对“平民文学”进行激烈抨击的决绝态度相比，吴宓的看法则温和得多。如果说梅光迪在论及“平民文学”时主要是将它置于与“智识阶层”所倡导的“高尚文化”[②]的对立面上展开阐释的，文化的高尚性和卑俗性是其衡量文学好坏的主要尺度；那么吴宓在论及“平民文学”时则更注重它的情感内涵和技巧表达。不同的衡量尺度决定了他们对平民文学的不同看法，在《余生随笔》中，吴宓引用“西儒谓诗文有二体”之说，指出“贵族派文学”的特征是“矞皇典雅，藻饰矜炼，意多出以比兴。其属词隶事，必取材于陈籍，足见学力，而非一般人所能解。惟文人专其役而享其趣”；而“平民派文学”的特征是“以详赡真确见长。体多为赋，明言无隐，尽人可晓。于闾阎情况，民生疾苦，再三致意。其中哀乐喜怒诸情感，悉多数人所同具”[③]；并由此进一步提出，二者虽然各具特色各有价值，但是平民派文学所代表的是诗文进化的方向：

> 此二者，以文之价值论言，固不能有所轩轻。然以道理言，则由贵族派而趋平民派，实为进化之公例。而诗文之最佳者，其理最真，其情最挚，其词最显，然其动人最广且深，此则必属诸平民派也。[④]

在这里，我们可以清晰地体会到吴宓对于平民派文学理真情挚、“明言无隐”诸特点的高度推崇。

造成吴宓和梅光迪对“平民文学”理解分歧的原因有二。

其一，尽管二人同样深受白璧德新人文主义的影响，都强调文学应该具备普遍永久的价值，但是二人对文学普遍永久价值的实现方式却有着不同的理解。在梅光迪看来，文学建设与一般学术建设无异，使之获得普遍永久价值的关键在于建设者的“省克与内修之功”，而使这种“省克与内修之功”获得提升的重要渠道则是寻求原初的儒家思想和经验。在写给胡适的一封有关孔教的信函中，梅光迪不加掩饰地抒发了自己的崇古价值取向和原初主义情怀：“仆思吾国风俗，其原始皆好，惟二千年来，学校之制亡，民无教育，遂至误会太甚，流弊遂深。吾辈改良之法，尚须求其原意。盖原意皆深合哲理，无所不实用于今也。”[⑤]“原意”所指即是原初的儒家思想和经验，在梅光迪看来，一部儒学发展

---

① 梅光迪：《论今日吾国学术界之需要》，《学衡》第 4 期，1922 年 4 月出版。
② 梅光迪：《论今日吾国学术界之需要》，《学衡》第 4 期，1922 年 4 月出版。
③ 吴宓：《余生随笔》之三十，见《吴宓诗话》，吴学昭整理，北京：商务印书馆 2005 年版，第 39 页。
④ 吴宓：《余生随笔》之三十，见《吴宓诗话》，吴学昭整理，北京：商务印书馆 2005 年版，第 39 页。
⑤ 耿云志编：《胡适遗稿及秘藏书信》第 33 册，合肥：黄山书社 1994 年版，第 36 页。

史，就是所谓的儒家原初精神不断被遮蔽、谬传、误解的历史，要提升“省克与内修之功”，挽救日渐衰落的中国思想文化，就必须“坚持以孔孟思想的‘原意’以解近世学术与思想之弊”[1]。而“孔孟思想的‘原意’”与“迎合众好”的平民文学是格格不入的，也许正是基于这一深层考虑，梅光迪才会对平民文学大加挞伐。而吴宓则从文学自身的审美特质出发，更注重文学本身的情感力量，坚持认为真挚的情感力量是文学普遍永久价值的重要来源，尽管这种情感力量必须经由理性的约束，但仍是文学获得普遍永久价值的必要条件。他之所以会对“平民派文学”大加推崇，主要是因为在他的理解中，“平民派文学”比“贵族派文学”更能体现出“多数人所同具”的“哀乐喜怒诸情感”，更具有深挚动人的情感内涵。就这一意义而言，吴宓论文学时显然较梅光迪更注重和强调文学本身的特征，也就更能体现出现代文学家的眼光和尺度。

其二，对文学发展实际情况的不同重视程度决定了吴宓和梅光迪对平民文学的不同看法。梅光迪论文学往往是从理论到理论，并不注重对具体作品的解读和分析，正如胡适所批评的那样：“觐庄治文学有一大病，即喜读文学批评家之言，而未能多读所批评之文学家原著是也。此如道听途说，拾人牙慧，终无大成矣。”[2] 在对“平民文学”进行评说时，梅光迪所借鉴的是从白璧德新人文主义那里搬运来的批判浪漫派和卢梭的言论，所依据的是自己渴望复兴儒学原初精神的复古主义价值取向，与具体的作品相对隔膜，文学实践不足，这势必会造成他的说法缺乏充分有力的文学实例支撑，无法做到有的放矢、切中肯綮。就这一点而言，他与吴宓的文学批评言论当然是无法同日而语的。吴宓的文学批评不仅建立在坚实的哲学基础之上，而且还有丰富的文学实践与之相结合。譬如，在对“平民派文学”进行评说时，吴宓就结合着英国文学史和中国诗文的演变过程对其加以分析，由此自然而然地推出了平民派文学的发展壮大实为历史大势之所趋这一结论。

要之，无论是和国粹派、早期新儒家相比较，还是和梅光迪等学衡派的其他代表人物相对照，吴宓的文学思想都别具特色和价值。吴宓在丰富文学实践和坚实哲学思想的基础之上，经过独立运思，将中西文学思想置于同一平面上进行考察，汲取其中之精华，由此衍生出基点扎实的理论构架，同时又始终保持着文学经验的生动与鲜活。更重要的是，对于影响到百年来文学思想发展的许多重大问题，吴宓都进行过认真的探讨，发表过在今天看来颇为合理亦颇具启示意义的看法。可以说，从历史的眼光来看，吴宓的文学思想不仅对当时盛行的激进主义文学观念具有理论纠偏意义，而且在保守主义文化阵营中

① 段怀清：《梅光迪的人文思想与人文批评》，《浙江大学学报（人文社会科学版）》2000 年第 1 期，第 14 页。

② 胡适：《胡适留学日记》，海口：海南出版社 1994 年版，第 264 页。

也独具特色和价值，堪称是20世纪中国文学思想发展史上的重要一环，理应引起我们的重视。

第二节　吴宓文学思想的困顿命运

如前所述，吴宓对于中国现代文学思想发展进程中的许多重大问题都进行过认真的探讨，且发表过颇具启示意义的观点，从学理上讲，吴宓的文学观点甚至较新文学倡导者的观点更为全面、理性、深刻。但是，仅仅对其作就事论事的分析显然是不够的，我们还应该将其置于中国现代文学思想发展的历史大环境中考察其所产生的实际效果。有意思的是，如果对中国现代文学思想发展史进行认真的探究，我们就会发现，吴宓这些全面理性的文学理论观点对新文学的现代性建构方向并没有起到任何决定性的影响，甚至没有引起学界的普遍关注，更遑论热烈的探讨和论争。学理上的可行性和对文学现实秩序建构的无力感组合成了一个很值得玩味的矛盾现象，个中原因值得我们去深入思考。

一、宏观历史文化语境的选择

对任何一种理论的分析和评价，都不能脱离其所处的具体历史语境，否则就无异于断章取义，难以实现对这一理论的准确把握。当我们把吴宓的文学思想观点还原到中国现代文学思想的发展进程中时，就会发现，就总体而言，中国现代文学思想所面临的宏观历史语境其实并不适于吴宓文学思想的生长和发展。

首先，特定的历史时代在认同和选择新文化阵营文学主张的同时，也冷落甚至拒绝了吴宓的文学观点。

毋庸置疑，在今天看来，新文学阵营在文学革命中所提出的理论非但称不上高深，甚至还有颇多片面和浅薄之处。以历史的眼光来看，这些不甚高深的思想之所以能够吸引众多追随者，主要是基于以下两个原因：其一，强烈的政治功利主义是促使“五四”文学革命走向成功的深层思想动力。近代以来，内忧外患、积贫积弱的现状昭示着中国社会已经无可避免地陷入了生存性危机，而中国封建思想所塑造的病态“国民性”则是导致中国社会陷入危机的重大根源，时代面临的重大历史任务就是摆脱封建思想所造成的文化惰性，启蒙下层民众，实现政治革新。而新文化运动恰好呼应了这种时代精神，按照李泽厚的说法，“尽管新文化运动的自我意识并非政治，而是文化，它的目的是国民性的改造，是旧传统的摧毁。它把社会进步的基础放在意识形态的思想改造上，放在民主启蒙工作上。但从一开头，其中便明确包含着或暗中潜埋着政治的因素或要素”，这“使得以启蒙为目标，以批判旧传统为特色的新文化运动”与“救亡性的反帝政治运动”“相得益彰，大大突破了原来的影响，终于造成了对整个中国知识界和知识分子的大震撼”①。作为新文化运动的一部分，“五四”文学革命旨在通过变革文学思想来宣传民主和科学等现代性观念，以实现思想启蒙最终达到救国目的，其中所蕴含的强烈的政治功利主义回应了历史现代性的要求，造就了新文学阵营的强大，使之在理论界和创作界当仁不让地占据了主流地位。其二，贴近大众的姿态是使文学革命特别是白话文学主张获得众多支持者的另一个重要原因。正如余英时所说，胡适以“通俗文化代替传统上层文化”的白话文学主张是促成文学革命成功的重要因素，因为，“从社会史的观点看，‘五四’新文化运动的基础无疑是城市中的新兴知识分子和工商业阶层。一九一九年五月四日的爱国运动立即引起了全国各大城市的学生罢课、商人罢业和工人罢工，这一事实充分说明了新文学运动是靠什么社会力量支持的。城市知识分子、商人和工人在全国人口中虽然所占的比例极小，但是他们在政治、社会、经济和文化上是积极、主动的分子。当时的大众传播工具只有报章杂志。白话文运动获得成功以后，新思想、新观念便能够通过报章杂志而直接传播给广大的城市读者群了。所以新文化运动从白话文开始虽出于历史的偶然，但以结果而论则是非常顺理成章的一种发展”②。新文学阵营所倡导的白话文学的亲近大众的特征，不仅吸引着无数热血沸腾的文学青年渴望走进新文学创作的空间，抓住这个可以通过施展文学才能唤醒民众实现救国救民理想的机会，而且顺应了时代的发展潮流，促成了中国思想文化的现代转型。

如果说强烈的政治功利主义倾向和贴近大众的姿态恰好迎合了特定历史时期的时代需要，成就了新文学阵营的强大，那么吴宓的文学思想则因为疏离这种时代需要而难逃被冷落的命运。具体而言，其对时代需要的疏离也主要表现在两个方面。其一，吴宓坚决反对政治功利主义的文学观念，坚决反对将那种广告式的政治宣传运用在文化和文学上的做法，认为新文化运动“牵扯时事，利用国人一时之意气感情，以自占地位而厚植势利，是则商家广告之术，政党行事之方，而非论究学理，培植文化之本旨”③。这种论究学理的冷静心态更具有学术意味，但是就总体而言却极不适应当时具有强烈政治意味和

① 李泽厚：《中国思想史论》下，合肥：安徽文艺出版社 1999 年版，第 828~832 页。

② 余英时：《中国近代思想史上的胡适》，台北：联经出版事业公司 1984 年版，第 30 页，第 31 页。

③ 吴宓：《论新文化运动》，《学衡》第 4 期，1922 年 4 月出版。

启蒙意图的追求社会现代性的时代主潮。其二，吴宓尽管并不完全反对白话文学，但是他在白话文已被社会广泛接受的情况下仍然捍卫文言文的文学和文化价值的主张，却透露出了某种属于文化精英的优越感，给人造成了一种与大众隔膜甚至对立的印象。这种对传统语言文学的崇拜和尊敬虽然在学院派知识分子那里获得了不少支持和同情，但是却难以从其他阶层那里找到共鸣，最终遭遇了时人的冷落。故而，较之新文学阵营的文学主张，吴宓的文学思想尽管具有更为浓厚的学术色彩和更为高深的理论价值，但是却因其游离时代主潮之外而显得极为不合时宜，难以扩大自己的影响。

其次，中国文学思想现代性的建构过程几乎是和中国知识分子发现西方、反叛传统的历史进程同步展开的，在这种大背景下，吴宓主张会通中西融合古今的文学思想可谓是逆潮流而动，注定会成为中国现代文学思想发展史上不被人关注的寂寞存在。

面对西方列强坚船利炮的威胁，有着深厚旧学修养的一代学人痛苦地感到传统文化圆融稳健、不偏不倚的言说方式已经无力回答时代所提出的新问题，更无力承担拯救国家、启蒙民众的历史重任，怀着决绝的心情，他们毅然将目光投向域外，开始了发现西方的历史进程，引进了各种新鲜的知识，企图在西方先进文化中寻找中国现代性的基点。对此，李泽厚有过这样的论述：

> 在这种新鲜知识中，介绍进来了大量新鲜的理论、观点、标准、尺度，使人们知道了原来除了古圣昔贤之外，世界还有那么多精深博雅的思想和道理、原则和方法。也正是从封建文化与资产阶级文化这种对比映照中，才使人们更感自己民族的落后，才更强烈地燃烧起救国和革命的热情。一切夜郎自大、坐井观天、抱残守缺、因循守旧，都在这种知识和观念的宣传介绍中不攻自破，褪去神圣的颜色，失去其不可侵犯的尊严，而受到理性的怀疑和检验。这就正是启蒙的力量和启蒙的意义。①

发现西方的热望在催生出新的文化价值观念的同时，也直接影响了中国现代文学和文论的发展方向："民族文艺的新生，常常是靠了一种外来的文艺思潮的提倡，由纷乱如丝的局面暂时的趋向于一条路，然后再各自发展。"② 与发现西方如影随形的，是持续的反传

① 李泽厚：《中国近代思想史论》，北京：人民出版社 1979 年版，第 429 页。

② 茅盾：《自然主义与中国现代小说》，原载 1922 年 7 月 10 日《小说月报》第 13 卷第 7 期，见《茅盾文艺杂论集》上册，上海：上海文艺出版社 1981 年版，第 97 页。

统倾向，可以说，二者互为因果。对传统文化的失望促成了对西方先进文化的亲和，而对西方先进文化的极度渴望与盲目崇信，又导致了激进知识分子文化价值判断的简单化，使其在理解传统时更陷入了片面思维的误区："盘踞吾人精神界根深底固之伦理、道德、文学、文艺诸端，莫不黑幕层张，垢污深积……"① 新文化倡导者坚持认为，西方现代文明之光的烛照已经使中国传统文化的陈腐朽败之处暴露无遗，他们发动新文化运动的主要目的就是破坏和扫除传统文化，以西方现代文化精神为理想为准则，设定出与传统彻底分离且方向完全不同的文化发展道路；除了片面理解传统的思维方式，反拨国人惰性习惯的策略性考虑，亦是促使新文化倡导者表现出彻底反叛传统的决绝态度的重要因素：

> 中国人的性情是总喜欢调和，折中的。譬如你说，这屋子太暗，须在这里开一个窗，大家一定不允许的。但如果你主张拆掉屋顶，他们就会来调和，愿意开窗了。没有更激烈的主张，他们总连平和的改革也不肯行。②

在他们看来，国人耽于习惯的历史惰性注定了调和论必将难以实施，只有对传统采取快刀斩乱麻式的激进行动，才有望给中国文化的性质带来根本的改变。

急于救国新民、摆脱落后面貌的迫切心境使发现西方和反叛传统的愿望逐渐演变为一种"情结"郁积在广大学者的心灵深处，构成了中国文学现代性建构进程得以展开的深层动因。在这种"情结"的催动下，甩掉历史包袱、赶超世界先进水平这一用以标示社会政治和生产力发展方向的"进步"观念，就被悄然置换为衡量文学思想价值的重要指标。主流学界坚持"旧＝落后，新＝先进"的思路，认为要追求"进步"，就必须接受"新"的，摆脱"旧"的，现代西方文学理论对于中国而言是新的，传统文学理论对于中国而言是旧的，"进步"、"落后"，判然可分，高下优劣，一望即明。如此，对传统文学思想的简单否定和对西方现代理论的盲目崇信就成为主流学界的必然选择，这固然会导致其在文学思想建构中陷入抹杀中国传统文学思想的价值，一切以西方现代文学思想（从欧美现实主义文学理论到俄苏革命文学思想，再到林林总总的西方现代后现代思想）为准的误区。但是，不可否认的是，在特定的历史时期，以决绝的姿态走出传统，全面大量引进西方现代理论也极大地开拓了主流学界的思想，迅速推动了中国文学思想的现代转型。在这种大背

① 陈独秀：《文学革命论》，原载 1917 年 2 月 1 日《新青年》第 2 卷第 6 号，见《陈独秀文章选编》上，北京：生活·读书·新知三联书店 1984 年版，第 172 页。

② 鲁迅：《无声的中国》，见《鲁迅全集》第 4 卷，北京：人民文学出版社 2005 年版，第 14 页。

景之下，吴宓逆潮流而动，对新文学运动那种激烈的反传统主义思想大加抨击，认为“西洋真正之文化与吾国之国粹，实多互相发明，互相裨益之处，甚可兼蓄并收，相得益彰”，“今欲造成新文化，则当先通知旧有之文化。盖以文化乃源远流长，逐渐酝酿，孳乳煦育而成，非无因而遽至者，亦非摇旗呐喊，揠苗助长而可致者也”[①]。这种既非复古也非西化的态度和文化取向自然更为理性和全面，可是在当时却因为有悖于现代文化和现代文学的发展大趋势和演进主旋律而显出了某种无力的苍凉。

再次，在以现代科学主义批判传统载道主义的文学革命大背景下，对科学主义的疏离和诘难也是导致吴宓文学思想遭遇冷落的重要原因。

从20世纪初期开始，“科学”渐渐被意识形态化为了一种主义，对此，张灏在《新儒家与当代中国的思想危机》一文中有过这样的阐述：

> 20世纪初期，科学主义所出现在中国的面貌，首先是一种逾越本分的科学概念，认为科学是无所不包的自然系统，不只提供吾人以关于自然宇宙的客观真实，还指示人生和社会的展望。其次，科学主义还含有一信念，认为科学代表思考的模式，代表了解生命和世界之惟一有效途径的方法学。[②]

在新文化运动中，科学被提升成为对思想文化进行评判的绝对标准。作为新文化运动的组成部分，文学革命的要旨之一即是以科学主义批判载道主义，“赛先生”（科学）成了与“德先生”（民主）相并列的批判旧艺术和旧文学的重要依据，正如陈独秀所宣称的那样：“要拥护那赛先生，便不得不反对旧艺术，旧宗教。要拥护德先生又要拥护赛先生，便不得不反对国粹和旧文学……”[③]就其实质而言，“五四”文学革命中所倡导的科学主义，主要指的是一种求真写实的文学精神和创作方法，这种精神和方法为主张再现论和认识论的文学思想铺平了道路。陈独秀在《文学革命论》中所提出的“建设新鲜的立诚的写实文学”[④]的主张，就包含着对文学的再现现实、认识现实的特性的肯定。而文学研究会发起者茅盾则更为明确地指出，创作文艺至少必须经过三种与“科学”有关的步骤：

① 吴宓：《论新文化运动》，《学衡》第4期，1922年4月出版。

② 张灏：《新儒家与当代中国的思想危机》，见张灏《幽暗意识与民主传统》，北京：新星出版社2006年版，第101页。

③ 陈独秀：《〈新青年〉罪案之答辩书》，原载1919年1月15日《新青年》第6卷第1号，见《陈独秀文章选编》上，北京：生活·读书·新知三联书店1984年版，第317页。

④ 陈独秀：《文学革命论》，原载1917年2月1日《新青年》第2卷第6号，见《陈独秀文章选编》上，北京：生活·读书·新知三联书店1984年版，第172页。

（一）是观察，（二）是艺术，（三）是哲理。换句话说，（一）就是用科学眼光去体察人生的各个方面，寻出一个确是存在而大家不觉得的罅漏；（二）就是用科学方法整理、布局和描写；（三）是根据科学（广义）的原理，做这篇文字的背景。[①]

科学的精神重在求真，故文艺亦以求真为唯一目的。科学家的态度重客观的观察，故文学也重客观的描写。[②]

在新文学阵营看来，客观写实是使文学摆脱传统的美教化、厚人伦等载道观念束缚的有效途径，对科学主义的提倡必将大大有利于文学现代性的建构和发展。譬如，科学精神对小说创作的一大贡献即是使“小说家因受了科学的濡浸，对于人生肯老老实实地写出来，不论是如何龌龊污秽、贪婪狡诈都赤裸裸地写出来”，而这恰恰是“近代小说的特别优点”[③]。如此，经由新文学阵营的大力推动，以科学主义为基础的文学再现论、认识论便与文学的社会功用论结合在一起，成了文学创作的主导倾向和现代文学理论发展的贯穿性主线。

尽管吴宓并不排斥科学本身，但是，他的文学思想却给人留下了反科学主义的印象。显然，在吴宓的心目中，道德才是国民精神的力量源泉和救国方略的主要支柱，对道德的强调灌注着他对人性构成和人类命运等问题的严肃思考，而这些思考又与他对国家民族现实危机的认识纠缠在一起，所以，他热切地希望通过陶铸道德和完善人性来解决现实危机。在这种情况下，吴宓坚决反对将科学主义引入文学创作和文学研究中来，对求真写实的文学观颇不以为然，指出它“专主以冷静之头脑，观察社会人生之实况，详细描写，不参己见，其所重者乃为科学之理性……”[④] 在吴宓看来，这种在“科学之理性”指导下的文学创作，尽管在描写上可以做到细致逼真，做到对现实人生的客观再现，但是有悖文学之原理，并不具备真正的文学价值；文学在实质上是人生的表现，而人生则以道德为旨归，因此，只有从对道德和对完善人性的理解出发，对现实人生进行合理的剪裁和整理，才有望将文学创作的意义和价值落到实处，使之承担起“造就理想之品格”，

① 茅盾：《对于系统的经济的介绍西洋文学底意见》，见《茅盾文艺杂论集》上册，上海：上海文艺出版社 1981 年版，第 16~17 页。
② 茅盾：《文学与人生》，见《茅盾文艺杂论集》上册，上海：上海文艺出版社 1981 年版，第 113 页。
③ 瞿世英：《小说的研究》（上篇），见严家炎编《二十世纪中国小说理论资料》第 2 卷，北京：北京大学出版社 1997 年版，第 251~252 页。
④ 吴宓：《文学与人生（二）》，《大公报・文学副刊》1928 年 1 月 30 日第 9 版。

推动中华民族“日复盛大”[①]的历史使命。在今天看来，吴宓希图通过道德建设和人性完善来解决民族危机的想法无疑与当时的现实状况悬隔太远，几乎没有什么实现的可能。但是，从学理上说，他对于一味推崇“科学理性”的文学创作的批评却并非全无道理。遗憾的是，在当时的中国文坛，以科学主义为基础的求真写实的文学观占据着崇高的地位，吴宓的质疑和批评自然难以得到主流学界的认可。

从以上三方面的分析中我们可以清晰地看到，吴宓文学思想的具体形态和当时现代文学的宏观历史语境并不合拍。就他所生活的那个时代而言，吴宓可以说是“生不逢时”——尽管他也积极参加了新文学发展方向的构想，但是由于他所提出的观点不在主流学界的价值范畴和认同视野中，仍然会不可避免地遭到误读和冷遇。

二、吴宓文学思想的局限性

如前所述，特定的历史大语境注定了吴宓文学思想的“生不逢时”，但是，这只构成了问题的一个方面，吴宓的文学思想之所以会长期遭遇冷落，恐怕还有其自身的原因。正如詹姆逊（又译杰姆逊）所说：“你只能看到你的模式允许你看到的东西；方法论上的出发点不只是指出了研究对象，而实际上是创造了对象。”[②]吴宓的理论模式限制了他对现代文学的认知，使其文学思想在拥有闪光点的同时，也存在遮蔽处，只能体现出不完全的现代品格，这无疑限制了吴宓文学思想在中国现代文学发展历程当中的生长空间。

具体而言，吴宓的理论模式至少从以下两个方面限制了他对现代文学的理解和认知。

首先，吴宓从道德视角考察文学价值的理论模式在很大程度上限制了他对文学与人性关系的全面认识，为其深入理解现代写实文学设置了不容忽视的障碍。

吴宓笃信文学是人生的表现，人生则以道德为旨归，如此，道德就成了其文学思想中的一个重要理念。吴宓对道德内涵的理解深受白璧德二元人性论的影响，认为人性中包含着互相冲突的两种成分，“其一为放纵之欲，其二为制止之理。其一为被动而成形者，其二能选择而使形成者。其一乃尘秕，其二则圣神也”[③]。在他看来，由于长期遭受物质奴役，“放纵之欲”极度地膨胀，现代社会已经陷入了深重的人性危机，提倡道德的主要目的即是通过强化“制止之理”来实现现代人性的完善，可见，吴宓是从完善人性的意义上去理解道德的。而他对文学道德力量的认识和强调，则与其对文学所负使命的理解密

---

① 吴宓：《民族生命与文学》，《大公报·文学副刊》1931 年 9 月 28 日第 10 版。

②［美］詹姆逊：《语言的牢笼》，钱佼汝、李自修译，南昌：百花洲文艺出版社 1995 年版，第 12 页。

③ 吴宓译：《白璧德论今后诗之趋势》，《学衡》第 72 期，1929 年 11 月出版。

切相关——文学所面临的首要任务即是救治和完善现代人性，而救治和完善现代人性的重要渠道即是在文学中“通过特殊的具体形式表现普遍人性”[①],这种普遍人性以“澄明之理性与热烈之情感（Reason 理性 +Feeling 情感）”[②]的完美结合为主要特征，是道德理想的最高体现方式。毋庸置疑，吴宓对文学道德力量的强调已经与传统的“文以载道”观念有了很大的区别，体现出了很多符合现代人性观念的新内容，但是，这并不能掩盖从道德视角考察文学价值的理论模式给吴宓文学思想所带来的明显局限。

吴宓坚持认为文学的精神内核是道德，而他所理解的道德，是与普遍人性相等同的道德。由此可以想见，他所赞赏和认可的文学，必须是体现出道德理想的文学，这些文学所表现的人性，必须是在情感与理性之间保持最佳平衡的普遍人性，没有私欲和本能的位置。针对中国国内新文学提倡写实主义的风气，吴宓大发议论道：

> 《金瓶梅》中，尚有许多天理人情在，今西洋之写实派小说，只描摹粗恶污秽之事，视人如兽，只有淫欲，毫无知识义理，读之欲呕。[③]

在他看来：

> 西国近世小说，其中价值堕落，为人诟病，而有恶影响者，即缘作者仅着眼于一点，所叙无非此事，或专写婚姻之不美满，或专言男女情欲之不可遏抑，或专述工人之生活，或专记流氓之得志。如 George Moore，Theodore Dreiser，Zola，Balzac 以及托尔斯泰，皆犯此病。读其书毕，掩卷之顷，常有一种恶感，似世界中，只是一种妖魔宰制，一种禽兽横行，一种机械绊锁，甚为懊丧惊骇，不知所为。[④]

由于赋予了文学表现普遍人性的道德使命，吴宓自然无法从法国自然主义和俄国批判现实主义文学中找到真善美的内涵，只能将其混同于黑幕文学和鸳鸯蝴蝶派文学，指责其

① 吴宓：《文学与人生》，王岷源译，北京：清华大学出版社 1993 年版，第 61 页。
② 吴宓：《文学与人生》，王岷源译，北京：清华大学出版社 1993 年版，第 167 页。
③ 吴宓：《吴宓日记》第 2 册，吴学昭整理注释，北京：生活・读书・新知三联书店 1998 年版，第 152 页。
④ 吴宓：《红楼梦新谈》，见吕启祥、林东海主编《红楼梦研究稀见资料汇编》，北京：人民文学出版社 2001 年版，第 29 页。

"以不健全之人生观示人也"[①]，即使对托尔斯泰的经典名作，吴宓在肯定其描写艺术成就的同时也颇有微词：

书中几多人物，音容宛在，须眉毕现，衣冠整齐，笑语杂沓，异常亲切可爱。然无道德之作用，少善恶之判分，其行事无大关系，无大影响，且各行其是，一若互不相属也者。各自言动，各自思想，而他人对之如无物。殊类傀儡戏，而非活剧场也。且人物无自己之主张，纯听作者之布置。牵丝扭捩，任意操纵离合。又其感情强烈，欲望奋发，然无三思之工夫，无良心之作用，直情径行，随流迁移，遂成为命运之奴隶。人之善恶为环境所造成，无能逃避，无能改易，于是陷于罪恶，每况愈下，终成绝望。茫茫大造，有类黑狱。读者以人例己，亦将黯然自悲，颓然自放而已。此人物之失也。[②]

如此看法招致了茅盾等新文学倡导者的强烈不满和激烈反驳：

写实派的第一义是把人生看得非常严肃。[③]

人生观必如何而后可称为"健全"，本已没有定论。我们姑且让一步，从吴君之说，以能"养成抑郁沉闷之心境，颓废堕落之行事"者，称作不健全的人生观；那么，俄国写实小说恰巧不是如此的，吴君不免要反坐诬告之罪。俄国写实派大家最有名的是果戈里（Gogal）、屠格涅夫、托尔斯泰、陀思妥耶夫斯基等四人，他们的作品都含有广大的爱，高洁的自己牺牲的精神；安得谓"不健全的人生观"？[④]

① 吴宓：《论写实小说之流弊》，原载 1922 年 10 月 22 日《中华新报》，见严家炎编《二十世纪中国小说理论资料》第 2 卷，北京：北京大学出版社 1997 年版，第 287 页。

② 吴宓：《论写实小说之流弊》，原载 1922 年 10 月 22 日《中华新报》，见严家炎编《二十世纪中国小说理论资料》第 2 卷，北京：北京大学出版社 1997 年版，第 289 页。

③ 茅盾：《"写实小说之流弊"？——请教吴宓君，黑幕派与礼拜六派是什么东西！》，原载 1922 年 11 月 1 日《时事新报》附刊《文学旬刊》第 54 期，见《茅盾文艺杂论集》上册，上海：上海文艺出版社 1981 年版，第 130 页。

④ 茅盾：《"写实小说之流弊"？——请教吴宓君，黑幕派与礼拜六派是什么东西！》，原载 1922 年 11 月 1 日《时事新报》附刊《文学旬刊》第 54 期，见《茅盾文艺杂论集》上册，上海：上海文艺出版社 1981 年版，第 131 页。

细加考察不难发现，二者的分歧主要在于，吴宓所理解的“健全人生观”和新文学阵营所理解的“健全人生观”并不是一回事。如果说后者所注重的是在文学创作中体现出关心现实社会人生的严肃的人道主义精神，那么前者则更强调经由文学创作去弘扬道德理想和普遍人性。从道德视角考察文学价值的理论模式固然给吴宓提供了以文学完善现代人性的文学理想，但是，对文学道德力量的极度重视也在无形中阻碍了吴宓对文学与人性关系作出全面深入的理解，使其无法冷静地承认情感欲望与道德理性之间的不平衡状态才是人性的常态，无法真正理解新文学阵营所提出的“兽性与神性，合起来便只是人性”①的现代人性观，自然也就无法看到“专写人类之弱点，社会之罪恶”②的现实主义文学中所表现的人性意义，无法感受到其中所蕴含的“广大的爱，高洁的自己牺牲的精神”。在茅盾等新文学阵营的代表人物看来，吴宓这种对文学与人性关系的片面理解简直毫无道理，根本不能有效地说明现代文学创作的成就和其中所存在的问题，因而也就不屑与之展开进一步对话。尽管吴宓的文学道德观中亦包含有不容忽视的积极因素，但是二者的交流与对话的匮乏，却注定了其无法对现代文学的理论建构起到任何决定性的影响。

其次，吴宓将“一”、“多”观念作为考察中西古今文学有效视点的理论模式在促使他有效避免趋新弃旧、扬西抑中的单向思维的同时，也限制了他对中西古今文学思想差异性的深入认识，导致了他对中西古今文学理论资源进行吸纳时的某些简单化倾向。

在对中西古今文学思想进行比较和整合的实际文学研究中，吴宓显然不及后来的朱光潜和宗白华做得成功。除了学养和天资方面的差异（吴宓既无法媲美朱光潜理论建构的系统和深入，又不及宗白华艺术感悟的敏锐与灵性），吴宓将“一”作为绝对中心加以设定的思维方式的局限性也是一个不容忽视的重要原因。可以说，吴宓融会中西贯通古今的文学理想主要建立在他对文学思想永恒价值的强调上，而他对文学思想永恒价值的寻求则是在“一”、“多”并存的思想框架内进行的。在他看来，中西古今文学思想的具体呈现形态可谓是形形色色，千百异状，但是，“多”中有“一”——千变万化之中，自有永恒和不变的因素存在，这种“一”即是古今中西文学思想得以融合的基础和纽带。显而易见，“一”、“多”并存的思路可以帮助吴宓站在文学普遍主义的思想立场上，有效化解新文学运动建立在历史进化论基础上的新与旧、现代与传统之间的紧张关系。但不容忽视的是，吴宓对“一”的设定过于理想化，而他对存在于中西古今文学思想中的代

① 周作人:《人的文学》，见《文学运动史料选》第 1 册，上海：上海教育出版社 1979 年版，第 103 页。

② 吴宓:《小说理想新旧因缘》，《学衡》第 36 期，1924 年 12 月出版。

表“一”的永恒价值的寻求也存在着某种简单化的倾向，缺乏对中西古今不同历史语境中文学思想中“一”、“多”状况流变的明确阐释，也缺乏对中西古今文学思想共通性下面所隐藏的差异性的具体分析（尽管他已经注意到了这种差异性的存在）。这不仅削弱了吴宓文学理想的合理价值，而且给其在文学思想现代性建构过程中所应具备的现实作用真正落到实处的过程增加了不小的难度。相形之下，朱光潜和宗白华的文学研究方法虽然亦是通过吸收中西古今文学思想中合理的理论因子来整合出新的理论，但是在寻求中西古今文学思想的融会贯通之路的时候，他们也充分注意到了中西古今文学思想的差异性。他们所主张的整合，是建立在差异基础上的整合：“一方面保存中国旧文化中不可磨灭的伟大庄严的精神，发挥而重光之，一方面吸取西方新文化的菁华，渗合融化，在这东西两种文化总汇基础之上建造一种更高尚更灿烂的新精神文化，作世界未来文化的模范，免去现在东西两方文化的缺点、偏处。”① 而文艺要继续前进就必须从理论上搞清这样的问题：“一是固有的传统究竟有几分可以沿袭，一是外来的影响究竟有几分可以接收。”② 尽管朱光潜和宗白华在学术资源吸收和思维方式采用上各有侧重：前者的思想“大部分是从西方哲学传统中寻求资源而生发出来的”③，其文学思维方式和表述方式更偏向于西方式的分析；后者则从中国的传统文化和传统文学出发，致力于在中西比较中见出中国文化艺术的独特性。但是，二者都对中西文学艺术的差异和流变作出了精微和深入的分析，提出了一系列精湛的学术见解。如朱光潜曾以中国诗人描写的仙境和西方诗人描写的天国相比较以凸显中西叙事诗在长短情境上的差异：“李白以‘遥见仙人彩云里，手把芙蓉朝玉京’区区十四个字就写尽仙境的状况和仙人的姿态，但丁和弥尔顿却要用一部书来写。”并进而深入民族心理学的层面对这一文学差异进行解释：中国民族属于“内倾”型，多专注于自我方面的深思和内省，故而中国文学偏重主观表现，以抒情短篇见长；而西方民族属于“外倾”型，多关注于外物方面的行动和变革，故而西方文学偏重客观叙述，以长篇史诗见长。④ 又如宗白华在中西文化对比中指出，中西哲学的源头虽然都是“数”，但是古希腊的“数”是纯数理纯逻辑的“数”，而中国《周易》的“数”是立象尽意的“数”，这势必决定了中西艺术美学分属于不同的体系，一是唯理的，逻辑的，概念的，一为生命的，感通的，象征的。⑤ 朱、张二学者所进行的这种细致入微的差异分析也是吴宓文学

① 宗白华：《中国青年的创造生活》，见《宗白华全集》第 1 卷，合肥：安徽教育出版社 1994 年版，第 102 页。

② 朱光潜：《诗论·抗战版序》，见《朱光潜全集》第 3 卷，合肥：安徽教育出版社 1987 年版，第 4 页。

③ 王攸欣：《朱光潜学术思想评传》，北京：北京图书馆出版社 1999 年版，第 127 页。

④ 朱光潜：《长篇诗在中国何以不发达》，见《朱光潜全集》第 8 卷，合肥：安徽教育出版社 1993 年版，第 354~355 页。

⑤ 宗白华：《形上学——中西哲学之比较》，见《宗白华全集》第 1 卷，合肥：安徽教育出版社 1994 年版，第 583~631 页。

思想所不及的。所以，我们也就不难理解，为什么 20 世纪 80 年代以后，当超越绝对化思维方式成为一种普遍趋势之时，朱光潜和宗白华的文学研究很快就获得了学术界的瞩目，而吴宓的文学思想却迟迟不能摆脱被冷落的命运。

综上所述，吴宓文学思想对文学现实秩序建构的无力感既源自其所处历史语境的偏差，又由于其自身的理论局限性。较之吴宓学术化和理想化的文学思想，尽管新文学阵营并没有提出更为高深和全面的理论，但是无疑更为敏感到位地把握住了时代精神，且更具现实可操作性。如此，我们也就不难理解为什么吴宓不乏独到见地的文学思想会遭遇历史的冷落，而新文学阵营的理论反倒促成了中国文学思想的现代转型。然而，经由历史的过滤，新文学阵营的理论给中国文学思想现代性建构所留下的问题已经暴露在我们的面前，时至今日，我们所面临的迫切任务即是对中国文学思想的现代性建构进程加以反思，而反思的渠道之一就是以科学公允的精神去分析吴宓文学思想等遭遇尘封的历史理论资源的价值和局限，从而使历史的资源可以有效穿透现实的壁垒，成为今天理论建设的有益借鉴。

第六章　吴宓文学思想与当下文论现代性建设的链接

一种思想能否穿越所处历史时代的重重迷氛，成为后世理论建设的有益借鉴，并不在于其所提出的具体内容是否蕴含着使一切问题迎刃而解的理论观点，而是在于其所秉持的立场方法和精神理念是否敞开和留下了耐人寻味的文化理路和思想空间。中国文论的现代性建设既离不开已有理论资源的参与，又必须植根于对具体文学现象的批评分析，前者构成的是文论现代性建设的理论基础，后者构成的是文论现代性建设的实践基础。吴宓对文论现代性建设所面临的理论资源问题和文学批评问题都进行过认真的探讨，尽管他提出的具体内容和理论观点存在着明显局限性，并不足以回答现代性文论建设过程中的诸多具体问题，但是，其立场方法和精神理念不仅寄予着现代中国知识分子对文学和文化的现代性追求，而且为我们今天的文论现代性建设提供了可资借鉴的启示，理应引起我们的充分关注。所以在本章中，我们拟从反思文论现代性建设的理论基础和实践基础入手，对吴宓文学思想与当下文论现代性建设的链接点展开探讨。

第一节　中西理论资源的平等会通：关于文论现代性建设理论基础的反思

众所周知，中国文论的现代性建设不是凭空展开的，而是必然会以一定的理论资源作为基础。纵观中国文论现代性进程，从20世纪初的“西学东渐”热潮到20世纪末“方法年”、“理论年”的喧嚣，占据主导地位的，是对西方现代文论话语的崇信、倾听和转述。可见，百年以来，中国主流文论始终将西方现代文论当作自身的借鉴模式和赶超目标，而西方现代文论则为中国文论的现代性建设提供了丰厚的理论资源。但是，单纯地引进西方现代文论话语并不能真正满足中国文论现代性建设的精神需求，因为，作为一种文化创造，中国文论现代性建设还承载着寻求和建构民族文化身份的重要任务。对于中国现代文论建设者而言，中国古典文论固然已经失去了作为文学阐释工具的有效性，但是并没有失去其作为民族文化体验方式的影响力。所以，20 世纪 90 年代中期以后，为了在全球化大潮的冲击下保证民族文化的延续和发展，越来越多的文论言说者开始有意识地排斥和反抗西方文论话语的霸权主义倾向，转而努力从中国古典文论中汲取营养，试图由此确认和强化本民族现代文论区别于他民族现代文论的异质性，并以之作为对现代性进程中的民族身份进行重新定位的重要文化标志。但是，这种转型也存在着以情绪体验取代学理思考的偏激倾向。中国现代文论患上“失语症”的呼吁和轰轰烈烈的“古代文论的现代转换”运动，既昭示着中国当代文论言说者迫切要求重新思考中国文论现代性建设的理论基础，以便使文论建设真正介入现代民族文化身份重建进程的渴望，又体现出这种渴望在践行过程中所面临的诸多现实问题。而这诸种问题所暴露的，仍然是贯穿文论现代性建设始终的古典与现代、中国与西方等矛盾关系的缠绕。从吴宓的文学思想中，我们可以看到他对这种种矛盾关系所进行的深入探讨。所以，在本节中，我们拟从考察全球化语境中的“失语”困惑和“古代文论的现代转换”运动出发，重新审视中国当代学术界对文论现代性建设理论基础的设想，深入考察吴宓文学思想对于这一设想所具有的反思意义。

一、全球化语境中的“失语”困惑和“古代文论的现代转换”运动

20 世纪以来，中国文学及文论基本上是通过借鉴西方话语展开自身的现代追求的，正如有论者所说，这种西方话语的输入并不是“话语主体强行霸占的结果，而是我国文学及文论话语主动的寻求、模仿、融合理解及民族国家的现代性需求使然”①。引进西方话语资源固然可以极大地拓宽中国文学家和理论家的视野，促进中国文学的变革和中国文论的创新，但是，如果一味沉浸在对西方话语的照搬和模仿中，就会因忽视中国文学和文论的历史传承而抹杀自己的民族特性和历史具体性，破坏中国现代文学建构进程与传统文学根基之间的亲和性与固有联系，使文学创作者和理论言说者丧失文化归属感，遭

① 王钦峰：《论处于全球化外围的文学与文学研究》，《文学评论》2002 年第 1 期，第 124 页。

遇民族文化身份的认同尴尬；而且，众所周知，任何一种文学作品和文学理论，只有在实现自身的历史传承，体现出鲜明民族文化特征的前提下才有望得到世界瞩目，才可能对世界文学发展做出贡献，单纯跟在西方话语之后亦步亦趋，必然会由于缺乏独创性而失去生命力。终于，到了20世纪90年代中期，中国文论患上“失语症”的说法风行学界，发起者大声疾呼：“当今文艺理论研究，最严峻的问题是什么？……文论失语症！”“中国现当代文艺理论基本上是借用西方的一整套话语，长期处于文论表达、沟通和解读的‘失语’状态。”[①]“中国文学理论之所以创造乏力，并不在于中国人不敢创造或不能创造，而正在于它中断了传统，被人从本土精神的土壤中连根拔起。”[②]应和者深有同感：“整个民族几乎失去了自己的理论意识，许多理论家失去了理论的自我，终其一生以搬运、贩卖、阐释西方的东西为业，而浑然不觉这种理论自我的双重遗失是多么可悲！”[③]按照倡导者的思维逻辑：因为我们只重西语，疏离传统，所以我们的文论“失语”了，要想“复语”，就必须重新亲近传统，通过对古代文论的现代转换重建中国文论话语。后来围绕“失语症”展开热烈讨论的多数学者也基本上沿袭了这一思路，理论界普遍认为，应该将中国古代文论视为建构当代文论的根本话语资源，要“大力整理与继承古代文论遗产，使其自成理论形态，一种具有我国民族独创性的古代文论体系……吸取其思维内在特性，选择其合理的范畴、观念乃至体系，并在融合外国文论的基础上，激活当代文论，使之成为一种新的理论形态……这样，我们才能在世界文论中改变‘失语症’的地位，才能使我国文论自立于世界文论之林”[④]。

可以说，急于疗治“失语症”的焦灼心态是促使理论家掀起“中国古代文论的现代转换”运动的根本原因，但是，十余年后，我们看到，虽然中国古代文论的现代转换工作一直没有停止，但是还远远没有贡献出能够建构中国当代文论的基本话语资源，更没有实现治愈“失语症”的预期目标。这种结果其实并不奇怪。“中国古代文论的现代转换”这一命题本身就蕴含着难以解决的理论困境，若是对其进行现实操作，成功的可能性恐怕很小。

美国理论家希利斯·米勒曾经说过：

① 曹顺庆：《文论失语症与文化病态》，《文艺争鸣》1996年第2期，第50页。
② 曹顺庆、李思屈：《再论重建中国文论话语》，《文学评论》1997年第4期，第44页。
③ 顾祖钊：《略论中国古代文论的现代转换》，《人文杂志》1997年第2期，第98页。
④ 钱中文：《建设有中国特色的当代文论——“中国古代文论的现代转换”学术研讨会开幕词》，《陕西师范大学学报（哲学社会科学版）》1997年第1期，第49页。

文学理论的重要特点，是进行具有显著的高度概括性的程式化说明（formulations）……文学理论家做出的程式化表述看起来具有普遍性，但事实上却受到其所从中生成的文学形态的约束。①

中国古代文论植根且受制于鲜活的古代诗文创作鉴赏活动，近代以来的文学形态和古代文论家的理论表述已是渐行渐远，许多批评家在试图运用古代文论范畴解读分析现当代文学作品时，都会不同程度地感到批评武器的错位和无力。而且，思维方式和理论话语的巨变决定了现代人在对中国古代文论进行“现代转换”中，很可能将原有的精神实质和独特个性一并转换掉，从而使古代文论失去魅力和价值。具体说来，由于我国特殊的审美文化背景，古代文论的具体范畴在产生时，往往偏重于直觉式的感悟和启发，缺乏系统、逻辑的表述，显得比较零散，在漫长的历史发展中，又因用法不同而增添了许多派生的意义，几乎所有理论范畴的含义都是庞杂的、模糊的，可意会而不可言传。若是要对其进行“现代转换”，首先要对古代文论纷繁复杂的历史衍变进行全面把握，然后经过分析和比较，从中“选择其合理的范畴、观念乃至体系”② 作为现代文论的理论资源。但是，由于思维方式和理论话语的巨变，这一工作很难尽善尽美。多年以来，国人一直奉体系性逻辑性俱强的现代理论为楷模，经过长期的系统训练，时至今日，学者们的思维方法、理论取向、语言表述都与古代人差异甚大：如果说古人往往倾向于在朦胧混沌中感觉和体认外物的话，那么当代学人显然更习惯用普遍的概念去统摄纷纭散乱的事项。在运用现代思维模式和理论话语进行古代文论“现代转换”的过程中，必然会粗暴地过滤掉古代文论产生和发展过程中许多鲜活的东西，遗失其原有的精神实质和独特个性。因为，古代文论的精神实质和独特个性实际上就蕴含在“立象尽意”、“得意忘言”的运思方式和言说方式之中，一旦将即兴的感悟固化为明确抽象的定义，将智慧的点拨细化为条分缕析的阐释，古代文论的价值和魅力也就不复存在了。针对这种弊病，有学者开出药方——以“体认”为中介去整理古代文论，具体做法是：

现代阐释者必须首先去体认其所包含的感性内涵，然后用具有表现性的话语将体认的结果尽可能准确地描述出来，通过一种“迂回”的表述方

①［美］J. 希利斯・米勒：《文学理论的未来》，刘蓓、刘文华译，《东方丛刊》2006 年第 1 期，第 18 页。

② 钱中文：《建设有中国特色的当代文论——“中国古代文论的现代转换”学术研讨会开幕词》，《陕西师范大学学报（哲学社会科学版）》1997 年第 1 期，第 49 页。

式整体呈现其蕴涵，然后方可进行归类、评判、比较和阐发。①

这听起来似乎十分理想，但问题是，就算“现代阐释者”可以运用“中国式的经验主义”② 尽可能准确地体认和描述出了古代文论当中的感性内涵，但是在比较和阐发之时，还是免不了用现代思维方式和理论话语对之进行归类评判，好不容易才获得的感性内涵又会被现代理性切割得支离破碎。而且，严格说来，以“失语”二字概括中国现当代文艺理论的发展也是有失客观公允的。尽管引进的西方理论不乏因语境错位而导致言说尴尬的情况，但是经过多年的阐释，也有许多理论范畴已经为我所用，成了中国文论话语的有机组成部分，并不存在着因为引进西方话语而导致中国文论“失语”的重大危机。“失语症”提出十年后，就连倡导者自己也承认这只是一个“策略性的口号”，“如同‘五四’新文化运动时提出的‘打倒孔家店’的口号”，“有偏激之嫌”。③ 可以想见，将蕴含着理论困境的“中国古代文论的现代转换”运动视作一剂良方，去治疗并未经过认真确诊的“失语症”，根本不可能达到设想的效果。

如此，问题就出现了，既然“失语症”这一口号缺乏起码的科学性，既然“中国古代文论的现代转换”这一命题并不具备现实的可操作性，那么，它们为什么还会获得众多学人的认可呢？究其原因，不难发现，“失语症”口号的提出也好，对中国古代文论进行现代转换的热望也好，都源自对西方话语霸权的警觉与排斥。正如有论者所说，“失语症”“表征着20世纪以来几代中国学人的一种‘基本焦虑’……与‘失语症’的提法一样，‘现代转型’也是现当代学人‘基本焦虑’的话语形式”④，而西方学术话语充斥中国学界所引发的民族身份认同危机则是催生这种“基本焦虑”的主要原因。百年以来，中国面临着两大任务：走向现代化和保持民族独立。具体到文化和文论领域，中国学人每每既渴求通过融会西学走向思想文化现代化，又向往通过弘扬传统保持本民族的独特个性。在很长的时期里，对现代性的渴求压制住了对民族性的向往，所以中国现代文化和文论基本上是在融会西学的基础上形成的。但是，这并不意味着现代学人就忘记了民族传统，从文化保守主义者对新旧文化延续性关系的强调中，我们屡屡可以感受到现代学人的“基本焦虑”，倾听到他们要求弘扬本民族文化传统的呼声，只不过，在相当长的历史时期内，

① 李春青：《在审美与意识形态之间》，北京：北京大学出版社2006年版，第302页。

② 李春青：《在审美与意识形态之间》，北京：北京大学出版社2006年版，第271页。

③ 曹顺庆、邹涛：《从“失语症”到西方文论的中国化——重建中国文论话语的再思考》，《三峡大学学报（人文社会科学版）》2005年第5期，第47页。

④ 李春青：《在审美与意识形态之间》，北京：北京大学出版社2006年版，第269页。

这些呼声都因为不合时宜而未能引起整个学界的关注。直到20世纪90年代中期，表达同一种“基本焦虑”的“失语症”口号和“中国古代文论的现代转换”呼声才激起了整个学界的轰动效应。可以推断，轰动效应的产生绝不仅仅是因为这些口号和呼声体现出了一种“基本焦虑”，更重要的是，这些口号体现出的“基本焦虑”迎合了特定时代背景下普遍的社会心理和学人心态，要真正理解这种社会心理和学人心态，我们就必须结合20世纪90年代的全球化语境展开思考。

1992年，时任联合国秘书长加利向全世界宣告：“真正的全球化时代已经到来了。”①从此，“全球化”成了中国学者关注的热门话题，“越来越多的学者承认，全球化已经是我们这个时代最重要的特征，是世界历史发展的一个新阶段和未来的客观趋势，它是各民族国家和全人类都无法回避的客观现实”②。“失语症”的提出和“中国古代文论的现代转换”运动就发生在这个时代背景之中。当然，它们未见得就是全球化趋势的必然结果，但是它们既然发生在以全球化趋势为背景的时期，其发展便无法回避这一背景的影响。“失语症”和“中国古代文论的现代转换”的提出也许和全球化趋势关系不大，但是，“失语症”口号中所表达的对西方话语充斥中国文论的不满和“中国古代文论的现代转换”想法中所蕴含的对中国传统文论的重视，却恰好迎合了全球化趋势里国内学人强烈的民族身份焦虑感和民族文化认同意识，所以才引起了众多学者的热情关注和热烈响应。

为了说明中国学人的民族身份焦虑感和民族文化认同意识所由何来，我们有必要谈谈全球化。目前国内外学界流行的全球化定义很多，我们暂取两个加以观照。英国理论家安东尼·吉登斯将全球化视为“世界范围内的社会关系的强化，这种关系以这样一种方式将彼此相距遥远的地域连接起来，即此地所发生的事件可能是由许多英里以外的异地事件而引起，反之亦然”③。另两位英国理论家威廉·赫尔德和安东尼·麦克格鲁则认为：“全球化指的是社会交往的跨洲际流动和模式在规模上的扩大、在广度上的增加、在速度上的递增，以及影响力的深入。它指的是人类组织在规模上的变化或变革，这些组织把相距遥远的社会联结起来，并扩大了权力关系在世界各地区和各大洲的影响。”④两个定义大同小异，都将“全球化”看作世界各地相互关联空前加强的表现。

① 李惠斌：《全球化：中国道路》“导论”，北京：社会科学文献出版社2003年版，第10页。

② 俞可平：《全球化：中国学者的争论》，见俞可平主编《全球化：西方化还是中国化》，北京：社会科学文献出版社2002年版，第297页。

③［英］安东尼·吉登斯：《现代性的后果》，田禾译，南京：译林出版社2000年版，第56~57页。

④［英］戴维·赫尔德、［英］安东尼·麦克格鲁：《全球化与反全球化》，陈志刚译，北京：社会科学文献出版社2004年版，第1页。

作为一个术语，“全球化”的历史很短[1]，但是作为一种现象，它的起始至少要追溯到资本主义的对外扩张。在资本扩张热望的驱动下，各民族之间原有的经济、政治、文化壁垒被逐一打破，正如马克思和恩格斯1848年在《共产党宣言》中指出的：

> 资产阶级，由于一切生产工具的迅速改进，由于交通极其便利，把一切民族甚至最野蛮的民族都卷到文明中来了。它的商品的低廉价格，是它用来摧毁一切万里长城、征服野蛮人最顽强的仇外心理的重炮。它迫使一切民族——如果它们不想灭亡的话——采用资产阶级的生产方式；它迫使它们在自己那里推行所谓的文明，即变成资产者。一句话，它按照自己的面貌为自己创造出一个世界。[2]

> 过去那种地方的和民族的自给自足和闭关自守状态，被各民族的各方面的互相往来和各方面的互相依赖所代替了。物质的生产是如此，精神的生产也是如此。各民族的精神产品成了公共的财产。民族的片面性和局限性日益成为不可能，于是由许多种民族和地方的文学形成了一种世界的文学。[3]

这些经典描述对我们理解“全球化”的起始进程不无裨益：正是资产阶级追逐利润的需要才促成了世界市场的诞生，加强了各民族和各地方之间的相互联系和依赖，这种联系和依赖不仅表现在物质方面，而且体现在科学、艺术、哲学等精神方面。从根本上说，“全球化”只是西方资产阶级单向推行的进程，其他民族和地方只是被动卷入而已。时至今日，市场经济体系在全球所取得的优势使它在世界上获得了更大幅度的蔓延。但是，对于广大的发展中国家而言，“全球化”仍然只不过是西方跨国资本直接横亘在他们面前的一个事实，不管从中得益，还是从中受害，“全球化”都会经由强权政治的压力、金融资本的诱惑和现代传媒的输送，冷酷而顽强地进入发展中国家的经济建设和日常生活。美国理论家阿里夫·德里克就曾经一针见血地指出：“全球化作为一种话语似乎变得越来越普遍，但是对它的最热情的宣传是来自旧的权力中心，尤其是来自美国，因而实际上更加剧了

① 参见戴维·赫尔德和安东尼·麦克格鲁的论述：“直到20世纪60年代和70年代早期，‘全球化’一词才在学术界广泛流行起来。”（[英]戴维·赫尔德、安东尼·麦克格鲁：《全球化与反全球化》，陈志刚译，北京：社会科学文献出版社2004年版，第2页）

②《马克思恩格斯选集》第1卷，北京：人民出版社1995年版，第276页。

③《马克思恩格斯选集》第1卷，北京：人民出版社1995年版，第276页。

对霸权企图的怀疑。”[①] 中国也有学者谈到，在西方跨国资本的操控下，“当代的全球化是不公正、不平衡的全球化”[②]，尽管“中国是一个正在崛起的、具有巨大发展潜力的国家”，但是“她至今仍然是全球化进程中的配角”[③]。在这种全球化的进程中，和各国经济一样，各国文化也无法获得平等的参与机会，西方发达国家以强大的经济实力和先进的传媒技术为依托，源源不断地向发展中国家倾销所谓的先进文化，使发展中国家的民族文化、价值观念和言说方式遭受着强烈的冲击和侵蚀。

如果说经济全球化尚因为给第三世界带来了一些发展机遇而被有限度地接受，那么文化全球化对“世界文化多样性的‘脱色处理’”[④] 则使第三世界感到无法容忍，因为在许多第三世界知识分子看来，“文化才是一个民族的身份证”[⑤]。为了捍卫自己的民族身份，他们对全球化中的西方文化霸权进行了深刻的揭露和尖锐的批判：“全球化的力量正在同化世界各地的本土文化。”[⑥]“西方文化的影响力实际上已经成为西方霸权的一个组成部分。”[⑦] 从这个意义上说，西方的文化霸权主义不仅没有达到世界文化全球化的预期目标，反而激发了其他国家的民族情结和民族意识，使之生发出一种抵制文化全球化的强大力量。

为了抵制文化全球化，避免被西方文化吞并或同化，亚非国家纷纷努力从本民族的传统文化中汲取能量，将弘扬民族文化视为消解西方文化中心地位的利器。具体到我国学术界，20 世纪 90 年代兴起了与 20 世纪 80 年代的西化倾向迥异的“国学热”思潮，其核心要旨就在于反思激进主义，强调民族本位。“对于国学的倡导者来说，中华文化几乎包含了人类精神文明一切精华的源泉……只有中华文化方能克服西方文明固有的缺点，因此，21 世纪将是中国文化的世纪。”[⑧] 这种对“国学”的推崇，与其说是基于对中国古老传统的热爱之情，不如说是出于对西方文化霸权的反抗之心。在这种大背景下，尽管“失语症”口号经不起仔细推敲，尽管“中国古代文论的现代转换”运动本身就潜藏着困境，

---

①［美］阿里夫·德里克：《全球性的形成与激进政见》，见王宁、薛晓源主编《全球化与后殖民批评》，北京：中央编译出版社 1998 年版，第 2 页。

② 蔡拓：《中国全球化的选择与对策》，见李惠斌主编《全球化：中国道路》，北京：社会科学文献出版社 2003 年版，第 299 页。

③ 蔡拓：《中国全球化的选择与对策》，见李惠斌主编《全球化：中国道路》，北京：社会科学文献出版社 2003 年版，第 295 页。

④ 章敬平：《文化：失落的身份证》，见俞可平主编《全球化：西方化还是中国化》，北京：社会科学文献出版社 2002 年版，第 256 页。

⑤ 章敬平：《文化：失落的身份证》，见俞可平主编《全球化：西方化还是中国化》，北京：社会科学文献出版社 2002 年版，第 257 页。

⑥［埃及］谢里夫·海塔塔：《美元化、解体和上帝》，见［美］弗雷德里克·杰姆逊、三好将夫主编《全球化的文化》，马丁译，南京：南京大学出版社 2002 年版，第 239 页。

⑦ 田德文：《西方文化霸权与冷战后的国际关系》，见俞可平主编《全球化：西方化还是中国化》，北京：社会科学文献出版社 2002 年版，第 146 页。

⑧ 俞可平：《全球化：美国化和西方化，还是中国化和现代化》，见俞可平主编《全球化：西方化还是中国化》，北京：社会科学文献出版社 2002 年版，第 15 页。

但是，仅仅其中所体现的民族自尊心和民族本位意识，就足以使众多知识分子引为知音，为之激动不已。

可见，“失语症”提法和“古代文论的现代转换”运动所引起的轰动效应是全球化语境中中国学人特殊心态的产物，并不是中国学界进行深入学理思考的结果。随着时间的推移，它们作为历史事件的研究价值也许会远远大于其对文论学科的实际建设效用。作为一门人文学科，文艺学的学科建设不可能完全排除具体历史语境下的价值判断，但若是完全囿于价值判断，则有可能以情绪化的反应替代真正的学理思考。今天，我们应该在冷静审视“失语症”和“古代文论的现代转换”轰动效应的同时，去重新思考中国当代文论的建构基础。

二、中西理论资源的平等会通：文论现代性建设得以展开的重要基础

用历史的眼光来看，无论是将西方现代理论奉为建设中国文论现代性的圭臬，还是将“中国古代文论的现代转换”视作构设中国文论现代性的基础，所昭显的都是对现代性的单维体认方式：前者过于注重异质文化的影响，后者则一味强调民族特性的纯度。事实上，开放的思想视域和坚定的民族立场并不矛盾，吴宓所处的时代，是中西文化/文学大碰撞和古今文化/文学大交替的时代，面对这种碰撞和交替，吴宓采取的不是二元对立的思维方式和非此即彼的选择态度，而是融会贯通的立场方法。在吴宓的文学思想中，中西理论资源完全可以实现平等会通，这种平等会通既可以体现出开放的思想视域，又可以昭示出鲜明的民族立场。由此，我们可以推演出吴宓文学思想对于当代学者反思文论现代性建设基础所具有的启示意义：中西古今理论资源的平等会通是文论现代性建设得以顺利展开的必要基础。具体而言，这种启示意义主要体现在以下两个层面。

首先，在吴宓的文学思想中，中西古今的文学资源在新文学建构过程中具有同等的价值：“吾人今日之文学财产，乃各时代各国各派之文学作品之总和，非仅现今时代（或本国）所作成者而已。”[①] 正是基于这一认识，他才将《大公报·文学副刊》的编辑宗旨定为：对中西文学、新旧道理、乃至各种文体各个流派，全都“一例平视”[②]。同理，对于文论现代性建设进程而言，中西古今文论资源也应该具有同样的价值，其地位应该是彼此平等的。如果说文学理论的西化倾向（含苏化倾向）所暴露的是以西方文论价值取代和抹杀中国传统文论价值的弊端，那么，“失语症”提法和“中国古代文论的现代转换”运动

① 吴宓：《文学与人生（二）》，《大公报·文学副刊》1928年1月30日第9版。

② 吴宓：《本副刊之宗旨及体例》，《大公报·文学副刊》1928年1月2日第5版。

所昭显的就是贬低西方文论作为我国当代文论建设资源的价值和过度推崇本土传统文论话语的心态，二者都没有将中西古今文论资源置于平等的地位上加以观照，这是不符合文论自身发展需要的。文化本身是开放的存在，现代文化的生成和发展离不开中西古今文化因素的影响，作为现代文化的有机组成部分，现代文论在本质上也是一个开放的概念。在现代文论的建设过程中，我们既不能唯西方理论的马首是瞻，也不能因为害怕“失语”就将西方理论拒之门外，既不能排除中国传统话语的影响，也不能将中国传统话语奉为最正宗的理论渊源。只有排除厚此薄彼的先入之见，将中西古今的文论话语视作完全平等的现代文论建设资源，才能够更好地维护现代文论的开放本质。具体而言，在目前的文论现代性建设进程中，要维护中西古今文论资源之间的平等性，就必须杜绝以下三种倾向。

其一，将来自西方的现代学术话语生硬地套用在对中国传统文论概念的解释和规定中。随着古典文论话语被普遍视为中国文论现代性建设的重要理论资源，越来越多的学者开始投身到“中国古代文论的现代转换”这一运动之中。在他们看来，只有采用现代的学术范畴、理论观念和逻辑体系，将偏重直觉感悟的古代文论统合转换为符合现代学理规范和言说方式的理论话语，古代文论资源才能真正成为中国文论现代性建设得以展开的有效基础。而他们采用的现代学术范畴、理论观念和逻辑体系大多来自于西方，他们衡量理论话语是否符合现代学理规范和言说方式时所用的标尺也是西方理论的惯用标尺。所以，在对古代文论进行现代转换时，很多学者习惯于为古代文论话语注入西方现代学术话语的内涵，如用英加登的“空白”理论来解释司空图的“象外之象”、“景外之景”，用康德的“审美无功利”说来解释老子的“涤除玄鉴”、“致虚极，守静笃”和庄子的“心斋”、“坐忘”，用西方浪漫主义的“表现说”解释中国古典的“言志论”，等等。好像中国古代文论话语中就隐含着一种西方现代意义上的理论意识，只待我们去发掘整理。如此一来，所谓“中国古代文论的现代转换”就成了以西方话语为古代文论粘贴标签的活动，而有待“现代转换”的古代文论，也就成了印证西方文论普遍真理性的材料和注脚。其中暴露的，仍然是以西方现代文论凌驾于中国古代文论之上的思想倾向。对这种被“现代转换”过的“古代文论”接触得越多，就越是会折服于西方理论范式的威力，越是会忽略中国古代文论的原初面貌。显而易见，这只能使得中西理论资源之间的不平等关系愈演愈烈。要切实维护中西古今文论资源之间的平等性，就必须彻底杜绝这种用西方现代学术话语生硬阐释中国传统文论概念的做法。

其二，在追新逐后心态的制约下，一味以断章取义之法凸显西方文论中最新的东西，将其推举为中国文论现代性建设最可宝贵的理论资源。由于进化论思想的影响，追新逐后成了百年以来中国学界面对西方理论时所怀有的普遍心态。这种心态在20世纪80年代以后的文论言说者身上表现得尤其明显，这些文论言说者一面因日渐频繁的中外交流所带来的各种西方文论信息而惊喜不已，一面又有意识地对这些西方文论信息加以整理和排列，使之组合成一个不断“进步”的过程。在这个过程中，越是后出现的西方文论信息，就越是代表着先进的水准，就越是值得追踪和引进，似乎只有将西方最新和最后的文论研究成果奉为中国文论现代性建设的模仿和赶超对象，中国文论才能够摆脱落后的面貌，获得存在的价值。强烈的追新逐后心态势必会导致简单对待和片面理解西方文论思想的弊端。具体而言，在追新逐后心态的驱动下，文论言说者往往会将后出现的西方文论信息作为最重要的理论资源挑选出来加以突出，似乎这些信息就可以代表西方文论的精华。这种做法一方面会将历史上很多独具特色的文论思想排除在中国现代文论建设可资使用的理论资源之外，另一方面又会断章取义，切断西方现代文论观念的历史发展脉络，仿佛最新的文论观念就是横空出世的灵丹妙药，只需拿来，便可使中国现代文论获得新生。这必然会造成对西方文论资源整体面貌的遮蔽和忽视，自然也不可能将各种西方文论资源置于平等的地位上予以观照。要真正做到对各种西方文论资源一视同仁，就必须杜绝这种追新逐后心态和急功近利倾向，将吴宓“不卷入一时之潮流，不妄采门户之见，多读西文佳书，旁征博览，精研深造”[①]的主张落到实处。

其三，怀着强烈的民族身份焦虑感和民族文化危机意识，极力排斥西方文论的思想观念和研究范式，坚持认为只有摆脱西方文论的影响，恢复中国古代文论作为现代文论理论资源的优势地位，才能捍卫中国现代文论的民族性，为具有中国特色的文论现代性建设提供可靠的基础。这种发掘和弘扬中国古代文论价值的愿望固然值得尊重，但是其中所体现出来的奉中国古代文论为文论现代性建设圭臬的东方中心主义思维方式却陷入了另一种偏颇认识之中。对此，当代学者乐黛云在《比较文学的国际性与民族性》一文中有过这样的评述：

> 由于这些地区的传统文化长期以来受到西方文化的灌输和扭曲，一旦从殖民体制压制下解脱出来，人们首先想到的自然是如何恢复发扬自身的

① 吴宓：《论新文化运动》，《学衡》第4期，1922年4月出版。

固有文化，使其传播四海。这种倾向完全合理，无可非议。但与此共生的往往是一种极端的民族情绪，特别是对历史悠久、文化灿烂、传统深厚的民族来说，更容易滋长这种情绪。在沉醉于这种情绪的人们看来，既然自己的文化已经被压制了几百年，如今为什么不应该扬眉吐气，"独逞雄风于世界"？他们认为西方中心的隐退就意味着另一中心如东方中心取而代之。显然，这样的思维方式不可能创造出任何新事物，以"东方中心论"来代替过去的"西方中心论"，只能是在新的时代和环境下，对过去西方中心思想的变形和复制，即一种文化对另一种文化的压制。[①]

和"西方中心论"一样，"东方中心论"所昭示的同样是中西文化之间的不平等关系。消除"东方中心论"思想亦是维护中西古今文论资源平等性的必要前提。

只有在杜绝以上三种不良倾向的基础上，我们才可能消除先入为主的偏见，将中西古今的文论思想还原到其得以生发的特殊语境中加以理解，对每一种文论形态都予以充分尊重，深入掌握其精髓要义，而这恰恰是会通中西古今文论资源的必要前提。

其次，在认定中西古今的文学资源具有同等价值的前提下，吴宓要求对各种文学资源进行融会贯通的思考和研究，从中发掘出具有普遍意义的思想精华作为新文学的建构基础。这是吴宓文学思想提供给当代文论言说者的另一个重要启示。具体而言，吴宓发掘各种文学资源中具有普遍意义的思想精华这一做法建立在他"一多并在"[②]的文化立场上，这种文化立场以"一与多之间居中（执中）"的"中庸"[③]观念为基础，即一方面致力于在中西文化和古今文化之间寻找相通之处，以之作为对中西古今文化进行融会贯通的起点；另一方面又兼顾中西古今文化的多样性选择，承认各民族文化的所应具备的特异性，从而尽力在开放的文化视阈和坚定的民族立场之间保持平衡。不论是从整体文化的现代性建设层面还是从中国文学及文论的现代性建设层面来看，这种建立"一多并在"立场上的融会贯通研究都具有重要的意义，都应该引起我们的充分关注。

就文论现代性建设层面来说，中国现代文论建设作为一种文化创造，是从古代一直绵延下来的，不仅应该是古代文论的合规律的发展，而且也应该担负起延续民族文论传

① 乐黛云：《比较文学的国际性与民族性》，见乐黛云《比较文学与比较文化十讲》，上海：复旦大学出版社 2004 年版，第 4~5 页。

② 吴宓：《文学与人生》，王岷源译，北京：清华大学出版社 1993 年版，第 12 页。

③ 吴宓：《文学与人生》，王岷源译，北京：清华大学出版社 1993 年版，第 121 页。

统和转化民族文论传统的重任。所以，单纯引进西方现代文论话语并不足以满足中国文论现代性建设的精神需求，只有从中国文论传统中发掘仍然有益于当代文论建设的精神因素，并以之与西方文论从古到今的发展走向相互参照，才有望构建出既具有中国民族特色又能够走向世界的现代文论话语。这种现代文论话语经由中西古今文论的相互融合而产生，既延续着中国传统文论的精神，又吸收了西方文学和文论的内涵，是一种既具备特殊性与独立性，又能够与他者展开充分交流与互动的文论话语系统。而吴宓所提出的“中庸”观念在经过合理改造之后，则可以衍化成一种值得借鉴的立场和方法，为我们建构这一理想的现代文论话语系统提供必要的参照。

这种立场和方法告诉我们，在会通中西古今文论资源的过程中，必须正确认识中西古今文论资源之间的共通性和差异性。吴宓坚持认为，“不变”的“天理、人情、物象根本内律”[①]决定了中西古今文化文学资源之间内在的逻辑相通性和对话可能性。用今天的眼光来看，尽管“天理、人情、物象”是否具有“不变”的“根本内律”属于一个可以商榷的问题，但是各种文学资源理论资源的内部共通性却是毋庸置疑的存在，因为，中西古今的文论资源都是具有共同人性特征的人类创造出来的精神成果，其关注的基本问题必然不会有太大差异，其理解这些问题的基本方式也必然颇多共通之处。譬如，法国七星社成员提倡使用古希腊文学和拉丁文学之中的典故辞藻，“并模仿其体裁格律，刻意作成摹古式之法国文学”[②]，导致了“文字污杂而芜乱，文体卑靡而堆砌”[③]的流弊。马勒尔白对此非常不满，为了纠正当时的文坛流弊，他积极从事“澄清文字、厘定文体之事”，倡导“凝练”、“纯粹”、“合于规矩律法”[④]的文学风格，对法国文学极盛时代的到来起到了积极的推动作用；尽管唐代韩愈、清代桐城派古文家所处的时代、所受的教育均和马勒尔白大相径庭，但是，其所关心的文学问题和所持的具体主张却与马勒尔白颇多相通之处：“昔韩昌黎文起八代之衰，于六朝以来骈俪之句调，浮华之词藻，空疏放荡侈靡堆砌之文章，能痛加裁抑，一归清健真朴。迹其所为，实可与马勒尔白相提并称……韩昌黎提倡古文，而后世桐城派等严立义法，于各种不见于古书而不甚习用之字面，概不许阑入文中。此其注重纯粹之文字与精严之格律，与马勒尔白之主张亦多有合也。”[⑤]对此，钱锺书在《谈艺录》中也有可为吴宓观点提供佐证的相似论述：“东海西海，心理攸同；

① 吴宓:《论新文化运动》,《学衡》第4期，1922年4月出版。

② 吴宓:《马勒尔白逝世三百年纪念》，见《吴宓诗话》，吴学昭整理，北京：商务印书馆2005年版，第127页。

③ 吴宓:《马勒尔白逝世三百年纪念》，见《吴宓诗话》，吴学昭整理，北京：商务印书馆2005年版，第128页。

④ 吴宓:《马勒尔白逝世三百年纪念》，见《吴宓诗话》，吴学昭整理，北京：商务印书馆2005年版，第128页。

⑤ 吴宓:《马勒尔白逝世三百年纪念》，见《吴宓诗话》，吴学昭整理，北京：商务印书馆2005年版，第128页。

南学北学，道术未裂。”[①]值得注意的是，吴宓固然注重探寻中西文论资源及文学资源的内部共通性，但是，他所理解的共通，并不是要将中西资源完全等同起来混为一体。从他的研究中，我们可以体会到，“一”的基础是“多”，将绝对一致的文论资源叠加组合在一起是单调而没有意义的，只有建立在差异基础上的共通才是有意义有价值的。如果说中西古今文论资源能够彼此会通的原因在于“多”中有“一”，那么中西古今文论资源能够生生不息的原因就在于“一”中有“多”。文论言说者在以“多”中之“一”为契机，会通中西古今文论精华的同时，也要充分注意到“一”中之“多”，注意到中西古今文论资源各自不同的具体特征。这种对“一”与“多”之间的“居中（执中）”与平衡状态的寻求，将会有助于我们融自觉的民族文化意识和开阔的研究观照视野于一身，正确处理中西古今诸多文论资源之间的复杂关系：一方面，充分注意到中西古今文论话语系统作为不同民族的文化结晶所应具备的多样性特征；另一方面又致力于寻求古与今、中与西的共同视阈和结合点，使之升华为具有普遍意义的理论观念并成为构建中国现代文论话语场的切入点，以此为发端扩展开去形成广泛的理论辐射，使中西古今的文论精华共同参与到中国现代文论的建设进程之中，为建构出一种既具有民族性又具有世界性的现代文论话语提供更为广阔的思考空间。

要之，西方现代文学理论的强势冲击和由此生发的捍卫文论民族特质的迫切要求是文论现代性建设进程中无法回避的两种重要力量。无论哪一种力量占据了决定性优势，都会使我国当代的文论建设被现代性单维体认方式所制约，误入理论迷途。事实上，历史上出现过的文论思想，无论中西，都是文论现代性建设得以展开的理论基础和思想“前视阈”，本身并无高下之分。在文论现代性建设进程中，只要处理得当，汲取西方现代文论成果和维护中国文论自身特质之间就不会出现不可调和的矛盾，在二者之间进行非此即彼的选择既无必要，又无可能。尽管吴宓对于这一话题本身并没有明确具体的论述，但是其文学思想中体现出来的立场方法完全可以使我们体会到，中西古今文论资源之间的平等会通既有助于文论言说者摆脱先入之见的束缚，尽可能地吸收一切有益的思想精华，又不会抹杀各种文论资源作为本民族文化结晶的独特性，这对于维护开放视阈和民族立场之间的动态平衡是不无裨益的。就这一意义而言，在全球化语境中，吴宓对中西古今文学及文论资源的看法可以成为我们反思文论现代性建设基础的有益借鉴。

① 钱锺书：《谈艺录》，北京：生活·读书·新知三联书店 2007 年版，第 1 页。

第二节　重建文学批评的价值标准：关于文论现代性建设实践基础的反思

对文学现象的批评分析是文学理论的基本生长点。对此，当代学者王一川有过这样的论述：

> 文学批评是文学理论的生长域。文学批评不只是理论武器的实战演习场，而就是理论武器的制造场本身。批评不是现成武器的简单应用，而就是新理论的正在生成。正是在对具体文学现象的批评中，新的理论开始寻找自身的生长沃土。可以肯定地说，理论决不是简单地来自理论家的思辨头脑，而正是来自对于活生生的文学感兴的批评。在这个意义上，文学批评与文学理论实际上是一回事：都是对于特定文学现象的理性思考。①

可见，文论现代性建设离不开文学批评的参与，考察当代文学批评中存在的问题并对其加以完善是文论现代性建设进程得以顺利展开的必要前提。

作为文学接受的特殊方式，文学批评应该以一般的文学接受作为前提和基础，正如德国剧评家莱辛所说："一个学会最透彻地评论一出戏的人，从来是那些最勤于看戏的人。"② 但是，二者却并不能完全等同起来。如果说一般的文学接受类似于兴之所至的随意鉴赏，那么文学批评则更富有专业研究的色彩，现代学者郑振铎说得好：

> 原来鉴赏与研究之间，有一个绝深绝崭的鸿沟隔着。鉴赏是随意的评论和谈话，心底的赞叹与直觉的评论，研究却非有一种原原本本的仔仔细细的考察与观照不可……鉴赏者可以随心所欲的说这首诗好，说那部小说是劣下的，说这句话说得如何的漂亮，说那一个字用得如何的新奇与恰当；也许第二个鉴赏者要整个的驳翻了他也难说。研究者却不能随随便便的说话；他要先经过严密的考察和研究，才能下一个定论，才能有一个意见。③

---

① 王一川：《文学理论》，成都：四川人民出版社 2003 年版，第 346 页。

②［德］莱辛：《汉堡剧评》，张黎译，上海：上海译文出版社 1981 年版，第 129 页。

③ 郑振铎：《鉴赏与研究》，见龙协涛编《鉴赏文存》，北京：人民文学出版社 1984 年版，第 109~110 页。

较之一般的文学鉴赏，文学研究更强调价值判断的力量，正如英国理论家雷蒙·威廉斯在《关键词》一书中所指出的，“Criticism……有一个潜在‘判断’的意涵……”[①]所谓的批评实际上就是一种判断活动，文学批评就是批评家对文学现象和文学作品所作出的判断，判断离不开一定的标准，而标准的寻求则有赖于文学价值的设定。美国文论家韦勒克就曾经说过：

> 在标准与价值之外任何结构都不存在。不谈价值，我们就不能理解并分析任何艺术品。能够认识某种结构为“艺术品”就意味着对价值的一种判断。[②]

> 假如我们要寻求某种标准，即人应该如何视文学为有价值的和应该如何去评价文学，我们就必须得通过某些定义去解释。人认为文学有价值必须以文学本身是什么为标准，人要评价文学必须根据文学的文学价值高低做标准。[③]

行之有效的价值标准是保证文学批评走向成功的关键所在，所以，在文学批评的实践发展和理论建构过程中，我们理应赋予价值标准一个重要的位置。

对于中国当代文学批评的发展进程而言，价值标准一词并不陌生。对于价值标准的不懈追求既源自当代文学批评对价值判断有效性的固有向往，又与当代文学批评所背负的历史使命密切相关。1942年毛泽东在《在延安文艺座谈会上的讲话》中明确指出：“文艺批评有两个标准，一个是政治标准，一个是艺术标准。”“但是任何阶级社会中的任何阶级，总是以政治标准放在第一位，以艺术标准放在第二位的。”[④]在抗日战争和解放战争的特殊时期里，这种价值判断的提出自有其历史合理性。但是，新中国成立以后，随着极“左”倾向和庸俗社会学的泛滥，这种价值判断逐渐走向窄化和僵化，最终将“政治标准第一”演变成“政治标准唯一”，抹杀了文学对于艺术审美属性的强调和追求。如此，在批评界的既有价值标准和人民大众的现实审美需要之间就产生了一种紧张甚至断裂，这种紧张和断裂使得既有价值标准的现实合法性日益成为问题。新时期以来，越来越多

①［英］雷蒙·威廉斯：《关键词——文化与社会的词汇》，刘建基译，北京：生活·读书·新知三联书店2005年版，第97页。

②［美］勒内·韦勒克、奥斯汀·沃伦：《文学理论》，刘象愚等译，北京：文化艺术出版社2010年版，第166页。

③［美］勒内·韦勒克、奥斯汀·沃伦：《文学理论》，刘象愚等译，北京：文化艺术出版社2010年版，第275页。

④毛泽东：《在延安文艺座谈会上的讲话》，见《毛泽东选集》第3卷，北京：人民出版社1991年版，第868页，第869页。

的人开始重新审视和思考以政治意识形态充当文学批评价值标准的历史局限性，甚至，不少批评家出于反拨心理，还一度热衷于不带任何价值判断色彩的后现代主义批评，坚持认为任何理论规范和价值标准都意味着对其他观点的排斥和盲视，不遗余力地标榜去中心、多元、悖论和差异，不谈真理、历史、社会、思想，只谈符号、关系、生成和转换，将文学批评定位为一种永不停息的语言能指游戏和自我解构运动。后现代主义批评的兴起固然有助于当代文学批评挣脱政治意识形态的束缚，向着个性化和多样化的方向发展，但是，其对价值虚无主义倾向的盲目推崇和对文学价值判断的彻底颠覆，也给中国当代文学批评的发展带来了不可低估的负面影响——没有了基本价值标准的规约，文学批评就完全可以各行其是甚至随波逐流，难免会陷入盲目追踪热点的误区。其具体表现有二：其一，盲目堆砌新异理论。价值虚无主义不可避免地加剧了批评对社会批判意识的淡化和对现实人文关怀的疏离，当这种淡化和疏离倾向发展到无法遏制的程度时，某些批评家的理论自恋倾向就空前地膨胀起来——似乎除了高密度的理论堆砌和神秘莫测的理论演绎，这些批评家已经找不到别的方式来标榜自己的专业水平和存在价值，逞才使性、炫人眼目的理论表演取代了对文学作品现实指导意义的深入思考，推动着部分文学批评逐渐走向学院化和封闭化，成了既无力影响作家写作又无法指导读者阅读的学术孤岛。其二，盲目趋同大众趣味。随着理论规范和价值判断的悄然隐退，追求商业价值与成名效应的急功近利心理逐渐取代了深厚的历史意识和高度的社会责任感，推动着部分文学批评逐渐走向市场化，成了一种大众趣味怎样变化我就怎样变化的媚俗文化。一些文学批评家开始毫无心理负担地和文化消费时尚攀亲结缘，制造出了大量的滥炒式批评文字和酷评式文字。如果说滥炒式批评的目的是以毫无节制的溢美之词为作品打开商业销路，那么酷评式批评的用意则在于以目空一切的傲慢态度和偏激夸张的挖苦调侃来吸引公众的眼球，制造轰动效应。二者在给文坛带来热闹的同时，也抽空了文学批评所应具有的精神价值。由是可见，价值虚无主义倾向的滋生和价值标准的失落已经构成了妨碍文学批评发展的一大症结。只有在明确基本价值标准的前提下，文学批评才有望对中国文学的发展起到积极的作用，为中国文学的崛起做出实实在在的贡献，重建文学批评价值标准的工作势在必行。

开展文学批评价值标准的重建工作时，我们不妨用心地回顾和重温一下以往的文学思想在文学价值方面所进行的探索及其经验教训，从中找寻可能的发展方向。早在1920年，吴宓就注意到了“关于大众化与文学作品的真正价值之间的反比率”[①]问题，此后，

① 吴宓1920年1月20日致白璧德的书信，见《吴宓书信集》，吴学昭整理，北京：生活·读书·新知三联书店2011年版，第5页。

他的文学研究和文学批评生涯始终贯穿着他对超越于大众时尚趣味之上的真正文学价值的探求。尽管吴宓对真正文学价值的探求实践不无值得商榷的地方（譬如，他认为当时流行的写实主义小说缺乏文学价值的言论就在一定程度上暴露了他的理论局限性），但是，就总体而言，他要求以文学探究人生真理的观点和他对文学审美特质的强调，还是较为准确地把握住了文学的基本价值取向。文学是一个复杂的综合性价值系统，不同价值取向会导致不同的批评观念。但无论批评家选择哪种价值取向，恐怕都不会否认：文学活动在本质上首先是一种艺术审美活动，是一种以审美方式观照世界的人类实践方式。文学作品是依据审美规律创造出来的特殊精神产品，审美特质是使形形色色的价值因素成为文学价值的关键。政治的、伦理的、宗教的、哲学的等种种价值只有在审美特质的引导下才能进入文学殿堂，审美特质赋予了它们文学生命，审美特质当属文学不可或缺的基本价值。除了审美特质之外，对人生真理的追问和表现也是使文学充满魅力的重要原因。当人们沉溺于现实生活之中，为了衣食住行而操心不已的时候，往往无暇去深入思索人生真理的问题，但是，对于自己所处的人生，很多心灵敏感的人都会感觉困惑，冥冥中仿佛总能听到一个声音在发问：这是真正的人生吗？你习以为常的东西都是真的吗？对于未来，他们茫然着，不安着，但是又梦想着打破日常的局限，渴望着把握人生的真理，而文学就是一种穿越现实无奈、探求人生真理的精神活动。如此看来，文学既是一种艺术审美活动，又是探求人生真理的重要方式，就这一意义而言，吴宓要求以文学探究人生真理的观点和对文学审美特质的强调，已经体现出了对文学基本价值宏观而准确的把握，理应成为我们重建当代文学批评价值标准的有益借鉴。

一、以文学探究人生真理和当代文学批评价值标准的重建

吴宓对文学研究的兴趣是与他探究人生真理的热望紧密联系在一起的。具体说来，对文学与人生的同一性的强调就构成了吴宓文学思想的精神品格。他并不是从一般的感性层面上强调文学与人生的同一性，而是要求文学艺术实践直接面向完善的人类个体生命的实现方式，关注个体生命与宇宙运化的一致性，真正“代天受命”，承担起人类对“永存而不灭”① 的人生真理的追求与渴望：“世界文学名著，莫不指示人生全部真理，教人于现实中求解脱。”② 在他看来，人生真理是“宇宙间之光热”所在，读者接触文学时，“如

① 吴宓：《余生随笔》之三十三，见《吴宓诗话》，吴学昭整理，北京：商务印书馆 2005 年版，第 44 页。

② 吴宓：《石头记评赞》，见吕启祥、林东海主编《红楼梦研究稀见资料汇编》，北京：人民文学出版社 2001 年版，第 853 页。

就灯得光，围炉取暖”[1]，文学所给予读者的心灵震撼就缘自于文学中所体现出的人生真理。

论及文学中所体现出来的人生真理时，吴宓将其与理想人性联系起来相互参照。他坚持认为，蕴藏着人生真理的文学必然会昭显出理想人性的力量，足以潜移默化地影响和完善现代人性，而完善现代人性恰恰是文学在现代社会里所应承担的最神圣的使命。尽管对理想人性的简单领会和过度执着在无形中限制了吴宓对文学与人性关系的理解，使其无法从那些专门暴露人性弱点的写实主义文学中发现人生真理的闪光。但是，用历史的眼光来看，吴宓论及文学与人生真理关系时所持的立场方法和精神理念还是敞开和留下了耐人寻味的思想空间。只要我们不去全盘搬用吴宓对于理想人性的解读，而是致力于汲取其以文学探求人生真理完善现代人性的价值取向，吴宓文学思想的这一价值取向就可以为我们重建当代文学批评价值标准提供有益的借鉴。具体而言，这种借鉴意义主要体现在以下三个方面。

（一）写实并不是评价文学创作高下的关键尺度

从吴宓的文学思想中我们可以体会到，文学离不开人生，但是，文学的任务是探求和表现人生真理，而不是去原原本本地描摹庸常琐细的日常人生。按照这种观点，写实并不是评价文学创作高下的关键尺度。这一认识的厘清对于促使中国当代批评者正确看待文学价值，纠正当代文学的创作偏差，推动当代文学的繁荣发展都是不无裨益的。

写实主张始自西方自然主义文学潮流，“五四”前后，随着科学主义思潮的涌入和文学“为人生”意识的高涨，新文学阵营开始有意识地汲取西方自然主义的写实方法来纠正脱离生活向壁虚构的创作倾向。久而久之，很多创作者和批评者渐渐形成了这样的思想共识：写实不仅是文学创作最重要的任务，而且是衡量文学作品是否成功的关键尺度。但是，就总体而言，由于政治风云的影响和政治力量的介入，在我国新文学创作中，纯粹的写实手法并没有得到过充分的发展：20世纪20年代后期，在“左”倾思想路线和政治革命热情的冲击下，“五四”以来的写实主义倾向被充满激情的革命浪漫主义倾向所取代，公式化、概念化、标语化、口号化成了革命文学家和批评家们热烈追求的“新的美学目标”[2]；20世纪30年代以后，左翼文学家们开始注意反思和着力摆脱文学创作的革命浪漫主义倾向，主张将社会主义现实主义理论视作文学创作和文学批评的准则，这一主张非但没有终止文学政治化的趋势，反而推动着它向着日益泛化的方向发展；1942年，

① 吴宓：《余生随笔》之三十三，见《吴宓诗话》，吴学昭整理，北京：商务印书馆2005年版，第43页。
② 温儒敏：《新文学现实主义的流变》，北京：北京大学出版社1988年版，第104页。

毛泽东发表了《在延安文艺座谈会上的讲话》，尽管《讲话》的基本目的和精神内核均在于倡导文艺为人民大众服务，但是，数度文艺整风运动仍然将政治标准奉为对文学进行评判的第一标准，新中国成立以后到新时期以前的几十年间，创作界和批评界一直延续着对政治标准的尊崇，大力提倡在文学作品中注入高远的政治理想，在这种情况下，文学的写实倾向很难获得长足的发展。可以说，从20世纪20年代后期到80年代初，在革命热情和政治理想的影响下，如实描摹人生的文学主张也多停留在口号上，并没有得到真正的践行。20世纪80年代以后，很多创作者开始有意识地关注世俗人生，希望以此挣脱政治意识形态力量的束缚，在对世俗人生的关注中，文学的写实倾向也重新得到了强调。经过数年的发展，文学的写实倾向渐渐占据了创作的主流，对写实倾向的强调也成长为了颇具规模的后现实主义理论（即新写实理论）。按照这种理论，作家应该“从情感的零度开始写作”[①]：

> 消解对生活的种种主观臆想和理念构造，纯粹客观地对生活本态进行还原。在还原的过程中，作家要逃避自己的意识判断、理性侵犯。作家写作的过程，不是论述分析，而只是被动地接受生活给予的种种现象，生活现象才是现实的本体，叙述只是努力回到这个本体。作家叙述时是一片真空，一片透明，不带丝毫偏见，不掺入半点属于自己的杂质，只原原本本把生活的具象原始地还原出来，以达到一种完整的而不是支离破碎的、现象的而不是理念的真实。[②]

对“完整的”“现象的”真实的追求意味着文学创作“不依照某种理论逻辑尤其不依照某种理念来选取生活现象”[③]，不仅可以将日常生活中看似平淡无奇的俗人俗事作为叙述对象，而且可以“冷静地描写生活的丑恶乃至龌龊的一面，冷静地描写人性中那些动物性的一面”[④]。很多批评家从这一理论认识出发，取消了批评的深度模式，将写实的纯粹性

① 王干：《近期小说的后现实主义倾向》，见孔范今、施战军主编《中国新时期文学思潮研究资料》中，济南：山东文艺出版社2006年版，第288页。

② 王干：《近期小说的后现实主义倾向》，见孔范今、施战军主编《中国新时期文学思潮研究资料》中，济南：山东文艺出版社2006年版，第286页。

③ 王干：《近期小说的后现实主义倾向》，见孔范今、施战军主编《中国新时期文学思潮研究资料》中，济南：山东文艺出版社2006年版，第287页。

④ 王干：《近期小说的后现实主义倾向》，见孔范今、施战军主编《中国新时期文学思潮研究资料》中，济南：山东文艺出版社2006年版，第287页。

与客观性奉为衡量作品高下的关键尺度。譬如，王干之所以会对余华的《现实一种》《河边的错误》等小说加以赞赏，就是基于这样的理由："他在叙述人间惨状的过程始终板着面孔，决不显出勃然大怒和痛苦不堪的表情，他若无其事甚至还有点兴趣地仔细详述杀人过程的每个动作，每个细节，像复述一场并不精彩的球赛一样，公允得让人可怕，冷静得令人战栗。"在这些叙述中，"以往那种随作者而来的主观好恶、价值判断、情感评价在叙述过程中被完全消解了，呈现出来的是不受作家'精神污染'的生活现象和生活事实的原始面貌、原始发生状态，从而达到了一种客观的真实"。[①] 又如，缪俊杰也将池莉的《烦恼人生》、刘震云的《一地鸡毛》等作品取得成功的关键归结于"注重现实生活原生态的还原"，即将"那些没有经过更多加工的，尤其是没有经过'本质'过滤的生活现象"在作品中"再度呈现出来，使它保持或更接近生活的本来面貌"[②]。在这些批评言论中，文学场景和生活原生态之间是同一的关系，完全可以互相取代。这种观点固然强化了写实的重要性，有助于消解政治意识形态对文学创作的干扰，但是并不能拓展文学创作的空间：当文学被等同于生活原生态的时候，作家的想象力和自主性就会遭到压缩和排斥，在这种情况下，写实越是精细纯粹，就越是会给人造成这样的错觉——文学创作就是对日常经验和生存表象的平面化复制。可见，对零度情感和纯粹写实的强调实际上是走向了与政治理想主义相对的另一极端，二者在实质上都是对文学创作空间的窄化。若是将纯粹的写实推为评价文学作品高下的关键尺度，其对文学所造成的不良影响并不会亚于政治理想主义。而吴宓的文学观点恰好可以成为我们反思写实主张的有益参照。

需要注意的是，尽管吴宓非常重视文学表现人生真理的功能，但是这并不意味着他会忽视写实的重要性。恰恰相反，在他的文学思想中，"专谈社会问题，宣传个人主张"是"有悖文学之正理"[③] 的，无论对于《天路历程》这样的寓言文学来说，还是对于《骆驼祥子》这样的世情小说而言，"写实之妙"[④] 都是必不可少的。他反对的，只是那种漠视人生真理，一味沉溺于琐事复制之中的写实倾向。在他看来，写实固然重要，但是写实本身并不是文学创作的目的，也不是评价文学创作高下的关键尺度。能够表现人生真理的写实才是有意义的写实，这正是其时很多写实文学的缺失所在和不少对写实文学大加赞赏的批评家需要特别注意的地方。

---

① 王干：《近期小说的后现实主义倾向》，见孔范今、施战军主编《中国新时期文学思潮研究资料》中，济南：山东文艺出版社2006年版，第289~290页。

② 缪俊杰：《论中国文学中的"新写实主义"》，《社会科学战线》1993年第2期，第274页。

③ 吴宓：《最近逝世之西班牙著名小说家易班乃士评传》，《大公报·文学副刊》1928年2月13日第9版。

④ 吴宓：《英国宗教寓言小说作者彭衍诞生三百年纪念》，《大公报·文学副刊》1928年11月26日第10版。

（二）是否有助于完善现代人性是衡量文学价值的重要标准

吴宓对人生真理的思考是和他对理想人性的强调联系在一起的，在他看来，人生真理就是理想人性的自然倾向。论及理想人性时，吴宓汲取了白璧德的二元人性论，认为理性与感性同为人性的有机组成部分，二者必须保持均衡状态，缺一不可。但是，越来越多的现代人正深陷于汹涌澎湃的物质潮流之中，急于疏泄情绪，放纵欲望，这已经造成了理性的弱化和缺失，远离了人性的均衡状态。为了实现现代人性的和谐完善，吴宓主张大力弘扬理性的力量，遵循白璧德所倡导的“人文的约束性原则”①，以理性规范欲望。而且，吴宓进一步指出，作为人性走向完善的根本保障，“人文的约束性原则”并不是外在于人的既定权威规范，而是人自身应有的一种内在状态，是人在自由意志作用下的自觉选择。在现代社会里，文学的价值就在于感化读者，使其自愿认同和自觉选择“人文的约束性原则”，超越现实物欲的局限，体会到人生真理的魅力和理想人性的力量，从而走上现代人性的自我完善之路。为此，吴宓不仅将有助于完善现代人性视作衡量文学价值的重要标准，而且主动接受了马修·阿诺德的影响，主张在文学中表达这种普遍的、正常的、健全的人性和情感，以实现经由文学健全人性的目的。用今天的眼光来看，吴宓这种认识对于摆正文学与人性的关系，纠正当代文学批评的偏差，维护文学的尊严和意义而言都是非常重要的。

在以阶级斗争为纲的岁月里，人性被等同于阶级性，不为阶级性所左右的自然人性几乎在主流文学作品中销声匿迹，文学沦为了宣传政治思想和阶级意识的工具，无法对现代人性的完善起到积极的作用。20世纪70年代末以后，随着人性大讨论的展开，人们对于人性的看法有了根本的改变，“五四”时期的人性传统开始复苏，本能欲望和情感体验在人性中取得了合法的位置，人性关怀也随之成了文学创作的重要主题。这无疑为当代文学完善现代人性的进程提供了良好的发展契机。但是，20世纪90年代中后期，在市场经济推进的关键时期，越来越多的人在利益追逐中走向浮躁冲动，其思想观念发生了很大变化，个人主义和享乐主义日益风行，人们的注意力更多地局限在自己的经济收入和身体感觉上，性情越来越自私，精神越来越封闭，在消解社会责任感的同时也渐渐丧失了对于现实人生问题的反思能力。经历过太多左冲右突的利益追逐之后，为了消解疲劳平衡心态，大众衍生出了释放自我和疏泄情绪的强烈欲望，娱乐倾向与拜金主义趁势而上，推动着文学创作向着商业化低俗化的方向滑落。应该承认，娱乐功能作为文学

①［美］白璧德：《文学与美国的大学》，张沛等译，北京：北京大学出版社2004年版，第44页。

多元化价值取向中一个相当重要的方面，其自身原本无可厚非，但是由于文化拜金主义的影响和文化商业机制的过度参与，这种娱乐功能已经向着畸形和病态的方向发展，使文艺和审美逐渐脱离了自身发展的轨道，沦落成了赚取更多商业利润的工具。为了强化文学的娱乐功能和商业价值，很多作家从市场资源配置的角度出发，对大众的娱乐欲望进行收编，将其打造成阅读消费市场中最具潜力的商业卖点，再以此卖点作为选择标准，择取人性中最能吸引眼球的生物性本能作为描写对象，为渴望释放自我娱乐自我的大众量身定做、批量生产文学消费品，使文艺活动充溢着寻欢作乐的气息，沦落成了一种商业效益至上的快感文化。在这些文学消费品中，人性即欲望的观点大行其道，似乎人性的内涵就是关涉着身体和器官的欲望，文学表现人性就是对本能需求和原始冲动进行毫无禁忌的赤裸呈现。显而易见，这种将人性简化为生物性的意淫式幻想极易造成精神理性的缺失，加剧人性的畸形状态，根本不会对现代人性的完善起到任何积极的作用。更令人遗憾的是，很多批评者非但没有动用文学批评的价值判断力量揭示意淫式幻想的弊端，反而有意无意地放逐了文学批评的独立精神和本真意义，主动迎合大众趣味，制造各种理论话题为文学中的欲望叙事张目，强化以非理性欲望为核心的偏狭人性观。具体而言，这种张目和强化至少体现在两个方面。

其一，面对文学中铺天盖地的食色欲望，很多批评者不是冷静分析商业机制在其中所起到的推动作用，理性批判欲望描写对严肃主题的消解作用，全面揭示欲望泛滥对人性的不良影响，而是竭力为欲望放纵与身体狂欢寻找理论依据。

古语云：饮食男女，人之大欲存焉。在原始情境中，肉身之欲的主要目的是满足人的生存需要，但是随着社会生活的进步和文明程度的提高，食色活动已经渐渐超出了基本的生存意义，体现出更多的享乐内涵。现代文化工业利用食色活动的享乐内涵，将其转变成了一种可供消费的符号，正如波德里亚所说：

> 性欲是消费社会的“头等大事”，它从多个方面不可思议地决定着大众传播的整个意义领域。一切给人看和给人听的东西，都公然地被谱上性的颤音。一切给人消费的东西都染上了性暴露癖。当然同时，性本身也是给人消费的。[①]

①［法］让·波德里亚：《消费社会》，刘成富、全志钢译，南京：南京大学出版社2000年版，第159页。

由于商业机制强大的蛊惑力量，某些原本拥有严肃主题的文学创作为了给作品贴上横扫阅读市场的畅销标签，也不惮于大力渲染和夸张人的享乐欲望，对性爱场面进行符号性的叠加与拼凑。譬如，迟子建的小说《野炊图》本应是一部抨击官僚体制的力作，其中所蕴含的是作家对底层百姓缺乏基本话语权的不满和悲愤，然而，这篇拥有严肃主题的小说却以包大牙（话语权的争取者）和黑眉（使包大牙等人的话语权走向虚妄的推动者）酒足饭饱后心血来潮的野合结束，一个不伦且刺激的性爱游戏夹杂着野合者的绵绵温情消解了痛说家史所带来的沉重感，这不能不说是严肃主题表现中的遗憾。然而，一些批评者对此非但没有任何清醒认识，反而搬来福柯的性学理论，将野合事件拔高为女权主义性别观念的一次宣示：

> 福柯在接受亨利·莱维的访谈时，他说："在我们这样的社会，性不是一种简单的对种族、家庭和个人进行再生产的手段，不单是获取快乐和享受的手段，性最终被认为是我们最'深刻'的真理藏身和表白的地方，要知道你是怎样的人，就要知道你的性行为方式。"……福柯极为重视性本身的快感。他本人不喜欢婚姻的束缚，但是他十分乐意体验性的诸多快感。包大牙也有着这样的勇气，她以自己在性方面的表现挑战男权的主流话语，她没有像自己的女儿邹英那样因性的耻辱而含恨自杀，她无视无性的婚姻，她要争取的是做人的快乐，正常人应有的快乐。性的乐趣与生俱来，人人有权享用它，谁也不能剥夺它。①

这明显是对作品的误读：首先，作品固然渲染了包大牙常年无性生活的乏味和痛苦，但是并没有任何包大牙想用自身的性力量挑战男权主流话语的暗示，包大牙与黑眉满怀温情的野合更像是一次醉酒后的本能放纵，没有多少反抗权力压迫的意义；其次，退一步说，即使非要从野合事件中找出一些意义，这种意义也和性别反抗无关，如同苏建和满怀冤屈的控诉终止在豪吃狂饮当中一样，包大牙也在身体欲望的满足中遗忘了女儿冤死上访无门的愤懑，变得神色怡然，含情脉脉——在食色的快乐中，他们如此轻易就搁置了心头的伤痛，又怎么可能争取到真正的救赎？与其说野合昭示的是女性的反抗意识，还不如说这是苦难健忘症作用下无可奈何的病态举动。但是，由于小说叙述对这种苦难健忘

① 周礼红：《性和权力——评〈野炊图〉性文化内涵》，《名作欣赏》2008 年第 4 期，第 88~90 页。

症缺乏应有的批判力度，所以，显露在读者面前的，就只是一场无助于表现严肃主题的性爱盛筵而已。而某些批评者偏偏要将这种病态举动和性爱盛筵理论化成弱势群体的反抗方式和维护正常人性的有效途径，可见，将欲望等同于人性的偏狭观念已经扭曲了文学批评的价值取向，造成了不容忽视的批评偏差。

其二，面对文学中浓墨重彩的血腥暴力场景，一些批评者放逐和遗忘了历史理性主义的批判维度和温暖厚重的人文情怀，一味折服于奇观化苦难描写所造成的震撼性叙述效果。

血腥暴力是商业化文学的重要卖点，抛开那些专写暴力凶杀的通俗文学不论，即使在那些关涉着重大社会主题的严肃文学中，也屡屡可见令人战栗的杀气和嗜血的狂欢。其具体表现为，作家在叙事时一味往狠里写，对那些在苦难中保持善良美好人性的现实缺乏兴趣，反应冷淡，而乐于提取人性中狭隘和病态的一面，使其在苦难压迫下走向残缺化、扭曲化、暴虐化，以恶抗恶，通过制造他人的苦难来纾解自己的苦难。譬如，在《马嘶岭血案》中，作者陈应松极力凸显金矿勘探队的富足生活和粗暴态度对贫困挑夫九财叔所造成的心理刺激，安排其从嫉妒走向仇恨，最终将开山斧砍向几个无辜的勘探队员，酿成了荒山野岭中的血腥惨剧。尽管作者的本意是要揭示严重的贫富悬殊所导致的内心失衡，但是，对鲜血四溅的杀人场面的详细刻画和对九财叔杀人时狂热兴奋情绪的过度渲染，却使叙事充满了暴力色彩，带有一种将苦难奇观化的嫌疑。而且，作品在不断放大九财叔畸形心理的同时，也造成了对九财叔进行灵魂拷问和内心剖析的粗疏化，对其性格的刻画始于贪财阴郁，止于残暴凶悍，甚至不加任何铺垫地令其对软弱善良的同乡也挥起了屠刀，除了一句无意识的表白“我想给妮子筹点学费”显露出一点属于常人的父爱，九财叔已经丧失了起码的人性，完全沦落成了作者安排的嗜血符号。通观整部作品，只能令人感到寒冷、压抑和绝望。这种对人性中野蛮动物性征候和嗜血倾向的过度渲染，有扭曲和遮蔽贫苦民众真实面目之嫌，因为，贫苦生活并不只会滋生黑暗与残酷，贫苦民众的心灵中同样不乏同情、旷达、温暖和公义。而对九财叔嗜血人性的渲染似乎在告诉人们：贫民生活已经成了没有生路只有绝境的地狱，诞生的只能是冷漠歹毒的幢幢鬼影。这些充满惊悚色彩的血腥描写和恐怖叙事在成功引起读者心理战栗和震撼快感的同时，也势必会使人性描写走向简单化、概念化、奇观化，成为一种可供消费的符号和商业社会中的有力卖点，影响文学主题所可能达到的思想深度。令人遗憾的是，一些批评者对此非但没有起码的自觉，反而津津乐道于《马嘶岭血案》杀人场面的震撼性效果：

> 应特别值得注意的是《马嘶岭血案》中对杀人场面的描绘："祝队长在我的斧下一声惨嚎，就像年猪在刀下的惨嚎一样！""斧背砸瘪脑壳的声音真的很难听，短促，沉闷，哑声哑气，就像砸一个未成熟的葫芦"；"马嘶岭上，那几个或蜷或卧的人，都在夕阳里透明无比，像一块块形状各异的红水晶"。在杀人场面的语言描绘中，我们明显感觉到了"我"超常的冷静，由于"我"特定心理距离的保持，在"我"异常冷静的眼光里，人宝贵的生命不过如动物、如植物甚至如无任何生命的"水晶"一样脆弱而低贱。作者通过这些冷色调比喻的建构，不仅实现了语义的自然转移，更重要的是拉开了"我"和其他人物的心理距离……使一场司空见惯的抢劫杀人案有了一种陌生的面貌，从而打破了读者的接受定势，获得了强烈的艺术感染力。①

尽管此处对陌生化手法的分析确实有一些可圈可点之处，但是，这种无视人性缺失，一味赞叹血腥场面震撼效果的批评倾向势必会助长人们对人性的偏狭认识。

由上可见，在文学创作与文学批评的合力推动下，以非理性欲望为核心的偏狭人性观正在成为文学活动中令人兴奋的商业看点和消费文化的和谐声部，这不仅无助于现代人性的完善，而且会导致文学精神价值的缩水和干瘪，对当代文学的健康发展产生不容忽视的负面影响。所以，对于今天的文学批评者来说，摆脱商业机制的蛊惑，克服对人性的偏狭认识，将是否有助于完善现代人性定为衡量文学价值的重要标准是至关重要的。只有这样，文学批评才不会失去应有的思想活力和本真意义，才能对文学的健康发展和人性的自我完善做出贡献。而吴宓对理想人性的强调和以文学完善现代人性的主张则可以成为当代文学批评者反思时下批评缺失的有益借鉴。

（三）文学批评应该多关注文学自身的超越性品格

吴宓以文学探求人生真理的主张离不开他对文学超越性品格的关注。从他对具体作品的分析和评价中我们可以看到，能够探求人生真理的文学作品必然具有超越性品格，同时，具有超越性品格的文学作品也必然能够完成探求人生真理的任务。他的文学批评文字处处灌注着他对文学超越性品格的强调和阐述，我们不妨试举几例：1913 年，吴宓发表《沧桑艳传奇·叙言》，对 Evangeline 主人公身上所体现出来的"由悲生乐，缘悔而悟"的超越性品质赞叹不已：

① 祁丽岩：《真实的血案陌生的感受——解读〈马嘶岭血案〉中的陌生化手法》，《电影文学》2007 年第 6 期，第 15~16 页。

曼殊娘（Evangeline）忧患风霜，奔波终生……黄泉碧落，难觅情郎，而鬓发苍苍，已催人老。于是由悲生乐，缘悔而悟，光明心地，不复容纤尘微芥污扰其间。至是而曼殊娘（Evangeline）者，乃真如姑射仙子，遗世独立，不食人间烟火气矣。[①]

1919年，吴宓在哈佛大学中国学生会举办的晚会上发表《红楼梦新谈》演讲，指出“《石头记》固系写情小说，然所写者，实不止男女之情”[②]，昭示“物质进化而精神上之快乐不增”和“归真返朴之思想”的“千古世运之升降”[③]才是《石头记》所要表现的最大宗旨：

原夫精神与形体截然判分，各有其律。物质进化，而人之道德未必高出前日。又生人绝少圆满适意之境。自古迄今苦常不减，而乐未必增。此学者之所公认。而高明上智之人，独抱千古之忧，则其精神上所感受隐忍者，尤比群俗为甚。故诗人文士，往往沉思冥想，神游于理想中之黄金世界……此黄金世界既在往昔，故常欲返于上古淳朴之世。此种淳朴思想（primitivism），本属谬误，然乃感情中事，未可以推理求……此种归真返朴之思想，实古今人类所同具者。而《石头记》亦特写之，故谓为目光及于千古，殆非虚誉也。[④]

这种超越现实的“归真返朴之思想”始终贯穿在《石头记》著作者的行文之中，使其笔下的艺术幻境闪耀出了理想的光辉。1923年，吴宓发表《论安诺德之诗》，认为阿诺德诗歌的魅力即源自其“托辞以寄慨”，“由智慧进于光明”[⑤]的超越性精神。1926年，吴宓发表《论罗色蒂女士之诗》，将罗赛蒂女士作品中的“高尚纯洁”[⑥]之气归因于罗赛蒂女士超越人世烦扰，“笃志宗教，虔事上帝”的精神：“见彼人世荣华欢爱之不常，而益思天上光明智慧之恒在。移其男女相悦、为妻为母之恩情慈爱，服事明神，恪遵圣道。由是除幻趋真，力求解脱。”[⑦]1931年，吴宓发表《挽徐志摩君》，认为若是“徐君而今不死”，

① 吴宓：《沧桑艳传奇·叙言》，见《吴宓诗话》，吴学昭整理，北京：商务印书馆2005年版，第5页。
② 吴宓：《红楼梦新谈》，见吕启祥、林东海主编《红楼梦研究稀见资料汇编》，北京：人民文学出版社2001年版，第21页。
③ 吴宓：《红楼梦新谈》，见吕启祥、林东海主编《红楼梦研究稀见资料汇编》，北京：人民文学出版社2001年版，第21页。
④ 吴宓：《红楼梦新谈》，见吕启祥、林东海主编《红楼梦研究稀见资料汇编》，北京：人民文学出版社2001年版，第26~27页。
⑤ 吴宓：《论安诺德之诗》，见《吴宓诗话》，吴学昭整理，北京：商务印书馆2005年版，第80页。
⑥ 吴宓：《论罗色蒂女士之诗》，见《吴宓诗话》，吴学昭整理，北京：商务印书馆2005年版，第91页。
⑦ 吴宓：《论罗色蒂女士之诗》，见《吴宓诗话》，吴学昭整理，北京：商务印书馆2005年版，第90页。

假以时日，其创作必能达到但丁诗作“融合天人，归纳宇宙”[①]的高度。从吴宓对这些作家作品的分析和评价中我们可以体会到，优秀的文学必然灌注着人类对生命存在意义和终极价值的追问和把握，其要旨在于寻求日常生活经验之外的某种更为崇高深远的东西，超越性是其基本品格。

文学的超越性品格源于生命本身的超越性。在吴宓看来，“人居天地之中”[②]，其上是包含着永恒真理的天的世界，其下是自然存在的物的世界，人的本性之中就有挣脱物的羁绊、接近永恒真理的渴望。具体而言，“人与宇宙，皆为二元”，“宇宙 = 神 + 自然”，“人（也）= 神 + 自然”，“神 = 形式；灵魂；一；理想”，“自然 = 物质；肉体；多；现实”[③]。人的生命就是灵魂与肉体、理想与现实的结合，既有凡俗性，又有超越性。吴宓对生命超越性的看法与德国哲学家雅斯贝尔斯的观点颇有相似之处：“生命像在非常严肃的场合的一场游戏，在所有生命都必将终结的阴影下，它顽强地生长，渴望着超越。”[④]作为人的生存本质，超越的要旨在于否定现实的有限性，追求无限的理想境界。但是，平庸琐屑缺乏意义的日常生活却给这种否定和追求设置了重重障碍，人类寄情于文学艺术，很大程度上就是为了超越日常有限性的束缚，在精神的层面上抵达无限的理想境界，感受到生命所应具备的充盈与完整。所以，文学创作可以而且应该借助人的情感心理因素，否定现实有限性，追求理想美，从而最大限度地开启文学营造诗化人生境界的进程。诗化的人生境界是内部心灵世界与外部现实世界相互依存双向建构所达到的存在论意义上的统一，是自由对必然的超越，无限对有限的超越。古往今来的优秀作品之所以能够拥有巨大文学魅力，打动人心，长盛不衰，就在于其中渗透着一种超越日常生活的精神品格，它可以把日常生活中惶惑、短暂、缺乏意义的零散经历成功地转变为令人振奋的、有意义的、跨越时空的人生体验。只有在超越性品格的作用下，文学作品才可能揭示出生命和存在的深层意义，赋予读者灵魂上升的力量，帮助他们超越一般生命物的生存状态，使其体味到人类梦想中的神圣和至善，看到凡俗人生背后的庄严和美好。

可见，超越性品格是使文学获得生机与活力的关键因素，亦是维护文学的尊严和价值，使其真正成为人类的精神航标和灵魂栖息地的重要保障。就这一意义而言，对文学

---

① 吴宓：《挽徐志摩君》，《大公报·文学副刊》1931 年 12 月 14 日第 9 版。

② 吴宓：《文学与人生》，王岷源译，北京：清华大学出版社 1993 年版，第 90 页。

③ 吴宓：《文学与人生》，王岷源译，北京：清华大学出版社 1993 年版，第 77 页。

④［德］雅斯贝尔斯：《存在与超越》，余灵灵等译，上海：上海三联书店 1988 年版，第 44 页。

超越性品格的关注理应是文学批评的不可或缺之维。要将这种关注落到实处，批评家至少需要做到以下两点：其一，正确看待文学的超越性与现实性之间的关系。超越性品格是使文学突破现实有限性，拥有强大精神力量的关键动因。但是，对现实有限性的突破并不意味着彻底割断文学与现实的血脉关系，超越性也不等于脱离现实凌空蹈虚。无论何时，文学理想都源于现实人生，关注现实亦是文学理想超越性的不可或缺之维。只不过，这里的关注现实指的不是对生活琐屑场景的观察和描摹，而是对人生普遍问题的认识和思考。回首历史上体现出超越性品格的伟大作品，无不熔铸着对人生普遍问题的深入思考。对人生普遍问题的思考使这些作品既具有深刻的现实性和历史性，又具有强烈的理想性和超越性，足以跨越时空，在千百年后仍然能够给人带来直叩心灵的震撼感觉。其二，坚持高远的理想追求，培养超拔的精神境界。如果批评主体放弃高远的理想追求，一味沉溺在琐屑庸常的日常生活之中，精神境界低迷狭隘，就会丧失判断是非的能力和抵制流俗的勇气，从事文学批评时就很容易屈从于文学时尚的裹挟，淡漠理想，消解崇高，津津乐道于苟活主义的庸人哲学和声色犬马的感官享乐。在这种情况下，即使批评主体拥有再敏锐的文学语言感受性和再高的文学结构分析能力，他们的批评也不能被称之为真正的文学批评。因为，他们已经将人的生活简化成了维持生命的物性活动，丢弃了人之所以为人的神圣性和文学之所以为文学的超越性，丧失了文学批评的本真意义。只有当批评主体拥有足以抗衡时代鄙俗风气的理想追求和精神境界时，他们才能够打破生活的常规，将超越性的理想维度引入文学批评，揭示生命所应具备的完整性和丰富性，重建人们所需要的精神家园。

由上所述，文学艺术之所以有存在的价值，在很大程度上是因为它可以帮助人实现精神飞扬的梦想，就这一意义而言，弘扬文学的超越性品格，不是批评主体强加给文学创作的任务，而是由文学自身的属性所决定的。在物欲横行、精神萎缩的当代社会里，创作主体和批评主体尤其需要意识到：只有弘扬文学理想的超越性品格，才能捍卫文学活动的尊严和意义，才能使文学成为挽救现代人物化倾向的中流砥柱。

以上我们从写实并不是评价文学创作高下的关键尺度、是否有助于完善现代人性是衡量文学价值的重要标准、文学批评应该多关注文学自身的超越性品格这三个方面，探讨了吴宓以文学探求人生真理的价值取向对重建中国当代文学批评价值标准所具有的启示意义。除此以外，吴宓对文学审美特质的强调也体现出了他对文学基本价值的准确把握，理应成为我们重建当代文学批评价值标准的有益借鉴。

二、对文学审美特质的思考和当代文学批评价值标准的重建

审美特质是文学的重要价值所在，所以，作为围绕着文学价值展开的一种评判活动，文学批评理应以一定的审美观点为标准对文学现象和文学作品的艺术审美价值作出评判。但是，在文化研究浪潮的冲击下，中国当代文学批评正在向文化批评大规模位移。尽管这种位移的背后有着复杂的社会文化原因，而且位移本身也具有合理性和现实价值，但不容忽视的是，文化批评的过度泛滥将会导致审美尺度的缺席，导致文学批评的非文学化。要恢复文学批评的文学本质，就必须适当遏制文化批评对文学批评的过度干预，重建文学批评的审美尺度。论及这一问题时，我们不妨回顾一下吴宓关于文学审美特质的思考及其批评实践，从中汲取有助于疗治中国当代文学批评审美贫困症的文学观念和批评方法，这对于我们反思和完善当代文学批评的价值取向将是不无裨益的。

（一）当代文学批评的泛文化倾向

早在20世纪50年代末，针对文化史研究在西方比较文学领域独领风骚的状况，韦勒克就曾经忧心忡忡地指出：

> 许多研究文学，尤其是研究比较文学的著名学者其实并非真正对文学感兴趣，他们感兴趣的是公共舆论史、旅行报告、民族性格的看法等等——简单说，他们的兴趣在于一般文化史。他们从根本上扩大了文学研究范围，使它几乎等同于整个人类史。但是，文学研究如果不决心把文学作为不同于人类其他活动和产物的一个学科来研究，从方法论的角度来说就不会取得任何进步。因此我们必须面对“文学性”这个问题，即文学艺术的本质这个美学中心问题。①

半个多世纪以来，尽管西方世界有不少韦勒克的拥护者还在坚决捍卫着文学研究的自身特征，但是毕竟已经无力挡住文化研究呼啸而来的强大冲击波。文化工业批判、后现代主义、后殖民主义、新历史主义、女权主义、传媒理论、空间理论等文化研究主题在文学研究领域你方唱罢我登场，使文学研究的学术取向和理论方法都发生了整体改观。对此，美国文学理论家希利斯·米勒和乔纳森·卡勒都曾经有过相关的论述：

---

①［美］雷内·韦勒克：《比较文学的危机》，见［美］雷内·韦勒克《批评的概念》，张金言译，杭州：中国美术学院出版社1999年版，第277~278页。

文学研究的时代已经过去了。再也不会出现一个时代——为了文学自身的目的，撇开理论的或者政治方面的思考而单纯去研究文学。那样做不合时宜。我非常怀疑文学研究是否还会逢时，或者还会不会有繁荣的时期。①

自1979年以来，文学研究的兴趣中心已发生大规模的转移：从对文学作修辞学式的“内部”研究，转为研究文学的“外部”联系确定它在心理学、历史或社会学背景中的位置。换言之，文学研究的兴趣已由解读（即集中注意研究语言本身及其性质和能力）转移到各种形式的阐释学上（即注意语言同上帝、自然、社会、历史等被看作是语言之外的事物的关系）。②

从事文学研究的人已经开始研究文学研究领域之外的著作，因为那些著作在语言、思想、历史或文化各方面所做的分析都为文本和文化问题提供了更新、更有说服力的解释。这种意义上的理论已经不是一套为文学研究而设的方法，而是一系列没有界限的、评说天下万物的著作，从哲学殿堂里学术性最强的问题到人们以不断变化的方法评说和思考的身体问题，无所不容。“理论”的种类包括人类学、艺术史、电影研究、性别研究、语言学、哲学、政治理论、心理分析、科学研究、社会和思想史，以及社会学等各方面的著作。③

20世纪90年代以后，西方文化研究浪潮涌入中国，在这股浪潮的裹挟下，身份、性别、种族、阶级、意识形态等文化研究的范畴仿佛一夜之间就取代文本、意象、修辞、语言等成了文学研究的宠儿。甚至有不少学者坚持认为，新批评、结构主义等文本研究已经成了保守的“新古典”，走进了历史的死胡同，唯有文化研究才能给文学研究提供新视野、新方法，激发其内在的生机与活力。与之相应，当代文学批评也泛化成了一种无所不包的文化批评，韦勒克一再强调的对“文学性”本身的关怀正不可避免地迷失和湮没在沸腾的文化热点之中。

①［美］希利斯·米勒：《全球化时代文学研究还会继续存在吗？》，国荣译，《文学评论》2001年第1期，第138页。

②［美］希利斯·米勒：《文学理论在今天的功能》，见［美］拉尔夫·科恩编《文学理论的未来》，程锡麟等译，北京：中国社会科学出版社1993年版，第121~122页。

③［美］乔纳森·卡勒：《文学理论入门》，李平译，南京：译林出版社2008年版，第4页。

用历史的眼光来看，中国当代文学批评在20世纪90年代以后发生的泛文化转向固然离不开世界范围内文化研究热潮的推动，但是，究其根源，这一时期的文学批评家之所以会迅速接受文化研究的思路，主要还是受到了渴望阐释和解决中国问题的文化焦虑感的驱动。这种文化焦虑感由来已久，其产生和中国知识分子兼济天下的传统使命感密切相关：在多灾多难的中国，做学问常和“为人生”的主题紧密相关，文学家总是从思想文化的意义上去创作，去批评。20世纪80年代初，关于“中国封建社会为什么延续了两千多年”的大讨论在理论界展开，与之相呼应，文学界再次将“改造国民性”作为新启蒙的话题，为了反思民族传统，重铸民族灵魂，批评家们不断加强文化批判意识，其中起主导作用的是带有文化英雄色彩的精英思想。20世纪80年代末，一些知识分子的政治热情相对冷却，有意疏离了社会现实，在西方现代语言论和符号美学的影响下，文学批评曾经一度热衷于形式批评、语言批评，社会批判意识明显淡化。20世纪90年代以后，市场经济迅速崛起，许多意想不到的弊病随之暴露，面对社会公正、贪污腐败、国企改革、工人下岗、农民打工等社会问题，知识分子再度燃起了强烈的政治关切与参与热情，文学批评不再满足于形式分析，要求突破狭窄的视域，关注社会现实，而文化研究和文化批评的现实性品格恰好可以为文学批评打开全新的窗口，使文学批评家更有可能发现生活中有价值但是很可能被忽略的东西。正是在这种现实文化需要的推动下，中国文学批评界才主动接受了国际学术大环境的影响，告别了执着于文学语言、形式和结构的批评时代，开始将形形色色的社会文化问题视作文学批评的关注重心。

就这一思想文化背景而言，文学批评向文化批评的大规模位移不仅是合乎逻辑和可以理解的事情，而且也能够给文学批评带来新的发展机遇。具体说来，这种新的发展机遇主要体现在两个方面：其一，文化批评高度的现实介入性可以强化文学批评的现实参与意识，促使其积极回应社会转型期的种种复杂问题，对国人当下的生存状态和价值规范展开思考，这势必会深化文学批评的时代内蕴和社会意义，使之吸引更多人的视线，滋生出引发轰动效应的可能；其二，文化批评所采用的综合研究方式有助于拓展文学批评的空间，使其超越文学学科的固有疆界和研究范式，成功地容摄来自各个学科的视角、观点，整合不同的方法，经由多层次、多维度的整体观照揭示出文学文本的深层意蕴及其对社会生活的多重意义。

但是，文化批评带给文学批评的除了发展的机遇，还有不容忽视的危机：文学批评应该是以文学为中心的批评，但是，“当文化批评成为文学研究的实际操作工具，堆积在文学编辑案头的学术论文，越来越驳杂得令人难以置信，有的更是怎么看都看不出与文学有什么关系”①。尽管文化批评也会涉及对文学文本的研究,但是,作为文化批评对象的文学文本，并不是独立的文学形态，而是某种文化理念的载体；文化批评的目的，并不是对文学文本自身做出阐释和评价，而是以之图解各种文化理念。就其本质而言，文化批评中的文学文本研究是非文学化的文学文本研究，这一点与庸俗社会学笼罩下的文学文本研究没有什么两样：庸俗社会学曾经使文学批评成为一系列政治概念的诠释，若是将文学批评等同于文化批评，“文以载道”的思维定式就会借尸还魂，文学批评就会再度走向非文学化。那些以文化批评代替文学批评的研究者在面对文学作品时，不是将其视作独立自足的艺术世界，从自己的审美感悟出发，深入作品的内部，对其作为艺术世界的得失作出整体判断，而是将文学作品视作文化符号的集合，从某种文化理论出发，按图索骥地在作品中寻找可以为这种文化理论提供佐证的东西。这不仅意味着文学作品的审美特质势必会遭遇忽视和阉割，而且会使得文学批评丧失自身的特色，甚至有可能沦为对某种文化趣味的附和与对某种文化资源（特别是已经引起公众注意的文化资源）的开发。在这样的文学批评文章中，我们体会不到思想的力量和文学的魅力，只能看到文化命题的泛滥和理论概念的狂欢。文学批评成了寻找文化热点和印证文化理论的活动：某一作家之所以能够吸引众多批评家的视线，多半是由于他代表的文化立场关涉着现今的文化热点而并非是因为他独特的创作风格；某一作品之所以能够获得众多批评者的赞赏，多半是由于它可以成为时髦文化理论的脚注而并非是因为它独特的艺术价值。如此一来，在评判文学时，作家自身的艺术贡献和作品自身的美学价值变得无足轻重，哪怕作家并无值得称道的艺术贡献，哪怕作品缺乏美感，只要批评家能够从中搜索到所谓的文化价值，就会对其加以肯定，而某些颇具艺术特色和审美价值的文学作品，却因为远离文化热点而遭到了冷落和遗忘。这显然是将文学当作了文化理念的工具与附庸，对文学的自身特征缺乏最起码的认识和尊重。

文学固然是一种文化性的存在，可以而且应该通过表现特定历史时空中的社会生活和文化情境，探寻最合乎人类生命本质需要的文化理想，为人提供意义世界、价值体系和精神家园；但是，个性化的情感表达和审美方式又规定了文学作为文化结构子系统的特殊性和相对独立性，对这种特殊性和相对独立性的认识程度，决定着理解文学与文化关系及其界限的正确程度，也决定着文学批评与文化批评的交融限度。作为一种创造性的精神文化活动，文学的主要特征是鲜明突出的个性表现，强烈充分的情感宣泄以及对

①《文化批评与文学“文化批评”·编者按》,《社会科学战线》2003年第2期，第64页。

世界直观细微的审美再现。文学对社会生活本质的揭示，对历史运动规律的洞察，都必须通过个性化、情感化的艺术审美方式来实现。而文化主要是一种人类意识，是被一定社会形态、民族地域范围内的人们所习惯所分享的某种集体现象和结构方式，意识理性和集体共性是其首要的特征。文化与文学最根本差异就在于前者不一定具有审美性，而后者必须具备审美性。没有真挚的情感，没有对世界个性化的审美感知，便没有文学。在审美性的大前提之下，参与到文学之中的文化资源已经融会到了文学内部，文化的理智思索已经凝聚和积淀在文学的情感世界中，被审美化成了有意味的形象世界的一部分，转化成了文学性的存在，而不再以赤裸裸纯理性的文化本来面目示人了。所以，文学批评必须牢牢抓住文学这种文化存在形式的特殊性——个性化情感化的审美特征，假如背离审美化原则，文学批评就会沦为某种文化学说的佐证，它借鉴文化批评发展自己的愿望就会落空。

由上可见，只有在充分重视文学艺术审美特征的前提下，文学批评才能体现出不同于其他研究的独特之处。就这一意义而言，吴宓关于文学审美特质的思考和注重文学审美评判功能的批评实践，恰好可以为我们反思和完善当代文学批评的价值取向提供有益的借鉴，值得我们进一步思考。

（二）践行文学批评的审美评判功能

文学是对世界的审美把握，只有在注重文学自身审美特质的基础上践行文学批评的审美评判功能，文学批评才能够真正成为关于文学的研究。而吴宓的文学思想和文学批评实践可以从以下三个方面深化我们对这一问题的思考。

首先，关注文学作为语言艺术的审美特质。

审美是文学不可缺少的重要性质，也是文学作为艺术区别于哲学、史学、伦理学等精神文化领域的重要功能。但是审美的性质相当宽泛，并非为文学所特有，因此文学的独立品格不能被简单地概括为审美性，只有在审美的前面加上“语言”这一定语，凸显文学作为语言艺术的特性，才使之与音乐、美术、电影等其他艺术样式区别开来。所以，我们应该注意到，语言文字是构成文学艺术形式的基本要素，不管外在的社会历史力量如何强大，文学始终应该是能够最大限度地体现语言审美特性的艺术，关注文学作为语言艺术的审美特质则是践行文学批评的审美评判功能，对文学进行有效研究展开有效批评的关键所在。

吴宓一向非常关注文学作为语言艺术的审美特质。在他看来，语言文字作为抽象的意义载体，诉诸的是非感官的感受，建构的是非具象的形象，当它被用作文学这一艺术门类的专用媒质时，其所凸显的审美感知方式既非视觉亦非听觉，无法像色彩和声音等艺术媒质那样通过直接冲击人的视听感官来构建出可供感知的艺术幻境，使人获得美的享受以直接实现其审美意义，而只能通过激活人的审美想象力来构建文学幻境和实现审美意义。从吴宓对想象力、幻境、文字三者关系所作的言说和分析中，我们可以看到，作为文学媒质的文字，是具有表现性特征的文字。也就是说，文字一旦成为营造文学幻境的有效媒质，就和人的想象力建立了联系，想象力的参与使作为文学媒质的文字不能再被等同于实指性的符号，而必然呈现出鲜明的表现性特征，产生超越自身的审美效果。批评家要想真正有效地发掘出文学作为语言艺术的审美特质，践行文学批评的审美评判功能，就必须格外注重文学语言与想象力密切相关的表现性特征。

其次，从审美体悟出发对文学的艺术审美价值进行评判。

与一般的阅读鉴赏不同，文学批评虽然也应该从审美体悟出发，但是它所提供的主要还是一种关于审美价值的评判，评判需要具备一定的客观性，所以，文学批评的对象可以根据个人爱好和主观情趣来选择，但是文学批评的进程却不能单凭个人爱好和主观情趣的支配。在《文学研究法》一文中，吴宓曾对“重一时之感情而不遵文章之定理”的文学批评倾向进行过严厉的批判，认为这种倾向只能助长“仅随意涉猎，略行翻检，即信口谈论，自称文人……至其操笔评文，多以己意为之”的批评风气，滋生出“轻滑浮靡，绮丽空疏”[①] 的批评文章。对于一个文学批评者来说，文学欣赏所需要的体会、内省、直觉、顿悟等经验固然是有用的，但其职责却与文学欣赏者完全不同：文学欣赏者可以只停留在对作品进行体会、理解、对话、重构的层面上；文学批评者却必须注意比较、分析、归纳、概括以及运用范畴、规律来表述研究的成果，从而将他的文学经验转化成合理的能为他人所接受的形式，体现出价值评判的力量。从吴宓的《论罗色蒂女士之诗》《石头记评赞》等批评文章中，我们可以充分体会到这种价值评判的力量。具体而言，吴宓文学批评中的价值评判力量主要是通过两种渠道实现的：其一，在比较中凸显批评对象不同于其他作品及现象的特别之处，并围绕着这种特别之处展开论述。例如，论及罗赛蒂女士的诗歌创作时，吴宓特别将其与勃朗宁夫人的诗歌并置一处展开比较，以勃朗宁夫人之诗的“情旨殊不自然”[②] 反衬和凸显罗赛蒂女士之诗的“一秉天真，发于至诚”[③]，从而集中论述和大力强调了真挚情感对于诗歌创作的重要意义。其二，借助理性思辨和

① 吴宓：《文学研究法》，《学衡》第 2 期，1922 年 2 月出版。

② 吴宓：《论罗色蒂女士之诗》，见《吴宓诗话》，吴学昭整理，北京：商务印书馆 2005 年版，第 91 页。

③ 吴宓：《论罗色蒂女士之诗》，见《吴宓诗话》，吴学昭整理，北京：商务印书馆 2005 年版，第 91 页。

一定的专业理论知识，发掘作品的深层美学意蕴，阐释艺术家思想观念的深刻和表现手法的精妙，以完成指导文学接受和引导文学创作的责任。例如，谈到"《石头记》之义理"时，吴宓从自己的阅读体验和审美感悟出发，联系"一切哲学根本之'一多（One and Many）观念'"，认为《石头记》当中有四组"一"与"多"的对照：第一组，"太虚幻境——理想（价值）之世界"和"人世：贾府，大观园——物质（感官经验）之世界"；第二组，"木石——理想真实之关系，真价值（天爵）"和"金玉——人为偶然之关系，社会中之地位（人爵）"；第三组，"贾（假）——实在（真理知识），惟哲学家知之"和"甄（真）= 外表（幻象、意见），世俗一般人所见者"；第四组，"贾宝玉——理想之我，人皆当如是"和"甄宝玉 = 实际（世俗）之我，人恒为如是"。并由此归纳出《石头记》思想观念的伟大之处："《石头记》作者之观点，为'如实，观其全体'；以'一多'驭万有，而融会贯通之——此即佛家所谓'华严境界'也。而《石头记》指示人生，乃由幻象以得解脱（from Illusion to Disillusion），即脱离（逃避）世间之种种虚荣及痛苦，以求得出世间之真理与至爱（Truth and Love）也。佛经所教者如此，世间伟大文学作品亦莫不如此。"①

再次，在审美评判中展现文学批评的个性和艺术性。

在《论今日文学创造之正法》一文中，吴宓曾将文学批评与文学创造比作"车的两轮，鸟之双翼"，认为二者在文学活动中"相辅相助，互成其美与用，缺一而不可"②。文学创造离不开文学批评的指导，文学批评也离不开文学创造的支撑。对于批评家来说，最好能具备一定的文学创造能力和文学创造经验："必自能创造而本于经验以为批评，则其批评始不落空疏。"③可见，尽管文学批评的审美评判功能要求文学批评具有公正性和一定的客观性，但是，公正客观并不等于整齐划一，因为，文学创造是个体性的活动，与创造经验的密切联系势必会为文学批评染上浓厚的个体特征，使文学批评的审美评判过程体现出个性和艺术性。具体而言，吴宓文学批评的个性和艺术性主要体现在两个方面。

其一，审美视角的独特性。譬如，1925年，杨振声的小说《玉君》问世，销行甚畅，评者甚众，但是，大多数评论者所注重的并非小说自身的艺术特点，而是该小说的现实意义和社会影响，"誉之者多推尊过当，迹近标榜。毁之者则殊嫌吹毛求疵，未悉作者之用心"④。就连深谙小说艺术的鲁迅也未能免俗，指责杨振声"用人工来制造理想的人物"⑤，

① 吴宓：《石头记评赞》，见吕启祥、林东海主编《红楼梦研究稀见资料汇编》，北京：人民文学出版社2001年版，第853页。

② 吴宓：《论今日文学创造之正法》，《学衡》第15期，1923年3月出版。

③ 吴宓：《论今日文学创造之正法》，《学衡》第15期，1923年3月出版。

④ 吴宓：《评杨振声〈玉君〉》，《学衡》第39期，1925年3月出版。

⑤ 鲁迅：《〈中国新文学大系〉小说二集序》，见《鲁迅全集》第6卷，北京：人民文学出版社2005年版，第248页。

《玉君》缺乏现实性，“不过一个傀儡，她的降生也就是死亡”①。在一片受制于文艺社会学意识的毁誉声中，吴宓力排众议，从新的审美视角介入，对《玉君》的艺术审美价值提出了独到的见解：

以轻描淡写为笔，表平正真挚之情。又能熟读《石头记》等书，运用中国词章，故句法不乏整炼修琢之美，文体亦有圆转流畅之致。就此诸端而论，《玉君》一书在今世盛行之欧化文法短篇写实小说中实为矫然特异殊有可取。②

这种摆脱了文艺社会学束缚的独特审美视角不仅切合《玉君》自身的文学创作特点，而且使文学批评体现出了个体化的艺术情感经验。

其二，批评文字的艺术性。优秀的批评文章应该摆脱呆板的写作格套和毫无新鲜气息的理论习语，尽量采用新鲜的能够引发读者兴味的文字，就这一意义而言，优秀的批评文字本身就是一种艺术创造。譬如，论及茅盾《子夜》的行文特点时，吴宓就采用了这样一段富有艺术性的文字：

笔势具如火如荼之美，酣恣喷礴，不可控搏，而其细微处复能委婉多姿，殊为难能而可贵。③

又如，谈到阿诺德诗歌的孤独意识时，吴宓采用的是饱含感情的诗意语言：

作者自以众醉独醒，众浊独清，孤寂寡俦。又以身之察察而受物之汶汶，既不能与世中各派之人免为同调，而亦不为各派之人所谅，横遭诋毁，忧思郁结，无可告诉。只得自为问答，如 *Youth's Agitations* 或呼星月木石而共语。如 *Self-Dependence* 此安诺德一身之孤独也。又凡人与人之间，情意隔阂，终不能互喻。且处茫茫大千之中，人类全体亦为孤独。不见古人，后不见来者。见 *To Marguerite Continued* 而物类亦为孤独，禽兽不能达其意于人。

① 鲁迅：《〈中国新文学大系〉小说二集序》，见《鲁迅全集》第6卷，北京：人民文学出版社2005年版，第249页。

② 吴宓：《评杨振声〈玉君〉》，《学衡》第39期，1925年3月出版。

③ 吴宓：《茅盾著长篇小说〈子夜〉》，《大公报·文学副刊》1933年4月10日第8版。

如 *Giest's Grave* 甚至天然之物，亦均孤独。譬彼高峰，突出云表，只与星月之寒光近接，而与尘世隔绝。又如彼旭日，照临下土，其功至伟。然东出西没，无人陪伴，壹志孤行。如此地球，厚德载物，施转运行，无或少息。而呻吟痛楚，无人怜惜，无人襄助。①

这些评论不仅使人直观地感受到作品的艺术特色，认识到作品的审美价值，而且其本身也堪称极富创造性和艺术性的美文。法国文学批评家蒂博代曾经提出："所能给予一位大批评家的最高荣誉是说批评在他手中真正成为一种创造。"② 吴宓虽然还称不上这样的大批评家，但是，他的文学批评毕竟已显示出了创造的个性和艺术性，这本身就是非常值得称道的。

以上我们就关注文学作为语言艺术的审美特质、从审美体悟出发对文学的艺术审美价值进行评判、在审美评判中展现文学批评的个性和艺术性这三个方面探讨了吴宓文学思考及批评实践对我们践行文学批评的审美评判功能，纠正文学批评的泛文化倾向所具有的启示意义：文学批评中可以包含文化批评的要素，但是，文学批评首先是关于文学的批评，理应从文学作为语言艺术的审美特质出发，对文学现象和文学作品的艺术审美价值作出深入的分析和准确的评判，而分析和评判本身即是个性和艺术性的昭显。艺术创造的特征和理性评判的功能应该同时集中在文学批评上，缺一不可，尽管在具体的批评实践中，特征和功能往往会有所侧重，但是对二者进行割裂则肯定是行不通的。

要之，文论现代性建设是以文学批评为实践基础的，当代文学批评价值标准的失落已经给文论现代性建设带来了不容忽视的负面影响，重建文学批评的价值标准是文论现代性建设进程得以顺利展开的必要前提。从吴宓要求以文学探究人生真理的观点和他关于文学审美特质的思考及注重文学审美评判功能的批评实践中，我们可以看到他对文学基本价值宏观而准确的把握。以之作为重建当代文学批评价值标准的有益借鉴，将会有助于我们正确看待文学的价值，推动中国当代文学批评的繁荣发展，完善当下文论现代性建设的实践基础。

在本章中，我们从中西理论资源的平等会通、重建文学批评的价值标准这两个方面探讨了吴宓文学思想对当下文论现代性建设进程所具有的启示意义：前者涉及的是文论现代性建设的理论基础问题，后者涉及的是文论现代性建设的实践基础问题。用历史的

① 吴宓：《论安诺德之诗》，见《吴宓诗话》，吴学昭整理，北京：商务印书馆 2005 年版，第 80~81 页。

②［法］阿尔贝·蒂博代：《六说文学批评》，赵坚译，北京：生活·读书·新知三联书店 1989 年出版，第 163 页。

眼光来看，尽管当下文学和文论的具体状况较之吴宓所处时代的文学和文论已经有了很大的发展，但是，从彼时到此时，如何处理文学的现代追求和历史传承，如何看待文学的社会使命和审美特质一直都是文学和文论发展进程中备受关注的课题。而吴宓围绕着文论现代性建设理论基础和实践基础所展开的思考就伴随着他对这些课题的具体理解，为我们今天的文论现代性建设留下了与之对话的基础和空间。

结　　语

尽管吴宓的著作成就和社会影响并不足以使其跻身于中国现代一流的文学研究者或批评家行列，但他却是中国现代文学思想史上值得注意的独特存在。因为，在以西方现代作品为范本，以社会功利主义为旨归的新文学大行其道的历史语境中，吴宓拒绝随波逐流，保持着相对冷静的头脑，尖锐地指出了其所处时代的主流文学和文论发展过程中存在的诸多问题，并有意识地对这些问题进行过某种程度的补充和纠偏，很多观点在今天看来仍然具有启发意义。若是要全面描述20世纪前半期文学思想的发展格局，吴宓的理论观点和文学批评无疑属于不应被忽视的重要一翼。

但是实际上，以往的现代文学思想史和现代文学批评史很少专门提及吴宓，他的文学理论观点和文学批评实践似乎被他编辑《学衡》的经历遮蔽了。而《学衡》杂志甫一问世，便遭到了新文化运动先驱鲁迅的当头棒喝：

> 夫所谓《学衡》者，据我看来，实不过聚在“聚宝之门”左近的几个假古董所放的假毫光；虽然自称为“衡”，而本身的称星尚且未曾钉好，更何论于他所衡的轻重的是非。……而不幸诸公虽然张皇国学，笔下却未免欠亨，不能自了，何以“衡”人。这实在是一个大缺点。①

---

① 鲁迅：《估〈学衡〉》，见《鲁迅全集》第1卷，北京：人民文学出版社2005年版，第397页。

以鲁迅在当时和后世的地位与影响，他的看法自然成了评判是非的一个标准，在相当长的历史时期内，《学衡》成了“假古董”的代名词：一心“掊击新文化而张皇旧学问……可惜的是于旧学并无门径，并主张也还不配……于新文化无伤，于国粹也差得远”[①]，徒留可笑面目。尽管吴宓后来专门作出申辩，指出鲁迅的《估〈学衡〉》一文是“专就第一期立论”[②]，《学衡》第一期问世时，他尚未全权负责《学衡》的编稿工作，其中遭到鲁迅诟病的“陋劣”[③]之作是他人力主刊登的，和自己并无多大关系。但是，在许多人的印象中，吴宓和《学衡》始终是捆绑在一起的，《学衡》也好，吴宓也好，都脱不了“假古董”的身份，保守落后又乏善可陈。这种先入为主的印象注定了吴宓的文学思想必然会遭遇边缘化的命运，只能得到来自主流文学阵营的误读、批判和来自普通受众的冷落、排斥。其实，印象并不能代替研究的结论，姑且不说鲁迅对《学衡》的指责无法涵盖《学衡》的整体面貌和编辑思路，仅就吴宓个人而论，编辑《学衡》也只是他生命中的一段经历。除了《学衡》编辑，他还是寝馈中国古典文化、深谙西方文学肌理的著名教授和极具理论自觉性及批评个性的文学评论家，《学衡》的得失并不足以囊括吴宓文学思想和文学批评的全部特征。

客观地来看，吴宓的文学思想有着丰富的理论内涵和鲜明的现实针对性，对于中国新文学建构进程所面临的基本问题，他始终抱以强烈的关注并提出了很有建设性的观点。他质疑新文学的建构基础和价值取向，并不是为了阻挡新文学的发展，而是希望将新文学纳入他理想的轨道，使之具备他所强调的融中西古今文学资源于一体的建构基础，体现出兼顾文学审美特质和社会使命的价值取向。尽管他对新文学现状的某些指责显得有些偏执和过火，但是，从文学的整体流脉来看，吴宓对新文学发展路向的认识还是很有眼光的。其理论观点虽然并没有成为推动新文学实际发展趋向的主力，但是从整体格局来看还是有利于新文学发展的，因为它代表了一种纠偏和制衡的力量。而且，吴宓并没有停留在理论设想的层面，他怀着完善新文学的使命感和对文学艺术的满腔热爱，综合运用古今中外所有适用的文学理论资源，进行了大量的文学阐释和文学批评，对新诗革命和写实小说等当时备受关注的文学现象都发表过颇为独到的看法。其批评实践不仅体现出了现代批评的思维方式和学术方法的明显特征，而且有助于我们重新反思看似已成定论的现代诗歌理论和现代小说理论。可见，尽管现代文学的宏观历史语境和吴宓文学

① 鲁迅：《估〈学衡〉》，见《鲁迅全集》第 1 卷，北京：人民文学出版社 2005 年版，第 399 页。
② 吴宓：《吴宓自编年谱》，吴学昭整理，北京：生活・读书・新知三联书店 1995 年版，第 235 页。
③ 吴宓：《吴宓自编年谱》，吴学昭整理，北京：生活・读书・新知三联书店 1995 年版，第 236 页。

思想模式之间的矛盾注定了他是一个不合时宜的文学研究者和文学批评家，无法对当时的文学发展产生显著的影响，尽管吴宓的文学思想有明显的局限性，不足以成为放之四海而皆准的理论标尺，但是，无论在理论内涵上还是在批评实践上，吴宓的文学思想都是值得珍视的历史遗产。其中所蕴含的精神理念可以推动我们围绕着现代文学和现代文论的建构进程展开深入的思考，对当下的文学和文论建设产生积极的影响。仅就这一点而言，吴宓的文学思想就不应该遭到长久的冷落和遗忘。

参 考 文 献

中文文献

北京大学，等. 文学运动史料选［G］. 上海：上海教育出版社，1979.

柴文华. 现代新儒家文化观研究［M］. 北京：生活・读书・新知三联书店，2004.

陈平原，夏晓虹. 二十世纪中国小说理论资料：第1卷［G］. 北京：北京大学出版社，1989.

冯从吾. 关学编［M］. 北京：中华书局，1987.

傅宏星. 吴宓评传［M］. 武汉：华中师范大学出版社，2008.

甘阳. 将错就错［M］. 北京：生活・读书・新知三联书店，2002.

高恒文. 东南大学与"学衡派"［M］. 桂林：广西师范大学出版社，2002.

郭沫若. 文艺论集［M］. 北京：人民文学出版社，1979.

郭庆藩. 庄子集释［M］. 北京：中华书局，1982.

郭绍虞. 中国历代文论选［M］. 上海：上海古籍出版社，1979.

黄侯兴. 创作社丛书・文艺理论卷［M］. 北京：学苑出版社，1992.

黄霖. 近代文学批评史［M］. 上海：上海古籍出版社，1993.

黄世坦. 回忆吴宓先生［M］. 西安：陕西人民出版社，1990.

蒋书丽. 坚守与开拓：吴宓的文化理想与实践［M］. 北京：人民文学出版社，2009.

孔范今. 走出历史的峡谷［M］. 济南：山东文艺出版社，1997.

孔范今，等. 中国新时期文学思潮研究资料：中［G］. 济南：山东文艺出版社，2006.

旷新年．中国20世纪文艺学学术史：第二部下卷［M］．上海：上海文艺出版社，2001.

劳舒．刘师培学术论著［M］．杭州：浙江人民出版社，1998.

黎汉基．社会失范与道德实践：吴宓与吴芳吉［M］．成都：巴蜀书社，2006.

李赋宁．第一届吴宓学术讨论会论文选集［C］．西安：陕西人民教育出版社，1992.

李赋宁．第二届吴宓学术讨论会论文选集［C］．西安：陕西人民教育出版社，1994.

李惠斌．全球化：中国道路［M］．北京：社会科学文献出版社，2003.

李继凯，刘瑞春．解析吴宓［M］．北京：社会科学文献出版社，2001.

李继凯，刘瑞春．追忆吴宓［M］．北京：社会科学文献出版社，2001.

李欧梵．未完成的现代性［M］．北京：北京大学出版社，2005.

李世涛．知识分子立场——激进与保守之间的动荡［M］．长春：时代文艺出版社，2000.

李维武．中国人文精神之阐扬——徐复观新儒学论著辑要［M］．北京：中国广播电视出版社，1996.

李泽厚．中国近代思想史论［M］．北京：人民出版社，1979.

李泽厚．中国思想史论［M］．合肥：安徽文艺出版社，1999.

林茂生，等．陈独秀文章选编［M］．北京：生活·读书·新知三联书店，1984.

林毓生．中国传统的创造性转化［M］．北京：生活·读书·新知三联书店，1988.

《刘古愚教育论文选注》编委会．刘古愚教育论文选注［M］．西安：陕西人民出版社，1988.

刘家全，等．第三届吴宓学术讨论会论文选集［C］．西安：地图出版社，2005.

刘克敌．花落春仍在：吴宓与《学衡》［M］．北京：中国文联出版社，2001.

刘熙载．艺概［M］．上海：上海古籍出版社，1978.

刘运峰．1917—1927中国新文学大系导言集［M］．天津：天津人民出版社，2009.

龙协涛．鉴赏文存［M］．北京：人民文学出版社，1984.

卢云昆．社会剧变与规范重建：严复文选［M］．上海：上海远东出版社，1996.

罗钢．历史汇流中的抉择——中国现代文艺思想家与西方文学理论［M］．北京：中国社会科学出版社，2000.

吕启祥，林东海．红楼梦研究稀见资料汇编［G］．北京：人民文学出版社，2001.

马海甸．梁宗岱文集·评论卷［M］．北京：中央编译出版社，2003.

毛泽东论文艺［M］．北京：人民文学出版社，1983.

毛泽东选集［M］．北京：人民文学出版社，1991.

梅铁山．梅光迪文存［M］．武汉：华中师范大学出版社，2011.

聂振斌. 文明的呼唤——蔡元培文选［M］. 天津：百花文艺出版社，2002.

欧阳哲生. 胡适文集［M］. 北京：北京大学出版社，1998.

钱文忠. 散原精舍文集［M］. 沈阳：辽宁教育出版社，1998.

钱中文，等. 中国古代文论的现代转换［M］. 西安：陕西师范大学出版社，1997.

钱锺书. 谈艺录［M］. 北京：生活·读书·新知三联书店，2007.

清华大学校史研究室. 清华大学史料选编［G］. 北京：清华大学出版社，1991.

邱志华. 陈序经学术论著［M］. 杭州：浙江人民出版社，1998.

瞿蜕园. 刘禹锡集笺证［M］. 上海：上海古籍出版社，1989.

沈绍镛. 郁达夫文论集［M］. 杭州：浙江文艺出版社，1985.

沈松侨. 学衡派与五四时期的反新文化运动［M］. 台北：台湾大学出版委员会，1984.

沈卫威. 回眸“学衡派”：文化保守主义的现代命运［M］. 北京：人民文学出版社，1999.

沈卫威. 吴宓与《学衡》：1922 年 1 月—1933 年 7 月［M］. 开封：河南大学出版社，2000.

沈卫威. “学衡派”谱系：历史与叙事［M］. 南昌：江西教育出版社，2007.

孙尚扬，郭兰芳. 国故新知论：学衡派文化论著辑要［M］. 北京：中国广播电视出版社，1995.

汤志钧. 近代经学与政治［M］. 北京：中华书局，2000.

唐君毅. 文化意识与道德理性［M］. 北京：中国社会科学出版社，2005.

王国维，蔡元培，胡适. 三大师谈《红楼梦》［M］. 上海：上海三联书店，2007.

王宁，等. 全球化与后殖民批评［M］. 北京：中央编译出版社，1998.

王泉根. 多维视野中的吴宓［M］. 重庆：重庆出版社，2001.

王一川. 文学理论［M］. 成都：四川人民出版社，2003.

王一川. 中国现代性体验的发生［M］. 北京：北京师范大学出版社，2001.

王攸欣. 朱光潜学术思想评传［M］. 北京：北京图书馆出版社，1999.

王元骧. 审美超越与艺术精神［M］. 杭州：浙江大学出版社，2006.

王运熙，等. 清代文论选［M］. 北京：人民文学出版社，1999.

温儒敏. 新文学现实主义的流变［M］. 北京：北京大学出版社，1988.

吴林伯.《文心雕龙》义疏［M］. 武汉：武汉大学出版社，2002.

吴宓. 文学与人生［M］. 王岷源，译. 北京：清华大学出版社，1993.

吴宓. 吴宓评注顾亭林诗集［M］. 周绚隆，整理. 北京：人民文学出版社，2012.

吴宓. 吴宓日记［M］. 吴学昭，整理. 北京：生活·读书·新知三联书店，1998.

吴宓. 吴宓日记续编［M］. 吴学昭，整理. 北京：生活·读书·新知三联书店，2006.

吴宓. 吴宓诗话［M］. 吴学昭，整理. 北京：商务印书馆，2005.

吴宓. 吴宓诗集［M］. 上海：中华书局，1935.

吴宓. 吴宓诗集［M］. 吴学昭，整理. 北京：商务印书馆，2004.

吴宓. 吴宓书信集［M］. 吴学昭，整理. 北京：生活・读书・新知三联书店，2011.

吴宓. 吴宓自编年谱［M］. 吴学昭，整理. 北京：生活・读书・新知三联书店，1995.

吴学昭. 吴宓与陈寅恪［M］. 北京：清华大学出版社，1992.

夏济安. 夏济安选集［M］. 沈阳：辽宁教育出版社，2001.

萧屏东. 苏东坡笔记［M］. 长沙：湖南文艺出版社，1991.

谢冕. 1898 百年忧患［M］. 济南：山东教育出版社，1998.

解志熙，等. 于赓虞诗文辑存［M］. 开封：河南大学出版社，2004.

徐葆耕. 会通派如是说——吴宓集［M］. 上海：上海文艺出版社，1998.

徐迅. 民族主义［M］. 北京：中国社会科学出版社，1998.

严家炎. 二十世纪中国小说理论资料：第 2 卷［G］. 北京：北京大学出版社，1997.

杨乃乔. 悖立与整合——东方儒道诗学与西方诗学的本体论、语言论比较［M］. 北京：文化艺术出版社，1998.

姚奠中，董国炎. 章太炎学术年谱［M］. 太原：山西古籍出版社，1996.

叶嘉莹. 王国维及其文学批评［M］. 石家庄：河北教育出版社，1997.

叶朗. 中国美学史大纲［M］. 上海：上海人民出版社，1985.

叶子铭. 茅盾文艺杂论集［M］. 上海：上海文艺出版社，1981.

余英时. 中国近代思想史上的胡适［M］. 台北：联经出版事业公司，1998.

俞可平. 全球化：西方化还是中国化［M］. 北京：社会科学文献出版社，2002.

袁进. 中国文学的近代变革［M］. 桂林：广西师范大学出版社，2006.

乐黛云. 比较文学与比较文化十讲［M］. 上海：复旦大学出版社，2004.

岳凯华. 五四激进主义的缘起与中国新文学的发生［M］. 长沙：岳麓书社，2006.

张宝明. 启蒙与革命——“五四”激进派的两难［M］. 上海：学林出版社，1998.

张伯行. 濂洛关闽书［M］. 北京：中华书局，1985.

张灏. 幽暗意识与民主传统［M］. 北京：新星出版社，2006.

张弘. 吴宓理想的使者［M］. 北京：文津出版社，2005.

张汝伦. 现代中国思想研究［M］. 上海：上海人民出版社，2001.

张源. 从“人文主义”到“保守主义”：《学衡》中的白璧德［M］. 北京：生活・读书・新知三

联书店，2009.
章太炎．国学概论［M］．上海：上海古籍出版社，1997.
章太炎．文学总略［M］．上海：上海古籍出版社，2006.
章锡琛．张载集［M］．北京：中华书局，1978.
郑大华．民国思想史论［M］．北京：社会科学文献出版社，2006.
郑师渠．晚清国粹派——文化思想研究［M］．北京：北京师范大学出版社，1993.
郑师渠．在欧化与国粹之间——学衡派文化思想研究［M］．北京：北京师范大学出版社，2001.
中国新文学大系·1937—1949 文学理论卷［M］．上海：上海文艺出版社，1990.
钟叔河．知堂序跋［M］．长沙：岳麓书社，1987.
周锡山．王国维集［M］．北京：中国社会科学出版社，2008.
周宪．现代性的张力［M］．北京：首都师范大学出版社，2001.
周云．学衡派思想研究［M］．兰州：甘肃人民出版社，2005.

译文文献

阿尔贝·蒂博代．六说文学批评［M］．赵坚，译．北京：生活·读书·新知三联书店，1989.
安东尼·吉登斯．现代性的后果［M］．田禾，译．南京：译林出版社，2000.
白璧德．卢梭与浪漫主义［M］．孙宜学，译．石家庄：河北教育出版社，2003.
白璧德．文学与美国的大学［M］．张沛，等，译．北京：北京大学出版社，2004.
柏拉图．文艺对话集［M］．朱光潜，译．北京：人民文学出版社，1978.
查尔斯·泰勒．自我的根源：现代认同的形成［M］．韩震，等，译．南京：译林出版社，2001.
达尔文．物种起源［M］．周建人，等，译．北京：商务印书馆，1963.
大卫·雷·格里芬．后现代精神［M］．王成兵，译．北京：中央编译出版社，2011.
戴维·赫尔德，等．全球化与反全球化［M］．陈志刚，译．北京：社会科学文献出版社，2004.
杜夫海纳．美学与哲学［M］．孙非，译．北京：中国社会科学出版社，1985.
杜夫海纳．审美经验现象学［M］．韩树站，译．北京：文化艺术出版社，1996.
费正清，等．剑桥中华民国史［M］．杨品泉，等，译．北京：中国社会科学出版社，2007.
格里德．胡适与中国的文艺复兴［M］．鲁奇，译．南京：江苏人民出版社，1989.

海德格尔．存在与时间［M］．陈嘉映，等，译．北京：生活·读书·新知三联书店，1987.
汉斯－格奥尔格·加达默尔．真理与方法——哲学诠释学的基本特征［M］．洪汉鼎，译．上海：上海译文出版社，1999.
杰姆逊，三好将夫．全球化的文化［G］．马丁，译．南京：南京大学出版社，2002.
卡尔·曼海姆．保守主义［M］．李朝晖，等，译．南京：译林出版社，2002.
康德．判断力批判［M］．宗白华，译．北京：商务印书馆，1964.
拉尔夫·科恩．文学理论的未来［G］．程锡麟，等，译．北京：中国社会科学出版社，1993.
莱辛．汉堡剧评［M］．张黎，译．上海：上海译文出版社，1981.
朗费罗．伊凡吉琳［M］．李平沤，译．上海：新文艺出版社，1957.
雷蒙·威廉斯．关键词——文化与社会的词汇［M］．刘建基，译．北京：生活·读书·新知三联书店，2005.
雷内·韦勒克．批评的概念［M］．张今言，译．杭州：中国美术学院出版社，1999.
雷内·韦勒克，奥斯汀·沃伦．文学理论［M］．刘象愚，等，译．北京：文化艺术出版社，2010.
罗曼·英加登．对文学的艺术作品的认识［M］．陈燕谷，晓未，译．北京：中国文联出版公司，1988.
罗素．中国问题［M］．秦悦，译．上海：学林出版社，1996.
马斯洛．存在心理学探索［M］．李文湉，译．昆明：云南人民出版社，1987.
马斯洛．自我实现的人［M］．许金声，等，译．北京：生活·读书·新知三联书店，1987.
马修·阿诺德．文化与无政府状态［M］．韩敏中，译．北京：生活·读书·新知三联书店，2002.
迈克尔·欧克肖特．政治中的理性主义［M］．张汝伦，译．上海：上海译文出版社，2004.
皮特·J. 鲍勒．进化思想史［M］．田洺，译．南昌：江西教育出版社，1999.
让·波德里亚．消费社会［M］．刘成富，等，译．南京：南京大学出版社，2000.
亚理斯多德．诗学［M］．罗念生，译．北京：人民文学出版社，2002.
伊夫·瓦岱．文学与现代性［M］．田庆生，译．北京：北京大学出版社，2001.
詹姆逊．语言的牢笼［M］．钱佼汝，李自修，译．南昌：百花洲文艺出版社，1995.

说明：为节省篇幅，这里列出的参考文献不包括作为第一手研究资料的《学衡》杂志、《大公报·文学副刊》、《青年杂志》、《东方杂志》、《晨报》中的文章著述，也不包括当代学术刊物中的研究论文，凡有关这些方面的材料可以参照各章节的注解。

索　　引

人名索引

术语索引

著 作 索 引

后　记

什么是新文学，它到底应该如何建构？这似乎是一个不言自明的话题，从“五四”时期开始，占据着主流学术地位的新文学倡导者就不容置辩地将西方现代标尺奉为了新文学建构的主要价值取向。这种标尺和取向的选择，使中国新文学在很短的时间里就完成了文学本体从古典到现代的转型，形成了具有鲜明时代特征的话语范型。但是，随着岁月的流逝，这种话语范型的潜在危机也在渐渐地凸显。时至今日，围绕着新文学的探讨非但没有变得轻松，反而愈发沉重。历史正在发出悠远的回声——新文学的建构方式从来就不是一个不言自明的话题。也许，耐心倾听主流话语之外的声音，切实体会中国文学现代性追求的复杂性和潜在可能性，才是一种正确的选择。而吴宓的新文学想象，就彰显了主流选择之外的另一种理论力量，尽管这种理论力量属于中国现代文学思想主旋律中不太和谐的音符，但其所包蕴的是对新文学建构方式的有意义的探索和努力，其重要性不容忽视。希望本书围绕着吴宓文学思想所展开的系统研究，能够成为发掘和强调这种重要性的有益尝试。

这种尝试之所以能够顺利展开，得益于方方面面的支持和帮助。感谢教育部哲学社会科学研究后期资助项目所提供的研究支持，感谢闽南师范大学所提供的部分出版经费，感谢高等教育出版社的相关工作人员在本书编校过程中所付出的辛勤劳动。最后，还要感谢我的家人，感谢他们对我的理解、支持和无尽的爱。

孙媛

2016 年 8 月

反盗版举报电话　(010) 58581999　58582371　58582488

反盗版举报传真　(010) 82086060

反盗版举报邮箱　dd@hep.com.cn

通信地址　北京市西城区德外大街4号

　　　　　高等教育出版社法律事务与版权管理部

邮政编码　100120